# Job : une comédie de justice



J'AI LU

## ROBERT A. HEINLEIN | *ŒUVRES*

| | |
|---|---|
| UNE PORTE SUR L'ÉTÉ | *J'ai lu* 510** |
| L'HOMME QUI VENDIT LA LUNE | |
| LES VERTES COLLINES DE LA TERRE | |
| RÉVOLTE EN 2100 | |
| LES ENFANTS DE MATHUSALEM | *J'ai lu* 519** |
| LES ORPHELINS DU CIEL | |
| PODKAYNE, FILLE DE MARS | *J'ai lu* 541** |
| MARIONNETTES HUMAINES | |
| EN TERRE ÉTRANGÈRE | |
| DOUBLE ÉTOILE | *J'ai lu* 589** |
| SIXIÈME COLONNE | |
| L'ENFANT DE LA SCIENCE | |
| ROUTE DE LA GLOIRE | |
| LA PLANÈTE ROUGE | |
| RÉVOLTE SUR LA LUNE | |
| TRANSFUGE D'OUTRE-CIEL | |
| LE JEUNE HOMME ET L'ESPACE | |
| POMMIERS DANS LE CIEL | |
| D'UNE PLANÈTE À L'AUTRE | |
| ÉTOILES, GARDE-À-VOUS ! | *J'ai lu* 562*** |
| L'ENFANT TOMBÉ DES ÉTOILES | |
| L'ÂGE DES ÉTOILES | |
| CITOYENS DE LA GALAXIE | |
| LE VAGABOND DE L'ESPACE | |
| VENDREDI | *J'ai lu* 1782**** |
| JOB : UNE COMÉDIE DE JUSTICE | *J'ai lu* 2135***** |

ROBERT A. HEINLEIN

# Job : une comédie de justice

TRADUIT DE L'AMÉRICAIN
PAR MICHEL DEMUTH

ÉDITIONS J'AI LU

*A Clifford D. Simak*

*Ce roman a paru sous le titre original :*

JOB : A COMEDY OF JUSTICE

# 1

*Si tu marches dans le feu, tu ne te brûleras pas,*
*Et la flamme ne t'embrasera pas.*

Esaïe, 43:2

La fosse ardente mesurait environ sept mètres et demi de long sur trois de large et elle était peut-être profonde de soixante centimètres. Le feu brûlait depuis des heures. Le lit de braises dégageait un souffle de chaleur presque insupportable, même là où je me tenais, à cinq mètres sur le côté, au deuxième rang des touristes.

J'avais cédé mon siège au premier rang à l'une des dames du bateau, trop heureux de m'abriter derrière sa volumineuse personne. Je résistais même à l'envie de battre en retraite encore un peu plus loin... mais je tenais à bien voir les marcheurs du feu. Ce n'est pas tous les jours qu'on a la chance d'assister à un miracle.

– C'est truqué, dit le Grand Voyageur. Vous allez voir.

– Ce n'est pas vraiment truqué, Gerald, contesta Je-sais-tout. Ce sera simplement un peu moins prodigieux que ce qu'on nous a laissé espérer. Il n'y aura pas tout le village, probablement aucune des danseuses de hula et certainement pas les enfants. Il faudra se contenter d'un ou deux jeunes gens aux pieds calleux comme du vieux cuir et remontés à l'opium ou à n'importe quelle drogue locale; ils traverseront la fosse en un éclair et les villageois applaudiront. Notre ami et interprète canaque nous conseillera vivement de donner quelque chose aux marcheurs, sans doute bien plus que ce que nous avons déjà payé pour le luau (1) la danse et

(1) Le *luau* est le banquet hawaïen avec chants et danses. *(N. d. T.)*

tout ce spectacle. Non, ce n'est pas truqué, la brochure annonçait que l'excursion à terre comportait une « démonstration de marche sur le feu ». C'est ce que nous allons avoir. D'accord, d'après certaines rumeurs tout le village devrait marcher sur les charbons ardents, mais ce n'est pas dans le contrat.

Je-sais-tout affichait un air méprisant.

– Hypnose de masse, annonça l'Emmerdeur Professionnel.

Je fus tenté de demander ce qu'était l'« hypnose de masse » mais personne ne m'aurait écouté. J'étais un novice – non pas eu égard à mon âge mais parce que c'était ma première croisière à bord du paquebot *Konge Knut*. C'est toujours comme ça sur ce genre de bâtiment. Ceux qui sont à bord depuis le port de départ sont les doyens et ils tiennent la dragée haute à ceux qui prennent la croisière en cours. Ce sont les Mèdes et les Perses qui ont créé cette loi, et rien ne la changera. J'étais arrivé à Papeete par la voie des airs, avec le *Comte Von Zeppelin*, et je repartirais par l'*Amiral Moffett*. J'étais voué au noviciat à vie et je devais garder le silence pendant que mes supérieurs pontifiaient.

C'est sur les navires de croisière qu'on trouve la meilleure cuisine et, trop souvent, les pires conversations du monde. Mais, malgré cela, je prenais plaisir à ce voyage dans les îles. Même le Mystique, l'Astrologue Amateur, le Freudien de Salon et la Numérologue ne parvenaient pas à me troubler, parce que je ne les écoutais pas.

– Ils font ça grâce à la quatrième dimension, déclara le Mystique. N'est-ce pas vrai, Gwendolyn ?

– Absolument, très cher, acquiesça la Numérologue. Oh, les voici ! Ce sera un nombre impair, vous allez voir.

– Vous savez tellement de choses, très chère.

– Bof, dit le Sceptique.

L'indigène qui servait d'assistant à notre guide d'excursion leva les bras et étendit les mains pour imposer le silence.

– Je vous en prie, écoutez-moi tous ! *Mauruurua roa.* Nous vous remercions. Le grand prêtre et la prêtresse vont maintenant prier les Dieux pour que le feu soit clément aux villageois. Je vous demande de vous rappeler qu'il s'agit là d'une cérémonie religieuse très ancienne. Aussi, veuillez vous comporter ainsi que vous l'auriez fait dans votre propre église. Parce que...

Un très vieux Canaque l'interrompit. Ils échangèrent quelques mots dans un langage qui m'était inconnu – sans doute du polynésien, pensai-je, à cause de la fluidité du débit. Le jeune Canaque se retourna vers nous.

– Le grand prêtre m'apprend que des enfants vont marcher pour la première fois sur le feu aujourd'hui, et même ce bébé que vous voyez là-bas dans les bras de sa mère. Il vous demande à tous de rester parfaitement silencieux durant les prières afin d'assurer la sauvegarde de ces innocents. J'ajouterai que je suis catholique et, dans cette circonstance, je demande toujours à notre Très Sainte Mère Marie de veiller sur nos enfants. Je vous demande à tous de prier à votre façon, de garder le silence et d'avoir une bonne pensée pour eux tous. Si le grand prêtre juge que votre attitude n'est pas assez respectueuse, il ne laissera pas les enfants marcher sur le feu... Il lui est déjà arrivé d'annuler la cérémonie.

– Nous y voilà, Gerald, chuchota Je-sais-tout comme si nous étions au troisième balcon de l'opéra. On bat le rappel et on escamote. Et ce sera de notre faute, vous verrez.

Il eut un reniflement de mépris.

Je-sais-tout – son nom était Cheevers – m'avait porté sur les nerfs dès que j'avais posé un pied sur le bateau. Je me penchai en avant et murmurai au creux de son oreille :

– Si ces enfants marchent sur le feu, est-ce que vous aurez assez de tripes pour en faire autant ?

Que ceci vous serve de leçon. Profitez de ce mauvais exemple que je vous donne. Ne laissez jamais un imbécile troubler votre jugement. En quelques secondes je dus constater que mon défi m'avait été retourné et, je ne sais comment, les trois acolytes Je-sais-tout, le Sceptique et le Grand Voyageur avaient parié une centaine de dollars que *moi* je n'aurais pas le courage de traverser la fosse ardente, étant bien entendu que les enfants la traverseraient les premiers.

Puis l'interprète nous fit taire à nouveau, le prêtre et la prêtresse descendirent dans la fosse et tout le monde garda le silence. Je suppose que certains d'entre nous s'étaient mis à prier. Je m'aperçus que, moi-même, je récitais ce qui m'était venu à l'esprit :

*Agneau de Dieu qui enlève le péché du monde, prends pitié de nous.*

*Agneau de Dieu qui enlève le péché du monde, donne-nous la paix.*

Je n'avais rien trouvé de plus approprié à la situation.

Le prêtre et la prêtresse ne traversèrent pas la fosse ardente. Ils firent quelque chose de plus spectaculaire encore et (selon moi) de plus dangereux. Ils demeurèrent simplement debout, pieds nus, et prièrent durant plusieurs minutes. Je pouvais voir bouger leurs lèvres. A intervalles réguliers, le vieux prêtre jetait quelque chose autour d'eux et les braises lançaient des gerbes d'étincelles.

Je tentai de mieux voir sur quoi ils se tenaient : du charbon ou des cailloux, mais c'était impossible... et je n'aurais su dire ce qui était le pire. Pourtant, cette vieille femme décharnée était parfaitement calme; son expression était placide et elle n'avait pris d'autre précaution que de retrousser son lava-lava en manière de barboteuse. Apparemment, elle se souciait moins de griller ses pieds que ses vêtements.

Trois hommes munis de longues perches avaient redisposé les bûches afin que le fond de la fosse reste stable et praticable pour ceux qui le foulaient. J'étais tout particulièrement concerné par cette opération, étant donné que j'étais censé traverser la fosse dans quelques minutes — si je ne me dégonflais pas et maintenais mon pari. Il me semblait qu'ils s'arrangeraient pour qu'il fût possible de traverser la fosse en marchant sur les cailloux plutôt que sur les charbons ardents. C'était du moins ce que j'espérais !

Puis je me demandai quelle différence cela pourrait bien faire. Je me souvenais des ampoules que je récoltais en marchant pieds nus sur les trottoirs brûlés de soleil, au Kansas, dans mon enfance. La chaleur dans la fosse devait atteindre au moins trois cents degrés et ces cailloux trempaient dans le brasier depuis plusieurs heures. A de telles températures, avait-on vraiment le choix entre rôtir et griller ?

Mais d'un autre côté, la voix de la raison ne cessait de me souffler à l'oreille que déclarer forfait pour trois cents dollars, ce n'était pas trop cher... si je devais finir mes jours sur deux moignons cautérisés au barbecue !

Ne devrais-je pas prendre une aspirine ?

Lorsqu'ils eurent redressé les bûches, les trois assistants gagnèrent l'extrémité de la fosse, sur notre gauche, et tous les villageois se rassemblèrent derrière eux, tous, y compris ces maudits enfants ! Mais à quoi pensaient leurs parents pour les laisser courir un pareil danger ? Pourquoi n'étaient-ils pas à l'école comme tous les autres ?

Les trois servants du feu furent les premiers à se mettre en marche, l'un derrière l'autre. Sans se hâter, ils suivaient le centre de la fosse, tous les hommes du village derrière eux, lentement, calmement. Puis vinrent les femmes, dont une toute jeune mère qui portait son enfant sur la hanche.

Lorsque le souffle torride atteignit l'enfant, il se mit à crier mais, sans ralentir le pas, sa mère lui donna le sein et l'enfant se calma.

Les enfants venaient en dernier : des jeunes filles pubères, des adolescents et des tout petits de l'école maternelle. La dernière de la procession était une petite fille âgée de huit ou neuf ans... et qui tenait par la main son petit frère qui promenait autour de lui de grands yeux ronds. Il était tout nu et n'avait pas plus de quatre ans.

En le regardant, je songeai avec une certitude funèbre que j'allais être servi au bleu. Je ne pouvais plus me défiler. Le petit garçon trébucha et sa sœur le retint. Il continua, à petits pas. A l'autre bout de la fosse ardente, quelqu'un le prit et le souleva.

Et ce fut *mon* tour.

L'interprète me prévint :

– Vous comprenez bien que le Bureau de Tourisme Polynésien n'a aucune responsabilité dans votre sécurité ? Ce feu peut vous brûler, et même vous tuer. Ces gens peuvent marcher dessus sans crainte car ils ont la foi.

Je l'assurai que j'avais la foi moi aussi, tout en me demandant comment je pouvais avoir l'audace de mentir ainsi, sans vergogne. Je lui signai le document qu'il me présenta et qui dégageait la responsabilité de son pays.

Je me retrouvai à une extrémité de la fosse bien trop vite à mon goût, mon pantalon roulé jusqu'aux genoux. Quant à mes chaussures, mes chaussettes, mon chapeau et mon portefeuille, ils étaient à l'autre bout et m'attendaient sur un tabouret. C'était mon but, ma prime, ma récompense... Mais si je ne réussissais pas, comptaient-ils les tirer au sort ? Ou les expédieraient-ils à mes proches ?

L'interprète continuait :

– Avancez-vous jusqu'au milieu. Ne marchez pas trop vite mais ne vous arrêtez pas non plus.

Le grand prêtre prit alors la parole. Mon mentor l'écouta, puis traduisit :

– Il dit de ne pas courir, jamais, même si les pieds vous brûlent. Parce que vous pourriez trébucher et tomber. Dans ce cas, vous ne pourriez pas vous relever et il dit même que vous pourriez mourir. Je dois ajouter que vous ne mourriez probablement pas... à moins de respirer des flammes, mais il est certain que vous seriez terriblement brûlé. Donc, ne vous hâtez pas et ne tombez pas. Maintenant, est-ce que vous voyez ce rocher plat, devant vous, là-dessous ? C'est là que vous devez poser votre premier pas. *Que le Bon Dieu vous garde* (1). Bonne chance.

– Merci.

Je me suis tourné vers Je-sais-tout, qui affichait un sourire de goule, pour autant que les goules sourient. Je

(1) En français dans le texte. *(N.d.T.)*

lui fis un geste désinvolte et monstrueusement mensonger et je m'avançai.

Je fis trois pas avant de prendre conscience que je ne ressentais rien. Ou plutôt si, je ressentais quelque chose : de la peur. J'étais mort de frousse. J'aurais mieux aimé me retrouver à Philadelphie ou à Peoria (1) plutôt que dans cet immense désert de brandons. L'autre extrémité de la fosse était à un bloc de distance. Plus loin encore, peut-être. Mais je continuai à progresser dans cette direction en espérant que la paralysie qui m'avait gagné ne me ferait pas m'effondrer avant de l'atteindre.

J'avais le sentiment d'étouffer et je m'aperçus que je retenais mon souffle. J'ouvris la bouche en haletant pour le regretter aussitôt car, au-dessus d'une fosse ardente de cette taille, planent du gaz vésicant, de la fumée, de l'oxyde de carbone, du gaz carbonique, et peut-être même l'haleine fétide de Satan, mais vraiment très peu d'oxygène. Je refermai la bouche, les yeux pleins de larmes, la gorge desséchée, obsédé par la question de savoir si je pourrais aller jusqu'au bout sans respirer.

Que le ciel me protège ! Je ne voyais même pas l'autre bout ! La fumée m'enveloppait, je pouvais à peine ouvrir les yeux et j'étais incapable de fixer mon regard. Aussi je continuai d'avancer, tout en essayant de me souvenir de la formule que l'on emploie pour se confesser sur son lit de mort, dernier détail technique pour s'envoler jusqu'au ciel.

Mais cette formule n'existait peut-être pas, après tout. J'éprouvais une curieuse sensation dans les pieds et mes genoux se décollaient...

— Vous vous sentez mieux, monsieur Graham ?

J'étais étendu sur l'herbe, un visage brun, amical, penché sur moi.

(1) *J'aimerais encore mieux être à Philadelphie.* Phrase gravée sur la tombe de Groucho Marx, en guise d'ultime saillie contre la ville réputée la plus ennuyeuse des U.S.A. *(N.d.T.)*

— Je crois, dis-je. Que s'est-il passé ? Est-ce que je l'ai traversée ?

— Certainement. C'était magnifique. Mais vous vous êtes évanoui juste à la fin. Nous vous attendions et nous vous avons rattrapé pour vous tirer de là. Mais dites-moi ce qui est arrivé. Vos poumons étaient pleins de fumée ?

— Peut-être. Est-ce que j'ai été brûlé ?

— Non. Oh, je crois que vous aurez peut-être une cloque sous le pied droit. Mais vous avez parfaitement tenu. A part cet évanouissement qui a sans doute été provoqué par la fumée.

— Je le crois. (Je me suis assis avec son aide.) Pourriez-vous me passer mes chaussures et mes chaussettes ? Où sont les autres ?

— Le bus est reparti. Le grand prêtre a pris votre pouls et écouté votre respiration, mais il a interdit qu'on vous dérange. Si vous forcez un homme à se réveiller alors que son esprit est encore en voyage, il peut ne pas le retrouver. C'est ce qu'il croit et personne n'a essayé de discuter avec lui.

— Je ne discuterai pas non plus. Je me sens bien. Reposé. Mais comment vais-je retourner au bateau ? Passé le premier kilomètre, même dans un paradis tropical, une promenade de dix kilomètres risquait d'être plutôt fastidieuse. Surtout à pied. Surtout avec des pieds qui avaient quelque peu gonflé. Et on pouvait les excuser.

— Le bus va revenir prendre les villageois pour les conduire au bateau qui les a amenés de l'île où ils habitent. Après, il pourrait vous conduire à votre bateau. Mais nous pourrions faire mieux. Mon cousin a une automobile. Il vous conduira.

— Très bien. Combien cela me coûtera-t-il ?

Les taxis, en Polynésie, sont toujours hors de prix, surtout quand le chauffeur vous tient à sa merci, merci dont il est du reste totalement dépourvu. Mais je songeai que je pouvais me permettre de me laisser détrousser puisque ma plaisanterie allait me rapporter trois cents dollars moins une course en taxi. J'ai donc pris mon chapeau.

— Où est mon portefeuille ?
— Votre portefeuille ?
— Oui, mon porte-billets. Je l'avais laissé dans mon chapeau. Où est-il ? Ce n'est pas drôle. Il y avait de l'argent dedans, et toutes mes cartes.
— Votre argent ? Ah, je comprends. Je suis désolé. Mon anglais est loin d'être parfait. C'est l'officier de votre bateau, le guide de l'excursion, qui l'a pris.
— Ah, c'est très aimable de sa part. Mais comment vais-je payer votre cousin ? Je n'ai pas un sou sur moi.

Nous avons réglé la chose très vite. Le responsable de l'excursion, réalisant qu'il me laissait sans moyens en mettant mon portefeuille en sûreté, avait pris la précaution de payer pour mon rapatriement au bateau. Mon camarade canaque me conduisit donc jusqu'à la voiture de son cousin et me le présenta. Notre conversation fut brève car son vocabulaire anglais se limitait à *O.K., patron !* et je ne saisis même pas son nom. Sa voiture tenait grâce à des bouts de fil de fer et au miracle de la foi. Nous avons foncé jusqu'au quai en pétaradant et en semant l'épouvante parmi les poulets et les cabris. Mais je ne m'en préoccupais pas car j'étais encore sous le choc de ce qui m'était arrivé. Nous avions traversé le groupe des villageois qui attendaient le bus qui devait les ramener chez eux. Ou du moins nous avions essayé. C'est là qu'on m'avait embrassé. Ils m'avaient tous embrassé. J'avais déjà remarqué la tendance des Polynésiens à s'embrasser là où nous nous contentons d'une poignée de main, mais c'était la première fois que cela m'arrivait.

Mon ami m'avait fourni quelques explications :
— Vous avez traversé le feu. Vous êtes donc devenu membre honoraire de leur village. Ils veulent tuer un cochon pour vous et donner un festin en votre honneur.

J'avais essayé de répondre aimablement tout en expliquant que je devais retourner chez moi, de l'autre côté de la grande eau, mais que je reviendrais un jour, si Dieu le voulait. Et nous avions fini par pouvoir démarrer.

Mais ce n'était pas vraiment ces adieux qui m'avaient troublé. N'importe quel juge sans parti pris aurait admis que je ne suis pas plus sophistiqué que la moyenne. Je sais très bien que, dans certains pays, les normes morales ne sont pas aussi élevées qu'en Amérique et qu'ils se soucient peu de l'indécence de certaines tenues. Je sais, par exemple, que les femmes polynésiennes avaient coutume de se promener nues jusqu'à la ceinture avant l'arrivée de la civilisation. Vous pouvez me croire : je l'ai lu dans la *National Geographic.*

Mais je ne m'étais pas attendu à voir un tel spectacle *de mes yeux.*

Comprenez-moi bien : j'apprécie la beauté féminine. Toutes ces différences délicieuses, contemplées en des circonstances opportunes, les stores décemment abaissés, peuvent constituer une éblouissante vision. Mais quarante paires (je n'ai pas dit impair), c'est plutôt intimidant. En un instant, j'avais vu plus de bustes humains et féminins que je n'en avais vu jusque-là, totalement et cumulativement parlant, durant toute mon existence. La Société Episcopale Méthodiste pour la Morale et la Tempérance en aurait perdu la tête.

Dûment averti, je suis certain que j'aurais pris plaisir à l'expérience. Mais, tel quel, ce fut trop nouveau, trop et trop vite. Ce n'est que rétrospectivement que je suis à même d'apprécier.

Notre Rolls-Royce tropicale s'est arrêtée dans un craquement sonore, avec l'aide du frein à main, du frein à pied et le tout en première. Je fus arraché à ma passive euphorie.

Mon chauffeur claironna : *O.K., patron!* J'essayai de lui faire comprendre ma surprise :

– Ce n'est pas mon bateau!

– O.K., patron?

– Vous m'avez conduit au mauvais quai, ou plutôt... c'est le bon quai mais ce n'est pas le bon bateau.

Je ne pouvais pas me tromper. Le M.V. *Konge Knut* avait une coque et une superstructure blanches, ainsi qu'une fausse cheminée très étroite. Or, le bateau que je voyais était rouge avec quatre grosses cheminées très hautes. Il était sûrement à vapeur et non pas à moteur. En tout cas, c'était une vieille carcasse démodée depuis des lustres.

– Non, non !...
– O.K., patron ! *Votre vapeur voilà* (1) !
– Non !
– O.K., patron !
Il est sorti de la voiture, il en a fait le tour et a ouvert ma portière. Il m'a empoigné par le bras et s'est mis à tirer.
Je dois dire que je suis plutôt en bonne forme, mais son bras avait été entraîné à la natation, à l'escalade des cocotiers, au halage des filets de pêche ainsi qu'à l'expulsion des touristes qui refusaient de quitter sa voiture.
Je me suis retrouvé dehors sans avoir le temps de dire ouf.
Il s'est prestement reculé, a lancé : *O.K. patron ! Merci bien ! Au revoir !* et s'est éclipsé.
Je n'avais pas le choix. J'ai grimpé l'échelle de coupée de ce bâtiment bizarre dans le vague espoir d'apprendre peut-être ce qu'il était advenu du *Konge Knut*. Comme je prenais pied sur le pont, je fus accueilli par l'officier de passerelle qui me salua par ces mots :
– Bonsoir, monsieur Graham. M. Nielsen a laissé un paquet pour vous. Un instant... (Il a pris une grande enveloppe en papier bulle dans sa tablette.) Voici, monsieur.
J'ai lu l'inscription : *A.L. Graham, cabine C 109.*
Je l'ai ouverte et j'y ai trouvé un portefeuille très fatigué.
– Tout est en ordre, monsieur Graham ?
– Oui, je vous remercie. Voulez vous dire à M. Nielsen que je l'ai bien reçu ? Et transmettez-lui mes remerciements.
– Certainement, monsieur.
J'ai remarqué que je me trouvais sur le pont D et je n'ai eu qu'à enfiler une échelle pour trouver la cabine C 109.
Oui, tout était en ordre. Mon nom n'est pas « Graham ».

(1) En français dans le texte, de même que les quelques phrases en italique qui suivent. *(N.d.T.)*

# 2

*Ce qui a été, c'est ce qui sera, et ce qui s'est fait, c'est ce qui se fera, il n'y a rien de nouveau sous le soleil.*

L'Ecclésiaste, 1 : 9

Grâce au ciel, les bateaux utilisent tous un système de numérotation logique. La cabine de luxe C 109 était bien là où elle devait être : sur le pont C, tribord avant, entre la C 107 et la C 111. Je réussis à l'atteindre sans avoir à adresser la parole à quiconque. J'essayai d'ouvrir mais la porte était fermée à clé. Apparemment, M. Graham prenait au sérieux les recommandations du commissaire de bord de toujours fermer les cabines à clé, surtout durant les escales.

Amer, j'imaginai que la clé devait être dans la poche du pantalon de Graham. Mais où était M. Graham ? pensai-je alors. Sur le point de me surprendre en train d'essayer de forcer sa porte ? Ou bien était-il occupé à la même chose avec la mienne ?

Il existe une chance infime mais pas tout à fait nulle pour qu'une clé fasse fonctionner n'importe quelle serrure étrangère. J'avais la mienne dans ma poche, celle de ma cabine du *Konge Knut*. Je l'essayai.

Bien, me dis-je, après tout il fallait tenter l'expérience. Je restai un instant immobile à me demander s'il valait mieux éternuer ou tomber raide mort. C'est alors qu'une douce voix s'éleva derrière moi.

— Oh, monsieur Graham !

C'était une jeune et jolie demoiselle en costume de femme de chambre, pardon, de stewardess. Elle s'avança précipitamment jusqu'à moi, choisit un passe-partout attaché à sa ceinture et ouvrit la porte de la cabine 109 tout en babillant :

— Margrethe m'a demandé de vous guetter. Elle m'a dit que vous aviez laissé la clé de votre cabine sur votre bureau. Elle n'y a pas touché mais elle a insisté pour que je vous attende pour vous ouvrir.

— C'est très aimable à vous, mademoiselle...

— Je m'appelle Astrid. Je m'occupe des mêmes cabines du côté bâbord, alors Marga et moi, nous nous entraidons. Elle est descendue à terre cet après-midi. (Elle me tenait la porte.) Est-ce que ce sera tout, monsieur ?

Je l'ai remerciée et elle est repartie. J'ai refermé la porte, mis le verrou et la chaîne de sécurité, puis je me suis affaissé dans un fauteuil et alors seulement je me suis mis à trembler.

Dix minutes après, je me suis levé pour me rendre à la salle de bains. J'ai plongé mon visage et mes yeux dans l'eau froide. Je n'avais rien résolu, je n'étais pas vraiment calmé mais mes nerfs, au moins, ne claquaient plus comme autant de drapeaux dans la tempête. J'avais réussi à me contrôler depuis que j'avais commencé à soupçonner que quelque chose n'allait pas, c'est-à-dire depuis... quand ? Depuis que plus rien ne m'avait paru normal pendant l'épisode de la fosse ardente ? Ou plus tard ? Non, j'étais certain que tout avait commencé quand j'avais vu qu'un bateau de vingt mille tonnes s'était substitué à un autre.

Mon père m'avait toujours dit : Alex, il n'y a rien de mal à avoir peur... dans la mesure où tu ne laisses pas la peur t'affecter jusqu'à ce que le danger soit passé. Quant à la crise d'hystérie, O.K., mais seulement après, et en privé. Les larmes, c'est pareil, un homme peut très bien pleurer... mais dans sa salle de bains, la porte fermée à clé. La différence entre un lâche et un homme brave, c'est surtout une question de calcul de temps.

Je ne suis pas le type d'homme qu'était mon père mais j'ai toujours essayé de suivre ses conseils. Si vous apprenez à ne pas sursauter au moindre pétard — ou dans n'importe quelle situation — alors vous avez une chance sérieuse de garder votre calme jusqu'à la fin de l'alerte.

Cette alerte-là n'était pas terminée mais ma catharsis

personnelle m'avait valu une bonne tremblote. Maintenant, il fallait essayer d'y voir clair.

Hypothèses :

a/ Quelque chose d'absurde était survenu dans le monde qui m'entourait.

b/ Quelque chose d'absurde était survenu dans l'esprit d'Alex Hergensheimer et, dans ce cas, on devait l'enfermer et lui donner un sédatif.

Pas de troisième hypothèse : ces deux-là me paraissaient couvrir toutes les possibilités. Je ne m'attardai pas sur la seconde. Si j'avais eu un petit vélo dans ma tête, les autres auraient fini par s'en apercevoir et ils seraient arrivés avec une jolie petite camisole pour me reloger dans une très belle pièce capitonnée.

Bien, supposons que je sois sain d'esprit (ou presque, parce que c'est toujours utile d'être un rien dingue). Si tout va bien, alors c'est le monde qui craque. Réfléchissons.

Ce portefeuille. Pas à moi. Les portefeuilles se ressemblent et celui-là ressemblait assez au mien. Mais quand vous gardez un portefeuille pendant quelques années, il se fait à vous. Il vous appartient vraiment. J'avais su, au premier coup d'œil, que celui-là ne m'appartenait pas. Mais je n'avais aucune envie de le dire à un officier de passerelle qui insistait pour me « reconnaître » comme étant *M. Graham.*

Je pris donc le portefeuille de Graham et l'ouvris.

Il y avait quelques centaines de francs – je compterais ça plus tard.

Quatre-vingt-cinq dollars en coupures : émission légale des « Etats-Unis d'Amérique du Nord ».

Un permis de conduire au nom de A.L. Graham.

Il y avait aussi quelques autres choses mais je découvris un porte-cartes transparent contenant une note tapée à la machine et je me figeai :

> Quiconque trouvera ce portefeuille pourra conserver l'argent qui s'y trouverait, à titre de récompense, s'il a la bonté de bien vouloir le retourner à A.L. Graham; cabine C 109,

S.S. KONGE KNUT, Danish American Line, ou à tout commissaire ou agent de la ligne. Merci.

A.L.G.

Je savais donc maintenant ce qui était arrivé au *Konge Knut* : on l'avait changé.

Ou bien était-ce moi ? Est-ce que c'était vraiment le monde qui avait changé et donc, forcément, mon bateau avec ? Ou bien y avait-il deux mondes et avais-je pénétré dans le deuxième en traversant le feu ? Existait-il deux hommes qui avaient échangé leurs destins ? Ou bien Alex Hergensheimer s'était-il métamorphosé en Alec Graham comme le *M.V. Konge Knut* s'était transformé en *S.S. Konge Knut*? (Pendant que l'Union Nord-Américaine se changeait en Etats-Unis d'Amérique du Nord ?)

Bonnes questions. Je suis très heureux que vous me les ayez posées. Maintenant, messieurs, en avez-vous d'autres ?...

A l'époque où j'étais au collège, il y avait tout un foisonnement de magazines qui publiaient des histoires fantastiques. Non pas seulement des histoires de fantômes mais toutes sortes de récits bizarres où il était question de vaisseaux magiques qui sillonnaient l'éther vers les autres étoiles, d'inventions étranges, de voyages au centre de la Terre, d'autres « dimensions », de machines volantes, d'énergie qui provenait de la combustion des atomes, de monstres que l'on créait dans des laboratoires secrets.

J'achetais ces magazines et je les cachais à l'intérieur de *Compagnon de jeunesse* et de *Jeunes croisés*, car je savais d'instinct que mes parents les désapprouveraient et me les confisqueraient. Je raffolais de ces magazines, tout comme mon voyou de copain, Bert.

Ça n'avait pas duré. D'abord, il y avait eu un éditorial dans *Compagnon de jeunesse* : « Interdisons ce poison de l'âme ! » Puis, notre pasteur, Frère Draper, avait prononcé un sermon contre ces saletés qui corrompaient l'esprit, allant jusqu'à les comparer aux effets nocifs des cigarettes et de l'alcool. Ensuite c'est notre Etat qui avait mis de telles publications hors la loi, appliquant la doctrine des « règles de la communauté » avant même que ne fût votée une loi à l'échelle nationale, accompagnée d'un arrêté.

Tous mes magazines disparurent de la cache « parfaite » que je m'étais aménagée dans notre grenier. Pis encore, les Œuvres de M. H.G. Welles et de M. Jules Verne ainsi que quelques autres furent retirées de notre bibliothèque publique.

Il convient d'admirer les motifs invoqués par nos élus et nos chefs spirituels dans leur ardeur à protéger nos jeunes esprits. Ainsi que le fit remarquer Frère Draper, la Bible compte suffisamment d'histoires excitantes et de récits d'aventures pour satisfaire la curiosité de tous les garçons et les filles du monde. Inutile de faire appel à des lectures profanes. Non, il ne proposait nullement que l'on en vienne à censurer les lectures des adultes : il ne faisait que protéger l'âme impressionnable de la jeunesse. Si les personnes d'âge mature voulaient lire ces inepties fantastiques, tant mieux pour elles, mais quant à lui, il ne comprenait pas comment cette idée pouvait surgir dans la tête d'un homme normal.

Je crois que j'avais fait partie de ces « jeunes impressionnables », et je regrette encore aujourd'hui mes magazines. Je me souviens en particulier d'une histoire de M. Wells : « *les Hommes-dieux* ». On y racontait comment des gens conduisaient tranquillement une automobile quand une explosion survenait. Ils se retrouvaient dans un autre monde, presque semblable au leur, mais en mieux, et y rencontraient des habitants; l'explication à cela était qu'il existait une quatrième dimension, des univers parallèles et autres phénomènes du même acabit.

Mais ce n'était là que le premier épisode. La loi nationale sur la protection-de-notre-jeunesse fut votée immédiatement après et je ne connus jamais la suite.

L'un de mes professeurs d'anglais, qui était farouchement opposé à la censure, m'avait dit une fois que M. Wells avait inventé tous les thèmes fantastiques de base, et il m'avait cité cette histoire comme étant à l'origine du concept des univers multiples. J'avais eu l'intention de demander à ce prof s'il savait où je pourrais me procurer un exemplaire du récit complet, mais j'avais remis mon projet à la fin du trimestre : je serais alors, légalement, d' « âge mature ». Mais c'était trop long : le comité académique du sénat sur la morale et la foi vota la résiliation du contrat dudit professeur qui dut quitter l'établissement sans prévenir ni même finir le trimestre.

Est-ce qu'il avait pu m'arriver quelque chose comme ce que M. Wells avait décrit dans « *Les Hommes-dieux* » ? M. Wells avait-il eu le don divin de prophétie ? Par exemple, était-il possible qu'un jour des hommes réussissent à voler jusqu'à la lune ? Absurde !

Mais était-ce vraiment plus absurde que ce qui m'était advenu ?

Quoi qu'il en soit, j'étais à bord du *Konge Knut* (même si ce n'était pas *mon Konge Knut*) et le panneau, en haut de la coupée, indiquait que le bateau appareillerait à 6 heures du soir. Il était déjà tard et grand temps pour moi de prendre une décision.

Que faire ? Apparemment, j'avais bel et bien perdu mon bateau, le *Motor Vessel Konge Knut*. Mais l'équipage (du moins une partie de l'équipage) du *Steamship Konge Knut* semblait prêt à m'accepter comme étant *M. Graham*, passager.

Rester à bord et essayer de démêler tout ça ? Et que se passerait-il si Graham remontait à bord (ce qui pouvait arriver à tout instant !) et me demandait ce que je faisais dans sa cabine ?

Redescendre à terre (ce que je devais faire) pour aller exposer mon problème aux autorités ?

Alex, sois bien certain que les autorités coloniales françaises vont t'accueillir à bras ouverts : pas de bagages, rien que les vêtements que tu as sur le dos, pas d'argent... pas de passeport ! Oui, elles vont te garder, elles vont même te fournir le gîte et le couvert pour le restant de tes jours !... Dans une oubliette, avec des barreaux en guise de plafond.

Mais il y a de l'argent dans ce portefeuille.

Comment ? Tu n'as jamais entendu parler du Onzième Commandement ? C'est *son* argent, *à lui*.

Mais n'est-il pas raisonnable de penser qu'il a traversé la fosse ardente en même temps que toi ? De son côté, dans son monde, ou je ne sais quoi... Sinon son portefeuille ne t'aurait pas attendu. Et maintenant, c'est *lui* qui a *ton* portefeuille. Logique.

Ecoute bien, mon petit ami au cerveau lent, crois-tu vraiment que la logique ait quoi que ce soit à voir avec le marasme dans lequel tu es ?

Eh bien...

Réponds ! Et plus vite que ça !

Ma foi... pas vraiment. Et alors quoi ? Je vais rester assis bien sagement ici ? Si Graham arrive avant que le bateau ne quitte le quai, tu vas te faire virer, c'est certain. Mais ce ne sera pas pire que si tu partais de toi-même, maintenant. Parce que, s'il ne se montre pas, tu pourras au moins rallier Papeete. C'est une grande ville. Tu pourras essayer de te tirer d'affaire là-bas. Il y a des consuls et tout ça.

Oui, vous avez raison.

En général, les paquebots publient un journal quotidien à l'usage des passagers — une ou deux feuilles où l'on trouve des informations excitantes du genre : « Un exercice de manœuvre aura lieu ce matin à dix heures, tous les passagers y sont conviés — L'épreuve de natation a été gagnée hier par Mme Ephraim Glutz, de Bethany, Iowa. » Plus, d'ordinaire, quelques informations glanées par l'opérateur de la télégraphie sans fil. J'ai donc cherché autour de moi le journal du bateau et le « Bienvenue à bord ! ». Pour ce dernier titre, il s'agit d'un opuscule (qui peut porter un autre nom) destiné à familiariser le nouveau venu avec le petit monde du bord : les noms des officiers, les heures des repas, les quartiers du coiffeur, la lingerie, la salle à manger, la boutique-cadeaux (souvenirs, magazines, dentifrice), comment lancer un appel, le plan des différents ponts, l'emplacement des bouées, des canots de sauvetage, de la table où vous prendrez votre repas...

La table ! Mais oui ! Bon sang ! Un passager, après une journée seulement, n'a plus besoin de demander où se trouve sa table dans la salle à manger. C'est toujours par les petits détails qu'on se laisse piéger. Bien, il allait falloir que je trouve quelque chose à raconter.

Le petit opuscule de bienvenue à bord se trouvait dans le tiroir du bureau de Graham. Je l'ai feuilleté rapidement pour essayer de mémoriser les points essentiels avant de quitter la pièce – à supposer que je sois encore à bord au moment de l'appareillage – et je l'ai reposé parce que j'avais enfin mis la main sur le journal du bateau.

Le titre en était *Le Skalde du Roi* (1) et Graham, loué soit-il, avait gardé tous les numéros depuis le premier jour où il était monté à bord... c'est-à-dire à Portland, Oregon, ainsi que je l'appris en prenant connaissance du lieu et de la date de la plus ancienne livraison. Ce qui laissait à penser que Graham avait réservé pour toute la croisière, ce qui pourrait être important pour moi. J'avais eu l'espoir de repartir comme j'étais arrivé, par la voie des airs – mais, à supposer que le dirigeable de ligne *Amiral Moffett* existât dans ce monde, cette dimension ou quoi que ce fût d'autre, je n'avais plus le moindre ticket de passage pas plus que l'argent nécessaire pour le payer. Qu'est-ce que les colons français pouvaient bien faire d'un touriste sans le sou? Le clouaient-ils sur un poteau avant de le brûler vif? A moins qu'il ne fût écartelé? Je n'avais pas la moindre envie de m'en assurer. Le billet de croisière de Graham (si toutefois il en avait bien un) m'éviterait de courir un tel risque. (En supposant qu'il ne surgisse pas dans l'heure qui venait pour me chasser du bateau à coups de botte.)

Je n'avais pas l'intention de rester en Polynésie. Un siècle auparavant, jouer les rôdeurs de grève à Bora-Bora ou Moorea aurait peut-être été une solution mais, de nos jours, la seule chose gratuite dans ces îles, ce sont les maladies contagieuses.

Il semblait probable que je me retrouverais tout aussi fauché et perdu en Amérique mais, néanmoins, j'avais le sentiment que je m'en tirerais mieux dans mon pays natal. Du moins, celui de Graham.

(1) Sorte de barde ou poète scandinave. *(N.d.T.)*

Je lus quelques-unes des dépêches télégraphiées mais elles n'avaient aucun sens pour moi; je les mis de côté afin d'y revenir plus tard. Le peu que j'en avais compris n'était guère réconfortant. Tout au fond de moi, j'avais entretenu l'espoir absurde que tout cela se révélerait n'être qu'un embrouillamini idiot qui ne tarderait guère à être éclairci (mais ne me demandez pas comment). Les quelques nouvelles que j'avais retenues de ces messages avaient anéanti mon espoir.

Je voudrais bien me faire comprendre : que penser d'un monde dans lequel le « président » de l'Allemagne est en visite à Londres ? Dans mon monde à moi, l'Empire allemand est gouverné par le Kaiser Wilhelm IV. Un « président » à la tête de l'Allemagne me semblait aussi stupide qu'un « roi » en Amérique.

Ce monde où je me retrouvais était peut-être agréable... mais ce n'était pas celui dans lequel j'étais né. En tout cas certainement pas si j'en jugeais par ces informations bizarres.

En reposant le numéro du *Skalde du Roi,* je remarquai en première page que l'on recommandait une tenue stricte pour le dîner.

Cela ne me surprenait guère. Dans son autre incarnation, le *M.V. Konge Knut* était plutôt strict et, dès qu'on avait appareillé, il convenait de porter une cravate noire. Sinon on vous faisait comprendre qu'il valait mieux prendre vos repas dans votre cabine.

Je n'ai pas de smoking car notre église n'encourage pas les futilités. J'avais opté pour un compromis et portais un costume de serge bleue pour les soirs d'appareillage, avec une chemise blanche et un nœud carré pré-noué. Personne ne m'avait fait la moindre remarque. Cela n'avait pas d'importance : étant monté à bord à Papeete, j'étais condamné au bout de table.

Je décidai d'explorer la garde-robe de M. Graham pour voir s'il possédait un costume sombre. Et une cravate noire.

M. Graham avait une belle garde-robe, bien plus confortable que la mienne. J'essayai une veste de sport qui m'allait plutôt bien. Un pantalon ? La longueur me semblait correcte. Mais je n'étais pas sûr de la taille, et pas assez courageux non plus pour l'essayer : je craignais d'être surpris par Graham, une jambe passée dans l'un de ses pantalons. Que dit-on en pareille circonstance ? Hello ! je vous attendais, et je me suis dit que pour passer le temps je pourrais essayer un de vos pantalons, comme ça... Non, pas convaincant du tout.

Il avait non pas un mais deux smokings. Le premier était noir et le second d'un rouge sombre – je n'avais jamais encore vu de telles fripes.

Mais pas moyen de trouver un nœud pré-noué.

Certes, il avait plusieurs nœuds noirs, mais je n'avais jamais appris à les nouer.

Je respirai profondément et tentai de réfléchir.

On frappa à la porte. Je ne sautai pas au plafond, du moins pas tout à fait.

– Qui est là ? (Je le jure, M. Graham, c'est vous que j'attendais !)

– La stewardess, monsieur.

– Oh... Entrez, entrez !

J'entendis sa clé dans la serrure, puis je me précipitai pour ouvrir le verrou.

– Excusez-moi, j'avais oublié que j'avais verrouillé. Entrez.

Margrethe se révéla être à peu près de l'âge d'Astrid, d'allure très jeune, plus jolie, avec des cheveux blond filasse et des taches de rousseur sur le nez. Elle parlait un anglais très livresque avec un charmant accent chantant. Elle me présenta une veste courte, blanche, sur un cintre.

– Votre veste de mess, monsieur. Karl m'a dit que l'autre serait prête demain.

– Oh, merci, Margrethe ! Je l'avais complètement oubliée.

– C'est ce que j'ai pensé. Aussi je suis remontée à bord un peu plus tôt... la lingerie allait fermer. Je suis contente : il fait vraiment trop chaud pour porter du noir.

– Mais vous n'auriez pas dû revenir pour moi. Vous êtes trop gentille.

– J'aime prendre soin de mes invités. Vous le savez.

(Elle alla ranger la veste dans la penderie et s'apprêta à sortir.) Je reviendrai pour faire votre nœud. Six heures trente, comme d'habitude, monsieur ?

— Six heures trente, parfait. Mais quelle heure est-il ? (Damnation ! Ma montre avait disparu avec le *M.V. Konge Knut* car je ne l'avais pas mise pour aller à terre.)

— Presque six heures. (Elle hésita.) Je vais sortir vos vêtements avant de vous laisser. Il ne vous reste pas beaucoup de temps.

— Mais, très chère, cela ne fait pas partie de vos tâches.

— C'est un plaisir pour moi. (Elle ouvrit un tiroir, y prit une chemise de soirée qu'elle plaça sur mon lit : celui de Graham.) Et vous savez très bien pourquoi.

Avec l'efficacité d'une personne qui connaît très exactement l'emplacement de chaque chose, elle ouvrit le tiroir d'un petit bureau auquel je n'avais pas touché, y prit une trousse de cuir dont elle sortit une montre, une bague et des anneaux de plastron qu'elle mit en place sur la chemise avant de disposer des sous-vêtements et des chaussettes de soie noire sur l'oreiller, des chaussures habillées près de la chaise, avec un chausse-pied à l'intérieur. Enfin, elle alla décrocher dans la garde-robe cette veste de mess qu'elle avait ramenée pour la suspendre sur le devant avec un pantalon noir (auquel des bretelles étaient déjà fixées) et une ceinture-turban rouge sombre. Margrethe jeta un coup d'œil sur l'ensemble, ajouta un col cassé, un nœud noir et un mouchoir à la pile qu'elle avait déjà formée sur l'oreiller, se livra à un ultime examen, plaça la clé de la cabine et mon portefeuille près de la montre et de la bague, vérifia une troisième fois et hocha la tête, satisfaite :

— Il faut que je me presse, sinon je vais manquer le dîner. Je reviendrai pour le nœud.

Et elle partit, non pas au pas de course mais à pas pressés.

Margrethe avait eu raison. Si elle ne m'avait pas tout préparé, peut-être serais-je encore en train de me débattre pour m'habiller. La chemise aurait à elle seule suffit à m'arrêter. C'était un de ces modèles que l'on enfile par le devant et qui se boutonnent dans le dos : je n'en avais encore jamais porté.

Dieu merci, Graham se servait d'un rasoir de sûreté de type normal. Vers six heures et quart j'avais fini mon rasage du matin, je m'étais douché (chose nécessaire !) et je m'étais débarrassé de l'odeur de fumée qui imprégnait mes cheveux.

Les chaussures de Graham m'allaient comme si je les avais toujours portées. Le pantalon était peut-être un peu trop ajusté à la taille – mais on ne s'embarque pas à bord d'un bateau danois pour perdre du poids et j'étais depuis deux semaines sur le *M.V. Konge Knut*. J'étais encore en train de m'escrimer sur cette maudite chemise à boutonnage dans le dos lorsque Margrethe revint. Elle ouvrit la porte avec son passe.

Elle marcha droit sur moi et ordonna : « Ne bougez plus », et attacha prestement tout ce qui était hors de ma portée. Puis elle ajusta le redoutable col cassé par-dessus les boutons et passa le nœud autour non sans m'avoir demandé de me retourner. C'est un véritable tour de magie que de réussir un nœud carré. Et elle connaissait le charme qui convenait.

Elle m'aida à nouer la ceinture-foulard, me tint ma veste tandis que je la passais et m'examina un instant avant de rendre son verdict :

– Ça ira. Et je suis fière de vous : au dîner, les filles ont parlé de vous. J'aurais aimé vous voir. Vous êtes très courageux.

– Je ne suis pas courageux. Je suis idiot. J'ai parlé alors que j'aurais mieux fait de me taire.

– Si, j'ai bien dit courageux. Mais je dois m'en aller; j'ai demandé à Christina de me garder une part de tarte aux cerises. Si je m'absente trop longtemps, on me la prendra.

– Allez-y ! Et merci mille fois ! Dépêchez-vous : il faut sauver la tarte.

– Je n'aurai donc pas droit à ma récompense ?

– Oh... Et quel genre de récompense voulez-vous ?

– Oh, ne me taquinez pas !

Elle se rapprocha encore de moi et leva son visage.

Je ne connais pas grand-chose aux filles (qui pourrait prétendre connaître quoi que ce soit sur ce chapitre ?) mais il existe des signaux particulièrement évidents. J'ai posé mes mains sur ses épaules, je l'ai embrassée sur les deux joues, j'ai hésité assez longtemps pour être certain qu'elle n'était ni surprise ni choquée, et j'ai terminé en l'embrassant sur la bouche. Ses lèvres étaient pleines et tièdes.

— Est-ce ce à quoi vous pensiez en guise de paiement ?

— Oui, bien sûr. Mais vous savez embrasser mieux que cela. Vous le savez très bien.

Elle fit une moue rapide et baissa les yeux.

— Attention, on y va.

Oui, je savais embrasser mieux que ça. Ou du moins je le sus, après. En laissant faire Margrethe qui coopérait de tout cœur à ce qu'elle considérait comme une meilleure performance, j'en appris plus en deux minutes que durant toute mon existence.

Le sang battait dans mes oreilles.

Durant un instant, après que nos lèvres se furent séparées, elle resta dans mes bras. Son regard s'était tout à coup fait plus grave.

— Alec, dit-elle enfin avec douceur, c'est le plus beau baiser que vous m'ayez donné. Grands dieux... Maintenant, je m'en vais en courant parce que je ne veux pas que tu sois en retard au dîner.

Elle s'arracha à mes bras et disparut comme d'habitude, rapidement.

Je me suis examiné dans le miroir. Pas de traces. Pourtant un baiser aussi ardent aurait dû laisser des traces.

Quel genre d'homme était ce Graham ? Je pouvais porter ses vêtements... mais est-ce que je pouvais profiter de sa compagne attitrée ? Et l'était-elle vraiment ? Qui pouvait le dire ?... Pas moi, en tout cas. Etait-ce un libertin, un homme à femmes ? Ou bien m'étais-je immiscé par inadvertance dans une histoire d'amour ?

Enfin, était-il possible de retraverser une fosse ardente ?

Et puis, en avais-je vraiment envie, après tout ?

Il fallait aller droit vers l'arrière en suivant la coursive principale, puis descendre deux ponts plus bas et continuer encore vers l'arrière – j'avais noté tout ça dans le petit guide du bord.

Pas de problème. Un homme attendait à la porte de la salle à manger, habillé comme moi mais avec la carte du menu sous le bras. Ce devait être le maître d'hôtel ou le steward principal de la salle à manger. Il confirma son rôle en m'adressant un large sourire.

– Bonsoir, monsieur Graham.

– Bonsoir. Quel est ce changement prévu dans la disposition des convives, ce soir ? Où dois-je prendre place ?

(N'oubliez pas : si vous attrapez un taureau par les cornes, ça le surprend toujours, non ?)

– Oh, cela n'aura rien de permanent, monsieur. Demain, vous pourrez reprendre votre place à la table quatorze. Mais ce soir, le commandant vous a convié à sa table. Si vous voulez bien me suivre...

Il me conduisit à une table immense au beau milieu de la salle. Il allait me faire asseoir à la droite du commandant lorsque ce dernier se leva et se mit à applaudir, bientôt imité par les convives de la table, puis (à ce que je crus) par toute la salle à manger. Tout d'un coup, tous étaient debout et applaudissaient. J'entendis même quelques vivats.

Pendant ce dîner, j'appris deux choses. D'abord, il était évident que Graham avait fait le même pari stupide que moi. (Mais je ne savais toujours pas si nous étions un ou deux, et je remis la question à plus tard.)

Ensuite, et bien plus important : ne buvez jamais d'akvavit l'estomac vide, surtout si l'on doit vous remettre le Ruban Blanc, ce qui fut mon cas.

# 3

*Le vin est moqueur, les boissons fortes sont tumultueuses.*

Proverbes, 20:1

Je n'en veux pas au commandant Hansen. J'ai entendu dire que les Scandinaves ont l'habitude de s'injecter de l'éthanol pur dans le sang : c'est ce qui leur sert d'antigel au cours de leurs rudes hivers, et c'est ce qui fait qu'ils sont incapables de comprendre ceux qui ne supportent pas les boissons fortes. Et puis, il faut bien avouer que personne ne m'a soulevé le coude, que personne ne m'a pincé le nez pour me forcer à ingurgiter cet alcool. J'y suis arrivé tout seul.

Notre église ne prêche pas la doctrine selon laquelle la chair est faible et le péché, par conséquent, compréhensible et pardonnable. On peut accorder le pardon au péché, mais tout juste et, de toute façon, son salaire est la souffrance.

Et en ce qui concerne cette souffrance, on m'a dit que cela s'appelait aussi une gueule de bois.

C'est comme ça que mon ivrogne d'oncle l'appelait. L'oncle Ed prétendait que nul homme ne peut affronter la tempérance s'il n'a connu à fond l'intempérance... Car il serait incapable de résister à la tentation lorsqu'elle viendrait à se manifester en lui.

J'avais peut-être fait la démonstration de la théorie d'oncle Ed. Chez nous, on avait toujours considéré comme mauvaise son influence et, s'il n'avait pas été le frère de maman, papa l'aurait sûrement mis à la porte. On s'était contenté de ne jamais l'inviter à rester plus longtemps lorsqu'il venait en visite ni à revenir.

Avant même que j'aie pris place à sa table, le commandant m'avait offert un verre d'akvavit. Les verres destinés à cet alcool ne sont pas très grands, et même plutôt petits, et c'est là toute la sournoiserie du danger.

Le commandant tenait un verre avec désinvolture. Il m'a regardé droit dans les yeux et a dit : A notre héros ! *Skaal !*

Puis il a rejeté la tête en arrière et a lampé le verre d'un coup.

Des *Skaal* s'élevèrent tout autour de nous en écho et chacun des convives présents à la table vida son verre à l'exemple du commandant.

Et moi de même. Il faut dire que le fait d'être l'invité d'honneur me donnait certaines obligations. Vous me comprenez : *A Rome, il faut vivre comme à Rome,* etc. Mais la vérité est que je n'avais pas la force de caractère nécessaire pour refuser. J'ai seulement pensé en moi-même : Un petit verre, ça ne peut pas faire de mal, et j'ai bu.

Aucun problème immédiat. C'est descendu parfaitement. La première goulée fut glacée, immédiatement suivie d'un arrière-goût épicé, avec un soupçon de réglisse. J'ignorais le nom de ce que je venais de boire mais je n'étais même pas certain que ce fût alcoolisé. Du moins, ça ne semblait pas l'être.

Nous nous sommes tous rassis autour de la table. On m'a servi de la nourriture et le commandant, lui, m'a versé un deuxième verre de schnaps. Je m'apprêtais à commencer à grignoter les hors-d'œuvre danois que j'avais devant moi – un smorgasbord – quand quelqu'un a posé sa main sur mon épaule.

J'ai relevé la tête. C'était le Grand Voyageur. Et, avec lui, Je-sais-tout et le Sceptique.

Ils n'avaient pas tout à fait les mêmes noms. Celui qui avait joué avec ma vie (ou quoi que ce fût d'autre) n'était pas allé chercher très loin. Gerald Fortescue, par exemple, était devenu Jeremy Forsyth. Et, malgré quelques différences subtiles, je n'eus aucun mal à les reconnaître. Leurs nouveaux noms sonnaient assez familièrement pour me prouver que quelqu'un, ou quelque chose, avait décidé de prolonger la plaisanterie.

(Mais pourquoi mon nouveau nom ne rappelait-il pas

*Hergensheimer*? Hergensheimer, c'était plutôt digne, et même majestueux. Graham était banal au contraire.)

– Alec, commença M. Forsyth, nous nous sommes trompés sur votre compte. Duncan, Pete et moi sommes heureux de le reconnaître. Voici les trois mille dollars que nous vous devons, et (il brandit un jéroboam qu'il avait caché jusque-là derrière son dos) le meilleur champagne du bord en témoignage de notre estime.

– Steward ! lança le commandant.

Le steward accourut aussitôt et se mit à remplir nos verres. Mais, juste avant, je m'étais retrouvé par trois fois en train de lancer *Skaal !* pour chacun des perdants, et ce tout en empochant trois mille dollars (des dollars des Etats-Unis d'Amérique). Sur le moment, je n'eus pas le temps de me demander pourquoi trois *cents* dollars s'étaient métamorphosés en trois *mille*.

Et puis, ça n'était pas aussi bizarre que ce qui était arrivé au *Konge Knut*. Aux deux *Konge Knut*. A cela il faut ajouter que mes possibilités d'étonnement s'étaient déjà un peu réduites.

Le commandant Hansen demanda alors à l'hôtesse de disposer des sièges supplémentaires autour de la table pour Forsyth et les autres, mais tous trois protestèrent, arguant que leurs épouses respectives, ainsi que leurs compagnons de table, les attendaient. En outre, il n'y avait pas assez de place pour tous. Ces arguments devaient être peu convaincants pour le commandant : un Viking, grand comme une maison. Avec un marteau à la main, il aurait aisément pu passer pour Thor. Il a des muscles là où la plupart des hommes n'ont rien, absolument rien. Discuter avec lui risque de poser un sérieux problème.

Mais il accepta avec jovialité un compromis. Les trois hommes pouvaient regagner leurs tables pour dîner mais, auparavant, ils devaient rendre grâce, avec lui et avec moi, à Shadrak, Meshak et Abed Nego (1), les

(1) Condamnés par Nabuchodonosor à être jetés dans la *fournaise de feu ardent* (Livre de Daniel), ils en réchappèrent. *(N.d.T.)*

anges gardiens de ce bon camarade Alec. En vérité, c'était toute la table qui devait participer.

– Steward ! lança-t-il.

Et nous avons fait *Skaal!* encore trois fois en arrosant à chaque fois nos amygdales d'antigel danois. Avez-vous fait le compte ? Nous en sommes à sept, je crois. Vous pouvez arrêter là, parce que c'est là que j'ai cessé moi aussi de tenir le compte. Je me sentais gagné par la même apathie que j'avais éprouvée au milieu de la fosse ardente.

Le steward avait servi à nouveau du champagne sur un simple signe du commandant. C'était à mon tour de porter un toast, je retournai le compliment aux trois autres avant de me joindre à un toast général au commandant Hansen, puis à un autre dédié à ce brave *Konge Knut.*

Le commandant leva ensuite son verre aux Etats-Unis et tous les convives se dressèrent pour se joindre à nous. Je ne pus faire autrement que de porter un toast à la reine du Danemark, toast auquel on répondit. Après quoi le commandant me demanda de prononcer un petit discours.

– Dites-nous comment c'était dans cette atroce fournaise !

Je voulus refuser mais, de toutes parts, on se mit à crier : *Un discours ! Un discours !*

Je me redressai avec quelque difficulté et essayai de me rappeler le discours que j'avais prononcé au dernier dîner des bonnes œuvres des missions étrangères. Mais pas un mot ne me revenait. Finalement, je me jetai à l'eau...

– Eh bien, je vais vous dire, c'était pas rien ! Mais vous pouvez y arriver aussi, si vous appuyez votre oreille contre terre, si vous vous y mettez tout de suite et si vous regardez le ciel bien en face ! Merci, merci à tous, et je vous invite chez moi la prochaine fois.

Toute la salle applaudit et il fallut encore porter d'autres *Skaal*, je ne sais plus pourquoi, et la dame qui se trouvait à la gauche du commandant se leva et vint m'embrasser pendant que toutes les autres s'agglutinaient autour de nous et m'embrassaient aussi. Cela parut inspirer les autres dames dans toute la salle car il ne tarda pas à se former une procession. Elles voulaient toutes m'embrasser et, par la même occasion, elles embrassaient le commandant. A moins que ce ne fût le contraire.

C'est pendant cette parade qu'on enleva le steak qui avait été posé dans mon assiette. J'avais fait le projet de le manger mais je ne le regrettais pas trop, troublé que j'étais par toutes ces embrassades, un peu comme je l'avais été par les femmes du village après ma traversée du feu.

Je crois que mon trouble avait commencé, à vrai dire, dès que j'avais passé le seuil de la salle à manger. Je formulerais mon impression ainsi : les femelles présentes, mes compagnes de croisière, étaient toutes dignes de la *National Geographic Review.*

Oui. Tout à fait. Ce qu'elles portaient leur donnait l'air d'être encore plus dénudées, ou presque, que mes amies du village. Je ne vous décrirai pas leurs « robes de soirée », car je ne suis pas sûr que je le pourrais... ni même que je le devrais. Je suis même *certain* que je ne devrais pas. Mais aucune desdites robes ne couvrait plus de vingt pour cent de ce que les dames, dans mon monde à moi, dissimulaient lors des réceptions de fête. Je ne parle que de ce qui se trouve au-dessus de la taille, bien entendu. Les jupes étaient longues, allant même jusqu'au sol, mais elles étaient néanmoins coupées, ou découpées, de surprenante façon.

Certaines des dames présentes portaient un vêtement par-dessus leur robe. Une sorte de manteau qui couvrait presque tout... mais il était fait d'un tissu transparent comme du verre. Ou peu s'en fallait.

Quelques-unes des plus jeunes, des jeunes filles à vrai dire, étaient sorties des pages de la *National Geographic,* exactement comme les filles du village. Pourtant, elles ne semblaient pas aussi impudiques que leurs aînées.

J'avais remarqué tout cela presque à la seconde où j'avais mis le pied dans la salle. Mais je m'étais efforcé de ne pas regarder, et le commandant et les autres m'avaient à ce point accaparé dès le départ que je n'avais pas eu le temps de risquer le moindre regard sur ces tenues incroyablement indécentes. Mais, comprenez-vous, lorsqu'une dame s'avance, met les bras autour de votre cou et demande instamment à ce que vous l'embrassiez, il est plutôt difficile de ne pas remarquer qu'elle risque la pneumonie avec ce qu'elle porte sur le dos. Sans parler de toutes sortes d'autres malaises des bronches.

Mais, malgré la léthargie et l'étourdissement que j'éprouvais, je réussis à me contenir.

Néanmoins, la nudité des corps ne me choqua pas autant que la crudité des mots. De toute ma vie, j'avais rarement entendu pratiquer pareil langage en public... et guère souvent en privé, même entre hommes. Je dis : des « hommes » parce que des gentlemen ne s'expriment jamais ainsi dans le monde que je connais, même s'il y a des dames présentes.

La chose la plus choquante qui me soit advenue dans ma jeunesse, c'est un jour où, traversant le square de notre ville, je vis la foule rassemblée devant le palais de justice. M'approchant pour voir ce qui se passait... je découvris mon chef de patrouille scout au pilori. Je faillis m'évanouir.

Le délit qu'il avait commis était d'avoir usé d'un langage profane, si j'en crois l'écriteau qu'il portait autour du cou. L'accusatrice était sa propre femme. Il ne l'avait pas démentie et s'était remis de lui-même à la clémence du tribunal. Mais le juge était Deacon Brumby, qui n'avait jamais entendu parler de clémence.

M. Kirk, mon chef de patrouille, quitta la ville deux semaines après, et nul ne le revit jamais. C'est ce qui se passait en général lorsqu'un homme avait été cloué au pilori. Je n'ai jamais su quel mauvais langage M. Kirk avait pu employer, mais ce ne devait pas être si grave que ça puisque tout ce que lui infligea Deacon Brumby fut une nuit de pilori, du crépuscule à l'aurore.

Ce soir-là, à la table du commandant, dans la salle à manger du *Konge Knut,* j'entendis une dame très douce, du genre bonne grand-mère, s'adresser à son époux en utilisant plusieurs mots interdits allant du blasphème à certaines descriptions d'actes sexuels criminels. Eût-elle parlé ainsi dans ma ville natale qu'elle aurait encouru la plus longue peine de pilori qui soit, avant d'être chassée de la ville. (Sans toutefois être enduite de goudron et de plumes, usage que nous considérons comme brutal.)

Pourtant, on ne réprimanda même pas cette charmante dame. Son époux se contenta de sourire et lui affirma qu'elle s'inquiétait trop.

Pris entre ces tenues indécentes, ce parler choquant et les effets de deux potions aussi étranges que traîtresses et généreusement administrées, j'étais totalement perdu. Etranger en terre étrangère, j'étais terrassé par des coutumes aussi nouvelles pour moi que scandaleuses.

Mais, durant tout ce temps, je me raccrochai à une seule conviction : il me fallait paraître à l'aise, impavide, parfaitement chez moi. Nul ne devait soupçonner que je n'étais pas vraiment Alec Graham, compagnon de croisière, mais Alexander Hergensheimer, un simple étranger... ou sinon, il s'ensuivrait quelque chose de terrible.

Bien entendu, j'étais dans l'erreur : il s'était d'ores et déjà produit quelque chose de terrible. J'étais bel et bien un simple étranger sur une terre absolument étrange et déconcertante... mais, rétrospectivement, je ne pense pas que ma condition eût empiré si j'avais exposé au grand jour ma mésaventure.

Personne ne m'aurait cru.

Que pouvait-on attendre d'autre ? J'avais du mal à le croire moi-même.

Le commandant Hansen, qui était un homme doué d'un solide bon sens, aurait simplement éclaté de rire en entendant cette « plaisanterie » et il aurait proposé un autre toast. Et si j'avais persisté dans mon « délire », il aurait demandé au médecin du bord de me dire deux mots.

Néanmoins, je me tirai plus aisément d'affaire tout au long de cette soirée en me raccrochant à cette certitude que je devais absolument jouer le rôle d'Alec Graham afin de ne laisser soupçonner à personne que j'étais un imposteur transplanté dans ce monde par des fées, comme l'œuf du coucou dans le nid.

On venait juste de me servir une part de cake de la princesse, un merveilleux gâteau à plusieurs étages que j'avais goûté à bord de l'autre *Konge Knut,* accompagnée d'une petite tasse de café, quand le commandant se leva.

– Venez, Alec ! Passons au salon, à présent ! Le spectacle est sur le point de commencer, mais ils attendent que j'arrive. Allez, venez ! Ne mangez pas cette sucrerie, ça ne vous vaudrait rien. Vous pourrez prendre votre café au salon. Mais avant, on va boire comme des hommes, non ? Du solide, pas des boissons de jeunes filles ! Vous aimez la vodka russe ?

Il passa son bras sous le mien et je m'aperçus qu'il m'entraînait vers le salon sans que ma volonté y fût pour quoi que ce soit.

Le spectacle présenté dans le salon était cette sorte de mélange que j'avais déjà vu à bord du *M. V. Konge Knut* : un magicien faisait des tours improbables mais pas du genre de ce que j'avais fait, moi (ou de ce que l'on m'avait fait ?)... Un comédien bonimenteur, ni bon ni menteur, une jolie fille qui chantait, et des danseurs. Les principales différences étaient celles que j'avais déjà rencontrées : beaucoup de peau nue, beaucoup de mots crus. Mais j'étais encore sous l'effet du premier choc et de l'akvavit, et ces nouvelles preuves de la différence entre nos deux mondes eurent un effet plus atténué sur moi.

La fille qui chantait ne portait que quelques souvenirs de vêtements et les paroles de ses chansons lui auraient causé des ennuis même dans les bas-fonds de Newark dans le New Jersey. C'est du moins ce que je pensai car je n'avais jamais fait l'expérience directe de ce cloaque d'infamie. Je m'intéressais avant tout à son allure : je n'avais pas en effet à détourner les yeux puisque chacun était censé regarder le spectacle.

Si l'on admet, à titre d'exemple, que les usages dans le costume peuvent fondamentalement varier sans détruire la structure de la société (une possibilité à laquelle je n'adhère pas mais que je me contente de citer), il vaut mieux, alors, que la personne qui exhibe cette différence soit jeune, en bonne santé et d'apparence avenante.

La chanteuse était, en effet, jeune, en bonne santé et très avenante. Et j'éprouvai un pincement de regret lorsqu'elle disparut du halo du projecteur.

Le clou de la soirée était une troupe de danseurs tahitiens. Je ne fus pas surpris de voir qu'ils étaient tous nus jusqu'à la taille si l'on exceptait leurs colliers de fleurs et de coquillages. En fait, le contraire m'eût étonné. Mais ce qui me surprit (encore que tel n'aurait pas dû être le cas), ce fut la réaction de mes compagnons de croisière.

La troupe, composée de huit femmes et de deux hommes, dansa tout d'abord pour nous. Tout à fait comme avant la traversée du feu, ce même jour, ou lors de la visite d'une troupe similaire à bord du *M. V. Konge Knut* à l'escale de Papeete. Vous n'ignorez peut-être pas que le hula de Tahiti se distingue du rythme lent et gracieux du Royaume d'Hawaï : il est *nettement* plus rapide et plus énergique. Je ne suis pas un expert de l'art de la danse mais je crois avoir assisté à des démonstrations de hula dans chaque pays. Et je préfère le hula hawaïen que j'avais découvert lorsque le *Comte Von Zeppelin* s'était arrêté pour une journée à Hilo, en route pour Papeete. Le hula tahitien tient plus pour moi de l'exploit athlétique que de l'art. Mais la vitesse et l'énergie ont un charme encore renforcé par la manière dont les femmes indigènes se vêtent ou se dévêtent.

Le meilleur allait suivre. Après une très longue partie dansée, avec des figures auxquelles participaient les deux danseurs qui faisaient avec leurs partenaires des choses qui auraient étonné dans une basse-cour (je m'étais attendu à tout moment à ce que le commandant interrompe ces activités), le maître des cérémonies, à moins que ce ne fût le directeur de la croisière, s'avança pour annoncer :

— Mesdames et messieurs, et vous autres dont l'état est aussi douteux que l'origine... (Je suis contraint de censurer quelque peu son langage.) Que vous ayez chassé à courre ou à l'arrêt – notez bien que je ne fais pas de discrimination entre les queues –, vous avez su mettre à profit ces quatre jours durant lesquels nos danseurs ont été avec nous pour nous apprendre le hula tahitien qui fait désormais partie de votre répertoire. Dans peu de temps, vous allez pouvoir donner une démonstration de ce que vous avez appris et recevoir vos diplômes d'authentiques *papayas* de Papeete. Mais ce que vous ne savez pas, c'est qu'ici même, à bord de ce bon vieux *Knut,* il y en a d'autres qui se sont déjà sérieusement entraînés. *Maestro,* musique !

Une douzaine de nouvelles danseuses surgirent du fond de la scène. Mais elles n'étaient pas polynésiennes. Absolument caucasiennes. Seule leur tenue était authentique : jupes de raphia, colliers, fleurs dans les cheveux, rien d'autre. Mais leur peau était absolument blanche et, si l'on exceptait deux rousses, toutes étaient blondes.

Toute la différence était là. J'étais tout prêt à admettre que les femmes de Polynésie étaient très correctement et même pudiquement vêtues car c'était leur costume indigène. Autres lieux... Et puis, notre mère Eve n'avait-elle point été pudique dans sa simple nudité avant la Chute ?

Mais des filles blanches en tenue des Mers du Sud, c'était tout à fait déplacé.

Cependant, cela ne m'empêcha pas d'observer le spectacle. J'étais surpris de voir que ces filles dansaient aussi vite et de façon aussi compliquée (à mes yeux profanes) que les filles des îles. J'en fis la remarque au commandant.

– Elles ont appris à danser avec autant de talent en quatre journées seulement ?

Il étouffa un rire.

– Elles s'entraînent pendant chaque croisière, du moins pour celles qui ont déjà voyagé avec nous. Elles répètent depuis San Diego.

C'est à cet instant que je reconnus l'une des danseuses – c'était Astrid, l'accueillante jeune femme qui m'avait conduit à « ma » cabine. Et je compris pourquoi elles avaient consacré autant de passion et de temps à la danse : elles faisaient partie de l'équipage. Je regardai Astrid – ou plutôt je la scrutai – avec un peu plus d'intérêt. Elle surprit mon regard et me sourit. Comme un gros lourdaud, comme un benêt, au lieu de répondre à ce sourire, je détournai les yeux en rougissant. Puis j'essayai de masquer mon embarras en prenant une longue gorgée du verre que je venais de découvrir dans ma main.

L'un des danseurs canaques s'avança en tourbillonnant devant les filles blanches et fit signe à l'une d'elles de venir danser avec lui.

Le Ciel me protège, c'était Margrethe !

Je faillis m'étouffer et demeurai cloué sur place. Jamais, durant toute ma vie, je n'avais vu plus magnifique apparition.

*Ah, beauté à nulle autre pareille !*
*Dans l'écrin de tes cheveux brillent*
*les pierres douces de tes yeux.*
*Aux globes tendres de tes seins*
*s'accrochent deux églantines,*
*et dans le vallon doré de ton ventre*
*s'éparpillent des fleurs,*
*autour de ton nombril pareil à un verre d'amour,*
*où verser des liqueurs...*

# 4

*Le malheur ne sort pas de la poussière,*
*Et la souffrance ne germe pas du sol;*
*L'homme naît pour souffrir, comme l'étincelle pour voler.*

Job, 5 :6-7

Lentement je repris connaissance et je le regrettai : un affreux cauchemar me poursuivait. Je refermai très fort les paupières et j'essayai de me renfoncer dans le sommeil.

Des tambours indigènes battaient dans ma tête. J'essayai de les faire taire en me bouchant les oreilles.

Le son se fit plus fort encore.

J'abandonnai, j'ouvris les yeux et soulevai la tête. Grave erreur : mon estomac faisait flic-floc et mes oreilles bourdonnaient. Mes yeux étaient incapables d'accommoder et ces tambours d'enfer continuaient à me fracasser le crâne.

Je réussis enfin à aligner mes deux yeux, mais l'image demeurait floue. Je regardai autour de moi et découvris une pièce étrange. J'étais allongé sur un lit, à demi dévêtu.

Cela mit en branle mes souvenirs. La soirée à bord. L'alcool. Beaucoup d'alcools. Du bruit. Des gens nus. Le commandant en jupe de raphia, dansant de bon cœur, accompagné par l'orchestre. Et certaines des passagères avec la même jupe, et même parfois sans jupe. Le boum-boum des tambours et le crépitement des bambous.

Les tambours...

Ce n'étaient pas des tambours que j'avais dans la tête, mais tout simplement la pire migraine de toute mon existence. Mais pourquoi ne les avais-je pas empêchés...

Tu ne *les* as pas empêchés ?... Mais tu as fais tout ça tout seul, mon vieux.

Oui, mais...

*Oui, mais.* Toujours ce *oui, mais.* Toute ta vie a été sous le signe de ce *oui, mais.* Quand vas-tu te décider à grandir et à assumer la responsabilité de ce qui t'est arrivé comme de ta vie ?

Oui, mais ceci n'est *pas* de ma faute. Je ne suis pas A.L. Graham. Ce n'est pas mon nom. Et ce n'est pas mon bateau.

Non, vraiment ?

Bien sûr que non...

Je m'assis pour chasser ce mauvais rêve. Autre erreur : ma tête ne tomba pas tout à fait mais une douleur lancinante à la base du cou s'associa à celle qui vibrait sous mon crâne. Je vis que je portais un pantalon noir et apparemment rien d'autre, et que cette pièce étrange dans laquelle je me trouvais roulait doucement bord sur bord.

Le pantalon de Graham. La chambre de Graham. Et ce roulement, c'était celui du navire sans ses stabilisateurs.

Ce n'est pas un rêve. Ou alors, je n'arrive pas à m'en arracher. J'avais les dents douloureuses et mes pieds n'étaient pas à moi. Là où je n'étais pas visqueux, j'étais couvert d'une sueur poisseuse. Quant à mes aisselles... N'y pensez même pas !

Pour ma bouche, il aurait fallu un bon bain de soude caustique.

Tout me revenait à présent. Ou presque. La fosse ardente. Les villageois. Les poulets qui fuyaient devant la voiture. Le bateau qui n'était plus le mien... mais qui l'était pourtant. Margrethe...

Margrethe !

*Dans l'écrin de tes cheveux brillent*
*les pierres douces de tes yeux.*
*Aux globes tendres de tes seins*
*s'accrochent deux églantines.*

Margrethe avec les danseuses, les hanches aussi nues que les pieds. Margrethe avec cet abominable canaque, en train de trémousser son...

Pas étonnant que je me fusse saoulé !

Doucement, mon vieux ! Tu avais déjà bu bien avant ça. Et tout ce que tu as à reprocher à cet indigène, c'est d'avoir été à *ta* place. Parce que *tu* voulais danser avec elle. Le problème, c'est que tu ne sais pas danser.

La danse est une tentation de Satan.

Et surtout ne t'avise pas de te dire que tu ne demandes qu'à apprendre !

*... deux églantines !* Oui, oui, j'aimerais bien !

J'entendis alors un coup léger à la porte, puis un bruit de clé. Margrethe passa la tête par l'entrebâillement.

— Réveillé ? Bien. (Elle entra avec un plateau, referma et s'approcha.) Buvez cela.

— Qu'est-ce que c'est ?

— Du jus de tomate, surtout. On ne discute pas... Buvez !

— Je ne crois pas que je pourrai.

— Mais si. Il le faut. Buvez.

J'ai reniflé le breuvage avant de goûter une petite gorgée. A ma grande stupéfaction, je n'ai pas éprouvé la moindre nausée. J'en ai bu un peu plus. Après un petit frisson très discret, tout s'est passé très bien et la boisson est descendue sagement jusqu'à mon estomac. Margrethe m'a présenté deux pilules.

— Maintenant, prenez ça. Avec le restant du jus de tomate.

— Je ne prends jamais de médicaments.

Elle a soupiré, puis a prononcé quelques mots que je n'ai pas compris. Ce n'était pas de l'anglais. Pas vraiment.

— Qu'est-ce que vous dites ?

— Quelque chose que ma grand-mère disait toujours quand mon grand-père discutait avec elle. Monsieur Graham, vous allez prendre ces deux pilules. Ce n'est que de l'aspirine et vous en avez besoin. Si vous ne vous montrez pas coopératif, je vais tout faire pour ne plus vous aider. Je vais... je vous confierai à Astrid, voilà !

— Non, ne faites pas ça.

— C'est ce que je ferai pourtant si vous continuez à résister. Astrid aimerait changer, je le sais. Elle vous aime bien; elle m'a dit que vous l'aviez regardée danser hier soir.

J'ai accepté les pilules et je les ai fait passer avec ce qui restait de jus de tomate. Le tout glacé, très agréable.

— Oui, c'est vrai, je l'ai regardée danser, jusqu'à ce que je vous aie repérée. Alors, c'est vous que j'ai regardée.

Pour la première fois, elle a souri.

— Oui ? Et vous avez aimé ?

— Vous étiez très belle. (Et votre danse était obscène. Votre tenue et vos gestes impudiques m'ont choqué au plus profond de moi-même. J'ai été horrifié... et j'aimerais bien vous revoir comme ça, en ce moment même !) Oui, vous étiez très gracieuse.

Elle souriait toujours et des fossettes sont apparues sur son visage.

— J'espérais que cela vous plairait, monsieur.

— Mais oui. Et à présent, cessez de me menacer avec Astrid.

— D'accord. Du moment que vous êtes obéissant. Vous allez vous lever maintenant et aller sous la douche. Très chaude d'abord, et ensuite très froide. Comme au sauna. (Elle attendait que je m'exécute.) Debout. Je ne sortirai pas aussi longtemps que vous ne serez pas sous cette douche.

— J'irai. Quand vous serez partie.

— Oui, c'est cela, et vous la prendrez bien tiède, je sais. Allons, debout ! Enlevez-moi ce pantalon et allez-y. Pendant ce temps, je vais m'occuper de votre breakfast. Nous avons juste le temps avant que la cuisine ne ferme pour prendre le déjeuner... alors, cessez de nous faire perdre du temps. S'il vous plaît !

— Mais je suis incapable d'ingurgiter un breakfast ! Pas aujourd'hui en tout cas. Non...

Manger... quel mot dégoûtant.

— Mais il *faut* manger. Vous avez trop bu hier soir, vous le savez. Si vous ne mangez pas, vous vous sentirez mal toute la journée. Monsieur Graham, j'en ai fini avec tous mes autres invités, aussi je suis libre à présent. Je vais vous servir, et ensuite je vais rester là pour veiller à ce que vous mangiez. (Elle me fixa.) J'aurais dû vous faire quitter votre pantalon avant de vous mettre au lit. Mais vous êtes trop lourd.

— Vous m'avez mis au lit ?

— Ori m'a aidée. C'est le garçon avec qui j'ai dansé. (Mon expression a dû me trahir car elle a ajouté vivement :) Oh, mais je ne l'ai pas laissé entrer dans votre chambre, monsieur. Je vous ai déshabillé moi-même. Mais il fallait bien que quelqu'un m'aide pour monter les escaliers.

— Mais je ne vous critiquais pas. (Et après, vous êtes retournée à la soirée ? Il était encore là ? Et vous avez dansé encore avec lui ? *Jalousie, cruelle comme la tombe, dont les pierres sont des charbons ardents...* Mais je n'ai pas le droit de penser cela.) En fait, je vous remercie tous deux. J'ai dû être insupportablement grossier.

— Ma foi... les hommes courageux boivent souvent trop lorsque le danger est passé. Mais ce n'est pas bon pour vous.

— Non, certainement pas. (Je me suis levé et j'ai gagné la salle de bains en déclarant :) Je vais la prendre très chaude. Promis.

J'ai refermé la porte au verrou, puis j'ai fini de me déshabiller.

(Ainsi, j'avais été saoul, inerte et puant au point qu'un indigène avait dû aider à me mettre au lit. Alex, tu es un vrai désastre ! Et tu n'as aucun droit de te montrer jaloux avec une jolie fille. Elle ne t'appartient pas. Et elle ne s'est pas mal comportée par rapport aux usages de ce monde — quel qu'il soit — et tout ce qu'elle a fait c'est prendre soin de toi et te dorloter. Ce qui ne te donne aucun droit sur elle.)

J'ai mis la douche sur chaud, mais ce pauvre Alex a bien failli y rester ! J'ai tenu jusqu'à ce que mes nerfs me donnent l'impression d'avoir été cautérisés, et je suis passé à fond sur froid. J'ai poussé un cri.

Je suis resté sur froid jusqu'à ce que ça ne me paraisse plus froid du tout, et puis je me suis séché en ouvrant la porte pour évacuer la vapeur. Je suis revenu dans la pièce et j'ai réalisé tout à coup que je me sentais merveilleusement bien. Plus de mal de tête. Fini ce sentiment que la fin du monde était pour midi. Plus de soubresauts d'estomac. La faim. Rien que la faim. Alex, promets-moi que tu ne te saouleras plus jamais... mais, si cela t'arrive par malheur, fais exactement ce que Margrethe t'a dit de faire. Elle pense pour toi, mon garçon... Tu devrais apprécier.

En commençant à siffler joyeusement, j'ai ouvert la garde-robe de Graham.

C'est alors que j'ai entendu une clé qui tournait dans la serrure. J'ai à peine eu le temps de décrocher sa robe de chambre et je suis parvenu à me couvrir à l'instant où la porte s'ouvrait. Margrethe se déplaçait lentement avec un plateau lourdement chargé. Quand je m'en suis aperçu, je lui ai tenu la porte. Elle a posé le plateau et arrangé les plats et les assiettes sur mon bureau.

— Vous aviez raison à propos de la douche façon sauna. C'est exactement ce que m'a prescrit le docteur. Ou l'infirmière, devrais-je dire.

— Je sais, c'est comme ça que faisait ma grand-mère avec mon grand-père.

— Une femme avisée. Mmm ! Ça sent bon !

(Des œufs brouillés, du bacon, des montagnes de pâtisseries danoises, du café et du lait — plus une petite assiette de fromages, *fladbrød,* de fines tranches de jambon et un fruit tropical dont j'ignorais le nom.)

— Et qu'est-ce qu'elle faisait, votre grand-mère, quand votre grand-père discutait ?

— Oh, il lui arrivait d'être patiente.

— Mais pas vous, dites-moi.

— Eh bien... Elle disait que Dieu avait créé les hommes pour éprouver l'âme des femmes.

— Elle avait peut-être raison. Vous êtes d'accord ?

Elle sourit et les petites fossettes revinrent.

— Je crois qu'ils avaient aussi d'autres ressources.

Margrethe a mis de l'ordre dans ma chambre, nettoyé ma baignoire (d'accord, d'accord : je veux dire la chambre de *Graham*, la baignoire de *Graham*... satisfaits ?) pendant que je mangeais. Puis elle m'a préparé un pantalon et une chemise de sport en tissu imprimé des îles, des sandales, et elle a débarrassé le plateau et les assiettes en me laissant le café et le fruit que je n'avais pas mangé. Je l'ai remerciée comme elle franchissait le seuil, je me suis demandé brièvement si je devais lui offrir quelque « récompense », et aussi si elle offrait les mêmes services à d'autres passagers. Cela me semblait peu probable mais j'étais incapable de fournir une réponse.

J'ai poussé le verrou et je me suis mis à fouiller la chambre de Graham.

Je portais ses vêtements, je dormais dans son lit, je répondais à son nom... et il fallait maintenant que je décide si je devais aller jusqu'au bout et *être* vraiment A.L. Graham... ou si je devais aller voir l'autorité la plus proche (le consul américain ? Sinon qui ?) pour dénoncer la situation où je me trouvais et demander qu'on m'aide.

J'étais pressé par les événements. Ce jour même, *le Skalde du Roi* annonçait que le *S.S. Konge Knut* allait faire relâche à Papeete à 3 heures cet après-midi, avant d'appareiller à nouveau, à 6 heures, pour Mazatlan, au Mexique. Le commissaire de bord avertissait tous les passagers désireux de changer des francs en dollars qu'un représentant de la banque de Papeete serait dans le carré, juste en face de son bureau, dès l'arrivée à Papeete et jusqu'à quinze minutes avant le départ. Le commissaire ajoutait que les notes de bar et d'achats divers ne pouvaient être réglées qu'en dollars, en couronnes danoises, ou par des lettres de crédit dûment certifiées.

Tout cela était très raisonnable. Et troublant. Je m'étais attendu à ce que le bateau fasse escale à Papeete durant vingt-quatre heures au moins. Trois heures d'escale, cela semblait absurde. Ils auraient à peine le temps de se ranger à quai qu'il faudrait déjà penser à larguer les amarres ! Est-ce que la taxe d'amarrage serait quand même de vingt-quatre heures ?

Ensuite je m'avisai que ce n'était pas à moi de diriger les affaires du bateau. Le commandant profitait peut-être de trois heures entre le départ d'un navire et l'arrivée d'un autre. Il pouvait y avoir mille autres raisons différentes. Tout ce qui m'inquiétait, c'est ce que je pouvais arriver à faire entre trois et six heures, et ce qu'il *fallait* que je fasse à partir de maintenant, en attendant trois heures.

Voici mon butin après quarante minutes de fouille intense :

Des vêtements de toutes sortes : aucun ne posait de problème, si l'on exceptait les deux kilos en trop à la taille.

De l'argent : d'abord les francs dans son portefeuille (que j'allais devoir changer), plus quatre-vingt-cinq dollars. Trois mille autres dans le tiroir du bureau où se trouvait la petite trousse dans laquelle Margrethe avait pris la montre, la bague et les boutons de chemise. J'en conclus que Margrethe avait conservé pour moi le produit du pari que j'avais fait (ou que Graham avait fait) avec Forsyth, Jeeves et Henshaw. On dit qu'il y a un Dieu pour les ivrognes et les idiots. Dans mon cas, il opérait par Margrethe interposée.

Je trouvai encore quelques articles divers, sans rapport avec mon problème immédiat : des livres, des souvenirs, du dentifrice, etc.

Pas de passeport.

Quand je me suis aperçu que je n'avais découvert aucun passeport lors de cette première fouille, j'ai recommencé. Cette fois, j'ai cherché systématiquement dans toutes les poches des vêtements de la penderie, j'ai fouillé à nouveau partout et même dans quelques coins inhabituels auxquels je n'avais pas pensé et susceptibles de dissimuler un petit fascicule de la taille d'un passeport.

Toujours rien. Certains touristes prennent la précaution de garder leur passeport sur eux quand ils quittent le bord. Pour ma part, je préfère le laisser si cela est possible car, lorsque vous perdez votre passeport, vous n'êtes pas au bout de vos ennuis. Ainsi, la veille, je n'avais pas pris le mien... et il était donc à présent au diable Vauvert, au pays de cocagne, en tout cas là où le *Motor Vessel Konge Knut* était parti. Mais où était-ce? En tout cas, ce n'était pas le moment de réfléchir. J'avais trop à faire dans ce nouveau monde si étrange.

Si Graham avait bien pris son passeport en descendant à terre, la veille, alors il avait disparu avec lui, il l'avait suivi à travers cette fissure dans la quatrième dimension. Oui, c'était comme ça que je commençais à me figurer les choses.

Pendant que je fulminais sur place, quelqu'un glissa une enveloppe sous la porte de ma cabine.

Je l'ouvris aussitôt. A l'intérieur, se trouvait la facture du commissaire pour « mes » dépenses à bord (celles de Graham). Graham avait-il eu l'intention de quitter le bateau à l'escale de Papeete? Sûrement pas! Si tel était le cas, j'étais en rade sur ces îles pour une durée indéterminée.

Mais ce n'était peut-être pas ça. En fait, ça ressemblait plutôt à une routine. Le relevé de fin de mois.

La note de bar de Graham me fit hausser les sourcils... jusqu'à ce que je remarque certains détails qui me choquèrent encore plus, mais pour une tout autre raison. Le fait qu'un Coca-cola coûte deux dollars ne signifie pas que le coca soit plus grand mais seulement que le dollar est plus petit.

Je savais donc à présent pourquoi un pari de trois cents dollars dans... ou disons, de l'autre côté, donnait trois mille dollars de ce côté ci.

Si je devais vivre dans ce monde il allait falloir que je rectifie mes habitudes mentales au sujet des prix. Considérer les dollars comme une monnaie étrangère et convertir tous les prix dans ma tête jusqu'à ce que j'y sois accoutumé. Par exemple, si les tarifs du bord étaient représentatifs, un très bon dîner, avec steak ou côte de bœuf, dans un restaurant de première catégorie, disons au Mark Hopkins ou à l'hôtel Brown Palace, un pareil festin pouvait coûter jusqu'à dix dollars. Fichtre!

Si l'on comptait les cocktails et le vin, l'addition pouvait aller jusqu'à quinze dollars ! Une semaine de salaire. Dieu merci, je ne bois pas !

Pardon ? Tu ?...

Ecoutez... hier soir, c'était une occasion très spéciale.

Vraiment ? On dit qu'on ne perd sa virginité qu'une fois. En ce cas, elle est bel et bien partie pour toujours. Mais qu'est-ce que tu buvais donc quand on a éteint les lumières ? Un zombie danois ? Tu n'en aimerais pas un en cet instant ? Rien que pour assurer ta stabilité ?

Non, jamais plus !

C'est ça, au revoir mon vieux !

J'avais encore une chance, et une chance très solide. Du moins je l'espérais. La trousse que Graham utilisait en guise de boîte à bijoux contenait une clé. Elle portait le numéro 82. Si le destin consentait à me sourire, elle devait ouvrir un coffre dans le bureau du commissaire.

(Et si le destin m'était vraiment contraire, cette clé ouvrait un coffre dans une banque, quelque part dans un des quarante-six Etats, et je ne trouverais jamais cette banque. Mais, inutile d'imaginer davantage d'ennuis; j'avais largement mon compte pour le moment...)

Je suis descendu d'un pont vers l'avant du bateau.

– Bonjour, commissaire.

– Ah, monsieur Graham ! C'était une merveilleuse soirée, n'est-ce pas ?

– Certainement. Encore une comme ça et je rends l'âme.

– Oh, allons donc ! Ça m'étonnerait de la part d'un homme qui peut traverser le feu. En tout cas, vous aviez l'air de vous amuser... et moi aussi. Que pouvons-nous pour vous, cher monsieur ?

Je lui ai présenté la clé que j'avais trouvée.

– Est-ce la bonne ? Ou bien est-ce celle de ma banque ? Je n'arrive jamais à me rappeler...

Il la prit.

– Mais c'est la nôtre. Poul ! prenez ceci et apportez-moi le coffret de M. Graham. Monsieur Graham, voulez-vous bien faire le tour de ce bureau et vous asseoir ?

– Oui, merci. Euh... dites-moi, auriez-vous un sac ou quoi que ce soit qui puisse correspondre au contenu de cette boîte ? Il faudrait que je l'emmène jusqu'à mon bureau pour quelques notations.

— Un sac... Mmm, voyons... Je peux m'en procurer un à la boutique-cadeaux mais... dites-moi, combien de temps ce travail va-t-il vous prendre ? Pourriez-vous avoir fini vers midi ?

— Oh, très certainement.

— En ce cas, vous n'avez qu'à emporter la boîte jusqu'à votre cabine. Le règlement s'y oppose, certes, mais je me suis aussi donné pour règle de le transgresser si besoin est. Mais tâchez d'être là à midi. Nous fermons de midi à treize heures — ce sont les lois de l'Union — et si je suis obligé de vous attendre ici pendant que mes employés sont partis déjeuner, vous serez obligé de m'offrir un verre.

— Je vous en offrirai un quoi qu'il arrive.

— Moi aussi. Tenez. Et n'allez pas au feu avec.

Posé sur le dessus dans le coffret, il y avait le passeport de Graham. Quelque chose se dénoua dans ma poitrine. Je ne connais pas de sentiment plus désespéré que de se trouver loin de l'Union sans passeport... même s'il ne s'agit pas vraiment de l'Union. Je l'ai ouvert et j'ai regardé la photo agrafée sur la première page. Ressemblais-je vraiment à ça ? Je suis allé dans la salle de bains et j'ai comparé mes traits avec ceux du visage du passeport.

C'était assez ressemblant, selon moi. On ne peut attendre mieux d'une photo de passeport. J'ai placé la photo devant le miroir et, cette fois, la ressemblance a été meilleure. Mon vieux, tu as le visage asymétrique... et vous aussi, monsieur Graham.

Mon petit ami, si je dois vraiment assumer en permanence ton identité — et il semble, de plus en plus, que je n'aie guère le choix —, c'est un soulagement de savoir que nous nous ressemblons à ce point. Les empreintes ?

Nous arrangerons cela le moment venu. Selon toute apparence, les U.S.A. n'exigeaient pas d'empreintes sur leurs documents officiels. Cela me convenait. Profession : cadre. Mais dans quelle entreprise ? Une société funéraire ? Une chaîne mondiale d'hôtels ? Ça, ça n'était pas difficile à trouver mais tout bonnement impossible.

Adresse : aux bons soins de O'Hara, Rigsbee, Crumpacker et Rigsbee, avoués, appartement 7000, Smith Building, Dallas.

Chouette ! Une simple boîte postale. Pas d'adresse de bureau, pas de domicile, pas de profession. Sacré cachottier ! Je te cognerais volontiers sur le museau !

(Il ne doit pourtant pas être si déplaisant que ça. Margrethe en pense même beaucoup de bien. Ouais... mais il a intérêt à ne pas laisser traîner ses pattes sur elle. Il en profite ? Ce n'est pas juste. Mais *qui* profite d'elle ? Attention, mon garçon, tu fais de la dissociation de personnalité.)

Une enveloppe était glissée sous le passeport, avec la copie enregistrée de son billet – et il avait bien pris la croisière complète – de Portland à Portland. Mon frère, à moins que tu ne montres le bout de ton nez avant six heures, tu m'offres le voyage de retour ! Mais tu pourras peut-être te servir de mon billet pour l'*Amiral Moffett*. Je te souhaite bonne chance.

Encore divers papiers et j'aperçus dix épaisses enveloppes scellées, de format commercial. J'en ai ouvert une.

J'y ai trouvé des coupures de mille dollars. Il y en avait cent.

J'ai vérifié rapidement le contenu des autres enveloppes. Il était identique. Un million de dollars en liquide.

# 5

*Le méchant prend la fuite sans qu'on le poursuive,*
*Le juste a de l'assurance comme un jeune lion.*

Proverbes, 28:1

Osant à peine respirer, je me suis servi d'un ruban de papier gommé que j'avais trouvé dans le bureau de Graham pour refermer les enveloppes. J'ai tout remis dans le coffret à l'exception du passeport que j'ai enfermé avec ces trois mille dollars qui étaient « les miens » dans le tiroir du petit bureau. Ensuite, je suis retourné vers le commissaire en portant le coffret avec le plus grand soin.

Un autre homme était derrière le bureau mais j'ai aperçu le commissaire à l'intérieur et j'ai attiré son attention.

– Hello ! Vous voilà déjà de retour ?

Il est sorti.

– Oui. Pour une fois, tout était en règle.

Je lui ai remis le coffret.

– Je devrais louer vos services. Ici, rien ne cadre jamais. En tout cas jamais avant minuit. Bon, allons prendre un verre. J'en ai besoin.

– Moi aussi !

Le commissaire m'a précédé vers l'arrière, jusqu'à un bar à ciel ouvert que je n'avais pas remarqué sur le plan du bâtiment. Le pont supérieur s'achevait à cet endroit et celui sur lequel nous nous trouvions, le pont D, se poursuivait en pont-promenade. Nous marchions sur un très beau plancher de teck. L'extrémité du pont C formait un auvent sur lequel on avait tendu des écrans de toile. Sur de longues tables, disposées à angle droit du bar, un somptueux buffet était présenté et les passagers faisaient la queue. Un peu plus loin, vers la poupe, des cris, des rires et des bruits d'éclaboussement venaient de la piscine.

Le commissaire me conduisit jusqu'à une petite table occupée par deux jeunes officiers.

– Vous deux, sautez par-dessus bord.

– Tout de suite, commissaire.

Ils se levèrent immédiatement, prirent chacun leur verre de bière et s'éloignèrent vers l'arrière. L'un d'eux m'adressa un sourire en inclinant la tête comme si nous nous connaissions. Je répondis à son salut par un *Hello !* sonore.

La table était en partie abritée du soleil par un vélum et le commissaire me demanda :

– Désirez-vous vous asseoir au soleil et regarder les filles, ou à l'ombre pour vous détendre ?

– Les deux. Choisissez votre place, je prendrai l'autre.

– Mmm... Nous allons déplacer un peu la table et nous nous assiérons tous deux à l'ombre. Voilà, nous y sommes.

Il s'assit, le regard tourné vers l'avant, et je me retrouvai forcément face à la piscine – ce qui confirma ce que je pensais avoir vu au premier regard : pour se baigner à bord, point n'était besoin de maillot de bain.

Si j'avais réfléchi un instant, j'aurais logiquement pu le déduire, mais tel n'avait pas été le cas. La dernière fois que j'avais vu des gens se baigner sans maillot, je devais avoir douze ans à peine et ce privilège était strictement réservé aux jeunes enfants de sexe mâle.

– J'ai dit : que voulez-vous boire, monsieur Graham ?

– Oh ! désolé, je ne vous avais pas entendu.

– Je sais. Vous admirez le spectacle. Ce sera quoi ?

– Eh bien... Un zombie danois.

Il haussa les sourcils.

– A cette heure !... Vous savez que c'est foudroyant. Mmm... (Il fit signe du doigt à quelqu'un qui se trouvait derrière moi.) Viens ici, ma jolie.

Je levai les yeux pour voir la serveuse. Je la dévisageai une fois, puis une seconde fois. Je me souvins de l'avoir vue au travers des brumes de l'alcool la veille au soir. C'était une des deux rousses de la troupe de hula.

— Va dire à Hans que je veux deux silver fizz. Tu t'appelles comment, ma poulette ?

— Monsieur Henderson, si vous faites encore mine de ne pas vous rappeler mon nom, je renverse le contenu de votre verre sur votre crâne dégarni.

— D'accord, mignonne. Maintenant, dépêche-toi. Et remue-moi ces gros mollets.

Elle eut un reniflement de mépris et s'éloigna d'une démarche souple. Ses jambes étaient longues et gracieuses.

— Une très chic fille, poursuivit le commissaire. Ses parents habitent tout près de chez moi à Odense. Je l'ai connue bébé. Oui, Bodel est vraiment très chouette. Elle poursuit des études de chirurgien-vétérinaire. Plus qu'un an.

— Vraiment ? Mais comment peut-elle étudier et faire ce qu'elle fait ?

— La plupart de nos filles sont inscrites à l'université. Certaines sont en vacances d'été, d'autres ont pris un congé. La mer, des distractions et de l'argent de côté pour le prochain trimestre. Lorsque je recrute, je donne toujours la préférence aux filles qui poursuivent leurs études universitaires. On peut leur faire confiance et elles parlent plusieurs langues. Regardez votre stewardess, Astrid ?

— Non, Margrethe.

— Ah, oui, c'est vrai. Vous êtes dans la 109. Astrid est à bâbord et c'est Margrethe qui est de votre côté. Margrethe Svensdatter Gunderson. Institutrice. Anglais et histoire. Connaît quatre autres langues — sans compter les langues scandinaves — et possède deux licences pour deux de ces langues. En congé d'une année de l'Ecole H.C. Andersen. Je suis certain que c'est son dernier voyage.

— Ah ? Pourquoi ?

— Elle va épouser un riche Américain. Etes-vous riche vous-même ?

— *Moi ?* Est-ce que j'en ai l'air ?

Etait-il possible qu'il sût ce qu'il y avait dans le coffret fermé à clé ? Grands dieux, que peut-on faire d'un million de dollars qui ne vous appartient pas ? Je ne peux quand même pas tout jeter par-dessus bord. Mais pour quelle raison Graham voyageait-il avec une pareille somme en liquide ? Je pouvais imaginer plusieurs raisons, toutes mauvaises. Et toutes pouvaient m'amener plus d'ennuis que je n'en avais jamais connu.

– Les riches Américains n'ont jamais l'air d'être ce qu'ils sont. Ils s'entraînent pour ne pas le laisser voir. Je parle des Américains d'Amérique du Nord, bien entendu. Les Sud-Américains sont d'une tout autre espèce. Ah, merci, Gertrude. Tu es une gentille fille.

– Vous voulez vraiment ce verre sur votre tonsure ?

– Et toi, tu veux que je te jette tout habillée dans la piscine ? Fais attention, coquine, sinon je vais le dire à ta mère. Pose ça là et donne-moi la note.

– Il n'y en a pas. Hans voulait offrir un verre à M. Graham. Alors il a décidé de vous en offrir un aussi.

– Eh bien, tu lui diras que c'est comme ça que le bar perd de l'argent. Dis-lui aussi que je retiendrai ça sur son salaire.

C'est comme ça que j'ai bu deux silver fizz au lieu d'un. Et j'étais en route pour un désastre en tout point semblable à celui de la veille quand M. Henderson décida que nous devions manger. Je voulais un troisième fizz. L'effet des deux premiers avait été bénéfique : j'avais cessé de me tourmenter à propos de cette boîte insensée remplie d'argent pour me consacrer plus attentivement au spectacle des abords de la piscine. Je découvrais qu'une vie entière de conditionnement pouvait être balayée en vingt-quatre heures à peine. Ce n'était pas un péché que de contempler la nudité féminine sans voiles. C'était un spectacle aussi charmant et innocent que de regarder des fleurs ou des chatons – quoiqu'en plus distrayant, il fallait le reconnaître.

Je manifestai le désir d'un troisième verre. M. Henderson s'y opposa. Il appela Bodel et lui glissa quelques mots rapides en danois. Elle s'éloigna pour revenir un instant plus tard avec un plateau lourdement chargé : des smorgasbord, des boulettes de viande chaudes, des pâtisseries fourrées de crème glacée, du café très fort, le tout en quantité généreuse.

Vingt-cinq minutes après, si je savourais toujours le spectacle des jeunes filles près de la piscine, je n'étais plus en roue libre vers une nouvelle catastrophe alcoolique. J'étais même redevenu sobre et lucide au point de comprendre que non seulement je ne pourrais pas résoudre mes problèmes par l'alcool, mais que je devais même le bannir jusqu'à ce que je les aie résolus – puisqu'il était évident que je ne savais pas maîtriser les boissons fortes. L'oncle Ed avait raison : il faut de l'entraînement pour le vice, ainsi qu'une longue pratique; autrement, et pour des raisons strictement pragmatiques, la vertu dominerait, même après que l'instruction morale aurait cessé son effet.

Ma morale personnelle n'exerçait certainement plus aucun effet sur moi. Dans le cas contraire, je ne serais pas resté tranquillement sur mon derrière, à reluquer des corps de femmes dénudés, un verre d'élixir du diable à la main.

Je m'aperçus que je n'éprouvais même pas l'ombre d'un remords de conscience à propos de quoi que ce fût. Mon seul regret était pour l'alcool : je savais avec tristesse et certitude que je ne pouvais pas en supporter autant que j'aurais aimé en boire. *Facile est la descente dans l'Averne* (1).

M. Henderson se leva.

– Nous allons aborder dans moins de deux heures et j'ai quelques comptes à boucler avant que l'agent ne monte à bord. Merci pour ce bon moment.

– C'est moi qui vous remercie, monsieur! *Tusind tak!* C'est comme ça qu'on dit?

Il a souri et s'est éloigné. Je suis resté seul durant un moment à réfléchir. Nous serions à quai dans deux heures et nous étions censés rester au port durant trois heures. Comment pouvais-je profiter de l'occasion? Me rendre au consulat américain? Et pour dire *quoi* au consul? Cher monsieur, je ne suis pas celui que l'on

(1) Hadès, *l'Enfer* de Dante. *(N.d.T.)*

croit et je viens tout juste de découvrir ce million de dollars...

*Ridicule !*

Ne rien dire à personne, prendre ce million, descendre à terre et me débrouiller pour attraper le prochain vaisseau aérien à destination de la Patagonie ?

Impossible. Ma morale avait fondu – apparemment, elle n'avait jamais été très résistante mais il me restait encore ce préjugé à l'égard du vol. Non seulement c'est mal, mais cela manque de dignité.

C'était déjà très mal de porter les vêtements de Graham.

Prendre les trois mille dollars qui te reviennent « de droit », descendre à terre, attendre que le bateau prenne le large, puis regagner l'Amérique par le meilleur moyen ?

Idée stupide ! Tu finirais dans une prison tropicale et cet acte idiot ne serait pas très profitable à Graham. Tu n'as pas le choix, imbécile : il faut que tu restes à bord et que tu attendes que Graham réapparaisse. Il ne viendra pas, d'accord, mais il y aura peut-être quelque chose, un message sans fil. C'est ça : fais-toi un sang d'encre jusqu'à ce que le bateau lève l'ancre. Et alors, tu pourras remercier Dieu qui t'offre ce voyage de retour jusqu'à son pays. Pendant que Graham fera la même chose à bord de l'*Amiral Moffett*. Je me demande si ça lui plaît qu'on l'appelle Hergensheimer. Mieux que « Graham » pour moi, j'en suis certain. Hergensheimer, ça a de la classe, au moins.

Je me suis levé et je suis passé sur l'autre bord. J'ai escaladé deux ponts jusqu'à la bibliothèque. Elle était déserte. Il n'y avait qu'une femme qui était absorbée par un puzzle de mots croisés. Ni l'un ni l'autre ne souhaitions être dérangés, ce qui nous mettait en bonne compagnie. La plupart des armoires à livres étaient fermées et le bibliothécaire n'était pas là, mais j'ai déniché une vieille encyclopédie fatiguée, ce qui était exactement ce qu'il me fallait pour commencer.

Deux heures après, une secousse m'a averti que nous venions de mettre les amarres. Nous étions arrivés.

J'avais le cerveau tout empli d'une histoire étrange et d'idées plus étranges encore. Et je n'ai rien réussi à digérer. Pour commencer, dans ce monde-ci, William Jennings Bryan n'avait jamais été président. C'était McKinley qui avait été élu à sa place en 1896. Il avait renouvelé deux fois son mandat et un certain Roosevelt lui avait succédé.

Quant aux présidents du XIXe siècle, je n'en connaissais aucun.

Au lieu du siècle de paix que nous avions connu avec notre tradition de neutralité, les Etats-Unis avaient été sans cesse engagés dans des guerres extérieures : en 1899, de 1912 à 1917, en 1932 (contre le Japon !), de 1950 à 1952, de 1980 à 1984, et jusqu'à cette année, ou du moins jusqu'à la publication de cette encyclopédie. Toutefois, *Le Skalde du Roi* ne faisait pas état d'une guerre en cours.

Derrière la vitre d'une des armoires, j'ai repéré plusieurs livres d'histoire. Si j'étais encore à bord d'ici trois heures, j'avais la ferme intention de me mettre à la lecture de tous les ouvrages d'histoire de la bibliothèque pendant le long voyage de retour vers l'Amérique.

Mais les noms des présidents et les dates des guerres n'étaient pas mon besoin le plus urgent car ils n'étaient pas d'un intérêt quotidien. Ce qu'il me fallait apprendre avant tout, si je voulais éviter d'aller de l'embarras à la catastrophe, c'étaient les différences entre ce monde et le mien quant à la manière dont les gens vivaient, parlaient, se comportaient, mangeaient, buvaient, jouaient, priaient ou aimaient. Et, durant toute mon éducation, j'aurais tout intérêt à parler le moins possible pour écouter le plus possible.

J'avais eu autrefois un ami dont la connaissance en histoire semblait limitée à deux dates : 1492 et 1776. Il arrivait même à confondre les événements entre ces deux seules dates. Son ignorance dans les autres domaines était tout aussi absolue; néanmoins, il gagnait très bien sa vie avec sa société de pavage et de revêtement.

Il n'est pas utile d'avoir une éducation très profonde

pour se comporter comme un animal économique et social... du moment que l'on sait comment se nettoyer le nombril. Mais une simple petite faute dans les coutumes locales et vous risquez d'être lynché.

Je me demandai comment Graham s'en tirait, lui. Je pris conscience que sa situation était certainement bien plus risquée que la mienne... pour autant que j'assume le fait (et apparemment je devais bien l'assumer) que nous avions simplement permuté. Il semblait que mon éducation me donnait l'air quelque peu excentrique ici mais, avec *ses* habitudes, Graham, lui, risquait de sérieux ennuis dans mon monde à moi. Un acte anodin, une remarque désinvolte, et il se retrouverait cloué au pilori. Ou pis.

Mais il irait au-devant d'un risque plus grave encore s'il essayait de se mettre pleinement dans ma peau, s'il faisait vraiment cet effort. Une petite explication : pour le premier anniversaire de notre mariage, j'avais offert à Abigail une édition fantaisie de *La mégère apprivoisée*. Jamais elle n'avait soupçonné mon geste de provocation. Elle avait un tel sens de son bon droit que jamais elle ne serait allée jusqu'à concevoir que, dans mon cœur, je la comparais à Kate. Si Graham comptait assumer mon rôle d'époux, leurs relations n'allaient pas manquer de devenir très intéressantes.

En toute conscience, je ne souhaiterais à personne d'avoir Abigail sur les bras. Mais je n'avais pas été consulté en l'occurrence et je n'ai pas versé des larmes de crocodile.

(Quel effet cela faisait-il de coucher avec une femme qui ne faisait pas constamment référence aux relations conjugales comme à des « devoirs familiaux » ?)

J'ai devant moi une encyclopédie en vingt volumes. Dix millions de mots contenant tous les faits majeurs de ce monde, faits et connaissances dont j'ai un besoin urgent. Que puis-je en extraire rapidement ? Par où commencer ?

Ce ne sont pas l'art grec, l'histoire égyptienne ou la géologie qu'il me faut... mais que voulais-je *exactement* ?

Bon, voyons ce que tu as remarqué en tout premier dans ce monde. Ce navire lui-même. Son aspect démodé comparé à la ligne profilée du *M.V. Konge Knut*. Ensuite, une fois à bord, l'absence de téléphone dans ta cabine de luxe. Et pas d'ascenseurs non plus. Autant de détails qui donnaient une ambiance de luxe du temps de grand-père.

Voyons donc la rubrique « bateaux », volume 18.

Et voilà! Trois pages d'illustrations... toutes avec cette allure surannée, début de siècle. Par exemple le *S.S. Britannia*, le plus gros et le plus rapide des paquebots de l'Atlantique Nord : 2000 passagers et seulement seize nœuds!

Passons à l'article général sur les « transports »...

Bien, bien, bien! Tu n'es pas vraiment surpris, n'est-ce pas ? Il n'est pas question d'aéronefs. Consultons l'index... Aéronef : rien. Dirigeable : zéro. Aéronautique... Tiens, passons à « ballons »...

Ah, oui, un bon article sur l'ascension libre, sur Montgolfier et tous ces audacieux pionniers — et même sur la courageuse et tragique tentative d'assaut du Pôle Nord par Salon Andrée. Mais ou bien le Comte Zeppelin n'avait jamais existé, ou bien il ne s'était pas intéressé à l'aéronautique.

Il est possible qu'après avoir participé à la guerre de Sécession, il soit retourné en Allemagne pour s'apercevoir que l'atmosphère n'était pas favorable à l'idée des voyages dans l'atmosphère qu'il avait pratiqués dans l'Ohio, dans mon monde à moi. Quoi qu'il en soit, ce monde-ci ne connaissait pas les voyages aériens. Alex, si tu dois vraiment vivre ici, ça ne te dirait pas d' « inventer » l'aéronef? De devenir un pionnier et un nabab, à la fois riche et célèbre?

Qu'est-ce qui te fait croire que tu en serais capable?

Eh bien, j'ai eu droit à mon premier vol alors que je n'avais que douze ans! Je connais tout sur les aéronefs. Je pourrais en dessiner les plans à l'instant même...

Vraiment? Alors dessine-moi les plans d'un moteur diesel léger, pas plus d'une livre par cheval-vapeur. Et spécifie l'alliage utilisé, les traitements thermiques, détaille-moi les diagrammes des cycles de fonctionnement, les carburants, les lubrifiants, précise les sources d'approvisionnement...

Mais on peut trouver tout ça !

Oui, certes, mais est-ce que *toi*, tu le peux ? Même en sachant que c'est possible ? Tu as oublié pour quelle raison tu as laissé tomber tes études d'ingénieur et décidé que tu avais la vocation sacerdotale ? Les religions comparées, l'homilétique, la critique des sources, l'apologétique, l'hébreu, le latin, le grec, tout cela exige de l'érudition... mais, pour la règle à calculer, il faut de l'intelligence.

Alors, tu es stupide ?

Est-ce que tu aurais vraiment marché sur le feu si tu avais été assez malin pour te défiler ?

Mais pourquoi ne m'as-tu pas arrêté ?

T'arrêter ? Tu ne m'écoutais même pas ! Cesse de tergiverser : quelle a été ta dernière remarque à propos de la thermodynamique ?

D'accord ! A supposer que je ne puisse y arriver moi-même...

Ça, c'est très grand de ta part.

Laisse tomber, veux-tu ? Le simple fait de *savoir* qu'on *peut* faire quelque chose, et deux tiers de la bataille sont gagnés. Je pourrais être directeur de la recherche afin de guider les efforts de jeunes ingénieurs particulièrement brillants. Ils m'apportent leur intelligence et moi je leur apporte ce que j'ai retenu de l'apparence d'un ballon et de la façon dont il fonctionne. O.K. ?

Oui, c'est correct comme division du travail : tu apportes ta mémoire et eux leur cerveau. Oui, comme ça, ça pourrait marcher. Mais pas sans fonds, ni si vite que ça. Comment comptes-tu t'y prendre pour financer le tout ?

Euh... et si je vendais des parts ?

Oui, souviens-toi de l'été où tu avais décidé de vendre des aspirateurs...

Oui, mais il y a toujours ce million de dollars.

Voyou !

— Monsieur Graham ?

Je levai les yeux de mes vastes plans pour découvrir une des employées du commissaire.

— Oui ?

Elle me tendit une enveloppe.

— C'est de la part de M. Henderson, monsieur. Il m'a dit que vous auriez probablement une réponse.

— Merci.

La note disait : « Cher monsieur Graham, j'ai ici trois hommes dans le carré qui me déclarent avoir rendez-vous avec vous. Leur allure ne me plaît guère, non plus que la manière dont ils parlent... et on trouve dans ce port des clients bien bizarres. Si vous n'attendez pas leur visite ou si vous ne souhaitez pas les voir, dites à ma messagère qu'elle n'est pas censée vous avoir trouvé. Je pourrai leur raconter que vous êtes descendu à terre. A.P.H. »

J'oscillai entre la curiosité et la prudence durant un long et très désagréable moment. Ce n'était pas moi qu'ils voulaient voir, mais Graham... et quoi qu'ils lui veuillent, je n'étais pas à même de leur donner satisfaction.

Mais *tu sais* ce qu'ils veulent !

Oui, je le soupçonne. Mais même s'ils ont un bon signé par saint Pierre lui-même, je ne peux pas leur donner ce satané million de dollars. A eux pas plus qu'à n'importe qui. Tu le sais.

Oui, je le sais, bien sûr. Mais je voulais être sûr que tu le savais. D'accord. Etant donné que, dans les circonstances présentes et quoi qu'il advienne, tu n'as pas l'intention de remettre à ces trois étrangers le contenu du coffret de Graham, pourquoi les rencontrer en effet ?

*Parce qu'il faut que je sache !* Et maintenant, ferme-la.

Je levai la tête vers l'employée du commissaire.

— Voulez-vous dire à M. Henderson que je descends ? Et merci de vous être dérangée.

— C'était un plaisir, monsieur Graham... Euh... Je vous ai vu marcher sur les flammes. Vous avez été merveilleux !

– Je crois que j'avais perdu la tête. Mais... merci quand même.

Je me suis arrêté pour jauger les trois hommes qui m'attendaient en haut de l'échelle de coupée. Ils semblaient tous trois avoir été taillés dans le même moule et pour la même fonction : la menace. Il y avait un grand gabarit haut de près de deux mètres dont les mains, les pieds, les mâchoires et les oreilles souffraient d'hypertrophie glandulaire, un petit mignon quatre fois moins épais que le premier et un troisième avec des yeux de mort. Les muscles, la tête et le revolver... Ou bien était-ce un effet de mon imagination ?

Un type plus malin aurait gentiment battu en retraite pour aller se cacher.

Mais je ne suis pas malin.

# 6

*Mangeons et buvons, car demain nous mourrons !*

Esaïe, 22 : 13

J'ai descendu les escaliers sans même les regarder et je me suis rendu directement au bureau du commissaire. M. Henderson était là et il s'adressa à moi d'une voix calme à l'instant où je m'approchais :

– Ces trois, là-bas... Est-ce que vous les connaissez ?

– Non, pas du tout. Je voudrais savoir ce qu'ils veulent. Mais ne les quittez pas de l'œil, voulez-vous ?

– Bien sûr !

J'ai fait demi-tour et j'ai descendu l'échelle de coupée en contournant ce sympathique trio. Le petit finaud m'a lancé d'une voix sèche :

– Graham ! Arrêtez ! Où allez-vous ?

Sans ralentir j'ai lancé :

– Taisez-vous, idiot ! Vous voulez que tout le monde soit au courant ?

M. Muscles m'a barré le chemin, dressé au-dessus de moi comme un building. J'ai senti la présence de Revolver juste dans mon dos. Dans un style très « cour de prison », en tordant la bouche, j'ai ajouté :

– Arretez cette comédie et virez-moi ces singes du bateau ! Il faut qu'on parle, vous et moi !

– Sûr qu'on va parler. *Ici* (1) *!* Maintenant.

– Espèce de crétin, ai-je répondu d'un ton nerveux, en regardant à droite et à gauche. Pas ici. Silence. On peut nous entendre. Vous venez avec moi, mais que le chien de garde et l'autre attendent sur le quai.

– *Non* (1) *!*

(1) En français dans le texte. *(N.d.T.)*

— Bon Dieu ! Ecoutez-moi attentivement ! (J'ai murmuré :) Vous allez dire à ces deux bestiaux de quitter le bateau et d'attendre en bas. Ensuite, vous et moi on va aller jusqu'au pont-promenade pour bavarder sans qu'on nous entende. Sans ça, on ne pourra *rien faire* ! Et je serai obligé de dire au Numéro Un que vous avez tout fichu par terre ! Compris ? Allez, maintenant ! Ou alors retournez d'où vous venez et allez leur dire que le marché est rompu !

Il a hésité, puis il s'est mis à parler très vite en français. Je ne pouvais pas le suivre, mon français étant strictement limité aux exercices du niveau *La plume de ma tante*. Le gorille a paru hésiter lui aussi, mais Revolver, avec un haussement d'épaules, a commencé à descendre l'échelle de coupée. Je me suis tourné vers l'autre larve :

— Venez ! Il n'y a pas de temps à perdre ! Le bateau va appareiller !

Je me suis dirigé rapidement vers l'arrière sans me donner la peine de voir s'il me suivait. J'ai continué du même pas pressé, ce qui l'obligeait à me suivre s'il ne voulait pas me perdre de vue. Par rapport à lui, j'étais plus haut que le gorille par rapport à moi. Il était obligé de trotter pour rester sur mes talons.

J'ai continué comme ça jusqu'au pont-promenade, j'ai passé le bar et je me suis dirigé droit sur la piscine.

Comme je m'y étais attendu, elle avait été désertée dès l'instant où nous étions arrivés à quai. On avait mis l'écriteau habituel : FERMÉ DURANT L'ESCALE et un cordage faisait office de barrière symbolique, mais la piscine n'avait pas été vidée pour autant. Je suis passé par-dessus le cordage et je me suis retourné, le dos à la piscine. Le petit malin m'a suivi mais j'ai levé la main :

— On s'arrête là. (Il m'a obéi.) Maintenant, on peut parler. Expliquez-vous, et tâchez d'être clair, dans votre intérêt ! Qu'est-ce qui vous prend d'essayer d'attirer l'attention en amenant ce singe ici ? Et sur un bateau danois ! M. B. va être très très en colère contre vous. Quel est votre nom ?

— Peu importe mon nom. Où est le paquet ?

— Quel paquet ?

Il s'est mis à vitupérer et je l'ai arrêté net :

– Fermez ça. Ça ne m'impressionne pas. Ce navire s'apprête à lever l'ancre. Il ne vous reste que quelques minutes pour me dire exactement ce que vous voulez et pour me convaincre qu'il faut que vous l'ayez. Cessez de vous agiter sinon vous allez retourner tout droit chez votre patron pour lui annoncer que vous avez échoué. Alors parlez ! Qu'est-ce que vous voulez ?

– Le paquet !

J'ai poussé un soupir.

– Mais vous radotez, mon pauvre ami. Ça, vous l'avez déjà dit. Quel genre de paquet cherchez-vous ? Et qu'est-ce qu'il contient ?

Il a eu une hésitation avant de répondre :

– De l'argent.

– Très intéressant. Et combien ?

Cette fois, il a hésité deux fois plus longtemps, et j'ai dû le secouer à nouveau :

– Si vous ne savez pas combien, je vais vous donner deux francs pour vous offrir une bière et vous renvoyer à vos pénates. C'est ce que vous voulez ? Deux francs, ça vous ira ?

Un homme aussi maigre n'aurait pas dû avoir une tension aussi élevée. Il est parvenu à articuler :

– Des dollars américains. Un million.

Je lui ai ri au nez.

– Qu'est-ce qui vous fait croire que j'ai une somme pareille ? Et même si je l'avais, pourquoi faudrait-il que je vous la donne *à vous* ? Comment puis-je savoir que vous êtes censé l'avoir ?

– Vous êtes cinglé, mon ami. Vous savez qui je suis.

– Prouvez-le. Vous avez un regard bizarre et le son de votre voix est différent. Je crois que c'est une arnaque.

– Une arnaque ?

– Oui, que vous êtes un menteur, un imposteur !

Il s'est déchaîné. C'était du français, je pense. Une chose est sûre : ce n'étaient pas des compliments. J'ai fouillé dans ma mémoire et j'ai répété avec beaucoup de conviction ce que la dame avait dit la veille, pendant la soirée, et qui lui avait valu une remarque rassurante de son mari. Je sais que ce n'était pas très approprié à la circonstance mais j'avais seulement l'intention de le rendre furieux.

Apparemment, j'avais réussi. Il leva la main, je lui saisis le poignet, trébuchai et tombai dans la piscine en l'entraînant avec moi. Dans ma chute, je hurlai :

— Au secours !

On a plongé. Je le tenais serré et, en remontant à la surface, je lui ai enfoncé la tête sous l'eau en criant une fois encore :

— Au secours ! Il veut me noyer !

Et nous avons sombré en nous agrippant. Chaque fois que j'avais le nez hors de l'eau, je m'époumonais. Quand j'ai senti les secours arriver, je me suis laissé aller.

Je suis resté inerte jusqu'à ce qu'ils m'aient fait du bouche-à-bouche. Alors, j'ai émis un grognement en ouvrant les yeux.

— Où suis-je ?

— Il reprend connaissance. Ça ira.

J'ai regardé autour de moi. J'étais allongé sur le dos près de la piscine. C'était un professionnel qui m'avait sauvé et qui m'avait réanimé : mon bras gauche était presque disloqué. Mais, à part ça, j'étais en vie.

— Où est-il ? L'homme qui m'a poussé dans l'eau ?

— Il s'est enfui.

J'ai reconnu la voix. M. Henderson, mon ami le commissaire.

— Vraiment ?

Il me raconta la fin de l'histoire. Mon visiteur à face de rat s'était éclipsé pendant qu'on me repêchait et avait réussi à se glisser hors du bateau. Quand on avait fini par me réanimer, le vilain méchant et ses gardes du corps étaient loin.

M. Henderson me força à demeurer allongé jusqu'à l'arrivée du docteur. Celui-ci m'ausculta et me déclara que tout allait bien. Je racontai quelques vagues histoires, quelques vérités approximatives et je réussis à m'en tirer. L'échelle de coupée avait été retirée entre-temps et, peu après, un choc sonore nous annonça que nous venions de quitter le quai.

Je ne jugeai pas nécessaire de raconter à quiconque que j'avais joué au water-polo au collège.

Les jours qui suivirent furent suaves, comme ces raisins qui poussent sur les pentes des volcans en activité.

Je parvins à faire la connaissance (la re-connaissance ?) de mes compagnons de table sans qu'un seul semble s'aviser de ma qualité de parfait étranger. J'apprenais leur nom en attendant simplement que quelqu'un s'adresse à l'un ou à l'autre par son nom. Je les enregistrais pour les utiliser plus tard. Tout le monde se montrait charmant avec moi; non seulement je n'étais plus à l'écart, puisque le billet montrait que je participais à la croisière depuis le début, mais j'étais devenu une célébrité, pour ne pas dire un héros, en traversant le feu.

Je n'allais pas à la piscine. J'ignorais dans quelle mesure Graham avait pratiqué la natation et, ayant été « sauvé » de la noyade, je ne tenais nullement à révéler un niveau de pratique qui n'aurait nullement correspondu à mon « sauvetage ». De plus, même si je m'étais habitué à un degré de nudité qui m'eût choqué dans mon ex-vie, et même si je l'appréciais, d'ailleurs, je ne pensais pas que je pourrais me montrer nu sans perdre mon aplomb.

Quant au mystère que posaient Face-de-rat et ses gardes du corps, je n'entrevoyais aucune solution, aussi je le chassai de mon esprit.

La même règle s'appliquait au vaste mystère de Qui-suis-je ? et Comment-suis-je-là ? Je ne pouvais rien y changer et mieux valait ne pas me tourmenter. A bien y réfléchir, j'étais dans la même situation que n'importe quel humain vivant : nous ne savons pas qui nous sommes, d'où nous venons ni où nous allons. Mon dilemme n'était pas différent, seulement plus neuf.

Une chose que j'ai apprise au séminaire (la seule, peut-être), c'est à affronter calmement le mystère primitif de la vie, sans me laisser troubler par mon impuissance à le résoudre. Les prêtres honnêtes et les prêcheurs se voient refuser le réconfort de la religion. Au contraire, ils doivent vivre des récompenses austères de la philosophie. Je ne suis jamais devenu un métaphysicien mais j'ai appris en tout cas à ne pas me préoccuper de ce que je ne puis résoudre.

Je passais une bonne part de mon temps à la bibliothèque ou à lire sur une chaise de pont. Jour après jour, j'en apprenais un peu plus sur ce monde et je m'y sentais un peu plus chez moi. Les jours, ensoleillés et heureux, passaient comme un rêve d'enfance.

Et, chaque jour, Margrethe était là.

Je me sentais comme un jeune homme lors de son premier amour d'adolescent.

C'était une idylle bizarre. Nous ne pouvions pas parler d'amour. Ou bien c'était moi qui ne le pouvais pas, et elle n'en parlait pas. Elle était à mon service (ainsi qu'à celui d'autres passagers) et elle était aussi ma « mère » (pour les autres aussi ? Non, je ne le pensais pas... mais pouvait-on vraiment savoir...). Nos rapports étaient étroits mais pas intimes. Chaque jour, pendant ces moments délicieux où je la « payais » pour m'avoir fait mon nœud carré, elle se montrait douce et passionnée.

Mais seulement en ces moments-là.

Entre-temps, j'étais pour elle « M. Graham » et elle me donnait du « monsieur » avec un ton chaleureux et amical, mais pas amoureux. Elle aimait bavarder, debout sur le seuil de ma cabine, et elle avait très souvent des commérages à me rapporter. Mais son attitude restait constamment celle de la parfaite servante. Je rectifie : du parfait membre de l'équipage tout dévoué au service qui lui avait été assigné. Chaque jour, j'en apprenais un peu plus sur elle. Je ne lui découvris aucun défaut.

Pour moi, la journée commençait avec elle, généralement quand j'allais prendre mon breakfast. Je la rencontrais dans la coursive ou dans une cabine où elle faisait le ménage... C'était simplement : « Bonjour, Margrethe », et « Bonjour, monsieur Graham », mais il me semblait que le soleil attendait cet instant pour se lever.

Je la revoyais de temps en temps pendant la journée

jusqu'à l'instant le meilleur, après qu'elle eut fait mon nœud. Ensuite, nos rencontres étaient très brèves et épisodiques jusqu'après dîner. Chaque soir, dès que le repas était fini, je regagnais ma cabine pour quelques minutes afin de me rafraîchir avant les activités de la soirée : spectacle, concert, jeux, à moins que ce ne fût un nouveau séjour à la bibliothèque. A cette heure, Margrethe se trouvait toujours quelque part sur la coursive tribord avant du pont C, faisant la couverture dans les cabines, préparant les bains, et ainsi de suite, tout pour que le confort de ses passagers fût total à l'heure du coucher. Et, une fois encore, je lui disais un petit *Hello !* avant d'attendre dans ma chambre (quand elle ne m'avait pas déjà rejoint). Elle arrivait en tout cas peu après, ouvrait mon lit ou se contentait de me demander :

— Aurez-vous besoin d'autre chose ce soir, monsieur ?

Alors, avec un sourire, je lui répondais :

— Je n'ai besoin de rien, Margrethe. Merci.

Et elle me souhaitait bonne nuit ainsi qu'un bon sommeil, ce qui concluait ma journée quoi qu'il m'advînt de faire ensuite.

Bien entendu, chaque soir j'avais envie de répondre : Vous savez de quoi j'ai besoin !

Mais je n'y arrivais pas. En premier lieu : j'étais un homme marié. Oui, certes, mon épouse était perdue quelque part dans un autre monde (à moins que ce ne fût moi). Mais hors de la tombe, nous n'étions point déliés de notre serment. Et puis : si elle avait une liaison, c'était avec Graham (s'il s'agissait bien d'une liaison), et je ne faisais qu'emprunter la personnalité de Graham. Je n'avais pu me soustraire à ce baiser du soir (je ne suis pas un ange !) mais, par fidélité envers ma bien-aimée, je ne pouvais aller plus loin. Et puis aussi : un homme d'honneur ne saurait offrir moins que le mariage à l'objet de son amour... chose que je ne pouvais offrir, tant moralement que légalement.

Ainsi, on le voit, ces journées de bonheur étaient teintées d'amertume. Et chaque jour me rapprochait inexorablement du moment où je devrais bien quitter Margrethe avec la quasi-certitude de ne jamais la revoir.

Je ne pouvais même pas lui dire quelle perte cela représenterait pour moi.

Cependant, mon amour n'était pas ardent au point de ne pas me laisser espérer que notre séparation lui causerait quelque peine. A la façon mesquine et égoïste d'un adolescent, j'entretenais l'espoir qu'elle me regretterait aussi cruellement que moi. Tout cela était bien puéril, je l'avoue ! A ma décharge, je ne puis qu'avancer le fait que je n'avais connu jusque-là que l'« amour » d'une femme qui aimait Jésus si profondément qu'elle n'avait que peu d'affection réelle pour les créatures de chair et de sang.

Gardez bien cela à l'esprit : n'épousez jamais une femme qui passe trop de temps à prier.

Nous étions à dix jours de navigation de Papeete et le Mexique se dessinait presque à l'horizon quand notre idylle précaire prit fin. Depuis quelques jours, Margrethe m'avait paru de plus en plus distante. Je ne pouvais lui en vouloir car je n'avais pas d'indice précis et rien dont j'eusse pu me plaindre. La crise était intervenue un soir alors qu'elle faisait à nouveau mon nœud.

Comme d'habitude, j'ai souri, je l'ai remerciée et je l'ai embrassée.

Puis je me suis interrompu alors qu'elle était encore entre mes bras et je lui ai demandé :

— Qu'y a-t-il ? Vous ne m'embrassez pas comme d'habitude. Est-ce mon haleine ?

— Monsieur Graham, m'a-t-elle dit d'un ton retenu, je crois que nous ferions aussi bien d'en rester là.

— Ah... Alors ce soir, c'est « monsieur Graham », n'est-ce pas ? Margrethe, qu'ai-je donc fait ?

— Mais rien !

— Mais... ma chérie, vous pleurez !

— Je suis désolée. Je ne voulais pas.

J'ai pris mon mouchoir et j'ai séché les larmes sur ses joues en lui disant avec douceur :

— Je n'avais pas l'intention de vous causer du chagrin. Il faut me dire ce qui ne va pas pour que je sache ce que je peux faire.

– Mais si vous l'ignorez, monsieur, je ne vois pas comment je pourrais vous l'expliquer.

– Vous ne voulez pas essayer ? Je vous en prie !

(Est-ce qu'elle était victime d'un de ces troubles cycliques qui sont le douloureux destin des femmes ?)

– Eh bien, monsieur Graham, je sais que ça n'aurait pu durer au-delà de la fin de la croisière et, croyez-moi, je ne l'espérais pas. Mais je suppose que, pour moi, c'était plus que pour vous. Mais il ne m'était jamais venu à l'esprit que vous pourriez y mettre un terme comme ça, sans explication, et aussi vite.

– Mais Margrethe... je ne comprends pas.

– Mais si, vous comprenez !

– Non, je ne comprends pas !

– Mais si, voyons ! Cela dure depuis onze jours. Chaque soir, je vous ai posé la question et chaque soir vous m'avez repoussée. Monsieur Graham, n'allez-vous pas me demander à nouveau de revenir plus tard ?

– Ah... mais c'est cela que vous vouliez dire ! Margrethe...

– Oui, monsieur ?

– Je ne suis pas M. Graham.

– Pardon ?

– Je m'appelle Hergensheimer. Et cela fait onze jours exactement que je vous ai vue pour la première fois de mon existence. Je suis désolé, vraiment désolé. Mais c'est la vérité.

# 7

*Regardez-moi, je vous prie !*
*Vous mentirais-je en face ?*

Job, 6:28

Margrethe est non seulement une femme adulte et civilisée mais aussi un réconfort tendre et précieux. A aucun moment elle n'a ouvert la bouche, ni juré ou dit des choses telles que : « Ah, non ! » ou : « Ça, je ne peux pas le croire ! » Dès ma première déclaration, elle est restée parfaitement immobile, calme, puis elle a dit tranquillement :

— Je ne comprends pas.

— Moi non plus, je ne comprends pas. Il s'est passé quelque chose quand j'ai traversé cette fosse ardente. Le monde a changé. Ce bateau (j'ai frappé la coque, tout près de nous), ce bateau n'existait pas avant. Et les gens m'appellent Graham alors que *je sais* que mon nom est Alexander Hergensheimer. Mais il ne s'agit pas seulement de moi et de ce bateau : il s'agit du monde entier. Avec une histoire différente. Des pays différents. Et pas d'aéronefs.

— Alec... qu'est-ce qu'un aéronef ?

Eh bien, euh... Ça voyage dans les airs, comme un ballon. En fait, c'est un ballon, en un certain sens. Mais ça va beaucoup plus vite, à plus d'une centaine de nœuds.

Elle a réfléchi, très calme.

— Je pense que je trouverais cela très effrayant.

— Mais pas du tout. C'est le meilleur moyen de locomotion qui soit. Je suis arrivé en ballon, à bord du *Comte Von Zeppelin* des North American Airlines. Mais dans ce monde il n'y a pas d'aéronefs. C'est ce détail qui m'a finalement convaincu que ce monde est vraiment différent et qu'il ne s'agit pas d'un canular extrêmement compliqué auquel on se livre à mes dépens. Les voyages aériens sont une partie essentielle de l'économie du monde que j'ai connu, et s'ils n'existent pas, cela change tout. Par exemple, prenons... Hé, est-ce que vous me croyez ?

Margrethe m'a répondu lentement, patiemment :

– Je crois que c'est la vérité telle que vous la voyez. Mais celle que je vois est toute différente.

– Je le sais, et c'est bien ce qui rend tout cela si difficile. Je... écoutez, si vous ne vous hâtez pas, vous allez manquer le dîner, non ?

– C'est sans importance.

– Mais non. Il ne faut pas que vous sautiez les repas parce que j'ai commis une faute stupide et que je vous ai blessée dans vos sentiments profonds. Et si je ne me montre pas, Inga va envoyer quelqu'un pour voir si je ne dors pas ou n'importe quoi... Je l'ai déjà vue faire avec les autres convives. Margrethe – ma très chère Margrethe –, je voulais vous dire tout cela. J'ai attendu. Parce que j'avais besoin de vous parler. Maintenant, je le peux et il le faut. Mais c'est impossible en cinq minutes, comme ça. Quand vous aurez fini de préparer les lits, ce soir, est-ce que vous aurez un moment pour m'écouter ?

– Alec, pour vous, j'aurai toujours tout le temps qu'il faudra.

– Très bien. Alors, descendez et allez manger. Ensuite, moi aussi je descendrai; veillez à ce qu'Inga ne soit pas sur mes talons, et nous nous retrouverons ici, après. D'accord ?

Elle a pris l'air pensif.

– D'accord, Alec. Voulez-vous m'embrasser encore une fois ?

C'est à cette condition qu'elle me croyait. Ou du moins qu'elle pouvait faire un effort pour me croire. Je ne me suis plus senti aussi inquiet. Et j'ai fait un très bon dîner, quoique rapide.

Quand je suis revenu, elle m'attendait. Elle s'est levée quand je suis entré. Je l'ai prise dans mes bras, je lui ai tapoté le nez, et puis, en la poussant par les épaules, je l'ai assise sur mon lit. Je me suis installé pour ma part dans l'unique fauteuil de la pièce.

— Ma très chère, est-ce que vous pensez que je suis fou ?

— Alec, vraiment, je ne sais que penser. (Là, elle reprenait un rien de son accent scandinave, sous le coup de l'émotion, ainsi que je l'avais constaté tout au début. Pourtant, son anglais était tellement plus pur que le mien, et son accent plus agréable que le mien, qui évoquait une scie rouillée.)

— Je sais. J'ai eu le même problème. Il n'y a que deux façons de considérer la chose. Ou un événement incroyable a eu lieu quand j'ai traversé le feu, un événement qui a transformé le monde que j'ai connu, ou alors je suis complètement dingue. J'ai passé des jours et des jours à soupeser les faits... et le monde a bel et bien changé. Il n'y a pas que les aéronefs. Le kaiser Wilhelm IV ne répond plus à l'appel. A sa place, il y a une sorte de président stupide du nom de Schmidt. Des tas de choses comme ça...

— Je ne considère pas Herr Schmidt comme stupide. Pour les Allemands, en tout cas, c'est un bon président.

— Ça, ma chère, ça me regarde. Pour moi, un président allemand ne saurait être que stupide. L'Allemagne, dans mon monde à moi, est une des dernières monarchies occidentales dont le pouvoir soit sans limites. Le Tsar lui-même n'est pas aussi puissant.

— C'est à moi de parler, Alec. Il n'y a pas plus de kaiser que de tsar. Le monarque en place est le grand-duc de Moscovie et il ne prétend plus étendre son règne aux autres Etats slaves.

— Margrethe, nous disons l'un et l'autre la même chose. Le monde dans lequel j'ai vécu n'est plus. Il faut que j'apprenne tout à propos d'un monde différent. Mais pas totalement différent. La géographie ne semble pas avoir changé, et pas toute l'histoire. Les deux mondes semblent être identiques presque jusqu'au début du vingtième siècle. Disons jusqu'au dix-neuvième. Il y a une centaine d'années environ, quelque chose d'étrange s'est passé et les deux mondes se sont séparés... et, il y a à peu près douze jours, quelque chose de tout aussi étrange m'est advenu et j'ai été jeté dans ce monde-ci. (Je lui ai souri.) Mais je n'en suis pas malheureux pour autant. Et savez-vous pourquoi ? Parce que *vous* existez dans ce monde.

– Merci. Pour moi aussi c'est important que vous y soyez.

– Alors vous me croyez. Tout comme j'ai bien été forcé de le croire. C'est tellement énorme que j'ai cessé de m'en inquiéter vraiment. Mais il y a une chose qui me tourmente : qu'est devenu Alec Graham ? A-t-il pris ma place dans mon monde ? Ou quoi ?

Elle ne répondit pas immédiatement et, lorsqu'elle parla, ce qu'elle dit ne constituait pas une réponse.

– Alec, voulez-vous baisser votre pantalon, s'il vous plaît ?

– ... Margrethe ?

– S'il vous plaît. Je ne plaisante pas et je n'essaie pas non plus de vous séduire. Il faut que je voie quelque chose. Baissez votre pantalon.

– Je ne vois pas ce que... Bon, très bien.

Je me suis tu et je me suis exécuté. Ce qui n'était pas facile avec un habit de soirée. J'ai dû retirer mon veston de mess, puis ma ceinture-foulard avant de pouvoir faire glisser mes bretelles.

Ensuite, avec quelque réticence, j'ai entrepris de déboutonner ma braguette. (Tiens, un autre retard de ce monde : les fermetures Eclair ne semblaient pas exister. Il fallait qu'il n'y en ait plus en ce monde pour que j'apprécie enfin les zips à leur juste valeur.)

J'ai pris une profonde inspiration et j'ai baissé mon pantalon de quelques centimètres.

– Ça ira comme ça ?

– Encore un peu, s'il vous plaît. Et voulez-vous me tourner le dos ?

J'ai obéi. J'ai senti ses mains sur mon postérieur.

C'était un contact doux, pas du tout envahissant. Elle a soulevé le pan de ma chemise et baissé un peu plus la jambe droite de mon pantalon.

Elle a tout remis en place la seconde d'après.

— Ça me suffit. Merci.

J'ai rentré ma chemise dans mon pantalon, reboutonné ma braguette, remis mes bretelles et, comme je tendais la main vers la ceinture-foulard, elle m'a dit :

— Un instant, Alec.

— Hein ? Je croyais que c'était fini.

— J'ai fini, oui. Mais il est inutile de remettre cette tenue. Je vais aller vous chercher un pantalon de ville. Et une chemise. A moins que vous ne retourniez au salon ?

— Non. Pas si vous restez.

— Je vais rester : il faut que nous parlions.

Rapidement, elle a sorti un pantalon et une chemise qu'elle a déposés sur le lit, puis elle s'est dirigée vers la salle de bains.

— Excusez-moi.

J'ignore si elle avait vraiment l'intention d'utiliser la salle de bains, mais elle savait que je serais certainement plus à l'aise pour me changer dans la cabine.

Je me sentis beaucoup mieux dans mes nouveaux vêtements. Une ceinture-foulard et une chemise à plastron sont à peu près aussi confortables qu'une camisole de force. En revenant, Margrethe a immédiatement suspendu dans la penderie les vêtements que je venais de quitter, avant d'ôter les boutons de la chemise ainsi que le col. Elle a mis le tout dans le sac destiné à la lingerie et je me suis demandé ce qu'Abigail aurait pensé de ces attentions toutes conjugales. Mais Abigail ne pensait pas qu'il était bon de trop me gâter et elle appliquait largement sa théorie.

— Qu'est-ce que tout cela signifiait, Margrethe ?

— Il fallait que je vérifie quelque chose. Alec, vous vous demandiez ce qu'était devenu Alec Graham. Je connais maintenant la réponse.

— Oui ?

— Il est là. Vous êtes Alec.

Je parvins enfin à articuler :

– Et vous avez appris cette nouvelle à la seule vue de quelques centimètres carrés de mon fondement ? Qu'avez-vous donc trouvé, Margrethe ? La fameuse marque en forme de fraise qui identifie à coup sûr l'héritier disparu ?

– Non, Alec. Simplement votre Croix du Sud.

– Ma quoi ?

– Je vous en prie, Alec. J'avais espéré que cela vous ferait retrouver la mémoire. Je l'ai vue la nuit où nous... (Elle a hésité avant de me regarder droit dans les yeux.) La nuit où nous avons fait l'amour. Vous aviez éclairé et vous vous êtes mis sur le ventre pour aller voir l'heure. C'est comme ça que j'ai remarqué ces grains de beauté sur votre fesse droite. J'ai dit quelque chose sur la façon dont ils sont disposés et ça nous a fait rire. Vous m'avez dit que c'était votre Croix du Sud et que c'était comme ça que vous saviez de quel côté vous vous trouviez. (Elle rosit légèrement mais continua néanmoins de soutenir mon regard.) Et moi aussi je vous ai montré mes grains de beauté. Alec, je suis navrée que vous ne vous en souveniez pas mais il faut me croire. Nous nous connaissions déjà assez pour plaisanter à propos de ce genre de choses sans que je paraisse trop osée ou inconvenante.

– Margrethe, je ne pense pas que vous puissiez être l'une ou l'autre. Mais vous accordez trop d'importance à une disposition de grains de beauté due au seul hasard. J'ai des grains de beauté sur tout le corps. Et je ne suis pas surpris d'apprendre qu'à cet endroit ils peuvent avoir la forme d'une croix. Ni que Graham possédait quelque chose d'assez similaire.

– Non pas assez similaire mais tout à fait identique.

– Bien... Il y a une meilleure façon de vérifier. Dans ce bureau, là, il y a mon portefeuille, enfin, celui de Graham, en réalité. Avec son permis de conduire, et ses empreintes digitales. Je n'ai pas fait la comparaison parce que je n'ai jamais douté un instant qu'il est Graham, et que je suis Hergensheimer et que nous sommes deux hommes distincts. Mais nous pouvons tout de même vérifier. Prenez ce portefeuille, ma chère. Vérifiez de vos yeux. Je vais mettre l'empreinte de mon pouce sur le miroir de la salle de bains. Alors, vous saurez.

— Mais Alec, je sais déjà. C'est vous qui ne le croyez pas. C'est à vous de comparer les deux empreintes.

— Bien...

La contre-proposition de Margrethe était raisonnable et j'ai accepté.

Je suis allé prendre le permis de conduire de Graham dans le tiroir, puis j'ai frotté mon pouce sur mon nez, l'huile naturelle étant tellement supérieure au tampon encreur, avant de le presser sur le miroir. Je me suis aperçu que je ne parvenais pas très bien à lire l'empreinte, aussi j'ai versé un peu de talc au creux de ma paume pour en souffler sur le miroir.

C'était pire. La poudre dont les détectives se servent pour relever les empreintes doit être plus fine que du talc. Ou alors je ne savais pas m'y prendre. J'ai appuyé mon pouce encore une fois, sans poudre, puis j'ai examiné les deux empreintes, mon pouce droit, et l'empreinte portée sur le permis de conduire de Graham. J'ai vérifié que l'empreinte était bien mentionnée comme étant celle du pouce droit.

— Margrethe ! Voulez-vous revenir, je vous prie ? (Elle m'a rejoint dans la salle de bains.) Regardez ça. Ces quatre empreintes, ou plutôt ces trois empreintes et mon pouce. Dans chaque cas, nous avons fondamentalement une arche, mais c'est le cas pour la moitié des empreintes dans le monde. Je suis prêt à parier que vos propres empreintes ont une forme d'arche. Honnêtement, pouvez-vous dire si oui ou non l'empreinte de ce permis a été faite par *ce pouce-ci* ? Ou par mon pouce gauche. Car ils auraient pu se tromper.

— Mais non, Alec. Je n'ai aucun talent pour ça.

— Ma foi... je crois que même un expert ne pourrait se prononcer avec cette lumière. Il va falloir remettre ça au matin. Nous aurons besoin de la lumière du soleil sur le pont. Et aussi de papier blanc, lisse, d'un tampon encreur et d'une loupe... Je suis sûr que M. Henderson a les trois. Demain, ça ira ?

— Certainement. Mais ce test n'est pas pour moi,

Alec. Je le savais déjà au fond de mon cœur. Et j'ai vu votre Croix du sud. Quelque chose est arrivé à votre mémoire mais vous êtes toujours vous... et un jour vous retrouverez vos souvenirs.

– Ce n'est pas aussi facile, très chère. Je *sais* que je ne suis pas Graham. Margrethe, avez-vous quelque idée du métier qu'il exerçait ? Et pour quelle raison il participait à cette croisière ?

– Faut-il vraiment que je dise « lui » ? Je ne vous ai jamais posé de questions sur votre profession, Alec. Et vous ne vous en êtes jamais ouvert à moi.

– Oui, je pense qu'il faut dire « lui », au moins jusqu'à ce que nous ayons vérifié cette empreinte. Etait-il marié ?

– A ce propos non plus il ne m'a rien dit, et je ne lui ai pas demandé.

– Mais vous avez laissé entendre... Non, vous m'avez dit tout net que vous aviez « fait l'amour » avec cet homme que vous pensez être moi, que vous aviez couché avec lui.

– Alec, est-ce que vous me le reprocheriez ?

– Oh, non, non, non ! (Mais c'était pourtant le cas, et elle le savait.) C'est votre affaire. Mais il faut que je vous dise que *moi* je suis marié.

Son visage se ferma.

– Mais Alec, je n'ai jamais cherché à vous entraîner au mariage.

– Graham, vous voulez dire. Pas moi, je n'étais pas là.

– Très bien, Graham. Alec Graham ne m'appartenait pas. Nous avons fait l'amour pour notre plaisir mutuel. La situation conjugale n'a pas été mentionnée par l'un ou l'autre de nous deux.

– Margrethe, je suis désolé d'avoir mentionné cela ! Mais il me semble que cela a quelque rapport avec ce mystère, c'est tout. Margrethe, me croirez-vous si je vous dis que je préférerais me casser un bras ou me crever un œil plutôt que de vous faire du mal ? Jamais, sous quelque forme que ce soit ?...

– Merci, Alec. Je vous crois.

– Tout ce que Jésus a jamais dit c'est : « Va et ne

pèche plus. » Vous ne voudriez tout de même pas que je me montre plus sévère que Jésus ? Mais je ne vous juge pas. Je ne faisais que chercher à m'informer à propos de Graham. De sa profession, en particulier. Mmm... Avez-vous jamais soupçonné qu'il pouvait être mêlé à quelque chose d'illégal ?

Elle esquissa un sourire.

— Si j'avais soupçonné quoi que ce soit de tel, je crois que ma loyauté envers lui est si grande que je n'y aurais pas fait allusion. Puisque vous insistez tant pour n'être pas lui, je dois m'y tenir.

*Touché* (1) ! J'ai fait un sourire penaud. Est-ce que je devais lui parler du coffret ? Oui. Il fallait que je sois franc avec elle et que je la persuade qu'elle n'était pas déloyale envers moi/Graham si elle se montrait tout aussi franche.

— Margrethe, je ne posais pas ces questions au hasard et je ne tiens pas à me montrer indiscret sur des sujets qui ne me regardent pas. J'ai d'autres ennuis et j'ai besoin de votre conseil.

Ce fut à son tour de réagir.

— Alec... je ne donne pas souvent de conseils. Je n'aime pas ça.

— Puis-je vous parler de mes ennuis ? Vous n'aurez peut-être pas à me conseiller... mais vous serez peut-être à même de les analyser pour moi. (Je lui dis quelques mots de ce maudit million de dollars.) Margrethe, voyez-vous une raison légitime pour qu'un homme honnête voyage avec un million en liquide ? Des chèques de voyage, des lettres de crédit, des ordres de transfert, et même des actions au porteur, oui ! *mais du liquide ?* Et une somme pareille. Psychologiquement, c'est aussi incroyable que ce qui m'est arrivé dans la fosse ardente.

« Voyez-vous une autre façon de considérer le problème ? Une raison *honnête* pour laquelle un homme garderait une telle somme en liquide sur lui pendant un tel voyage ?

— Je ne me prononcerai pas.

(1) En français dans le texte. *(N.d.T.)*

– Mais je ne vous demande pas de juger. Je vous demande de faire un effort d'imagination et de m'expliquer pourquoi un homme pourrait avoir une telle somme sur lui. Une raison valable... N'importe quelle raison, aussi improbable soit-elle. Mais une raison.

– Il pourrait y en avoir de nombreuses.

– Vous pouvez m'en citer une ?

J'attendis, mais elle resta silencieuse. Je soupirai.

– Moi non plus, je n'en vois pas, dis-je. Il y a des tas de raisons criminelles, par contre. L'argent mal gagné circule toujours sous forme liquide. C'est tellement commun que la plupart des gouvernements – et même tous, je crois – supposent, a priori, que toute somme d'argent importante qui ne transite pas par une banque ou par l'administration est d'origine criminelle si l'on ne prouve pas le contraire. Ou encore de la fausse monnaie, ce qui est une idée encore plus déprimante. Le conseil dont j'ai besoin est le suivant : Margrethe, que dois-je en faire ? Il ne m'appartient pas. Je ne peux pas le faire sortir du bateau. Pour la même raison, je ne peux pas l'abandonner. Je ne peux même pas le jeter par-dessus bord. Alors, que dois-je en faire ?

Ma question n'était pas rhétorique : il fallait absolument que je trouve une réponse si je ne voulais pas finir en prison pour quelque crime commis par Graham. Jusqu'à présent, la seule réponse que j'avais pu envisager était d'aller voir la seule autorité à bord, c'est-à-dire le commandant, de lui raconter tous mes ennuis et de lui demander de bien vouloir assumer la consigne de cet encombrant million de dollars.

Ridicule. Cela ne m'apporterait que d'autres réponses, aussi nouvelles que mauvaises, dépendant du fait que le commandant me croirait ou non, et aussi de son honnêteté – ainsi que de quelques autres variables. Mais, dans toutes les issues que j'entrevoyais à cette confession, je finirais derrière les barreaux ou dans un asile de fous.

La façon la plus simple de résoudre cette situation était, après tout, de lancer par-dessus bord ces maudites enveloppes !

A cela, j'avais quelques objections morales. J'ai

détourné quelques-uns des commandements et j'en ai contourné d'autres, mais de toute ma vie, je suis toujours resté financièrement honnête. Je vous accorde que, depuis quelque temps, ma fibre morale n'était pas aussi résistante que je l'avais cru mais, malgré tout, je n'étais nullement tenté de voler ce million, même pour le jeter à la mer.

Pourtant, il y avait une objection de taille : avez-vous déjà entendu parler d'un homme nanti d'un million de dollars et qui soit en mesure de le détruire ?

Vous, peut-être. Pas moi. Au mieux, je pourrais aller le confier au commandant mais je ne pouvais me résoudre à le détruire.

L'écouler une fois à terre ? Alex, dès l'instant où tu l'auras retiré de ce coffret, tu l'auras volé. Tu es prêt à détruire le respect que tu as de toi-même pour un million de dollars ? Pour dix millions ? Pour cinq dollars ?

– Eh bien, Margrethe ?
– Alec, il me semble que la solution est évidente.
– Oui ?
– Mais vous avez essayé de résoudre vos problèmes dans un ordre incorrect. D'abord, il faut que vous retrouviez la mémoire. Ensuite, vous saurez pourquoi vous avez cet argent sur vous. Vous verrez que c'est certainement pour une raison tout à fait logique et innocente. (Elle sourit.) Je vous connais mieux que vous ne vous connaissez vous-même. Vous êtes un homme bon, Alec, pas un criminel.

Je ressentis un sentiment mêlé d'exaspération à son egard et de fierté pour l'opinion qu'elle avait de moi, mais l'exaspération l'emportait sur la fierté.

– Mais, bon sang, ma chère, je n'ai *pas* perdu la mémoire ! Je ne suis pas Alec Graham. Je m'appelle Alexander Hergensheimer, c'est le nom que j'ai porté toute ma vie et ma mémoire est claire. Vous voulez connaître le nom de mon institutrice ? Miss Andrews. Ou comment j'ai eu mon baptême de l'air à douze ans ? Parce que je viens vraiment d'un monde où les aéronefs survolent tous les océans et vont même jusqu'au Pôle

Nord, où l'Allemagne est une monarchie, où l'Union Nord-Américaine a connu un siècle de paix et de prospérité, un monde dans lequel ce navire où nous sommes ce soir serait jugé si démodé et si pauvrement équipé, si lent que personne ne voudrait monter à bord. Je vous demande de m'aider. Je n'ai pas besoin d'un verdict psychiatrique. Si vous pensez que je suis fou, dites-le, et nous laisserons tomber le sujet.

– Je ne voulais pas vous mettre en colère.

– Ma chère ! Mais vous ne me mettez pas en colère. Je déversais simplement sur vous une partie de mes soucis et de mon inquiétude. Ce que je n'aurais pas dû faire. Pardonnez-moi. Mais j'ai de réels problèmes et ils ne seront pas résolus sous prétexte que vous prétendrez que c'est ma mémoire qui est en cause. Si cela était, le fait de le dire ne résoudrait rien : mes problèmes seraient toujours là. Mais je n'aurais pas dû me montrer irrité. Margrethe, vous êtes tout ce que j'ai... dans un monde qui est étrange et quelquefois effrayant pour moi. Je suis désolé.

Elle se laissa glisser de ma couchette.

– Il n'y a pas à être désolé, cher Alec. Mais cette discussion ne nous mènera à rien ce soir. Demain... demain, nous examinerons sérieusement cette empreinte, au grand soleil. Vous verrez que cela aura peut-être un effet instantané sur votre mémoire.

– Ou sur votre entêtement à vous, la plus belle d'entre les filles.

Elle sourit.

– Nous verrons cela demain. Maintenant, je pense que je dois aller me coucher. Nous avons atteint un point où nous répétons l'un et l'autre les mêmes arguments... et cela nous contrarie. Je ne le veux pas, Alec. Ce n'est pas bien.

Elle se retourna et se dirigea vers la porte, sans même s'approcher pour m'embrasser comme tous les soirs.

– Margrethe !

– Oui, Alec ?

– Revenez. Embrassez-moi.

— Le faut-il vraiment, Alec? Vous êtes un homme marié.

— Euh... Pour l'amour du ciel, un baiser, ce n'est pas l'adultère.

Elle secoua tristement la tête.

— Il y a baiser et baiser, Alec. Je ne vous aurais pas embrassé ainsi que nous l'avons fait si je n'avais pas eu l'assurance heureuse que nous allions faire l'amour. Pour moi, c'est une chose agréable et innocente... mais pour vous ce serait l'adultère. Vous avez cité ce que le Christ a dit à la femme adultère. Je n'ai pas péché... et je ne vous obligerai pas à le faire.

A nouveau, elle se détourna pour sortir.

— Margrethe!

— Oui, Alec?

— Vous m'avez demandé si j'avais l'intention de vous proposer de revenir plus tard. Je vous le demande à présent. Cette nuit. Reviendrez-vous?

— Le péché, Alec. Pour vous, ce serait le péché... et cela le deviendrait pour moi, sachant ce que vous éprouvez.

— Le péché, je ne suis plus très sûr de savoir encore ce que c'est. Je vous désire maintenant... et je pense que vous me désirez aussi.

— Bonne nuit, Alec.

Et elle a disparu.

Après un moment, je me suis brossé les dents et lavé le visage, puis j'ai décidé qu'une autre douche me ferait du bien. Je l'ai prise à peine tiède et il m'a semblé que cela me calmait un peu. Mais, une fois au lit, je suis resté éveillé, me livrant à ce que j'appellerais des « réflexions » mais qui n'en étaient sans doute pas.

Je revécus en esprit toutes les fautes mineures que j'avais pu commettre au cours de ma vie, l'une après l'autre, les ravivant dans mes pensées, nettes et claires pour l'imbécile maladroit, inepte, vaniteux, stupide que j'avais été ce soir, qui avait blessé et humilié la meilleure et la plus douce des femmes qu'il eût jamais rencontrée.

Je suis capable de passer une nuit entière et vaine à me flageller quand je souffre d'une attaque particulièrement sévère de muflerie. Et celle-ci risquait de m'amener à contempler le plafond pendant plusieurs jours.

Pas mal de temps plus tard, après minuit, bien après, je fus éveillé par le bruit d'une clé dans la serrure. J'allumai à tâtons à l'instant précis où elle laissait tomber sa robe pour me rejoindre au lit. J'éteignis aussitôt.

Elle était tiède et douce, elle tremblait et pleurait. Je l'ai serrée tendrement contre moi et j'ai essayé de l'apaiser. Elle ne parlait pas et moi non plus. Nous en avions trop dit auparavant, surtout moi. En un tel instant, nous ne pouvions que nous étreindre et parler sans un mot.

Son tremblement finit par s'atténuer, puis cessa tout à fait et sa respiration redevint régulière. Elle soupira et me dit très doucement : – Je n'ai pas pu rester loin de toi.

– Margrethe, je t'aime.

– Oh, je t'aime tant que c'est comme si mon cœur me faisait mal !

Je pense que nous étions tous deux endormis lorsque la collision s'est produite. Je n'avais pas eu l'intention de m'endormir mais, pour la première fois depuis ma traversée du feu, j'étais paisible et calme et je m'étais laissé aller à m'assoupir.

D'abord, il y eut une secousse effroyable qui nous jeta presque à bas du lit, puis un craquement, un grincement épouvantable, assourdissant. J'allumai et je vis la coque se déformer à l'autre bout du lit. L'alerte générale retentit, mêlée au fracas. L'acier se tordit encore et craqua tout à coup. Quelque chose de froid, d'un blanc sale, se rua par la brèche. La lumière s'éteignit.

Je réussis à m'extraire de la couchette en entraînant Margrethe. Le bateau avait basculé à bâbord et nous avions glissé vers l'angle du pont et de la cloison. Je me cognai à la poignée de la porte, l'agrippai et m'y accrochai solidement de la main droite tout en maintenant Margrethe contre moi avec mon bras gauche. Le bateau bascula à tribord et des rafales de vent et d'eau s'engouffrèrent par la brèche : nous entendions et sentions sans voir quoi que ce fût. Le navire se stabilisa une fraction de seconde, puis roula à nouveau sur tribord. Je lâchai la poignée.

Je dois reconstituer ce qui advint ensuite : le noir absolu régnait et le bruit était infernal. Nous tombions. Pas un instant je n'ai lâché Margrethe et nous nous sommes retrouvés à la mer.

Apparemment, quand le vaisseau avait roulé sur tribord, nous avions été projetés par la brèche. Mais tout cela n'est que reconstitution. Tout ce que je sais, c'est que nous sommes tombés ensemble dans l'eau et que nous sommes descendus jusqu'à une certaine profondeur.

Mais nous sommes remontés à la surface. Margrethe était sous mon bras gauche, presque dans la position adéquate du sauvetage. J'ai jeté un bref coup d'œil autour de nous en prenant une bouffée d'air, et nous avons replongé. Le bateau était tout près de nous et avançait. Le vent était glacé et le bruit terrifiant. Il y avait quelque chose de très haut et de très sombre à quelque distance. Mais c'était le bateau qui m'effrayait, ou plutôt ses hélices. La cabine 109 était située à l'avant du bâtiment mais nous ne nous étions pas assez éloignés et nous risquions d'être transformés en hamburgers par les hélices. J'ai serré Margrethe et tenté de nager loin du vaisseau, agitant frénétiquement les jambes. J'ai ressenti un soulagement violent lorsque j'ai su que nous ne risquions plus d'être broyés sous le bateau... et je me suis cogné brutalement la tête dans l'obscurité.

# 8

*Puis ils prirent Jonas, et le jetèrent dans la mer. Et la fureur de la mer s'apaisa.*

Jonas, 1:15

Je me sentais bien et je ne voulais pas me réveiller. Mais un élancement dans la tête me dérangeait et j'ai décidé de me réveiller. J'ai secoué la tête pour chasser la douleur et je me suis retrouvé avec de l'eau dans le gosier. Je l'ai recrachée.

– Alec ?

La voix était toute proche. J'étais étendu sur le dos dans de l'eau tiède et salée, et plongé dans le noir. La situation était aussi proche du retour au ventre maternel qu'il est possible. A moins que je ne fusse mort ?

– Margrethe ?

– Oh, Alec, je suis si contente ! Tu as dormi longtemps. Comment te sens-tu ?

Je me suis livré à une vérification générale, j'ai compté ceci et cela, remué l'ensemble, et je me suis aperçu que je flottais sur le dos entre les jambes de Margrethe qui elle aussi était sur le dos, ma tête entre ses mains, dans l'une des positions de sauvetage recommandées par la Croix-Rouge. Elle nageait en grenouille, non pas tant pour nous faire avancer que pour nous maintenir en surface.

– Je crois que ça va, ai-je dit enfin. Et toi ?

– Ça va, chéri... Surtout maintenant que tu es réveillé !

– Que s'est-il passé ?

– Tu t'es cogné la tête contre le berg.

– Le berg ?

– La montagne de glace. L'iceberg.

(Un iceberg ? J'essayais de me souvenir de ce qui s'était passé.)

– Quel iceberg ?

– Celui qui a coulé le bateau.

Quelques éléments éparpillés me revenaient, mais pas assez pour composer une image compréhensible. Il y avait eu ce craquement énorme, comme si le bateau avait heurté un récif, et nous nous étions retrouvés dans l'eau. Nous nous étions débattus et... Oui, je m'étais cogné le crâne, et comment !

– Margrethe, nous sommes sous les tropiques, au sud d'Hawaï. Comment pourrait-il y avoir des icebergs par là ?

– Je l'ignore, Alec.

– Mais... (J'avais été sur le point de dire que c'était impossible, mais j'ai décidé que, venant de moi, ce mot était dans la circonstance particulièrement stupide.) Ces eaux sont bien trop chaudes pour les icebergs. D'ailleurs, tu peux nager plus doucement, tu sais. Dans l'eau salée, je flotte comme une éponge.

– D'accord. Mais laisse-moi te tenir. J'ai failli te perdre dans le noir et je ne voulais pas que ça se reproduise. Quand nous sommes tombés à la mer, l'eau était froide. Maintenant, elle est tiède. Nous avons dû nous éloigner de l'iceberg.

– Bien sûr, accroche-toi à moi. Moi non plus, je ne veux pas te perdre.

Oui, c'est vrai, l'eau avait été très froide quand nous y étions tombés, je m'en souvenais. Encore plus après la douce chaleur du lit. Et le vent aussi était glacé.

– L'iceberg, qu'est-il devenu ?

– Je l'ignore, Alec. Nous sommes tombés sans nous séparer. Tu me tenais serrée et nous nous sommes éloignés du bateau. Je suis sûre que c'est pour cela que nous sommes saufs. Mais il faisait aussi noir que par une nuit de décembre et le vent soufflait très fort. Dans l'obscurité, tu as heurté la glace. J'ai cru que je t'avais perdu. Tu avais été assommé, chéri, et tu m'as lâchée. J'ai coulé et, quand j'ai réussi à revenir en surface et à respirer, je ne t'ai pas retrouvé tout de suite. Oh, Alec, jamais je n'ai eu aussi peur de ma vie. Tu n'étais nulle part. Je ne te voyais pas. J'ai cherché partout et je t'ai appelé. Mais tu ne m'as pas répondu.

– Je suis désolé.

– Mais je n'aurais pas dû céder à la panique. Je croyais que tu t'étais noyé, ou que tu étais en train de te noyer sans que je puisse rien faire. Mais, en nageant, je t'ai heurté de la main, alors je t'ai attrapé et c'est tout. Seulement tu ne parlais plus. J'ai écouté ton cœur et je l'ai entendu battre très régulièrement. Alors je t'ai pris comme ça, sur le dos, pour que tu gardes le nez hors de l'eau. Il t'a fallu très longtemps pour te réveiller. Mais maintenant, tout va bien.

– Mais non, tu n'as pas paniqué. Sinon je serais mort à l'heure qu'il est. Il n'y a pas beaucoup d'êtres humains qui auraient fait ce que tu as fait.

– Mais si. Pendant deux étés, j'ai été surveillante de plage au nord de Copenhague. Le jeudi, je donnais des leçons. J'avais des tas d'élèves, garçons et filles.

– Mais tu n'as pas suivi des leçons pour savoir garder la tête froide dans une catastrophe et dans le noir absolu. Ne sois pas aussi modeste. Qu'est devenu le bateau ? Et l'iceberg ?

– Alec, une fois encore, je l'ignore. Après que je t'ai retrouvé, quand j'ai été certaine que tu n'étais pas blessé et que j'ai pu te mettre dans cette position pour te remorquer, je veux dire quand j'ai regardé autour de moi à nouveau, c'était comme ça : un trou noir.

– Je me demande s'il a coulé ? C'était un sacré choc. Tu n'as pas entendu d'explosion ?

– Non, rien. Rien que le vent et ce grand bruit de collision que tu as dû entendre aussi. Et ensuite des cris quand nous sommes tombés à la mer. Si le bateau a coulé, je ne l'ai pas vu... Mais, Alec, je nage depuis une heure à peu près et j'ai la tête sur un coussin, un matelas ou un oreiller, je ne sais quoi... Est-ce que ça veut dire que le bateau a coulé, tous ces débris dans l'eau ?

– Pas nécessairement mais, d'un autre côté, ce n'est guère encourageant. Pourquoi gardes-tu la tête là-dessus ?

– Parce que nous en aurons peut-être besoin. S'il s'agit d'un des coussins du pont ou d'un matelas de bain de soleil de la piscine, alors il est rempli de kapok et ça nous sert de bouée de sauvetage.

– C'est ce que je pensais. Mais alors, pourquoi te contenter d'appuyer la tête quand tu aurais pu être dessus, hors de l'eau ?

– Parce que je n'y arriverais pas sans te lâcher.

– Ah, Margrethe... Quand nous serons tirés d'affaire, tu voudras bien me donner un bon coup de pied aux fesses ? Bon, je crois que je suis tout à fait réveillé, maintenant. Essayons de voir ce que nous avons trouvé. En braille.

– Très bien. Mais je ne veux pas te lâcher alors que je ne peux même pas te voir.

– Chérie, moi non plus je ne veux pas te perdre. Ecoute : tu t'accroches à moi d'une main et tu tends l'autre derrière toi. Agrippe ce coussin ou quoi que ce soit. Je vais me retourner et prendre ta main. Ensuite, selon ce que nous aurons sous la main, nous déciderons de la façon de nous en servir. O.K. ?

Ce n'était pas un oreiller ou un coussin de banc de la promenade mais plutôt, au contact, un grand matelas de bain de soleil, large d'au moins deux mètres et vraisemblablement très long, assez en tout cas pour deux passagers, voire même trois si l'on avait affaire à des gens ayant l'habitude de vivre ensemble. C'était presque aussi bien qu'un canot de sauvetage ! Mieux même, puisqu'il y avait Margrethe. Cela me rappela un poème profane qui circulait clandestinement au séminaire : *Un coup de vin, un bout d' pain et un p'tit...*

Réussir à prendre pied sur un matelas mou comme une limace par une nuit noire comme l'intérieur d'un sac à charbon n'est pas un exercice difficile mais carrément impossible. Et nous avons réussi l'impossible : je me suis accroché des deux mains au matelas pendant que Margrethe se glissait lentement sur moi. Pour finir, elle m'a tendu la main afin que je me hausse un peu pour tenter de monter. C'est alors que mon coude a dérapé et que je suis retombé en arrière. Guidé par la voix de Margrethe, j'ai rencontré à nouveau le matelas et, lentement, avec précaution, je me suis hissé à bord.

Nous avons très vite découvert que la meilleure façon

d'occuper cet espace de flottaison qu'offrait le matelas était de demeurer côte à côte, étendus sur le dos, bras et jambes écartés comme dans les dessins de Léonard de Vinci, afin d'occuper le maximum de surface.

– Tu vas bien, chérie ?

– Parfait.

– Tu as besoin de quelque chose ?

– En tout cas rien qui se trouve ici. Je suis bien, et détendue... et tu es avec moi.

– Moi aussi je suis bien. Mais que désirerais-tu si tu pouvais obtenir n'importe quoi ?

– Eh bien... Peut-être un sorbet au chocolat chaud.

J'ai réfléchi un instant.

– Non. Un sorbet au chocolat avec du sirop de marshmallow et une cerise dessus. Et aussi une tasse de café.

– Non, de chocolat. Mais je tiens à un sorbet avec du chocolat chaud. J'en ai pris le goût en Amérique. Au Danemark, nous mettons souvent de la crème glacée dans nos pâtisseries, mais jamais une crème chaude sur un dessert glacé. Non, ça ne nous est jamais venu à l'idée. Un *double* sorbert au chocolat chaud, voilà ce que je voudrais.

– D'accord. Je te l'offre si c'est vraiment ce que tu veux par-dessus tout. De toute façon, je suis un vrai pigeon. Et puis, tu m'as sauvé la vie.

Elle m'a tapoté la main.

– Alec, tu es drôle... Et je suis heureuse. Est-ce que tu crois que nous allons nous en sortir vivants ?

– Je ne sais pas, chérie. L'ironie suprême de la vie c'est que personne n'en sort vivant. Mais je vais te promettre une chose : je ferai tout mon possible pour t'offrir ce sorbet au chocolat chaud.

Nous nous sommes tous deux réveillés avec la lumière. Oui, j'ai dormi, et je sais que Margrethe aussi, car je me suis éveillé un peu avant elle. J'ai prêté l'oreille à ses ronflements doux et réguliers et je suis resté silencieux jusqu'à ce qu'elle ouvre les yeux. Je ne m'étais pas attendu à être capable de dormir mais (à présent) je n'en suis pas surpris – le lit était parfait, ainsi que le silence et la température; nous étions, Margrethe et moi, aussi épuisés l'un que l'autre... et nous n'avions aucun sujet d'inquiétude ou de préoccupation car nous ne pouvions rien, mais vraiment rien faire avant le lever du jour. Je pense que j'ai dû m'endormir en pensant : Oui, Margrethe avait raison : un sorbet au chocolat chaud, c'est bien mieux qu'un sorbet au marshmallow. Je sais en tout cas que j'ai rêvé de sorbet : une sorte de cauchemar où je plongeais ma cuiller pour la porter à ma bouche... et découvrir qu'elle était vide. En fait, c'est ce qui a dû finir par me réveiller.

Margrethe a tourné la tête de mon côté, elle m'a souri et elle avait vraiment l'air d'un ange qui n'avait pas dépassé seize ans.

*(Aux globes tendres de tes seins s'accrochent deux églantines... Ah, beauté à nulle autre pareille !)*

— Bonjour, ma belle.

Elle a eu un petit rire tendre.

— Bonjour, mon prince charmant. Avez-vous bien dormi ?

— Margrethe, pour être franc, je n'ai pas dormi aussi bien depuis un mois. Bizarre. Maintenant, tout ce dont j'ai besoin, c'est d'un bon petit breakfast au lit.

— Tout de suite, monsieur. C'est comme si c'était servi !

— Non, ne te donne pas cette peine. Je n'aurais pas dû parler de manger. On se contentera d'un baiser. Tu crois qu'on peut y arriver sans retomber à la mer ?

— Oui. Mais il faut faire très attention. Tourne-toi comme ça, là. Et ne bascule pas.

Ce fut un baiser symbolique et non l'un de ces baisers foudroyants qui étaient la spécialité de Margrethe. Nous veillions tous deux à ne pas mettre en péril la stabilité précaire de notre radeau de fortune. Et nous avions d'autres soucis en tête — moi en tout cas — pour ne pas nous permettre de replonger dans l'océan.

J'ai décidé d'aborder franchement le sujet, afin que nous ayons au moins une préoccupation commune.

— Margrethe, si j'en juge d'après la carte qui se trouvait à l'extérieur de la salle à manger, la côte mexicaine, à la hauteur de Mazatlan, devrait se trouver immédiatement à l'est. Je veux dire : quand s'est produit la collision ?

— Je ne sais pas.

— Et moi non plus. En tout cas, après minuit, je suis au moins sûr de ça. Le *Konge Knut* devait arriver au port à huit heures du matin. Donc, la côte ne devrait pas être à plus de cent cinquante kilomètres à l'est. Il se pourrait même qu'elle soit presque à portée. Il y a des montagnes dans cette direction et nous devrions les apercevoir quand le plafond nuageux se lèvera. Il s'est levé hier et il le fera peut-être encore aujourd'hui. Mon cœur, est-ce que tu es une bonne nageuse de fond ? Si nous voyons les montagnes, es-tu prête à tenter ta chance ?

Elle mit un certain temps à répondre.

— Alec, si tu le souhaites, nous tenterons notre chance, oui.

— Ce n'est pas exactement ce que je t'ai demandé.

— C'est exact. Dans des eaux tièdes, je crois que je peux nager aussi longtemps que nécessaire. J'ai nagé une fois dans la Grande Barrière de Corail, et l'eau était plus froide qu'ici. Mais, là-bas, Alec, il n'y a pas de requins. Ici, il y en a. J'en ai vu.

J'ai poussé un soupir.

— Je suis heureux que ce soit toi qui l'aies dit. Chérie, je pense que nous devrions rester ici et ne pas bouger. Ne pas attirer l'attention. Pour cette fois, je crois que je me passerai de breakfast. Et les requins s'en passeront eux aussi.

— On ne meurt pas très vite de faim.

— Mais nous ne mourrons pas de faim. Si on te donnait le choix, que préférerais-tu ? Mourir de faim ? Brûlée par le soleil ? Dévorée par les requins ? Mourir de soif ? Dans toutes les histoires de naufrages de Robinson Crusoé que j'ai lues, le héros invente toujours quelque chose. Mais je n'ai même pas un cure-dent. Faux : je t'ai toi, ce qui change tous les enjeux. Margrethe, je te le demande : que devons-nous faire ?

— Je pense qu'on va nous repêcher.

C'était ce que je pensais aussi, mais pour une raison dont je ne voulais pas discuter avec Margrethe.

— Je suis heureux de te l'entendre dire. Mais pourquoi le crois-tu ?

— Alec, es-tu déjà allé à Mazatlan ?

— Non.

— C'est un port de pêche très important. A la fois pour la pêche commerciale et la pêche sportive. Dès l'aube, des centaines de bateaux prennent la mer. Les plus gros et les plus rapides vont à des kilomètres au large. Si nous attendons, ils finiront par nous trouver.

— Ils *peuvent* nous trouver, veux-tu dire. L'océan est grand. Mais tu as raison : nager serait un suicide. Le mieux est de rester ici et de tenir.

— Alec, ils vont nous rechercher.

— Pourquoi ?

— Si le *Konge Knut* n'a pas coulé, le commandant sait où et quand nous sommes tombés à la mer. Quand il ralliera le port — peut-être en ce moment même — il demandera qu'on lance des recherches de jour. Et s'il a coulé, ils exploreront tout le secteur pour retrouver les survivants.

— Ça me paraît logique. (J'avais, quant à moi, une autre idée, pas très logique.)

— Notre problème, reprit Margrethe, est de rester en vie jusqu'à ce qu'ils nous retrouvent. D'éviter les coups de soleil, la soif et les requins, autant que possible. Et ça signifie qu'il faut bouger le moins possible. Quoique nous devrions nous tourner de temps en temps pour éviter les brûlures.

— Et prier pour que le ciel se couvre. Oui. Et nous pourrions aussi éviter de trop parler. Pour avoir moins soif, non ?

Elle demeura ensuite silencieuse durant si longtemps que je finis par penser qu'elle appliquait d'ores et déjà cette règle. Mais elle dit :

— Mon amour, il se pourrait que nous ne survivions pas.

— Je le sais.

— Si nous devons mourir, j'aimerais mieux entendre le son de ta voix et je voudrais aussi pouvoir te dire que je t'aime — maintenant que je le peux — avec le faible espoir de vivre quelques minutes encore !

— Oui, ma douce, oui.

Malgré cette décision, nous avons très peu parlé. Je me contentais de toucher sa main et cela semblait lui suffire, à elle aussi.

Longtemps après — trois heures selon moi — j'entendis Margrethe étouffer un cri.

— Ça ne va pas ?

— Alec ! Regarde là-bas ! (Elle pointa un doigt et je levai les yeux.)

Ç'aurait dû être à moi de crier, cette fois, mais je crois que j'avais été plus ou moins préparé à ce que je voyais : Haut dans le ciel, une chose cruciforme, comme un oiseau qui planait, mais plus grand et nettement artificiel. Une machine volante...

Je savais que les machines volantes étaient une impossibilité : à l'école technique, j'avais suivi les cours du professeur Simon Newcomb, qui avait apporté la preuve mathématique que les efforts du professeur Langley et de tous les autres pour construire un aérodyne capable d'emporter un homme dans les airs étaient vains et inutiles, car il était aisé de prouver par la théorie qu'un appareil assez important pour emmener un homme ne pourrait porter la pile à énergie thermique nécessaire pour l'enlever du sol.

Tel était le dernier mot de la science à propos de cette folie. Il fallait cesser de gaspiller l'argent de la nation pour de telles fumisteries. Le budget de la recherche et du développement avait été entièrement consacré, et très justement, aux aéronefs, et avec un succès immense et mérité.

Néanmoins, durant ces derniers jours, j'avais été amené à considérer le concept d'impossibilité sous un angle nouveau. Et quand cette véritable machine volante apparut dans le ciel, au-dessus de nos têtes, je ne fus pas absolument surpris.

Je pense que Margrethe dut retenir son souffle jusqu'à ce qu'elle ait fini de nous survoler pour glisser vers l'horizon. Je dus, pour ma part, m'efforcer de respirer calmement; cette chose avait été si belle, si rapide, harmonieuse et argentée. Je n'avais pu me faire une idée de sa taille réelle, mais, si ces taches sombres que j'avais distinguées sur ses flancs étaient des fenêtres, alors elle devait être énorme.

Je n'avais pu voir ce qui la faisait avancer.

— Alec... est-ce un aéronef ?

— Non. Du moins ce n'est pas ce que je voulais dire par aéronef quand je t'en ai parlé. Je dirais que c'est une machine volante. Mais c'est tout ce que je peux dire. Je n'en ai encore jamais vu de semblables. Pourtant, je peux être certain d'une chose, à présent, une chose très importante.

— Oui ?...

— Nous n'allons pas mourir... et je sais aussi pourquoi le bateau a été coulé.

— Pourquoi, Alec ?

— Pour m'empêcher de vérifier cette empreinte.

# 9

*Car j'ai eu faim et vous m'avez donné à manger, j'ai eu soif, et vous m'avez donné à boire; j'étais étranger et vous m'avez recueilli.*

Evangile selon Saint Matthieu, 25:35

— Ou, pour être plus exact, l'iceberg était là et la collision s'est produite pour m'empêcher de comparer mon empreinte de pouce à celle qui figure sur le permis de conduire de Graham. Le bateau n'a peut-être pas coulé, ce n'était pas vraiment nécessaire au plan.

Margrethe n'a pas pipé mot et j'ai ajouté très doucement :

— Allez, chérie, dis-je. Délivre-toi. Je ne me fâcherai pas. Je suis dingue. Paranoïaque.

— Alec, je n'ai pas dit ça. Je ne le pense pas.

— Non, tu ne l'as pas dit. Mais, cette fois, mon aberration ne saurait s'expliquer par une perte de mémoire. Si nous avons vu la même chose, toi et moi, bien sûr. Qu'as-tu vu exactement ?

— J'ai vu quelque chose d'étrange dans le ciel. Et je l'ai entendu aussi. Tu m'as dit que c'était une machine volante.

— Eh bien, je pense que c'est comme ça qu'on devrait l'appeler... mais on peut aussi dire, euh... appelons ça « biglodouille ». Quelque chose de nouveau, de bizarre. Et comment était ce biglodouille ? Tu peux me le décrire ?

— C'était quelque chose qui se déplaçait dans le ciel. Il est arrivé de là, il est passé juste au-dessus de nous, et il a disparu par là. (Elle désignait ce qui, selon moi, était le nord.) Cela avait la forme d'une croix, d'un crucifix. Et il y avait des renflements sous la potence.

Quatre, je crois bien. Sur le devant, il y avait des yeux. Comme ceux d'une baleine. Et des nageoires à l'arrière. Oui, c'était comme une baleine avec des ailes. Alec... Une baleine qui vole dans le ciel !

– Tu penses que c'était vivant ?

– Eh bien... je ne sais pas. Non, je ne crois pas. Je ne sais que penser.

– Moi, je ne crois pas que c'était vivant. Je suppose plutôt qu'il s'agissait d'une machine. Une machine volante, oui. Un bateau, en quelque sorte, avec des ailes. Mais, quoi qu'il en soit – baleine volante ou machine – est-ce que tu as déjà vu une chose pareille ?

– Alec, c'était tellement bizarre que j'ai du mal à croire que je l'ai vraiment vue...

– Je comprends. Mais c'est toi qui l'as aperçue la première et qui me l'as montrée. Ce n'est pas moi qui t'ai influencée afin que tu croies l'avoir vue.

– Tu serais incapable de ça.

– Oui, c'est vrai. Mais je suis content que tu l'aies vue la première, ma belle. Car cela signifie qu'elle existe bel et bien, que ce n'est pas un produit de mon imagination fiévreuse. Cette chose ne vient pas du monde que tu connais... et je puis t'assurer qu'il ne s'agit pas non plus d'un de ces aéronefs dont je t'ai parlé. Ça ne vient donc pas non plus du monde où j'ai grandi. Donc, nous nous trouvons maintenant dans un troisième monde.

(J'ai soupiré. La première fois, il a fallu un paquebot de vingt et un mille tonnes pour me prouver que j'avais changé de monde. Cette fois, il m'a fallu un simple coup d'œil sur cette chose qui n'aurait pas pu exister dans le monde que j'ai connu pour comprendre que ça recommençait. Ils ont échangé les mondes quand j'ai perdu conscience... oui, je pense que c'est à ce moment-là que ça s'est passé. Et je crois qu'ils ont fait cela pour m'empêcher de pouvoir vérifier cette empreinte. Paranoïa. L'illusion que le monde entier conspire contre vous, d'accord, mais ce n'est pas une illusion.

Je surveillais son regard :

– Eh bien ?...

– Alec... est-il possible que nous ayons l'un et l'autre imaginé cela ? C'est peut-être du délire ? Nous avons tous les deux vécu des moments difficiles et tu t'es cogné la tête. Moi aussi, j'ai pu recevoir un coup lorsque l'iceberg a heurté le bateau.

– Margrethe, nous n'aurions pas vécu en même temps l'un et l'autre le même délire. Si tu te réveilles et que tu découvres que je ne suis plus là, alors tu auras peut-être ta réponse. Mais je suis toujours là. Et puis, il faudrait que tu m'expliques la présence d'un iceberg aussi loin dans le sud. La paranoïa est l'explication la plus simple. Mais cette conspiration est dirigée contre moi. Tu as eu la malchance de t'y retrouver mêlée. J'en suis désolé. (Je n'étais pas vraiment désolé. Il ne fait pas bon se trouver seul sur un radeau perdu au milieu de l'océan. Mais, avec Margrethe, c'était un vrai paradis.)

– Je continue de penser que de partager le même rêve... Alec ! Le revoilà !

Elle pointait le doigt vers le ciel.

D'abord, je n'ai rien vu de net puis, oui : une petite tache qui prenait rapidement la forme d'une croix, une forme que j'identifiais comme étant celle d'une machine volante. Je la regardai grandir.

– Margrethe, ça a dû faire demi-tour. Ou peut-être qu'on nous a vus. Ils nous ont vus. Ou *il* nous a vus. N'importe quoi.

– Peut-être.

Comme cela approchait, j'ai calculé que la chose passerait sur notre droite et non au-dessus de nous. Margrethe a crié soudain :

– Ce n'est pas la même !

– Et ce n'est pas non plus une baleine volante à moins que les baleines n'aient des rayures rouges sur le flanc dans les parages.

– En effet ce n'est pas une baleine. Je veux dire : ce n'est pas vivant. Alec, tu avais raison : c'est bien une machine. Chéri, crois-tu qu'il y ait des gens à l'intérieur ? J'ai peur.

– Je pense que tu aurais plus peur encore s'il n'y avait personne, sais-tu. (Il me revenait en mémoire une histoire fantastique traduite de l'allemand à propos d'un monde peuplé uniquement de machines automatiques. Rien d'agréable.) En fait, c'est une bonne nouvelle. Nous savons maintenant que la première fois ce n'était ni un rêve ni une illusion. Ce qui confirme le fait que nous nous trouvons bien dans un autre monde. Donc, nous allons être secourus.

– Je ne suis pas très bien ton raisonnement, dit-elle d'un ton hésitant.

– C'est parce que tu essaies encore d'éviter de me juger comme un paranoïaque. Je t'en remercie, chérie, mais c'est l'hypothèse la plus simple. Si le plaisantin qui tire les ficelles avait vraiment voulu ma mort, le meilleur instant aurait été celui de la rencontre avec l'iceberg. Ou plus tôt, dans la fosse ardente. Mais il ne veut pas me tuer, du moins pas encore. Il joue au chat et à la souris avec moi. Donc, je vais être sauvé. Et toi avec moi, parce que nous sommes ensemble. Et tu étais avec moi quand l'iceberg a heurté le bateau : une chance. Ne résiste pas, chérie. J'ai pu m'y habituer durant ces quelques jours et je me suis aperçu que c'est très bien du moment que l'on se détend. La paranoïa est la seule façon rationnelle d'aborder un monde de conspiration.

– Mais Alec, le monde ne devrait pas être comme tu le dis !

– Il n'est pas question de ce qu'il « doit » être, mon amour. L'essence de la philosophie est d'accepter l'univers tel qu'il est plutôt que d'essayer de le forcer à prendre une forme préconçue. (Et j'ajoutai :) Ouf ! Surtout ne roule pas ! Tu ne voudrais pas servir de casse-croûte à un requin alors que nous savons que nous allons être secourus !

Dans l'heure qui suivit, il ne se passa rien – sinon que nous aperçûmes deux énormes marlins. Les nuages se dispersèrent et je commençai à attendre avec impatience les secours. Je m'étais convaincu qu'ils me devaient bien ça ! Et voilà que je risquais une brûlure au troisième degré. Margrethe supporterait sans doute mieux que moi les coups de soleil. Elle était blonde mais sa peau était adorablement dorée. Pour ma part, j'avais un ventre blanc de grenouille et seuls mon visage et mes mains étaient bronzés. Une journée complète au soleil des tropiques et on n'aurait plus qu'à m'hospitaliser d'urgence. Ou pis encore. A l'horizon d'est se dessinait une ligne grise et irrégulière. Probablement des montagnes. Ou c'était du moins ce que je croyais, quoiqu'il n'y ait pas grand-chose à voir quand votre point de vue ne dépasse pas vingt centimètres au-dessus de l'eau. Mais s'il s'agissait réellement de montagnes ou même de collines, alors le littoral n'était qu'à quelques kilomètres. Les bateaux du port de Mazatlan devraient nous apparaître d'un instant à l'autre... si Mazatlan existait encore dans ce monde-ci. Si...

Une autre machine volante apparut.

Elle ne ressemblait que vaguement aux deux autres. Elles avaient volé parallèlement à la côte. La première était venue du sud, l'autre du nord. Celle-ci venait droit de la côte, cap sur l'ouest, mais elle volait en zigzag.

Elle passa un peu au nord, puis fit demi-tour et se mit à tourner en cercle autour de nous. Elle était si basse que je pus vérifier qu'il y avait des hommes à l'intérieur, deux selon moi.

Sa forme est difficile à décrire. Imaginez d'abord un énorme cerf-volant cellulaire d'environ douze mètres de long, large de deux, l'espace étant d'environ un mètre entre les deux surfaces du cerf-volant.

Imaginez maintenant ce cerf-volant cellulaire placé à angle droit d'une structure en forme de bateau, un peu comme un kayak esquimau mais en plus grand — presque aussi grand que le cerf-volant.

Sous l'ensemble, il y avait deux autres formes de kayaks, plus petites, parallèles à la structure principale. A une extrémité, on devinait un moteur (comme je pus le constater plus tard) et, à l'avant, une hélice pareille à celle d'un bateau. Mais je vis ces détails plus tard également. Quand j'aperçus pour la première fois cet invraisemblable attelage, l'hélice tournait si vite qu'il était tout simplement impossible de la distinguer. Mais pour l'entendre, on l'entendait ! Le bruit de l'engin était assourdissant et ne s'interrompait jamais.

La machine se tourna vers nous et son nez s'abaissa tandis qu'elle descendait droit dans notre direction. On aurait tout à fait dit un pélican s'apprêtant à gober un poisson.

Le poisson, c'était nous. C'était effrayant. En tout cas pour moi. Quant à Margrethe, elle ne laissa pas échapper un son. Mais ses doigts serraient très fort ma main. Le fait que nous n'avions rien de poissons et qu'une machine ne pouvait raisonnablement nous dévorer et n'en avait pas la moindre envie n'enlevait rien au côté terrifiant de cette approche.

Malgré ma frayeur (ou peut-être à cause d'elle) je pouvais m'apercevoir maintenant que cette construction était au moins deux fois plus grosse que je ne l'avais estimé lorsque je l'avais tout d'abord aperçue, haut dans le ciel. Les deux hommes qui la conduisaient étaient assis côte à côte derrière une vitre, devant. Il s'avérait que les moteurs étaient au nombre de deux, placés entre les ailes de cerf-volant, un à droite, l'autre à gauche.

Au tout dernier instant, la machine se redressa comme un cheval qui saute l'obstacle et nous frôla. Le souffle du déplacement d'air faillit nous jeter à bas de notre radeau et le fracas me laissa un sifflement dans les oreilles.

La machine monta un peu plus haut, revint vers nous mais pas vraiment sur nous. Les deux structures de kayaks touchèrent la surface de la mer, provoquant une véritable queue de comète d'écume. La chose ralentit alors, s'arrêta et resta là, sur l'eau, sans couler !

A présent, les hélices aériennes tournaient lentement et je pus vraiment les voir pour la première fois... et admirer le génie créatif qui avait présidé à leur fabrication. Ce n'était certes pas aussi efficace, selon moi, que les hélices à turbine que nous utilisions sur nos aéronefs dirigeables, mais c'était une solution élégante à un problème d'espace qui interdisait ou rendait difficile la mise en place d'un porte-vent.

Mais ces moteurs faisaient un bruit infernal ! Comment un ingénieur pouvait-il tolérer ça, je n'arrivais pas à l'imaginer ! Comme le disait un de mes professeurs (avant que la thermodynamique ait réussi à me persuader que j'avais la vocation religieuse), le bruit est toujours un corollaire de l'inefficacité. Un moteur bien conçu doit être silencieux comme la tombe.

La machine pivota et revint à nouveau vers nous, très lentement cette fois. Ses conducteurs la dirigèrent de telle façon qu'elle ne passa qu'à deux ou trois mètres de notre radeau. Elle s'arrêta presque. L'un des deux hommes qui se trouvaient aux commandes rampa hors de l'espace situé derrière la vitre et, de la main gauche, se maintint aux étançons qui soutenaient les deux ailes du cerf-volant. De l'autre main, il tenait un rouleau de cordage.

Quand la machine se trouva à notre hauteur, il nous lança le cordage. Je m'en emparai et si je ne fus pas arraché au radeau et jeté à la mer, c'est grâce à Margrethe qui se cramponnait à moi. Je lui tendis l'extrémité du cordage.

— Laisse-le te tirer. Je te suivrai en nageant.

— Non !

— Qu'est-ce que ça veut dire, non ? Ce n'est pas le moment de discuter. Vas-y !

— Alec, tais-toi ! Il essaie de nous dire quelque chose.

Je me tus, quelque peu vexé. Margrethe prêtait l'oreille. (Il était inutile que j'écoute : mon espagnol se limitait à *gracias* et *por favor*. J'en profitai pour déchiffrer l'inscription au flanc de la machine : *El Guardacostas Real de Mexico.*

— Alec, il nous dit de faire très attention. Les requins.

— Aïe !

— Oui. Il ne faut pas que nous bougions. Il va tirer tout doucement sur cette corde. Je crois qu'il a l'intention de nous faire monter dans cette machine sans entrer dans l'eau.

— Voilà un homme selon mon cœur !

Nous avons essayé : ça ne marchait pas. La brise s'était levée. Elle avait plus d'effet sur la machine volante que sur nous : notre radeau-matelas imbibé d'eau était pratiquement cloué sur place et n'offrait pas la moindre surface portante au vent. Au lieu de nous tirer jusqu'à la machine, l'homme fut obligé de laisser filer un peu plus de cordage pour éviter de nous précipiter à la mer.

Il cria quelque chose et Margrethe lui répondit. Ils se mirent à dialoguer à grands cris. Puis elle se tourna vers moi :

– Il dit de lâcher le cordage. Ils vont revenir et, cette fois, plus lentement. Quand ils seront tout près, il faudra que nous essayions de nous hisser dans l'*aeroplano.* La machine.

– D'accord.

La machine s'éloigna, décrivit une courbe au large, puis se rapprocha de nouveau. En l'attendant, nous ne risquions pas de nous ennuyer : il y avait de la distraction. L'aileron dorsal d'un énorme requin s'approchait. Il n'attaqua pas. Apparemment, il pensait (pensait ?) que nous n'étions pas comestibles. Je suppose qu'il tirait ses déductions de la vision du dessous de notre matelas de kapok.

La machine volante venait droit sur nous, pareille à quelque monstrueuse libellule. Je dis :

– Chérie, quand elle sera tout près, tu essaieras de t'accrocher à l'étançon et je te hisserai. Je te suivrai ensuite.

– Non, Alec.

– Qu'est-ce que ça signifie ?

J'étais irrité. Margrethe, qui avait toujours été une compagne de commerce facile, se montrait soudain entêtée, et au plus mauvais moment.

– Tu ne peux pas me pousser. Tu n'as pas de point d'appui. Et tu ne peux pas te lever non plus. Tu ne peux même pas t'asseoir. Ecoute, tu vas grimper à droite et moi à gauche. Si nous n'y arrivons pas, nous nous laisserons retomber sur le matelas très vite. Et l'*aeroplano* fera un autre tour.

– Mais...

– C'est ce qu'il a dit de faire.

Il ne nous restait guère de temps. La machine était déjà pratiquement sur nous. Les « jambes » des étançons qui reliaient les deux structures inférieures au corps principal de la machine encadrèrent le matelas, nous frôlant l'un et l'autre.

— Allons-y ! cria Margrethe.

Je me redressai et ma main se referma sur l'étançon.

Je crus avoir le bras droit arraché mais je ne ralentis pas le mouvement. A la façon d'un singe, je m'agrippai des deux mains au châssis de la machine. Je réussis à poser un pied sur la structure de kayak et tournai la tête.

Une main se tendait vers Margrethe. Elle réussit à se hisser et fut soulevée jusqu'à l'aile de cerf-volant. Puis elle disparut. Je me retournai pour escalader — et je lévitai soudain jusqu'à l'aile. D'ordinaire, je ne lévite pas, mais cette fois j'avais été vigoureusement stimulé par un aileron blanc sale vraiment trop grand pour appartenir à un poisson honnête et qui fendait l'eau en direction de mon pied droit, très précisément.

Je me retrouvai près de la petite cabine où les deux hommes étaient installés pour diriger leur étrange appareil. Le deuxième homme (celui qui n'était pas sorti jusqu'alors pour nous aider) passa sa tête hors de la vitre et me sourit, tendit la main derrière lui et ouvrit une petite porte. Je rampai à l'intérieur. Margrethe était déjà là.

Dans l'espace habitable il y avait quatre sièges, deux sur le devant, là où les conducteurs étaient assis, et deux à l'arrière, où nous nous trouvions.

Le conducteur qui se trouvait de mon côté regarda autour de nous, dit quelque chose puis continua — cela ne m'échappa nullement ! — à regarder Margrethe. Bien sûr, elle était nue, mais ce n'était pas sa faute, et ce n'était pas digne d'un gentleman de la regarder avec une telle insistance.

Il dit, m'expliqua Margrethe, que nous devons attacher nos ceintures. Oui, je crois bien que c'est ça.

Elle saisit une boucle. L'autre extrémité de la ceinture était fixée au châssis de l'habitacle.

Je m'aperçus que j'étais assis sur une ceinture tout à fait semblable dont la boucle était en train de creuser un trou dans mon dos brûlé par le soleil. Je n'en avais pas eu conscience jusqu'à présent, trop de choses requérant mon attention. (Pourquoi ne regardait-il pas ailleurs ? Je n'allais pas tarder à lui dire ce que je pensais. A cette minute, il m'importait peu qu'il eût sauvé nos deux vies : j'étais tout simplement furieux qu'il profite de la situation au détriment d'une jeune femme sans défense.)

Je me suis concentré sur cette satanée ceinture. L'homme s'était mis à parler à son camarade qui lui répondait avec volubilité. Margrethe interrompit leur discussion.

– Qu'est-ce qu'ils disent ? demandai-je.

– Ce pauvre homme voudrait me donner sa chemise. Je refuse... mais pas assez pour que ce soit pris comme un vrai refus. C'est très galant de leur part, chéri. Je n'en fais pas une affaire, bien sûr, mais je me sens mieux en présence d'étrangers si j'ai quelque chose sur le dos. (Elle écouta la discussion et ajouta :) Ils se disputent pour savoir qui aura ce privilège.

Je ne fis pas de commentaire. Mais je m'excusai auprès d'eux en silence. Même le pape à Rome, je pense, a bien dû se permettre comme ça un petit coup d'œil, de temps en temps.

Apparemment, l'homme de droite avait gagné. Il pivota dans son siège – il ne pouvait pas se lever –, ôta sa chemise et la tendit à Margrethe.

– *Señorita, por favor.*

Il ajouta quelques autres remarques, mais cela dépassait largement ma compréhension.

Margrethe, quant à elle, répliqua avec grâce et dignité et continua de bavarder avec lui tout en enfilant la chemise. Elle lui allait largement et la dissimulait en tout cas. Elle se tourna à nouveau vers moi.

– Chéri, le commandant est le *teniente* Anibal Sanz Garcia et son adjoint est le *sargento* Roberto Dominguez Jones. Ils appartiennent tous deux au Corps des Gardes-Côtes du Royaume du Mexique. Le lieutenant et le sergent voulaient chacun m'offrir leur chemise, mais c'est le sergent qui a gagné au jeu du doigt-devinette.

– C'est très généreux de sa part. Demande-leur s'il y a à bord un quelconque vêtement que je pourrais porter.

– Je vais essayer. (Elle prononça quelques phrases et je perçus mon nom. Puis elle revint à l'anglais :) Messieurs, j'ai l'honneur de vous présenter mon époux, le *Señor* Alexandro Graham Hergensheimer.

Elle revint à l'espagnol et les deux hommes lui répondirent très vite. Elle me traduisit :

– Le lieutenant est vraiment désolé, il n'a rien à te proposer. Mais il me jure sur sa mère qu'ils trouveront quelque chose dès que nous aurons rejoint le quartier général des Gardes-Côtes à Mazatlan. Ils nous demandent de boucler nos ceintures parce que nous n'allons pas tarder à nous envoler. Alec, j'ai très peur !

– Mais non. Prends ma main.

Le sergent Dominguez se retourna une fois encore en nous présentant une gourde.

– *Agua ?*

– Oh, grands dieux, oui ! s'exclama Margrethe. *Si, si, si !*

Jamais je n'avais bu une eau aussi délicieuse.

Le lieutenant promena les yeux autour de lui une dernière fois quand il eut récupéré la gourde puis, avec un grand sourire et un signe du pouce vieux comme le Colisée, il fit quelque chose et les moteurs de la machine s'emballèrent. Ils avaient jusque-là tourné au ralenti mais, soudain, ils faisaient un boucan atroce. Le vent, depuis le matin, avait fraîchi. Des boucles d'écume blanche apparaissaient maintenant à la crête des vagues. Les moteurs accélérèrent encore pour prendre un régime d'une violence inimaginable et tout se mit à trembler tandis que la machine rebondissait sur l'eau. Nous touchions une vague sur dix avec une force ahurissante et j'ignore comment nous n'avons pas été fracassés.

Soudain, nous nous sommes retrouvés à cinq mètres au-dessus de l'eau et l'effet de toboggan a cessé. Mais les vibrations et le bruit étaient toujours là. Nous sommes montés selon un angle très aigu avant de retomber presque aussitôt et j'ai été sur le point de renvoyer ce verre d'eau fraîche qui m'avait fait tellement plaisir. L'océan était droit devant nous, comme un mur bien solide. Le lieutenant a tourné la tête pour nous crier quelque chose.

J'ai voulu lui dire de ne pas quitter la route des yeux, mais je m'en suis abstenu.

— Qu'est-ce qu'il dit ?

— Il dit de regarder ce qu'il nous montre. *El tiburon blanco grande* : le grand requin blanc qui a failli nous avoir.

(J'aurais pu me passer de la traduction.) Mais oui, juste au milieu de ce mur d'eau il y avait une forme fantomatique grise, avec un aileron qui fendait la surface. A l'instant où j'eus la certitude que nous allions heurter de plein fouet l'océan, le mur parut basculer et s'éloigner de nous; mes fesses se sont incrustées dans le siège, mes oreilles se sont mises à gronder et il m'a fallu une deuxième fois faire appel à ma volonté de fer pour ne pas asperger notre sauveteur.

La machine s'est stabilisée et, brusquement, tout est devenu presque confortable, excepté le vacarme et les vibrations qui continuaient.

Les aéronefs que j'avais connus étaient tellement plus agréables.

Au-delà du littoral, les collines accidentées que nous avions si difficilement distinguées depuis notre radeau étaient clairement visibles du haut des airs, de même que le rivage : une série de plages magnifiques et une ville vers laquelle nous nous dirigions. Le sergent leva la tête, pointa un doigt vers la ville et prononça quelques mots.

— Qu'est-ce qu'il dit ?

— Le sergent Roberto dit que nous serons arrivés juste à temps pour le déjeuner. Il a dit *almuerzo* mais pour nous, remarque bien, c'est le breakfast ou *desayuno.*

Mon estomac décida soudain de rester encore un peu avec moi.

— Peu m'importe le nom qu'il lui donne. Explique-lui en tout cas qu'il est inutile de faire cuire le cheval : je le mangerai cru.

Margrethe traduisit et les deux hommes éclatèrent de rire. Puis le lieutenant entreprit de faire décrire une large boucle à la machine avant de la poser sur l'eau, non sans cesser de regarder par-dessus son épaule pour s'adresser à Margrethe, laquelle ne perdait pas son sourire tout en me labourant la paume de la main avec ses ongles.

Nous nous sommes finalement posés. Et personne n'a été tué. Mais les aéronefs sont tellement mieux !

Ah, le déjeuner ! Tout se terminait magnifiquement !

# 10

*C'est à la sueur de ton visage que tu mangeras du pain, jusqu'à ce que tu retournes dans la terre.*

Genèse, 3:19

Une demi-heure après que la machine volante se fut posée dans le port de Mazatlan, Margrethe et moi étions assis en compagnie du sergent Dominguez dans le réfectoire de la troupe. Il était tard pour le déjeuner, mais on nous servit. Et j'avais enfin trouvé des vêtements. Enfin, quelques-uns, et avant tout un treillis. Mais la différence entre la nudité absolue et un pantalon est plus grande qu'entre un pauvre treillis de travail et l'hermine la plus fine. Essayez et vous verrez.

Un petit bateau avait rejoint le point d'amarrage de la machine volante. Ensuite, j'avais été obligé de traverser l'embarcadère jusqu'au bâtiment du quartier général où j'avais attendu qu'on me trouve un pantalon. Des étrangers défilaient sans arrêt et me regardaient. Parmi eux, de nombreuses femmes. Et je sais maintenant ce que l'on éprouve lorsqu'on est cloué au pilori. C'est effroyable ! Jamais, depuis ce fâcheux incident qui s'est produit un certain dimanche à l'école quand j'avais cinq ans, je n'avais été aussi embarrassé.

Mais, à présent, c'était oublié et il y avait de la nourriture et de la boisson devant nous. Pour le moment, j'étais profondément heureux. La nourriture ne m'était pas familière. Qui a dit que ventre affamé n'a pas d'oreilles ? Parce qu'il avait tout à fait raison : le repas était délicieux. De petites galettes de maïs trempées dans la sauce, avec des haricots poêlés, un ragoût particulièrement relevé, un plat de petites tomates jaunes et du café très noir, amer et fort. Que demander de mieux ? Aucun gourmet n'a jamais connu pareille fête.

(Tout d'abord, j'avais été quelque peu froissé de constater que nous mangions dans le réfectoire des hommes de troupe et non avec le lieutenant Sanz, au mess des officiers. Bien plus tard, on me fit remarquer que je souffrais d'un syndrome civil très répandu : un civil sans expérience militaire tend toujours à considérer que son rang social est l'équivalent de celui d'un officier et non d'un homme de troupe. Si l'on y réfléchit bien cette notion est à l'évidence ridicule, quoique presque universellement répandue. En tout cas en Amérique... où un homme « vaut n'importe quel autre et mieux que la plupart ».)

Le sergent Dominguez avait récupéré sa chemise. Pendant qu'on me trouvait un pantalon, une femme (une femme de ménage, selon moi; les Gardes-Côtes mexicains ne semblaient pas avoir défini une hiérarchie féminine), une femme du quartier général, donc, était partie en quête de vêtements pour Margrethe. Ceux-ci s'avérèrent être une blouse et une jupe de coton aux couleurs vives. C'était à l'évidence une tenue modeste et de peu de prix, mais elle allait à ravir à Margrethe.

Mais nous n'avions ni l'un ni l'autre de chaussures. Le temps était chaud et sec, de toute manière, et cela pouvait attendre. Nous avions bien mangé, nous étions sains et saufs et nous avions retrouvé des vêtements. Et puis, il y avait cette hospitalité chaleureuse qui me donnait le sentiment que les Mexicains étaient le peuple le plus affable de la Terre.

Après ma deuxième tasse de café, j'ai demandé à Margrethe :

— Mon amour, comment pouvons-nous nous retirer sans paraître impolis ? Je crois que nous devrions aller au consulat américain sans perdre de temps.

— Il faut retourner au quartier général.

— Encore de la paperasse ?

— On peut appeler ça comme ça. Je crois qu'ils veulent nous questionner de manière plus détaillée pour savoir comment nous sommes arrivés et où on nous a retrouvés. Il faut reconnaître que notre histoire est plutôt bizarre.

– Oui, je le crois sans peine.

Notre première entrevue avec le commandant avait été loin d'être satisfaisante. Si j'avais été seul, je pense qu'il m'aurait carrément traité de menteur... mais il était difficile pour un homme aussi infatué de son ego masculin de s'adresser de la sorte à Margrethe.

L'ennui, c'était avant tout notre bon vieux *Konge Knut*.

Il n'avait pas coulé, il n'était pas au port : il n'avait jamais existé.

Je n'étais que modérément surpris. S'il s'était transformé en trois-mâts ou en quinquérème, je n'aurais pas été surpris du tout. Mais j'avais plus ou moins espéré un vaisseau qui aurait porté le même nom : j'estimais que les règles l'exigeaient. Mais, à présent, il devenait évident que je ne comprenais pas les règles. S'il y en avait.

Margrethe m'avait fait remarquer un facteur qui confirmait tout ce que je craignais : ce Mazatlan-là n'avait rien à voir avec la ville qu'elle avait déjà visitée. Elle était plus petite et ce n'était pas une ville touristique : en fait, le long quai où le *Konge Knut* aurait dû s'amarrer n'existait pas dans ce monde-ci. Je crois que ce fait, ajouté à l'existence des machines volantes, lui avait amplement prouvé que ma « paranoïa » était l'hypothèse la moins probable qui fût. Lorsqu'elle était venue à Mazatlan, le quai était long et vaste. Or, il n'existait plus et cela l'avait particulièrement secouée.

Le commandant ne s'était pas montré impressionné. Il avait passé plus de temps à poser des questions au lieutenant Sanz qu'à nous interroger. Il semblait plutôt fâché contre Sanz.

Un autre facteur était apparu que je ne comprenais pas sur le moment et qu'en fait je n'ai jamais vraiment compris. Le supérieur de Sanz était « capitaine » (ou *capitan*). Le commandant lui aussi avait le grade de capitaine. Mais l'un et l'autre n'étaient pas du même rang.

Les Gardes-Côtes utilisaient les grades de la marine.

Pourtant, ceux qui conduisaient les machines volantes avaient des grades de l'armée de terre. Je suppose que cette différence avait une origine historique. Et cela pouvait expliquer la friction : un capitaine de marine n'était nullement disposé à accepter comme parole d'évangile le rapport d'un officier de machine volante.

Le lieutenant Sanz avait ramené deux survivants nus qui racontaient une incroyable histoire. L'officier à quatre galons semblait en vouloir particulièrement à Sanz pour tous les aspects invraisemblables de notre récit.

Mais Sanz n'était pas intimidé. Je me dis qu'il n'avait sans doute aucun respect pour un supérieur qui n'avait jamais volé plus haut qu'un nid de corbeau. (Ayant fait l'expérience de son cercueil volant, je comprenais très bien qu'il ne devait pas être enclin à se prosterner devant un vulgaire marin. Même parmi les pilotes de dirigeables, j'avais rencontré cette tendance à diviser le monde en deux races : ceux qui volent et ceux qui ne volent pas.)

Après un moment, s'apercevant qu'il ne parvenait pas à ébranler Sanz et qu'il ne pouvait communiquer avec moi que par l'entremise de Margrethe, le commandant avait haussé les épaules et donné quelques instructions qui avaient eu pour effet de nous amener devant un déjeuner. J'avais cru sur le moment que nous en resterions là, mais il s'avérait que l'interrogatoire allait reprendre, où que cela dût nous mener.

Notre deuxième entrevue avec le commandant fut brève. Il nous fit savoir que nous rencontrerions le juge à l'immigration à quatre heures, ce même après-midi — ou du moins la cour chargée de cette juridiction, car il n'existait pas de cour indépendante pour les affaires d'immigration. En attendant, nous avions une liste de frais à payer et nous devions voir avec le juge les possibles conditions de règlement.

Margrethe prit la feuille que le commandant lui tendait et eut l'air ébahi. Je lui demandai de me traduire ce qu'il avait dit. Elle traduisit et je regardai la facture.

Il y en avait pour plus de huit mille pesos !

La lecture de cette petite note n'exigeait pas

une connaissance approfondie de l'espagnol. Tous les termes employés étaient aisément traduisibles. *Tres horas* voulait dire à l'évidence trois heures, et on nous avait facturé trois heures d'*aeroplano,* mot que j'avais déjà entendu dans la bouche de Margrethe et qui signifiait machine volante. On nous facturait aussi le temps du lieutenant Sanz et celui du sergent Dominguez. Plus une taxe qui devait porter, selon moi, sur des opérations en altitude.

Il y avait aussi le carburant consommé par l'*aeroplano* et la prestation de service.

On lisait aussi *pantalones,* ce qui se comprenait aisément.

De même qu'une *falda* était une jupe et une *camisa* une blouse. Je corrigeai ma première impression : la toilette que portait Margrethe n'avait rien de bon marché.

Ce qui me surprit le plus ce fut le prix des deux repas : douze pesos par personne. Ce n'était pas une question de tarif mais j'avais cru comprendre que nous étions invités à titre de survivants.

Il y avait même une note séparée pour le temps du commandant.

J'étais sur le point de demander combien de dollars représentaient ces huit mille pesos, mais je me suis abstenu en prenant brusquement conscience que je n'avais pas la moindre idée de la valeur d'un dollar dans ce nouveau monde où nous avions été projetés.

Margrethe se mit à discuter du montant de la facture avec le lieutenant Sanz, qui paraissait très embarrassé. Il y eut quelques protestations, des gestes de mains levées en signe d'impuissance. Elle écouta patiemment, puis m'expliqua :

— Alec, Anibal n'y est pour rien et ce n'est même pas la faute du commandant. Les tarifs de ces services : sauvetage en mer, utilisation de l'*aeroplano,* et tout ça... sont fixés par *el Distrito Real,* le District Royal, c'est-à-dire le même qu'à Mexico, je suppose. Le lieutenant Sanz me dit que la pression économique s'exerce à partir du plus haut niveau afin d'obliger chaque service public à être financièrement autonome. Il dit aussi que si le commandant ne nous faisait pas payer le montant de notre sauvetage et qui si l'inspecteur royal s'en apercevait, la somme serait déduite de la paye du commandant. Sans compter les peines et amendes que la commission royale jugerait approprié de lui infliger. Anibal tient à ce que tu saches qu'il est absolument accablé par ce problème. S'il était le propriétaire de l'*aeroplano,* il se serait fait un plaisir de nous inviter. Il te considère comme un frère et moi comme une sœur.

— Dis-lui que j'éprouve les mêmes sentiments à son égard et débrouille-toi pour le lui exprimer de façon aussi fleurie.

— Promis. Et Roberto se joint à lui.

— Même chose pour le sergent. Mais essaie aussi de savoir comment nous pouvons contacter le consul d'Amérique. Nous sommes vraiment dans l'embarras.

On demanda au lieutenant Anibal Sanz de veiller à ce que nous nous présentions devant la cour à quatre heures et, ensuite, on nous donna quartier libre. Sanz désigna le sergent Roberto pour nous escorter jusqu'au consulat, tout en exprimant le regret que ses devoirs ne lui permissent pas de nous escorter personnellement. Sur ce, il claqua des talons, s'inclina et déposa un baiser sur la main de Margrethe. Ce simple geste lui acquit un avantage considérable auprès d'elle qui était déjà séduite. Mais, à mon grand regret, on n'enseigne pas ce geste au Kansas et c'est dommage.

Mazatlan est situé sur une péninsule. Le port des Gardes-Côtes se trouve sur le littoral sud, non loin du phare (qui est le plus haut du monde : très impressionnant). Le consulat d'Amérique, lui, est situé à deux kilomètres de là, de l'autre côté de la ville, sur le littoral nord, tout en bas de l'*Avenida* Miguel Aleman. La promenade est plutôt agréable. Une magnifique fontaine se tient à mi-chemin.

Mais Margrethe et moi étions pieds nus.

Le sergent Dominguez ne nous avait pas proposé de taxi et ce n'était pas dans mes moyens.

Tout d'abord, le fait de marcher pieds nus n'a pas posé de problème sérieux. Nous n'étions pas les seuls à marcher sans chaussures sur le boulevard et ce, sans compter les enfants. (Et je n'étais pas le seul non plus à être torse nu.) Lorsque j'étais jeune, j'avais eu tendance à considérer le fait de marcher pieds nus comme une sorte de privilège, un luxe. Durant tout l'été, je ne mettais jamais de chaussures et je ne le faisais qu'à regret quand venait le moment de reprendre l'école.

Après le premier bloc d'immeubles, la question s'était pourtant posée : pourquoi avais-je tellement tenu à aller pieds nus quand j'étais enfant ? Peu après, j'ai demandé à Margrethe de bien vouloir dire au sergent Roberto de ralentir le pas et de me laisser marcher à l'ombre : ce satané trottoir était en train de me griller la plante des pieds !

(Margrethe, quant à elle, ne s'était pas plainte et cela me vexait. Sa force morale était celle d'un ange et je m'apercevais que j'avais du mal à en éprouver les bienfaits.)

A partir de là, je consacrai toute mon attention à dorloter mes pauvres petits pieds tout roses et si tendres, si malmenés. Je m'apitoyais sur mon sort et j'en vins à me demander pourquoi j'avais quitté le royaume de Dieu.

*Je me plaignais de ne pas avoir de chaussures jusqu'au jour où j'ai rencontré quelqu'un qui n'avait pas de pieds.* J'ignore qui a dit cela mais ça fait partie de notre patrimoine culturel. Ça le devrait en tout cas.

Et cela m'est arrivé.

Pas tout à fait à mi-chemin, près de la fontaine, là où Miguel Aleman coupa la *Calle* Aquiles Serdan, nous avons rencontré un mendiant. Il a souri en levant les yeux vers nous et nous a présenté une poignée de crayons. Je dis qu'il a levé les yeux parce qu'il était dans une petite chaise roulante et qu'il n'avait plus de pieds.

Le sergent Roberto l'a appelé par son nom et lui a lancé une pièce que le mendiant a cueillie entre les dents pour la laisser tomber dans une poche avant de lancer *Gracias !* et de porter son attention sur moi.

— Margrethe, ai-je dit très vite, peux-tu lui expliquer que nous n'avons absolument pas d'argent ?

— Oui, Alec. (Elle s'est accroupie et lui a parlé les yeux dans les yeux. Puis elle s'est redressée et m'a dit :)

Pepe m'a dit de te dire que ça n'a pas d'importance. Il te retrouvera un jour, quand tu seras riche.

— Dis-lui que nous reviendrons. C'est promis.

Elle traduisit et Pepe me fit un grand sourire avant d'adresser un baiser à Margrethe et de nous saluer, le sergent et moi. Nous avons repris notre chemin.

Et à partir de cet instant, j'ai cessé de choyer mes petits pieds douillets. Car Pepe m'avait obligé à redéfinir ma situation. Depuis que j'avais appris que le gouvernement mexicain ne considérait pas comme un privilège le fait de me secourir mais exigeait même d'être payé, mon moral s'était effondré; je m'étais senti trompé, trahi, persécuté. Je m'étais convaincu que mes compatriotes, qui passaient leur temps à dire que les Mexicains étaient des vampires qui suçaient le sang des gringos, avaient satanément raison ! Il ne s'agissait pas de Roberto et du lieutenant, bien entendu, mais des autres. Tous des fainéants, des parasites, qui ne cherchaient qu'à dépouiller les Yankees de leurs dollars.

Comme Pepe.

Je revis en mémoire tous les Mexicains que j'avais rencontrés durant cette première journée et je demandai pardon pour mes pensées injustes. Les Mexicains étaient des compagnons dans ce long voyage qui va de la nuit à la nuit éternelle. Certains portaient sans peine leur fardeau, d'autres pas. D'autres encore portaient des fardeaux plus lourds, et ils le faisaient avec courage et dignité. Pepe, par exemple.

La veille, je vivais dans le luxe. Aujourd'hui, je n'avais plus un sou; j'étais même endetté. Mais il me restait mon cerveau, ma santé, mes deux mains, mes deux pieds... et Margrethe. Mon fardeau était bien mince et je pouvais le porter avec joie. Merci, Pepe !

La porte du consulat était surmontée d'un petit drapeau américain avec l'aigle de bronze. Je tirai sur le cordon de la sonnette.

Après un délai d'attente considérable, le battant s'entrouvrit avec un craquement et une voix de femme nous dit de prendre le large. (Je n'avais pas eu besoin de traduire : le ton était suffisamment éloquent.) La porte commençait déjà à se refermer quand le sergent Robert émit un sifflement sonore et appela. La porte s'entrebâilla à nouveau et un dialogue put s'établir.

– Il dit à la femme de dire à *Don* Ambrosio que deux citoyens américains veulent le voir d'urgence, m'expliqua Margrethe, parce qu'ils doivent comparaître à quatre heures cet après-midi devant la cour.

Nous avons encore attendu un bon moment. Vingt minutes plus tard environ, la femme nous a laissé entrer et nous a fait pénétrer dans un bureau particulièrement sombre. Le consul est arrivé peu après, m'a regardé droit dans les yeux et m'a demandé de quel droit j'osais interrompre sa *siesta*.

Puis il a découvert Margrethe et s'est incliné devant elle.

– Comment puis-je vous être agréable ? Entre-temps, ferez-vous honneur à mon humble demeure en acceptant un verre de vin ? Ou bien une tasse de café ?

Pieds nus, avec sa robe criarde, Margrethe était une lady. Moi, je n'étais que racaille. Et ne me demandez pas pourquoi c'était comme ça. Si l'effet était accusé avec les hommes, il n'en existait pas moins aussi avec les femmes, voyez-vous. Essayez seulement de rationaliser ce problème et vous vous retrouvez avec des termes comme « noble », « royal », « classe », « bonnes manières », « sens aristocratique », etc., tous concepts qui sont autant d'anathèmes à l'encontre de l'idéal démocratique américain. Quant à savoir si cela constitue un élément de preuve vis-à-vis de Margrethe ou de l'idéal démocratique américain, je laisse cette étude aux universitaires plus doués que moi.

*Don* Ambrosio était un zéro vaniteux mais, néanmoins, sa présence était agréable car il parlait américain. Je veux dire : américain, pas anglais. Il était natif de Brownsville, au Texas. J'eus immédiatement la certitude que ses parents avaient eu de la paille dans leurs bottes. Ses dons pour la politique lui avaient valu ce poste pépère au milieu de ses camarades chicanos et il passait son temps à expliquer aux malheureux gringos égarés au pays de Montezuma pourquoi personne ne pouvait leur donner ce dont ils avaient si désespérément besoin.

Ce qu'il finit par nous expliquer.

Je laissai Margrethe conduire les pourparlers car il était évident qu'elle réussissait mieux que moi. Elle nous appelait « M. et Mme Graham »; nous nous étions mis d'accord sur ce point en chemin. Au moment du sauvetage, elle avait dit « Graham Hergensheimer » et m'avait expliqué après que cela me laissait le choix : je pouvais opter pour « Hergensheimer » en invoquant une petite défaillance de mémoire de mon interlocuteur qui avait dû mal comprendre « Hergensheimer Graham ». Non ? Alors, j'avais mal épelé. Navré.

Je décidai d'en rester à « Graham Hergensheimer » et utilisai « Graham » pour simplifier. Pour Margrethe, j'avais toujours été « Graham » et j'avais employé ce nom pour moi durant deux semaines. Avant de quitter le consulat, j'avais raconté une bonne dizaine d'autres mensonges pour essayer de rendre notre histoire crédible. Et comme je ne voulais pas encore compliquer les choses plus que nécessaire, nous étions devenus « M. et Mme Alec Graham ». C'était plus facile.

(Petite note théologique : la plupart des gens semblent croire que les dix commandements proscrivent le mensonge. Il n'en est rien! L'interdit frappe le faux témoignage que l'on apporte contre son voisin : un mensonge très particulier, limité et très méprisable. Mais il n'existe aucune règle biblique interdisant la non-vérité pure et simple. De nombreux théologiens sont d'accord pour dire qu'aucune organisation sociale humaine ne pourrait résister à la tension d'une honnêteté absolue. Si vous pensez que leurs soupçons sont sans fondement, essayez donc de dire à vos amis la vérité sans fard à propos de ce que vous pensez de leur progéniture : si toutefois vous en avez l'audace et le courage.)

Après de multiples répétitions (le *Konge Knut* ayant rétréci jusqu'à devenir notre cabin-cruiser personnel), *Don* Ambrosio me déclara :

— C'est inutile, monsieur Graham. Je ne peux même pas vous délivrer de document temporaire afin de remplacer votre passeport perdu car vous ne m'avez pas offert la moindre preuve que vous soyez citoyen américain.

– *Don* Ambrosio, je suis étonné. Je sais que Mme Graham a un léger accent, et nous vous avons expliqué qu'elle est née au Danemark. Mais croyez-vous vraiment que quelqu'un qui ne soit pas natif des champs de maïs puisse avoir mon accent ?

Il réagit par un haussement d'épaules parfaitement latin.

– Je ne suis pas expert en accent du Middle West. Si je me fie à mon oreille, vous avez pu apprendre votre langue avec un accent britannique et faire ensuite du théâtre : tout le monde sait qu'un acteur digne de ce nom peut prendre n'importe quel accent pour son rôle. La République populaire d'Angleterre, tous ces temps, ferait n'importe quoi pour infiltrer ses taupes aux Etats-Unis. Il se pourrait très bien que vous veniez de Lincoln, Angleterre, et non du Nebraska.

– Vous pensez vraiment ce que vous dites ?

– La question n'est pas ce que je pense. La vérité, c'est que je ne signerai jamais un document attestant que vous êtes citoyen américain alors que j'en ignore tout. Je suis désolé. Y a-t-il autre chose que je puisse faire pour vous ?

(Comment pouvait-il me proposer de faire « autre chose » alors qu'il n'avait pas bougé le petit doigt ?)

– Vous pourriez peut-être nous donner un conseil.

– C'est possible. Mais je ne suis pas un homme de loi.

Je lui présentai alors notre facture.

– Est-ce que ceci est correct et les frais sont-ils justifiés ?

Il parcourut la liste du regard.

– Ces frais sont certainement légitimes, au regard de nos lois réciproques. Justifiés ? Ne m'avez-vous pas dit qu'ils vous avaient sauvé la vie ?

– Indiscutablement. Oh, il y a quand même une chance pour qu'un bateau de pêche ait fini par nous repérer si les Gardes-Côtes ne nous avaient pas retrouvés. Mais ils nous ont trouvés et nous ont sauvés, oui.

– Et votre vie, vos deux vies vaudraient moins de

huit mille pesos ? J'estime la mienne à beaucoup plus, je puis vous l'assurer.

– Ce n'est pas ça, monsieur. Nous n'avons pas d'argent, pas un cent. Tout a disparu avec le bateau.

– Envoyez quelqu'un en chercher. Le consulat peut faire le nécessaire. Je suis prêt à aller jusque-là.

– Merci. Cela prendra du temps. En attendant, comment nous soustraire à eux ? Le juge nous a dit qu'il voulait la somme en liquide et immédiatement.

– Oh, ce n'est pas aussi grave que ça. Il est vrai qu'ils n'autorisent pas la banqueroute comme chez nous, et ils ont un système très archaïque de prison pour dettes. Mais ils ne l'appliquent pas, ce n'est qu'une menace. La cour cherchera plutôt à vous procurer un emploi afin de régler votre dette. *Don* Clemente est un juge très humain. Il vous ménagera.

L'entrevue s'était achevée là, si l'on excepte quelques absurdités fleuries à l'intention de Margrethe. Nous avons rejoint le sergent Roberto, qui avait profité de l'hospitalité de la bonne et de la cuisinière, et nous avons repris le chemin du tribunal.

*Don* Clemente (le juge Ibañez) se révéla aussi amène que *Don* Ambrosio nous l'avait annoncé. Nous avions déclaré immédiatement au clerc que nous reconnaissions la dette mais que nous n'avions pas de quoi la régler, et il n'y eut pas de jugement. Nous nous sommes simplement assis dans la salle pendant que le juge procédait aux diverses affaires portées au registre du jour. Il en expédia plusieurs très rapidement. Il y avait quelques délits mineurs passibles d'amendes, des jugements pour dettes et de simples auditions dans l'attente d'un futur jugement. On murmurait et on fronçait les sourcils, et je n'aurais su dire très exactement ce dont il était question; Margrethe elle-même ne put m'en apprendre plus. En tout cas, ce n'était pas le genre de juge à faire pendre les gens pour un oui ou pour un non.

Quand toutes les affaires furent expédiées, le clerc lança un ordre et nous sortîmes en même temps que les « mécréants » – pour la plupart des paysans – qui étaient redevables d'amendes ou de dettes. On nous fit aligner sur une plate-forme basse, devant un groupe d'hommes. Margrethe demanda ce qui se passait et on lui répondit : *La subasta.*

– Ça veut dire quoi ?

– Alec, je n'en suis pas sûre. J'ignore le sens de ce mot.

Le sort des autres fut très vite réglé : je devinai qu'ils s'étaient déjà retrouvés là. Et il ne resta bientôt plus qu'un seul homme devant nous, qui étions les derniers sur la plate-forme. Il offrait toutes les apparences de la richesse. Il sourit en s'adressant à moi mais ce fut Margrethe qui lui répondit.

– Qu'a-t-il dit ?

– Il t'a demandé si tu peux faire la vaisselle. Je lui ai dit que tu ne parles pas l'espagnol.

– Dis-lui que, oui, bien sûr, je peux faire la vaisselle. Quoique ce ne soit pas le genre de travail qui me tente.

Cinq minutes après, notre dette était réglée en liquide entre les mains du clerc de la cour et nous avions hérité d'un patron, le Señor Jaime Valera Guzman. Il proposait soixante pesos par jour à Margrethe, trente pour moi, plus le gîte et le couvert. Les frais de jugement se montaient à deux mille cinq cents pesos auxquels s'ajoutaient les taxes pour deux permis de travail de non-résidents et les timbres d'impôt de guerre. Le clerc prit en compte notre totale insolvabilité et fit la division pour nous : en cent vingt et un jours et quatre mois, nous aurions rempli notre obligation envers notre patron. A moins, bien entendu, que nous ne dépensions quelque argent dans l'intervalle.

Il nous indiqua où nous rendre : au *Restaurante* Pancho Villa. Notre patron, lui, était déjà reparti dans sa voiture particulière. Les *patrones* roulaient, les *peones* allaient à pied.

# 11

*Ainsi Jacob servit sept années pour Rachel : et elles furent à ses yeux comme quelques jours, parce qu'il l'aimait.*

Genèse, 29:20

Parfois, lorsque je faisais la vaisselle, je m'amusais à calculer la hauteur totale de la pile d'assiettes que j'avais lavées depuis que nous étions au service de notre patron, *Don* Jaime. Les assiettes ordinaires que l'on utilise au restaurant de Pancho Villa représentent à peu près trente centimètres pour trente assiettes. Je décidai qu'arbitrairement une tasse plus une soucoupe, ou bien encore deux verres, comptaient pour une assiette, vu que ces ustensiles ont tendance à mal s'emboîter. Et ainsi de suite.

Le phare de Mazatlan mesure cent cinquante-sept mètres de haut, soit douze mètres seulement de moins que le monument de Washington. Je me souviens très bien du jour où j'égalai la hauteur du phare en vaisselle : ma première « pile du phare ». Au début de la semaine, j'avais dit à Margrethe que je ne tarderais pas à atteindre mon but, sans doute entre jeudi et vendredi matin.

Cela se passa très exactement le jeudi dans la soirée. Je quittai la plonge et, entre la cuisine et la salle à manger, je parvins à attirer le regard de Margrethe. Je levai les mains et les croisai à la manière d'un boxeur vainqueur.

Margrethe s'interrompit net — elle était occupée à prendre la commande d'un grand repas de famille — et elle applaudit. Ce qui l'obligea à expliquer aux clients ce qui se passait. Le résultat fut qu'elle vint me voir dans l'arrière-cuisine quelques minutes après pour me remettre un billet de dix pesos, le pourboire généreux du père de famille. Je lui dis de le remercier pour moi et de lui annoncer que je venais juste d'entamer ma deuxième « pile du phare », que je me permettrais de lui dédier, à lui et à toute sa famille. Par voie de conséquence, la *Señora* Valera dépêcha son époux, *Don* Jaime, afin de s'enquérir de la raison pour laquelle Margrethe perdait son temps et se livrait à toute une comédie au lieu de se consacrer à sa tâche... Ce qui amena finalement *Don* Jaime à me demander le montant du pourboire des clients, pourboire qu'il doubla.

Quant à la *Señora* Valera, elle n'avait pas de raison de se plaindre : non seulement Margrethe était sa meilleure serveuse, mais elle était la seule à être bilingue. Le jour même où nous étions entrés au service du *Señor* et de la *Señora*, un peintre en lettres avait peint en gros caractères : ICI ON PARLE ANGLAIS. Non seulement Margrethe était à la disposition de tous les clients qui parlaient anglais mais elle était chargée également de rédiger les menus en anglais. (Et les prix des menus en anglais avaient la particularité d'être quarante pour cent plus élevés que ceux des menus espagnols.)

*Don* Jaime n'était pas un mauvais patron. Il était aimable, jovial et généralement très accommodant avec ses employés. Après un mois passé à son service, il me confia qu'il n'aurait certainement pas payé ma dette si le juge n'avait pas exigé que mon contrat soit indissociable de celui de Margrethe, ayant argué de notre qualité de couple marié. (Autrement, j'aurais fini dans les champs et je n'aurais pu revoir Margrethe qu'en de rares occasions : *Don* Ambrosio me l'avait dit : le juge *Don* Clemente était très humain.)

Je dis à *Don* Jaime que je me réjouissais d'avoir été compris dans le lot mais qu'il avait donné la preuve de la sagesse de son jugement en engageant Margrethe.

Oui, admit-il, j'avais raison. Il avait participé aux enchères du marché du travail tous les mercredis depuis plusieurs semaines en quête d'une fille bilingue qui pourrait servir au restaurant, et il avait bien été obligé de me prendre avec Margrethe. Mais il désirait ajouter qu'il n'avait pas le moindre regret car jamais son arrière-cuisine n'avait été aussi propre, les assiettes aussi nettes et l'argenterie aussi éclatante.

Je lui assurai que c'était un plaisir pour moi que de rehausser le prestige et l'honneur du *Restaurante* Pancho Villa et de son *patrón, Don* Jaime.

En fait, il aurait été difficile de ne *pas* améliorer l'état de la cuisine. Lorsque j'étais arrivé, ma première pensée avait été que le sol était fait de terre battue. C'était ce que l'on pouvait croire en le regardant : on aurait presque pu y planter des tomates ! Mais, sous la couche de saleté, à environ deux centimètres d'épaisseur, il y avait du ciment. Je m'étais mis à laver tout ça et à l'entretenir régulièrement : il faut dire que j'étais toujours pieds nus. Ensuite, j'avais demandé de la poudre anti-cafards.

Tous les matins je tuais des cafards et je nettoyais consciencieusement le sol. Et tous les soirs, avant de me retirer, je répandais encore un peu de poudre. Il est impossible (d'après moi) de venir à bout des cafards, mais on peut lutter et parvenir à les repousser et à maintenir un statu quo.

Quant à la qualité de ma vaisselle, il n'aurait pu en être autrement : ma mère souffrait d'une véritable phobie de la saleté et, comme je m'étais retrouvé dans une famille nombreuse, j'avais lavé ou essuyé des assiettes de sept à treize ans sous l'œil maternel vigilant. (Ensuite, j'avais obtenu mon diplôme de vendeur de journaux, ce qui ne m'avait plus guère laissé de temps pour la vaisselle.)

Mais n'allez pas croire que, si j'excellais à la vaisselle, je l'adorais pour autant. En fait, l'enfant que j'avais été détestait ça autant que l'homme que j'étais devenu.

Alors, pourquoi continuer ? Pourquoi ne pas m'enfuir ?

N'est-ce pas évident à vos yeux ? En faisant la vaisselle, je restais auprès de Margrethe. La fuite était sans nul doute très possible pour certains débiteurs – je ne pense pas que l'on faisait beaucoup d'efforts pour rattraper ceux qui disparaissaient par une nuit noire – mais c'était une entreprise plus difficile pour un couple marié dont la femme était d'un blond particulièrement frappant dans un pays où, de toute façon, n'importe quelle blonde était voyante, et dont le mari ne parlait pas un mot d'espagnol.

Certes, nous travaillions durement : douze heures par jour, de onze heures le matin à onze heures le soir, sauf le mardi, et deux heures de repos pour la *siesta* ainsi qu'une demi-heure pour chaque repas. Mais cela nous laissait les douze heures qui restaient, et notre mardi complet.

Même aux chutes du Niagara, nous n'aurions pu vivre une lune de miel aussi agréable. Nous disposions d'une petite pièce dans les combles, à l'arrière du restaurant. Il y faisait chaud mais nous n'y étions pas pendant la journée, et à onze heures du soir, il y faisait toujours bon, quelle qu'ait été la température durant la journée. A Mazatlan, la plupart des habitants de notre classe sociale (la plus infortunée !) n'avaient pas de salle d'eau. Mais nous travaillions et nous vivions dans un restaurant et nous pouvions partager des toilettes à chasse d'eau avec les autres employés pendant les heures de travail. Pendant les douze autres heures, elles étaient à notre seul usage. (Il y avait aussi des tinettes à broyeur au fond, que j'utilisais parfois pendant le travail, mais je crois que Margrethe s'en est toujours abstenue.)

Nous avions la jouissance d'une douche au rez-de-chaussée, juste à côté des toilettes des employés, et l'établissement, vaisselle oblige, disposait d'un énorme chauffe-eau. La *Señora* Valera était constamment sur notre dos pour nous reprocher d'utiliser trop d'eau chaude (« Le gaz coûte cher ! »), nous l'écoutions patiemment sans rien dire et nous continuions de prendre nos douches bien chaudes.

Le contrat que notre patron avait passé avec l'Etat l'obligeait à nous fournir le gîte et le couvert (et à nous vêtir, selon la loi, ce que je n'appris que bien trop tard).

C'est pourquoi nous mangions et dormions au restaurant. Pour la nourriture, elle n'avait rien de gastronomique, mais elle était bonne.

*Mieux vaut vivre d'amour et d'eau fraîche...* Nous étions l'un près de l'autre et cela nous suffisait.

Margrethe recevait régulièrement des pourboires, tout particulièrement des gringos, et elle faisait de petites économies. Nous dépensions le moins possible. Elle nous avait acheté des chaussures et constituait un petit pécule pour le jour où nous ne serions plus des *peones* et pourrions enfin aller vers le nord. Je ne me faisais pas d'illusions : la nation qui se situait au nord du Mexique n'était pas vraiment celle où j'étais né mais son équivalent dans ce monde-ci. Mais on y parlait l'anglais et j'avais la certitude que cette société devait être plus proche de ce que nous connaissions.

Les pourboires de Margrethe, dès la première semaine, amenèrent des frictions avec la *Señora* Valera. Si *Don* Jaime était légalement notre *patrón*, c'était elle la propriétaire du restaurant : c'est du moins ce que nous avait appris Amanda la cuisinière. Jaime Valera avait autrefois été serveur ici même et il avait épousé la fille du propriétaire. Ce qui avait fait de lui le *maître d'hôtel* (1) attitré. A la mort de son beau-père, il était devenu le propriétaire du restaurant, tout au moins aux yeux du public. Mais c'était sa femme qui tenait les cordons de la bourse et qui trônait derrière la caisse enregistreuse.

(Peut-être serait-il utile que j'ajoute qu'il était pour nous *Don* Jaime parce qu'il était notre *patrón*, mais pas aux yeux du public. Le *Don* honorifique ne se traduit pas en anglais. Etre propriétaire d'un restaurant ne faisait pas de lui un *Don* comme, par exemple, la fonction de juge.)

La première fois que la *Señora* surprit Margrethe recevant un pourboire, elle lui demanda de le lui restituer : à la fin de chaque semaine, elle lui donnerait un pourcentage.

Margrethe me rejoignit précipitamment dans l'arrière-cuisine.

— Alec, que dois-je faire ? Sur le *Konge Knut*, les pourboires représentaient mon principal salaire et personne ne m'a jamais demandé de les partager. Est-ce qu'elle peut vraiment exiger cela ?

(1) En français dans le texte. *(N.d.T.)*

Je lui dis de ne pas restituer ses pourboires à la *Señora* et de lui dire plutôt que je voulais en discuter avec elle le soir même.

C'est là un des avantages de la condition de *peón* : on ne risque pas de se faire virer pour un désaccord avec le patron. Bien sûr, les Valera auraient pu nous jeter dehors... mais ils auraient du même coup perdu les dix mille pesos qu'ils avaient investis.

A la fin de la journée, je savais exactement quoi dire et comment le dire : en réalité, c'est Margrethe qui le dirait puisque j'estimais qu'il me faudrait encore un mois avant que j'assimile suffisamment l'espagnol pour un minimum de conversation.

– Monsieur, madame, nous ne comprenons pas ce règlement qui interdit les cadeaux. Nous désirons consulter le juge afin de lui demander ce que stipule le contrat.

Comme je m'y étais attendu, ils n'avaient pas la moindre envie de voir le juge se mêler de ça. Légalement, Margrethe était à leur service mais ils n'avaient aucun droit sur l'argent qui pouvait lui être donné par un tiers.

Mais ce n'était pas fini. La *Señora* était tellement furieuse de s'être fait rembarrer par une simple serveuse qu'elle fit immédiatement apposer un écriteau : NO PROPINAS – POURBOIRE INTERDIT. La même notice figura sur le menu.

Les *peones* ne peuvent pas se mettre en grève. Mais il y avait cinq autres serveuses, dont deux des filles d'Amanda. Le jour même où la *Señora* Valera interdit les pourboires, elle se retrouva avec une seule et unique serveuse (Margrethe) et personne aux cuisines. Elle décida d'abandonner le combat. Mais je suis convaincu qu'elle ne nous a jamais pardonné.

*Don* Jaime nous traitait comme des employés alors que sa femme nous considérait comme des esclaves. En dépit du bon vieux cliché sur l' « esclavage rémunéré », il existe un monde de différences. L'un et l'autre nous faisions tout notre possible pour être des employés dévoués tout en épongeant notre dette, mais nous refusions absolument d'être des esclaves, et il était inévitable que nous finissions par nous accrocher avec la *Señora* Valera.

Peu après notre dispute à propos des pourboires, Margrethe acquit la conviction que la *Señora* fouillait notre chambre. Si c'était vrai, il nous était difficile de l'en empêcher. Il n'y avait pas de verrou et elle pouvait s'introduire dans les lieux en toute liberté pendant les heures de travail.

Je suggérai de poser quelques pièges mais Margrethe s'y opposa. Elle se contenta simplement de garder son argent sur elle. Mais cela ne faisait que confirmer ce que nous avions pensé de notre « patronne », et Margrethe admit qu'il était désormais nécessaire de l'empêcher de nous voler nos économies.

Mais nous ne laissâmes pas la *Señora* Valera troubler notre bonheur. Pas plus que notre statut douteux de « couple » ne vint troubler notre lune de miel plutôt irrégulière. Oh, si cela n'avait tenu qu'à moi, j'aurais très bien pu la gâcher avec ma satanée tendance à analyser des problèmes alors que j'ignore tout de l'analyse. Mais Margrethe est plus pragmatique que moi et elle m'interdit purement et simplement ce genre d'exercice. Je fis une tentative pour rationaliser nos rapports en lui faisant remarquer que la polygamie n'était nullement prohibée par les Saintes Ecritures mais uniquement par la coutume et les lois modernes. Elle réduisit mes arguments en miettes avec violence : elle ne tenait pas à savoir combien d'épouses ou de concubines avait eu le roi Salomon et elle ne le considérait pas comme un modèle de moralité, lui ou n'importe quel autre personnage de l'Ancien Testament. Et si je ne voulais pas vivre avec elle, je n'avais qu'à le dire ! Et vite !

Bien sûr, je me suis tu. Il est des problèmes qu'il vaut mieux laisser de côté, sans se battre à coups de mots. Cette tendance moderne à « discuter » est aussi souvent une erreur qu'une solution.

Mais elle refusait avec un tel mépris que la Bible fît autorité en matière de bigamie que je décidai de revenir plus tard sur le sujet. Non pas sur la polygamie, car je ne voulais plus aborder cette question épineuse, mais sur les Saintes Ecritures en général. Je lui expliquai qu'au sein de l'Eglise dans laquelle j'avais été élevé, on croyait en une stricte interprétation de la Bible : « Une Bible intégrale et non pleine de trous. » Ecriture était le mot littéral pour Dieu. Je lui dis aussi que je savais que les autres églises invoquaient l'esprit plutôt que la lettre, que certaines étaient tellement libérales qu'elles se préoccupaient peu de la Bible. Pourtant, toutes se considéraient comme chrétiennes.

— Margrethe, mon amour, en tant que secrétaire adjoint de la Ligue de Morale des Eglises, j'ai été en contact permanent avec les membres de toutes les sectes protestantes du pays et en liaison avec de nombreux membres du clergé de l'Eglise catholique et romaine et, sur bien des sujets, nous avons constitué un front uni. J'ai ainsi appris que ma propre Eglise n'avait pas le monopole de la vertu. Tout homme peut se trouver perdu dans les articles fondamentaux d'une religion en restant pourtant un citoyen honorable et un chrétien fervent. (Je ris en me rappelant soudain quelque chose et repris :) Ou, pour inverser la proposition, l'un de mes amis catholiques, le père Mahaffey, m'a dit une fois que même moi je pourrais accéder au paradis car le Seigneur, dans son infinie sagesse, accorde l'indulgence à l'ignorance obstinée des protestants.

Cette conversation avait lieu un mardi, notre jour de congé, unique jour de fermeture du restaurant. Nous étions au sommet d'*el Cerro de la Neveria* — Icebox Hill, la colline de la Glacière, mais le nom sonne mieux en espagnol. Nous finissions notre pique-nique de midi. La colline se trouvait en pleine ville, tout près du café Pancho Villa, mais c'était cependant une oasis bucolique. Les citoyens de Mazatlan imitaient l'usage espagnol et transformaient les collines en parcs plutôt que de les construire. Heureux pays...

— Chérie, je n'essaierai jamais de faire du prosélytisme religieux avec toi. Mais je veux en apprendre sur toi autant que possible. Je me suis aperçu que je ne connais pas grand-chose des Eglises du Danemark. Elles sont pour la plupart luthériennes, je pense... Mais le Danemark a-t-il sa propre Eglise d'Etat, comme certains autres pays d'Europe? De toute façon, quelle qu'elle soit, interprétationniste ou libérale – en n'oubliant pas ce que dit le Père Mahaffey avec qui je suis d'accord – je ne crois pas que mon Eglise soit la seule qui permette d'accéder au Ciel. Mais toi, qu'en penses-tu ?

J'étais couché dans l'herbe, bras et jambes étendus. Margrethe était assise à côté de moi, les genoux ramenés sous son menton, les mains croisées, et elle regardait la mer, à l'horizon de l'ouest. Ce qui faisait que son visage se détournait de moi. Elle n'avait pas répondu à ma question et je lui dis doucement :

– Ma chérie, tu m'as entendu ?

– Je t'ai entendu.

Une fois encore, j'attendis, puis j'ajoutai :

– Si je me suis montré indiscret à propos d'un sujet qui ne me regarde pas, excuse-moi et oublions que je t'ai posé cette question.

– Non. Je savais que j'aurais à y répondre un jour. Alec, je ne suis pas chrétienne. (Elle lâcha ses genoux, se retourna et me regarda droit dans les yeux.) Nous pouvons divorcer aussi simplement que nous nous sommes mariés. Il suffit de le dire. Je ne m'y opposerai pas. Et je m'en irai tranquillement. Mais, Alec, quand tu m'as dit que tu m'aimais, et puis, plus tard, que nous étions mariés au regard de Dieu, tu ne m'as même pas demandé ma religion.

– Margrethe...

– Oui, Alec ?

– Je veux que tu ravales ces paroles. Et ensuite, que tu me demandes pardon.

– Mais je ne peux pas te demander pardon de ne pas t'avoir dit cela. A n'importe quel moment, je t'aurais répondu avec sincérité mais tu ne me l'as jamais demandé.

– Je ne veux pas que tu parles de divorce. Tu dois me demander pardon pour avoir osé penser que je voudrais divorcer, quelles que soient les circonstances. Et si tu continues à te montrer aussi méchante, je te battrai. En tout cas, jamais je ne t'abandonnerai. Riche ou pauvre, malade ou bien portant, aujourd'hui et pour toujours, je t'aime. Tu entends, ma fille, je t'aime ! Mets-toi bien cela en tête.

Et, tout à coup, elle fut dans mes bras. C'était seulement la deuxième fois que je la voyais pleurer et je fis la seule chose à faire : je l'embrassai, encore et encore.

Soudain, j'entendis un appel joyeux derrière nous et je me retournai. Nous avions tout le haut de la colline pour nous car la plupart des gens étaient au travail. Mais je m'aperçus que nous avions un public : deux galopins des rues étaient là, si jeunes qu'on n'aurait su dire si c'étaient des garçons ou des filles. Voyant que je les regardais, l'un d'eux cria à nouveau puis fit une imitation bruyante de baiser.

– Fichez le camp! m'écriai-je. Disparaissez! *Vaya con Dios!* C'est ce qu'il faut dire, Marga ?

Elle s'adressa à eux à son tour et ils déguerpirent en gloussant. Cette interruption avait été la bienvenue. J'avais dit ce que je devais dire à Margrethe, car je devais la rassurer après sa stupide bravade. Pourtant, j'étais rudement secoué.

Je fus sur le point de parler, puis décidai que j'en avais assez dit pour aujourd'hui. Mais Margrethe se cantonna dans un silence qui devint vite pénible. Et je jugeai que les choses ne pouvaient en rester là, ainsi déséquilibrées.

– Mais quelle est ta foi, ma chérie ? Le judaïsme ? Je viens de me souvenir qu'il y a des Juifs au Danemark. Tous les Danois ne sont pas luthériens.

– Il y a des Juifs, oui. Mais un sur mille, pas plus. Non, Alec... Euh... Il y a des dieux plus anciens.

– Plus anciens que Jéhovah ? Impossible.

Margrethe ne répondit pas. C'était un trait typique de sa personnalité. Quand elle n'était pas d'accord, elle ne disait rien. Elle semblait peu se préoccuper d'avoir raison dans une discussion. Et, en cela, elle différait de quatre-vingt-dix-neuf pour cent des humains... la plupart étant prêts apparemment à endurer n'importe quel désastre plutôt que d'avoir tort.

Je dus donc défendre les deux arguments pour que la discussion ne sombre pas.

– Je retire ça. Je n'aurais pas dû dire « impossible ». Je faisais allusion à la chronologie définie par l'évêque Ussher. Si l'on en croit sa datation, en octobre prochain, le monde aura cinq mille neuf cent quatre-vingt-dix-huit ans. Bien sûr, cette datation ne correspond pas aux Ecritures Saintes. Hales, quant à lui, donne un chiffre différent pour la création, sept mille quatre cent cinq, je crois, mais je m'y retrouve mieux lorsque j'écris les chiffres. D'autres érudits donnent des dates encore différentes. Mais ils sont tous d'accord pour dire que l'unique événement, la création, s'est produit quatre ou cinq mille ans avant le Christ. C'est alors que Jéhovah a créé le monde et, ce faisant, il a également créé le temps. Le temps ne peut exister seul. Corollairement, rien, ni être ni dieu, ne peut être plus ancien que Jéhovah puisqu'il a créé le temps. Tu comprends ?

— J'aurais mieux fait de me taire.

— Chérie ! J'essaie simplement d'avoir avec toi une discussion intellectuelle. Je n'ai jamais voulu te blesser et jamais je ne le ferai. J'ai dit que c'était la théorie orthodoxe quant à l'âge du monde. Il est évident que tu te réfères à une autre. Peux-tu me l'expliquer ? Et éviter de t'en prendre à ce pauvre Alex chaque fois qu'il ouvre la bouche ? J'ai reçu une éducation de prêtre au sein d'une Eglise qui privilégie le prêche. Discuter, pour moi, est aussi naturel que nager pour un poisson. Mais, à présent, c'est à toi de prêcher et à moi de t'écouter. Parle-moi de ces dieux plus anciens.

— Tu les connais. Ce sont les plus anciens et les plus grands et nous les célébrons demain, au milieu de chaque semaine.

— Nous sommes aujourd'hui mardi et demain... Mercredi ! *Mercure !* Wednesday ! *Le jour de Wotan !* C'est lequel ton dieu ?

— Odin. Wotan est une déformation germanique de l'ancien norvégien. Le père Odin et ses deux frères ont créé le monde. Au début, il n'y avait rien, que le vide. Ensuite, le reste ressemble beaucoup à la Genèse, il y a même Adam et Eve : Ask et Embla.

— Mais, Margrethe, c'est peut-être *la* Genèse...

— Que veux-tu dire, Alec ?

— La Bible, c'est la parole de Dieu, et en particulier la traduction connue sous le nom de « version du roi James », parce que chaque mot a été soutenu par la prière et corroboré par les recherches des plus grands érudits de ce monde – toute divergence d'opinion ayant été transmise au Seigneur directement par la prière. La Bible du roi James est donc la parole de Dieu. Mais il n'est écrit nulle part qu'elle constitue l'unique parole de Dieu. Les écrits sacrés de n'importe quelle autre race, dans un autre temps, un autre langage peuvent également constituer l'histoire inspirée... *si* elle est compatible avec la Bible. Et c'est bien ce que tu m'as décrit, n'est-ce pas ?

– Ah, Alec, ce n'est vrai que pour la création ainsi qu'Adam et Eve. Mais la chronologie ne correspond pas du tout. Tu m'as dit que le monde aurait été créé il y a six mille années ?

– Environ. Pour Hales, il y a un peu plus longtemps. La Bible ne donne aucune date. La datation est une invention moderne.

– Même cette date plus lointaine – celle de Hales ? – est bien trop rapprochée, Alec. Cent mille ans, c'est plus probable.

Je m'apprêtais à protester – il y a vraiment des choses qu'on ne peut pas avaler – puis je me souvins à temps que je m'étais promis de ne rien dire qui pût inciter Margrethe à se taire.

– Continue, chérie. Est-ce que vos écrits religieux racontent ce qui est advenu durant tous ces millénaires ?

– Presque tout s'est passé avant que l'écriture soit inventée. Une part a été préservée dans les poèmes épiques que chantent les *Skaldes*. Mais même cela ne s'est pas produit avant que les hommes n'apprennent à vivre en tribus et qu'Odin leur enseigne le chant. Ce sont des géants de glace qui ont dominé le monde durant la plus longue période. Les hommes n'étaient alors que des animaux sauvages que l'on chassait pour le plaisir. Mais la différence essentielle réside dans la chronologie, Alec. La Bible va de la création au jugement dernier, puis c'est le millénium – le royaume sur terre – le grand jour de colère et la fin du monde. Ensuite, c'est le royaume divin et l'éternité. Le temps s'est arrêté. C'est bien cela ?

— Eh bien, oui. Un eschatologue professionnel jugerait cela par trop simplifié mais tu décris très correctement les grands traits. Les détails se trouvent dans l'Apocalypse selon Saint Jean, devrais-je ajouter. De nombreux prophètes ont témoigné des derniers événements mais Saint Jean est le seul à rapporter l'histoire complète... car c'est le Christ lui-même qui lui a donné la vision pour empêcher les faux prophètes d'abuser les élus. La création, la chute, les longs siècles de lutte et d'épreuves, puis la bataille finale, suivie par le jugement et le royaume. Et ta foi, mon amour, que dit-elle ?

— La bataille finale, nous l'appelons Ragnarok plutôt qu'Armageddon...

— La terminologie compte peu.

— Je t'en prie, chéri. Le nom compte certes peu mais ce qui advient est important. Dans votre jour du jugement dernier, les boucs sont séparés des agneaux. Ceux qui sont épargnés connaissent la joie éternelle et les damnés le châtiment éternel. Exact ?

— Exact. Mais je te ferai remarquer par souci de précision scientifique que certains esprits faisant autorité affirment que, si la joie est éternelle, Dieu a tant d'amour pour le monde que même les damnés seront à la fin sauvés et que nulle âme n'est par-delà la rédemption. D'autres théologiens considèrent qu'il s'agit là d'une hérésie mais cette idée me séduit. L'existence d'une damnation éternelle ne m'a jamais plu. Je suis un sentimental, ma chérie.

— Je le sais, Alec, et c'est aussi pour ça que je t'aime. Et notre vieille religion devrait te séduire... puisqu'il n'y est pas question de damnation éternelle.

Vraiment ?

— Non. A Ragnarok, le monde tel que nous le connaissons sera détruit. Mais ce ne sera pas vraiment la fin. Après très longtemps, le temps de la guérison, un nouvel univers sera créé, un univers meilleur, plus propre, moins soumis aux maux du monde. Et lui aussi durera durant d'innombrables millénaires... jusqu'à ce qu'une fois encore les forces du froid et du mal s'unissent contre le bien et la lumière... et une fois encore il y aura une période de répit, suivie par une nouvelle création et une autre chance pour les hommes. Rien n'est jamais achevé, rien n'est jamais parfait. Sans cesse, la race des hommes connaît une nouvelle chance de faire mieux, sans cesse, sans fin.

– Et tu crois cela, Margrethe ?

– Pour moi, c'est plus facile à croire que l'orgueil des élus et la condition désespérée des damnés de la foi chrétienne. On dit que Jéhovah est tout-puissant. Si cela est vrai, alors les pauvres âmes damnées qui sont en enfer s'y trouvent parce que Jéhovah a tout prévu pour cela, jusque dans le moindre détail. N'est-ce pas vrai ?

J'hésitai. La réconciliation logique de l'omnipotence, de l'omniscience et de l'omnibénévolence constitue le problème le plus épineux qui soit en théologie, et les jésuites eux-mêmes s'y sont cassé les dents.

– Margrethe, certains des mystères du Tout-Puissant ne s'expliquent pas aisément. Nous autres mortels, nous devons accepter l'idée de la bienveillance de Notre Père à notre égard, que nous comprenions toujours ou non Son œuvre.

– Est-ce qu'un bébé doit comprendre la bienveillance de Dieu quand on lui fracasse la tête sur un rocher ? Est-ce qu'il va tout droit en enfer afin de louer le Seigneur pour son infinie sagesse et sa bonté ?

– Margrethe ! De quoi parles-tu ?

– Je parle de ces passages de l'Ancien Testament où Jéhovah donne des ordres précis afin que l'on tue des bébés, et même parfois qu'on les tue en leur fracassant la tête sur les rochers. Tu n'as qu'à lire le psaume qui commence par : *Au bord des fleuves de Babylone* (1)... Et ce que dit Jéhovah dans Osée : ... *Ephraïm devra mener ses fils à l'égorgeur... Même s'il leur naît des enfants, je ferai mourir les délices de leur sein* (2). Et il y a aussi Elisée et les ours. Alec, crois-tu du fond du cœur que ton Dieu ait voulu que des ours taillent en pièces des petits enfants simplement parce qu'ils s'étaient moqués du crâne chauve d'un vieil homme ?

(1) Il s'agit du Psaume 137 *(Ballade de l'exilé)*, où il est dit : ... *heureux qui saisira et brisera tes petits contre le roc ! (N.d.T.)*

(2) *Le Livre d'Osée, 9-10 (N.d.T.)*

Elle attendit.

Et j'attendis moi aussi.

Après un temps, elle reprit :

— Cette histoire de l'ours et des quarante-deux enfants est-elle l'expression littérale de la parole de Dieu ?

— Mais certainement ! C'est la parole de Dieu ! Mais je ne prétends pas la comprendre complètement. Margrethe, si tu veux une explication détaillée de tout ce qu'a fait le Seigneur, adresse-lui une prière pour qu'Il t'éclaire. Mais ne m'accable pas.

— Je n'avais pas l'intention de t'accabler, Alec. J'en suis désolée.

— C'est inutile. Je n'ai jamais compris cette histoire d'ours, mais ne la laisse pas ébranler ma foi. C'est peut-être une parabole. Ecoute, chérie, est-ce que l'histoire de ton père Odin n'est pas assez sanglante elle aussi, non ?

— Ça n'a pas la même envergure. Jehovah a détruit cité après cité, chaque homme, chaque femme et enfant, et jusqu'aux plus petits. Odin ne tuait que des adversaires à sa taille et au combat. Et, la différence la plus importante, c'est que le père Odin n'est *pas* tout-puissant et qu'il ne prétend *pas* être tout de sagesse.

(Une théologie qui évite le problème le plus épineux. Mais comment L'appeler « Dieu » s'Il n'est pas omnipotent ?)

Margrethe poursuivit :

— Alec, mon unique amour, je ne veux pas attaquer ta foi. Je ne l'ai jamais voulu et je n'en éprouverais aucun plaisir. Et j'espère que rien de semblable ne se reproduira. Mais tu m'as demandé de but en blanc si oui ou non j'acceptais l'autorité des « Ecritures Saintes », c'est-à-dire ta Bible. Et je dois te répondre de même : non. Pour moi, le Jéhovah ou le Yahvé de l'Ancien Testament est un affreux sadique, assoiffé de sang et de génocide. Je n'arrive pas à comprendre comment on a pu l'identifier au doux Christ du Nouveau Testament. Même par une Trinité mystique.

J'allais répondre, mais elle continua :

— Mon cher cœur, avant que nous quittions ce sujet,

je dois te dire une chose à laquelle j'ai pensé. Ta religion offre-t-elle une explication pour la chose étrange qui nous est arrivée ? Une fois à moi, deux fois à toi : ce monde transformé ?

(Sans cesse, cela m'avait hanté l'esprit, à moi aussi !)

– Non, je dois l'avouer. J'aimerais avoir une Bible sous la main pour y chercher une explication. Mais j'ai eu beau fouiller dans mon esprit, je n'ai rien trouvé qui aurait pu me préparer à tout ça. (Je soupirai.) C'est triste, mais ... (je lui souris) la Providence t'a placée sur mon chemin. Il n'est nulle terre qui me soit étrangère si Margrethe s'y trouve.

– Mon très cher Alec, je ne t'ai posé cette question que parce que l'ancienne religion, elle, propose une explication.

– *Comment ?*

– Oh, elle n'est pas réjouissante. Au commencement de ce cycle, Loki a été terrassé. Connais-tu Loki ?

– Un peu. Il est malveillant.

– « Malveillant », le terme est bien faible. Il est le mal. Durant des milliers d'années, il est resté prisonnier, enchaîné à un rocher. Alec, la fin de chacun des cycles de l'homme commence de la même façon. Loki parvient à se défaire de ses liens... et le chaos s'ensuit.

Elle me regarda avec une infinie tristesse.

– Alec, je suis désolée... mais je crois que Loki est en liberté. Tous les signes le montrent. A présent, *n'importe quoi* peut arriver. Nous entrons dans le crépuscule des Dieux. Ragnarok approche. Notre monde s'achève.

## 12

*A cette heure-là, il y eut un grand tremblement de terre, et la dixième partie de la ville tomba; sept mille hommes furent tués dans ce tremblement de terre, et les autres furent effrayés et donnèrent gloire au Dieu du Ciel.*

Apocalypse de Jean, 11 : 13

J'ai lavé une nouvelle pile d'assiettes haute comme le phare tout en réfléchissant aux choses que Margrethe m'avait dites par ce bel après-midi sur Icebox Hill. Mais je n'avais plus abordé le sujet avec elle. Et elle ne m'en avait pas reparlé : elle ne revenait plus sur une discussion dès lors qu'elle pouvait garder le silence.

Est-ce que je croyais vraiment à sa théorie à propos de Loki et de Ragnarok ? Bien sûr que non ! Oh, certes, je ne voyais aucune objection à appeler Armageddon « Ragnarok ». Jésus, Joshua ou Jesu. Marie, Miriam, ou Maria. Jéhovah ou Yahvé. Tous les symboles du Verbe sont compréhensibles dès lors que celui qui parle et celui qui écoute sont d'accord sur leur sens. Mais Loki ? Comment voudriez-vous me faire admettre qu'un demi-dieu mythique adoré par une race barbare et ignorante avait pu susciter des changements dans l'univers tout entier ? Non, vraiment !

Je suis un homme moderne, à l'esprit ouvert, mais pas au point d'être exposé à tous les vents. Quelque part dans les Ecritures, il devait se trouver une explication pour ce qui nous était arrivé. Je n'avais vraiment pas besoin d'aller chercher dans les histoires de fantômes de païens morts depuis longtemps.

J'aurais vraiment aimé avoir une bible sous la main. Oh, je ne doutais pas que je pourrais en trouver à la basilique, à trois immeubles de là... en latin ou en espagnol. Je voulais la version du roi James. Bien sûr, il y en avait certainement quelques exemplaires quelque part dans la ville, mais j'ignorais où. Pour la première fois de ma vie, j'enviais la mémoire parfaite de notre prédicateur (le révérend Paul Balonius) qui, au milieu du dernier siècle, avait parcouru tous les Etats du centre pour porter la bonne parole sans même avoir la Bible avec lui. Frère Paul était réputé pour être capable de citer de mémoire n'importe quel verset de n'importe quel Livre, en indiquant le chapitre, le numéro du verset. Il pouvait également réussir le même exploit à l'envers et réciter un verset à partir du Livre, du chapitre, etc.

J'étais né trop tard pour avoir connu frère Paul, et jamais je ne l'avais vu dans sa performance, mais une mémoire parfaite est un don particulier que Dieu accorde plus souvent qu'on ne le croit. Je ne doute pas que frère Paul ait eu ce don divin. Il est mort brusquement, assez mystérieusement et, probablement, en état de péché; ainsi que le disait mon professeur de mission : il faut faire montre d'une très grande prudence lorsqu'on prie seul auprès d'une femme mariée.

Je n'ai pas le don de Paul. Je peux citer les premiers chapitres de la Genèse, plusieurs psaumes et la nativité selon Saint Luc, ainsi que divers autres passages. Mais, pour le problème que j'affrontais, il me fallait étudier en détail *tous* les prophètes, et tout spécialement la prophétie connue sous le nom d'Apocalypse selon Saint Jean.

Armageddon approchait-elle ? Etions-nous au seuil du Second Avènement ? Quand sonnerait la trompette, serais-je de nouveau vivant dans ma chair ?

Cette pensée était excitante et il ne me fallait pas la rejeter trop vite. Pour ce grand jour, les vivants pourraient être bien des millions, et cette vaste armée pourrait bien inclure dans ses rangs Alex Hergensheimer. Entendrais-je alors Son Cri ? Verrais-je les morts se dresser et serais-je *emporté avec eux dans les nuages pour rencontrer le Seigneur aux cieux* afin de me trouver auprès de lui, comme promis ? Le passage le plus exaltant du Livre !

Non pas que j'eusse la moindre assurance de me trouver parmi ceux qui seraient sauvés quand viendrait le grand jour, à supposer même que je sois vivant dans ma chair à cette heure. Etre ministre de la prédication n'améliore pas forcément vos chances. Quand ils savent être honnêtes avec eux-mêmes, les ecclésiastiques ont conscience de cette cruelle vérité, alors que les laïcs ont tendance à croire que les gens de robe ont leurs entrées.

Faux ! Pour un ecclésiastique, il n'y a pas d'excuse. Il ne peut pas prétendre *qu'il ne savait pas que c'était défendu,* ou invoquer la jeunesse et l'inexpérience, ou bien encore l'ignorance de la loi, ou toute autre excuse, ainsi que le font les laïcs pour garder le salut quand ils se sont par trop éloignés de la perfection morale.

Sachant cela, j'étais bien obligé d'admettre que mon dossier personnel, depuis une date récente, ne pouvait me faire espérer que j'étais au nombre des élus. Bien sûr, j'avais été baptisé. Certaines personnes semblent penser que c'est là une condition permanente, comme un diplôme universitaire. Ça, mon vieux, il vaut mieux ne pas compter dessus ! Je n'avais que trop conscience d'avoir accumulé un nombre impressionnant de péchés depuis quelque temps : Orgueil. Intempérance. Cupidité. Luxure. Adultère. Jalousie. Et bien d'autres.

Plus grave encore : je n'avais pas montré la moindre contrition, même pour les pires d'entre eux.

Par ailleurs, s'il n'était pas prouvé que Margrethe était sauvée et élue pour le paradis, alors je n'avais aucun intérêt à y aller moi-même. Dieu me vienne en aide, mais telle était bien la vérité.

J'étais inquiet pour l'âme immortelle de Margrethe.

Elle ne pouvait prétendre à la seconde chance de toutes les âmes de l'ère pré-chrétienne. Elle était née dans le sein de l'Eglise luthérienne, qui n'était pas mon Eglise mais l'ancêtre de mon Eglise et de toutes les Eglises protestantes, premier fruit de la diète de Worms. (Quand j'étais petit, à l'école du dimanche, cette histoire de diète éveillait en moi des craintes qui n'avaient rien à voir avec la religion !)

La seule manière dont Margrethe pouvait être sauvée était de renoncer à son hérésie et de chercher à renaître. Mais ça, elle devait le faire par elle-même : je ne pouvais rien pour elle.

Au mieux, je pouvais l'inciter à rechercher le salut. Mais il me faudrait m'y prendre avec précaution. On ne persuade pas un papillon de se poser sur sa main en brandissant une épée. Margrethe n'était nullement une païenne ignorante du Christ et elle n'avait besoin que d'un peu d'instruction. Mais non : elle était née dans la chrétienté et elle l'avait rejetée en toute conscience. Elle pouvait citer les Ecritures aussi aisément que moi. Elle avait apparemment étudié la Bible plus profondément et avec plus d'application que la plupart des laïcs. Quand et pourquoi, je ne le lui avais jamais demandé, mais je pense que cela remontait à la période où elle avait commencé à envisager d'abandonner la foi chrétienne. Margrethe était tellement sérieuse et *bonne* que j'avais la certitude que jamais elle n'aurait pris une décision aussi capitale sans une étude longue et approfondie.

Le problème de Margrethe était-il à ce point urgent ? Est-ce que je disposais de trente ans ou plus pour apprendre tout de son esprit et définir quelle serait la meilleure approche ? Ou bien Armageddon était-elle si proche qu'un seul jour de retard pourrait la condamner pour l'éternité ?

Le Ragnarok païen et l'Armageddon chrétienne ont ceci en commun : la bataille finale sera précédée par de grands signes et des présages. Les événements que nous vivions étaient-ils autant de mauvais augures ? Margrethe le pensait. Pour ma part, je trouvais l'idée que ce changement de monde fût un présage d'Armageddon beaucoup plus séduisante que l'hypothèse d'une paranoïa. Etait-il vraiment possible qu'un bateau fasse naufrage et qu'un monde entier change, uniquement pour m'empêcher de comparer deux empreintes ? Sur le moment, je l'avais pensé mais... Oh, ça suffit, Alex ! Tu n'es pas aussi important que ça. (Ou bien était-ce vrai ?)

Je n'ai jamais été millénariste. J'ai parfaitement conscience que le nombre mille apparaît souvent dans la Bible, et surtout dans les prophéties, mais je n'ai jamais cru que le Tout-Puissant était tenu de travailler en millénaires ou tout autre nombre, uniquement pour faire plaisir aux numérologistes.

D'un autre côté, je sais que des milliers de gens intelligents et dévots accordent une importance énorme à la fin imminente du deuxième millénaire, que devraient suivre le jugement dernier, Armageddon et tout le reste... Ils vont chercher leurs sources dans la Bible et en trouvent la confirmation dans la grande pyramide et tout un choix d'apocryphes.

Mais ils diffèrent quant à la fin de ce millénaire. L'an 2000 ? Ou 2001 ? Ou bien la date correcte selon l'heure locale de Jérusalem ne serait-elle pas le 7 avril 2030 à 15 heures ?... S'il est vrai que les ecclésiastiques connaissent vraiment la date et l'heure précises de la crucifixion – et du tremblement de terre à l'instant de sa mort – par rapport au temps terrestre réel. A moins que ce ne soit le vendredi saint de l'année 2030, si l'on se réfère au calendrier lunaire. Pour ce que nous essayions de dater avec précision, tout cela avait son importance.

Mais si nous faisons commencer le millénaire à la naissance du Christ et non à la date de sa crucifixion, il devient immédiatement évident que ni la date naïve de 2000 A.D., ni même celle, à peine moins naïve, de 2001, ne peuvent correspondre au bimillénaire, *parce que Jésus est né à Bethléem le jour de Noël de l'an 5.*

Toute personne cultivée sait cela et pourtant personne n'y pense jamais.

Comment est-il possible que l'on fasse une erreur de cinq ans sur le plus grand événement de l'histoire, la naissance de Notre-Seigneur ? Incroyable !

Pourtant, c'est facile à comprendre. C'est un moine du sixième siècle qui a fait une faute d'arithmétique. Notre calendrier actuel *Anno Domini* n'a existé que des siècles après la naissance du Christ. Quiconque a déjà essayé de déchiffrer sur une pierre angulaire une date gravée en chiffres romains pourra excuser l'erreur du frère Dionysius Exiguus. Au sixième siècle, il y avait si peu de gens capables de lire que cette erreur resta inaperçue pendant plusieurs années. Et ensuite, il était trop tard pour modifier les écrits. Nous nous trouvons donc devant une situation absurde : la naissance du Christ est antérieure de cinq ans à la naissance du Christ : un irlandisme qui ne peut être résolu qu'en sachant bien qu'une date se réfère à un fait réel et l'autre à un calendrier erroné par rapport au fait.

Pendant deux mille ans, l'erreur du moine a été sans grande importance. Aujourd'hui, cette importance est suprême. Si les millénaristes ont raison, la fin du monde peut être attendue *pour le jour de Noël de cette année.*

Remarquez bien que je n'ai pas dit *le 25 décembre.* Le jour et le mois précis de la naissance du Christ demeurent inconnus. Matthieu note qu'Hérode, alors, était roi. Luc précise qu'Auguste était César et Cyrène gouverneur de Syrie, et nous savons tous que Joseph et Marie sont allés de Nazareth à Bethléem pour y être recensés et payer leur impôt.

Il n'existe nulle autre source d'information, pas plus dans les Ecritures que dans l'état civil romain.

Voilà tout ce que nous avons. Selon la théorie millénariste, le jugement dernier pourra intervenir dans trente-cinq ans... ou à la fin de cet après-midi !

Si ce n'était de Margrethe, cette incertitude ne me tiendrait pas éveillé durant des nuits entières. Mais comment puis-je dormir si ma bien-aimée est menacée d'être jetée dans le puits sans fond pour y souffrir l'éternité durant ?

Que feriez-vous à ma place ?

Imaginez-moi, pieds nus sur un plancher graisseux, lavant la vaisselle pour payer ma dette, plongé dans de profondes réflexions sur l'origine et le devenir de toute chose. De quoi mourir de rire ! Mais, pour l'esprit, c'était une nourriture solide, la vaisselle n'accaparant pas trop la pensée.

Parfois, il m'arrivait de comparer ma triste condition

présente avec ce que j'avais été récemment, tout en me demandant si je pourrais retrouver mon chemin dans le labyrinthe et regagner l'endroit que je m'étais construit pour y vivre.

Avais-je vraiment envie d'y retourner ? Il y avait Abigail et, bien que la polygamie fût acceptée dans l'Ancien Testament, elle ne l'était pas du tout dans les quarante-six Etats. Cela avait été réglé une fois pour toutes lorsque l'artillerie de l'armée de l'Union avait détruit le temple de l'antéchrist à Salt Lake City et que l'armée avait séparé et dispersé toutes ces « familles immorales ».

Abandonner Margrethe pour Abigail, c'était trop cher payer, même pour retrouver la position de pouvoir et d'influence qui avait été la mienne jusqu'à une date récente. Pourtant, j'avais pris plaisir à mon travail et à la satisfaction du devoir accompli que j'en retirais. Depuis la création de la fondation, ç'avait été notre meilleure année – je parle de la Ligue de Morale des Eglises, organisation à but non lucratif. *Non lucratif* ne veut pas dire qu'une telle organisation ne paie pas des salaires convenables et même des primes, et je prenais des vacances bien méritées au terme d'une année qui avait été la plus prospère de notre histoire. Trouver des fonds, tel était mon devoir de sous-directeur, car je devais veiller à ce que nos coffres soient pleins.

Mais je tirais une satisfaction bien plus grande de notre travail dans les vignobles, car trouver des fonds ne signifie rien si notre programme de bien-être spirituel n'est pas rempli.

L'année dernière, voici quelles ont été nos réalisations positives :

a) Le vote d'une loi fédérale faisant de l'avortement un crime capital.

b) Le vote d'une loi fédérale faisant de la fabrication, de la vente, de la possession, de l'importation, du transport et/ou de l'usage de toute drogue ou appareil contraceptif des délits passibles d'une peine de prison qui ne soit pas inférieure à un an et un jour avec un maximum de vingt années cependant pour chaque délit

– avec rejet du subterfuge hypocrite de « cas de prévention de maladie ».

c) Le vote d'une loi fédérale qui, sans abolir le jeu, place son contrôle et l'octroi des licences sous la juridiction de l'Etat. Un pas après l'autre : en ayant réussi à créer la fondation, nous étions en mesure de nous attaquer pièce par pièce aux deux gros morceaux : le Nevada et le New Jersey. Diviser pour régner !

d) Une décision de la cour suprême où nous étions apparus à titre d'*amicus curiae* selon laquelle les règles de la communauté de population typique ou moyenne sont applicables dans toutes les villes de chacun des Etats. (Tomkins contre les *Allied News Distributors.)*

e) Un progrès marquant dans notre mouvement pour que le tabac soit considéré comme une drogue interdite grâce au stratagème tactique consistant à séparer le tabac à priser et le chewing-gum du problème en instaurant une définition des « substances destinées à être brûlées et inhalées ».

f) Progrès aussi à notre meeting annuel et national de prière sur plusieurs sujets qui m'intéressaient tout particulièrement. Comment, par exemple, mettre fin au statut de dégrèvement d'impôt dont bénéficiaient toutes les écoles privées non affiliées à une secte chrétienne ? Aucune politique n'avait encore été définie à ce propos car cela posait le problème épineux des écoles catholiques romaines. Devions-nous les couvrir de notre aile ? Ou le moment était-il venu de frapper ? Pour ceux d'entre nous qui se trouvaient sur la ligne de feu, il avait toujours été particulièrement ardu de décider si les catholiques étaient nos ennemis ou nos alliés.

Quant au problème juif, il était à peine moins difficile. Une solution humaine était-elle possible ? Sinon, que faire ? Devions-nous cueillir l'ortie à pleine main ? Nous ne débattions de telles questions qu'à huis clos.

Une autre question me tenait particulièrement à cœur : la neutralisation de tous les astronomes. L'homme du commun ne réalise pas les méfaits dont les astronomes sont responsables. J'en avais pour la première fois pris conscience à l'école d'ingénieurs. Dans le cadre de l'élargissement des programmes d'étude, je m'étais inscrit au cours d'astronomie descriptive. Il suffit de donner un gros télescope à un astronome, de le laisser libre, sans contrôle, et il ne tardera pas à revenir avec des demi-hypothèses sulfureuses dénigrant les vérités anciennes de la Genèse.

Il n'existe qu'une façon d'agir contre de telles absurdités : casser du livre ! Frapper au niveau de la culture ! Redéfinir ce qui est « éducatif » afin d'exclure ces énormes éléphants blancs que sont les observatoires astronomiques. Faire de l'observatoire naval le seul dispensé d'impôt, réduire son personnel et limiter ses activités aux seules observations en rapport direct avec la navigation. (Les théories les plus subversives et blasphématoires sont venues du personnel civil permanent qui n'a pas suffisamment de travail pour l'absorber.)

Les prétendus « scientistes » ne valent généralement rien de bon et les astronomes sont la pire espèce.

Il existe un autre problème qui resurgit régulièrement à chacune de nos rencontres annuelles de prière, et pour lequel je ne veux dépenser ni temps ni argent, c'est celui du « vote des femmes ». Ces femelles hystériques qui se sont donné le nom de « suffragettes » ne sont pas une menace. Elles n'ont aucune chance de gagner, elles sont seulement contentes de se donner de l'importance en attirant l'attention sur elles. Il est vraiment inutile de les clouer au pilori ou de les envoyer en prison. Il ne faut surtout pas en faire des martyres. Mieux vaut les ignorer.

Il y avait ainsi divers sujets que je rejetais régulièrement de l'agenda, même s'ils étaient intéressants et dignes d'attention. Je ne voulais pas qu'ils soient abordés durant les sessions que je présidais et je préférais les conserver sur ma liste *A voir l'année prochaine.* Par exemple :

Des écoles séparées pour les garçons et les filles.

La restauration de la peine de mort pour la sorcellerie et le satanisme.

La solution Alaska pour le problème noir.

Le contrôle fédéral de la prostitution.

Et les homosexuels... Quelle était la réponse ? Le châtiment ? La chirurgie ?... Ou quoi d'autre ?...

Les bonnes causes ne manquent pas qui sont autant de gardiennes de l'ordre moral public : ce qui importe, c'est de savoir les choisir pour la plus grande gloire de Dieu.

Mais il se pouvait bien que je n'arrive jamais au terme de toutes ces questions, si fascinantes soient-elles. Un vulgaire plongeur qui en est à peine à apprendre la langue locale (sans la moindre grammaire, j'en étais certain !) ne dispose pas du moindre potentiel de force politique. Par conséquent, plutôt que de me laisser absorber par ces problèmes, je me concentrais sur l'immédiat : l'hérésie de Margrethe et, moins important mais plus urgent, nous libérer de notre condition de *peones* et prendre le chemin du nord.

Nous étions au service de *Don* Jaime depuis plus de cent jours quand je lui ai demandé s'il pouvait m'aider à calculer la date exacte à laquelle nous serions libérés de notre contrat. Ce qui était une manière polie de dire : Mon cher patron, le jour venu, comptez sur nous : le jour venu, nous allons détaler comme des lapins. Ça ne fait pas l'ombre d'un doute.

Je m'étais fondé sur une durée de travail obligatoire de cent vingt et un jours... et je faillis en perdre mon (maigre) espagnol lorsque *Don* Jaime m'annonça qu'il avait calculé cent cinquante-huit jours.

J'avais prévu que nous serions libres la semaine prochaine et voilà qu'il me donnait six semaines de plus !

J'ai protesté, bien entendu, en arguant de notre dette telle qu'elle avait été fixée par le tribunal, divisée par l'enchère sur notre emploi (c'est-à-dire soixante pesos pour Margrethe, la moitié pour moi, plus le gîte et le couvert...), ce qui nous amenait à cent vingt et un jours de travail... et nous en étions à cent quinze.

Non, me dit-il, certainement pas, mais bien plutôt quatre-vingt-dix-neuf. Il me tendit un calendrier et m'invita à faire le compte moi-même. C'est alors que je découvris que nos mardis que nous aimions tant n'avaient en rien réduit notre temps de travail. C'était du moins ce que prétendait notre cher patron.

— De plus, Alexandro, a-t-il continué, tu as oublié d'intégrer l'intérêt des impayés. Et tu n'as pas ajouté le facteur d'inflation. Ni les taxes, et encore moins votre contribution à Notre-Dame des Douleurs. Si tu tombes malade, c'est moi qui devrais t'aider, c'est ça ?

(Ma foi oui, après tout. Je n'y avais jamais vraiment réfléchi, mais un *patrón* devait certainement cela à ses *peones*.)

— Don Jaime, le jour où vous vous êtes porté garant de notre dette, le clerc m'a expliqué notre contrat. Et il m'a dit que notre durée de travail serait de cent vingt et un jours. C'est exactement ce qu'il m'a dit !

— Alors, allez vous plaindre à lui, m'a dit *Don* Jaime avant de me tourner le dos.

Cela m'a singulièrement refroidi. *Don* Jaime semblait tout à fait décidé à en référer aux autorités, tout comme il l'avait été pour les pourboires de Margrethe. A mon sens, il avait suffisamment affronté ces problèmes de dette pour en connaître par cœur le fonctionnement et il ne craignait pas que le juge ou son clerc s'en prenne à lui.

Jusqu'à cette nuit-là, jamais je n'avais réussi à en parler en privé avec Margrethe.

— Marga, comment ai-je pu commettre pareille erreur ? Je pensais que ce clerc avait mis tout cela au clair avant de nous faire contresigner la reconnaissance de dettes. Il a bien précisé cent vingt et un jours, n'est-ce pas ?

Elle ne me répondit pas tout de suite. J'insistai :

— N'est-ce pas ce que tu m'as dit toi-même ?

— Alec, en dépit du fait que je pense désormais couramment en anglais – ou, plus récemment, en espagnol –, lorsque je dois faire de l'arithmétique, j'ai recours au danois. En danois, soixante se dit *tres* – et c'est aussi le mot espagnol pour trois. Tu vois à quel point on peut se tromper facilement ? Je ne sais plus si je t'ai dit *Ciento y veintiuno* ou *Ciento y sessentiuno*, parce que je ne me rappelle les chiffres qu'en danois, et non en anglais ou en espagnol. Je pensais que tu avais fait la division toi-même.

— Oh, mais je l'ai faite. Je suis bien certain que le

clerc n'a pas dit « cent vingt et un ». En fait, il n'a pas prononcé un mot d'anglais dont je me souvienne. Et, à ce moment-là, je ne connaissais pas un mot d'espagnol. C'est le *Señor* Muñoz qui t'a tout expliqué et tu m'as traduit. Plus tard, j'ai vérifié par l'arithmétique et cela confirmait ce qu'il avait dit. Ou ce que toi tu m'avais dit. Oh, et puis, je ne sais plus !

– Alors, pourquoi ne pas oublier tout ça jusqu'à ce que nous puissions poser la question au *Señor* Muñoz ?

– Marga, est-ce que l'idée de devoir rester encore cinq semaines de plus dans ce trou te dérange ?

– Oui, mais pas vraiment, Alec. J'ai toujours été obligée de travailler, tu sais. Sur le bateau, c'était plus dur qu'enseigner à l'école, mais cela me permettait de voyager et de visiter des endroits étrangers. Etre serveuse ici c'est un peu plus dur que de faire le ménage des cabines du *Konge Knut,* mais tu es auprès de moi et c'est cela avant tout qui me permet de tenir. Je voudrais retourner avec toi dans ton pays... mais ce n'est pas le mien, et je ne suis pas aussi impatiente que toi de partir. Pour moi, vois-tu, désormais, mon pays c'est là où tu te trouves.

– Chérie, tu es tellement civile, logique et raisonnable que, parfois, je me retrouve vraiment le dos au mur.

– Alec, je n'en avais pas l'intention. Tout ce que je veux, c'est cesser de m'en préoccuper jusqu'à ce que nous puissions rencontrer le *Señor* Muñoz. Pour l'instant, je n'ai qu'un désir : te masser le dos pour te détendre.

– Madame, vous m'avez convaincu ! Mais seulement si j'ai le privilège de masser vos pauvres pieds fatigués en premier.

Nous avons eu satisfaction l'un et l'autre. Ah ! Le paradis après le désert !

Les mendiants peuvent se montrer plutôt exigeants. Le lendemain matin je me levai de bonne heure pour aller rendre visite au garçon de courses du clerc. Il me dit que je ne pourrais pas voir le clerc avant que la session du tribunal ne soit levée, aussi décidai-je d'un rendez-vous pour la même heure, mais le mardi. Ou plutôt d'un demi rendez-vous, car le *Señor* Muñoz ne serait pas appelé à se présenter. (Mais il serait là, *Deus volent.*)

Donc, comme d'habitude, ce mardi-là, nous sommes partis pour notre pique-nique, puisque nous ne devions pas rencontrer le *Señor* Muñoz avant quatre heures de l'après-midi. Mais nous étions plutôt habillés pour un déjeuner du dimanche que pour un pique-nique du mardi. J'entends par là que nous avions pris un bain le matin, que je m'étais rasé, que j'avais mis mes plus beaux vêtements et des chaussures. Les vêtements m'avaient été certes prêtés par *Don* Jaime, mais ils étaient propres et nets, et préférables au pantalon fatigué de garde-côte que je portais toute la journée dans l'arrière-cuisine. Margrethe, quant à elle, avait la robe flamboyante dont elle avait hérité à son arrivée à Mazatlan.

Nous avions pris grand soin l'un et l'autre à éviter la sueur et la poussière, mais je n'aurais su dire pour quelle raison. Je pense que nous considérions que nous nous devions de faire bonne figure pour comparaître devant la cour.

Comme à l'accoutumée, nous avons marché jusqu'à la fontaine pour rendre visite à notre ami Pepe avant de rebrousser chemin pour escalader la colline. Il nous a accueillis comme de vieux copains intimes et nous avons échangé ces propos affables qui conviennent si bien à l'espagnol et que l'on ne rencontre jamais en anglais. Cette visite hebdomadaire que nous rendions à Pepe était devenue une part importante de notre vie sociale. Nous en connaissions bien plus sur lui à présent — par Amanda et non par lui — et je le respectais plus encore qu'auparavant.

Pepe n'était pas né infirme (contrairement à ce que j'avais pensé tout d'abord). Il avait autrefois été conducteur de camion. Il faisait l'itinéraire des montagnes, vers Durango et au-delà. Et puis il avait eu un accident et il s'était retrouvé cloué sous son camion pendant deux jours à attendre les secours. Lorsqu'on l'avait admis à Notre-Dame des Douleurs, il était donné pour mort.

Mais Pepe était plus résistant qu'il n'y paraissait. Quatre mois plus tard il sortait de l'hôpital. Quelqu'un avait fait la quête pour lui acheter sa chaise roulante, il avait reçu sa licence de mendiant et il s'était installé près de la fontaine. Il était devenu l'ami des passants, l'ami des *Don*, arborant un éternel sourire malgré l'atroce destin qui l'avait frappé.

Nous avons conversé un moment à propos de nos santés respectives, de la vie de tous les jours, de nos amis communs, et puis, à l'instant de nous séparer, jugeant qu'il s'était écoulé un intervalle de temps décent, j'ai tendu à Pepe un billet d'un peso.

Il me l'a rendu aussitôt.

– C'est vingt-cinq centavos, mon ami. Vous n'avez pas la monnaie ? Voulez-vous que j'en fasse ?

– Pepe, tu es notre ami, et nous voulions que tu gardes ce cadeau bien ordinaire.

– Non, non, non. Je suis prêt à prendre les dents des touristes, et même le reste si je peux, mais pour toi, mon ami, ça reste vingt-cinq centavos.

Je n'ai pas discuté. Au Mexique, ou bien un homme a sa dignité ou bien il est mort.

*El Cerro de la Neveria* est haut de cent mètres. Nous avons escaladé la pente très lentement. Je traînais un peu derrière car je ne voulais pas que Margrethe se fatigue. D'après certains signes, j'étais presque sûr qu'elle était enceinte. Mais elle n'avait pas jugé bon de m'en toucher mot et, bien entendu, je n'osais pas soulever la question.

Nous avons retrouvé notre endroit préféré. Nous profitions là de l'ombre d'un petit arbre mais aussi d'une vue absolument panoramique, sur trois cent soixante degrés. Vers le nord-ouest, sur le golfe de Californie, à l'ouest sur le Pacifique, avec à l'horizon des nuages, peut-être, qui couronnaient un pic à la pointe de la Baja, à trois cent cinquante kilomètres de là. Au sud-ouest, la vue portait sur notre péninsule vers la *Cerro Vigia* (la Colline Bellevue), avec la magnifique *Playa de las Olas Altas* en avant-plan. Au-delà, c'était *Cerro Creston* sur laquelle se dressait le phare géant, le *Faro,* qui commandait la pointe de la péninsule, au sud, de l'autre côté de la ville, tout près du terrain des Gardes-Côtes. A l'est et au nord, des montagnes se dressaient, nous dissimulant Durango, à moins de trois cents kilomètres. Mais aujourd'hui, l'air était limpide et nous avions l'impression que nous aurions touché les pics en tendant la main.

Au bas de la colline, Mazatlan ressemblait à une ville-jouet. Même la basilique n'était plus qu'une maquette d'architecte vue à cette distance. Pour la énième fois, je me suis demandé comment les catholiques, avec leurs congrégations vouées (généralement) à la pauvreté, étaient capables de construire d'aussi belles églises alors que les protestants avaient tant de mal à lever l'hypothèque de constructions bien plus modestes.

— Alec, regarde ! s'est exclamée Margrethe. Anibal et Roberto ont reçu leur nouvel *aeroplano* !

Elle pointait le doigt vers le sud.

Mais oui, c'était bien vrai : il y avait maintenant *deux aeroplanos* à l'embarcadère des Gardes-Côtes. L'un était la monstrueuse libellule qui nous avait repêchés, et l'autre, le nouveau, était tout différent. J'ai pensé tout d'abord qu'il avait dû rater un atterrissage car aucun flotteur n'était visible sur l'ensemble de la structure.

J'ai réalisé alors que ce nouvel appareil était littéralement un bateau volant. Le corps même de l'*aeroplano* était un flotteur, ou un bateau, en tout cas une structure étanche. Et les moteurs à hélices avaient été montés sur les ailes.

Je n'étais pas certain d'approuver ces modifications radicales. Les aménagements modestes et sûrs de l'appareil à bord duquel nous avions volé étaient nettement plus à mon goût.

— Alec, nous irons les voir mardi prochain.

— D'accord.

— Tu crois qu'Anibal nous invitera à faire un tour dans son nouvel *aeroplano* ?

— Pas si le commandant risque de l'apprendre.

J'ai préféré ne pas lui dire que la modernité tapageuse de l'appareil ne m'incitait guère à la confiance, tant elle était pleine d'audace. J'ai ajouté :

— Mais nous irons leur dire bonjour et nous demanderons à le voir. Ça fera plaisir au lieutenant Anibal. Et à Roberto aussi. Viens, allons manger.

— Petit goinfre !

Elle a déployé une *servilleta* sur laquelle elle a commencé à disposer ce qu'elle avait apporté dans son panier. Chaque mardi était l'occasion, pour Margrethe, de faire alterner une excellente cuisine mexicaine avec ses recettes danoises ou internationales. Ce jour-là, elle avait décidé de confectionner ces petits canapés tant appréciés des Danois — et de tous ceux qui ont eu la chance de les découvrir. Amanda permettait à Margrethe d'utiliser librement la cuisine et la *Señora* Valera ne s'y était pas opposée; elle ne venait d'ailleurs jamais dans la cuisine, maintenant, une sorte de trêve armée ayant été décidée bien avant notre venue. Amanda était une femme de caractère.

La crevette savoureuse qui avait fait la renommée de Mazatlan était omniprésente, mais ce n'était qu'une sorte de hors-d'œuvre car je me souviens qu'il y avait aussi du jambon, de la dinde, du bacon frit et de la mayonnaise, trois sortes de fromages et différents pickles, des poivrons, un poisson que je ne reconnus pas, de fines tranches de rosbif, des tomates, trois sortes de salade verte et ce que je jugeai être de l'aubergine frite. Mais Dieu merci, il n'est pas nécessaire de connaître les mets pour les apprécier. Margrethe les déposait tour à tour devant moi et je ne cherchais pas toujours à les identifier avant de les déguster avec plaisir. Une heure plus tard, j'avais du mal à étouffer mes rots.

— Margrethe, est-ce que je t'ai déjà dit que je t'aime, aujourd'hui ?

— Oui, mais pas souvent ces derniers temps.

— Eh bien, c'est fait. Et non seulement tu es adorable, agréable à regarder et très bien faite, mais tu sais merveilleusement cuisiner.

— Merci mille fois, mon bon monsieur.

— Est-ce que tu désires que l'on t'admire également pour tes performances intellectuelles ?

— Non, ce n'est pas nécessaire. Vraiment pas.

– Comme tu voudras. Mais si tu changes d'idée, fais-le-moi savoir. Allez, viens, ne t'occupe pas des restes. Je nettoierai tout ça plus tard. Allonge-toi plutôt près de moi et explique-moi pourquoi tu veux que nous vivions ensemble. Je suis sûr que ce n'est pas à cause de mes talents de cuisinier. Alors tu penses que je suis le meilleur plongeur de toute la côte ouest du Mexique ?

– Oui, c'est ça.

Elle a continué à débarrasser la nappe des reliefs de notre repas et, bientôt, tout a été rangé en ordre dans le panier, prêt à être restitué à Amanda.

Alors seulement elle est venue s'étendre auprès de moi, elle a glissé un bras sous mon cou, et elle m'a demandé soudain en levant la tête :

– Qu'est-ce que c'est ?

– Qu'est-ce que quoi ?

C'est alors que j'ai entendu. Un grondement lointain qui devenait plus fort, comme si un train de marchandises abordait une courbe. Mais la ligne de chemin de fer la plus proche, qui allait du nord au sud, entre Chihuahua et Guadalajara, était loin, de l'autre côté de la péninsule de Mazatlan.

Le bruit se faisait de plus en plus fort. Et le sol se mit à trembler.

Margrethe se redressa.

– Alec, j'ai peur !

– Mais il ne faut pas, chérie. Je suis là.

Je l'ai attirée contre moi et je l'ai serrée entre mes bras. Pendant ce temps, le sol s'était mis à tressauter sous nous et le grondement était devenu assourdissant.

Si jamais vous avez été pris dans un tremblement de terre, même mineur, vous savez sans doute que nous nous sentions moins en danger que je ne le dis. Mais si cela ne vous est jamais arrivé, vous ne me croirez pas. Et plus j'essaierai de vous le décrire avec précision, moins vous me croirez.

Le pire, dans un tremblement de terre, c'est que vous ne pouvez vous raccrocher à rien de solide... mais le plus étonnant c'est le bruit, un vacarme infernal fait de toutes sortes d'autres vacarmes : les craquements de la roche broyée sous vos pieds, les sons déchirants des murs des immeubles qui se fissurent et s'effondrent, les cris des gens, les clameurs des blessés, de ceux qui sont perdus, désespérés, les hurlements et les plaintes des animaux pris dans un désastre qui dépasse leur entendement.

Et rien ne semble devoir prendre fin.

Cela dura pendant un temps infini. Et puis, l'onde principale du séisme nous atteignit et la ville s'écroula.

Incroyablement, le bruit devint deux fois plus fort. Je parvins à me dresser sur un coude et je regardai. Le dôme de la basilique éclata comme une bulle de savon.

– Oh, Marga ! Regarde ! Non, c'est affreux...

Elle s'assit à demi, sans rien dire, le visage de marbre. Je mis mon bras autour de ses épaules et je contemplai la péninsule, par-delà la *Cerro Vigia* et le phare.

Le phare s'inclinait.

Sous mes yeux, il se cassa en deux à mi-hauteur puis, lentement, solennellement, il s'abattit sur le sol.

Aux limites de la ville, j'entrevis les *aeroplanos* des Gardes-Côtes. Ils se balançaient frénétiquement. Le plus récent bascula sur une aile et fut happé par les vagues. Puis je ne les vis plus : un nuage venait de s'élever de la ville, un nuage de poussière fait de milliers et de milliers de tonnes de maçonnerie effondrée.

Je cherchai le restaurant et le trouvai très vite : EL RESTAURANTE PANCHO VILLA. A l'instant même où je le découvris, le mur sur lequel était fixée l'enseigne se fendilla et croula dans la rue. La poussière me masqua bientôt la vue.

– Margrethe ! Il n'est plus là ! El Pancho Villa !

Je pointai le doigt.

– Mais je ne vois rien.

– Il n'est plus là, je te dis. Détruit. Oh, loué soit le Seigneur ! Amanda et les filles n'étaient pas là aujourd'hui !

– Oui, Alec. Est-ce que ça ne va pas s'arrêter ?

Soudain, cela s'arrêta. Encore plus brutalement que cela avait commencé. Miraculeusement, la poussière avait disparu. Plus de vacarme, plus de hurlements et de cris, plus de plaintes d'animaux.

Le phare était là où il avait été auparavant.

Je regardai sur la gauche, là où s'étaient trouvés les *aeroplanos*. Rien. Je ne voyais même plus les piles auxquelles ils avaient été amarrés. Mon regard revint sur la ville. Elle était intacte, sereine. La basilique était là, magnifique. Je cherchai alors le restaurant.

Impossible de le trouver. A l'endroit précis où il avait été, il y avait bien un immeuble, mais la forme ne correspondait pas et les fenêtres étaient différentes.

– Marg... Qu'est devenu le restaurant ?

– Je ne sais pas. Alec, que se passe-t-il ?

– Ils ont recommencé, dis-je sur un ton amer. Les changeurs de mondes. Le tremblement de terre est terminé mais ce n'est pas la ville que nous avons connue. Elle lui ressemble mais ce n'est pas la même.

Je n'avais qu'à demi raison. Avant même que nous nous soyons décidés à redescendre la colline, le grondement était revenu. Et le vacillement du sol... Puis le bruit, les secousses violentes... et cette nouvelle ville fut détruite à son tour. Et, une fois encore, je vis le phare se craqueler et tomber en poussière. Et l'église aussi. Et d'autres nuages de poussière montèrent au-dessus des cris, des appels et des plaintes.

C'est alors que j'ai serré le poing et que je l'ai brandi vers le ciel en criant :

– Bon Dieu ! *Arrêtez* ! Deux fois, c'est trop !

Je n'ai pas été foudroyé.

[illegible]

[illegible] couleur du soleil [illegible] nos efforts [illegible]

## 13

*J'ai vu tout ce qui se fait sous le soleil; et voici, tout est vanité et poursuite du vent.*

L'Ecclésiaste, 1 :14

Je vais sauter le récit des trois jours qui suivirent car il ne se passa rien de bon. *Il y avait du sang dans les rues et dans la poussière.* Les survivants, c'est-à-dire ceux d'entre nous qui n'étaient ni blessé, ni prostrés par le chagrin, ou bien encore hystériques ou hébétés — peu nombreux, en vérité — fouillaient parmi les décombres pour tenter de retrouver des survivants sous les briques, les plâtras et les pierres. Mais comment soulever à mains nues des tonnes et des tonnes de rocs ?

Et que faire de plus quand, après avoir creusé, vous découvrez qu'il est trop tard, et qu'il était même trop tard avant que vous ne commenciez ? Nous avions entendu une plainte, un miaulement, comme celui d'un chaton, et nous avions creusé avec précaution, en évitant autant que possible de peser sur le sol, de provoquer des éboulements en dégageant les parpaings, de crainte de provoquer plus de mal que de bien. Et puis, nous avons découvert la source des cris : un bébé, mort depuis peu. Il avait le bassin brisé et un côté du crâne défoncé.

*Heureux qui saisira et brisera tes petits contre le roc.* J'ai détourné les yeux et je me suis éloigné pour vomir. Jamais plus je ne relirai le psaume 137.

Nous avons passé la nuit sur les pentes d'Icebox Hill.

Au coucher du soleil, nous avions été obligés de cesser nos efforts. Non seulement il était impossible de travailler dans l'obscurité mais le pillage avait commencé. J'avais la conviction profonde que tous les pillards étaient autant de violeurs et de meurtriers en puissance. J'étais prêt à donner ma vie pour Margrethe mais je n'avais nullement l'intention de mourir bravement pour une cause futile, dans une rixe que je pouvais aisément éviter.

Tout au début de l'après-midi suivant, l'armée mexicaine arriva. Entre-temps, nous n'avions rien accompli de vraiment utile : nous nous étions contentés de chercher au hasard dans les décombres, rien de précis, et peu importe ce que nous avons trouvé. Les soldats mirent un terme à cela également : tous les civils étaient regroupés dans le haut de la péninsule, près de la gare de chemin de fer, au bord du fleuve.

Nous avons attendu là, avec les nouvelles veuves, les maris endeuillés, les enfants orphelins, les blessés sur les brancards improvisés, les éclopés qui marchaient, sans la moindre blessure apparente, mais les yeux vides, silencieux. Margrethe et moi faisions partie des plus chanceux. Nous avions simplement faim et soif, nous étions sales, couverts de bleus de la tête aux pieds parce que nous étions restés allongés sur le sol durant les secousses du séisme. Pardon : des *deux* séismes.

Est-ce que quelqu'un avait vécu coup sur coup ces *deux* tremblements de terre ?

J'hésitais à répondre. Je semblais être le témoin unique de ces changements de monde. Mais non, il y avait aussi Margrethe : par deux fois elle m'avait suivi parce que je la tenais dans mes bras à cet instant précis. Y avait-il d'autres victimes autour de nous ? Etait-il possible que d'autres que moi, à bord du *Konge Knut,* se soient tus comme je l'avais fait ?

Comment poser la question ? Excusez-moi, *amigo,* mais est-ce que cette ville était là hier ?

Nous attendions depuis deux heures à la gare quand une citerne de l'armée était arrivée. On avait donné un quart d'eau à chaque sinistré. Un soldat, baïonnette au canon, maintenait l'ordre dans la queue.

Peu avant le crépuscule, la citerne revint avec un chargement de miches de pain, et Margrethe et moi nous nous sommes partagé un quart de miche. Peu après, un train est entré en gare et les militaires ont fait monter les gens pendant qu'on déchargeait du ravitaillement. Marga et moi avons eu de la chance : on nous a installés dans une voiture de voyageurs alors que la plupart des autres se retrouvaient dans des wagons de marchandises.

Le train s'est ébranlé en direction du nord, sans que l'on nous ait demandé notre destination. Mais on ne nous a pas non plus demandé de payer nos places : toute la population de Mazatlan était évacuée. Jusqu'à ce que les canalisations d'eau soient réparées, la ville était abandonnée aux morts et aux rats.

Ce fut un voyage indescriptible. Le train roulait, et nous souffrions. A Guaymas, la voie s'écarta du littoral et s'orienta droit sur le nord, à travers le désert de Sonora, puis l'Arizona. Le paysage était superbe mais nous n'étions vraiment pas en état de l'apprécier. Nous dormions autant que possible, quand nous ne faisions pas semblant. Chaque fois que le train s'arrêtait, des gens descendaient quand la police ne les obligeait pas à remonter. Quand nous sommes arrivés à Nogales, dans le Sonora, le train avait perdu une bonne moitié de ses voyageurs. Les autres semblaient vouloir rester jusqu'à Nogales, Arizona, et c'était évidemment notre cas.

C'est trois jours après le séisme que nous avons enfin atteint la porte internationale, au début de l'après-midi.

On nous a tous rassemblés dans un bâtiment de détention, juste de l'autre côté de la frontière, et un personnage en uniforme nous a fait un discours en espagnol :

Bienvenue, *amigos* ! Les Etats-Unis sont heureux de venir en aide à leurs voisins en ces temps d'épreuves, et le service d'immigration américain a simplifié les procédures afin que nous puissions plus vite prendre soin de vous. D'abord, nous allons vous demander à tous de passer en décontamination. Ensuite, on vous donnera des cartes vertes hors quota afin que vous puissiez prendre n'importe quel emploi dans tous les Etats-Unis. Mais des agents de la main-d'œuvre seront à votre disposition pour vous aider lorsque vous quitterez le camp. Et nous avons aussi préparé un réfectoire ! Si vous avez faim, vous pouvez y prendre votre premier repas. Vous êtes les invités de l'oncle Sam! Bienvenue dans *los Estados Unidos*!

Plusieurs personnes avaient des questions à poser mais Margrethe et moi nous nous sommes dirigés sans attendre vers la porte qui accédait au service de décontamination. C'était une obligation sanitaire, certes, mais je n'aimais pas ce nom. Cela signifiait quasiment que nous étions contaminés. D'accord, nous étions crasseux et hirsutes, et j'avais une barbe de trois jours, mais contaminés!

Ma foi, peut-être l'étions-nous, après tout. Comment pouvions-nous être alors que nous avions fouillé dans les ruines pendant une journée complète et que nous en avions passé deux autres dans un wagon déjà passablement sale quand il était arrivé en gare? Comment savoir si nous n'étions pas infestés de vermine?

Ce ne fut pas trop désagréable. Il s'agissait avant tout de prendre une douche prolongée pendant que l'on nous exhortait en espagnol à bien frictionner les endroits pileux de notre personne avec un savon antiseptique. Entre-temps, mes vêtements passèrent dans un autoclave, je crois, où ils subirent une fumigation ou une stérilisation. Je dus attendre, complètement nu, pendant vingt minutes avant de les récupérer et ma colère n'avait cessé de croître.

Mais, lorsque je me retrouvai enfin habillé, je repris mon contrôle en réalisant que personne ne cherchait intentionnellement à m'être désagréable. Simplement, toutes les mesures mises en place à la hâte pour accueillir des réfugiés en cas de désastre ont de grandes chances de porter atteinte à la dignité humaine. (Les Mexicains semblaient considérer cela comme un affront et je les entendais marmonner autour de moi.)

Je dus attendre encore, à cause de Margrethe, cette fois.

Elle franchit bientôt la porte du côté « femmes », surprit mon regard, sourit et, tout à coup, tout redevint parfait. Comment pouvait-elle sortir d'une chambre de décontamination en ayant l'air en pleine forme et tirée à quatre épingles?

Elle s'approcha de moi et me demanda :

– Chéri, je t'ai fait attendre? J'en suis désolée. Il y avait une table à repasser et j'en ai profité pour donner un petit coup à ma robe parce qu'elle avait l'air lamentable en sortant de la lessive.

– Mais ça ne fait rien, ai-je menti. Tu es splendide! (Ça, ça n'était pas un mensonge!) Est-ce que nous allons dîner? Nous allons avoir droit à une soupe, je le crains.

– Il n'y a pas de formalités à remplir?

– Oh, sans doute, mais je pense que nous ferions mieux d'aller manger d'abord. Nous n'avons pas besoin de carte verte, elles sont destinées aux Mexicains. Mais il va falloir nous expliquer pour nos passeports perdus.

J'avais réfléchi à ce problème et j'avais expliqué ma solution à Margrethe dans le train. J'allais expliquer ainsi ce qui nous était arrivé : nous étions des touristes. Nous résidions à l'*Hotel de las Olas Altas,* sur la plage. Et nous nous trouvions justement sur la plage quand le tremblement de terre avait commencé. Notre hôtel avait été détruit et c'est comme ça que nous avions perdu nos vêtements, notre argent, nos passeports et tout le reste. Nous avions eu de la chance d'être sains et saufs. Quant aux vêtements que nous portions, ils nous avaient été donnés par la Croix-Rouge mexicaine.

Cette histoire avait deux avantages : l'*Hotel de las Olas Altas* avait bel et bien été détruit et il était donc difficile de vérifier tout le reste.

Je m'aperçus que, pour accéder à la soupe, il fallait faire la queue pour les cartes vertes. Nous avons fini par atteindre le bout de la table et là, un homme nous a tendu un bulletin d'inscription en nous disant, en espagnol :

– Inscrivez votre nom d'abord, puis votre prénom. Indiquez votre adresse. Si votre domicile a été détruit par le tremblement de terre, dites-le, et donnez une autre adresse : cousin, père, prêtre, enfin quelqu'un dont la maison n'a pas été détruite.

J'ai commencé mon récit. Le fonctionnaire m'a regardé et m'a dit : *Amigo,* vous bloquez la queue.

– Mais je n'ai pas besoin de carte verte. Je n'en veux pas. Je suis citoyen américain. Je reviens de voyage à l'étranger et j'essaie de vous expliquer pourquoi je n'ai plus mon passeport. C'est également le cas pour ma femme.

Il a tambouriné sur la table.

— Ecoutez, votre accent me laisse à penser que vous êtes bien américain d'origine. Mais je ne peux rien faire pour votre passeport perdu, j'ai à m'occuper de trois cent cinquante réfugiés et un autre train vient d'arriver. Je ne serai pas au lit avant deux heures. Pourquoi ne pas nous faciliter les choses et accepter une carte verte ? Ça n'est pas empoisonné et ça vous permettra d'entrer. Demain, vous pourrez toujours aller vous battre avec le département fédéral à propos de votre passeport, mais pas avec moi. O.K. ?

Je suis peut-être stupide mais pas entêté.

— O.K.

Pour mon autre adresse au Mexique, j'ai mis celle de *Don* Jaime. Je me suis dit qu'il me devait bien ça. Et son adresse avait l'avantage de se trouver dans un autre univers.

Le réfectoire correspondait tout à fait à ce que l'on pouvait attendre d'une opération de secours. Mais c'était de la cuisine *gringo* que je n'avais pas mangée depuis des mois, et nous étions affamés. La pomme Stark que j'eus pour dessert était absolument délicieuse. Le soleil n'était pas encore couché quand nous nous sommes retrouvés dans les rues de Nogales, libres, propres, nourris, et sur le territoire des Etats-Unis, légalement ou presque. Nous étions loin des deux naufragés nus que l'on avait repêchés dans l'océan dix-sept semaines auparavant.

Mais nous étions encore des victimes du destin, sans argent, sans domicile, sans autres vêtements que ceux que nous avions sur le dos. Et ma barbe de trois jours ainsi que l'aspect pathétique de mes vêtements après leur passage dans l'autoclave me donnaient l'air d'une épave humaine.

Quant à notre situation financière, elle était particulièrement déprimante vu que *nous avions de l'argent.*

Les pourboires de Margrethe. Seulement, sur les billets on lisait *Reino* au lieu de *Republica* et ce n'étaient pas les bonnes effigies qui figuraient sur les pièces. Certes, certaines de ces pièces devaient contenir suffisamment d'argent pour posséder une valeur intrinsèque. Mais ce ne serait pas très facile de les utiliser pour payer, comme ça, dans l'immédiat. Et si nous tentions d'écouler cet argent, nous ne tarderions guère à avoir de sérieux ennuis.

Combien avions-nous perdu ? Il n'existe pas de taux d'échange inter-univers, voyez-vous. Mais on pouvait toujours tenter d'estimer ça en pouvoir d'achat : tant de douzaines d'œufs, ou de kilos de sucre... Mais pourquoi se donner cette peine ? De toute manière, cet argent était perdu.

Cela me rappelait un acte futile de ma part. A Mazatlan, durant mon règne heureux d'empereur de la vaisselle, j'avais écrit à :

1. Le révérend Dr Dandy Danny Dover, patron d'Alexander Hergensheimer, D.D. (1) directeur de la Ligue de Morale des Eglises et à :

2. MM. les avoués d'Alec Graham, à Dallas.

Je n'avais pas reçu de réponse. A aucune de ces deux lettres. Mais elles ne m'étaient pas revenues non plus. Ce à quoi je m'étais attendu, vu qu'Alec, pas plus qu'Alexander, ne venait d'un monde qui possédait des machines volantes, des *aeroplanos*.

J'étais décidé à essayer de nouveau, mais sans grand espoir. Je savais déjà que le monde où nous nous trouvions serait étrange autant pour Graham que pour Hergensheimer. Comment ? Depuis que nous étions arrivés à Nogales, je n'avais rien remarqué de spécial. Mais, dans la salle de détente, il y avait... (cramponnez-vous à votre chaise)... la *télévision*. Une boîte, très grosse et très belle, avec une fenêtre sur un côté. Et, dans cette fenêtre, on voyait des gens qui bougeaient... et qui parlaient, et on entendait leur voix.

Ou vous connaissez cette invention et elle vous paraît normale, banale, ou vous êtes dans un monde qui ne la

(1) *D.D. : Divinatis Doctor,* docteur en théologie. *(N.d.T.)*

possède pas, et vous n'y croyez pas. Vous pouvez me croire, car j'ai moi-même été forcé de croire à bien des choses incroyables. Cette invention *existe.* Il y a un monde où elle est aussi banale que la bicyclette, et on appelle ça la *télévision,* ou encore la *télé,* tout court, la *T.V.,* la *vidéo* ou la *telloche...* et même la *boîte à crétins.* Parce que si vous saviez à quoi sert parfois ce prodige, vous comprendriez cette dernière appellation.

Si vous vous retrouvez un jour dans une ville étrange, complètement fauché, sans personne vers qui aller, et que vous n'ayez pas envie d'aller à la police ou de vous faire cogner dessus, il n'y a qu'une seule adresse. Vous la trouverez généralement au cœur de la cité, tout près des bas-fonds :

L'Armée du Salut.

Dès que j'eus réussi à mettre la main sur un annuaire, j'obtins en un rien de temps l'adresse de l'Armée du Salut de Nogales. Je dois cependant reconnaître qu'il me fallut un certain temps pour identifier le téléphone dans ce monde-ci. Je préviens les voyageurs inter-mondes : des changements mineurs peuvent introduire la confusion de manière plus dramatique que les changements majeurs.

Vingt minutes plus tard, après nous être trompés une seule fois, Margrethe et moi étions à la mission. Dehors, sur le trottoir, il y avait d'ailleurs quatre représentants : une trompette, une grosse caisse et deux tambourins. Un groupe s'était rassemblé autour et ils jouaient, pas trop mal, *Rock of Ages.* Mais il leur manquait un baryton et j'eus grande envie de me joindre à eux.

Mais, un ou deux magasins avant d'atteindre l'entrée, Margrethe me tira par la manche.

— Alec... tu crois que nous devrions faire une chose pareille ?

— Mais... qu'y a-t-il, ma chérie ? Je pensais que nous étions d'accord.

— Non, monsieur. Tu m'en as simplement parlé.

— Mmm... Oui, après tout, tu as peut-être raison. Tu ne veux pas aller à l'Armée du Salut, alors ?

Elle a inspiré profondément avant de soupirer.

— Alec... je ne suis pas entrée dans une église depuis... depuis que j'ai renoncé à l'Eglise luthérienne. Maintenant... je pense que ce serait un péché que d'y entrer.

(Doux Seigneur, que puis-je faire avec cette enfant ? Elle est apostat non pas parce qu'elle est païenne... mais parce que les règles auxquelles elle obéit sont plus strictes que les vôtres. Eclairez-moi, je vous en prie... et vite ! Dites-moi donc ce qu'il faut faire maintenant. Je suis à court d'idées.)

— Ah, Alec... euh... est-ce qu'il n'y a pas d'autres institutions pour les gens dans le besoin ?

— Oh, certainement. Dans une ville de cette importance, il est certain qu'il doit exister plus d'un refuge de l'Eglise catholique romaine. Et sans doute d'autres asiles protestants. Peut-être même un asile juif. Et...

— Je veux dire non religieux, Alec.

— Ah, je vois ! Margrethe, nous savons l'un et l'autre que ce n'est pas vraiment mon monde natal. Tu en connais peut-être autant que moi. Il est probable que parmi les réfugiés certains n'entretiennent aucun rapport avec la religion. Mais je n'en suis pas certain, vu que les églises ont tendance au monopole, puisque personne n'en voudrait. Si nous étions plus tôt dans la journée, j'aurais essayé de trouver ce qu'on appelle des communautés, ou des organisations de charité, en tout cas l'équivalent. Et j'aurais jeté un coup d'œil sur le menu. Mais, à cette heure, avec la nuit... Tout ce que je peux proposer, c'est d'aller trouver un policier et de lui demander de nous aider. Je ne vois que ça pour l'instant. Et je peux déjà t'annoncer que si tu vas raconter à un policier que tu n'as pas d'endroit où dormir, il te dirigera droit ici. Vers cette bonne vieille Armée du Salut.

— A Copenhague, ou à Stockholm, ou à Oslo, je serais allée tout droit à la police, Alec. Il suffit de leur demander un endroit pour passer la nuit et ils t'en indiquent un.

— Alors, je dois te rappeler que nous ne sommes pas au Danemark, ni en Norvège ou en Suède. Ils pourraient fort bien nous donner asile : moi, ils me mettraient dans la cage aux ivrognes et toi avec les prostituées. Et demain matin, ils décideraient si oui ou non ils doivent nous inculper de délit de vagabondage. Je ne sais pas...

– L'Amérique est-elle vraiment aussi dure que cela ?

– Je l'ignore, chérie : ce n'est pas *mon* Amérique. Mais je ne tiens pas à l'apprendre à mes dépens, vois-tu. Ma douce... si j'accepte de *travailler* pour ce qu'ils ont à nous offrir, accepterais-tu de passer une nuit à l'Armée du Salut sans éprouver un sentiment de péché ?

Elle réfléchit avec gravité à ma question. C'était la grande carence de Margrethe : l'humour. Elle avait bon caractère, c'était sûr. Et un délicieux tempérament, je dois le dire. Mais, quant au sens de l'humour... La vie c'est la vie, et la vie est dure...

– Alec, si tu peux arranger les choses de cette manière, je ne me sentirai pas coupable en entrant, c'est d'accord. Mais je travaillerai, moi aussi.

– Ce ne sera pas nécessaire, ma chérie. Cela ne saurait concerner que ma profession. Quand ils auront fini de donner à manger à tous les clochards, ce soir, les assiettes sales ne manqueront pas. Et tu as devant toi le champion catégorie poids lourds de tous les plongeurs du Mexique et de *Los Estados Unidos* !

Je me suis donc remis à la vaisselle. J'ai également participé à la distribution des livrets de cantiques et à la mise en place des tables pour le repas du soir. J'ai aussi emprunté un rasoir de sûreté à frère Eddie McCaw, l'adjudant. Je lui avais raconté comment nous avions abouti là : nos vacances sur la Riviera mexicaine, notre bain de soleil sur la plage au moment de la grande catastrophe; tous les mensonges que j'avais concoctés pour le service d'immigration et dont je n'avais pu me servir.

– Nous avons tout perdu. L'argent, les chèques de voyage, nos passeports, nos vêtements, nos billets, tout... Mais, en même temps, je dois dire que nous avons eu de la chance. Nous sommes encore vivants.

– Vous étiez dans les bras du Seigneur. Vous m'avez

dit que vous avez été baptisé. Cela ferait tellement de bien à nos brebis égarées si vous acceptiez de les coudoyer. Et, quand le moment sera venu de donner votre témoignage, leur direz-vous tout ce que vous avez vu ? Vous êtes le témoin principal. Ici, la secousse a seulement fait trembler la vaisselle.

– J'en serai heureux.

– Très bien. Je vais vous donner ce rasoir.

J'ai donc apporté mon témoignage. Je leur ai fait une description véridique et terrifiante du séisme, pas aussi horrible toutefois que ce que j'avais vu. Je m'étais juré de ne plus jamais regarder un autre rat, un autre bébé mort, et j'ai remercié publiquement le Seigneur de ce que Margrethe et moi n'ayons pas été blessés. C'était ma prière la plus sincère depuis des années.

Le révérend Eddie me succéda à la tribune et demanda à toute cette salle de déshérités malodorants de faire une prière d'action de grâce pour Notre Seigneur qui avait épargné la vie de frère Graham et de sœur Graham. Son élévation fut telle qu'il évoqua Jonas aussi bien que la centième brebis et ses *amen !* résonnèrent aux quatre coins de la salle. Un vieux pochard s'avança alors et déclara qu'il avait enfin vu la grâce du Seigneur et Sa pitié, et qu'il était prêt désormais à vouer sa vie au Christ.

Frère Eddie pria pour lui et invita d'autres participants à venir le rejoindre. Deux d'entre eux s'avancèrent. Frère Eddie était un évangéliste-né. Il avait trouvé dans notre récit la matière de son sermon du soir et il s'en servit généreusement, en se référant à Saint Luc, chapitre 15, verset 10, et Saint Matthieu, chapitre 6, verset 19. Je ne pense pas qu'il ait préparé ces deux versets. Probablement pas : n'importe quel prédicateur peut parler indéfiniment en s'appuyant sur l'un ou l'autre. Mais, quoi qu'il en soit, il avait l'esprit plutôt vif et il sut tirer parti de notre arrivée imprévue.

Nous lui plaisions, et je suis certain que c'est pour cela qu'il me dit, alors que nous faisions le ménage avant l'heure du coucher, juste après le souper, que, bien sûr, ils ne disposaient pas de chambres séparées pour les couples – ils n'en recevaient pas souvent – mais que, après tout, puisque sœur Graham serait seule dans le dortoir des sœurs cette nuit, je pouvais peut-être m'installer là-bas plutôt que dans le dortoir des hommes. Non... il n'y avait pas de lit double, malheureusement, seulement des couchettes superposées. Mais au moins nous serions dans la même pièce.

Je l'ai remercié et c'est avec joie que nous sommes allés nous coucher. Si deux personnes désirent vraiment dormir ensemble, peu importe la dimension du lit.

Le lendemain matin, Margrethe prépara le breakfast pour les pauvres. Elle se rendit droit à la cuisine, se porta volontaire et, l'instant d'après, elle avait la charge de tout le service puisque le cuisinier en titre ne préparait pas le breakfast. En fait, c'était le devoir de ceux qui se portaient volontaires. Et il n'y a pas besoin d'être un grand chef pour préparer du porridge, du pain, de la margarine, des oranges et du café. J'ai laissé Margrethe aux prises avec les assiettes et les plats.

Je suis sorti et j'ai immédiatement trouvé un emploi.

J'avais appris en écoutant la téléphonie sans fil (qui s'appelait ici la *radio*) tout en faisant la vaisselle, qu'il y avait une crise de l'emploi aux Etats-Unis, assez importante pour constituer un problème politique et social.

Dans les Etats du Sud-Ouest, on trouve toujours du travail dans l'agriculture, mais j'avais décidé de refuser ce genre d'emploi la veille. Je n'y tiens pas tellement. J'avais fait les moissons pendant pas mal d'années, depuis l'âge où j'avais su tenir une fourche. Mais je n'avais pas envie que Margrethe m'accompagne dans les champs.

Je n'espérais pas trouver une place d'ecclésiastique. Je n'avais même pas dit au frère Eddie que j'avais été ordonné. Il y a un problème d'emploi permanent pour les prédicateurs. Oh, certes, il y a toujours des chaires libres, mais dans des églises où une souris crèverait de faim en un rien de temps.

Non, j'avais une deuxième profession.

Plongeur.

Peu importe le nombre de chômeurs, il y a toujours de la vaisselle qui attend quelque part. La veille, en allant des bureaux de la frontière à la mission de l'Armée du Salut, j'avais remarqué trois restaurants avec cette annonce : *On demande plongeur,* en vitrine. Si je les avais si vite remarqués c'est que j'avais eu suffisamment de temps, depuis Mazatlan, pour admettre que je n'avais aucun autre talent à vendre.

Aucun. Dans ce monde, je n'avais pas été ordonné prêtre. Et je n'avais aucune chance de l'être puisque je ne pouvais prouver que j'avais fait le séminaire et l'école de théologie. Je ne pouvais même pas espérer le soutien d'une secte primitive qui ne tenait aucun compte des écoles et ne dépendait que de l'inspiration du Saint-Esprit.

Je n'avais rien d'un ingénieur, c'était certain.

Je ne pouvais même pas décrocher un job pour enseigner les matières que je connaissais : je ne pouvais prouver ma formation; je ne pouvais même pas prouver que j'avais fréquenté le collège !

De façon générale, je ne suis pas doué pour la vente. Certes, j'avais fait preuve de talents insoupçonnés dans l'art difficile de faire rentrer l'argent... mais, là encore, aucune trace, aucune preuve de mon renom. Il était possible que je m'y remette un jour, mais nous avions besoin d'argent liquide *tout de suite.*

Bon, qu'est-ce que ça me laissait ? J'avais consulté les annonces de main-d'œuvre du *Times* de Nogales que j'avais trouvé à la mission. Je n'étais pas comptable fiscal. Je ne connaissais rien à la mécanique. J'ignorais absolument ce que pouvait être un « concepteur de logiciel » mais j'étais sûr que ça ne me concernait pas, non plus que l'« informatique ». Je n'avais jamais été infirmier et je n'avais jamais touché de près ou de loin à une profession médicale ou paramédicale.

Je pouvais continuer comme cela, indéfiniment, à dresser la liste de toutes les professions que je ne pouvais pas exercer et que je ne pourrais pas apprendre. C'était inutile. Tout ce que je pouvais faire, afin de subvenir à nos besoins et commencer à nous habituer à ce nouveau monde, c'était ce que j'avais déjà fait en tant que *peón.*

Un plongeur compétent et digne de confiance ne risque pas de mourir de faim. (Il est plus probable qu'il meure d'ennui.)

Le premier endroit où je me présentai ne sentait pas bon et la cuisine paraissait sale. Je ne m'y attardai pas. Ensuite, ce fut un hôtel appartenant à une grande chaîne. Il y avait plusieurs employés dans l'arrière-cuisine. Le patron m'examina et me dit :

— C'est un boulot pour les Chicanos. Ça ne vous plairait pas.

J'essayai de protester mais il me fit taire.

Ce fut le troisième endroit qui me convint. C'était un restaurant un peu plus important que le Pancho Villa, la cuisine y était propre et le patron pas plus bilieux que la normale.

J'eus droit à une mise en garde.

— Le salaire est très bas pour ce boulot, et il n'y aura pas d'augmentation. Vous avez droit à un repas par jour sur le compte de la maison. Si je vous surprends à piquer quoi que ce soit, même un cure-dent, vous êtes vidé. Vous travaillerez selon les horaires que je déciderai et je peux les changer quand je veux. Pour l'instant, j'aurai besoin de vous de midi à quatre heures, de six à dix, cinq jours par semaine. Vous pouvez travailler six jours si vous voulez, mais il n'y a pas d'heures supplémentaires. Je ne paie des heures supplémentaires qu'à partir de huit heures par jour, ou plus de quarante-huit par semaine.

— O.K.

— Bien. Montrez-moi votre carte de sécurité sociale.

Je lui ai tendu ma carte verte.

Il me l'a rendue immédiatement.

— Et vous comptez que je vous paie douze dollars et demi de l'heure sur la base d'une carte verte ? Vous n'êtes pas un Chicano. Vous essayez de me faire avoir des ennuis avec le gouvernement ? Où est-ce que vous avez eu cette carte ?

Je lui ai raconté la petite histoire que j'avais mijotée pour le service d'immigration.

— Nous avons tout perdu. Je ne peux même pas téléphoner pour dire à un ami de m'apporter de l'argent. Il faut que je rentre chez moi pour débloquer des fonds.

— Mais vous pourriez bénéficier de l'aide publique.

— Monsieur, je suis trop fier pour ça. (Et je ne sais pas comment prouver que je suis bien moi. Alors ne me posez plus de questions et laissez-moi laver la vaisselle en paix.)

— Heureux de vous l'entendre dire. Que vous êtes trop fier. Il faudrait plus de types comme vous dans ce pays. Allez jusqu'au bureau de la sécurité sociale. Demandez-leur de vous établir une nouvelle carte. Ils le feront, même si vous ne vous souvenez pas du numéro de celle que vous avez perdue. Ensuite, revenez me voir et mettez-vous au travail. Mmm... Je vais vous inscrire tout de suite sur la feuille de paie.

— C'est très aimable de votre part. Le bureau de la sécurité sociale, où se trouve-t-il ?

Sur ses indications, je me suis donc rendu jusqu'au building fédéral et j'ai raconté à nouveau les mêmes mensonges en brodant dans la stricte limite du nécessaire. La jeune dame très sérieuse qui délivrait les cartes a insisté pour me faire toute une conférence sur la sécurité sociale et son fonctionnement. Elle l'avait apparemment apprise par cœur. Je suis prêt à parier qu'elle n'avait jamais eu un « client » (ce fut son propre terme) aussi attentif. Tout cela, il faut le dire, était si nouveau pour moi !

Je lui ai donné le nom d'« Alec L. Graham ». Ce n'était pas l'effet d'une décision consciente. Je m'étais servi en fait de ce nom depuis des semaines et j'y répondais par réflexe. Ce qui me mettait dans une position plutôt difficile pour dire : « Excusez-moi, mademoiselle, mon nom est en fait Hergensheimer. »

J'ai commencé mon travail. Pendant la pause de quatre à six, je suis retourné à la mission. Où j'ai appris que Margrethe, elle aussi, avait trouvé un emploi.

Il était temporaire : trois semaines. Mais il tombait au bon moment. La cuisinière de la mission n'avait pas pris de vacances depuis plus d'un an et elle voulait aller à Flagstaff rendre visite à sa sœur qui venait d'avoir un bébé. Margrethe la remplaçait donc et elle avait aussi hérité sa chambre, pour un temps.

Et, pour un temps, frère et sœur Graham étaient merveilleusement bien.

# 14

*J'ai encore vu sous le soleil que la course n'est point aux agiles ni la guerre aux vaillants, ni le pain aux sages, ni la richesse aux intelligents, ni la faveur aux savants, car tout dépend pour eux du temps et des circonstances.*

L'Ecclésiaste, 9:11

Dites-moi, je vous prie, pourquoi il n'existe pas une école philosophique de la plonge? Les conditions y seraient idéales pour s'abandonner aux délices de la quête de l'inscrutable. Le travail occupe tout le corps tout en n'exigeant presque rien du cerveau. Je disposais de huit heures par jour pour tenter de découvrir les réponses à certaines questions.

*Quelles* questions ? *Toutes*, en fait. Cinq mois auparavant, j'étais un professionnel prospère et respecté au sein d'une des plus réputées des professions. Dans un monde que je comprenais parfaitement, du moins le croyais-je alors. Aujourd'hui, je n'étais plus sûr de rien et je n'avais plus rien.

Faux : j'avais Margrethe. C'était une richesse qui aurait suffi à tout homme, et je ne l'aurais pas échangée contre tous les trésors de Cathay (1). Mais Margrethe elle-même représentait un contrat que je ne pouvais encore remplir. Aux yeux du Seigneur, je l'avais prise pour épouse... mais je ne subvenais pas à ses besoins.

Oui, j'avais trouvé du travail, mais elle pourvoyait seule à ses besoins. Lorsque M. Cowgirl m'avait embauché, je n'avais nullement été découragé par l'annonce d'un salaire « très bas » et « sans augmentation ». Douze dollars et cinquante cents par jour, c'était, pour

(1) La Chine, au temps de Marco Polo. *(N.d.T.)*

moi, une somme rondelette. Après tout, il y avait pas mal d'hommes à *Wichita* (*mon* Wichita, dans un autre univers) qui élevaient leur famille avec douze dollars et demi *par semaine*.

Je n'avais pas pris conscience qu'avec vingt-deux dollars cinquante, ici, on ne pouvait même pas s'offrir un sandwich au thon dans le restaurant où je travaillais. Dans un restaurant bon marché, peut-être. J'aurais eu moins de mal à m'habituer à l'économie de ce monde étrange mais un peu connu de moi si la monnaie avait porté un nom moins familier, s'il s'était agi de shillings, par exemple, ou de soles, de sequins, de sesterces... N'importe quoi, mais pas des dollars. J'avais grandi avec la certitude qu'un dollar représentait une fraction appréciable de richesse. Je n'acceptais pas aisément l'idée qu'un salaire de cent dollars par jour vous plaçait au seuil de la pauvreté.

Vingt-cinq dollars de l'heure, cent par jour, cinq cents par semaine, vingt-six mille dollars par an. Le seuil de *pauvreté*? Ecoutez-moi bien. Dans le monde où j'ai grandi, cela représente une fortune qui dépasse les rêves des plus avares.

S'habituer aux prix et aux salaires en dollars qui ne sont pas vraiment des dollars était l'exercice le plus simple de ce problème d'ubiquité posé par une économie aussi étrange. Le plus difficile était de savoir comment s'y prendre, comment surnager, comment gagner notre vie, pour moi et mon épouse, mais aussi pour notre enfant, si j'avais bien su deviner. Et ce, dans un monde où je n'avais pas de diplômes, pas de formation particulière, pas d'amis, pas de références, aucun dossier de quelque sorte que ce soit. Alec, mon ami, sincèrement et devant Dieu, à quoi es-tu bon ? A quoi, sinon à faire la vaisselle ?...

Rien qu'en réfléchissant à ce problème, j'étais capable de laver une hauteur de phare d'assiettes et de plats. Il *fallait* que je trouve une solution. Aujourd'hui, je lavais sans doute de bon cœur la vaisselle... mais il faudrait bientôt que je trouve une solution pour ma bien-aimée. Un salaire minimal ne nous suffirait pas.

Et ainsi, nous en arrivions à la question primordiale :

Doux Seigneur Dieu Jéhovah, que signifient ces prodiges et ces signes que Tu as mis sur le chemin de Ton serviteur ?

Il vient toujours un temps où le plus fidèle des adorateurs doit se redresser et traiter avec le Seigneur en termes nets et pratiques. Seigneur, *dis-moi* ce que je dois croire ! Sont-ce là les merveilles et les signes trompeurs contre lesquels Tu nous as mis en garde, envoyés par l'antéchrist pour séduire les élus ?

Ou bien sont-ce les vrais signes des derniers jours ? Allons-nous entendre Ton Cri ?

Ou bien suis-je aussi fou que Nabuchodonosor, et ces manifestations sont-elles simplement les émanations de mon esprit dérangé ?

Si l'une de ces réponses est vraie, les deux autres, alors, sont fausses.

Comment puis-je choisir ? Seigneur Dieu des Armées, en quoi T'ai-je offensé ?

En regagnant la mission un soir, je vis une inscription sur un panneau qui pouvait être prise comme une réponse directe à mes prières : LES MILLIONS DE VIVANTS NE MOURRONT JAMAIS. Le panneau était porté par un homme. Un petit enfant l'accompagnait et distribuait des feuilles de papier autour de lui.

Je me forçai à ne pas en accepter une. J'avais lu cette inscription bien des fois durant toute ma vie, mais j'avais depuis longtemps réussi à éviter les Témoins de Jéhovah. Ils sont tellement obstinés, entêtés, qu'il est impossible de travailler avec eux, alors que notre Ligue Morale des Eglises est, par nécessité, une association œcuménique. Dans l'action politique aussi bien que dans la quête (tout en évitant, bien sûr, l'hérésie) il faut se garder des querelles sur les points les plus futiles de la doctrine. Les théologiens tatillons qui coupent les mots en quatre sont la mort de toute organisation efficiente. Comment travailler à un labeur pratique dans les vignes de Notre-Seigneur si cette secte affirme qu'elle est seule à connaître la Vérité, l'unique Vérité, rien que la Vérité, et que tous ceux qui sont en désaccord sont des hérétiques voués aux flammes de l'Enfer ?

Impossible. Nous ne les avions donc jamais acceptés au sein de la Ligue.

Pourtant... Ils avaient peut-être raison cette fois-ci.

Ce qui m'amène à la plus urgente de toutes les questions : comment ramener Margrethe dans la voie du Seigneur avant le Cri et la Trompette.

Mais « comment » dépend de « quand ». Les théologiens prémillénaristes sont en grave désaccord entre eux quant à la date de la Dernière Trompette.

Je me réfère à la méthode scientifique. A tout point critique il existe toujours une réponse certaine : consulter la Bible. Et c'est ce que j'ai fait. Je vivais dans une mission de l'Armée du Salut et je pouvais sans difficulté emprunter une bible. Je l'ai relue encore et encore... et j'ai compris pourquoi les prémillénaristes divergeaient tant à propos des dates.

La Bible est la parole littérale de Dieu : qu'il n'y ait aucun doute à ce propos. Mais jamais le Seigneur ne nous a promis que Sa parole serait facile à lire.

Sans cesse, Notre-Seigneur – et Son incarnation en tant que fils, Jésus de Nazareth – promet à ses disciples que leur génération (le premier siècle après le Christ) verra Son retour. Ailleurs, et bien des fois encore, Il promet qu'Il reviendra après qu'un millier d'années seront passées... ou bien est-ce deux mille... ou encore une autre durée, après que l'Evangile aura été prêché à tous les hommes de tous les pays.

Quelle est la vérité ?

Elle est partout si vous savez bien la déchiffrer. Jésus est bel et bien revenu durant la génération de Ses douze disciples, c'est-à-dire la première Pâque, jour de Sa résurrection. Ce fut le Premier Avènement, absolument nécessaire car il prouvait qu'Il était bien le Fils de Dieu et Dieu Lui-même. Il est revenu après mille ans et, dans Son infinie miséricorde, Il a voulu que Ses enfants se voient accorder une autre grâce, une nouvelle période d'épreuves, plutôt que de devenir des pécheurs voués aux abîmes ardents de l'Enfer. Car Sa Miséricorde est infinie.

Ces dates sont difficiles à déchiffrer, et on le conçoit bien, puisque jamais Son intention ne fut d'encourager les pécheurs à poursuivre sur le chemin du péché sous prétexte que le jour de l'expiation était reporté. Par contre, ce qui est précis, exact et indiscutable, répété encore et encore, c'est qu'Il espère que chacun de Ses enfants vivra chaque jour, chaque heure, chaque battement de son cœur comme si ce devait être le dernier. Quel est alors le terme de cet âge ? Pour quand le Cri et la Trompette ? Le jour du jugement ? *Maintenant !* Il n'y aura pas d'avertissement. Pas de répit pour la contrition du mourant. Il vous faut vivre en état de grâce permanent... ou alors, quand le moment surviendra, vous serez précipités dans le lac de feu pour y brûler et y souffrir l'éternité durant.

Ainsi se lit la parole de Dieu.

Et, pour moi, c'est la voix du jugement. Je ne bénéficiais d'aucune période de grâce pour tenter de ramener Margrethe dans le troupeau... puisque le Cri pouvait retentir ce jour même.

Que faire ? Que faire ?

Pour le mortel, lorsqu'un problème est insurmontable, il n'y a qu'une chose à faire : en parler au Seigneur par la prière.

Et c'est ce que j'ai fait, sans répit. Les prières reçoivent toujours une réponse. Mais, pour cela, il faut savoir la reconnaître... et il se peut que ce ne soit pas la réponse que vous attendiez.

Entre-temps, il convient de rendre à César ce qui appartient à César. Bien entendu, j'avais opté pour six jours de travail par semaine plutôt que cinq ($ 31 200 par an !) puisque j'avais besoin du moindre sequin. Margrethe et moi avions besoin de tout. Et particulièrement de chaussures. Celles que nous avions portées lorsque le désastre s'était abattu sur Mazatlan avaient été de bonne qualité, des chaussures de paysans. Mais il avait suffi de deux jours de fouille dans les décombres pour en venir à bout et elles étaient bonnes à jeter. Donc, il nous fallait d'autres chaussures, au moins deux paires chacun, l'une pour le travail et l'autre pour le dimanche.

Et nous avions évidemment besoin d'autres choses encore. J'ignore ce qu'il faut exactement à une femme mais c'est apparemment plus compliqué que pour un homme. Il fallut que j'oblige Margrethe à prendre de l'argent pour aller s'acheter ce dont elle avait besoin. Pour ma part, mes désirs n'allaient pas plus loin que des chaussures neuves et un pantalon de treillis. J'y ajoutai aussi un rasoir et je me fis couper les cheveux à l'école de coiffure, tout près de la mission. Ça ne coûtait que deux dollars si on était prêt, toutefois, à se livrer aux mains d'un jeune apprenti, ce que je fis. Margrethe examina le résultat et déclara avec gentillesse qu'elle pensait pouvoir faire aussi bien elle-même. Ce qui nous économisa deux dollars pour sa coupe. Ultérieurement, elle reprit les ciseaux et limita quelque peu les dégâts commis par le jeune apprenti sur ma pauvre tête... Dans l'avenir, je ne me risquai plus jamais chez un coiffeur.

Mais le fait d'économiser deux dollars ne nous épargna pas une perte bien plus importante. J'avais très honnêtement pensé, lorsque M. Cowgirl m'avait embauché, que je gagnerais cent dollars par jour de travail.

Mais ce ne fut pas ce qu'il me paya et sans la moindre duperie. Laissez-moi vous expliquer.

Je finis ma première journée de travail fatigué mais satisfait. Je veux dire que je n'avais jamais été aussi content depuis le jour du tremblement de terre, puisque le bonheur est relatif. Je m'arrêtai à la caisse. M. Cowgirl était là, occupé à ses comptes de la journée. Le grill venait de fermer. Il leva les yeux sur moi.

– Comment ça s'est passé, Alec ?

– Très bien, monsieur.

– Luke me dit que vous vous débrouillez bien.

Luke était un énorme Noir. Il était aussi chef cuisinier et c'était lui mon patron direct. En fait, il s'était contenté de me montrer où se trouvaient les choses et de s'assurer que je savais bien ce qu'on attendait de moi.

– Je suis heureux de l'entendre, ai-je dit poliment. Luke est un très bon cuisinier.

Pour mon estomac, ce lunch-breakfast qui était la prime unique de la journée était déjà de l'histoire ancienne. Luke m'avait expliqué que les employés pouvaient commander tous les plats du menu sauf les côtelettes et les steaks et qu'aujourd'hui je pouvais avoir droit à n'importe quel accompagnement si je choisissais le ragoût ou les boulettes de viande.

J'avais opté pour les boulettes parce que la cuisine sentait bon et qu'elle avait l'air propre. Les boulettes de viande vous en disent plus long sur un cuisinier que la façon dont il grille un steak. J'ai pris des légumes mais pas de ketchup.

Luke m'a donné une part généreuse de tarte aux cerises et il y a ajouté un jet de crème glacée à la vanille... ce à quoi je n'avais pas droit, puisque c'était ou l'un ou l'autre.

— Luke dit rarement du bien des Blancs, poursuivit mon patron, et jamais d'un Chicano. Tu dois donc faire l'affaire.

— Je l'espère.

Je commençais à être quelque peu agacé. Certes, nous sommes tous les enfants du Seigneur mais c'était bien la première fois dans mon existence que l'opinion d'un Noir sur mon travail avait quelque importance. Tout ce que je voulais, c'était recevoir ma paie et retourner très vite chez nous auprès de Margrethe, je veux dire à l'Armée du Salut.

M. Cowgirl croisa les mains et se tourna les pouces.

— Vous voulez être payé, n'est-ce pas ?

J'ai dominé mon irritation croissante.

— Oui, monsieur.

— Alec, pour les plongeurs, je préfère payer à la semaine.

J'ai été gagné par le désespoir et je suis certain qu'il a dû le lire sur mon visage.

— Ne vous méprenez pas. Vous êtes employé à l'heure et vous pouvez être payé après chaque journée si c'est ce que vous préférez.

— C'est ce que je préfère. J'ai besoin de cet argent.

— Laissez-moi finir. La raison pour laquelle je préfère payer les plongeurs à la semaine c'est que, trop souvent, dès que j'en embauche un et que je lui paie sa première journée, il va s'acheter un flacon de moscatel et je ne le revois plus pendant deux jours. Et lorsqu'il revient, il veut reprendre son boulot. Il m'engueule. Il dit qu'il va aller se plaindre au service du travail. Le plus drôle, c'est que je suis parfois bien obligé de le réengager, pour un jour, je veux dire, parce que le clochard que j'ai pris pour le remplacer a fait la même chose, lui aussi. Avec les Chicanos, il y a moins de risques que ça se passe comme ça parce qu'ils tiennent à faire très vite des économies pour pouvoir retourner au Mexique. Mais, le problème, c'est que je n'en ai jamais vu un qui soit capable de tenir l'arrière-cuisine comme le veut Luke... et j'ai bien plus besoin de Luke que d'un plongeur. Pour ce qui est des négros... Luke, en général, arrive toujours à me dire si oui ou non un bougnoule va pouvoir s'en tirer. Et les meilleurs sont meilleurs encore que les Blancs. Mais ils cherchent toujours à faire mieux... et si je ne leur donne pas de la promotion, s'ils ne sont pas nommés aide-cuisinier ou sommelier, ils ne tardent pas à aller voir ailleurs. Le problème est donc toujours posé. Si j'arrive à garder un plongeur correct pendant une semaine, c'est gagné pour moi. Deux semaines, c'est une victoire. Une fois, même, j'en ai gardé un pendant un mois. Mais ce n'est arrivé qu'une fois dans ma vie.

– Je vais travailler, travailler, pendant trois semaines. Maintenant, puis-je avoir mon salaire ?

– Ne me bousculez pas. Si vous acceptez d'être payé à la semaine, je vous donne un dollar de plus de l'heure. Ce qui vous en fera quarante de mieux à la fin de la semaine. Qu'est-ce que vous en dites ?

(Non, ça fait quarante-huit de plus par semaine, me dis-je. Presque trente-quatre mille dollars par an rien que pour faire la vaisselle. Fichtre !)

– Non, cela fait exactement quarante-huit dollars de plus par semaine. Pas quarante. Puisque j'ai opté pour les six jours par semaine. J'ai besoin de cet argent.

– D'accord. Alors, je vous paierai à la semaine.

– Un moment. Est-ce que nous pourrions commencer seulement demain ? J'ai besoin d'argent liquide aujourd'hui. Ma femme et moi, nous n'avons rien, mais vraiment rien. J'ai les vêtements que je porte là, c'est tout. Et c'est aussi le cas de ma femme. Moi je peux tenir avec quelques jours de plus. Mais pas ma femme.

Il haussa les épaules.

— Comme vous voulez. Mais vous n'aurez pas le dollar supplémentaire pour aujourd'hui. Et si vous êtes en retard de seulement une minute demain, je considérerai que vous avez laissé tomber le travail et je remettrai l'écriteau dans la vitrine.

— Monsieur Cowgirl, je ne suis pas un ivrogne.

— Nous verrons.

Il se replongea dans sa machine à calculer et fit quelque chose avec les touches. Je ne peux pas dire quoi car je n'ai jamais compris à quoi ça servait. C'était une machine arithmétique, d'accord, mais elle n'avait rien à voir avec un numérateur Babbage. Elle avait des touches assez semblables à celles d'une machine à écrire mais aussi une sorte de fenêtre sur le dessus, dans laquelle apparaissaient comme par magie des lettres et des chiffres.

M. Cowgirl tendit la main, la machine bourdonna et tinta, et il me tendit une carte.

— Nous y voilà.

Je pris la carte, la regardai et, une fois encore, je fus gagné par le désespoir.

C'était un carton d'environ dix centimètres sur vingt, avec plein de petits trous, et une inscription qui disait qu'il s'agissait d'un effet à vue sur la *Nogales Commercial and Savings Bank* par lequel le Ron's Grill engageait à payer à Alec L. Graham la somme de... Non, pas de cent dollars.

Exactement cinquante et un dollars et vingt-sept cents.

— Quelque chose ne va pas ? me demanda Cowgirl.

— Euh... j'avais compté sur vingt-cinq par jour.

— Et c'est bien ce que je vous règle. Huit jours au salaire minimum. Vous faites les déductions vous-même. Ce n'est pas moi qui fais les calculs. Ceci est une IBM 1990 avec un logiciel IBM *Paymaster Plus*... Et IBM est prêt à payer mille dollars au premier employé qui prouvera que ce modèle et ce logiciel ont raté un chèque de salaire. Regardez un peu ça. Le salaire brut : cent dollars. O.K. ? Et toutes les déductions. Vous les additionnez et vous faites ensuite la soustraction. Vérifiez votre chèque. Si vous avez quelque chose à dire, c'est à IBM qu'il faut vous adresser, pas à moi. Et ce n'est pas moi qui ai voté ces lois. Je les aime encore moins que vous. Est-ce que vous savez que presque tous les plongeurs qui se présentent ici voudraient que je les paie de la main à la main en oubliant les retenues ? Et vous savez quelle est l'amende prévue si je suis pris une seule fois à ce petit jeu ? Et ce qui se passerait si je recommençais ? Non, ne me regardez pas comme ça. Allez vous plaindre au gouvernement.

— Je ne comprends pas. Tout cela est tellement nouveau pour moi. Est-ce que vous pouvez me dire ce que signifient ces déductions ? Celle-ci par exemple : *Admin.*

— C'est pour « taxe administrative », mais ne me demandez pas pourquoi il faut que vous la payiez. C'est moi qui dois tenir les registres et je ne suis même pas payé pour ça.

J'essayai de trouver l'explication des autres déductions dans les indications portées en caractères minuscules. *Séc. Soc.* se révéla être « Sécurité Sociale ». La jeune dame, ce matin même, m'avait tout expliqué à ce propos. Mais je lui avais dit sur le moment que c'était certes une excellente idée, mais je devrais attendre quelque temps avant de souscrire car je ne pouvais pas me le permettre pour le moment. *Méd., Hôp,* et *Dent.* se traduisaient assez simplement mais je ne pouvais pas non plus me les offrir pour le moment. Mais que signifiait donc *PL217* ? Les explications en petits caractères ne faisaient référence qu'à une date et une page des *Pub. Adm.* Et que penser de *Dép. Educ.* et *UNESCO* ?

Et que diable était ce *Contr. Dir.* ?

— Je ne comprends toujours pas. Je ne connais rien à tout ça. C'est trop nouveau pour moi.

— Alec, vous n'êtes certainement pas le premier à ne rien y comprendre. Mais pourquoi répétez-vous que c'est nouveau pour vous ? Cela existait bien avant votre naissance. Et même avant votre père et votre grand-père, je le crains.

— Excusez-moi. Mais *Contr. Dir.*, qu'est-ce que ça veut dire ?

Il me regarda avec de grands yeux.

— Dites, vous êtes sûr de ne pas avoir besoin d'une analyse ?

— Une analyse de quoi ?

Il soupira :

— Je vais finir par croire que c'est moi qui en ai besoin. Ecoutez, Alec. Prenez ça. Allez discuter de toutes ces déductions avec le gouvernement, pas avec moi. Vous avez l'air sincère, et vous avez peut-être reçu un coup sur la tête pendant le tremblement de terre de Mazatlan. Moi, je veux rentrer chez moi et prendre un petit tranquillisant. Prenez ça, voulez-vous.

— Bien. Mais je ne connais personne qui peut encaisser ça pour moi.

— Pas de problème. Vous me l'endossez et je vous donne la somme en liquide. Mais gardez le talon, parce que l'inspection des impôts vous demandera vos déductions de salaire pour vous rembourser si vous avez trop versé.

Ça non plus, je ne le comprenais pas, mais je gardai quand même le talon comme il me le demandait.

En dépit du choc que j'avais éprouvé en apprenant qu'une moitié ou presque de mon salaire s'était évaporée avant même que je l'aie touchée, la vie de chaque jour s'était améliorée. Entre Margrethe et moi, il nous restait quatre cents dollars par mois que nous pouvions convertir en vêtements et autres nécessités. Théoriquement, son salaire était le même que celui de la cuisinière qu'elle remplaçait, c'est-à-dire vingt-deux dollars de l'heure pour vingt-quatre heures par semaine, ce qui faisait cinq cent vingt-huit dollars.

En fait, elle avait eu droit aux mêmes déductions que moi, ce qui réduisait sa paie à moins de deux cent quatre-vingt-dix dollars pour la semaine. Théoriquement, encore une fois. On avait déduit cinquante-quatre dollars pour le logement. C'était plutôt correct, me dis-je après réflexion, et quand j'eus connaissance des loyers. Plus que correct, en vérité. Il y avait aussi cent cinq dollars pour les repas de la semaine. Tout d'abord, le frère McCaw nous avait inscrits pour cent quarante dollars par semaine pour les repas. Il nous avait ouvert ses livres afin de nous prouver que Mme Owens, la cuisinière en titre, avait toujours payé dix dollars par jour pour ses repas... Donc, à deux, nous arrivions à cent quarante dollars.

Je reconnus que c'était juste (j'avais consulté les prix des menus au Ron's Grill) mais seulement en théorie. Mais mon repas le plus solide, je le prenais à mon travail, et nous établîmes un compromis sur la base de dix par jour pour Marga, la moitié pour moi.

C'est ainsi que Margrethe, à partir d'un salaire brut de cinq cent vingt-huit dollars, finissait par toucher cent trente et un dollars net.

A condition de pouvoir les toucher. Comme la plupart des Eglises, l'Armée du Salut vivait au jour le jour, et quelquefois c'était la nuit.

Malgré tout, nous arrivions à nous en tirer et la situation s'améliorait de jour en jour. A la fin de cette première semaine, nous avions acheté des nouvelles chaussures pour Margrethe. Elles étaient de première qualité, très élégantes, et nous les avions trouvées en solde chez J. C. Penney à deux cent soixante-dix-neuf dollars quatre-vingt-dix alors que leur prix de départ était de trois cent cinquante dollars.

Bien sûr, elle avait protesté parce que je n'avais même pas encore acheté de nouvelles chaussures pour moi. Je lui fis alors remarquer que j'aurais encore plus de cent dollars de disponibles la semaine prochaine que je pourrais consacrer à l'achat desdites chaussures, et si elle voulait bien me mettre la somme de côté pour que je ne sois pas tenté... Elle accepta solennellement.

Le lundi suivant, donc, nous avons réussi à me trouver des chaussures encore moins chères : des surplus de l'armée, très confortables et solides, qui valaient mieux que tout ce que j'aurais pu trouver dans un magasin de chaussures. (J'avais décidé de ne plus me préoccuper de chaussures habillées jusqu'à ce que j'aie résolu tous les autres problèmes. Rien de tel, d'ailleurs, que de se retrouver pieds nus pour comprendre les réelles valeurs du monde.) Ensuite, nous sommes allés rôder dans les soldes de vêtements et nous avons acheté une robe et une tenue de bain pour Marga, plus un pantalon pour moi.

Margrethe manifesta le désir de me voir acheter d'autres vêtements. Après tout, il nous restait presque soixante dollars. Mais j'ai protesté.

– Pourquoi, Alec ? Tu as autant que moi besoin de t'habiller... Et pourtant, nous avons presque tout dépensé *pour moi.* Ça n'est pas juste.

– Nous avons dépensé pour le strict nécessaire. La semaine prochaine, si Mme Owens revient, tu n'auras plus de travail et il faudra que nous déménagions. Du moins, je pense qu'il le faudra. Alors, gardons nos économies pour le ticket de bus.

– Mais nous irons où, chéri ?

– Au Kansas. Ce monde nous est étranger, à toi comme à moi. Pourtant, il nous est aussi familier : il a la même langue, la même philosophie, la même géographie et la même histoire, du moins en partie. Je ne suis qu'un plongeur, et je ne gagne pas assez pour subvenir à tes besoins. Mais j'ai la certitude que le Kansas – je veux dire le Kansas de ce monde-ci – sera tellement semblable à celui où je suis né que je serai mieux à même de me tirer d'affaire.

– J'irai où tu iras, mon bien-aimé.

La mission se trouvait à presque deux kilomètres du Ron's Grill. Plutôt que d'essayer de rentrer à la « maison » pendant la pause de six à huit, je passais généralement mon temps libre, après avoir mangé, à la bibliothèque du centre ville, pour essayer d'y glaner le maximum d'informations. Avec les journaux que les clients abandonnaient quelquefois au restaurant, c'était ma principale source de rééducation.

Dans ce monde-ci, M. William Jennings Bryan avait effectivement été président et son influence bénéfique nous avait tenus à l'écart de la Grande Guerre européenne. Il avait ensuite proposé ses offices pour une paix négociée. Le traité de Philadelphie avait plus ou moins redonné à l'Europe son apparence d'avant 1913.

Après Bryan, aucun des présidents ne m'était connu. Ils n'appartenaient pas plus à mon monde qu'à celui de Margrethe. Mais là où je fus vraiment stupéfait, c'est en découvrant le nom du président en exercice : Sa Très Chrétienne Majesté, John Edward II, Président héréditaire des Etats-Unis et du Canada, duc de Hyannisport, comte de Québec, défenseur de la foi, protecteur des humbles, maréchal en chef du Corps de la Paix.

Je regardai longuement la photo qui le représentait en train de poser une première pierre, quelque part dans l'Alberta. Il était de haute taille, les épaules larges, très bel homme, et portait un uniforme de parade avec un nombre de médailles suffisant pour le protéger de la pneumonie. En examinant son visage, je me suis posé une question :

« Est-ce que tu oserais acheter une voiture d'occasion à ce type ? »

Mais, plus j'y réfléchissais, plus cela me paraissait logique. Les Américains, durant les deux siècles et quart où ils avaient été une nation séparée, avaient eu la nostalgie de la royauté dont ils s'étaient débarrassés. A la moindre occasion, ils versaient des larmes de tendresse sur les rois européens. Les citoyens les plus fortunés n'avaient qu'une pensée : faire épouser leurs filles par des mâles de sang royal, et même par des princes de Georgie – un « prince », en Georgie, étant le fermier qui a le plus gros tas de fumier du canton.

Je ne voyais pas où ils avaient pu aller dénicher ce roi d'opérette. Peut-être à l'Estoril, ou bien dans les Balkans. Comme me le faisait remarquer un de mes professeurs d'histoire, il y a toujours des aristocrates sans emploi, de la royauté au chômage. Quand un homme est dans cette situation, il ne se montre pas trop regardant, comme je le savais trop bien moi-même. Poser des pierres, ce n'est sans doute pas plus fatigant que de faire la vaisselle. Mais les horaires sont plus longs, je crois. Je n'ai jamais été roi. Et je ne crois pas que j'accepterais un poste dans ce genre de travail : les inconvénients sont évidents, et je ne veux pas parler seulement des horaires...

D'un autre côté...

Il est plutôt dur d'avoir à refuser une couronne qu'on ne vous offrira jamais plus. J'ai interrogé ma conscience pour finir par conclure que je réussirais probablement à me convaincre moi-même que c'était là un sacrifice que je faisais pour mes semblables. Et puis je prierais jusqu'à acquérir la conviction que le Seigneur *voulait* que j'accepte ce fardeau.

Très sincèrement, je ne suis pas cynique. Je sais à quel point les hommes sont faibles lorsqu'ils tentent de se persuader que c'est le Seigneur qui a voulu qu'ils fassent ce qu'ils ont toujours souhaité faire. Et, dans ce domaine, je ne suis pas meilleur que mes frères.

Mais ce qui me turlupinait vraiment, c'était de savoir que le Canada ne faisait qu'un avec nous. La plupart des Américains ne comprennent pas pourquoi les Canadiens ne nous aiment pas (c'est mon cas), mais c'est pourtant la triste réalité. On reste confondu à la pensée que jamais les Canadiens ne voteraient pour une éventuelle unification.

Je me rendis au bureau central de la bibliothèque et demandai à consulter une histoire générale récente des Etats-Unis. Je venais à peine de m'y plonger lorsque, portant mon regard sur l'horloge murale, je remarquai qu'il était déjà presque quatre heures... Il allait donc falloir que je m'active si je voulais être de retour à temps dans mon arrière-cuisine. Je ne pouvais pas emporter de volumes car je n'étais pas en mesure de déposer la caution exigible des non-résidents.

Tout d'abord, les modifications politiques étaient moins importantes que les changements au niveau technique et culturel. Je pris conscience, très vite, que ce monde était physiquement et technologiquement plus avancé que le mien. En vérité, je l'avais compris dès que j'avais découvert pour la première fois cet appareil de « télévision ».

Je n'ai jamais vraiment compris comment ça se passe. J'ai tenté d'en apprendre un peu sur le sujet à la bibliothèque et je suis tombé très vite sur la rubrique « électronique ». (Notez bien : Non pas « électricité » mais « électronique ».) J'ai donc tenté d'en connaître un peu plus sur l'électronique et je me suis heurté à des mathématiques totalement incompréhensibles. Jamais, depuis l'époque où j'avais décidé de capituler devant la thermodynamique pour embrasser la foi, je n'avais rencontré des équations aussi absconses, hermétiques et confondantes. Je ne crois pas que même à l'école de technologie j'aie jamais affronté un tel galimatias : du moins pas durant mes études.

Mais la supériorité technologique de ce monde était visible dans bien d'autres domaines que la télévision. Les « feux de circulation », par exemple. Vous avez probablement vu ces villes tellement engorgées par le trafic qu'il y est quasiment impossible de franchir une artère sans l'intervention de plusieurs agents de police. Et vous avez sans doute été parfois irrité lorsque l'un desdits agents a cru bon de stopper la file dans laquelle vous vous trouviez pour laisser passer une personnalité politique ou je ne sais qui...

Alors, pouvez-vous imaginer ce qui se passe lorsqu'un trafic particulièrement intense est contrôlé *sans l'intervention du moindre officier de police*? Uniquement par des feux colorés impersonnels ?

Croyez-moi : c'était exactement comme ça que ça se passait à Nogales.

Voici comment :

A chaque carrefour important, vous disposez un minimum de douze feux, en quatre groupes de trois, chacun d'eux faisant face à un point cardinal et muni d'un cache afin qu'il ne soit visible que d'une seule direction. Dans chaque groupe, vous avez un feu rouge, un feu vert, et un feu orange. Ces feux fonctionnent grâce à l'électricité et sont suffisamment brillants pour être vus, même sous le soleil, à plus d'un kilomètre de distance. Mais il ne s'agit pas de lampes à arc. Ce ne sont que des ampoules Edison très puissantes – ce qui est important car ces feux doivent être allumés et éteints à tout instant, et sont censés fonctionner ainsi durant des heures, en fait vingt-quatre heures par jour, des jours durant.

Ces feux sont placés en hauteur, sur des poteaux télégraphiques, ou bien suspendus au-dessus des carrefours afin que tous les conducteurs ou les cyclistes puissent les apercevoir d'aussi loin que possible. Quand les feux verts s'illuminent, disons au nord et au sud, ce sont les feux rouges qui s'allument par contre à l'est et à l'ouest. Et alors, le trafic peut s'écouler du nord au sud et réciproquement, tandis que tous les véhicules venant de l'est ou de l'ouest doivent demeurer sur place et attendre. *Exactement comme si un officier de police se trouvait là et qu'il ait sifflé en levant les bras pour indiquer aux véhicules allant au nord ou au sud de passer et à ceux venant de l'ouest ou de l'est de s'arrêter.*

Est-ce que c'est bien clair ? Les feux colorés remplacent les signaux de l'officier de police.

Les feux orange sont l'équivalent du sifflet : ils préviennent d'un imminent changement de la situation.

Mais où est l'avantage ? Puisqu'il faut bien quelqu'un, fort probablement un policier, pour changer les feux ? La réponse est simple : les feux changent *automatiquement* à distance (à des kilomètres de distance, en fait !) car ils sont commandés par un tableau de contrôle central.

Ce système comporte encore bien d'autres merveilles ingénieuses : par exemple des dispositifs de comptage électrique qui décident du temps pendant lequel tel ou tel feu doit s'allumer pour régler au mieux la circulation, des feux spéciaux qui contrôlent les virages à gauche ou qui facilitent le passage des piétons... Mais le prodige absolu c'est que les gens *obéissent* !

Réfléchissez. Sans qu'il y ait le moindre policier à proximité, les gens obéissent à ces feux mécaniques, à ces appareils aveugles et muets *comme s'il s'agissait de vrais policiers* !

Les gens de ce monde sont-ils dociles comme des moutons au point d'être si aisément contrôlés ? Non. Je m'étais posé la question et je trouvai en réponse certaines statistiques à la bibliothèque. Dans ce monde, le taux de criminalité est notablement plus élevé que dans celui où je suis né. A cause de ces feux bizarres ? Non, je ne le crois pas. Je crois plutôt que les gens, ici, quoiqu'ils soient enclins à la violence entre eux, acceptent d'obéir aveuglément à ces feux comme une chose logique. Peut-être...

En tout cas, c'est passablement étrange.

Une autre différence évidente sur le plan technologique : le trafic aérien. Oh, rien à voir avec les aéronefs dirigeables, silencieux, propres et sûrs de mon monde natal... Non, non ! Les engins, ici, ressemblent plus aux *aeroplanos* du monde mexicain où Margrethe et moi avons rempli nos contrats à la sueur de notre front, avant le grand séisme de Mazatlan. Mais ils sont plus gros, plus rapides, plus bruyants, et ils volent tellement plus haut que les *aeroplanos* que nous avons connus qu'ils n'ont presque rien à voir avec eux. En fait, ils sont sans doute complètement différents, puisqu'on les appelle ici des *jets.* Etes-vous capable d'imaginer un appareil qui peut voler à plus de quinze kilomètres au-dessus du sol ? Et d'imaginer une sorte d'énorme voiture qui se déplace plus vite que le son ? Et un sifflement tellement aigu qu'il vous en fait mal aux dents ?

Ici, on appelle ça « le progrès ». Je regrette tant le confort et l'harmonie du LTA *Comte Von Zeppelin.* Car, ici, vous n'êtes jamais vraiment à l'abri de ces monstres. Plusieurs fois par jour, ces choses passent en hurlant au-dessus de la mission, très bas, au moment où elles s'approchent du terrain où elles se posent, au nord de la ville. Ce bruit épouvantable me perturbe et rend Margrethe très nerveuse.

Pourtant, la plupart de ces améliorations apportées par la technologie constituent réellement un progrès : la plomberie s'est améliorée, l'éclairage aussi, tant à l'extérieur que dans les demeures, les routes sont meilleures aussi, de même que la construction, et il existe de multiples sortes de machinerie pour rendre le labeur humain moins onéreux et plus productif. Je n'ai jamais été un de ces malades qui prônent le retour à la nature et qui méprisent toute recherche technique. La plupart de ceux qui ont cette attitude mourraient de faim très rapidement si l'infrastructure technologique disparaissait.

Nous étions à Nogales depuis moins de trois semaines quand je fus à même de réaliser un plan dont j'avais rêvé depuis près de cinq mois... et que j'avais activement peaufiné depuis notre arrivée à Nogales (mais que j'avais dû retarder jusqu'à ce que je sois en mesure de le réaliser). Je choisis un lundi, puisque c'était mon jour de congé. Je dis à Margrethe de choisir ses plus beaux vêtements, puisque aujourd'hui j'invitais ma bien-aimée. Et moi aussi je mis mon plus beau costume, des chaussures neuves et une chemise impeccable. Je pris un bain, me rasai et me manucurai soigneusement.

C'était une journée splendide. Le ciel était clair et la température clémente. L'un et l'autre, nous étions d'excellente humeur. Tout d'abord, Mme Owens avait écrit à frère McCaw pour lui dire qu'elle restait en congé une semaine encore s'il pouvait se passer d'elle et, ensuite, nous disposions de suffisamment d'argent pour acheter nos tickets de bus à destination de Wichita, Kansas. Juste assez, je dois dire, mais la lettre de Mme Owens nous permettait d'espérer grappiller quatre cents dollars de mieux pour nous nourrir pendant le voyage tout en n'arrivant pas complètement fauchés.

J'ai emmené Margrethe en un lieu que j'avais repéré le jour où j'avais parcouru les rues en quête d'une place de plongeur, un endroit très mignon, loin des quartiers mal famés : un salon de thé à l'ancienne.

Nous nous sommes arrêtés devant.

— Tu vois, ma belle ? Te souviens-tu de cette conversation que nous avons eue tandis que nous flottions sur le vaste océan à bord de notre matelas ? Quand nous n'espérions plus avoir longtemps à vivre ? En fait, moi, je ne l'espérais pas...

— Mon amour, comment pourrais-je avoir oublié ?

— Je t'ai demandé ce que tu désirais le plus au monde à ce moment. Tu te souviens de ce que tu m'as répondu ?

— Bien sûr ! Je t'ai dit : un sorbet au chocolat chaud.

— Exact ! Aujourd'hui, chérie, c'est ton *désanniversaire.* Et tu vas avoir droit à ce sorbet.

— Oh, Alec !

— On ne proteste pas ! Je ne supporte pas les femmes qui pleurent. A moins que tu ne veuilles un chocolat malté. Ou un chocolat en poudre. Ce sera selon ton désir. Mais je me suis assuré qu'on servait bien des sorbets au chocolat chaud ici avant de t'y amener.

– Mais ce n'est pas dans nos moyens, Alec. Il y a le voyage.

– Mais si, c'est dans nos moyens. Un sorbet au chocolat chaud coûte cinq dollars. Et j'ai bien l'intention de me montrer généreux avec la serveuse et de lui donner un dollar de pourboire. On ne vit pas que de pain. Allez, viens !

La serveuse était charmante, mais pas autant que ma compagne. Elle nous escorta jusqu'à notre table. Je fis asseoir Margrethe le dos à la rue, en écartant sa chaise, puis je m'assis à mon tour.

– Mon nom est Tammy, dit la serveuse en nous présentant la carte. Qu'est-ce qui vous dirait par cette belle journée ?

– Nous n'avons pas besoin de la carte, ai-je dit. Nous voulons deux sorbets au chocolat chaud, s'il vous plaît.

Tammy a pris un air pensif.

– Bien. Alors, si ça ne vous fait rien d'attendre quelques minutes... Il va falloir préparer le chocolat chaud.

– Quelques minutes ? Quelle importance ? Il nous est arrivé d'attendre plus longtemps.

La fille a souri avant de s'éloigner. J'ai regardé Marga.

– Nous avons attendu tellement plus longtemps, non ?...

– Alec, tu es un sentimental et c'est pour ça que je t'aime. En partie.

– Je suis un gros gourmand sentimental et, pour l'instant, j'ai envie à en mourir d'un sorbet au chocolat chaud. Mais je voulais te montrer cet endroit pour une autre raison aussi. Marga, est-ce que ça te plairait de diriger ce genre d'établissement ? Je veux dire : ensemble. Tu serais la patronne et moi... je ne sais pas, je laverais la vaisselle, je serais maître d'hôtel, commis, n'importe quoi...

Elle a eu l'air songeur.

– Tu es sérieux ?

– Bien entendu. Evidemment, nous ne pouvons pas

nous lancer dans le commerce dès maintenant : il faudra d'abord que nous économisions. Mais pas beaucoup, si j'ai bien calculé. Ce sera tout petit, mais mignon, clair et chaleureux, quand j'aurai refait les peintures. Une fontaine à soda, et un menu très limité. Hot-dogs, hamburgers, sandwichs et canapés danois. Rien d'autre. Des potages, peut-être. Mais en boîte, ça posera moins de problèmes, et pour l'inventaire non plus.

Margrethe eut l'air offensée.

— Pas de soupes en boîte. Je peux faire de vraies soupes... bien meilleures et moins chères que celles en conserve.

— Alors, je m'en remets à votre jugement professionnel, m'dame. Au Kansas, il existe une bonne demi-douzaine de petites villes où il y a un collège et n'importe laquelle accueillerait avec plaisir un endroit comme celui-ci. Nous pourrions peut-être choisir un commerce déjà existant, avec un pappy et une mammy. On travaillerait pour eux pendant un an avant de racheter le fonds. On l'appellerait *Au Sorbet Chocolat.* Ou bien *Marga Sandwiches.*

— *Le Sorbet au Chocolat,* je préfère. Alec, tu crois vraiment que nous pourrions y arriver ?

Je me suis penché vers elle et je lui ai pris la main.

— Je suis certain que nous pouvons le faire, chérie. Et sans nous tuer au travail, de plus. (J'ai tourné la tête.) Ce feu de circulation me regarde droit dans l'œil.

— Je sais. Je le vois régulièrement passer au rouge ou au vert dans ton œil. Tu veux que nous changions de place ? Moi, ça ne me fait rien.

— Mais moi non plus. C'est seulement que ça me fait un effet quasi hypnotique. (J'ai baissé un instant les yeux sur la table, puis j'ai voulu regarder à nouveau le feu de circulation.) Eh ! Il n'est plus là.

Margrethe s'est tordu le cou pour voir.

— Où ça ? Je ne vois rien...

— Mais... cette satanée chose a disparu. On dirait bien.

Une voix mâle s'est élevée près de moi.

– Et pour vous deux, qu'est-ce que ce sera ? Vin ou bière. Nous n'avons pas la licence pour les alcools.

J'ai tourné la tête. Un serveur attendait.

– Mais où est Tammy ?

– Tammy ? Qui est Tammy ?

J'ai inspiré profondément et tenté de calmer mon cœur qui s'emballait.

– Excusez-moi, vieux. Nous n'aurions pas dû entrer. Je viens de m'apercevoir que j'ai oublié mon portefeuille à la maison. (Je me suis levé.) Viens, chérie.

Margrethe, les yeux écarquillés, est sortie avec moi sans un mot. En sortant, j'ai regardé autour de nous et remarqué quelques changements. Je suppose que l'endroit d'où nous venions de sortir était correct, du moins pour un bar à bière. Mais il n'avait rien à voir avec notre salon de thé.

Et ce monde n'était pas le nôtre.

# 15

*Ne te vante pas du lendemain,*
*Car tu ne sais pas ce qu'un jour peut enfanter.*

Proverbes, 27 : 1

Sans l'avoir prémédité, je me suis dirigé vers la mission de l'Armée du Salut. Margrethe se taisait toujours, accrochée à mon bras. J'aurais pu être effrayé, je pense, mais j'étais en fait furieux. Et je marmonnais :

– Bon sang ! Bon sang ! Qu'ils aillent au diable !

– Mais qui, Alec ?

– Je ne sais pas. C'est bien ça qui est le pire. Ceux qui nous font ça. Ton ami Loki, peut-être.

– Ce n'est pas mon ami, pas plus que Satan n'est le tien.

– J'ai peur de ce que Loki fait à notre monde.

– Moi, je n'ai pas peur, je suis en colère. Loki ou Satan ou qui que ce soit, c'en est trop. Ça n'a aucun sens. Est-ce qu'ils n'auraient pas pu attendre une demi-heure de plus ? Ce sorbet était pratiquement devant nous – et ils nous en ont privés ! Marga, ça n'est pas juste ! C'est de la cruauté gratuite, pure et simple. Absurde. C'est comme d'arracher les ailes des mouches. Oh, je les méprise. Quels qu'ils soient.

Plutôt que de continuer à discourir de choses dont nous n'avions pas la solution, Margrethe demanda :

– Chéri, où allons-nous ?

– Comment ? (Je me suis arrêté.) Mais, à la mission, je suppose.

– Et c'est la bonne direction ?

– Ma foi, oui, bien ent... (J'ai regardé autour de nous.) Oh, je ne sais pas. Je crois en fait que nous sommes perdus.

Plongé dans ma fureur, j'avais marché automatiquement et, à présent, je ne reconnaissais plus aucun repère familier.

— Je sais que nous sommes perdus, a répété Margrethe.

Il nous a fallu une demi-heure pour retrouver notre chemin. Le quartier était vaguement familier mais rien ne ressemblait exactement à ce que nous connaissions. J'ai fini par découvrir l'immeuble où aurait dû se trouver le Ron's Grill, mais le Ron's Grill n'était plus là. Finalement, un policier nous a indiqué le chemin de la mission... qui était dans un immeuble différent. A ma grande surprise, frère McCaw était là. Mais il ne nous reconnut pas. Il s'appelait d'ailleurs McNabb, à présent. Nous avons pris congé aussi élégamment que possible. Pas très, en vérité.

Nous avons rebroussé chemin, plus lentement, car nous ne savions pas où aller.

— Marga, nous revoilà où nous en étions il y a trois semaines. Avec de meilleures chaussures, c'est tout. Nous avons de l'argent plein les poches, mais nous ne pouvons pas le dépenser, puisqu'il ne vaut certainement rien ici... et nous aurions droit à un petit séjour derrière les barreaux si jamais nous essayions.

— Tu as probablement raison, mon chéri.

— Il y a une banque au coin là-bas, droit devant nous. Plutôt que d'essayer de dépenser cet argent, il vaudrait mieux que j'entre pour demander s'il vaut quelque chose.

— Oui, il n'y a rien de dangereux à ça. Tu ne crois pas ?

— Non, normalement. Mais notre ami Loki pourrait bien avoir encore un autre tour dans sa manche. Mais il faut savoir. Tiens... prends tout et laisse-moi seulement un billet. S'ils m'arrêtent, tu pourras toujours dire que tu ne me connais pas.

— Non !

— Qu'est-ce que ça veut dire, non ? Ce serait idiot de nous retrouver tous les deux en prison.

Elle a pris un air buté et n'a rien dit. Comment discuter avec une femme qui refuse d'ouvrir la bouche ? J'ai soupiré.

— Ecoute, ma chérie, la seule solution que je peux envisager, c'est de chercher un nouvel emploi de plongeur. Frère McNabb nous laissera peut-être dormir à la mission cette nuit.

— Moi aussi je vais chercher un travail. Je peux laver la vaisselle comme toi. Faire la cuisine. N'importe quoi.

— Nous verrons bien. Bon, entre avec moi. Nous irons en prison ensemble, d'accord. Mais je pense que nous arriverons à nous en tirer sans terminer derrière les barreaux.

J'ai pris un billet que j'ai froissé avant d'en déchirer un coin. Puis nous sommes entrés en même temps dans la banque. Je tenais le billet comme si je venais juste de le trouver. Je ne suis pas allé vers le guichet de la réception mais tout droit vers les bureaux derrière lesquels, généralement, sont assis les cadres de la banque.

Je me suis appuyé sur la barre de cuivre et je me suis adressé au personnage le plus proche. L'écriteau placé sur son bureau indiquait qu'il était sous-directeur.

— Excusez-moi, monsieur ! Pourriez-vous répondre à une question ?

Il a pris un air ennuyé mais sa réponse a été courtoise.

— Je vais essayer. Que voulez-vous ?

— Est-ce que c'est vraiment de l'argent ? Ou bien une imitation pour le théâtre ou quelque chose comme ça ?...

Il a regardé le billet, puis s'est penché pour l'examiner plus attentivement.

— Intéressant. Où est-ce que vous avez trouvé ça ?

— C'est ma femme qui l'a trouvé sur le trottoir. Est-ce que c'est de l'argent ?

— Bien sûr que non. Qui a déjà entendu parler d'un billet de vingt dollars ? C'est probablement de la fausse monnaie pour le théâtre. Ou bien une publicité.

— Alors, ça ne vaut rien ?

— Ça vaut le prix du papier, c'est tout. Je doute qu'on puisse qualifier ça de contrefaçon dans la mesure où, visiblement, aucun effort n'a été fait pour rendre la copie ressemblante. Néanmoins, les inspecteurs du Trésor vont demander à le voir.

– D'accord. Vous pouvez vous charger de cela ?

– Oui. Mais ils vont demander à vous parler, j'en suis certain. Donnez-moi vos noms et adresse. Ainsi que ceux de votre femme, bien sûr, puisque c'est elle qui a trouvé le billet.

– O.K. Je voudrais un reçu. (Je lui ai donné nos noms : « M. et Mme Alexander Hergensheimer ». J'ai donné comme adresse celle du Ron's Grill et j'ai accepté d'un air très sérieux le reçu qu'il m'a tendu.

Une fois dehors, j'ai dit à Margrethe :

– Eh bien, après tout, ce n'est pas aussi grave que nous le pensions. Il est grand temps que je me mette en quête de vaisselle.

– Alec...

– Oui, ma bien-aimée ?

– Nous allions au Kansas.

– Oui, c'est vrai. Mais notre argent pour le bus ne vaut plus que le prix du papier. Il va falloir que j'en gagne d'autre. Je le peux. J'y suis déjà arrivé. Et je le peux encore.

– Alec, partons pour le Kansas dès maintenant.

Une demi-heure après, nous nous dirigions vers le nord, sur l'autoroute de Tucson. Lorsqu'une voiture passait, je faisais signe dans l'espoir qu'elle s'arrête.

Rien que pour atteindre Tucson, il nous a fallu trois voitures différentes. A Tucson, nous pouvions indifféremment nous diriger vers l'est sur El Paso, au Texas, ou continuer sur la 89, étant donné qu'elle s'oriente vers l'ouest avant d'aller vers Phoenix, au nord. La question a été réglée pour nous par un camionneur de Tucson qui emportait un chargement en direction du nord.

A l'intersection de la 89 et de la 80, nous avons trouvé un autre camion à un relais routier et force m'est bien d'admettre que le chauffeur fut surtout sensible à la beauté de Margrethe. Je pense que si j'avais été seul, je serais toujours planté au bord de la route. Je dois ajouter que tout ce voyage dépendit d'une part de la beauté et du charme féminin de Margrethe, de l'autre de ma volonté de ne faire que des travaux honnêtes, si rebutants ou difficiles qu'ils fussent.

Il m'est déplaisant d'avoir à reconnaître ce fait. J'entretenais de sombres pensées à propos de la femme de Putiphar et de l'histoire de Suzanne et des Anciens. Je découvrais que j'étais agacé par Margrethe alors que son seul crime était d'être aussi gracieuse, chaleureuse et affable qu'à l'accoutumée. Je fus presque sur le point de lui dire de ne plus sourire aux étrangers et d'éviter de les regarder.

Cette tentation est devenue plus pressante encore lorsque, au soir de ce premier jour, le chauffeur a arrêté son camion dans une oasis au centre de laquelle il y avait un restaurant et une pompe à essence.

— Je crois que je vais boire quelques bières et m'offrir un bon steak, a-t-il annoncé. Eh, Maggie, ma jolie, ça te dirait une viande bien tendre? Ici, ils élèvent les bœufs juste à côté de la cuisine.

Elle a répondu à son sourire.

— Merci, Steve, mais je n'ai pas faim.

Ma chérie mentait effrontément. Elle savait qu'elle avait très faim, je le savais aussi, et je suis certain que Steve aussi le savait. Notre dernier repas remontait au breakfast que nous avions pris à la mission, il y avait onze heures et un univers de cela. J'avais proposé de faire la vaisselle en échange d'un repas au relais routier de Tucson, mais on m'avait éjecté plutôt rudement. Durant toute la journée, nous n'avions eu droit qu'à une goutte d'eau à une fontaine publique.

— Oh, ce n'est pas bien de se moquer de grand-papa, Maggie. Il y a quatre heures qu'on roule. Tu as faim.

Je suis intervenu aussitôt pour éviter à Maggie de s'enfoncer dans le mensonge, à cause de moi, j'en étais sûr.

— Steve, ce qu'elle veut vous dire, c'est qu'elle n'accepte pas d'invitation d'autres hommes. Elle attend que ce soit moi qui l'invite à dîner. (Et j'ai ajouté :) Mais je vous remercie de sa part et nous vous remercions tous les deux pour nous avoir pris en charge. Ç'a été très agréable.

Nous n'avions pas bougé de nos sièges. Margrethe

était entre nous deux. Steve s'est penché en avant pour me regarder.

— Alec, tu crois que je veux sauter Maggie, c'est ça ?

Je lui ai rétorqué avec raideur que loin de moi était cette idée, tout en pensant que c'était très exactement ce que je m'étais dit, et que c'était ce qu'il cherchait depuis le début... Et j'en avais assez de ses allusions discourtoises et aussi du langage grossier dont il usait. Mais j'avais appris à mes dépens que les règles de politesse du langage qui m'avaient été enseignées n'étaient pas nécessairement celles qui prévalaient dans un autre univers.

— Oh, mais si que tu le penses. Je ne suis pas né de la dernière pluie, Alec, et j'ai passé une bonne partie de ma vie sur les routes à perdre mes illusions. Tu crois que je veux basculer ta nana parce que tous les types qu'elle rencontre essaient de se la taper. Mais je vais te dire une bonne chose, mon garçon. Je n'ai pas l'habitude de caramboler une fille qui ne veut pas. Et je sais quand elle veut. Maggie ne veut pas. Y a des heures que je m'en suis rendu compte. Et je te félicite : une femme fidèle, c'est précieux. Tu n'es pas d'accord ?

— Oui, certainement, ai-je répondu avec réticence.

— Alors, cesse de te remonter comme ça. Tu vas inviter ta femme à dîner. Tu m'as remercié pour le bout de chemin qu'on a fait mais... pourquoi tu ne m'inviterais pas à dîner, hein ? Rien que pour que je ne sois pas tout seul.

J'espère que mon désarroi est passé inaperçu et que Steve n'a pas surpris ma brève hésitation.

— Mais certainement, Steve. Nous vous devons bien ça pour votre gentillesse. Euh... Vous voulez m'excuser un instant ? J'ai quelques dispositions à prendre.

J'étais sur le point de descendre de la cabine.

— Alec, tu ne mens pas mieux que Maggie.

— Pardon ?

— Tu crois que je suis aveugle ? Tu es fauché. Ou bien si tu ne l'es pas complètement, tu ne peux pas en tout cas m'offrir ce steak dans le filet. Même pas l'assiette de charcuterie.

— C'est exact, ai-je répondu, avec dignité je l'espère.

Il faut que je convienne de certains arrangements avec le directeur de ce restaurant. Je compte payer nos trois dîners en faisant la plonge.

– C'est ce que je pensais. Si vous étiez normalement fauchés, vous voyageriez en Greyhound et vous auriez au moins un bagage. Si vous étiez fauchés mais pas au point de crever de faim, vous feriez du stop pour économiser votre argent mais vous auriez quand même un bagage. N'importe quoi : un sac ou un baluchon. Mais vous n'avez rien... et vos vêtements... Tu portes un costume et elle une robe. En plein désert, Dieu du Ciel ! Tout ça, ça veut dire que c'est vraiment la catastrophe.

Je suis resté muet.

– Ecoute, il est possible que le propriétaire accepte de te laisser laver la vaisselle. Mais il est plus probable qu'il a déjà trois réfugiés qui marnent pour lui en ce moment et qu'il en a déjà viré au moins trois autres dans la journée. On est sur la route nord-sud, celle que suivent les *turistas* (1) qui passent par les trous dans la Barrière. Et de toute façon, je ne peux pas attendre pendant que tu laves la vaisselle : j'ai encore pas mal de kilomètres à faire avec ce bahut avant le matin. Je vais te proposer un marché. Tu m'offres le dîner et je te prête l'argent pour payer.

– Je ne suis pas un bon placement.

– Pas du tout, tu es un excellent placement. Ce que les banquiers appellent l'emprunteur type, le meilleur placement qui soit. Cette année, ou peut-être dans vingt ans, tu tomberas sur un autre jeune couple, fauché, affamé. Et tu leur paieras à dîner avec les mêmes conditions. Et comme ça je serai remboursé. Et quand ils feront la même chose, eux aussi, tu seras remboursé. Vu ?

– Je vous rembourserai sept fois la somme !

– Une fois ça suffira. Le reste, tu peux le faire pour ton propre plaisir, si ça te dit. Bon, venez, on va dîner.

Le RimRock Restop n'avait rien d'un café ordinaire. Il était plutôt du genre sérieux et ressemblait un peu

(1) Les immigrés clandestins en provenance du Mexique. *(N.d.T.)*

au Ron's Grill, à un monde de différence. Il y avait un comptoir mais aussi des tables. Steve nous fit asseoir et, peu après, une jeune serveuse, plutôt jolie, vint vers nous.

– Comment va, Steve ? Ça fait une paye !

– Hello, chérie ! Et ce test de la lapine, ça s'est passé comment ?

– La lapine est morte. Et ton analyse de sang, à toi ? (Elle nous sourit.) Salut ! Qu'est-ce que vous allez prendre ?

J'avais eu le temps de glisser un œil sur la carte, en commençant par la colonne de droite, bien sûr, où il y avait les plats les moins chers. Et j'avais été surpris par les prix. Ou plutôt, surpris de retrouver des prix qui m'étaient familiers. Les hamburgers étaient à dix cents, le café à cinq, et les dîners à la *table d'hôte* (1) allaient de soixante-quinze à quatre-vingt-dix cents. Oui, c'étaient des prix que je comprenais parfaitement.

– Est-ce que je peux avoir un super cheeseburger, à point ?

– Bien sûr, mon tout beau. Et vous, chérie ?

Margrethe prit la même chose, mais saignant.

– Steve ?

– Eh bien, ça sera d'abord trois bières – de la *Coors* – et trois steaks dans le filet, un bleu, un saignant et l'autre bien cuit. Avec tout le cirque : pommes de terre au four, frites, légumes, tout... Et la salade verte. Avec des boulettes au piment. Le dessert, on verra après. Et du café.

– Vu !

– Attends que j' te présente mes amis. Maggie, voici Hazel. Et lui c'est Alec, son mari.

– Vous en avez d' la chance, mon vieux ! Maggie, ça m' fait plaisir de te connaître. Même en mauvaise compagnie. Est-ce que Steve a essayé de vous vendre quelque chose ?

– Non.

– Parfait. N'achetez rien, ne signez rien, ne pariez

(1) En français dans le texte. *(N.d.T.)*

pas avec lui. Et soyez heureuse d'être mariée. Il a des femmes dans trois Etats.

— Quatre, corrigea Steve.

— Quatre maintenant ? Félicitations. Maggie, les toilettes des dames sont derrière la cuisine. Et celles des hommes de l'autre côté.

Elle s'est éclipsée dans un froissement de jupe.

— C'est une chouette nana, dit Steve. Vous savez ce qu'on raconte sur les serveuses, surtout dans les restos routiers. Eh bien, Hazel est probablement la seule sur cette autoroute à pas le faire. Viens, Alec.

Il s'est levé et m'a entraîné vers les toilettes pour hommes. Le temps que je comprenne ce qu'il avait voulu dire, il était trop tard pour lui en vouloir d'avoir parlé comme ça en présence d'une dame. Et puis, il me fallait bien admettre que Margrethe ne s'en était nullement offensée, qu'elle avait pris cela comme une simple information. Un compliment adressé à Hazel, en fait. Je crois que ce qui m'ennuyait le plus, avec tous ces changements de mondes, ce n'était pas l'économie, les coutumes sociales ou la technologie, mais surtout le langage, et les tabous et tics qui lui étaient attachés.

Quand je suis revenu, la bière avait été servie et nous attendait. Margrethe avait l'air calme et rafraîchie.

Steve a levé son verre.

— A la vôtre !

— *Skaal !* avons-nous fait en écho.

J'ai d'abord pris une petite gorgée, puis j'ai bu franchement : c'était exactement ce dont j'avais besoin après une journée d'autoroute dans le désert. Ma chute morale à bord du *S.S. Konge Knut* s'était en partie expliquée par la bière. C'était un vice auquel je n'avais plus touché depuis mes études techniques et, même en ce temps-là, ç'avait été bien anodin, puisque je n'avais pas eu assez d'argent pour satisfaire mes vices. Cette bière-ci, me sembla-t-il, était excellente, mais pas autant que la *Tuborg* danoise qu'on servait à bord. Saviez-vous que rien n'est dit contre la bière dans la Bible ? En fait, le mot « bière » y signifie « fontaine » ou « source ».

Quant aux steaks, ils étaient absolument délicieux.

Sous l'influence euphorisante de la bonne chère et de

la bière, je me retrouvai en train de tenter d'expliquer à Steve pourquoi notre chance était tombée et que nous en étions à accepter la charité des étrangers... sans toutefois rien lui révéler de la vérité. Ce fut Margrethe qui me dit enfin :

– Alec, dis-lui.

– Tu crois que je peux ?

– Je pense que Steve a le droit de savoir. Et je lui fais confiance.

– Très bien. Steve, nous sommes des étrangers qui venons d'un autre monde.

Il n'a pas ri. Il n'a pas souri. Il a seulement eu l'air intéressé. Il a demandé enfin :

– Soucoupe volante ?

– Non, je veux parler d'un autre univers, et non pas d'une autre planète. Bien qu'on dirait la même planète. Je veux dire que Margrethe et moi nous nous trouvions dans un Etat appelé l'Arizona, très exactement dans une ville du nom de Nogales pas plus tard qu'aujourd'hui. Et puis tout a changé. Nogales s'est transformée et rien n'était plus pareil. L'Arizona semble pareil, mais je ne connais pas bien cet Etat.

– Ce territoire.

– Je vous demande pardon ?

– L'Arizona constitue un territoire et non un Etat. Le statut fédéral a été rejeté par référendum.

– Oh, dans mon monde aussi. A propos des impôts ou je ne sais quoi. Mais, en vérité, nous ne venons pas exactement de mon monde. Ni de celui de Marga. Nous venons de... (Je me suis interrompu.) Je crois que je ne vous raconte pas très bien tout ça. (J'ai regardé Margrethe.) Tu peux lui expliquer ?

– Je ne peux pas parce que je ne comprends pas. Mais, Steve, c'est bien la vérité. Je viens d'un autre monde. Et Alec d'un autre encore, et nous avons vécu dans un troisième monde. Et nous étions dans un autre ce matin même. Et nous voilà ici. C'est pour ça que nous n'avons pas d'argent. Ou plutôt si, nous avons de l'argent, mais il ne vient pas de ce monde-ci.

– Est-ce que nous pourrions prendre un monde à la fois ? a demandé Steve. J'ai la tête qui tourne.

— Elle a oublié deux autres mondes, ai-je dit.

— Non, chéri : trois. Tu as peut-être oublié celui où il y avait l'iceberg.

-- Non, je l'ai compté. Je... Excusez-moi, Steve. Je vais essayer de procéder monde par monde. Mais ce n'est pas facile. Ce matin... Nous sommes entrés dans un salon de thé à Nogales parce que je voulais offrir à Margrethe un sorbet au chocolat chaud. Nous nous sommes assis à une table l'un en face de l'autre comme maintenant, ce qui faisait que je voyais les feux du carrefour...

— Les quoi ?

— Les feux de circulation. Rouge, orange et vert. C'est comme ça que je me suis aperçu que le monde avait encore changé. Celui-là n'a pas de feux de circulation, ou alors je n'en ai pas encore vu. J'ai seulement aperçu des policiers. Mais dans ce monde où nous nous sommes réveillés ce matin, ce n'étaient pas des policiers qui réglaient la circulation mais des feux de signalisation.

— On dirait plutôt qu'ils font ça avec des miroirs. Mais quel rapport avec ce sorbet que tu voulais payer à Maggie ?

— Parce que, quand nous avons fait naufrage dans l'océan, Margrethe avait eu envie d'un sorbet au chocolat chaud. Et ce matin, pour la première fois, j'avais une chance de lui en offrir un. Quand les feux ont disparu tout d'un coup, j'ai compris que nous avions encore une fois changé de monde : ce qui voulait dire que mon argent, à nouveau, ne vaudrait plus rien. Et que nous ne pourrions pas dîner. Que nous n'avions plus rien, plus un sou à dépenser. Vous comprenez ?

— Je crois que je me suis un peu paumé en chemin... Votre argent, qu'est-ce qu'il lui est arrivé ?

— Oh...

J'ai fouillé dans ma poche et j'en ai sorti soigneusement l'argent que j'avais économisé pour nos tickets de bus. J'ai pris une coupure de vingt dollars et je l'ai montrée à Steve.

— Il ne lui est rien arrivé. Mais regardez bien ça.

Il a examiné soigneusement le billet.

– Monnaie légale pour toutes dettes publiques et privées, a-t-il lu. Ça me semble O.K. Mais qu'est-ce que c'est que ce clown ? Et depuis quand ont-ils lancé des billets de vingt dollars ?

– Jamais, du moins dans votre monde, je le crains. L'effigie est celle de William Jennings Bryan, Président des Etats-Unis de 1913 à 1921.

– Jamais vu, jamais entendu parler. Ni d'Eve ni d'Adam. Même pas à l'Horace Mann School d'Akron.

– Dans mon école à moi, on m'a appris qu'il avait été élu en 1896, et pas seize ans plus tard. Et dans le monde de Margrethe, il n'a jamais été président. Mais j'y pense, Marga ! Ça pourrait bien être ton monde !

– Pourquoi crois-tu cela, chéri ?

– Peut-être que oui, peut-être que non. Quand nous avons quitté Nogales en nous dirigeant vers le nord, je n'ai pas vu d'aéroport, ni aucune indication concernant un aéroport. Et je me souviens à présent que nous n'avons pas entendu le moindre bruit de jet dans le ciel durant toute la journée. Ni de machine volante. Et toi ?

– Non. Non, je n'ai absolument rien entendu. Mais j'avais la tête ailleurs. (Elle a ajouté :) Je suis presque certaine qu'aucune machine volante n'est passée près de nous.

– C'est bien ça ! Ou alors, c'est mon monde à moi. Steve, quelle est la situation de l'aéronautique ici ?

– Le héros de quoi ?

– Les machines volantes. Les avions à réaction ? Les aéroplanes. Ou les dirigeables... Est-ce que vous avez des dirigeables ?

– Tout ça ne me rappelle rien. Est-ce que tu parlerais de voler dans les airs ? Comme les oiseaux ?

– Oui, oui !

– Alors non, bien sûr que non. A moins que tu ne parles de ballons ? J'ai déjà vu des ballons.

– Non, pas de ballons... Oh, mais oui, un dirigeable est une sorte de ballon. Mais c'est plus long que rond. Comme un cigare. Et c'est propulsé par des moteurs comme celui de votre camion. Ça va à plus de deux cents kilomètres à l'heure et ça monte en général très haut, à trois cents et même cinq cents mètres. Ça arrive même à survoler les montagnes.

Pour la première fois, je lus de la surprise et non plus seulement de l'intérêt sur le visage de Steve.

– Dieu Tout-Puissant ! Tu as vraiment *vu* des choses pareilles ?

– Je suis même monté dedans. Souvent. La première fois, j'avais à peine douze ans. Vous êtes allé à l'école à Akron ? Dans mon monde, Akron est célèbre parce que c'est là qu'on construit les meilleurs dirigeables du monde, les plus gros et les plus rapides.

Il a secoué la tête.

– Je passe toujours à côté des meilleurs trucs. C'est bien de moi. Et toi, Maggie, tu as déjà vu des vaisseaux qui volent ? Tu es montée dedans ?

– Non. Pas dans le monde où je suis née. Mais j'ai été dans une machine volante. Un *aeroplano*. Une fois. C'était effrayant mais très excitant aussi. J'aimerais bien recommencer.

– Je pense que ça m' plairait à moi aussi. Mais je reconnais que je ferais dans mes culottes. Pourtant, oui, j'aimerais bien faire un tour dans un de ces machins, même au risque de me tuer. Vous savez, les amis, je commence à vous croire. Vous dites ça comme ça, avec tellement de sincérité. Et il y a cet argent. Si c'est bien de l'argent.

– C'est *vraiment* de l'argent, ai-je insisté. Mais d'un autre monde. Regardez bien attentivement ce billet, Steve. Il est évident qu'il ne vient pas de votre monde. Mais ce n'est pas de l'argent pour jouer ou pour le théâtre. Est-ce que quelqu'un se donnerait la peine de faire graver des plaques de façon aussi parfaite pour de l'argent factice ? Le graveur qui a travaillé là-dessus gravait bel et bien un billet de banque, qui devait être accepté comme monnaie... pourtant, la dénomination elle-même n'est pas correcte, c'est la première chose que vous avez remarquée. Attendez un instant ! (J'ai fouillé dans une autre poche.) Oui ! Je l'ai encore.

C'était un billet de dix pesos, émis par le royaume du Mexique. J'avais brûlé la plus grande partie de l'argent sans valeur que nous avions économisé avant le tremblement de terre, c'est-à-dire les pourboires de Margrethe au Pancho Villa, mais j'avais gardé quelques souvenirs.

– Regardez ça. Est-ce que vous connaissez l'espagnol ?

– Pas vraiment. Disons l'espagnol de cuisine. Le TexMex. (Steve s'est penché sur le billet de dix pesos.) Il me semble correct.

– Regardez mieux, a dit Margrethe. Il y a écrit *Reino*. Est-ce qu'il ne devrait pas y avoir *République*? Ou bien le Mexique est-il également un royaume dans ce monde ?

– Non, c'est une république... et j'ai participé à son maintien. J'étais dans les Marines quand j'ai été désigné pour être juge aux élections. Etonnant de voir à quel point un petit groupe de Marines armés jusqu'aux dents peuvent rendre une élection plus honnête. O.K., les copains, je suis convaincu. Le Mexique n'est pas un royaume et des auto-stoppeurs sans un sou pour dîner ne devraient pas se trimbaler avec de l'argent qui dit que le Mexique est un royaume. Je suis peut-être dingue mais je suis prêt à avaler votre histoire. Et quelle explication as-tu ?

– Steve, ai-je dit d'un ton net, j'aimerais bien savoir ce que tout ça veut dire. L'explication la plus simple est que je suis devenu fou et que tout ça est dans mon imagination : vous, moi, Marga, ce restaurant, ce monde. Tout n'est qu'un délire de mon cerveau fiévreux.

– Imagine tout ce que tu veux, mais laisse-nous de côté, Maggie et moi. Tu vois une autre explication à part ça ?

– Euh... oui, ça dépend. Est-ce que vous lisez la Bible, Steve ?

– Ma foi, ni oui ni non. Quand je suis sur la route, il m'arrive souvent de me retrouver éveillé en pleine nuit, sans pouvoir dormir, avec juste la Bible de Gédéon à lire (1). Alors, je l'ouvre quelquefois.

(1) Il y en a un exemplaire dans la table de nuit de la plupart des hôtels et motels aux Etats-Unis. *(N.d.T.)*

— Est-ce que vous connaissez Saint Matthieu, chapitre 24, verset 24 ?

— Hein ? Pourquoi ?

Je le lui ai cité (1).

— C'est une éventualité, Steve. Ces changements de mondes peuvent être des signes envoyés par le démon lui-même afin de nous induire en erreur. D'un autre côté, ils pourraient être des présages de ce monde, de la venue du Christ dans Son royaume. La Parole dit : « Aussitôt après la tribulation de ces jours-là, le soleil s'obscurcira, la lune ne donnera plus sa lumière, les étoiles tomberont du ciel, et les puissances des cieux seront ébranlées. Et alors apparaîtra dans le ciel le signe du Fils de l'homme; et alors toutes les races de la terre se frapperont la poitrine; et l'on verra le Fils de l'homme venant sur les nuées du ciel avec puissance et grande gloire. Et il enverra ses anges avec une trompette sonore, pour rassembler ses élus des quatre vents, des extrémités des cieux à leurs extrémités (2). » Et ça correspond, Steve. Ce sont peut-être les faux signes de la tribulation avant la fin, ou bien ces prodiges annoncent la Parousie, le Second Avènement du Christ. Mais, dans un cas comme dans l'autre, nous allons vers la fin du monde. Avez-vous été baptisé ?

— Mmm... Je ne peux pas affirmer que je l'aie vraiment été. Ça remonte à bien longtemps et j'étais trop jeune pour avoir mon mot à dire. Je ne fréquente pas l'église, sauf quand mes amis se marient ou meurent. S'il m'a été donné d'être lavé à fond, je crois que je suis un petit peu poussérieux aujourd'hui. Non, je ne pense pas être baptisé.

— Je suis certain que si. Steve, la fin du monde est proche et le Christ reviendra bientôt. Votre devoir le plus urgent — le devoir de tous ! — est de porter vos maux devant Lui, d'être lavé par Son Sang, et de renaître en Lui. Car vous ne recevrez pas d'avertisse-

(1) *Il surgira, en effet, des faux Christ et des faux prophètes, qui produiront de grands signes et des prodiges, au point d'abuser, s'il était possible, même les élus.*

(2) L'Evangile selon Saint Matthieu 24 : 29 *(N.d.T.)*

ment. La Trompette sonnera et vous serez dans les bras de Jésus, heureux et sauf à jamais, ou bien vous serez jeté dans les flammes et le soufre pour souffrir l'agonie l'éternité durant. Il faut vous tenir prêt.

– Sapristi ! Alec, ça ne t'ai jamais venu à l'idée que tu pourrais devenir un prédicateur ?

– J'y ai songé.

– Tu devrais faire mieux que d'y songer. On aurait dit que tu croyais chaque parole que tu prononçais.

– Mais j'y crois.

– C'est ce que je pensais. Eh bien, je te ferai l'honneur d'y réfléchir sérieusement. Mais, j'espère qu'entre-temps ça ne sera pas l'heure du jugement dernier, parce que j'ai encore mon chargement à livrer. Hazel ! Tu nous fais la note, chérie. Il faut que je mette le paquet sur la route !

Trois steaks, cela faisait trois dollars quatre-vingt-dix, plus six bières, soit soixante cents, cela se montait à quatre dollars cinquante. Steve a sorti une pièce de cinq dollars en or, un « demi-aigle » ! Je n'en avais jamais vu que dans des collections. J'aurais bien voulu examiner celle-là de plus près mais je n'ai pas trouvé de prétexte valable.

Hazel l'a prise et l'a regardée.

– On ne voit pas souvent d'or par ici. Ça ne va pas plus loin que le dollar en argent. Et quelques billets, mais le patron n'aime pas trop ça. Tu es sûr que tu ne veux pas la garder, Steve ?

– J'ai trouvé la mine du Hollandais.

– Alors file ! Je n'ai pas envie d'être ta cinquième femme !

– Je ne pensais qu'à un petit arrangement temporaire.

– Pas question, même pour cinq dollars or.

Elle a glissé la pièce dans une poche de son tablier et posé une pièce d'un demi-dollar en argent sur la table.

– Ta monnaie, mon joli.

Steve l'a repoussée.

– Qu'est-ce que tu peux faire pour cinquante cents ?

Elle a repris la pièce.

– Je peux toujours te cracher dans l'œil, si tu veux.

Merci. Bonsoir, les amis. Heureuse de vous avoir rencontrés.

Pendant les soixante kilomètres jusqu'à Flagstaff, Steve nous a posé des questions sur les mondes que nous avions connus mais sans faire de commentaire. Il se contentait d'entretenir la conversation pour que nous continuions de parler. Il s'intéressait tout particulièrement aux descriptions que je lui faisais des aéronefs, des jets, des *aeroplanos,* mais tout ce qui avait un rapport avec la technique le fascinait. Il avait plus de mal à assimiler l'idée de télévision que les machines volantes, mais moi aussi après tout. Margrethe lui assura qu'elle aussi avait vu la télévision et ce que Margrethe avait vu, il avait du mal à ne pas le croire. Moi, on pouvait me prendre pour une espèce d'arnaqueur, mais pas Margrethe. Sa voix, tout comme son attitude, reflétait sa conviction.

Arrivé à Flagstaff, à proximité de la 66, Steve rangea son camion sur le bas-côté et laissa tourner son moteur.

— Tout le monde descend, dit-il, si vous voulez vraiment continuer vers l'est. Par contre, si vous souhaitez continuer vers le nord, vous êtes toujours les bienvenus.

— Il faut que nous allions au Kansas, Steve, lui ai-je répondu.

— Oui, je sais. Vous avez le choix pour vous y rendre, mais la 66, c'est encore le mieux... quoique je ne comprenne toujours pas comment on peut avoir envie d'aller au Kansas. L'intersection est là-bas. Gardez votre droite et marchez tout droit. Vous ne pouvez pas la rater. Et guettez les bahuts qui vont vers Santa Fe. Où est-ce que vous avez l'intention de dormir, cette nuit ?

— Nous n'avons pas d'idée. Je crois qu'on va marcher jusqu'à ce que quelqu'un nous prenne. Si nous ne réussissons pas à trouver où dormir et si nous avons sommeil, nous pourrons toujours le faire au bord de la route; il fait bon.

— Alec, écoute ton vieil oncle Dudley. Pas question que vous dormiez dans le désert cette nuit. Il fait bon maintenant, d'accord, mais vers le matin, ça va geler.

Vous ne l'avez peut-être par remarqué mais, depuis Phoenix, on n'a pas arrêté de grimper. Et si les gilas (1) ne vous chopent pas, vous aurez droit aux puces des sables. Il vaudrait mieux louer une cabane.

– Steve, je ne peux pas louer une cabane.

– Le Seigneur y pourvoira. Tu me crois, n'est-ce pas ?

– Oui, répondis-je sèchement. Je le crois. (Mais Il aide surtout ceux qui s'aident eux-mêmes.)

– Alors, que le Seigneur t'aide. Maggie, est-ce que tu es d'accord avec Alec à propos de cette histoire de fin du monde ?

– En tout cas, je ne suis certainement pas en désaccord !

– Mmouais... Alec, je vais y penser... et dès cette nuit. Je vais lire la Bible de Gédéon. Cette fois, je veux être dans le coup. Vous, vous allez suivre la 66. Cherchez des « cabanes ». Pas des « auberges » ni des « motels ». Pas question de matelas Simmons et de bain chaud... Contentez-vous d'une cabane. Si on vous demande plus de deux dollars, fichez le camp. Cherchez et vous arriverez bien à en marchander une pour un dollar.

Je n'écoutais pas vraiment parce que je sentais la colère monter en moi. Marchander ? Avec quoi ? Il savait parfaitement que nous n'avions pas un sou. Est-ce qu'il ne m'aurait pas cru par hasard ?

– Allez, je vous dis au revoir, reprit-il. Alec, tu peux ouvrir de ton côté ? Je ne veux pas sortir.

– J'y arriverai.

J'ouvris la porte, descendis, puis me souvins des bonnes manières à respecter.

– Steve, je vous remercie pour tout. Le dîner, la bière, et ce long voyage. Que le Seigneur vous ait en Sa garde.

– Merci, mais ce n'était rien, Alec. Tiens... (Il prit une carte qu'il me tendit.) C'est mon travail. En fait, l'adresse est celle de ma fille. Quand vous serez arrivés

(1) Sortes d'énormes iguanes du désert d'Arizona, du Nevada ou du Nouveau-Mexique. *(N.d.T.)*

au Kansas, envoyez-moi donc une carte pour me raconter comment ça s'est passé.

– Promis.

Je pris la carte puis tendis les mains pour aider Margrethe à descendre.

Steve l'arrêta.

– Maggie ! Tu ne vas pas donner un bisou au vieux Steve ?

– Mais bien sûr, Steve !

Elle se tourna à demi sur le siège pour lui faire face.

– Ah, j'aime mieux ça ! Alec, tu ferais bien de ne pas regarder.

Je ne me suis pas retourné et j'ai essayé de ne pas regarder, tout en ne les quittant pas du coin de l'œil. Une demi-seconde de plus, et je crois que je l'aurais arrachée de la cabine. Pourtant, je dois bien admettre que Margrethe n'avait pas besoin d'être brusquée. Elle se montrait même très coopérative et embrassait comme une femme mariée ne devrait jamais embrasser un autre homme.

Je résistai en silence.

Enfin, ils se séparèrent. J'aidai Margrethe à toucher le sol et je refermai la portière.

– Au revoir, les enfants ! lança Steve une dernière fois.

Puis son camion se mit à rouler, accéléra et lança deux grands coups de trompe.

– Alec, me dit Margrethe, tu es en colère contre moi.

– Non. Mais surpris, oui. Et même choqué. Déçu. Triste.

– Ah, tu ne vas pas me faire la tête !

– Quoi ?

– Steve nous a pris sur cinq cents kilomètres, il nous a offert un bon dîner et il n'a même pas ri quand nous lui avons raconté notre incroyable histoire. Et voilà maintenant monsieur qui se froisse, qui prend des airs parce que je l'ai embrassé assez fort pour lui montrer que j'avais apprécié tout ce qu'il avait fait pour moi *et* pour mon époux. Alors, je ne supporterai pas tes reproches, tu entends ?

– Je voulais seulement dire que...

— Assez ! Je ne veux pas écouter tes explications. Parce qu'elles ne riment à rien ! Et maintenant c'est *moi* qui suis en colère et je tiens à y rester jusqu'à ce que tu aies compris que tu te trompes du tout au tout. Alors, réfléchis !

Et, sur ce, elle se mit à marcher rapidement en direction de l'intersection de la 89 et de la 66.

Je pressai le pas pour la rattraper.

— Margrethe !

Elle ne me répondit pas et ne ralentit pas non plus.

— Margrethe ! (Elle regardait droit devant elle.) Margrethe, ma chérie ! Oui, j'ai tort. Je suis navré. Excuse-moi !

Elle se retourna brusquement, vint vers moi et passa ses bras autour de mon cou. Elle se mit à pleurer.

— Oh, Alec, je t'aime tellement. Mais quel ringard tu fais !

Je ne répondis pas tout de suite, puisque ma bouche était occupée ailleurs. Quand je le pus, je demandai :

— Je t'aime, moi aussi, mais qu'est-ce que c'est qu'un *ringard* ?

— C'est ce que tu es.

— Bien... Dans ce cas, je reste ton *ringard* mais toi tu restes avec moi. Et ne t'avise pas de t'éloigner encore...

— Non. Plus jamais.

Et nous avons terminé ce que nous avions commencé.

Après un temps, j'ai écarté mes lèvres des siennes pour murmurer :

— Nous n'avons même pas de lit à nous et jamais je n'ai eu autant envie d'un lit.

— Alec, regarde dans tes poches.

— Comment ?

— Pendant qu'il m'embrassait, Steve m'a glissé à l'oreille de te conseiller de regarder dans tes poches et de te dire : *Dieu y pourvoira.*

C'est dans la poche gauche de mon manteau que j'ai trouvé la pièce : dix dollars en or. Jamais encore je n'en avais eu une entre les mains. Elle était lourde et chaude.

## 16

*L'homme serait-il juste devant Dieu ? Serait-il pur devant celui qui l'a fait ?*

Job, 4:17

*Instruisez-moi, et je me tairai; faites-moi comprendre en quoi j'ai péché.*

Job, 6 : 24

Dans un drugstore, dans le centre de Flagstaff, j'ai échangé mon aigle d'or contre neuf pièces d'argent et quatre-vingt-quinze cents, plus une savonnette. C'était une idée de Margrethe.

– Alec, un patron de drugstore n'est pas un banquier. Changer de l'argent ne fait pas forcément partie de son métier. Nous avons besoin de savon. Il faut que nous prenions un bain et aussi que je lave mon linge et le tien... Et j'ai toutes raisons de croire que nous ne trouverons pas de savon dans le genre d'hôtel que Steve nous a conseillé.

Elle avait raison en tout point. Le patron du drugstore a haussé les sourcils en voyant une pièce d'or de dix dollars mais n'a pas fait de commentaire. Il l'a prise et l'a fait tinter sur le comptoir avant de s'emparer d'une petite bouteille d'acide dissimulée derrière la caisse enregistreuse et d'en verser quelques gouttes sur l'aigle d'or.

Moi non plus, je n'ai fait aucun commentaire. Sans mot dire, il m'a ensuite compté neuf pièces d'un dollar argent, une d'un demi-dollar, une pièce de vingt-cinq cents et une de dix. Je ne les ai pas immédiatement empochées. Impassible, je les ai soumises l'une après l'autre au test du comptoir en les faisant longuement tinter. Puis, cela fait, je lui ai rendu une pièce d'un dollar.

Il est resté silencieux. Il avait entendu comme moi le son mat de la pièce. Il a affiché le remboursement sur sa caisse enregistreuse, puis a poussé une autre pièce d'un dollar dans ma direction. Celle-là tintait comme une clochette de cristal. Quant à la pièce fausse, il l'a glissée quelque part tout au fond du tiroir-caisse avant de me tourner le dos.

Aux limites de la ville, à mi-chemin de Winona, nous avons trouvé un endroit assez minable pour nos disponibilités. C'est Margrethe qui a marchandé, en espagnol. Notre hôte demandait cinq dollars. Marga en appela à la Vierge Marie et à trois saints pour être témoins du malheur qui s'abattait sur elle. Puis elle fit une contre-offre de cinq pesos.

Là, je ne comprenais pas sa manœuvre, étant donné qu'elle n'avait pas le moindre peso sur elle. A moins qu'elle n'eût l'intention de monnayer ces précieux « pesos royaux » que j'avais encore sur moi ?

Mais je ne suis pas arrivé à savoir, car le propriétaire proposa trois dollars, dernier prix, *Señora, Dieu m'en est témoin.*

Ils se mirent finalement d'accord pour un dollar et demi, et Marga réussit à louer des draps propres et une couverture pour cinquante cents de plus. Elle régla le tout avec deux dollars argent mais exigea des oreillers et des housses d'oreillers propres pour sceller le marché. Elle les obtint mais le *patrón* insista pour un petit quelque chose de symbolique, rien que pour conjurer le mauvais sort. Marga ajouta une pièce de dix cents et il s'inclina alors devant elle en lui assurant que, désormais, cette demeure lui appartenait.

A sept heures, le lendemain matin, nous étions en route.

Reposés, propres, heureux et affamés. Une demi-heure plus tard, nous étions à Winona et nous mourions de faim.

Nous nous sommes arrêtés dans un petit lunchroom

routier. Des cakes : dix cents. Du café : cinq cents. La deuxième tasse était gratuite, de même que le beurre et le sirop d'érable.

Margrethe n'a pas pu finir ses cakes – il y en avait trop – et j'ai dû terminer à sa place.

Sur le mur, un panneau annonçait :

*Réglez quand vous êtes servis – pas de pourboire – êtes-vous prêts pour le jour du Jugement ?*

Le serveur-cuisinier (qui était également le propriétaire selon moi) avait un numéro du *Tour de garde* à portée de la main. Je lui ai demandé :

– Frère, as-tu les dernières nouvelles du jour du Jugement ?

– Ne plaisantez pas à ce sujet. Dans le puits, l'éternité sera longue.

– Mais je ne plaisantais pas. Par les signes et présages que j'ai observés, je crois que nous sommes dans la période de sept années que prophétise le chapitre onze de l'Apocalypse, versets deux et trois. Mais je ne sais pas jusqu'à quel point nous y sommes entrés.

– Nous sommes déjà dans la seconde moitié, m'a-t-il répondu. Les deux témoins sont désormais prophètes et l'antéchrist est en liberté sur la terre. Etes-vous en état de grâce ? Sinon, vous feriez bien de vous hâter.

– Et toi aussi, apprête-toi, car avant même l'heure que tu penses, le Fils de l'Homme viendra.

– Tu ferais bien d'y croire !

– Mais j'y crois. Et merci pour ce délicieux breakfast.

– Y a pas de quoi. Et que le Seigneur veille sur toi.

– Merci. Qu'Il te bénisse et t'aie en Sa garde.

Marga et moi sommes sortis. Et nous avons repris notre chemin vers l'est.

– Comment vas-tu, ma douce ?

– J'ai bien mangé et je suis en forme.

– Moi aussi. Et je suis heureux à cause de quelque chose que tu as fait la nuit dernière.

– Moi aussi. Mais tu y réussis toujours, mon chéri.

– Oui, bien sûr, il y a ça... Moi aussi je suis heureux

avec toi. A chaque fois. Mais je pensais à quelque chose que tu avais dit plus tôt. Quand Steve t'a demandé si tu étais d'accord avec moi à propos du Jugement et que tu lui as répondu que tu l'étais. Marga, je ne puis te dire à quel point j'ai été inquiet que tu n'aies pas décidé de revenir dans le sein de Jésus. Le jour du Jugement approche et nous ne pouvons en connaître l'heure. Oui, vraiment, je suis inquiet. Pourtant, apparemment, tu sais trouver ton chemin vers la Lumière, mais tu as décidé de ne pas en discuter avec moi.

Nous avons fait encore vingt pas peut-être sans que Margrethe prononce un mot. Puis, enfin, elle a déclaré d'un ton calme :

– Mon amour, j'aimerais apaiser ton esprit. Si je le pouvais. Mais ce n'est pas en mon pouvoir.

– Vraiment ? Je ne comprends pas. Peux-tu m'expliquer ?

– Je n'ai pas dit à Steve que j'étais d'accord avec toi. Mais seulement que je n'étais pas en désaccord.

– C'est la même chose !

– Non, chéri. Une chose que je n'ai pas dite à Steve mais que j'aurais dû lui dire par honnêteté est que je ne suis *jamais* publiquement en désaccord avec mon époux à propos de quoi que ce soit. Je suis prête à discuter de n'importe quel litige en privé avec toi. Mais je ne l'aurais pas accepté devant Steve. Pas plus que devant n'importe qui.

J'ai ruminé un instant là-dessus. Plusieurs commentaires me sont venus en tête que je n'ai pas exprimés. Puis j'ai dit enfin :

– Merci, Margrethe.

– Mon bien-aimé, je fais cela autant pour ma dignité que pour la tienne. Toute ma vie, j'ai détesté le spectacle de ces maris et de ces femmes qui se querellent en public, qui se chamaillent pour rien. Si tu me dis que le soleil est recouvert de petits chiens verts, je ne te contredirai jamais en public.

– Mais c'est vrai, pourtant !

– Pardon ?

Elle s'était interrompue avec une expression de surprise.

— Mon Dieu, Marga... Quel que soit le problème, tu arrives toujours à trouver une réponse aimable. Si jamais je vois des petits chiens verts sur la lune, je me souviendrai d'en discuter avec toi en privé, plutôt que de t'affronter en public. Je t'aime. J'ai pris trop à cœur ce que tu as dit à Steve parce que je suis vraiment inquiet.

Elle a pris ma main et nous avons encore fait quelques pas sans parler.

— Alec?

— Oui, mon amour?

— Je ne voulais pas te fâcher. Si je me trompe et si tu dois aller au paradis chrétien, je veux y aller avec toi. Et si cela implique que je dois retrouver ma foi en Jésus — et il semble bien que ce soit le cas — je suis prête. J'essaierai. Mais je ne peux rien te promettre, puisque la foi n'est pas une simple question de volonté. Mais j'essaierai.

Je me suis arrêté pour l'embrasser, au grand amusement des passagers d'un bus qui nous doublait.

— Chérie, il y a tant d'autres choses que je ne puis te demander. Prierons-nous ensemble?

— Alec, j'aimerais mieux pas. Laisse-moi prier seule — je le ferai! Quand le moment sera venu de prier ensemble, je te le dirai.

Peu après, nous avons été pris par un couple de *rancheros* qui nous ont conduits jusqu'à Winslow. Ils nous y ont laissés sans nous poser la moindre question et sans que nous leur ayons rien dit, ce qui est en soi une sorte de record dans le monde de l'auto-stop.

Winslow est une ville bien plus importante que Winona. Plutôt peuplée, pour une agglomération du désert : sept mille habitants d'après mes estimations. Et c'est là que nous avons trouvé l'occasion de faire ce que Steve nous avait indirectement suggéré et dont nous avions parlé la nuit d'avant.

Steve ne s'était pas trompé : nous n'étions vraiment pas habillés pour le désert. Bien sûr, nous n'avions pas eu le choix, puisque nous avions été pris par un autre changement de monde. Mais je n'avais vu personne en costume de ville jusqu'à présent. Et encore moins une femme de type anglo-saxon en tenue de ville. Les femmes indiennes aussi bien que les Mexicaines portaient des jupes, mais les Anglo-Saxonnes avaient des shorts ou des pantalons, je veux dire des jeans, des pantalons de velours, des culottes de cheval, etc. Les jupes étaient rares, les robes absentes. De même que les tailleurs.

De plus, les vêtements que nous portions ne convenaient pas ici, même en ville. Ils paraissaient aussi incongrus que des fanfreluches des années trente. Ne me demandez pas pourquoi, car je n'ai rien d'un spécialiste de la mode, surtout en ce qui concerne les femmes. Le costume que je portais avait été très élégant lorsqu'il avait été porté par mon *patrón, Don* Jaime à Mazatlan, dans un autre monde... Mais, sur moi, en plein désert d'Arizona, dans ce monde-ci, il me donnait l'apparence d'un véritable clochard.

Par bonheur, à Winslow, nous avons trouvé exactement la boutique qu'il nous fallait : *Deuxième Chance : des affaires, rien que des affaires — ni chèques ni crédit, ni reprise — tous nos vêtements ont été stérilisés pour la vente.*

La même chose était répétée au-dessus en espagnol.

Une heure plus tard, après avoir fouillé dans l'ensemble de leur stock et laissé Margrethe marchander pendant un siècle, nous nous sommes retrouvés correctement vêtus pour le désert. J'avais un pantalon kaki, une chemise assortie et un chapeau de paille de style vaguement western. Margrethe était plus court vêtue : un short très court et collant — assez indécent — et un corsage qui était un peu moins qu'un corsage, tout en n'étant pas exactement un soutien-gorge. On appelait ça un « maillot ».

En la voyant, je me suis penché vers elle pour lui murmurer :

— Je t'interdis de te montrer en public dans cette tenue indécente.

— Chéri, il fait chaud. Et tu joues déjà au ringard, alors que nous ne sommes qu'au début de la journée.

— Je ne plaisante pas, tu sais. Je t'interdis absolument de te promener comme ça.

– Alec... Je ne me souviens pas de t'avoir demandé la permission.

– Tu me provoques ?

Elle a soupiré.

– Peut-être. Mais je ne le veux pas. Est-ce que tu as ton rasoir ?

– Tu le sais bien. Tu m'as vu !

– J'ai tes chaussettes et ton caleçon. Est-ce que tu as besoin d'autre chose ?

– Non, Margrethe. Et cesse de changer de conversation !

– Chéri, je t'ai déjà dit que je ne tenais pas à me quereller avec toi en public. La tenue que je viens d'acheter a une jupe portefeuille. Je m'apprêtais à la mettre. Alors, laisse-moi faire et règle la facture. Ensuite, nous sortirons et nous pourrons parler seul à seul...

Furibond, j'ai quand même fait ce qu'elle me disait. Mais force m'est de reconnaître qu'en sortant de la boutique, nous avions plus d'argent qu'en y entrant. Par quel miracle ?

Ce costume que j'avais hérité de mon *patrón, Don* Jaime, et qui m'avait paru si ridicule quand je le portais, était parfait sur le propriétaire de la boutique. En fait, il *ressemblait à Don* Jaime. Et il avait accepté de faire l'échange avec ce que je portais à présent : chemise et pantalon kaki, et chapeau de paille.

Mais Margrethe en voulait plus. Elle a demandé cinq dollars et elle en a eu deux finalement.

Lorsqu'elle a enfin réglé la note, je me suis rendu compte qu'elle avait usé de la même magie pour se débarrasser de ce tailleur dont elle n'avait plus besoin. Nous étions entrés dans la boutique avec sept dollars cinquante-cinq et nous en étions sortis avec huit dollars quatre-vingts, vêtus pour le désert, plus un peigne (pour deux), une brosse à dents (pour deux également), un sac tyrolien, un rasoir, du linge de corps et des chaussettes. Le tout était d'occasion mais parfaitement stérilisé.

Je n'ai rien d'un tacticien, surtout avec les femmes. Nous étions de nouveau sur l'autoroute et nous pouvions parler tranquillement. J'attendais que Margrethe commence, sans avoir conscience que j'avais d'ores et déjà perdu.

Sans ralentir le pas, elle m'a demandé :

– Eh bien, chéri ? Tu voulais que nous discutions de quelque chose ?

– Eh bien... Oui, je reconnais qu'avec cette jupe, ta tenue est plus correcte. Enfin, à peine... Mais il n'est pas question que tu te montres en public avec ce short. Est-ce bien compris ?

– J'avais l'intention de porter seulement le short. Si le temps le permet. Et c'est le cas, Alec.

– Mais, Margrethe, je t'ai dit que je ne voulais pas ! (Elle défaisait sa jupe et s'apprêtait à l'ôter.) D'accord, tu me défies ?

Elle la plia soigneusement avant de me répondre.

– Puis-je la mettre dans le sac ? S'il te plaît ?

– Tu me désobéis délibérément !

– Mais, Alec, je n'ai pas à t'obéir, pas plus que tu n'as à m'obéir !

– Mais... Ecoute, chérie, sois raisonnable. Tu sais très bien que je ne te donne jamais d'ordres. Mais une épouse doit quand même obéir à son mari. Et n'es-tu pas ma femme ?

– C'est ce que tu m'as dit. Et je le reste jusqu'à ce que tu me dises le contraire.

– Alors, c'est ton devoir de m'obéir.

– Non, Alec.

– Mais c'est le premier devoir d'une épouse !

– Je ne suis pas d'accord.

– Mais... Mais c'est dément ! Est-ce que tu veux me quitter ?

– Non. Seulement si tu décides que nous divorçons.

– Je ne crois pas au divorce. Ce n'est pas bien. Cela va à l'encontre des Ecritures.

Elle n'a pas répondu, cette fois.

– Margrethe... Je t'en prie : remets ta jupe !

– Tu as presque failli me convaincre, chéri, a-t-elle dit doucement. Peux-tu m'expliquer pourquoi ?

– Pourquoi ? Parce que ce short, tout seul, est absolument indécent !

– Je ne vois nulle part qu'un vêtement puisse être

indécent, Alec. Une personne, oui. En ce cas, veux-tu dire que c'est moi qui suis indécente ?

— Ecoute... tu déformes mes paroles. Quand tu portes ce short — sans la jupe, et en public — tu exposes tellement de ta personne que cela en devient indécent. Regarde, en cet instant même; là, au nord de cette autoroute, on voit tes bras et tes jambes. Les gens qui passent en voiture te voient comme ça. Je les ai vus te regarder !

— Parfait. J'espère que le spectacle leur est agréable !

— *Comment ?*

— Tu me dis toujours que je suis jolie. Mais il est possible que tu te trompes. J'espère que je suis aussi jolie pour les autres.

— Margrethe, sois sérieuse. Nous parlons ici de nos corps et de nos membres à nu. Complètement à nu.

— Tu me dis que mes jambes sont nues. Oui, bien sûr. C'est comme ça que je les préfère quand il fait chaud. Mais pourquoi froncer les sourcils, chéri ? Mes jambes sont-elles laides à ce point ?

*(Ah ! beauté à nulle autre pareille !)*

— Mais tes jambes sont superbes, mon amour. Je te l'ai dit tant de fois. Mais je n'ai nullement l'intention de partager ta beauté avec tous les autres.

— Je ne vois pas en quoi le fait de partager la beauté la diminuerait. Mais revenons à notre sujet, Alec : tu me disais que mes jambes étaient indécentes. Est-ce que tu peux m'expliquer pourquoi ? Je ne crois pas...

— Voyons, Margrethe... la nudité est indécente par nature. Elle suscite des pensées luxurieuses.

— Vraiment ? Est-ce que tu as une érection en regardant mes jambes ?

— *Margrethe !*

— Alec, tu es vraiment un ringard ! Et tu vas t'arrêter ! Je te pose une question très simple !

— Mais inconvenante.

Elle a soupiré.

— Alec, je ne vois pas en quoi une question peut être inconvenante entre mari et femme. En quoi mes jambes sont-elles indécentes ? En quoi la nudité est-elle indécente ? Je me suis montrée nue devant des centaines de gens...

— Margrethe !

Elle a eu l'air surprise.

— Mais tu le savais !

— Non, je ne le savais pas et je suis particulièrement choqué de te l'entendre dire !

— Vraiment, chéri ? Mais tu sais que je nage bien.

— Quel rapport ? Moi aussi, je sais nager, et bien. Mais je ne nage pas tout nu pour autant. J'ai un maillot de bain.

(Pourtant, j'avais un souvenir encore très vivace de la piscine du *Konge Knut*. Oui, ma chérie s'y était baignée toute nue. J'étais bel et bien coincé.)

— Oh... chéri, oui. J'ai vu ces maillots à Mazatlan. Et en Espagne auparavant. Mais tu sais, nous sommes à nouveau des naufragés. Il y a des problèmes plus graves que celui de savoir si je dois avoir les jambes nues, si c'est indécent, si je dois me laisser embrasser par tous les Steve que nous rencontrons, ou même si je dois t'obéir au doigt et à l'œil... Tu veux faire de moi ce que je ne suis pas. J'aimerais être ta femme pendant des années, toute ma vie peut-être... et j'espère partager le Paradis avec toi, si tu dois aller au Paradis. Mais, chéri, je ne suis plus une enfant. Et je ne suis pas ton esclave. Je t'aime, d'accord, et j'ai envie de te plaire. Mais je n'obéirai pas à tes ordres parce que je suis ta femme.

Je pourrais vous raconter que ma réplique aussi brillante que véhémente l'a clouée sur place. Oui, mais ce serait mentir effrontément. J'essayais encore de trouver une réplique quand une voiture a ralenti après nous avoir dépassés. J'ai entendu un sifflement, puis la voiture s'est arrêtée avant de reculer jusqu'à notre hauteur.

— Vous voulez monter ?

— Oui ! a lancé Margrethe en se précipitant. Evidemment, je n'ai pu que la suivre.

C'était un break. Une femme était au volant et l'homme qui était à côté d'elle s'est penché pour ouvrir la portière arrière.

— Installez-vous !

Ils avaient tous deux à peu près mon âge.

J'ai laissé passer Margrethe avant de m'installer à mon tour.

— Vous avez assez de place? a demandé l'homme. Sinon, vous pouvez jeter tout ce bazar par terre. On ne s'assoit jamais sur le siège arrière, alors il est plutôt encombré de tas de trucs, généralement. On s'appelle Clyde et Bessie Bulkey.

— Bessie, pas Bonnie, a dit la femme.

— Vous devriez rire, c'est drôle, a ajouté l'homme.

Il était du genre costaud, et même gras. Il avait dû être un athlète au collège et s'était laissé aller après. Quant à sa femme, elle avait quelques rembourrages en trop.

— Enchantés, ai-je dit. Nous, c'est Alec et Margrethe Graham. Je vous remercie de nous avoir pris.

— Ne soyez pas si cérémonieux, Alec, a dit Bessie. Et vous allez jusqu'où ?

— Bessie, je t'en prie, regarde la route !

— Clyde, mon cher, si tu n'aimes pas la façon dont je conduis ce tas de boue, je veux bien te laisser le cerceau.

— Non, non, tu te débrouilles très bien !

— Alors ferme-la ou je demande le divorce pour cruauté mentale. Vu ?

— Nous allons au Kansas, ai-je risqué.

— Houla ! Nous, on va pas aussi loin ! A Chambers, on se dirige vers le nord. C'est pas loin. Disons un peu plus de cent cinquante ? Mais vous êtes les bienvenus à bord. Qu'est-ce que vous allez faire au Kansas ?

(Oui, qu'allais-je faire au Kansas ? Ouvrir un salon de thé et vendre des sorbets ? Ramener ma chère femme dans le troupeau pour l'heure du jugement dernier ?)

— Je vais aller faire la vaisselle.

— Mon mari est trop modeste, a dit tranquillement Margrethe. En fait, nous allons ouvrir un petit bar-restaurant dans une petite ville universitaire. Mais, en attendant, il se peut que nous ayons à faire la vaisselle. Ou n'importe quel autre job.

Je leur ai expliqué alors ce qui nous était arrivé, avec

toutefois quelques variations et omissions pour éviter qu'ils ne nous croient pas.

– Et le restaurant a été anéanti, nos amis mexicains sont tous morts, et nous avons perdu tout ce que nous avions. Si je parle de vaisselle, c'est parce que c'est l'emploi le plus facile à trouver, en général. Mais je peux accepter n'importe quoi.

Clyde déclara :

– Alec, avec ce genre d'idées, je suis sûr que vous serez remis sur les rails en un rien de temps.

– Nous avons perdu un peu d'argent, c'est tout. Mais nous ne sommes pas trop vieux pour tout recommencer.

(Doux Seigneur, retarderas-Tu le Jour de Ton jugement pour que j'y parvienne ? Que Ta volonté soit faite. Amen.)

Margrethe m'a tendu la main et je l'ai serrée. Clyde l'a remarqué car il s'était légèrement tourné sur son siège de manière à nous voir en même temps que sa femme.

– Vous y arriverez, a-t-il dit. Avec votre femme pour vous soutenir, vous y arriverez.

– Je le crois. Merci.

Je savais pourquoi il s'était tourné comme ça : pour pouvoir regarder Margrethe. J'avais envie de lui dire de ne pas trop la manger des yeux mais, vu les circonstances, je ne pouvais pas me le permettre. De plus, il était évident que M. et Mme Bulkey n'étaient nullement choqués par la tenue de ma bien-aimée. Mme Bulkey était habillée de la même manière. Elle en portait même moins. C'est-à-dire qu'on voyait encore plus de peau nue. Si elle n'avait pas la divine beauté de Margrethe, je dois toutefois reconnaître qu'elle était plutôt attirante.

En traversant le Painted Desert, nous nous sommes arrêtés pour contempler le paysage qui était vraiment d'une beauté incroyable. Je l'avais déjà vu mais, pour Margrethe, c'était une découverte, et elle resta sans voix. Clyde me dit qu'ils s'arrêtaient toujours là et qu'ils ne s'en lassaient pas, même s'ils avaient contemplé ce panorama des centaines de fois.

Rectification : j'avais déjà vu le Painted Desert... mais dans un autre monde. Ce que je voyais confirmait ce que j'avais pensé : ce n'était pas Notre Mère la Terre qui subissait ces changements frénétiques, mais l'homme et ses œuvres – et encore de façon très partielle. La seule explication possible pouvait conduire à la paranoïa. Dans ce cas, je devais prendre soin de Margrethe et ne pas capituler.

Clyde nous acheta des hot-dogs et des boissons fraîches et refusa que je participe. Quand nous sommes remontés en voiture, c'est lui qui s'est mis au volant et il a proposé à Margrethe de passer devant à côté de lui. Cela ne m'a pas plu, mais je n'ai pu émettre la moindre protestation puisque Bessie a dit aussitôt :

– Pauvre Alec ! Le voilà avec la vieille. Ne t'en fais pas, mon chou : on n'est plus qu'à quarante kilomètres de la bifurcation de Chambers... Vingt-trois minutes exactement, vu la façon dont Clyde conduit.

Cette fois-ci, Clyde mit trente minutes. Mais il attendit qu'une voiture nous prenne pour gagner Gallup.

Nous avons atteint Gallup avant la nuit. Nous avions encore l'honorable somme de huit dollars quatre-vingts en poche, mais c'était néanmoins le moment de se mettre en quête d'assiettes sales. A Gallup, il y a autant de motels et de gîtes-étapes que d'Indiens et presque la moitié possèdent une sorte de restaurant. J'en ai visité treize avant d'en trouver un qui eût besoin d'un plongeur.

Quatorze jours plus tard, nous nous sommes retrouvés à Oklahoma City. Vous trouvez que nous avons mis plutôt longtemps, et vous ne vous trompez pas. Ça fait exactement moins de quatre-vingts kilomètres par jour. Mais pas mal de choses étaient advenues et je me sentais absolument paranoïde. Les changements de mondes se succédaient, comme calculés pour me causer un maximum d'ennuis.

Vous avez déjà vraiment observé un chat jouer avec une souris ? La souris n'a pas la moindre chance. Jamais. Même s'il n'a pas plus de cervelle que celle que le Bon Dieu a donné aux souris, le chat *sait*. Mais pourtant, la souris essaie toujours. Elle tente sa chance... et, constamment, le chat la ramène d'un coup de patte.

La souris, en l'occurrence, c'était moi.

En fait, nous étions deux souris, puisqu'il y avait Margrethe... et c'était uniquement à cause d'elle que je poursuivais le jeu. Elle ne se plaignait pas et ne cherchait pas à abandonner. Donc, moi non plus.

Exemple : je m'étais aperçu que, si le papier monnaie n'avait plus la moindre valeur après un changement de monde, l'or et l'argent restaient plus ou moins négociables, sinon en pièces, du moins comme métal. Je m'étais donc habitué à me précipiter sur la vraie monnaie et je refusais autant que possible le papier.

Alec, tu deviens malin.

Trois jours après notre arrivée à Gallup, Marga et moi nous nous sommes offert une petite sieste dans une chambre entièrement payée par la vaisselle (mon rayon) et le ménage (celui de Margrethe). Nous n'étions pas venus avec l'intention réelle de dormir mais simplement de nous reposer un peu avant le repas. La journée avait été longue et exténuante. Nous nous sommes allongés sur le dessus-de-lit.

J'étais à peine en train de me détendre quand j'ai pris conscience que quelque chose de dur m'appuyait sur la colonne vertébrale. Je réussis à reprendre suffisamment mes esprits pour comprendre que les dollars d'argent que nous avions patiemment accumulés étaient tombés de ma poche lorsque je m'étais retourné. J'ai donc ôté mon bras qui soutenait la tête de Margrethe, récupéré les dollars et je les ai patiemment recomptés avant d'y ajouter la menue monnaie que j'avais et de déposer le tout sur la table de chevet, à une vingtaine de centimètres de ma tête. Ensuite, j'ai repris la position horizontale, j'ai glissé à nouveau un bras sous la nuque de Marga et j'ai sombré illico dans le sommeil.

Quand je me suis réveillé, il faisait très noir.

Margrethe ronflait doucement au creux de mon bras. Je me suis complètement éveillé et je l'ai secouée gentiment en murmurant :

– Chérie, réveille-toi.

– Com... comment ?

— Il est tard. On dirait que nous avons manqué le dîner.

Elle a retrouvé très vite ses esprits.

— Tu peux allumer la lampe de chevet ?

J'ai tâtonné et j'ai presque failli tomber du lit.

— Bon sang ! Je n'arrive pas à trouver cette satanée lampe. On se croirait au fond d'une mine. Attends une seconde... Je vais aller allumer le lustre.

Je me suis aventuré précautionneusement hors du lit. J'ai essayé de me diriger vers la porte, j'ai trébuché sur une chaise, puis j'ai tendu la main, trouvé enfin la poignée et un interrupteur. La lumière au-dessus du lit s'est allumée.

Durant un long, très long moment d'abattement, ni l'un ni l'autre n'avons dit un mot. Puis ma première remarque, aussi inepte qu'inutile, a été :

— Ils ont recommencé.

La chambre avait toutes les caractéristiques anonymes de n'importe quelle chambre de motel bon marché. Pourtant, par de nombreux détails, elle différait de celle où nous nous étions endormis.

Et nos dollars si précieusement économisés s'étaient envolés.

A part nos vêtements, il ne restait rien. Sac, chaussettes, sous-vêtements de rechange, peignes, rasoir... Il ne restait plus rien.

— Eh bien, Marga, que faisons-nous maintenant ?

— Ce que décidera Monsieur !

— Mmouais... Je crois que plus personne ne me connaîtra à la cuisine. Mais ils me laisseront quand même peut-être laver la vaisselle.

— Il se pourrait aussi qu'ils aient besoin d'une serveuse.

La porte était munie d'un crochet et je n'avais pas de clé : je l'ai donc laissée entrebâillée d'un ou deux centimètres. Elle ouvrait directement sur une cour-parking. Dans le coin, au-dessus du bureau, un écriteau lumineux indiquait RÉCEPTION. Rien que de très normal, si ce n'est que cela ne correspondait absolument pas au motel où nous avions travaillé jusqu'alors. Auparavant, le bureau du directeur était situé sur le devant du bâtiment principal, tout le reste étant dévolu à la partie bar.

Une chose était certaine : nous avions manqué le dîner.

Et le breakfast. Il n'y avait pas trace de bar dans ce motel.

— Eh bien, Marga ?

— Le Kansas, c'est de quel côté ?

— Par là, à mon avis... Mais nous avons deux options. Nous pouvons retourner dans notre chambre, nous remettre bien gentiment au lit et attendre le jour en dormant. Ou bien nous pouvons essayer de faire du stop sur l'autoroute. En pleine nuit.

— Alec, je ne vois qu'un seul choix possible. Si nous retournons dans la chambre et si nous nous mettons au lit, nous aurons encore plus faim en nous réveillant, et nous ne nous sentirons pas mieux. Et ce sera peut-être pire pour nous si on nous prend dans une chambre que nous n'avons même pas payée...

— Eh, mais j'ai lavé une tonne de vaisselle !

— Non, pas ici, Alec. Et ils sont capables d'appeler la police.

Alors, nous nous sommes mis en marche.

C'était typique des persécutions dont nous avions souffert en tentant de gagner le Kansas. Oui, je dis bien « persécutions ». Si la paranoïa se définit comme une tendance à croire que le monde qui vous entoure conspire contre vous, alors j'étais bel et bien devenu paranoïaque. Mais ou il s'agissait d'une paranoïa « saine » (pardonnez-moi cet irlandisme osé) ou je souffrais d'hallucinations tellement énormes qu'il valait mieux m'enfermer pour me soigner.

Peut-être. Mais si la deuxième solution était la bonne, Margrethe faisait partie de mes hallucinations, et c'était une réponse que je ne pouvais admettre. Impossible que nous fussions victimes d'une *folie à deux* (1); quel que soit l'univers, Margrethe ne pouvait être que saine d'esprit.

(1) En français dans le texte. *(N.d.T.)*

Nous avons atteint la mi-journée avant de trouver quelque chose à manger. Je commençais à voir des fantômes là où un homme normal n'aurait vu que des tourbillons de poussière. J'avais la tête comme une courge et le soleil du Nouveau-Mexique n'améliorait en rien mon état.

Un camion qui transportait des maçons s'arrêta et nous prit jusqu'à Grants. Tous les gars se cotisèrent pour nous payer à déjeuner avant de nous quitter. Il se peut que je sois cliniquement fou mais absolument pas stupide : ce passage jusqu'à Grants et ce repas, nous ne les avons gagnés que grâce au short indécent de Margrethe qui attirait les regards de tous les hommes. Ce qui me donna à réfléchir tandis que je profitais (mais oui, avec plaisir !) de ce déjeuner. Quoi qu'il en soit, je gardai mes réflexions pour moi.

Quand nous nous sommes retrouvés seuls, j'ai demandé :

– A l'est ?

– Oui, m'sieur. Mais, tout d'abord, j'aimerais jeter un coup d'œil à la bibliothèque publique. S'il en existe une.

– Oh oui, sûrement !

Dans le monde de notre ami Steve, l'absence totale de modes de transports aériens m'avait conduit à soupçonner que le monde de Steve pouvait être celui dans lequel Margrethe était née (et donc celui d'« Alec Graham » tout aussi bien). Arrivés à Gallup, nous avions exploré la bibliothèque publique : c'est-à-dire que j'avais consulté l'histoire de l'Amérique dans une encyclopédie pendant que Marga se chargeait du Danemark. Il nous avait fallu cinq minutes environ pour déterminer que le monde de Steve n'était pas celui de Marga. J'avais découvert que Bryan, élu en 1896, était mort pendant son mandat et qu'il avait été remplacé par le vice-président, Arthur Sewall. C'était tout ce que j'avais besoin de savoir. Ensuite, suivait une liste de présidents et de guerres dont jamais je n'avais entendu parler.

Margrethe avait fini ses investigations, le nez retroussé par l'indignation. Quand nous nous sommes retrouvés à l'extérieur, sans être obligés de murmurer, je lui ai demandé ce qui la chiffonnait :

— Ce n'est pas ton monde, ma chérie. J'en ai la certitude.

— Non, certainement pas !

— Mais nous n'avons que des données négatives. Il y a certainement des mondes où l'aéronautique n'existe pas.

— Je suis heureuse que ce ne soit pas mon monde ! Alec, ici, *le Danemark fait partie de la Suède* ! N'est-ce pas affreux ?

En toute sincérité, je ne comprenais pas son désarroi. Tous les pays scandinaves se ressemblent... du moins pour moi.

— Je suis désolé, chérie. Je ne suis pas vraiment au fait de ces problèmes.

(Je n'étais allé à Stockholm qu'une fois. La ville m'avait beaucoup plu. Mais le moment ne me semblait pas tellement bien choisi pour le dire.)

— Et ce livre idiot dit que Stockholm est la capitale, et que le roi est Carl XVI. Mais, Alec, il n'est même pas de lignée royale ! Comment peut-il être *mon roi* ?

— Mais voyons, chérie, ce n'est pas ton roi. Ce n'est pas ton monde.

— Je sais... Alec ? Si jamais nous devons nous installer ici — et si ce monde ne change pas une fois encore — est-ce que je pourrais me faire naturaliser ?

— Eh bien... je pense que oui.

Elle soupira :

— Je ne veux pas être suédoise.

Je n'ajoutai rien. Il y avait certaines choses contre lesquelles je ne pouvais rien.

Et donc, à Grants, nous nous sommes rendus à la bibliothèque publique pour voir quels avaient été les derniers changements de ce monde. Puisque nous n'avions pas aperçu d'*aeroplanos* ni de dirigeables, il était possible, une fois encore, que ce fût le monde de Margrethe. Cette fois-ci, en consultant la rubrique « aéronautique » en premier, je n'ai pas trouvé mention de dirigeables mais de machines volantes... inventées au Brésil par un certain docteur Alberto Santos-Dumont, au début du siècle. Et le nom de cet inventeur m'a laissé complètement stupéfait : dans le monde qui avait été le mien, il avait été un pionnier du ballon dirigeable, mais en second, après le Comte Von Zeppelin. Apparemment, les « aérodynes » du docteur étaient très primitifs comparés aux jets et même aux *aeroplanos*. En fait, ils faisaient davantage figure de curiosités que de véhicules aériens. J'ai tourné la page pour me porter vers l'histoire américaine et, avant tout, sur la carrière de William Jennings Bryan.

Je n'ai rien trouvé. Bon, après tout, ce n'était pas mon monde.

Mais Marga, elle, était rayonnante. Elle n'a pas pu attendre que nous soyons sortis de la zone de silence de la bibliothèque pour m'expliquer :

– Ici, la Scandinavie ne forme qu'un seul grand pays... et Copenhague en est la capitale !

– C'est très bien !

– Le prince Frederik, le fils de la reine Margrethe, a été couronné. C'est le roi Erik Gustave. C'est certainement pour plaire à tous les étrangers. Mais il appartient à la famille royale de Danemark, et il est danois dans le sang. C'est vraiment ce qu'il fallait !

J'ai essayé de lui montrer que je m'en réjouissais, moi aussi. Nous n'avions pas un cent, nous ne savions pas où dormir cette nuit, mais elle était heureuse comme une enfant au soir de Noël... tout cela à cause d'un détail qui m'échappait complètement.

En deux autres coups de voiture nous nous sommes retrouvés à Albuquerque, et j'ai décidé qu'il était plus prudent d'y demeurer quelque temps. C'est une grande ville. Même si nous devions encore une fois nous en remettre à l'Armée du Salut. Mais j'ai très vite trouvé une place de plongeur dans le restaurant de l'Holiday Inn et Margrethe s'est fait engager comme serveuse.

Il n'y avait pas deux heures que je m'activais dans l'arrière-cuisine quand elle est arrivée et a glissé quelque chose dans ma poche, alors que j'étais penché sur l'évier, en me murmurant :

– Un cadeau pour toi, chéri !

Je me suis retourné.

– Hello, ma jolie !

J'ai regardé ce qu'elle avait mis dans ma poche : un rasoir de voyage, avec poignée démontable, qui se rangeait avec l'ensemble et les lames dans une petite pochette encore plus petite qu'un missel.

– Tu as volé ça où ?

– Je ne l'ai pas volé. Pas vraiment. C'est une espèce de pourboire. Ça vient de la boutique-cadeaux. Mon chéri, j'aimerais que tu te rases quand tu auras une pause.

– Je vais te dire une chose, ma douce. Toi, on t'engage pour ta jolie petite mine. Moi, parce que je suis costaud, que je suis bête et docile. Tout le monde se fiche de ma gueule.

– Pas moi, chéri.

– Tu sais que je fais tes quatre volontés ? Maintenant, sors d'ici. Tu ralentis ma production.

Cette même nuit, Margrethe m'a expliqué pourquoi elle m'avait acheté ce rasoir.

– Mon chéri, ce n'est pas seulement parce que je veux que tu aies la peau douce – quoique ce soit vrai ! Ce Loki n'en finit pas de nous jouer des tours et il faut que nous trouvions des moyens de survivre, tu le sais. Tu prétends toujours que tout le monde se fiche de l'apparence d'un plongeur, mais moi je te dis qu'il doit avoir l'air propre et net... Et même pour n'importe quel emploi, ça ne peut pas faire de mal... Mais il y a une autre raison : avec tous ces changements, tu t'es laissé pousser les favoris au moins cinq fois. Et tu n'as pas touché à tes cheveux durant ces trois derniers mois. Mon amour, quand tu es bien rasé, tu as l'air en pleine forme, et surtout plus heureux. Et moi aussi, je suis plus heureuse !

Margrethe me confectionna une sorte de ceinture porte-monnaie : en fait une poche montée sur du tissu adhésif. Elle voulait absolument que je la porte au lit.

– Chéri, lorsqu'un changement se produit, nous perdons toujours tout ce que nous n'avons pas sur nous. Je veux que tu mettes ton rasoir et tes pièces dans cette ceinture quand tu te déshabilles pour te coucher.

– Je ne crois pas qu'on puisse tromper Satan aussi aisément.

– Peut-être pas. Mais nous pouvons toujours essayer. A chaque changement, nous gardons nos vêtements et ce qui est dans nos poches. Cela semble correspondre à certaines règles.

– Le chaos n'a pas de règles.

– Mais ce n'est peut-être pas le chaos, Alec. Alors, si tu ne veux pas porter ça au lit, est-ce que tu acceptes que je le porte, moi ?

– Oh, non ! ça va, je le porterai. Mais ça n'arrêtera pas Satan s'il veut vraiment nous le dérober. Mais ce n'est pas ça qui me contrarie, en fait. Une fois déjà, il nous a laissés nus comme des vers dans le Pacifique et nous en sommes sortis, non ? Tu te souviens ? Ce qui me contrarie, c'est... Marga, est-ce que tu as remarqué que chaque fois qu'un changement se produit, nous nous tenons ? Ou, du moins, nous nous tenons par la main ?

– Oui, je l'ai remarqué.

– Les changements interviennent en un clin d'œil. Que se passerait-il si nous ne nous tenions pas ? Si nous ne nous touchions pas ? Dis-le-moi.

Elle demeura silencieuse pendant tellement longtemps que je compris enfin qu'elle ne voulait pas me répondre.

– Mm, mm, fis-je. Moi aussi. Mais nous ne pouvons quand même pas rester comme des jumeaux siamois, à ne jamais nous séparer. Il faut travailler. Ma chérie, mon amour, ma vie, Satan, Loki, ou quelque mauvais esprit que ce soit peut nous séparer pour l'éternité en choisissant un instant où nous ne nous touchons pas.

– Alec...

– Oui, mon amour ?

– Loki est capable de faire ça depuis longtemps, et à n'importe quel moment. Mais ça ne s'est pas encore produit.

– Cela pourrait arriver dans la seconde qui suit.

– Oui. Ou jamais.

Nous avons continué et vécu d'autres changements. Les précautions de Margrethe semblaient efficaces, si ce n'est que lors d'un des changements, elles faillirent marcher trop bien. Je faillis être jeté en prison pour possession illégale de pièces d'argent. Mais un changement rapide (le plus rapide que nous ayons vécu jusque-là) nous débarrassa de la sentence, de la preuve, et de la plainte portée par le témoin. Nous nous sommes retrouvés dans un tribunal à l'aspect bizarre dont on nous a immédiatement chassés puisque nous n'avions pas les tickets spéciaux qui nous auraient permis d'y rester.

Mais le rasoir était toujours avec moi. Aucun flic ou shérif n'avait paru désireux de le confisquer.

Nous continuions de voyager selon la technique habituelle (mon pouce levé, plus les jambes ravissantes de Margrethe : je m'étais depuis longtemps résigné à l'inévitable) et un routier qui avait quitté la 66 pour bifurquer vers le nord nous avait déposés dans un joli coin de campagne, sans doute au Texas.

Nous avions quitté le désert pour pénétrer dans une région de collines basses et verdoyantes. La journée était magnifique mais nous étions fatigués, sales, en sueur à cause de nos persécuteurs – Satan ou les autres – qui s'étaient surpassés en nous offrant trois changements en trente-six heures.

En une seule journée, j'avais fait deux fois la vaisselle, dans la même ville, et au même endroit... et je n'avais pas gagné un sou. Car il est plutôt difficile de se faire payer quand le *Lonesome Cowboy Steak House* se change en *Vivian's Grill* sous vos yeux. La même chose se reproduisit trois heures après quand le *Vivian's Grill* fut brusquement transformé en parking de voitures d'occasion. Le seul élément agréable dans tous ces chocs successifs, c'est que, par une chance inouïe (ou par quelque volonté extérieure ?) Margrethe était toujours avec moi. Dans un cas, elle était venue me chercher pendant que mon patron faisait le compte de mes heures de travail, dans l'autre elle travaillait tout simplement avec moi.

Le troisième changement nous priva d'une bonne nuit de repos que nous nous préparions à prendre dans une cabane dont Margrethe avait déjà payé la location.

Aussi, quand le camion nous eut laissés, ma paranoïa se retrouva à la mesure de notre état d'épuisement et de saleté.

Nous avions marché pendant quelques centaines de mètres, quand nous avons atteint un mignon petit torrent, un spectacle qui, au Texas, est plus précieux et rare que tout.

Nous nous sommes arrêtés sur le petit pont qui l'enjambait.

— Margrethe, est-ce que cela te dirait de patauger un peu dans l'eau ?

— Chéri, je vais faire bien mieux. Je vais m'y baigner.

— Ha... Oui, tu n'as qu'à passer sous la clôture, le long du ruisseau, à cinquante ou soixante mètres d'ici, et je ne pense pas qu'on puisse nous voir depuis la route.

— Mon cœur, les gens peuvent se rassembler et applaudir si ça leur plaît, je prendrai un bain quoi qu'il arrive. Et... cette eau a l'air très claire. Tu crois qu'on peut en boire sans risque ?

— En amont ? Oui, certainement. Nous avons couru de plus gros risques depuis l'iceberg. Mais si nous avions quelque chose à manger... Pourquoi pas ton sorbet au chocolat. A moins que tu ne préfères des œufs brouillés ?

J'ai soulevé un des fils de fer de la clôture pour qu'elle puisse se glisser dessous.

— Et si nous nous contentions d'une tablette de *Mars* ?

— Pour moi, ce sera un Milky Way, ai-je répondu. Si j'ai le choix.

— Je crains que non, chéri. Ce sera un *Mars*, c'est tout.

Elle tint la clôture à son tour.

— Nous ferions peut-être mieux de ne plus parler de manger alors que nous n'avons rien. (Je suis passé sous la clôture, je me suis redressé et j'ai ajouté :) Je crois que je serais capable de manger un skunks tout cru.

— Mais si, nous avons de quoi nous nourrir. J'ai un *Mars*.

Je me suis arrêté net.

– Ma jolie, si jamais c'est une plaisanterie, je te promets une correction.

– Je ne plaisante pas.

– Au Texas, il est légal de frapper une femme avec un bâton si le diamètre de celui-ci ne dépasse pas un pouce. (J'ai levé le pouce.) Tu vois quelque chose de cette taille dans les environs ?

– Je vais bien en trouver un.

– Et cette tablette de *Mars*, elle vient d'où ?

– De ce petit restoroute où M. Fucelli nous a offert du café et des cakes.

M. Fucelli nous avait pris en charge durant la plus grande partie de la nuit, un peu avant le dernier camion qui nous avait déposés là.

Les deux petits cakes, le sucre et la crème nous avaient apporté les calories sur lesquelles nous vivions depuis vingt-quatre heures.

– Bon, la petite correction attendra. Femme, si jamais tu as volé cette tablette de *Mars*, tu me le diras plus tard. Mais tu l'as vraiment ? Ou bien est-ce que je commence à perdre la tête ?

– Alec, tu crois vraiment que je volerais des confiseries, comme ça ? Je l'ai achetée dans un distributeur pendant que M. Fucelli et toi étiez partis aux toilettes.

– Mais comment ? Nous n'avons pas le moindre sou. Pas dans ce monde, en tout cas.

– Oui, Alec. Mais j'avais gardé une pièce de dix cents dans mon sac. Bien sûr, elle n'a rien de valable ici, mais pour une machine ça ne fait pas de différence. Et le distributeur l'a acceptée. Mais je l'ai cachée avant que vous reveniez parce que je n'avais pas de quoi en acheter une pour M. Fucelli. (Elle a ajouté d'un ton inquiet :) Tu crois que j'ai fait quelque chose de mal ?

– C'est là un problème technique que je n'aborderai pas... dans la mesure où je vais partager le produit du larcin. Ce qui me rend coupable par complicité. Euh... Tu te baignes tout de suite ou nous mangeons d'abord ?

Nous avons mangé immédiatement. Un véritable banquet pique-nique arrosé d'eau bien fraîche du ruisseau. Ensuite, nous nous sommes baignés, en nous éclaboussant et en riant comme des fous. Cela restera dans mes souvenirs comme un des meilleurs moments de mon existence. Margrethe avait aussi du savon dans son sac et moi j'avais une serviette de bain idéale : ma chemise. J'ai d'abord essuyé Margrethe. En quelques instants, l'air sec et chaud nous a séchés.

Ce qui s'est passé ensuite était prévisible. Jamais encore je n'avais fait l'amour au-dehors, encore moins au grand soleil. Je suppose que si on m'avait posé la question, j'aurais répondu que c'était une impossibilité psychologique pour moi. J'étais trop inhibé, trop bloqué par l'indécence d'un tel acte.

Je fus très surpris, et je suis heureux de dire que, quoique parfaitement au fait des circonstances, je n'ai pas été troublé le moins du monde et me suis montré très capable... sans doute à cause de l'enthousiasme frénétique et communicatif de Margrethe.

Jamais encore, non plus, je n'avais dormi dans l'herbe. Je pense que notre petite sieste a bien duré une heure.

Quand nous nous sommes réveillés, Margrethe a insisté pour me raser. Je n'aurais pas pu le faire moi-même vu que je n'avais pas de miroir, mais Margrethe s'en tira très bien. Nous étions dans l'eau jusqu'aux genoux. Je me suis frictionné le visage avec de la mousse plusieurs fois pendant l'opération.

— Voilà, a-t-elle dit enfin en déposant un petit baiser sur ma bouche. C'est très bien. Rince-toi et n'oublie surtout pas les oreilles. Je vais t'essuyer avec ta chemise.

Elle est remontée sur la berge pendant que je me penchais pour m'asperger le visage.

— Alec.

Je ne t'entends pas bien. A cause du ruisseau.

— Chéri, je t'en prie !

Je me suis redressé en essuyant l'eau de mes yeux avant de jeter un regard autour de moi.

Tout ce que nous avions possédé avait disparu, tout, sauf mon rasoir.

# 17

*Mais, si je vais à l'orient, il n'y est pas;*
*Si je vais à l'occident, je ne le trouve pas;*
*Est-il occupé au nord, je ne puis le voir;*
*Se cache-t-il au midi, je ne puis le découvrir.*

Job, 23 : 8-10

— Qu'est-ce que tu as fait du savon ? a demandé Margrethe.

J'ai inspiré à fond, lentement.

— T'ai-je bien compris ? Tu me demandes ce que j'ai fait du savon ?

— Qu'est-ce que tu aurais voulu que je dise ?

— Mais... je ne sais pas. Pas ça, en tout cas. Un miracle se produit... et tu me demandes du savon.

— Alec, un miracle qui se répète sans cesse n'est plus un miracle, c'est une calamité. Trop c'est trop. J'ai envie de hurler ou de fondre en larmes. Alors, je préfère te demander ce que tu as fait du savon.

J'étais moi-même au bord de l'hystérie quand les paroles de Margrethe m'ont fait l'effet d'une douche glacée. Margrethe ? Elle qui ne bronchait jamais dans l'adversité, qui prenait avec désinvolture les icebergs comme les tremblements de terre... ne voilà-t-il pas qu'elle voulait *hurler* ?

— Je suis navré, ma chérie. J'avais le savon dans la main pendant que tu me rasais. Et je ne l'avais plus quand je me suis rincé. Je suppose que je l'avais posé sur la berge. Je ne m'en souviens pas exactement. Est-ce que cela a tellement d'importance ?

— Pas vraiment, je suppose. Mais ce petit bout de *Camay* représenterait la moitié de nos biens actuels, l'autre étant ton rasoir. Je ne le vois nulle part sur la berge, en tout cas.

– Alors il a disparu. Marga, il y a des tas de choses à faire avant que nous ayons à nouveau besoin de nous laver. Il nous faut trouver un abri, et de quoi manger et nous vêtir. (J'ai escaladé la berge.) Des chaussures. Nous n'avons même plus de *chaussures* ! Qu'allons-nous faire dans l'immédiat ? Je suis effondré. Je crois que si j'étais devant le mur des lamentations, je me laisserais aller.

– Du calme, chéri, du calme.

– Et si je me contente de gémir un peu, ça ira ?

Elle est venue vers moi, m'a pris entre ses bras et m'a embrassé tendrement.

– Gémis autant que tu le voudras, chéri, gémis pour nous deux. Ensuite, on décidera de ce qu'il faut faire.

Impossible de rester dans cet état d'abattement alors que j'étais entre les bras de Margrethe.

– Tu as des idées ? Moi, je pense seulement qu'on pourrait retourner jusqu'à l'autoroute et refaire du stop... Mais ça ne me dit pas grand-chose étant donné notre tenue. Nous n'avons même pas une feuille de vigne à nous mettre. Tu vois des vignobles dans le coin ?

– Des vignobles au Texas ?

– Au Texas, on trouve tout. Bon, qu'est-ce qu'on fait ?

– On retourne sur l'autoroute et on se met à marcher.

– Pieds nus ? Pourquoi ne pas rester sur place en levant le pouce ? On n'ira pas bien loin sans chaussures. J'ai les pieds particulièrement fragiles.

– Mais tu verras, ta peau va durcir. Alec, il faut *absolument* bouger. Ne serait-ce que pour garder le moral, mon amour. Si nous nous laissons aller, nous mourrons. Je le sais.

Dix minutes après, nous suivions l'autoroute, très lentement, en nous dirigeant vers l'est. Mais cette autoroute n'avait rien à voir avec celle que nous avions quittée peu de temps auparavant. D'abord, il y avait quatre voies de circulation au lieu de deux et les accotements étaient solidement renforcés par des pavés. La clôture, qui avait été auparavant constituée de trois rangées de fil de fer barbelé, était à présent composée de maillons d'acier, et elle était plus haute que moi. S'il n'y avait pas eu le ruisseau, nous aurions eu toutes les peines du monde à atteindre l'autoroute. Mais, en nous laissant couler et en retenant notre souffle, nous sommes parvenus à nous glisser sous la clôture. Et c'est comme ça que nous nous sommes retrouvés dégoulinants, et cette fois sans chemise-serviette. Mais l'air, lui, était toujours aussi chaud et sec.

Sur cette autoroute, il était évident que la circulation était nettement plus importante que sur celle quc nous avions quittée. Des camions et des voitures particulières, apparemment. Mais tous ces véhicules circulaient à une allure folle. A combien de kilomètres à l'heure, je n'aurais su le dire, en tout cas au moins deux fois plus vite que tous les véhicules terrestres que j'avais pu jusqu'alors rencontrer au hasard des mondes. J'estimais même qu'ils allaient aussi vite que les dirigeables transocéaniques.

Les plus gros véhicules devaient être des semi-remorques de déménagement mais ils ressemblaient plus à des fourgons de chemin de fer qu'à des camions. Et ils étaient même plus longs encore. Pourtant, en les examinant plus attentivement, je me suis aperçu que chacun d'eux était composé d'au moins trois compartiments articulés. En fait, c'est en comptant les roues que j'étais parvenu à ce résultat. Seize roues par véhicule ? Plus six sur l'espèce de locomotrice qui se trouvait à l'avant, ce qui nous donnait un total de cinquante-quatre roues. Comment était-ce possible ?

Ces monstres se déplaçaient sans bruit, si ce n'est celui du souffle du vent et du sifflement des pneus sur la chaussée. Mon professeur de dynamique aurait applaudi.

Sur la voie la plus proche de nous, les véhicules étaient plus petits et j'ai supposé qu'il s'agissait de voitures particulières. Pourtant, je ne parvenais à distinguer personne à l'intérieur. Là où il aurait dû y avoir des vitres, je ne voyais que des miroirs et de l'acier poli.

Les véhicules étaient longs et bas, profilés comme des aéronefs.

Je m'aperçus alors seulement qu'il n'y avait pas qu'une *seule* autoroute mais *deux*. Sur la voie la plus proche de nous, tous les véhicules roulaient vers l'est. Et sur l'autre, à une centaine de mètres au moins, le flot s'écoulait apparemment vers l'ouest. Plus loin encore, et je ne l'entrevoyais que par intermittence, il y avait une clôture qui délimitait la bordure nord de la bande de roulement la plus large que j'aie jamais vue.

Tant bien que mal, nous nous sommes mis à progresser sur l'épaulement. Nos chances d'être pris en stop me semblaient infimes. Si jamais qui que ce soit réussissait à nous apercevoir au passage (ce qui paraissait improbable), comment pourrait-il s'arrêter pour nous prendre ? Néanmoins, bravement, je continuais de lever le pouce au passage de chaque véhicule.

Je gardais mes craintes pour moi-même. Nous avons attendu un temps désespérément long, et puis une voiture qui venait juste de nous dépasser a quitté la file brusquement pour s'arrêter contre l'accotement, à près de quatre cents mètres de nous, puis a fait marche arrière à une vitesse qui eût été largement excessive, même en marche avant. Nous avons précipitamment battu en retraite. La voiture a stoppé à notre hauteur. Une partie de la carrosserie à l'aspect de miroir, d'un mètre de côté environ, s'est relevée comme une trappe, découvrant le compartiment passager. L'homme qui était aux commandes a passé la tête à l'extérieur avec un large sourire.

— Incroyable !

J'ai essayé tant bien que mal de répondre à son sourire.

— Je n'y crois pas moi-même. Mais nous existons pourtant. Est-ce que vous pouvez nous prendre ?

Il a reluqué Margrethe de haut en bas.

— Oui, ça se pourrait... Qu'est-ce que vous êtes mignonne ! Que vous est-il arrivé ?

— Nous nous sommes perdus, monsieur ! a répondu Margrethe.

— Ça, on le dirait. Mais comment avez-vous fait pour

perdre également vos vêtements ? Vous avez été kidnappés ? Ou quoi ?... Allez, ne vous en faites pas, ça peut attendre. Moi, c'est Jerry Farnsworth.

— Je suis Alec, et voici Margrethe Graham, ai-je dit.

— Heureux de vous connaître. Ma foi, vous n'avez pas l'air armés — à part ce truc que vous tenez dans la main, madame Graham... Qu'est-ce que c'est ?

Margrethe lui a montré le rasoir. Il l'a pris, l'a examiné une seconde, puis le lui a rendu.

— Mais oui, bon sang, c'est bien un rasoir... J'en n'ai pas vu un comme ça depuis que j'étais trop petit pour me raser. En tout cas, je ne crois pas que je risque d'être détourné si vous vous servez d'un truc comme ça... Alec, installez-vous à l'arrière. Votre sœur monte à côté de moi.

Un autre segment de la coquille du véhicule bascula vers le haut.

— Merci, répondis-je, avec une pensée amère à l'égard des mendiants et des nantis. Marga n'est pas ma sœur mais ma femme.

— Ah, vous en avez de la chance, Alec ! Vous n'avez rien contre le fait qu'elle soit à côté de moi, non ?

— Non, bien sûr que non !

— Mon vieux, je suis sûr que ce genre de réponse ferait craquer un tensiomètre. Ma jolie, je pense qu'il serait plus sûr que vous vous installiez à côté de votre cher époux.

— Monsieur, vous m'avez invitée à prendre place à côté de vous et mon époux a exprimé son approbation.

Ayant dit, Margrethe se glissa sur le siège du passager. J'ouvris la bouche pour la refermer aussitôt, car je n'avais vraiment rien à dire. Je me suis donc docilement installé à l'arrière et j'ai découvert que l'intérieur était plus spacieux qu'on ne pouvait le penser en voyant la voiture. Le siège était bien dessiné, moelleux, confortable. Les portières se refermèrent. Les « miroirs » que j'avais vus de l'extérieur étaient bel et bien des vitres.

— Je vais replonger dans le flot, annonça notre hôte, alors laissez vos ceintures de sécurité en place. Ce truc saute quelquefois comme un taureau de rodéo. Non : attendez une seconde. Vous allez où, tous les deux ?

Il regardait Margrethe.

– Au Kansas, monsieur Farnsworth.

– Appelez-moi Jerry, ma jolie. Comme ça ?

– Nous n'avons plus de vêtements, monsieur. Nous les avons perdus.

Je suis intervenu.

– Monsieur Farnsworth, je veux dire Jerry, nous sommes dans la détresse la plus absolue. Nous avons vraiment tout perdu. Oui, certes, nous comptons nous rendre au Kansas, mais d'abord il faut que nous trouvions des vêtements, n'importe où. Peut-être à la Croix-Rouge... Que sais-je... Et puis, il faut aussi que nous ayons un job pour gagner un peu d'argent. Ensuite, seulement, nous pourrons aller au Kansas.

– Je vois. Du moins je crois. En partie, en tout cas. Mais comment comptez-vous vous rendre au Kansas ?

– J'avais dans l'idée de filer droit sur Oklahoma City, et ensuite vers le nord. Sans jamais quitter les autoroutes. Puisque nous faisons du stop.

– Alec, vous êtes vraiment paumé à tous points de vue. Vous voyez cette clôture ? Vous savez quel est le montant de l'amende pour un piéton pris à l'intérieur de l'enceinte ?

– Non, je l'ignore.

– L'ignorance est un vrai bonheur. Il vaudrait mieux vous en tenir aux petites routes sur lesquelles l'auto-stop est autorisé, ou du moins toléré. Si vous voulez aller sur Oke City, je peux vous conduire un bout de chemin. Allez. Accrochez-vous.

Il fit quelque chose avec les commandes qui se trouvaient devant lui. Il ne posa même pas les mains sur le volant, vu qu'il n'y avait pas de volant, mais seulement deux poignées.

La voiture s'est mise à vibrer doucement, puis a fait une espèce de bond de côté. J'ai eu l'impression que j'étais tombé dans de la pommade et l'électricité statique me picotait tout le corps. La voiture était ballottée comme un petit bateau par grosse mer, mais cette « pommade » m'empêchait de me cogner un peu partout. Soudain, tout s'est calmé et seule la vibration a persisté. Le paysage défilait en un éclair flou.

— Maintenant, a dit M. Farnsworth, racontez-moi.
— Margrethe ?
— Bien sûr, ma belle. Il faut me dire.
— Jerry... Nous venons d'un autre monde.
— Oh, non ! (Il a grommelé.) Pas encore une histoire de soucoupe volante ! Ça fait quatre cette semaine ! Et c'est ça votre explication ?
— Non, non. Je n'ai même jamais vu de soucoupe volante. Nous venons de la Terre... mais d'une Terre différente. Nous faisions de l'auto-stop sur l'autoroute 66 et nous voulions atteindre le Kansas...
— Une minute. Vous avez dit : 66 ?
— Oui, évidemment.
— C'était l'ancienne appellation de cette route avant qu'on la reconstruise. Mais elle est devenue l'interfédérale 40 depuis... quarante, peut-être cinquante ans. Eh ! Alors vous êtes *des voyageurs du temps* ! C'est ça, hein ?
— Nous sommes en quelle année ? ai-je demandé.
— 1994.
— Mais c'est la même année. Mercredi 18 mai 1994. C'était encore vrai ce matin, du moins. Avant le changement.
— Mais c'est encore vrai. Ecoutez, cessons de tourner autour du pot. Commençons par le commencement, quel qu'il soit, et dites-moi comment vous vous êtes retrouvés derrière cette clôture, complètement nus.
Alors, j'ai commencé notre histoire.
— Cette fosse ardente, a-t-il dit tout à coup, ces braises... Vous n'avez pas été brûlé ?
— Juste une petite cloque, c'est tout.
— Une petite cloque. Je parie que vous vous en tireriez bien en enfer.
— Ecoutez, Jerry, ils marchent vraiment sur des charbons ardents.
— Je sais. J'ai déjà vu ça. En Nouvelle-Guinée. Je n'ai jamais eu le culot d'essayer. Mais cet iceberg... Il y a quelque chose qui me chiffonne. Comment un iceberg peut-il percuter un navire *par le bord* ? Un iceberg, c'est toujours une masse flottante inerte. Si un bateau entre en collision avec, c'est par l'avant, la proue. O.K. ?
— Margrethe ?

— Je ne sais pas, Alec. Ce que dit Jerry me semble exact. Mais pourtant, c'est arrivé comme ça.

— Jerry, moi non plus je ne sais pas. Nous étions dans une cabine à l'avant. Peut-être que tout l'avant a été emporté dans la collision. Mais si Margrethe ne peut rien dire avec certitude, je le peux encore moins vu que j'ai reçu un coup sur la tête et que je me suis éteint pour un bon moment, comme une ampoule. C'est Marga qui m'a maintenu en surface, je vous l'ai dit.

Farnsworth m'a regardé d'un air songeur. Il avait fait pivoter son siège de façon à nous avoir en face de lui pendant que je parlais. Il avait également montré à Margrethe comment débloquer son siège afin qu'il pivote également et nous formions à présent un petit cercle intime. Nos genoux se touchaient presque, la voiture roulait toujours aussi vite, et Jerry tournait le dos à l'avant.

— Alec, qu'est devenu ce Hergensheimer ?

— Je ne me suis peut-être pas expliqué assez clairement. Remarquez que, même pour moi, ce n'est pas très clair. Non, c'est *Graham* qui a disparu. Hergensheimer, c'est moi. Quand j'ai eu traversé ce feu, je me suis retrouvé dans un monde différent, chez Graham, comme je l'ai dit. Tout le monde m'appelait Graham et semblait croire que j'étais bel et bien Graham... et Graham avait disparu. Je pense que vous seriez en droit de dire que j'ai choisi la solution la plus facile pour m'en sortir... mais j'étais à des milliers de kilomètres de chez moi, sans argent, sans un billet de passage, et jamais personne n'avait entendu parler d'Alexander Hergensheimer. (J'ai haussé les épaules et levé les mains d'un geste vain.) J'ai péché. J'ai pris ses vêtements. J'ai mangé à sa table. J'ai répondu à son nom.

— Il y a un truc que je n'arrive pas à avaler. Peut-être que vous ressemblez suffisamment à Graham pour tromper tout le monde... mais votre femme, elle, elle saurait bien faire la différence. Margie ?

Margrethe m'a regardé droit dans les yeux, avec amour et tristesse, et elle a répondu très calmement :

— Jerry, mon mari est perturbé. C'est un cas étrange

d'amnésie. Il est vraiment Alec Graham. Alexander Hergensheimer n'existe pas. Il n'a jamais existé.

Je suis demeuré sans voix. Vrai, Margrethe et moi, nous n'avions pas discuté de ce sujet depuis de nombreuses semaines. Vrai, elle n'avait jamais véritablement admis que je n'étais pas Alec Graham. J'apprenais (encore une fois) qu'il était impossible d'avoir raison avec Margrethe. Chaque fois que je l'avais cru, il s'était simplement avéré qu'elle s'était contentée de se taire.

– Peut-être que ce coup sur la tête, Alec?... m'a dit Jerry.

– Ecoutez, ce n'était rien; je suis resté sans connaissance quelques minutes, rien de plus. Et je n'ai pas le moindre trou de mémoire. De toute façon, cela s'est passé deux semaines *après* ma traversée du feu. Jerry, ma femme est merveilleuse... mais je suis complètement en désaccord avec elle sur ce point. Elle veut que je sois Alec Graham parce qu'elle est tombée amoureuse de Graham avant de me rencontrer. Elle croit ce qu'elle croit parce qu'elle en a besoin. Mais, bien entendu, je sais qui je suis, moi : Hergensheimer. J'admets que l'amnésie peut avoir des effets bizarres... mais il y a un indice que je n'aurais pu inventer et qui prouve de manière indubitable que je suis moi, Alexander Hergensheimer, et non pas Alec Graham. (J'ai donné une claque sur mon estomac, là où j'avais eu une petite brioche.) Voilà la preuve. J'ai porté les vêtements de Graham, je vous l'ai dit. Mais ils ne m'allaient pas très bien. Au moment où j'ai fait le pari de traverser le feu, j'étais assez rondouillard, je pesais trop lourd et j'avais pas mal de lard en trop ici. (Je tapotai encore une fois mon estomac.) Les vêtements de Graham étaient trop ajustés pour moi. J'avais du mal à respirer et je devais même retenir mon souffle chaque fois que je devais boucler ma ceinture. Et ça, ça ne peut pas se faire comme ça, en un clin d'œil, rien qu'en traversant une fosse ardente. Deux semaines de cuisine trop riche à bord d'un navire de croisière m'avaient donné ce petit ventre... et cela prouve bien que je ne suis pas Alec Graham.

Non seulement Margrethe restait silencieuse, mais

son expression était impénétrable. Farnsworth a insisté :

– Margie ?

– Alec, tu avais les mêmes ennuis très exactement *avant* de traverser le feu. Pour la même raison. Une cuisine trop riche. (Elle a eu un sourire.) Je suis désolée de te contredire, mon amour... mais je suis tellement heureuse que tu sois vraiment toi.

– Alec, a dit Jerry, je connais pas mal d'hommes qui seraient prêts à traverser le feu pour qu'une femme les regarde comme ça. Rien qu'une fois. Quand vous arriverez au Kansas, vous feriez bien d'aller voir les Menningers : ils pourront débrouiller cette histoire d'amnésie. Personne ne peut tromper une femme s'il s'agit de son mari. Quand elle a vécu avec lui, dormi avec lui, quand elle a écouté cent fois ses plaisanteries et qu'elle lui a même donné des lavements, une substitution est vraiment impossible, quelle que soit la ressemblance. Même un jumeau n'y arriverait pas. Il y a tellement de petites choses qu'une femme connaît et que les autres ignorent.

– Marga, ai-je dit, c'est à toi de parler.

– Jerry, a dit Marga, mon époux veut dire que c'est à moi de réfuter cela... en partie. A ce moment-là, je ne connaissais pas Alec aussi bien qu'une femme peut connaître son mari. Car je n'étais pas sa femme. J'étais sa maîtresse, et seulement depuis quelques jours. (Elle a souri.) Mais, dans le fond, vous avez raison : je le reconnais parfaitement.

Farnsworth a froncé les sourcils.

– Bon, je suis à nouveau complètement embrouillé. Nous parlons d'un seul homme ou de deux. Cet Alexander Hergensheimer... Alec, parlez-moi donc de lui.

– Jerry, je suis un prédicateur protestant. J'ai été ordonné dans l'ordre des frères de l'église chrétienne apocalyptique de la vérité unique – les frères de l'Apocalypse, comme on nous appelle. Je suis né dans la ferme de mon grand-père, près de Wichita, le 22 mai...

– Eh, mais c'est votre anniversaire cette semaine ! s'est exclamé Jerry. (Et Marga a eu l'air sur le qui-vive.)

– Oui. J'ai été trop occupé pour y penser, mais c'est

exact. Je suis né en 1960. Mes parents et mes grands-parents sont morts, mais mon frère aîné travaille encore à la ferme...

— Alors c'est pour ça que vous voulez retourner au Kansas ? Pour retrouver votre frère ?

— Non. Cette ferme est dans un autre monde, celui où j'ai grandi.

— Alors, pourquoi retourner au Kansas ?

J'ai mis quelques secondes avant de répondre.

— Jerry, je n'ai pas de réponse logique. C'est peut-être l'instinct du pays natal. Comme les chevaux qui retournent dans leur écurie en flammes. Je ne sais pas, Jerry. Mais il faut que je retourne là-bas, que je retrouve mes racines.

— Ça, c'est une raison que je peux comprendre. Allez là-bas.

Ensuite, je lui ai raconté mes études, sans rien cacher du fait que j'avais échoué en tant qu'ingénieur. Le séminaire, mon ordination, puis mon association avec la Ligue de Morale des Eglises. Mais je n'ai pas fait mention d'Abigail ni du fait que je n'avais pas brillamment réussi en tant que prêtre vu qu'Abigail n'aimait pas les gens et que mes paroissiens le lui rendaient bien. Impossible de faire tenir tous ces petits détails dans une biographie liminaire — mais je dois à la vérité de dire que je ne pouvais faire mention d'Abigail sans jeter le doute sur la légitimité du statut de Margrethe... ce qui était totalement impossible à envisager.

— ... Voilà, c'est à peu près tout. Si nous étions dans mon monde natal, vous pourriez téléphoner au quartier général de la L.M.E. à Kansas City, Kansas, et vérifier mon identité. L'année avait été très bonne pour nous et j'étais en congé. J'avais pris place à bord d'un dirigeable, l'*Amiral Moffett,* des North American Airlines, de l'aéroport de Kansas City jusqu'à San Francisco, puis à Hilo et Tahiti, où j'ai rejoint le *Konge Knut,* le *M.V. Konge Knut.* Ce qui nous ramène à aujourd'hui, puisque je vous ai raconté la suite.

— Vous savez que vous parlez comme un Juif ? Vous avez reçu le baptême ?

— Certainement ! Bien sûr, je crains de ne pas être

en état de grâce présentement... mais je m'y emploie. Mon frère, nous vivons les Derniers Jours. Les choses pressent. Et vous ?

— Nous en reparlerons plus tard. Dites-moi : quelle est donc la deuxième loi de thermodynamique ?

J'ai fait une grimace.

— L'entropie s'accentue. C'est la question sur laquelle je me suis cassé les dents.

— A présent, parlez-moi d'Alec Graham.

— Je ne peux pas en dire grand-chose. Son passeport dit qu'il est né au Texas. L'adresse qu'il donne correspond à un cabinet d'avoués à Dallas. Pour le reste, vous feriez mieux d'interroger Margrethe : elle l'a connu. Pas moi. (Je n'avais pas fait état de ce million de dollars tellement embarrassant. Je ne pouvais en expliquer l'origine et mieux valait donc n'en point parler... Quant à Marga, elle n'avait que ma parole : jamais elle n'avait eu la somme sous les yeux.)

— Margie ? Est-ce que vous pouvez combler nos lacunes à propos d'Alec Graham ?

Elle attendit quelques secondes avant de répondre.

— Je crains de ne pas avoir grand-chose à ajouter en dehors de ce que mon époux vous a dit.

— Hé ! Vous me laissez tomber comme ça ? Votre mari m'a donné une description détaillée du Docteur Jekyll. Est-ce que vous pouvez me parler de Mister Hyde ? Jusqu'à présent, il n'existe pas. Ce n'est qu'une boîte postale au Texas, rien de plus.

— Monsieur Farnsworth, je suis certaine que vous n'avez jamais été stewardess à bord d'un...

— Non, c'est vrai. Mais j'ai été steward de cabine à bord d'un cargo. Néanmoins je n'ai fait que deux voyages. J'étais encore un gamin.

— Vous devez comprendre. Une stewardess connaît pas mal de choses à propos de ses passagers. Combien de fois par jour ils se baignent. Combien de fois ils se changent. Elle connaît leur odeur personnelle, et vous savez sans doute que tout le monde a une odeur, agréable ou non. Elle sait aussi quelles sont leurs lectures, ou même s'ils ne lisent pas. Mais, avant tout, elle sait s'ils sont aimables, gentils, honnêtes, généreux, sincères. Une stewardess est au fait de tout ce qu'il convient de connaître pour porter un jugement sur une personne. Pourtant, il se peut qu'elle ignore le métier d'un de ses passagers, la ville où il est né, ses études, en bref tous les détails qu'un ami véritable peut connaître. Avant ce fameux jour de la marche sur le feu, j'étais la stewardess d'Alec Graham depuis quatre semaines. Durant les deux dernières semaines, j'ai été sa maîtresse et j'étais totalement amoureuse de lui. Après qu'il eut traversé la fosse ardente, il nous a fallu bien des jours pour que nos rapports redeviennent ce qu'ils avaient été : heureux. Mais je l'ai retrouvé et j'ai recouvré le bonheur en même temps. Depuis quatre mois, je suis son épouse — bien sûr, nous n'avons connu que des épreuves, mais ç'a été le moment le plus heureux de toute mon existence. Je le pense encore en ce moment même et je crois qu'il en sera toujours ainsi. Voilà tout ce que je sais de mon époux, Alec Graham.

Elle m'a souri et il y avait des larmes qui brillaient dans ses yeux. Et je suis certain qu'il y en avait aussi dans les miens.

Jerry a soupiré et secoué la tête.

— Il faudrait donc en appeler au jugement de Salomon. Et je ne suis pas Salomon. Je crois vos deux histoires, à l'un et à l'autre, mais l'une d'elles est fausse. Peu importe. Ma femme et moi, nous pratiquons l'hospitalité musulmane, c'est quelque chose que j'ai appris pendant la dernière guerre. Est-ce que vous accepterez que nous vous hébergions pendant une nuit ou deux ? Je pense que vous feriez bien de dire oui.

Marga m'a jeté un bref coup d'œil avant de répondre oui.

— Bien. Voyons si le patron est à la maison.

Il a fait pivoter son siège, touché une commande et, quelques instants après, une lampe s'est allumée, un *beep !* a résonné et il s'est mis à parler, l'air soudain rasséréné :

— Ma duchesse, ici ton époux favori !

— Oh, Ronny, je t'ai tellement attendu ! C'était *si long* !

— Albert ? Tony ? George ? Andy ? Jim ? Ecoute, j'ai de la compagnie avec moi.

— Oui, Jerry.

— Pour le dîner, pour la nuit, et peut-être plus.

— Oui, mon amour. Combien, de quels sexes ? Et quand serez-vous là ?

— Attends que je demande ça à Hubert. (Jerry a touché d'autres commandes.) Hubert dit vingt-sept minutes. Et nous avons deux invités. Celle qui est à côté de moi a environ vingt-trois ans, elle est blonde, avec des cheveux longs et ondulés, des yeux bleu sombre, elle mesure à peu près un mètre soixante-dix, quatre-vingt-deux de tour de hanches... Je n'ai pas d'autres mensurations, mais elle correspond à peu près à notre fille. Quant à son sexe, crois-moi, impossible de se tromper, vu qu'elle ne porte qu'un tout petit cache-sexe.

— Bien compris, mon chéri. Je vais lui arracher les yeux. Après lui avoir offert un bon dîner, bien sûr.

— Parfait. Mais elle ne constitue nullement une menace puisque son mari est avec elle et la surveille de près. Mais est-ce que je t'ai dit qu'il est aussi nu qu'elle ?

— Non. Mais c'est intéressant.

— Tu veux ses mensurations de base ? Je veux dire : au repos ou en activité ?

— Mon amour, tu n'es qu'un vieux dégoûtant. Je suis heureuse de te le dire. Et cesse de mettre tes invités dans l'embarras.

— Duchesse, ma chère, il y a un peu de folie dans la méthode que j'emploie. Ils sont nus parce qu'ils n'ont pas le moindre vêtement sur eux. Néanmoins, je les soupçonne d'être facilement gênés. J'aimerais donc que tu viennes à notre rencontre à la porte avec quelques vêtements. Tu as ses mesures mais... Margrethe, voulez-vous me donner votre pied ? (Rapidement, Marga leva un pied, sans le moindre commentaire. Il le palpa.) Je pense qu'une paire de tes propres sandales fera l'affaire, duchesse. Pour lui, des zapatos. Ou les miennes.

— Tu as ses autres mensurations ? Et ne t'avise pas de recommencer tes plaisanteries.

— Oh, il a à peu près ma taille et ma largeur d'épaules, mais je dois bien peser dix kilos de plus que lui, au bas mot. Essaie donc de trouver quelque chose dans ma garde-robe de la période maigre. Et si les petits barbares abominables de Sybil rôdent dans les parages, mets le paquet pour les éloigner. Ces gens-là sont courtois et doux et on leur présentera les monstres quand ils auront eu une chance de s'habiller.

— Bien reçu, net et clair. Mais tu ne crois pas que le moment est venu de me les présenter ?

— *Mea Culpa.* Mon amour, j'ai ici Margrethe Graham, épouse d'Alec Graham.

— Bonjour, Margrethe ! Bienvenue à la maison.

— Merci, madame Farnsworth.

— Oh, appelez-moi Katherine. Ou Kate, c'est mieux.

— Katherine... Je ne peux pas vous dire à quel point nous apprécions ce que vous faites pour nous... Nous étions tellement dans le malheur ! (Ma douce s'est mise à pleurer tout à coup. Puis elle s'est arrêtée brusquement et a ajouté :) Et voici mon mari, Alec Graham.

— Je suis très heureux de vous connaître, madame Farnsworth, ai-je dit. Et je vous remercie de tout cœur.

— Alec, il faut que vous consoliez votre femme. Je veux vous accueillir en bonne forme tous les deux.

— Hubert m'annonce vingt-deux minutes avant l'arrivée, a dit Jerry.

— *Hasta la vista.* Rapport terminé. Maintenant, j'ai du travail.

— Terminé. (Jerry fit de nouveau pivoter son siège.) Je suis certain que Kate va vous trouver quelque chose de mignon à porter, Margie... Dites, vous avez froid ? Je parle tellement que j'en oublie mon devoir. La température de cette caisse est suffisante quand on est habillé, mais Hubert peut la moduler à volonté, bien entendu.

— Jerry, je suis une Viking et je n'attrape jamais le moindre rhume. En fait, la plupart des chambres sont de vraies serres pour moi.

— Et Alec ?...

— Moi, ça va, ai-je répondu, mais je mentais un petit peu.

— Je crois... commençait Jerry.

Alors les cieux se sont ouverts et la lumière la plus éblouissante qu'on puisse imaginer est apparue à nos yeux. Plus vive que le jour. Et le chagrin m'a submergé, car j'ai su en cet instant que je n'avais pas réussi à ramener ma bien-aimée en état de grâce.

# 18

*Et Satan répondit à l'Eternel.*
*Est-ce d'une manière désintéressée que Job craint Dieu ?*

Job, 1 :9

*Prétends-tu sonder les pensées de Dieu,*
*Parvenir à la connaissance parfaite du Tout-Puissant ?*

Job, 11 :7

J'attends le Cri.

J'éprouvais des sentiments mitigés. Voulais-je vraiment l'Extase ? Etais-je prêt à me laisser prendre entre les bras aimants de Jésus ? Oh oui, doux Seigneur, oui !

Mais sans Margrethe ? Non, non ! Alors, je choisirais d'être précipité dans le puits ? Oui... ou plutôt, non, mais... Allons, décide-toi !

M. Farnsworth avait levé les yeux.

— Vous l'avez vue partir ?

Moi aussi, j'ai levé les yeux. Juste au-dessus du toit de la voiture, dans le ciel, il y avait un deuxième soleil. Tandis que je l'observais, il parut diminuer et perdre de sa brillance.

— Juste à l'heure prévue ! a repris notre hôte. Hier, on a raté à cause d'un arrêt du compte à rebours. Il a fallu tout reprogrammer. Quand on est sur le périmètre, comme ça, et qu'on bouffe de l'hydrogène, la moindre attente pour une mise en orbite peut vous faire perdre votre marge de profit. Et hier, il n'y avait même pas d'accroc. Ce n'était qu'un contrôle inutile décidé par un de ces connards de la Nasa. Pas de problème. Toujours aussi nullards.

Apparemment, du moins pour moi, il s'exprimait en anglais.

Margrethe, qui avait de la peine à retrouver son souffle, lui a demandé :

— Monsieur Farnsworth — Jerry —, c'était quoi ?

— Comment ? Vous n'avez jamais assisté à un lancement ?

— Un lancement de quoi ?

— Euh... Margie, le fait que vous et Alec veniez d'un autre monde — ou de deux autres mondes — ne m'a pas encore imprégné vraiment l'esprit... Les voyages spatiaux n'existent pas chez vous ?

— Je ne suis pas certaine de ce que vous entendez par là mais... je ne crois pas.

Pour ma part, j'étais certain de comprendre ce qu'il voulait dire, aussi les ai-je interrompus.

— Jerry... Vous parlez de voyages dans la lune ? Comme dans Jules Verne ?

— Oui. Plus ou moins.

— C'était un vaisseau qui montait vers l'éther ? Vers la lune ? Par Moïse !

Le blasphème m'avait échappé.

— Du calme. Ce n'était pas un vrai vaisseau destiné à franchir l'éther. Simplement une fusée automatique. Elle n'a pas été lancée en direction de la lune mais de Leo, c'est-à-dire en orbite basse. Quand elle revient, elle se pose au large de Galveston, on la repêche et on la renvoie sur North Texas Port. Elle sera relancée la semaine prochaine. Mais une partie de sa cargaison arrivera à Luna City ou à Supra-Tycho... Et peut-être même un jour jusqu'aux astéroïdes. Vu ?

— Euh... pas exactement.

— Eh bien, pendant le second mandat de Kennedy...

— Qui ?

— John Fitzgerald Kennedy. Président des Etats-Unis de 61 à 69.

— Excusez-moi. Il va falloir que je réapprenne toute l'histoire une fois encore. Jerry, le plus pénible, le plus perturbant dans tous ces chamboulements d'univers, ce ne sont pas vraiment les technologies nouvelles, comme la télévision, les jets, ou même ces vaisseaux qui vont dans l'espace, mais les différences historiques.

– Eh bien, quand nous serons à la maison, je vous trouverai une histoire de l'Amérique et une autre des vols spatiaux. J'en ai beaucoup parce que je suis à fond dans l'espace. J'ai commencé tout gosse, avec des maquettes de fusées. Actuellement, à côté des Diana Freight Lines, j'ai des parts dans l'Echelle de Jacob et le Haricot Géant. Pour l'instant, au niveau fiscal, on perd de l'argent mais... (Je pense qu'il a dû voir mon expression à cet instant.) Euh... Excusez-moi. On reparlera de ça quand vous aurez jeté un coup d'œil dans les bouquins que je vais vous donner.

Il s'est penché sur son tableau de contrôle, a appuyé ici et là et déclaré :

– Hubert dit qu'on va entendre le son dans trois minutes vingt et une secondes.

Quand le son nous parvint, je fus déçu. Après cette aveuglante clarté, je m'étais attendu à un véritable coup de tonnerre. Au lieu de ça, ce fut comme un grondement qui monta durant un instant avant de s'estomper peu à peu, pour s'achever indistinctement.

Quelques minutes après, la voiture a quitté l'autoroute et décrit une grande boucle avant de s'engager sous un tunnel pour accéder à une autoroute de moindre importance. Nous avons roulé sur cette autoroute (la 83, ai-je noté) pendant cinq minutes encore, puis des lumières ont jailli en même temps que se faisait entendre un signal aigu répété.

– Je t'entends, a dit Farnsworth. Tiens bien tes chevaux.

Il a fait pivoter son siège pour se tourner vers l'avant en agrippant fermement les deux poignées.

Les quelques minutes qui ont suivi ont été assez intéressantes. Cela m'a rappelé une sentence du Sage d'Hannibal : « Si ce n'était pour l'honneur, j'aurais préféré marcher. » M. Farnsworth semblait considérer toute collision évitée de quelques centimètres comme peu excitante. Cette « pommade » dans laquelle nous étions nous a en tout cas évité pas mal de contusions et de fractures. Le signal mécanique retentit une fois encore, plusieurs fois : *Bip! Bip! Bip!* Farnsworth grommela en réponse :

– La ferme! Occupe-toi de ton boulot. Moi, je connais le mien.

Et, sur ce, nous avons frôlé une autre catastrophe.

Finalement, nous nous sommes engagés sur une route étroite, un chemin privé, selon moi, car j'avais eu le temps d'entrevoir une arche d'entrée avec l'inscription LA FOLIE FARNSWORTH. Une pente rapide et, au sommet, caché entre les arbres, une haute porte s'est ouverte à notre approche.

C'est là que nous avons rencontré Katie Farnsworth.

Si vous avez lu jusque-là ce récit, vous savez que je suis très amoureux de ma femme. C'est une constante, comme la vitesse de la lumière ou l'amour de Dieu le Père. Eh bien, apprenez maintenant que j'ai compris à cet instant que je pouvais aimer une autre personne, une femme, sans que cela altère mon amour pour Margrethe, sans que je souhaite ravir cette femme à son compagnon légitime, sans éprouver le désir de la posséder charnellement. Enfin, pas trop.

Dès que je la vis, je sus que un mètre soixante-dix-sept est la hauteur parfaite pour une femme, de même que quarante ans est l'âge parfait, que cinquante kilos est le poids idéal et que le registre le plus harmonieux d'une voix est le contralto. Le fait que rien de tout cela ne s'applique à ma bien-aimée n'a aucun rapport : chez Katie Farnsworth c'était la perfection parce qu'elle était *elle*.

Mais ce qui me frappa le plus, à l'instant de notre rencontre, ce fut une marque d'hospitalité absolue, un geste d'élégance tel que je n'en avais jamais vu.

Elle avait appris par son mari que nous n'avions aucun vêtement sur nous, et aussi que cette situation nous embarrassait à l'extrême. Elle avait donc apporté des vêtements pour chacun de nous.

Et elle-même était absolument nue.

Non, ce n'est pas exactement ça : *moi*, j'étais nu, elle, elle était dévêtue. Ça ne vous convient pas non plus? Dénudée? Déshabillée? Non, elle n'était vêtue que de sa seule beauté, telle Eve avant la Chute. Et cela lui convenait si bien, c'était tellement approprié à la situation que je me demandai comment j'avais pu entretenir l'illusion que l'absence de vêtements équivaut, ou est une obscénité.

Les deux coquilles de la porte se refermèrent. Je sortis de la voiture et aidai Margrethe. Mme Farnsworth posa ce qu'elle tenait, mit ses bras autour des épaules de Marga et l'embrassa.

— Margrethe ! Bienvenue, ma chère.

Ma douce et tendre répondit à son étreinte.

Puis Katie Farnsworth me tendit la main.

— Bienvenue à vous aussi, monsieur Graham. Alec.

Je pris sa main mais sans la serrer. Je la tins comme quelque précieuse porcelaine de Chine et m'inclinai. Je me dis que j'aurais dû la baiser, mais je ne savais pas comment m'y prendre.

Elle avait apporté pour Margrethe une robe d'été qui avait exactement la couleur des yeux de mon amour. Son style faisait songer au mythe d'Arcadie et l'on aurait très bien imaginé une nymphe des bois ainsi vêtue. Elle était fermée sur l'épaule gauche, complètement ouverte sur le côté droit mais croisait largement sur le devant. Elle était de coupe très simple et se terminait, de part et d'autre, par un long ruban-ceinture qui permettait de la nouer à la taille.

A mes yeux, c'était la robe idéale pour n'importe quelle femme, car elle pouvait être portée ajustée ou vague.

Katie avait choisi pour Margrethe des sandales bleues assorties. Pour moi, c'étaient des sandales mexicaines, des zapatos en cuir tressé qui étaient aussi simples de conception, dans leur solidité, que la robe de Marga. Quant au pantalon et à la chemise qu'elle me tendit, ils ressemblaient plus ou moins à ceux que j'avais achetés à Winslow, mais ils étaient d'une coupe plus élégante et en lainage très léger, pas en cotonnade bon marché. Les chaussettes étaient exactement à ma pointure, et le short en maille m'allait à merveille.

Quand nous avons été habillés, les seuls vêtements qui restaient encore dans l'herbe étaient les siens, et je compris alors qu'elle était venue habillée à notre rencontre et qu'elle s'était dévêtue à la porte afin de nous accueillir dans une « tenue » similaire à la nôtre.

Exquise politesse.

Nous sommes tous remontés en voiture. Mais, avant de redémarrer, M. Farnsworth a dit :

— Katie, nos invités sont chrétiens.

Mme Farnsworth a paru ravie.

— Oh, c'est très intéressant !

— C'est ce que je me suis dit. Alec, il n'y a pas beaucoup de chrétiens dans les environs. Vous pouvez parler librement devant moi ou Katie... mais devant des tiers, mieux vaudrait que vous n'évoquiez pas votre croyance. Vous me comprenez ?

— Euh... je crains que non.

Je sentais ma tête tourner et un sifflement désagréable avait envahi mes oreilles.

— Eh bien... le fait d'être chrétien n'est pas illégal chez nous : le Texas autorise les religions. Néanmoins, les chrétiens ne sont guère populaires et leur religion est plus ou moins clandestine. Si vous souhaitez entrer en contact avec vos semblables, je pense que nous arriverons à vous arranger un rendez-vous dans les catacombes. Kate ?

— Oh, oui ! je suis certaine que nous trouverons quelqu'un qui puisse servir de relais. Je vais essayer d'avoir des tuyaux.

— Ce sera comme Alec le désirera. Alec, vous ne risquez pas d'être lapidés, en tout cas. Ici, vous n'êtes pas chez des ploucs ignorants sortis de leurs forêts. Il n'y a pas réellement de danger, mais je ne tiens pas à ce que vous soyez brimés ou insultés.

— Sybil ! dit tout à coup Katie Farnsworth.

— Oh, non ! Alec, notre fille est très gentille et aussi civilisée qu'on puisse l'espérer de la part d'une teenager. Mais elle est apprentie sorcière. Elle s'est récemment convertie à l'Ancienne Religion et, à cause de cette récente conversion et de son âge, elle prend ça très au sérieux. Bien sûr, elle ne se montrera pas grossière avec nos invités, parce que Katie l'a correctement élevée. Et puis, elle sait que j'en ferais de la pâtée si elle s'avisait d'être impertinente. Mais vous me rendriez service en évitant de la contrarier. Comme vous le savez sans doute, ces jeunes sont des bombes à retardement qui n'attendent qu'une occasion pour exploser.

Ce fut Margrethe qui répondit pour moi.

– Nous serons très prudents. Cette « Ancienne Religion », est-ce le culte d'Odin ?

J'étais déjà suffisamment bousculé, et en entendant ça j'ai senti un frisson me courir sur l'échine. Mais notre hôte répondit très vite :

– Non. Du moins je ne le pense pas. Il faudrait demander à Sybil. Si vous ne craignez pas qu'elle vous gonfle la tête. Parce qu'elle va essayer de vous convertir. Et elle ne fera pas semblant, croyez-moi.

Katie Farnsworth ajouta :

– En tout cas, je n'ai jamais entendu Sybil mentionner Odin. Elle parle surtout de « La Déesse ». Est-ce que c'étaient les druides qui adoraient Odin ? Je ne sais pas. Je crains que Sybil ne nous considère comme trop vieux pour perdre son temps à discuter de théologie avec nous.

– Et n'en discutons pas non plus, ajouta Jerry en lançant la voiture vers le haut de l'allée.

La villa des Farnsworth était longue et basse, pleine de coins et de recoins, avec une apparence à la fois paisible et cossue. Jerry s'est arrêté sous une porte cochère et nous sommes tous descendus. Il a donné une tape sur le toit de sa voiture comme il l'aurait fait pour un cheval et, tandis que nous rentrions, il a contourné l'angle de la villa.

Je ne vais pas faire une description trop étendue de cette maison car elle ne paraîtrait pas nécessairement justifiée, malgré la beauté et le luxe tout texan de l'intérieur. La plupart des choses que nous voyions autour de nous nous étaient décrites par Jerry comme étant des « hauts logrammes ».

Comment les décrire ? Comme des rêves gelés ? Des tableaux en trois dimensions ? Disons cela : les chaises étaient solides. Les tables aussi. Mais il fallait toucher tout le reste avec beaucoup de précautions avant de savoir si c'était comme un arc-en-ciel... je veux dire aussi beau mais insubstantiel.

J'ignore comment ces fantômes étaient créés. Je pense qu'il est possible que les lois de la physique de ce monde aient pu être quelque peu différentes de celles du Kansas de ma jeunesse.

Katie nous a conduits dans ce que Jerry appelait la « pièce familiale ». Il s'est arrêté brusquement sur le seuil et s'est exclamé :

— Ce foutu bordel hindou !

La pièce était vaste et le plafond d'une hauteur surprenante pour une villa d'un étage. Chaque mur, chaque arcade, chaque alcôve était couvert de sculptures, de même que les cintres et les poutres. Et ces sculptures représentaient des personnages. Mais quels personnages ! Je me sentis rougir. Toutes ces figurines, apparemment, étaient la reproduction de celles que l'on trouvait dans ce célèbre temple souterrain du sud de l'Inde qui montrait toutes les formes de vices et de perversions avec un luxe de détails plus que réalistes.

— Désolé, chéri, fit Katie. Les jeunes sont venus danser ici. (Elle s'est précipitée vers la gauche et a disparu dans un groupe de sculptures.) Qu'est-ce que tu veux, Jerry ?

— Eh bien... Remington numéro deux (1).

— Tout de suite.

Tout à coup, les personnages obscènes disparurent, le plafond s'abaissa brusquement pour se transformer en une structure de poutres et de plâtre. Un mur se changea en une large baie ouverte sur des montagnes qui appartenaient à l'évidence à l'Utah et non au Texas. Quant au mur opposé, il comportait à présent une cheminée de pierre massive où crépitait un bon feu. Les meubles étaient maintenant de ce style qu'on appelle parfois « colonial » et le sol dallé était couvert de tapis de style amérindien.

— C'est mieux comme ça. Merci, Katherine. Asseyez-vous, mes amis. Là où vous voudrez.

Je m'assis en évitant soigneusement le fauteuil du « pater familias », massif et recouvert de cuir. Katie et

(1) Frederic Remington (1861-1909), peintre et sculpteur américain, célèbre pour ses scènes de la vie du Far West. *(N.d.T.)*

Marga se partagèrent un sofa tandis que Jerry s'installait dans le fauteuil du maître.

– Mon amour, que veux-tu boire ?

– Soda et campari, si tu veux bien.

– Chochotte. Et vous, Margie ?

– La même chose, je crois.

– Deux chochottes. Alec ?

– Je crois que je vais suivre ces dames.

– Fiston, je veux bien tolérer ça de la part du sexe faible. Mais pas d'un homme adulte. Dites-moi autre chose.

– Euh... Scotch et soda.

– Si j'avais un cheval, j'irais chercher mon fouet. Mon vieux, il vous reste une dernière chance.

– Eh bien... Bourbon et eau plate ?

– Sauvé. Un *Jack Daniels.* L'autre jour, à Dallas, un type a essayé de commander du whisky *irlandais.* Ils l'ont viré de la ville. Et puis ils lui ont fait des excuses. C'était un Yankee et ce n'était pas sa faute s'il ne connaissait rien de mieux.

Pendant qu'il parlait, notre hôte n'avait cessé de tambouriner sur une petite table à hauteur de son coude. Il s'arrêta et, soudain, sur la table près de mon fauteuil apparut un flacon texan empli d'un liquide ambré et un verre d'eau. Je m'aperçus à cet instant que tous les autres avaient été servis. Jerry leva son verre.

– *Salut !* Et vive les confédérés ! Katherine, ajouta-t-il tandis que nous buvions, sais-tu où est notre canaille ?

– Je pense qu'ils sont tous dans la piscine, chéri.

– Ah !

Jerry a repris son pianotement nerveux. Et brusquement, là, en l'air, juste devant notre hôte, une jeune femelle est apparue, assise sur un plongeoir qui venait du néant. Elle était baignée de soleil alors que toute la pièce était dans la pénombre. Des gouttelettes d'eau brillaient sur sa peau. Elle était face à Jerry, le dos tourné vers moi.

– Salut, gringalette !

– Hello, P'pa. Bisou.

— Bisou mon œil ! Ça remonte à quand, la dernière fessée que je t'ai donnée ?

— A l'anniversaire de mes neuf ans. J'avais mis le feu à tante Minnie. Et qu'est-ce que j'ai fait aujourd'hui ?

— Mais bon sang de bon Dieu de bonsoir, qu'est-ce qui t'a pris de laisser ce programme porno, vulgaire et obscène dans la pièce familiale ?

— Daddy joli, arrête ta musique. J'ai vu tes bouquins, tu sais.

— Ce que j'ai dans ma bibliothèque privée ne te regarde pas. Réponds seulement à ma question.

— J'ai oublié de le couper, P'pa. Excuse-moi.

— Oui, c'est ça. Comme pour tante Minnie ? Ecoute, chérie, tu sais que tu es parfaitement libre d'utiliser les contrôles à ta guise. Mais quand tu as terminé, essaie de remettre le programme comme il était avant. Et si tu ne le sais pas, remets-le sur zéro.

— Mais oui, P'pa. J'ai seulement *oublié.*

— Arrête de te tortiller comme ça. Je ne vais pas te bouffer. Mais bordel de Zeus, où est-ce que tu as piqué ton programme ?

— Sur le campus. C'est une bande d'instructions du cours de yoga tantrique.

— Le yoga tantrique ? Ma petite gazelle, tu n'as vraiment pas besoin de ce genre de cours. Est-ce que ta mère est au courant ?

— Je lui ai conseillé de le suivre, intervint Katie avec douceur. Sybil est douée, nous le savons toi et moi. Mais encore faut-il qu'elle soit guidée.

— Vraiment ? Mignonne, je ne me risquerai pas à discuter de ça avec ta mère, je vais donc me replier sur mes positions de défense. A propos de cette bande, comment es-tu tombée dessus ? Tu connais les lois sur le copyright et ni toi ni moi n'avons oublié tout ce cirque autour de l'affaire du *Jefferson Starship...*

— P'pa, tu es pire qu'un éléphant ! Tu n'oublies donc jamais rien ?

— Jamais. Pire encore, je te préviens que tout ce que tu dis pourra être porté par écrit et retenu contre toi, quels que soient le lieu et les circonstances. Qu'est-ce que tu en dis ?

— Je demande à voir mon avocat !

— Alors, c'est ça : tu as *piraté* ce programme !

— Ça t'arrangerait, hein ? Tu pourrais en profiter. Non, je suis désolée, P'pa, mais j'ai payé les droits d'accès au catalogue, comptant, en liquide, et c'est la bibliothèque du campus qui a réalisé la copie pour moi. Voilà, gros malin.

— Grosse maligne toi-même : tu as gaspillé ton argent.

— Je ne crois pas. Ça me plaît.

— Moi aussi. Mais tu as quand même fichu ton argent en l'air. Tu aurais dû me demander.

— *Quoi ?*

— Je t'ai bien eue, hein ? J'ai pensé d'abord que tu avais bricolé les serrures de mon bureau ou que tu leur avais jeté un sort. Je me réjouis donc d'apprendre que tu as fait une folie. Et à combien se monte-t-elle ?

— Euh... quarante-neuf dollars cinquante. Avec le rabais étudiant.

— Ça me paraît correct. J'ai payé le mien soixante-cinq. D'accord. Mais si c'est porté sur ta facture du semestre, je le déduirai de ton allocation. Autre chose, ma toute belle, j'ai ramené un monsieur et une dame à la maison. Je les ai fait entrer dans le salon. Enfin, dans ce qui est censé être le salon. Et les voilà qui se retrouvent devant tout le Kama-sutra en couleurs. Qu'est-ce que tu dis de ça ?

— Je ne l'ai pas fait exprès, tu le sais.

— Alors, oublions ça. Mais ce n'est jamais très courtois de choquer les gens, surtout si ce sont vos invités. Essaie d'être plus prudente la prochaine fois ! Est-ce que tu dîneras avec nous ?

— Oui. Si j'arrive à me libérer assez tôt et si je me dépêche. J'ai un rendez-vous, p'pa.

— Et tu comptes rester à la maison combien de temps ?

— Pas question. On a une réunion toute la nuit. On répète la Nuit de l'Eté (1). On est treize cercles.

Il soupira.

(1) La nuit de la Saint-Jean, en fait. *(N.d.T.)*

— Je suppose que je devrais remercier les Trois Commères que tu prennes la pilule.

— La pilule ! Quel vieux chnoque ! P'pa, tu sais très bien que personne ne se fait jamais mettre enceinte à un sabbat. Tout le monde sait ça.

— Sauf moi. Eh bien, je te remercie quand même d'avoir la bonté de venir dîner avec nous.

Elle poussa soudain un cri perçant en tombant du plongeoir et l'image la suivit dans l'eau. Elle refit surface en suffoquant et en crachant.

— P'pa, tu m'as poussée !

— Comment peux-tu dire une chose pareille ? fit Jerry d'un ton plein de dignité.

L'image s'effaça brusquement.

Katie Farnsworth déclara d'un ton badin :

— Jerry essaie de se faire obéir de sa fille. C'est désespéré, selon moi. Je crois qu'il devrait coucher avec elle et défouler ses instincts incestueux. Mais ils sont tous les deux bien trop collet monté.

— Ma chérie, n'oublie pas de me rappeler de te donner une bonne correction.

— Oui, très cher. Mais tu sais, tu n'aurais pas à la forcer. Il suffirait que tu rendes tes intentions bien évidentes. Elle éclaterait en sanglots et elle te tomberait dans les bras. Et vous passeriez le meilleur moment de votre vie. Margrethe, qu'en pensez-vous ?

— Oui, je le pense.

Quant à moi, j'étais trop hébété pour être encore choqué par cette déclaration de Margrethe.

Le dîner fut délicieux et se passa dans la plus absolue confusion sociale. Il fut servi dans la salle à manger, c'est-à-dire dans la même pièce familiale, mais avec un programme de « hauts logrammes » différent. Le plafond était plus haut, les fenêtres très larges, régulièrement espacées, encadrées de tentures. Au-dehors, on découvrait un jardin à la française.

Un meuble sur roues fit son entrée. Ce n'était pas un « haut logramme », ou du moins pas entièrement. C'était une table de service mais aussi un garde-manger, une cuisinière, un réfrigérateur, bref, toute une cuisine bien équipée. Telle fut du moins ma conclusion, sujette à réfutation. Tout ce que je puis dire, c'est que je n'ai pas vu la moindre servante et que notre hôtesse n'a absolument rien fait. Néanmoins, son époux l'a félicitée pour sa cuisine et nous de même.

Jerry se chargea d'une tâche : découper le rôti (un train de côtes qui aurait pu nourrir une troupe de boy-scouts affamés) et le servir. Les assiettes se présentaient devant lui, il découpait et servait, et l'assiette glissait doucement jusqu'à vous, comme un train modèle réduit. Mais je ne voyais ni train ni voie ferrée. S'agissait-il de quelque machinerie que dissimulaient les « hauts logrammes » ? Je le suppose. Mais ce n'est qu'expliquer un mystère par un autre. (J'appris ultérieurement que, dans ce monde, une vraie maison texane possédait toujours plusieurs serviteurs humains placés bien en vue pour épater les invités. Mais Jerry et Katie avaient des goûts discrets.)

Nous étions six à table. Jerry et Katie s'étaient placés aux deux extrémités, Margrethe était à droite de Jerry, sa fille, Sybil, à sa gauche, et je me trouvais à la droite de notre hôtesse qui avait elle-même, à gauche, le petit ami de Sybil. Ce qui faisait qu'il était juste en face de moi et que Sybil était à ma droite.

Il s'appelait Roderick Lyman Culverson III. Lui n'est pas parvenu à comprendre mon nom. J'ai longtemps considéré que les mâles de notre espèce, dans la plupart des cas, devraient être élevés dans un tonneau et nourris par la bonde. Puis, à l'âge de dix-huit ans, interviendrait le moment d'une décision solennelle : ou les sortir du tonneau, ou reboucher la bonde.

Le jeune Culverson renforça ma conviction. Dans son cas, j'aurais opté pour qu'on rebouche la bonde.

Dès le premier instant, Sybil nous avait dit qu'ils étaient sur le même campus. Mais il semblait aussi étranger aux Farnsworth qu'il l'était à nous. Katie lui demanda :

— Roderick, êtes-vous également apprenti sorcier ?

Il prit un air dégoûté, mais Sybil lui évita de répondre à une question aussi abrupte.

— M'man ! Rod a reçu son athame *il y a des siècles* !

— Excusez-moi d'avoir gaffé, dit tranquillement Katie. C'est une sorte de diplôme qu'on vous donne lorsque vous avez fini votre apprentissage ?

— M'man, c'est un couteau sacré, qu'on utilise lors des rites. Il peut servir à...

— *Sybil !* Il y a des gentils parmi nous (1).

Culverson fronçait les sourcils en fixant Sybil, puis il m'adressa un regard menaçant. Je me suis dit qu'un bel œil au beurre noir lui irait très bien, mais je suis parvenu à ne pas changer d'expression.

— Alors vous êtes un thaumaturge diplômé, Rod ? a demandé Jerry.

Sybil s'est à nouveau interposée.

— P'pa, le mot exact est...

— Silence, ma jolie ! Laisse-le donc répondre lui-même. Rod ?...

— Ce terme n'est employé que par les ignorants.

— Du calme ! Je ne suis guère au fait de ces sujets et je cherche simplement à en savoir plus, comme en ce moment. Mais vous ne resterez pas assis à ma table pour me traiter d'ignorant. Maintenant, est-ce que vous pouvez me répondre sans monter sur vos grands chevaux ?

Je vis les narines de Culverson se dilater mais il parvint à se dominer.

— « Sorcier » est le terme habituel qui s'applique aux adeptes mâles ou femelles de l'Art. « Magicien » est également acceptable mais techniquement inexact. Tous les magiciens ne sont pas des sorciers et tous les sorciers ne sont pas versés dans la magie. Mais « thaumaturge » est jugé comme offensant et incorrect car il désigne un faiseur de miracles qui adore le diable, et l'Art n'a rien à voir avec le culte du diable. En essence, ce terme implique le sens de « briseur de serment », et les sorciers ne brisent pas leurs serments. Ou plutôt : l'Art interdit absolument de briser les serments. Un sorcier qui brise un serment, même avec un gentil, peut être sanctionné et même chassé si le serment était

(1) Pour les anciens Hébreux, un « gentil » était un étranger. Pour les chrétiens, un païen. *(N.d.T.)*

majeur. Vous voyez donc que je ne suis pas « thaumaturge ». Mon titre exact, au degré où j'en suis, est « adepte de l'Art », c'est-à-dire « sorcier ».

– C'est très clair ! Je vous remercie. Veuillez donc m'excuser d'avoir sorti ce terme de « thaumaturge » à votre égard...

Jerry attendit et il fallut quelque temps à Culverson pour comprendre. Il dit alors en hâte :

– Oh, certainement, certainement ! Il n'y a pas d'offense, d'un côté comme de l'autre.

– Merci. Mais, pour ajouter à vos commentaires sur ces divers termes, « magie » vient du grec « magia ». L'Art. Ce qui laisse à penser que nos ancêtres en connaissaient plus long que nous sur ce sujet. En tout cas, « Art » est une manière concise de définir « L'Art de la Sagesse », c'est bien cela, Rod ?

– Oh ! Euh, oui... certainement. La Sagesse. La Connaissance. Toute l'Ancienne Religion se résume ainsi.

– Très bien. Mon garçon, écoutez-moi bien. Une des caractéristiques du sage est de ne pas se mettre en colère sans nécessité. La loi ignore les futilités, de même que l'homme sage. Des futilités telles qu'une jeune fille essayant de donner une définition de l'athame devant des gentils – une connaissance qui n'a rien d'ésotérique que je sache – et un vieux fou usant d'un terme inadéquat. Vous me comprenez ?

Une fois encore, Jerry attendit. Puis, très doucement, il ajouta :

– Je vous ai dit : vous me comprenez ?

Culverson prit une profonde inspiration.

– Oui, je vous ai compris. Un homme sage ne s'arrête pas à des futilités.

– Bien. Puis-je vous proposer une autre tranche de viande ?

Culverson se tint tranquille à partir de cet instant. Et moi aussi. Et Sybil. Quant à Katie, Jerry et Margrethe, ils bavardaient avec courtoisie et bonne humeur, ayant décidé d'ignorer qu'un invité avait été dûment rembarré en public.

— P'pa, dit tout à coup Sybil, est-ce que maman et toi vous souhaitez que je sois présente à l'adoration du feu, vendredi ?

— « Souhaitez » n'est pas tout à fait l'expression qui convient, dit Jerry, étant donné que tu as choisi ta propre église. Nous « espérons », dirai-je.

Et Katie ajouta :

— Sybil, il est probable que cette nuit ton cercle soit la seule église où tu te sentes bien. Mais cela pourrait changer... et je crois savoir que l'Ancienne Religion n'interdit nullement à ses membres de participer à d'autres services religieux.

— C'est là le résultat de siècles, de millénaires de persécutions, madame Farnsworth, intervint Culverson. Nos règlements stipulent encore que chaque membre d'un cercle doit apparaître publiquement dans une église approuvée par la société. Mais nous ne les appliquons plus aussi régulièrement.

— Je vois. Merci, Roderick. Sybil, puisque ta nouvelle religion encourage l'appartenance à une autre église, il serait peut-être plus prudent de te montrer régulièrement, ne serait-ce que pour protéger tes tickets-prime. Tu pourrais en avoir besoin un jour.

— Exactement, approuva son père. Tes tickets-prime. Ma chérie, est-ce qu'il ne t'est jamais venu à l'idée que le fait que ton papa soit un des piliers de la congrégation, avec un chéquier toujours prêt, pouvait avoir quelque rapport avec le fait qu'il vend plus de Cadillac que n'importe quel autre agent dans tout le Texas ?

— P'pa, ce que tu dis est totalement cynique.

— C'est sûr. Mais ça fait vendre des Cadillac. Et ne parle pas d'adoration du feu, veux-tu ? Ce n'est pas la flamme que nous adorons mais ce qu'elle représente.

Sybil se mit à tordre sa serviette et, l'espace d'un instant, elle eut l'air d'une adolescente inquiète de treize ans et non de la jeune femme que révélaient les formes épanouies de son corps.

— Papa, il n'y a pas que ça. Toute ma vie, cette flamme a signifié pour moi la guérison, la purification, la vie éternelle... jusqu'à ce que j'étudie l'Art. Et son histoire. P'pa, pour un sorcier... *le feu, c'est le moyen qu'ils utilisent pour nous tuer!*

J'en ai eu le souffle coupé. Je crois qu'au niveau émotionnel, je n'avais pas encore admis que ces deux jeunots, je veux dire ce petit voyou ordinaire et cette ravissante et délicieuse jeune fille... fille de Katie et Jerry, nos bons Samaritains... étaient *deux sorciers.*

Oui, oui, je sais : l'Exode, chapitre 22, verset 17 : *Tu ne laisseras point vivre la magicienne.* Une injonction aussi solennelle que les Dix Commandements, donnée par Dieu directement à Moïse; devant tous les enfants d'Israël...

*Que faisais-je donc ici, à rompre le pain avec deux magiciens?*

Considérez-moi comme un lâche. Parce que je ne me suis pas levé pour aller les dénoncer. Je suis resté immobile, impassible.

Katie est intervenue :

– Chérie, chérie! C'était au Moyen Age! Ça n'existe plus maintenant, plus ici.

– Madame Farnsworth, a dit Culverson, toute sorcière, tout sorcier sait que la terreur peut recommencer à n'importe quel moment. Il suffirait d'une mauvaise récolte pour déclencher ça. Et Salem, ça n'est pas tellement ancien. Ni très loin. (Il a ajouté :) Et il existe encore des chrétiens un peu partout. Ils allumeraient de nouveaux bûchers s'ils le pouvaient. Comme à Salem.

C'était le moment idéal pour me taire. Mais j'ai lancé :

– On n'a brûlé aucune sorcière à Salem.

Il s'est tourné vers moi.

– Qu'en savez-vous?

– Il y a eu des autodafés en Europe, pas ici. A Salem, on a pendu des sorcières, à l'exception d'une qui a été acculée dans les flammes. (On n'aurait pas dû utiliser le feu. Notre Seigneur nous avait ordonné de ne pas les laisser vivre, mais il n'avait pas dit de les faire périr par la torture.)

Il avait toujours les yeux fixés sur moi.

– Alors? Vous semblez approuver ces pendaisons.

— Mais je n'ai jamais rien dit de la sorte ! (Dieu Tout-Puissant, pardonne-moi !)

Jerry nous a coupés.

— Je déclare que ce sujet n'a pas sa place ici ! Et on n'en discutera plus à cette table. Sybil, nous ne voulons pas que tu viennes si cela doit te rappeler des occasions tragiques. Et à propos de tragédie, qu'est-ce qui va se passer avec la ligne arrière des Dallas Cowboys ?

Deux heures plus tard, Jerry Farnsworth et moi étions de nouveau assis ensemble dans la même pièce, devenue cette fois Remington numéro trois. Une tempête de neige faisait rage au-dehors; quelquefois, un souffle froid passait sur le sol, le feu craquait dans la cheminée et, de temps à autre, nous entendions le hurlement d'un loup. Il nous versa du café et du brandy dans des verres grands comme des bocaux à poissons rouges.

— Vous connaissez sûrement les brandies les plus nobles, Napoléon ou Carlos Primero. Mais celui-là est de sang royal. Il doit même être hémophile.

J'ai pris une petite gorgée. Sa plaisanterie ne m'avait guère plu. Je pensais encore aux sorcières, aux sorcières que l'on torturait à mort. Qui se tortillaient dans les flammes, qui lançaient un dernier spasme sous la potence. Et toutes avaient le doux visage de Sybil.

Est-ce que l'on trouve une définition de « sorcière » quelque part dans la Bible ? Etait-il possible que ces modernes adeptes de l'Art n'eussent rien à voir avec ce que Jéhovah entendait par « sorcière » ?

Arrête de tergiverser, Alec ! « Sorcière », « magicienne », cela a le même sens dans le Texas d'aujourd'hui que dans l'Exode. Tu es le juge et elle s'est confessée. *Peux-tu vraiment condamner la fille de Katie à être pendue ? Déclencheras-tu la trappe ?* Cesse donc d'éluder le problème, mon garçon. Toute ta vie, tu n'as fait que ça.

Ponce Pilate s'est lavé les mains.

Je ne condamnerai pas une sorcière à mort ! Alors, Seigneur, aide-moi.

— Nous buvons au succès de votre odyssée, à vous et Margie, a dit Jerry. Videz lentement votre verre et ça ne vous montera pas à la tête. Ça vous apaisera simplement les nerfs tout en vous rendant l'esprit plus vif. Maintenant, Alec, dites-moi pourquoi vous vous attendez à la fin du monde.

Dans l'heure qui suivit, j'ai résumé l'évidence, en faisant bien remarquer qu'il n'y avait pas qu'une seule prophétie qui correspondait aux signes, mais plusieurs : L'Apocalypse, Daniel, Ezéchiel, Isaïe, Epître de Paul aux Thessaloniciens puis aux Corinthiens, Jésus dans les quatre Evangiles.

A ma grande surprise, Jerry avait un exemplaire de la Bible. J'y ai choisi quelques passages plus faciles à comprendre pour un non-croyant et lui ai donné une liste des divers chapitres et versets qu'il lui faudrait étudier plus tard. L'Epître aux Thessaloniciens, bien sûr, chapitre 4, versets 15 et 17, le 24e chapitre de l'Evangile selon Saint Matthieu (l'ensemble des cinquante et un versets), les prophéties similaires de Saint Luc, chapitre 21, et principalement les versets 23 à 32, avec cet indice à propos de « cette génération » qui en a troublé plus d'un (1). Ce que le Christ a dit en réalité, c'est que la génération qui verra ces présages et ces signes verra Son retour, qu'elle entendra le Cri et connaîtra le jour du Jugement. Le message est évident si vous le lisez intégralement. Les erreurs proviennent de ce qu'on a pris des passages, des extraits, en ignorant le reste. La parabole du figuier l'explique (2).

Je lui ai aussi sélectionné, dans Isaïe, Daniel et ailleurs, les prophéties de l'Ancien Testament qui pouvaient être mises en parallèle avec celles du Nouveau Testament.

Je lui ai tendu la liste que j'avais établie en lui demandant d'étudier toutes ces prophéties avec soin et, s'il rencontrait quelque difficulté, de les relire, et même

(1) « De même, quand vous verrez ces choses arriver, sachez que le royaume de Dieu est proche. Je vous le dis en vérité, cette génération ne passera point, que tout cela n'arrive. » Saint Luc, 21 :31-33 *(N.d.T.)*

(2) « Et Il leur dit une comparaison : " Voyez le figuier et tous les arbres. Dès qu'ils ont poussé, vous connaissez de vous-même, en regardant, que déjà l'été est proche. " » Saint Luc, 21 :29-30 *(N.d.T.)*

d'en appeler à Dieu : *Demandez, et il vous sera donné. Cherchez, et vous trouverez.*

— Alec, m'a-t-il dit, je suis d'accord sur un point. Les informations, depuis plusieurs mois, m'ont fait penser à Armageddon. C'est comme si c'était pour demain soir. En tout cas, oui, il se peut que ce soit la fin du monde et le jugement dernier, parce qu'il ne restera plus grand-chose à sauver. (Il avait l'air triste.) Je me suis souvent demandé dans quel genre de monde Sybil allait grandir. A présent, je me demande si elle va grandir.

— Jerry, il faut vous y mettre. Trouver le chemin de la grâce. Conduire ensuite votre femme et votre fille. Vous n'avez pas besoin de moi mais seulement de Jésus. Il a dit : *Voici, je me tiens à la porte et je frappe; si quelqu'un entend ma voix et ouvre la porte, j'entrerai chez lui, je souperai avec lui et lui avec moi.* C'est dans l'Apocalypse, chapitre 3, verset 20.

— Et vous y croyez ?

— Oui, j'y crois.

— Alec, j'aimerais vous suivre dans cette croyance. Ce serait pour moi un réconfort, le monde étant ce qu'il est devenu aujourd'hui. Mais je ne vois aucune preuve évidente dans les rêves de tous ces prophètes morts depuis longtemps. Je n'y lis rien. La théologie n'est d'aucun secours. C'est comme de chercher à minuit dans une cave un chat noir qui n'y est plus. Les théologiens arrivent à se persuader de n'importe quoi. Dans ma religion aussi, cela se passe comme ça... mais, au moins, elle est panthéiste, honnête. Quelqu'un capable d'adorer une trinité et de prétendre que sa religion est monothéiste peut croire n'importe quoi : il suffit de lui donner le temps de rationaliser tout cela. Je m'excuse d'être aussi carré.

— Jerry, dans la religion, c'est souvent nécessaire.

*Mais je sais que mon rédempteur est vivant,*

*Et qu'il se lèvera le dernier sur la terre.* C'est dans Job, chapitre 19, verset 25. C'est Lui votre rédempteur, Jerry. Je prie pour que vous Le trouviez.

— Je n'ai pas beaucoup de chance, je le crains, a dit Jerry en se levant.

— Vous ne L'avez pas encore trouvé. Mais n'abandonnez pas. Je prierai pour vous.

— Merci, et merci pour tout. Comment vont les chaussures ?

— Plutôt bien. Je m'y sens à l'aise.

— Si vous tenez vraiment à reprendre la route demain, il vaut mieux que vous ayez des chaussures qui ne vous donnent pas d'ampoules avant d'arriver au Kansas. Vous êtes certain qu'elles vous vont ?

— Sûr et certain. Et je suis aussi sûr qu'il nous faut partir. Si nous restions un jour de plus, nous n'aurions plus envie de continuer. (La vérité, que je ne pouvais lui dire, est que j'avais été tellement effrayé par la sorcellerie et le culte du feu que j'avais envie de partir sans perdre un instant. Mais je ne pouvais rien lui confier.)

— Alors, laissez-moi vous montrer votre chambre. Nous allons faire doucement, parce que Margie doit déjà dormir. A moins que nos douces compagnes ne se soient couchées plus tard que nous ne le pensions.

A la porte de la chambre, il leva la main et me dit :

— Si vous avez raison et si je me trompe, il est possible que même vous passiez à côté.

— C'est vrai. Je ne suis pas en état de grâce. Pas maintenant. Il faut que je m'y attache.

— Eh bien, bonne chance. Mais si jamais vous passez à côté, faites-moi signe en enfer, voulez-vous ?

Je pense qu'il devait être sérieux.

— J'ignore si c'est permis.

— Vous vous occuperez de ça. Et moi aussi. Je vous en fais la promesse. (Il me sourit.) Je vous promets une réception infernale, en tout cas. Disons que vous serez chaleureusement reçu !

Je lui ai souri en réponse.

— Enfer conclu !

Une fois encore, j'ai retrouvé ma belle endormie tout habillée. Je lui ai souri et, sans faire le moindre bruit, je me suis étendu près d'elle et j'ai pris sa tête pour la poser sur mon épaule. Je voulais qu'elle se réveille doucement, alors je pourrais la déshabiller et la mettre vraiment au lit. Entre-temps, j'avais mille problèmes auxquels je devais réfléchir : disons, quelques centaines.

Et puis, je me suis aperçu qu'il faisait jour. Et que le lit était tout bosselé et me grattait le dos. La lumière a augmenté rapidement et c'est alors que j'ai vu que nous étions étendus sur des bottes de foin, dans une grange.

## 19

*Achab dit à Elie : m'as-tu trouvé, mon ennemi ? Et il répondit : je t'ai trouvé, parce que tu t'es vendu pour faire ce qui est mal aux yeux de l'Eternel.*

Premier Livre des Rois, 21 : 20

Nous avons parcouru les derniers deux cents kilomètres entre Clinton et Oklahoma City sur la 66 à toute allure, sans nous soucier du fait que nous étions à nouveau sans un sou, que nous n'avions rien à manger et que nous ne savions où dormir.

Nous avions vu un dirigeable.

Bien entendu, cela changeait tout. Depuis des mois, je n'étais rien, je ne venais de nulle part, j'étais sans le sou, je ne savais plus que laver la vaisselle et, en fait, j'étais devenu un clochard. Mais si j'étais de retour dans mon monde à moi, cela signifiait un emploi bien payé, une position respectée au sein de la société, un compte en banque bien alimenté. Et la fin de ce jeu de ping-pong entre les mondes.

C'était le milieu de la matinée et nous arrivions à Clinton avec un fermier qui venait faire une livraison en ville. J'ai entendu Margrethe pousser une exclamation étouffée. J'ai suivi son regard... et j'ai vu le dirigeable. Long, argenté, magnifique. Je ne suis pas parvenu à lire son nom mais le logo était celui des Eastern Airlines.

— C'est le Dallas-Denver express, a remarqué notre hôte en extrayant une montre de sa salopette. Il a six minutes de retard. Ce n'est pas normal.

J'ai maîtrisé mon excitation.

— Vous avez un aéroport à Clinton ?

— Oh non ! Le plus proche est à Oklahoma City.

Vous voulez arrêter le stop et prendre par la voie des airs ?

— Ça nous plairait.

— Ça, je vous crois. C'est mieux que de cultiver la terre.

J'ai maintenu la conversation au niveau des banalités jusqu'au moment où il nous a déposés près du marché, quelques minutes plus tard. Mais, dès que nous nous sommes retrouvés seuls, Margrethe et moi, je n'ai plus réussi à me contenir. Je me suis mis tout d'abord à l'embrasser, puis je me suis interrompu. L'Oklahoma, sur le plan de la morale, c'est un peu le Kansas : la plupart des villes sont très strictes à l'égard des démonstrations d'affection publiques.

Je me suis demandé si j'aurais du mal à me réadapter après toutes ces semaines où j'avais traversé tant de mondes dont aucun n'avait de code moral aussi roide que celui dans lequel j'avais été éduqué. J'avais pris l'habitude d'embrasser ma femme en public et aussi de me livrer à des manifestations affectueuses et innocentes dont les communautés moralistes, cependant, ne supportaient pas la vue. Il y avait cependant plus grave encore : pourrais-je éviter des ennuis à ma bien-aimée ? J'étais né dans ce monde et il se pouvait que je retrouve très vite mes habitudes... Mais Margie, elle, était toujours tendre et aimante et elle n'avait pas le sens de la honte.

— Désolé, chérie, lui ai-je dit, j'étais sur le point de t'embrasser. Mais il ne faut pas.

— Pourquoi ?

— Eh bien... je ne peux pas t'embrasser en public. Pas ici. Seulement en privé. C'est... comment dire : *A Rome, il faut vivre comme à Rome...* Mais n'y pensons pas trop pour l'instant. Chérie, nous sommes revenus ! C'est chez moi, ici, et donc chez toi. Tu as vu ce dirigeable ?

— C'était vraiment un aéronef ?

— Oui, un véritable aéronef... la plus belle chose que j'aie vue depuis des mois. Sauf... Mais n'espérons pas trop vite, ni trop fort. Nous savons toi et moi à quel point ces mondes qui se succèdent se ressemblent souvent par bien des points. Je suppose qu'il existe une possibilité que ce monde possède des dirigeables... tout en n'étant pas le mien. Mais je ne crois pas... Cependant, ne nous excitons pas trop.

(Je n'avais pas remarqué que Margrethe n'était pas le moins du monde excitée.)

– Comment pourras-tu savoir exactement si c'est bien ton monde ?

– Nous pourrions vérifier comme nous l'avons fait auparavant : en allant à la bibliothèque publique. Mais, dans le cas présent, nous pouvons faire mieux et plus vite. Il faut que je trouve le bureau de la compagnie de téléphone Bell. Je vais aller me renseigner dans cette épicerie.

J'avais besoin d'un bureau de téléphone plutôt que d'une cabine publique puisqu'il me fallait consulter auparavant les annuaires avant de pouvoir appeler. Etait-ce mon monde ?

Oui, c'était bien mon monde ! Dans le bureau, il y avait des annuaires pour tout l'Oklahoma mais également pour les principales villes des autres Etats, y compris pour une ville qui m'était très familière : Kansas City, Kansas.

J'ai montré à Margrethe la rubrique *Ligue de Morale des Eglises, Bureau national.*

– Tu vois ça, Margrethe ?

– Oui, je vois.

– Est-ce que ça n'est pas formidable ? Tu n'as pas envie de te mettre à chanter et à danser ?

– Je suis très heureuse pour toi, Alec.

(Elle aurait aussi bien pu dire : Mais c'est tellement normal. Et toutes ces jolies fleurs !)

Nous étions dans le renfoncement où étaient disposés les annuaires. Inquiet, je lui ai murmuré à l'oreille :

– Qu'y a-t-il, chérie ? C'est un événement heureux, non ? Tu ne comprends donc pas ? Quand j'aurai téléphoné, nous aurons de l'argent. Plus question de boulots minables, plus question de nous demander où nous allons manger ou passer la nuit. Nous rentrerons directement en Pullman, non, en dirigeable ! Ça te plaira, j'en suis sûr ! Le fin du fin dans le luxe. Ça va être notre lune de miel, chérie. Une lune de miel comme jamais nous n'aurions pu nous en offrir.

– Tu ne m'emmèneras pas à Kansas City.

– Qu'est-ce que tu veux dire ?

– Alec... il y a ta femme là-bas.

Croyez-moi quand je dis que je n'avais pas pensé une seule fois à Abigail depuis des semaines et des semaines. J'étais convaincu que jamais je ne la reverrais (pas plus que je ne m'étais attendu à retrouver mon monde natal) et j'avais une femme, une femme bien à moi, que tous les hommes auraient pu m'envier : Margrethe.

C'était comme la première pelletée de terre sur un corps dans la tombe.

Je réussis à m'en dégager. Mais en partie seulement.

– Marga, voilà ce que nous allons faire. D'accord, il y a un problème, mais nous pouvons le résoudre. Bien sûr que tu vas venir avec moi à Kansas City ! Il le faut ! Mais à cause d'Abigail, il faut que je te trouve un gentil refuge bien tranquille pendant que j'arrangerai les choses. (Arranger les choses ? Abigail allait hurler au meurtre !) D'abord, il faut que je remette la main sur mon argent. Puis nous irons voir un avocat.

(Le divorce ? Dans un état où il n'existait qu'un seul motif légal de divorce et qui n'accordait le bénéfice du divorce qu'à la partie lésée ? Margrethe étant l'autre femme ? Impossible. Comment permettre que Margrethe se retrouve au pilori ? Comment tolérer d'être chassé de la ville si Abigail l'exigeait ? Peu importait ce qui pouvait m'advenir, peu importait qu'Abigail me plume jusqu'à mon dernier cent, mais Margrethe ne pouvait en aucun cas subir le sort que pouvaient lui réserver les lois sur les Lettres Ecarlates de ce monde (1). Ça, non, jamais !)

– Et nous irons au Danemark. (Non, le divorce est impossible.)

– Vraiment ?

(1) Jusqu'au début du siècle dernier, en Amérique, on marquait d'un A infamant écarlate les femmes coupables d'adultère. *Cf.* le roman de Nathaniel Hawthorne. *(N.d.T.)*

— Vraiment. Chérie, tu es ma femme, maintenant et à jamais. Je ne peux pas te laisser ici pendant que je règle ces affaires à K.C. Le monde pourrait changer encore une fois et je te perdrais. Mais nous ne pouvons pas aller au Danemark tant que je n'aurai pas remis la main sur mon argent. C'est clair ?

(Et si Abigail avait écumé mon compte en banque ?)

— Oui, Alec. Nous allons aller à Kansas City.

(Bon, cela réglait une partie du problème. Restait la question d'Abigail. Peu importait. Je m'y attaquerais le moment venu.)

Trente secondes plus tard, j'avais d'autres problèmes. Mais bien sûr, me dit la fille du téléphone, je pouvais appeler en P.C.V. interurbain. Kansas City ? Pour Kansas City, Kansas ou Kansas City, Missouri, la première unité était obligatoirement de vingt-cinq cents. Déposez votre pièce dans la boîte quand je vous le dirai. Cabine deux.

J'allai à la cabine et je cherchai les pièces que je pouvais avoir en poche.

Une de vingt cents.

Deux de trois pennies.

Une pièce de vingt-cinq cents du Canada, avec l'effigie de la reine (une reine ?).

Un demi-dollar.

Trois pièces de cinq cents qui n'étaient pas des *nickels* mais plus petites.

Et aucune de toutes ces pièces ne portait la devise habituelle de l'Union Nord-Américaine : *Dieu est notre Forteresse.*

En examinant cette collection hétéroclite, j'ai essayé de définir à quel moment ce dernier changement avait eu lieu. A l'évidence depuis la dernière fois que j'avais été payé, ce qui le situait plus tard qu'hier après-midi mais avant le moment où nous avions été pris en stop, après le breakfast. Pendant que nous dormions la nuit d'avant ? Mais nous n'avions pas perdu nos vêtements, ni notre argent. J'avais même encore mon rasoir sur moi.

Peu importait... Toute tentative pour comprendre les détails de ces changements ne conduisait qu'à la folie.

Tout ce qui comptait, c'est que le changement avait eu lieu. J'étais dans mon monde natal... et sans argent. Sans argent légal, je veux dire.

Je n'avais pas d'autre choix possible que cette pièce canadienne de vingt-cinq cents qui me semblait très valable. Je n'essayai même pas de me raconter que le huitième commandement ne s'appliquait pas aux grandes sociétés nationales. Je me jurai au contraire de rembourser la Bell Company. Je pris le récepteur.

— Quel numéro, s'il vous plaît ?

— Je voudrais faire un appel en P.C.V. au siège de la Ligue de Morale des Eglises à Kansas City, Kansas. Le numéro est State Line 1224 J. Je désire parler à n'importe quel interlocuteur.

— Mettez une pièce de vingt-cinq cents, s'il vous plaît.

J'ai glissé ma pièce canadienne dans la boîte et j'ai retenu mon souffle. J'ai entendu le *Cling-Bong-Cling!* Puis le central m'a annoncé : Merci. Ne raccrochez pas. Veuillez attendre.

J'ai attendu. Attendu. Attendu.

— Pour l'appel à destination de Kansas City; la Ligue de Morale des Eglises n'accepte pas les appels en P.C.V.

— Attendez ! Dites-leur que c'est le révérend Alexander Hergensheimer qui appelle, je vous prie !

— Merci. Veuillez mettre vingt-cinq cents.

— Eh ! je n'ai rien eu avec ma première pièce. Vous avez raccroché trop vite.

— Nous n'avons pas coupé la communication. C'est le correspondant de Kansas City qui a raccroché.

— Eh bien, rappelez-le s'il vous plaît, et dites-leur cette fois de ne pas raccrocher.

— Oui, monsieur. Mettez votre pièce, je vous prie.

— Central, est-ce que je demanderais un appel en P.C.V. si j'avais suffisamment de monnaie sur moi ? Appelez-les et dites-leur qui je suis. Le révérend Alexander Hergensheimer; directeur adjoint.

— Alors ne quittez pas.

J'ai attendu encore. Très longtemps.

— Révérend ? Votre correspondant de Kansas City nous demande de vous dire qu'il n'accepte pas les appels en P.C.V. – je le cite – quand bien même il s'agirait de Jésus-Christ Lui-même.

– Ce n'est pas une chose à dire au téléphone. Ni n'importe où, d'ailleurs.

– Je suis tout à fait d'accord. Mais il y a autre chose. Cette personne a dit qu'elle n'avait jamais entendu parler de vous.

– Mais, je...

Je n'ai pas poursuivi. Car je n'aurais su m'exprimer avec la dignité qui seyait à mon habit.

– Oui, monsieur. J'ai essayé de savoir son nom. Mais il a raccroché encore une fois.

– C'était un homme jeune ? Ou bien vieux ? Basse, ténor, baryton ?

– Une voix jeune de soprano. J'ai eu l'impression que c'était le jeune garçon de service qui est chargé de répondre au téléphone pendant les heures de repas.

– Je vois. Eh bien, merci pour vos efforts. Vous avez fait plus que votre devoir, selon moi.

– Ce fut un plaisir, Révérend.

J'ai laissé tomber, furieux contre moi. Je n'ai rien expliqué à Margrethe jusqu'à ce que nous soyons loin de l'immeuble.

– J'ai été pris à mon propre piège, ma chérie. C'est moi-même qui ai donné cette instruction : pas de communications en P.C.V. J'avais consulté le registre des appels et il m'était apparu sans doute possible que l'association perdait de l'argent. Et il y avait neuf appels sur dix qui étaient en P.C.V.... Et la Ligue n'est pas une organisation de charité... Elle collecte l'argent, elle ne le distribue pas. Quant au dixième appel, c'est toujours un ennui ou un maniaque. J'ai donc fait appliquer ce règlement... et les résultats sont apparus très rapidement. Nous avons récupéré des centaines de dollars de téléphone rien qu'en une année. (Je suis parvenu à sourire.) Non, jamais je n'avais pensé que ça pourrait se retourner contre moi.

– Et à présent, Alec, quels sont tes plans ?

– A présent ? Gagner au plus vite la 66 et lever le pouce. Je voudrais que nous soyons à Oklahoma City avant cinq heures. Ça devrait être possible : nous ne sommes plus très loin.

— Bien, m'sieur ! Mais pourquoi cinq heures, si je puis me permettre cette question ?

— Tu peux tout te permettre et tu le sais parfaitement. Arrête ton petit numéro de femme soumise, ma douce. Tu me fais la tête depuis que nous avons vu ce dirigeable. Nous devons être à Oklahoma City avant cinq heures parce qu'il y a là-bas une succursale de la Ligue de Morale et que je veux arriver avant la fermeture. Et tu vas voir : nous aurons droit au tapis rouge, ma chérie ! Finis les ennuis !

Cet après-midi-là fut pour moi comme la traversée d'un champ de sorgho. Le sorgho de janvier. Non pas que nous ne trouvions pas de passages, mais c'était uniquement sur de courtes distances. Nous voyagions à environ quarante kilomètres à l'heure de moyenne sur une autoroute où le cent dix était autorisé. Mais nous avons perdu cinquante-cinq minutes pour une raison valable : un repas gratuit. Pour la énième fois, un chauffeur de camion avait tenu à nous inviter à nous restaurer en même temps que lui. La raison, évidente, était toujours la même : comment un homme normal pouvait-il s'arrêter pour déjeuner sans inviter Margrethe à s'asseoir près de lui ? (Moi, si j'avais le droit de manger aussi, c'était uniquement parce qu'elle était ma propriété. Mais je ne m'en plaignais pas.)

En fait, le repas n'avait duré que vingt minutes. Ensuite, il avait gaspillé une bonne demi-heure et d'innombrables pièces de vingt-cinq cents dans les flippers... Margrethe restait à côté de lui, gloussant et applaudissant chaque fois qu'il faisait un bon score, et moi je bouillais. C'était ça, l'instinct social de Margrethe. Ensuite, nous avons fait le trajet d'une seule traite jusqu'à Oklahoma City. Notre chauffeur a décidé de traverser la ville alors qu'il aurait pu la contourner et, à 4 h 20 exactement, il nous a déposés à l'angle du Lincoln Park et de la 36e Rue, à deux blocs seulement du bureau de la Ligue.

Distance que j'ai parcourue en sifflotant. En chemin, j'ai lancé à Margrethe :

— Souris, chérie ! Dans un mois, peut-être moins, on dînera dans les jardins de Tivoli.

— Vraiment ?

— Bien sûr. Tu m'en as tellement parlé que j'aurai du mal à attendre. Là, nous y sommes !

Notre bureau se trouve au second étage. Cela m'a fait tellement de bien au cœur de voir l'inscription sur la porte de verre : *Ligue de Morale des Eglises – Entrez.*

— Après vous, mon amour !

J'ai mis la main sur la poignée et poussé.

La porte était fermée.

J'ai d'abord frappé, avant d'aviser une sonnette. Puis j'ai frappé encore, et sonné à nouveau.

Un nègre muni d'une pelle et d'un balai a surgi du couloir. Il allait nous dépasser sans rien dire quand je l'ai interpellé :

— Eh, tonton ! Est-ce que tu aurais la clé de ce bureau ?

— Sûrement pas, Cap'tain. Y a personne. En général, ils bouclent tout et ils partent vers quatre heures.

— Je vois. Merci.

— Tout le plaisir est pour moi, Cap'tain.

Lorsque nous nous sommes retrouvés dans la rue, j'ai fait un sourire lamentable à Margrethe.

— Le tapis rouge. Ils ferment à quatre heures. Ah, quand le chat n'est pas là, les souris dansent. Mais je te le jure : des têtes vont tomber. Bon, je ne vois pas d'autre cliché à te servir dans cette situation... Ah, si : les mendiants n'ont pas le choix. Madame, est-ce que cela vous séduirait de passer la nuit dans le parc ? Temps chaud, pas de pluie prévue. Moustiques et puces. Pas d'extra.

Nous avons donc dormi dans le Lincoln Park, sur le terrain de golf. Le green était comme du velours, et plein de bestioles.

Mais nous avons passé une excellente nuit, malgré les puces. Nous nous sommes réveillés à l'arrivée des premiers joueurs et nous nous sommes éclipsés, suivis de quelques regards équivoques. Nous avons utilisé les douches du parc et, après, nous nous sommes sentis mieux, surtout moi une fois rasé. Comme breakfast, nous avons pris de l'eau fraîche. Je me sentais plutôt en forme. Il était encore trop tôt pour que mes playboys de la Ligue soient déjà à leur poste. Nous avons rencontré un policier et je lui ai demandé où était la bibliothèque publique. Puis j'ai ajouté :

— A propos, où se trouve donc l'aéroport ?

— Le... quoi ?

— Eh bien... le champ de départ des dirigeables.

Il s'est tourné vers Margrethe et lui a demandé :

— Mademoiselle, est-ce qu'il est malade ?

Malade, je l'ai été une demi-heure plus tard, après être retourné à l'immeuble où nous étions venus la veille... Malade, mais pas trop surpris de découvrir qu'il n'existait plus de Ligue de Morale des Eglises dans la liste des occupants. Mais, pour bien m'en assurer, je suis monté à nouveau jusqu'au deuxième étage. Il y avait à présent une compagnie d'assurances.

— Eh bien, chérie, si nous allions à la bibliothèque publique. Comme ça, nous pourrons voir dans quel genre de monde nous sommes tombés.

— Oui, Alec. (Elle semblait d'excellente humeur.) Chéri, je suis navrée que tu sois si déçu... mais je suis également soulagée. Je... j'étais terrifiée à l'idée de rencontrer ta femme.

— Ça, tu ne la rencontreras pas. Jamais. Je te le promets. Ma foi... moi aussi, je suis soulagé. Et j'ai faim.

Nous avons encore fait quelques pas.

— Alec, il ne faut pas être en colère.

— Mais non. Je vais juste bouder un peu. Qu'y a-t-il ?

— J'ai cinq pièces de vingt-cinq cents. Parfaitement légales.

— Bien. Et je suis censé te demander qui tu as tué ? S'il a beaucoup saigné ?

— C'était hier. Ces jeux. Ces flippers. Chaque fois qu'Harry gagnait, il me donnait une pièce. « Porte-bonheur », il disait.

J'ai décidé de ne pas la corriger. Bien sûr, ces pièces n'étaient pas vraiment « bonnes », mais elles se révélèrent quand même utilisables, c'est-à-dire dans des distributeurs. Nous venions de passer devant une arcade à jeux. En général, dans ce genre d'endroit, on trouve des distributeurs de boissons et de sandwiches. C'était le cas de celui-ci. Les prix m'ont paru abominablement élevés. Un sandwich ridiculement mesquin coûtait cinquante cents. Et une toute petite barre de chocolat vingt-cinq. Mais cela valait quand même mieux que certains breakfasts auxquels nous avions eu droit sur la route. Et ce n'était pas un vol puisque les pièces de vingt-cinq cents qui venaient de mon monde à moi étaient en argent.

Ensuite, nous nous sommes rendus à la bibliothèque pour essayer de savoir à quel genre de monde nous avions affaire.

Nous l'avons découvert très vite : c'était celui de Marga.

# 20

*Le méchant prend la fuite sans qu'on le poursuive,*
*Le juste a de l'assurance comme un jeune lion.*

Proverbes, 28:1

Margrethe était aussi ravie que je l'avais été moi-même la veille. Elle rayonnait, souriante. Elle avait l'air d'avoir quinze ans. J'ai regardé autour de moi en quête d'un endroit discret où je pourrais l'embrasser, derrière une pile de livres ou n'importe quoi, sans craindre l'intervention d'un censeur. Et puis je me suis rappelé que, si c'était bien le monde de Margrethe, personne ne ferait attention à nous... Alors je l'ai prise entre mes bras et je l'ai embrassée.

La bibliothécaire nous a fusillés du regard.

Non pas pour ce que nous venions de faire mais parce que nous nous étions montrés plutôt bruyants. S'embrasser en public ne dérangeait personne ici, en fait. Ou presque personne. J'ai promis de me tenir tranquille et je me suis excusé pour le trouble. C'est à cet instant que j'ai remarqué un rayon, tout près du bureau de la bibliothécaire :

PORNOGRAPHIE INSTRUCTIVE
Âge : 6 à 12

NOUVEAUTÉS

Quinze minutes plus tard, j'étais sur l'Autoroute 77, en direction de Dallas, levant le pouce comme d'habitude.

Pourquoi Dallas? A cause d'un certain cabinet d'avoués : O'Hara, Rigsbee, Crumpacker et Rigsbee.

Dès que nous avions quitté la bibliothèque, Marga s'était mise à m'expliquer d'un ton excité comment elle pouvait mettre un terme à nos ennuis : elle avait un compte bancaire à Copenhague.

Je lui avais dit :

— Une minute, chérie. Où est ton carnet de chèques ? Ta carte d'identité ?

La situation se révéla être la suivante : Margrethe pouvait faire des retraits sur ses fonds du Danemark après plusieurs jours d'attente en étant optimiste, ou plusieurs semaines, comme il était plus probable... Et même en tablant sur la plus longue période, il fallait prévoir une somme importante pour les télégrammes. Le téléphone sous l'Atlantique ? Marga ne pensait pas qu'une chose pareille existait dans son monde. (Et même, me dis-je, les télégrammes devaient être plus sûrs et moins chers.)

Et, lorsque toutes les dispositions nécessaires auraient été prises, il était possible que le règlement soit effectué par voie postale à partir de l'Europe, dans un monde qui ignorait la poste aérienne.

Nous étions donc partis pour Dallas. J'avais réussi à persuader Marga que, au pire, les avoués d'Alec Graham lui avanceraient suffisamment d'argent pour que nous ne soyons plus à la rue et, avec un peu de chance, nous pourrions même récupérer des fonds plus importants.

(Ou alors ils ne me reconnaîtraient pas comme étant Alec Graham et le prouveraient — par mes empreintes, par ma signature, par n'importe quoi — et ainsi s'évanouirait le fantôme d'« Alec Graham » qui hantait l'esprit adorable mais embrouillé de Margrethe. Mais je ne fis pas la moindre allusion à tout cela.)

Il y a un peu moins de quatre cents kilomètres entre Oklahoma City et Dallas. Nous sommes arrivés à 2 heures de l'après-midi, d'une seule traite. Nous avions été pris au croisement de la 66 et de la 77. Nous sommes descendus à l'endroit où la 77 coupe la 80, près de la rivière Trinity. Il nous a fallu une demi-heure à pied pour atteindre le Smith Building.

La réceptionniste de l'appartement 7000 avait tout à

fait le style que la Ligue de Morale des Eglises avait tenté de supprimer, en dépensant beaucoup de temps et d'argent.

Elle était habillée, mais pas trop, et son maquillage me fut décrit par Marga comme « très classe ». Elle était très jeune, très jolie et, avec ma tolérance nouvellement acquise, j'ai tout simplement pris plaisir à ce spectacle de péché. Elle m'a souri et a dit :

– Puis-je vous être agréable ?

– C'est une journée superbe pour le golf. Est-ce que l'un de nos partenaires est encore présent au bureau ?

– Il n'y a que M. Crumpacker, je le crains.

– C'est justement lui que je désirais voir.

– Et qui dois-je annoncer ?

(Premier obstacle. Je l'avais manqué. Ou bien était-ce elle ?)

– Vous ne me reconnaissez pas ?

– Je suis désolée. Je devrais ?

– Vous travaillez ici depuis longtemps ?

– Un peu plus de trois mois.

– Ça explique tout. Dites à Crumpacker qu'Alec Graham est ici.

Je n'ai pas entendu ce que disait Crumpacker mais je guettais le regard de la fille. Ses yeux se sont agrandis. J'en étais sûr. Mais elle s'est contentée de me dire :

– M. Crumpacker va vous recevoir. (Elle s'est tournée vers Margrethe.) Puis-je vous proposer un magazine pour attendre ? Un joint ?

– Elle vient avec moi, ai-je dit.

– Mais...

– Viens, Marga.

Je me suis dirigé sans attendre vers les bureaux.

La porte de Crumpacker n'était pas difficile à identifier. C'était la seule derrière laquelle on entendait parler.

Il s'est tu brusquement quand j'ai ouvert. J'ai tenu la porte pour laisser entrer Margrethe, puis l'ai suivie.

– Mademoiselle, il va vous falloir attendre dehors.

– Non, ai-je dit en refermant. Mme Graham reste.

Il a eu l'air déconcerté.

– Mme Graham ?

— Surpris, n'est-ce pas ? Eh oui, je me suis marié depuis que je vous ai vu la dernière fois. Ma chérie, je te présente Sam Crumpacker, l'un de mes avoués. (J'avais noté son prénom sur la porte.)

— Comment allez-vous, monsieur Crumpacker ?

— Euh... je suis enchanté de faire votre connaissance, madame Graham. Mes félicitations. A vous aussi, Alec; vous avez toujours su y faire.

— Merci. Assieds-toi, Marga.

— Un instant, mes amis ! Mme Graham ne peut demeurer ici — c'est tout à fait impossible ! Vous le savez.

— Non, je ne sais rien de la sorte. Cette fois, je vais avoir besoin d'un témoin.

Non, je ne savais pas si oui ou non c'était un escroc. Mais j'avais depuis longtemps appris, en traitant avec les légistes, qu'il faut se méfier de ceux qui vous empêchent d'avoir un témoin à proximité. A la Ligue, nous avions toujours disposé de témoins et nous n'avions jamais transgressé la loi, ce qui nous revenait moins cher.

Je pris place à côté de Marga. Quant à Crumpacker, il resta debout. Il prit la parole nerveusement :

— Je devrais faire appel au procureur fédéral.

— C'est ça. Empoignez le téléphone et appelez-le. Nous le verrons ensemble. Et nous lui expliquerons *tout*. Devant témoins. Appelons aussi la presse. Tous les journalistes, pas seulement ceux qu'on peut acheter.

(Mais qu'est-ce que j'en savais ? Rien. Mais, quand il faut bluffer, il ne faut jamais le faire à moitié. Il faut frapper fort. J'avais pourtant un peu peur. Ce rat pouvait bien se battre comme une souris enragée.)

— Je devrais le faire.

— Eh bien, allez-y ! Donnez des noms, dites qui a fait quoi et qui a touché. Je veux que tout, je dis bien *tout* soit mis en pleine lumière... avant que quelqu'un ne me file une pastille de cyanure dans ma soupe.

— Vous ne devriez pas parler comme ça.

— Est-ce que je n'en ai pas le droit ? Qui m'a balancé par-dessus bord ? *Qui ?*

— Ne me regardez pas comme ça !

— Non, Sammie, je ne crois pas que ce soit vous. Vous n'étiez pas là. Mais ça pourrait bien être votre neveu, hein? (Je lui fis mon plus beau sourire, celui de l'ami de toujours.) Mais je plaisante, Sam. Mon vieux copain ne voudrait certainement pas ma mort. Mais il y a certaines choses que vous devez me dire pour m'aider un peu. Sam, ce n'est vraiment pas agréable de se retrouver en rade de l'autre côté du monde, alors vous me devez bien ça. (Non, je ne savais toujours rien... si ce n'est qu'à l'évidence cet homme se sentait coupable, et il fallait donc le charger.)

— Alec, ne précipitons rien.

— Mais je ne suis pas pressé. Il me faut seulement quelques explications. Et de l'argent.

— Alec, je vous donne ma parole d'honneur que tout ce que je sais, c'est que ce foutu bateau est arrivé à Portland et que vous n'étiez pas à bord. Et, nom de Dieu, il a fallu que j'aille jusqu'en Oregon pour être témoin quand ils ont décidé d'ouvrir votre coffre. Et il n'y avait que cent mille dollars dedans. Le reste s'était envolé. Qui a fait ça, Alec?

Il me regardait droit dans les yeux et j'espérais que rien ne transparaissait dans mon expression. Mais il m'avait ébranlé. Cet avocassier véreux pouvait mentir comme il respirait. Etait-il possible que mon ami le commissaire de bord, seul ou avec la complicité du commandant, ait pu piller mon coffre?

Il faut toujours choisir l'explication la plus simple comme hypothèse de travail. Cet homme que j'avais en face de moi était plus susceptible de mentir que le commandant de voler. Et, de plus, il était probable — non, certain — que le commandant aurait obligatoirement dû être présent si le commissaire avait forcé le coffre d'un passager disparu. Si ces deux officiers responsables, au risque de mettre en péril leur réputation et leur carrière, s'étaient néanmoins acoquinés pour un vol, pourquoi avaient-ils donc laissé cent mille dollars derrière eux? Pourquoi ne pas prendre le tout et déclarer ensuite tout ignorer du contenu de mon coffre? A l'évidence, c'est ce qu'ils auraient dû faire. Quelque chose clochait dans cette histoire.

– Qu'est-ce que vous voulez dire par « envolé » ?

– Hein ? (Il a regardé Margrethe.) Eh bien... Mais bon sang, il devait y avoir neuf cent mille dollars de plus. L'argent que vous n'avez pas donné à Tahiti.

– Qui vous dit que je ne l'ai pas donné ?

– Quoi ? Alec, n'aggravez pas les choses. C'est M. Z qui le dit. Vous avez essayé de noyer son coursier.

Je l'ai regardé en éclatant de rire.

– Vous voulez parler de ces gangsters tropicaux ? Ils ont essayé de me soutirer le paquet sans se faire reconnaître et sans me donner de reçu. Je leur ai fait nettement comprendre que je n'étais pas d'accord. Alors le plus futé a donné l'ordre à son costaud de me jeter dans la piscine. Ouais... Sam, je vois ça très bien, maintenant. Il faut trouver qui est monté à bord du *Konge Knut* à l'escale de Papeete.

– Pourquoi ?

– C'est votre homme. Non seulement il a pris le fric, mais il m'a balancé par-dessus bord. Quand vous saurez qui c'est, n'essayez pas de le faire extrader, dites-moi seulement son nom. Je m'en occuperai moi-même. Personnellement.

– Bon Dieu, nous voulons ce million de dollars !

– Et vous croyez pouvoir mettre la main dessus ? Il est dans la poche de M. Z, mais vous n'avez pas de reçu. Et il m'est arrivé des tas d'ennuis pour avoir demandé un reçu. Ne soyez pas stupide, Sam. Ces neuf cent mille dollars ont disparu. Mais pas ma commission. Alors envoyez les cent mille. Tout de suite.

– *Quoi ?* Le procureur fédéral de Portland les a saisis comme pièce à conviction.

– Sam, Sam mon ami, on n'apprend pas à un vieux singe à faire la grimace ! Pièce à conviction *de quoi* ? Qui est accusé ? Qui est poursuivi ? Pour quel crime ? Est-ce que l'on m'accuse d'avoir volé quelque chose dans mon propre coffre ? Où est le délit ?

– Le délit ? Mais quelqu'un a piqué ces neuf cent mille dollars, voilà le délit !

– Vraiment ? Qui est le plaignant ? Qui peut attester que ces neuf cent mille dollars étaient dans ce coffre ? Je ne l'ai sûrement dit à personne – *alors qui ?* Sam, décrochez ce téléphone. Appelez le procureur à Portland. Demandez-lui pourquoi il séquestre cet argent, sur la base de quelle plainte. Il faut aller jusqu'au fond de cette affaire. Allez, Sam. Si ce clown fédéral a *mon* argent, je veux qu'il me le rende.

– Vous m'avez l'air drôlement pressé de parler à un procureur ! Ça m'étonne de vous.

– J'ai peut-être une attaque d'honnêteté. Sam, vous n'avez pas du tout envie d'appeler Portland et je sais comme ça tout ce que je voulais savoir. On vous a appelé pour moi, en tant qu'avocat. Un passager américain disparu en mer sur un bateau battant pavillon étranger. Ils avaient besoin de son avocat pour faire l'inventaire de ses biens. Et ils ont tout donné à son avocat et il leur a remis un reçu en échange. Sam, qu'est-ce que vous avez fait de mes vêtements ?

– Heu ? Mais... je les ai donnés à la Croix-Rouge. Bien entendu.

– Vous avez fait ça ?

– Je veux dire après que le procureur les a mis à ma disposition.

– Intéressant. Voilà l'avocat fédéral qui garde l'argent, alors que personne n'a porté plainte pour disparition de quelque somme que ce soit... mais qui laisse partir les vêtements *alors que le seul délit envisageable est le meurtre* !

– Hein ?

– Je parle de moi. Qui m'a poussé par-dessus bord et qui a commandité ce crime ? Sam, vous et moi savons très bien où est cet argent. (Je me suis levé et j'ai pointé le doigt.) Dans ce coffre. Logiquement, c'est là qu'il doit être. Jamais vous ne le verseriez sur un compte bancaire. Il y aurait des traces. Vous ne pourriez pas non plus le garder chez vous parce que votre femme risquerait de tomber dessus. Et, bien sûr, vous ne l'avez pas partagé avec vos associés. Allez, Sam, ouvrez-le. Je voudrais voir s'il y a cent mille dollars là-dedans... ou un million.

– Vous perdez l'esprit !

– Appelez le procureur fédéral. Qu'il soit le témoin.

Il était tellement furieux qu'il ne pouvait plus formuler un mot. Ses mains tremblaient. On court toujours un risque à trop fâcher un petit homme, et je faisais quinze bons centimètres de plus que lui. Même rapport pour le poids.

Il ne m'attaquerait pas lui-même – c'était un homme de loi après tout – mais je devrais me méfier en franchissant les portes.

L'instant était venu d'essayer de le calmer.

– Sam, Sam... ne prenez pas ça comme un drame. Vous vous êtes longtemps et largement appuyé sur moi... alors que j'ai besoin de vous. Dieu seul sait pourquoi les procureurs font certaines choses. Cette fripouille a sûrement pris l'argent à l'heure qu'il est, pensant que je suis bel et bien mort et que je ne risque plus de porter plainte. Donc, je vais aller à Portland et faire appel à ses bons sentiments. De manière très, très pressante.

– Il y a une poursuite en cours contre vous.

– Vraiment ? Pour quel motif ?

– Séduction avec promesse de mariage. La plainte émane d'une fille membre de l'équipage. (Il a eu le tact d'adresser un regard d'excuse à Margrethe.) Je suis désolé, madame Graham, mais c'est votre mari qui m'a posé la question.

– Il n'y a pas de mal, a-t-elle répondu d'un ton crispé.

– J'y suis presque, hein ? A quoi ressemble-t-elle ? Elle est jolie ? Comment s'appelle-t-elle ?

– Je ne l'ai pas vue : elle n'était pas là. Son nom ? Un nom suédois, je crois bien. Attendez... Gunderson. Oui, c'est ça ! Margaret S. Gunderson.

Margrethe, Dieu soit loué, ne tiqua pas une seconde, même lorsqu'elle s'entendit qualifier de Suédoise. Abasourdi, j'ai déclaré :

– Je suis accusé si je comprends bien d'avoir séduit cette femme... à bord d'un bâtiment battant pavillon étranger, quelque part dans les mers du Sud. Il y a donc un mandat qui a été lancé contre moi à Portland, dans l'Oregon. Sam, quel genre d'avocaillon êtes-vous ? Vous n'avez même pas été capable d'empêcher qu'on colle ce genre de poursuite contre un client ?

— Je suis du genre malin, figurez-vous. Comme vous le dites si bien, on ne peut jamais savoir ce que va faire un procureur fédéral. Quand on les nomme, on doit les opérer du cerveau. Et puis, nous avons tous pensé que ce n'était pas un sujet très important, vu que vous étiez mort. C'est du moins ce que nous croyions. Je pense seulement à vos intérêts, et c'est pour ça que je vous ai parlé de ce mandat avant que vous ne vous lanciez là-dedans. Si vous me donnez un peu de temps, je le ferai annuler, et ensuite seulement vous pourrez vous rendre à Portland.

— Ça me semble raisonnable. Et ici, il n'y a pas d'autres charges contre moi, non ?

— Eh bien... Oui et non. Vous connaissez les termes du marché. Nous leur avions assuré que vous ne réapparaîtriez pas, ils ont donc fermé les yeux. Mais vous revoilà, Alec. Et il n'est pas possible qu'on vous trouve ici. Pas plus que nulle part au Texas. Ni même sur toute l'étendue du territoire des Etats-Unis, en fait. Si la nouvelle se répand, ils vont ressortir ces vieilles accusations.

— J'étais innocent !

Il a haussé les épaules.

— Alec, tous mes clients sont innocents. Je vous parle comme un père, dans votre strict intérêt. Fichez le camp de Dallas. Si vous allez jusqu'au Paraguay, ça n'en sera que mieux.

— Mais comment ? Je suis fauché, Sam. Je n'ai pas assez de fric pour ça.

— Est-ce que je vous ai jamais laissé tomber, Alec ?

Il a sorti son portefeuille, compté cinq coupures de cent dollars et les a posées devant moi.

— Qu'est-ce que c'est que ça ? Un pourboire ? (J'ai empoché les billets.) Avec ça, on ne dépassera pas la banlieue. Non, je parle d'argent. Envoyez.

— Revoyons-nous demain.

— Sam, ne jouez pas au plus fin avec moi. Ouvrez ce coffre et donnez-moi de l'argent, pas une aumône. Sinon, ce n'est pas ici que je viendrai demain : j'irai voir le procureur et je lui raconterai mon petit couplet. Vous savez que les fédés adorent les témoins : il n'y a que comme ça qu'ils arrivent à gagner un procès. Après, je filerai en Oregon et je ramasserai ces cent mille dollars.

– Alec, vous me menacez ?

– Mais non, Sam. Seulement, vous voulez jouer, alors je joue aussi. Ecoutez : il me faut une voiture. Une voiture, pas une vieille Ford en ruine. Une Cadillac. Pas besoin qu'elle soit neuve, mais en bon état, propre, avec un bon moteur. Une Cadillac plus quelques centaines de dollars de mieux et nous serons à Laredo à minuit, et à Monterey le lendemain matin. Je vous appellerai de Mexico et je vous donnerai mon adresse. Si vous voulez vraiment que j'aille au Paraguay et que j'y reste, vous n'aurez qu'à envoyer l'argent.

Ça ne s'est pas passé tout à fait comme ça. Nous nous sommes mis d'accord sur une Pontiac d'occasion. Je suis reparti avec six mille dollars en liquide pour un marchand de voitures d'occasion avec lequel Sam avait conclu le marché. Il a également téléphoné au Hyatt pour qu'on nous réserve la suite nuptiale. Je devais revenir le voir à dix heures le lendemain matin.

J'ai refusé : je n'avais pas l'intention de me lever à l'aube.

– Disons plutôt onze heures. C'est encore notre lune de miel.

Sam a ri, m'a donné une claque dans le dos et a dit :

– Bon, oui, c'est d'accord.

Dans le couloir, nous nous sommes dirigés vers les ascenseurs mais nous ne nous y sommes pas arrêtés. Quatre mètres plus loin s'ouvrait la porte d'accès à l'escalier d'incendie. Margrethe n'a fait aucun commentaire en m'emboîtant le pas mais, dès que nous avons été dans l'escalier, loin des oreilles indiscrètes, elle a dit :

– Alec, cet homme n'est pas un ami.

– Non, certainement pas.

– J'ai peur pour toi.

– Moi aussi.

– J'ai très peur. Pour ta vie.

– Moi aussi, mon amour, j'ai peur pour ma vie. Et

pour la tienne. Tu es en danger aussi longtemps que tu es avec moi.

— Je ne te quitterai pas !

— Je le sais. Quoi qu'il se passe, nous y sommes mêlés tous les deux.

— Oui. Que comptes-tu faire à présent ?

— Il faut aller au Kansas.

— Oh, très bien ! Mais alors, nous ne fuyons pas au Mexique en voiture ?

— Chérie, je ne sais même pas conduire.

Nous sommes arrivés dans un garage en sous-sol puis, en remontant une pente d'accès, nous nous sommes retrouvés dans une rue latérale. Nous avons marché pendant plusieurs blocs pour nous éloigner du Smith Building, ensuite un taxi nous a conduits jusqu'à la gare de la Texas & Pacific. Là, nous avons repris un autre taxi jusqu'à Fort Worth, à plus de cinquante kilomètres à l'ouest. Pendant tout le trajet, Margrethe est restée calme et silencieuse. Je ne lui ai posé aucune question. Je savais ce qu'elle pensait : ce n'est jamais avec plaisir qu'on découvre que quelqu'un que l'on aime est mêlé à une sorte de fumisterie en même temps que des gangsters et des escrocs. Je me fis la promesse solennelle de ne jamais aborder ce sujet devant elle.

A Fort Worth, j'ai demandé au chauffeur de nous laisser dans la rue où se trouvaient les boutiques les plus chics.

— Chérie, ai-je annoncé à Marga, je vais t'offrir une grosse chaîne en or.

— Mais pourquoi, chéri ? Je n'en ai pas besoin.

— Mais si. Marga, la première fois que je me suis retrouvé dans ce monde — avec toi, à bord du *Konge Knut* — j'ai appris que le dollar était fragile, absolument pas soutenu par l'or, et tous les prix que j'ai vus aujourd'hui ne font que me confirmer dans cette idée. Donc, si un changement se produit une fois encore, on ne sait jamais, tout l'argent que nous pouvons avoir — je parle des pièces — n'aura plus aucune valeur ailleurs puisqu'il ne s'agit même pas de métal vrai. Quant aux billets que j'ai soutirés à Crumpacker, autant les mettre à la corbeille !

« A moins d'échanger tout ça contre autre chose. Nous allons donc commencer avec cette chaîne en or que tu porteras même au lit, même dans ton bain. Sauf si tu me la passes au cou en attendant.

— Je vois. Oui.

— Nous allons aussi faire l'emplette de bijoux en or tous les deux, puis j'essaierai de trouver un négociant en pièces pour lui acheter des dollars en argent, et peut-être même quelques pièces d'or. Mais mon but, avant tout, est de me débarrasser de tout ce papier-monnaie dans l'heure qui suit. Nous ne garderons que le prix de deux tickets de bus pour Wichita, Kansas, qui se trouve à sept cents kilomètres de là. Est-ce que tu supporteras de voyager en bus pendant toute une nuit ? Je tiens absolument à ce que nous fichions le camp du Texas.

— Mais bien sûr ! Oh, chéri, moi aussi je veux partir d'ici ! J'ai tellement peur.

— Tu n'es pas seule.

— Mais...

— Mais quoi, chérie ? Arrête de prendre cet air triste.

— Alec : je n'ai pas pris de bain *depuis quatre jours* !

Nous avons trouvé la bijouterie, puis le négociant en pièces. J'ai dépensé à peu près la moitié de la somme que j'avais et gardé le reste pour le prix du bus et autres menues dépenses, un dîner, par exemple, peu après que toutes les boutiques eurent commencé à fermer. Le hamburger que nous avions grignoté à Gainesville nous semblait bien loin dans l'espace et le temps. J'ai trouvé ensuite un bus qui allait vers le nord : Oklahoma City, Wichita, Salina, et qui partait à dix heures du soir. J'ai pris les tickets en ajoutant un dollar de plus pour que nous ayons des sièges réservés. Et puis, j'ai gaspillé le reste de notre pécule comme un matelot en goguette : nous avons pris une chambre dans un hôtel, juste en face de la gare des bus, sachant très bien que nous n'avions que deux heures à y passer.

Mais ce furent deux heures qui valaient la peine et le prix. Un bain chaud, chacun à notre tour, l'un conservant tous les vêtements, l'argent et les bijoux pendant que l'autre se dévêtait. Et je ne parle pas de mon rasoir qui était peu à peu devenu une sorte de talisman pour déjouer les mauvais tours de Loki. Plus les sous-vêtements dont nous avions fait l'emplette en passant.

J'avais espéré qu'il nous resterait un peu de temps pour faire l'amour, mais non : dès que je me fus lavé et séché, l'heure était déjà venue de nous mettre en route si nous ne voulions pas rater notre bus. Mais nous aurions d'autres occasions. Nous nous sommes installés dans le bus en basculant les dossiers de nos sièges, et j'ai pris la tête de Marga au creux de mon épaule. Nous nous sommes endormis à l'instant où le bus s'ébranlait en direction du nord.

Je me suis réveillé un peu plus tard parce que la route semblait soudain accidentée. Nous étions juste derrière le chauffeur et je me suis penché en avant pour lui demander :

– C'est une déviation ?

Nous avions emprunté cette même route douze heures auparavant et je ne me rappelais pas que nous ayons rencontré des ornières.

– Non, non. Nous venons d'entrer en Oklahoma, c'est tout. Ce n'est pas beaucoup goudronné, par-là. Un peu du côté d'Oke City, et un peu aussi entre ici et Guthrie.

Margrethe s'était éveillée en nous entendant. Elle s'est redressée :

– Qu'y a-t-il, chéri ?

– Rien. Si ce n'est que Loki continue à s'amuser avec nous. Rendors-toi.

# 21

*Ceux qui sont revêtus de robes blanches, qui sont-ils et d'où sont-ils venus ? Je lui dis : mon Seigneur, tu le sais. Et il me dit : ce sont ceux qui viennent de la grande tribulation. Ils ont lavé leurs robes et ils les ont blanchies dans le sang de l'agneau. C'est pour cela qu'ils sont devant le trône de Dieu et qu'ils le servent jour et nuit dans son temple.*

Apocalypse, 7 : 13-15

Je conduisais un cabriolet et ça ne me plaisait guère. La journée était torride et la poussière soulevée par les sabots du cheval se collait à la peau. Il n'y avait pas un souffle d'air et les mouches piquaient. Nous étions quelque part près de l'intersection du Missouri, du Kansas et de l'Oklahoma mais je n'aurais su dire avec précision où. Je n'avais pas vu la moindre carte depuis des jours et aucune de ces routes ne comportait les panneaux destinés aux automobilistes, puisqu'il n'y avait pas d'automobiles ici.

Durant ces deux dernières semaines (je n'étais pas vraiment sûr, car j'avais perdu la notion des jours) nous avions connu les tourments sans fin de Sisyphe, allant d'une frustration ridicule à une autre. Echanger des dollars en argent à un petit trafiquant local contre du papier-monnaie d'un nouveau monde ? Pas de problème, je l'avais déjà fait plusieurs fois. Mais ça ne se passait pas toujours très bien. Il m'était arrivé une fois de vendre comme ça de l'argent pour avoir des billets. Nous nous étions installés dans un restaurant quand boum ! Un autre changement de monde et nous étions restés sur notre faim. Une autre fois encore, alors que j'étais en train de me faire voler, je m'entendis répondre, alors que je protestais :

– Mon ami, ici c'est illégal de détenir ce genre de pièces et tu le sais. Mais je t'en donne un bon prix parce que tu m'es sympathique. Tu acceptes, oui ou non ? Ou est-ce que je dois faire mon devoir de citoyen et te dénoncer ?

J'avais accepté. L'argent qu'il nous avait donné en billets ne nous permit même pas de nous offrir un repas dans un minable restaurant à l'enseigne de Chez Mammy.

Le village était tout à fait charmant. Un panneau, lorsqu'on y arrivait, annonçait :

LES DIX COMMANDEMENTS
Communauté morale
nègres, youpins et papistes,
PASSEZ VOTRE CHEMIN !

C'est ce que nous avons fait. Il nous avait fallu ces deux semaines pour tenter de couvrir les quatre cents kilomètres qui séparaient Oklahoma City de Joplin, dans le Missouri. J'avais dû abandonner mon projet d'éviter Kansas City. Certes, je n'avais toujours pas envie de me trouver à Kansas City ni même à proximité, alors que le moindre changement de monde pouvait nous faire retomber sur Abigail. Mais j'avais appris à Oklahoma City que le moyen le plus rapide pour rallier Wichita, en fait la seule route praticable, obligeait à un vaste détour par Kansas City. Car nous avions régressé jusqu'au temps du fiacre.

Lorsque vous prenez en compte l'âge de la terre, de la Création en 4004 avant Notre-Seigneur, jusqu'à l'an 1994 de Son Règne, vous obtenez 5998 ans – disons 6000. Et, sur une telle période, quatre-vingts ou quatre-vingt-dix ans, cela ne compte guère. Mais, dans mon monde natal, c'était ce qui nous séparait des derniers véhicules à chevaux. Mon père était né en 1909 et mon grand-père paternel non seulement n'avait jamais vu d'automobiles mais avait toujours refusé d'en conduire une. Pour lui, proclamait-il, elles étaient des émanations de Satan et il citait des passages d'Ezéchiel pour le prouver. Peut-être avait-il raison.

Mais le temps du fiacre a ses petits inconvénients. Les plus évidents sont l'absence de plomberie dans les intérieurs, donc de salle de bains, l'inexistence de l'air conditionné, de la médecine moderne. Mais, pour nous, dans ces circonstances, l'inconvénient majeur n'était pas évident : quand il n'y a ni voitures ni camions, il ne saurait être question d'auto-stop. Oh, bien sûr, il était possible de temps à autre de faire signe à une charrette qui passait, mais la différence d'allure entre la marche à pied et le pas d'un cheval de ferme était mince. Bon an, mal an, nous avancions de vingt-cinq kilomètres par jour. Ce qui ne nous laissait même pas le temps d'essayer de travailler pour gagner un repas ou le prix d'un lit.

Il existe un vieux paradoxe. Celui d'Achille et de la tortue. La question qu'il pose est celle de la distance qui reste à couvrir jusqu'au but et qui diminue de moitié à chaque pas. Question : combien faudra-t-il de temps pour atteindre le but ? Réponse : impossible d'aller d'ici à là-bas puisque vous franchirez toujours la moitié de la distance.

C'est comme ça que nous « progressions » d'Oklahoma City à Joplin.

Pour compenser notre frustration, il y avait cependant un autre élément : j'avais de plus en plus la conviction que nous étions dans les jours ultimes et que nous devions attendre le retour de Jésus et le jugement dernier à tout moment. Et ma chérie, ma vie, n'était pas encore de retour dans les bras de Jésus. Je m'efforçais de ne pas l'importuner avec cette question, mais il me fallait faire appel à toute ma volonté pour respecter le vœu qu'elle avait exprimé de s'en sortir seule. A force de m'inquiéter pour elle, j'en étais venu à dormir mal.

Je commençais même à devenir un peu fou aussi (en plus de ma conviction paranoïde que ces changements de mondes me visaient moi, personnellement). J'avais peu à peu acquis en effet la certitude absolue, et sans fondement, qu'il était essentiel pour le salut de l'âme immortelle de ma bien-aimée que j'atteigne le terme de mon voyage. Doux Seigneur, laisse-nous aller au moins jusqu'au Kansas, et je prierai sans cesse et sans cesse jusqu'à ce que je l'aie convertie et ramenée en grâce.

O Seigneur d'Israël, accorde-moi cette faveur !

Il nous restait encore de l'or et de l'argent pour acheter à chaque fois de la monnaie locale, mais je n'en cherchais pas moins des emplois de plongeur (ou quoi que ce fût d'autre). Mais les motels avaient totalement disparu, les hôtels se faisaient rares, les restaurants étaient de moins en moins nombreux, adaptés à l'économie d'une société où les voyages étaient exceptionnels et où l'on mangeait au foyer.

Il était plus aisé de nettoyer les écuries. Mais j'aurais mieux aimé faire la vaisselle que de porter des pelles de crottin – surtout que je n'avais qu'une seule paire de chaussures. Seule comptait la règle que je m'imposais : accepter n'importe quel travail honnête mais *avancer sans m'arrêter* !

Vous pourriez vous demander pourquoi nous n'avions pas remplacé l'auto-stop par les trains. Tout d'abord, je ne savais pas comment m'y prendre car je ne l'avais jamais fait. Et plus important, je ne pouvais garantir la sécurité de Margrethe. Prendre un train de marchandises en marche présente quelques risques. Pis encore, il y avait les dangers possibles des rencontres : les brutes et les voyous, les clochards, les fuyards, les vagabonds. Il est donc inutile d'insister sur ces aspects sinistres des voyages en train : je gardais Margrethe soigneusement à l'écart des voies ferrées et de la jungle des vagabonds.

Je me faisais du souci pour elle. Tout en me conformant strictement à son désir de ne subir aucune pression, je priais à haute voix toutes les nuits, à genoux, en sa présence. Et enfin, un soir, à mon immense joie, mon amour se joignit à moi et s'agenouilla. Elle ne pria pas à haute voix et moi-même je me tus, sauf pour prononcer le *Au nom de Jésus, amen.* Après cela, nous n'avons pas discuté de ce qui venait de se passer.

Si je me retrouvais dans un cabriolet tiré par une jument par une chaleur pesante (« Un temps de cyclone ! » aurait dit ma grand-mère Hergensheimer), c'était à cause d'un emploi temporaire dans des écuries de louage. Comme d'habitude, j'avais donné mon congé après une journée, expliquant à mon employeur que mon épouse et moi devions d'urgence rejoindre Joplin car la mère de mon épouse était malade.

Il me dit alors qu'il avait un équipage qu'il devait renvoyer à la prochaine bourgade. Il avait trop d'équipages et de montures pour le moment, sinon il aurait attendu patiemment de louer le cabriolet à un commis voyageur de passage.

Je lui avais proposé de me charger du cabriolet en échange d'une journée de gages, et cela au tarif extrêmement faible qu'il m'avait offert pour nettoyer les chevaux et pelleter le crottin des écuries.

Il m'avait fait remarquer que c'était là un service qu'il me rendait, puisque ma femme et moi devions aller à Joplin.

Il avait pour lui sa logique et la force de sa position et j'avais accepté. Mais sa femme nous offrit le breakfast après que nous eûmes dormi dans la grange et nous prépara un lunch à emporter.

Ce n'était donc pas sans plaisir que je conduisais ce cabriolet, à vrai dire, malgré le temps, malgré toutes nos frustrations. Chaque jour, nous nous rapprochions de plusieurs kilomètres de Joplin, et ma bien-aimée s'était mise à prier. Après tout, il semblait bien que nous allions enfin arriver au port !

Nous venions d'atteindre les limites de cette ville (Lowell ? Racine ? J'aimerais m'en souvenir) quand nous avons rencontré une chose qui sortait tout droit de mon enfance : un meeting religieux, le baptême d'autrefois. Il y avait un cimetière sur le côté gauche de la route. Il était bien entretenu mais l'herbe était desséchée. Juste en face, à droite, on avait dressé la tente du baptême, au milieu de la prairie. Un instant, je me suis demandé si le rapprochement du cimetière et de cette réunion biblique était accidentel ou volontaire. S'il s'était agi du révérend Danny, je n'aurais pas eu le moindre doute sur ses intentions bien calculées : la plupart des gens ne peuvent s'empêcher d'évoquer l'éternité lorsqu'ils voient des pierres tombales.

Auprès de la tente étaient alignés de nombreux cabriolets, calèches, et autres chariots. De l'autre côté, on avait aménagé un corral. Des tables de pique-nique en planches grossières avaient été installées et j'ai aperçu les reliefs du repas. Oui, c'était vraiment un meeting biblique particulièrement sérieux, qui avait dû commencer le matin pour se poursuivre durant tout l'après-midi. Il y avait eu une pause pour le déjeuner et il y en aurait sans doute une autre à l'heure du dîner. Mais il ne prendrait fin que lorsque le baptiste jugerait qu'il n'y avait plus une âme à sauver aujourd'hui.

(Je méprise ces modernes prédicateurs des grandes villes avec leurs « messages d'inspiration » de cinq minutes. Ils prétendent que Billy Sunday pourrait prêcher pendant sept heures en n'absorbant qu'un seul verre d'eau, et recommencer comme ça dans la soirée, et même le lendemain. Pas étonnant que les cultes païens se soient propagés comme de l'herbe folle !)

Près de la tente, il y avait un chariot à deux chevaux. L'inscription « frère Barnaby, la Bible » était peinte sur le côté. On avait tendu un calicot sur des cordes :

*Notre vieille religion !*
*frère Barnaby, la Bible*
*Des guérisons à chaque séance*
*10 h – 14 h – 19 h*
*Chaque jour, à partir du dimanche 5 juin jusqu'au*
*JUGEMENT DERNIER !!!!*

J'ai dit quelques mots à notre cheval et tiré prudemment sur les rênes pour lui faire comprendre que je souhaitais m'arrêter.

– Chérie, regarde ça !

Margrethe a lu l'inscription sans faire le moindre commentaire.

– J'admire son courage, ai-je repris. Le frère Barnaby joue sa réputation en annonçant le jugement dernier avant même le temps des moissons... qui pourrait bien être précoce cette année, avec cette chaleur.

– Mais tu crois que le jugement est pour bientôt ?

– Oui, mais je ne joue pas ma réputation professionnelle sur mon assurance... rien que mon âme immortelle et l'espérance du Paradis. Marga, tous ceux qui lisent la Bible interprètent les prophéties de façon légèrement différente. Ou très différente, même. La plupart des prémillénaristes n'attendent pas le Jour avant l'an deux mille. Je voudrais entendre les raisons du frère Barnaby. Il se peut qu'il sache quelque chose. Verrais-tu un inconvénient à ce que nous restions ici une heure ?

– Nous resterons plus longtemps si tu le veux. Mais... Alec, tu souhaites que j'entre avec toi ? Il le faut ?

– Euh... (Oui, chérie, oui, bien sûr que je veux que tu entres.) Tu préfères rester dans le cabriolet ?

Son silence fut une réponse éloquente.

– Je vois. Marga, je n'essaie pas de te forcer la main. Une chose seulement : nous n'avons jamais été séparés depuis plusieurs semaines, sauf nécessité absolue. Et tu sais pourquoi. Avec ces changements qui se produisent presque chaque jour, je ne tiens pas à ce qu'il y en ait un qui nous tombe dessus pendant que tu es à l'extérieur et moi à l'intérieur, loin de toi. Ecoute... nous pourrions rester dehors. Je vois qu'ils ont relevé la toile sur les côtés.

Elle se redressa.

– C'est stupide de ma part. Non, entrons, Alec, j'ai besoin de te tenir la main. Tu as raison : les changements vont vite. Et je ne te demanderai pas de rester à l'écart d'une réunion de tes coreligionnaires.

– Merci, Marga.

– Alec... je vais essayer !

– Merci. Mille fois. Amen !

– Ce n'est pas la peine de me remercier. Si tu veux aller au Ciel, je veux y aller moi aussi.

– Entrons, ma chérie.

Je rangeai notre cabriolet à l'extrémité d'une rangée avant de conduire la jument au corral, suivi de Marga. En revenant vers la tente, je pus entendre :

*... illumine ton coin !*
*Quelqu'un venu de loin !*
*Peut te montrer le chemin !*
*Alors illumine ton coin !*
*Alors...*

– ... illumine ton coin ! chantai-je en entrant.

Cela faisait du bien.

La formation musicale consistait en tout et pour tout en un orgue à pédales et un trombone à coulisse. Ce dernier instrument me surprit tout en me séduisant : il n'a pas son pareil pour sortir *Holy City* et il est quasi indispensable pour *The Son of God Geos Forth To War.*

La congrégation était soutenue par un chœur en robes d'ange : les participants avaient été recrutés sur place, supposai-je, car leurs tenues avaient visiblement été confectionnées dans des chemises. Mais leur manque de professionnalisme était largement compensé par leur zèle. La musique d'église n'a nul besoin d'être bonne du moment qu'elle est sincère et forte.

La piste de sciure, large de deux mètres, divisait l'espace en deux. Les bancs avaient été installés de part et d'autre. Elle s'achevait sur un chancel de soixante centimètres de haut, large d'un mètre et demi. Un huissier nous précéda vers le devant. Il y avait foule mais il obligea les gens à se serrer un peu plus et nous nous retrouvâmes sur le côté, au second rang, moi à l'extérieur. Bien sûr, il y avait encore des sièges disponibles dans le fond, mais tous les prédicateurs méprisent ceux – dont le nombre est légion ! – qui choisissent de demeurer dans le fond alors qu'il y a des places libres aux premiers rangs.

Lorsque la musique se tut, frère Barnaby se leva et vint au pupitre. Il posa la main sur la Bible et déclara à voix basse, presque en un murmure :

– Tout est écrit dans le Livre !

Et un silence de mort tomba sur l'assemblée.

Il s'avança alors et regarda autour de lui.

– Qui vous aime ?

– Jésus m'aime !

– Qu'Il t'entende !
– JÉSUS M'AIME !
– Comment le sais-tu ?
– C'EST ÉCRIT !

Je pris alors conscience d'une odeur que je n'avais pas sentie depuis fort longtemps. Mon professeur d'homilétique nous avait fait remarquer une fois, lors d'une réunion de groupe de travail, qu'une assistance animée par la ferveur religieuse dégage une odeur particulière et puissante. En fait, il avait employé le terme de « puanteur ». Une odeur composée d'un mélange de sueur et d'émanations d'hormones mâles et femelles.

– Mes fils, nous avait-il dit, si votre congrégation ne sent pas assez fort, c'est que vous ne savez pas vous faire entendre. Si vous parvenez à les faire transpirer, s'ils ne dégagent pas leur propre musc comme des rats en rut, il vaut mieux que vous laissiez tomber pour aller vous engager chez les papistes. L'extase religieuse est la plus profonde des émotions humaines. Quand elle se manifeste, vous la sentez !

On pouvait dire que frère Barnaby savait se faire entendre.

(Pour ma part, je dois le confesser ici, je n'y étais jamais vraiment parvenu. C'est la raison pour laquelle j'avais fini comme organisateur et trésorier.)

– Oui, c'est dans le Livre. Car la Bible est la Parole de Dieu, mot pour mot. Ce n'est pas une allégorie mais la vérité littérale. Vous connaîtrez la vérité et la vérité vous affranchira. Je vous lis maintenant ce qui est écrit : *Car le Seigneur descendra des cieux dans un cri, avec la voix de l'archange et avec la trompette de Dieu, et les morts selon le Christ revivront en premier.* Oui, mes frères et mes sœurs, cette dernière ligne est une grande nouvelle : *les morts selon le Christ revivront en premier.* Qu'est-il dit ? Non pas que les morts se lèveront en premier, mais que *les morts selon le Christ* se lèveront en premier. Ceux qui ont été lavés par le sang de l'agneau, baptisés en Jésus, et qui sont morts en état de grâce *avant* Son deuxième avènement. Ceux-là ne seront pas oubliés, ils seront *les premiers.* Leurs tombes s'ouvriront, ils seront miraculeusement rendus à la vie, à la santé, à la perfection physique et ils conduiront le cortège vers les cieux pour y vivre à jamais devant le grand trône blanc!

Quelque part dans l'assemblée, une voix lança : *Alléluia!*

— Bénie sois-tu, ma sœur! Ah, la bonne nouvelle! Tous les morts selon le Christ, tous, un à un! Sœur Ellen, arrachée à sa famille par la main cruelle du cancer, mais morte avec le nom de Jésus aux lèvres, conduira la procession. La femme bien-aimée d'Asa, morte en donnant le jour en état de grâce sera là, elle aussi! Tous ceux qui vous sont chers et qui sont morts dans le Christ seront rassemblés et vous les verrez aux cieux. Frère Ben, qui vécut dans le péché, mais qui retrouva Dieu dans un terrier de renard avant d'être atteint par une balle ennemie, sera là lui aussi... et c'est là tout particulièrement une bonne nouvelle qui nous assure que Dieu peut être présent n'importe où. Car Jésus n'est pas seulement présent dans les églises, et il existe en fait des églises fausses où Son Nom est rarement entendu .

— Oh, oui! Redites-le!

— Je le redis : Dieu est partout. Il peut vous entendre lorsque vous parlez. Il vous entend mieux encore quand vous labourez un champ, quand vous vous agenouillez auprès de votre lit. Mieux encore que dans les cathédrales ornementées, dans les dorures et l'encens. Il est ici maintenant et Il vous fait cette promesse : *Recevez en héritage le royaume qui vous a été préparé depuis la fondation du monde. Car j'ai eu faim et vous m'avez donné à manger.* Ainsi a-t-Il promis, ma fille, et Ses paroles sont claires. Sans équivoque, sans « interprétation » fallacieuse, sans aucune de ces « significations allégoriques »... Le Christ Lui-même vous attend, si vous le demandez. Et si vous le demandez, vous connaîtrez la résurrection. Par le baptême, vos péchés seront lavés et vous atteindrez l'état de grâce... Et alors? Je vous ai lu la promesse faite par Dieu à Ses fidèles. Ensuite, vous entendrez le cri, puis la trompette annonçant Son avènement, comme Il l'a promis, et les morts selon le Christ se relèveront. Leurs ossements desséchés se recouvriront de chair vive.

— Et puis ensuite encore ?

— Ecoutez les paroles du Seigneur : *Alors, ceux qui seront vivants* — c'est-à-dire vous et moi, mes frères et mes sœurs : Dieu parle de nous — *alors ceux qui seront vivants et resteront, seront emportés dans les nuées pour rencontrer le Seigneur et demeurer pour toujours avec Lui !*

— Pour toujours ! *Pour toujours !* Avec Notre Seigneur dans les cieux !

— Alléluia !

— Béni soit Son Nom !

— Amen ! Amen !

(Je m'aperçus que j'étais au nombre de ceux qui criaient *amen* !)

— Mais il y a un prix à payer. Il n'existe pas de passage gratuit pour le Paradis. Que se passe-t-il *si vous ne demandez pas à Jésus de vous aider* ? Si vous ignorez l'offre qu'Il vous fait de vous laver de tous vos péchés et d'être baptisé et de renaître par le sang de l'agneau ? Oui, que se passe-t-il alors ? Dites-le-moi ?

L'assistance tout entière suspendait son souffle. Et puis, une voix s'éleva dans le fond : *L'enfer !*

— L'enfer et la damnation ! Non pas pour quelque temps mais pour l'éternité ! Non pas un feu allégorique, mystique, qui ne brûle que votre esprit et vous effleure à peine, comme un pétard de Quatre Juillet. Non, non... Le feu pour de vrai, la fournaise ardente, aussi réelle que ça ! (Frère Barnaby frappa sur son pupitre, produisant un craquement qui se propagea dans toute la tente.) Un feu qui porte les pierres au rouge, puis au blanc. Et c'est vous, les pécheurs, qui êtes plongés dans ce feu, et l'atroce douleur monte, monte en vous, encore et encore, et jamais ne diminue, jamais ! Il n'y a pas d'espoir pour vous. Inutile d'invoquer une deuxième chance. Car vous l'avez eue, cette deuxième chance... vous en avez eu un million. Et plus encore. Durant deux mille années, le doux Jésus vous l'a demandé, Il vous a supplié d'accepter de Lui ce pour quoi Il était mort sur la croix. Ainsi donc, lorsque vous irez rôtir dans le puits ardent, quand vous étoufferez dans les fumées de soufre – du soufre ordinaire, mes sœurs et mes frères, piquant, puant, qui vous déchirera les poumons et écorchera votre peau ! –, quand vous grillerez pour tous les péchés que vous avez commis, ne venez pas gémir et vous plaindre, et dire que vous ignoriez que ce serait aussi affreux. Jésus connaît tout de la souffrance car Il est mort sur la croix. Il est mort pour vous. Mais vous ne L'avez pas écouté et vous êtes maintenant dans le puits et vous gémissez. Et vous y resterez et vous brûlerez dans l'éternité ! Et vos plaintes ne pourront être entendues car elles se confondront avec les cris des milliards d'autres pécheurs !

La voix de frère Barnaby baissa soudain d'un ton et il ajouta sur le ton de la conversation :

– Vous tenez vraiment à brûler dans le puits ?

– Non !

– Jamais !

– Jésus, sauvez-nous !

– Jésus vous sauvera, si vous le Lui demandez. Ceux qui meurent selon le Christ sont sauvés, nous l'avons lu dans le Livre. Ceux qui seront vivants quand Il reviendra seront sauvés s'ils ont reçu le baptême et restent en état de grâce. Il nous a promis qu'Il reviendrait et que Satan serait à nouveau enchaîné pendant mille années tandis que Notre Seigneur régnerait dans la paix et la justice sur cette terre. C'est le millénium, amis, le grand jour approche. Après ces mille années, Satan sera libre pour un temps encore et la bataille finale sera livrée. Ce sera la guerre dans les cieux. L'archange Michel sera notre général et conduira les anges du Seigneur contre le dragon – Satan, une fois encore – et son armée d'anges déchus. Et Satan perdra, dans mille ans. Et jamais plus on ne le verra dans les cieux. Mais ce sera dans mille ans d'ici, chers amis. Vous le verrez car vous vivrez... *Si* vous acceptez Jésus et le baptême avant que la trompette ne résonne pour annoncer Son retour. Pour quand cela sera-t-il ? Bientôt, bientôt ! Que dit le Livre ? Dans la Bible, Dieu dit plusieurs fois, dans Isaïe, dans Daniel, dans Ezéchiel, dans chacun des quatre Evangiles, que l'on ne vous dira pas l'heure exacte de Son retour. Pourquoi ? Pour que vous ne puissiez cacher la saleté sous le tapis, voilà pourquoi ! S'Il vous disait qu'Il va revenir pour le nouvel an de l'année deux mille de Son règne, il y en aurait pour passer les cinq ans et demi qui restent à frayer avec des femmes luxurieuses, à adorer des idoles étranges, à violer chacun des Dix Commandements. Et puis, dans la semaine de Noël de l'an 1999, vous les retrouveriez à l'église, pleurant leur repentir, essayant de négocier leur salut. Non, messieurs ! Pas question ! Pas de compromis ! Le prix est le même pour tous. Le cri et la trompette ne se feront peut-être pas entendre avant des mois... ou bien ils résonneront avant que j'aie fini mon discours. C'est à vous d'être prêts pour cet instant. Mais nous savons qu'il approche. Comment ? Une fois encore, c'est dans le Livre. Il y a des signes et des présages. Le premier, sans lequel le reste ne saurait se produire, c'est le retour des enfants d'Israël à la Terre promise – voyez Ezéchiel, Matthieu, lisez les journaux. Ils reconstruisent le temple... c'est chose faite, c'est écrit dans le *Kansas City Star*. Il y a d'autres signes et d'autres présages encore, des prodiges de toutes sortes, mais les plus grands sont des tribulations, des épreuves destinées à donner la mesure des âmes, pareilles à celles que Job a connues. Peut-il y avoir meilleur terme pour décrire le vingtième siècle que celui de « tribulations » ? Des guerres, des terroristes, des assassinats, des incendies, des épidémies. Et des guerres, toujours. Jamais au cours de son histoire l'humanité n'a été si durement éprouvée. Mais souffrez ce que Job a souffert et à la fin vous connaîtrez le bonheur et la paix éternels, la paix de Dieu, qui transcende toute compréhension. Il vous tend Sa main. Il vous aime. Il vous sauvera.

Frère Barnaby se tut et s'essuya le front avec un grand mouchoir déjà humide de sueur. Le chœur (obéissant peut-être à quelque signal) se mit à chanter doucement :

– *Nous nous rassemblerons près de la rivière, la belle, la merveilleuse rivière, qui coule vers le trône de Dieu.* (Puis enchaîna avec :) *Me voici, sans une plainte.*

Frère Barnaby mit un genou à terre et tendit les bras.

– Je vous en prie ! N'allez-vous pas Lui répondre ? Venez, acceptez Jésus, laissez-Le vous prendre dans Ses bras.

Le chœur continuait doucement :

*Car Il a donné Son sang pour moi,*
*Et Il m'a dit de venir à Lui,*
*Ô Agneau de Dieu ! me voici, me voici !*

Et je sentis descendre le Saint-Esprit.

Je Le sentis me dominer et toute la joie de Jésus inonda mon cœur. Je me levai et m'avançai dans l'allée. C'est alors seulement que je me souvins que Margrethe était avec moi. Je me retournai et rencontrai son regard. Ses yeux étaient à la fois graves et doux.

– Viens, ma chérie, lui murmurai-je en l'entraînant avec moi.

Ensemble, nous nous avançâmes vers Dieu, marchant dans la sciure. D'autres nous précédaient. Ils avaient déjà atteint le chancel. Je trouvai une place, repoussai quelques béquilles et un bandage et m'agenouillai, la main droite posée sur le chancel. J'y appuyai mon front sans lâcher une seconde la main de Margrethe. Je priai Jésus afin qu'Il nous lave de nos péchés et nous reçoive dans Ses bras.

L'un des assistants de frère Barnaby murmura à mon oreille :

– Et toi, mon frère, où en es-tu ?

– Je suis bien, dis-je avec joie, de même que mon épouse. Aidez ceux qui en ont besoin.

– Sois béni, mon frère.

Il s'éloigna. Un peu plus loin, une sœur écrivait et parlait en même temps. Il s'arrêta pour la réconforter.

Je courbai de nouveau la tête, puis je pris conscience des hennissements effrayés des chevaux. En même temps, la toile de la tente battait comme sous l'effet d'un vent furieux. Levant les yeux, je vis une déchirure qui s'agrandissait. La toile fut brusquement arrachée. Le sol se mit à trembler et le ciel était sombre.

La trompette secoua alors tous les os de mon corps et j'entendis le cri, le plus fort, le plus triomphant, le plus joyeux que j'eusse jamais entendu. J'aidai alors Margrethe à se remettre sur pied et lui souris.

– Chérie, c'est *maintenant* !

Nous fûmes emportés.

Basculant la tête en bas, les pieds en l'air, nous avons été pris dans un nuage en tourbillon, une trompe du Kansas (1).

J'ai été arraché à Margrethe et j'ai tenté de la rattraper, mais en vain. Il est impossible de nager dans un tourbillon, vous ne pouvez que vous laisser emporter. Mais je savais qu'elle ne risquait rien.

Je me suis retrouvé la tête en bas, au cœur du tourbillon, à plus de cinquante mètres au-dessus de la terre. Les chevaux avaient brisé la clôture du corral et les gens qui n'avaient pas été emportés fuyaient de toutes parts. Le tourbillon me fit une fois encore basculer sur moi-même et je découvris le cimetière.

Les tombes s'ouvraient.

(1) L'auteur fait ici allusion au tourbillon qui emporte l'héroïne du « Magicien d'Oz » de Frank Baum. *(N.d.T.)*

## 22

*Alors que les étoiles du matin*
*éclataient en chants d'allégresse,*
*Et que tous les fils de Dieu poussaient des cris de joie.*

Job, 38 :7

J'étais emporté par le vent et je perdis de vue les tombes. Quand mon visage se retrouva vers le bas, le sol n'était plus visible. Il n'y avait plus qu'un immense nuage bouillonnant au sein duquel brillait une lumière intense, safran et ambre, bleu pâle et vert doré. Je cherchais toujours Margrethe autour de moi mais elle n'était pas parmi les rares silhouettes qui dérivaient à proximité. C'était sans importance : le Seigneur prendrait soin d'elle. Je ne devais pas me laisser abattre par son absence momentanée car, ensemble, nous avions franchi le principal obstacle.

Je réfléchissais à cet obstacle, le seul vraiment important : nous étions passés si près ! Supposons que cette brave jument attelée à notre cabriolet ait perdu un fer ? Le retard nous aurait fait arriver une heure plus tard. Réponse : en fait, nous ne serions jamais arrivés. La dernière trompette aurait sonné pendant que nous étions encore sur la route, et ni l'un ni l'autre n'aurions été en état de grâce. Au lieu d'être emportés par l'Extase, nous serions allés au jugement sans rédemption, puis droit en enfer.

Est-ce que je crois réellement à la prédestination ?

Voilà une excellente question. Passons aux questions auxquelles je puis répondre. Je flottais au-dessus des nuages depuis un temps qui, pour moi, n'était pas mesurable. Je voyais parfois d'autres gens mais nul ne s'approchait suffisamment de moi pour que nous puissions engager la conversation. Je commençai à m'interroger : quand verrais-je notre Seigneur Jésus-Christ ? Il avait promis précisément qu'Il nous rencontrerait « dans l'air ».

Je dus enfin prendre conscience que je me comportais comme un enfant qui exige de sa mère qu'elle fasse ceci ou cela *tout de suite*! et qui s'entend répondre : *Un peu de patience, mon chéri. Ce n'est pas pour tout de suite.* Le temps selon Dieu et selon moi, ce n'était pas la même chose, c'était bien ce que disait la Bible. Le jour du jugement dernier allait être passablement actif et je n'avais pas la moindre idée de toutes les tâches que Jésus devrait mener à bien. Oh, certes, j'en connaissais au moins une : ces tombes qui s'étaient ouvertes me rappelaient quelque chose. Ceux qui étaient morts dans le Christ (des millions ? des milliards ? plus encore ?) seraient les premiers à rencontrer Notre Père qui est aux cieux et, bien sûr, pour cette occasion glorieuse, Jésus serait avec eux. Il le leur avait promis.

Ayant enfin trouvé une explication à ce retard, je me détendis. J'étais prêt à attendre patiemment mon tour de rencontrer Jésus... et, lorsque je Le verrais, je Lui demanderais de nous réunir, Margrethe et moi.

Je n'étais plus pressé, je n'étais plus inquiet, j'étais parfaitement à l'aise, je n'avais ni froid ni faim, je n'avais pas soif non plus et je flottais sans plus d'effort qu'un nuage. Je commençais à ressentir le ravissement promis et je m'endormis.

J'ignore combien de temps je dormis ainsi. Très longtemps. J'étais très fatigué : ces trois dernières semaines avaient été exténuantes. Je passai la main sur mon visage et j'estimai que j'avais bien dû dormir deux jours, sinon plus. Si j'en jugeais par l'état négligé de mes favoris. Je portai la main à ma poche : oui, mon fidèle Gillette, présent de Marga, était toujours là. Mais je n'avais ni savon ni eau, ni miroir.

Ce qui était particulièrement irritant, puisque j'avais été éveillé par un son de trompe (pas la grande trompette, précisons-le, mais sans doute par le simple appel d'un ange au travail) qui signifiait clairement : *Debout tout le monde ! C'est à vous !*

C'était bien ça. Et quand tout le monde se mit à avancer, j'avais une barbe de deux jours. Très embarrassant.

Les anges nous regroupaient comme des agents de la circulation, nous faisant mettre en rangs comme ils l'entendaient. Je savais que c'étaient des anges. Ils avaient des ailes, ils portaient de grandes robes blanches et ils étaient d'une taille très impressionnante. Comme l'un d'eux passait non loin de moi, j'estimai sa hauteur à trois mètres. Ils ne battaient pas des ailes. (Ce n'est que plus tard que j'appris qu'ils ne portaient leurs ailes que lors des cérémonies, un peu comme des insignes de leur grade.) En tout cas, je m'aperçus que je pouvais me déplacer selon leurs instructions. Auparavant, j'avais été dans l'incapacité de contrôler mes mouvements mais, à présent, je pouvais aller dans n'importe quelle direction par le seul effet de ma volonté.

Ils nous firent tout d'abord aligner en colonne, sur une seule file, qui s'étirait sur des kilomètres. (Des centaines, des milliers de kilomètres ?) Puis ils nous divisèrent en rangs, douze de front, puis en étages, toujours par douze. J'étais, si je comptais bien, le numéro quatre dans mon rang, au troisième niveau. Dans ma colonne, je devais être à peu près à deux cents places en arrière – j'avais fait cette estimation pendant que notre formation se mettait en place –, mais je n'avais pas la moindre idée de la longueur réelle de la colonne.

Et nous nous sommes envolés vers le trône de Dieu.

Mais, tout d'abord, un ange s'est installé dans les airs à cinquante mètres environ sur notre flanc gauche et sa voix, lorsqu'il se mit à parler, portait loin.

Ecoutez-moi ! Vous allez conserver cette formation pour passer en revue. A aucun moment ne quittez votre position. Repérez-vous sur la créature qui se trouve à votre gauche, celle qui se trouve en dessous de vous, et celle qui vous précède. Laissez dix coudées entre chaque rang et chaque niveau, et cinq coudées dans les rangs. Ne vous pressez pas, ne rompez pas les rangs et ne ralentissez pas en passant devant le trône. Quiconque s'avisera de rompre la formation de vol sera renvoyé à l'autre extrémité de la queue... et je vous préviens : il est possible que le Fils soit reparti quand vous arrivererez, et il n'y aura plus que Pierre ou Paul ou n'importe quel autre saint pour accueillir la parade. Des questions ?

— Une coudée, c'est combien ?

— Deux coudées font un mètre. Y a-t-il des créatures dans cette cohorte qui ignorent ce qu'est un mètre ?

Aucune voix ne s'éleva. L'ange ajouta alors :

— D'autres questions ?

Sur ma gauche, au-dessus de moi, une femme lança :

— Oui ! Ma fille n'avait pas ses pastilles pour la toux. Je les ai ici. Est-ce qu'il est possible de les lui remettre ?

— Créature, veuillez, je vous prie, accepter mon avis si je vous certifie que la toux qui pourrait frapper votre fille au paradis ne saurait être que purement psychosomatique.

— Mais son docteur a dit...

— Entre-temps, taisez-vous et laissez avancer ce défilé. Les demandes spéciales seront déposées après l'arrivée au paradis.

Il y eut d'autres questions, pour la plupart idiotes, qui ne firent que confirmer une opinion que j'avais gardée pour moi tout au long de ces années : la piété n'implique pas forcément le bon sens.

La trompette résonna à nouveau et notre chef de cohorte lança : *En avant !* Quelques secondes après, il y eut un autre appel de trompette. *Volez !* Toute la colonne s'élança.

(Ici, une note s'impose : Je parle de l'ange au masculin car il avait une apparence mâle. Pour ceux qui avaient un aspect féminin, je dirai « elles ». Je n'ai cependant jamais eu la moindre certitude quant à leur sexe. S'il en est question. Je pense qu'ils sont androgynes mais jamais je n'ai eu l'occasion de le vérifier. Pas plus que le courage de leur poser la question.)

(Autre problème qui me chiffonne : Jésus avait des frères et des sœurs. Comment la Vierge Marie pouvait-elle donc être encore vierge ? A ce propos non plus, je n'ai jamais eu le courage de poser la question.)

Nous pouvions apercevoir Son trône à des kilomètres de distance. Ce n'était pas le grand trône blanc de Dieu le Père au sein du paradis, mais juste un siège de circonstance pour Jésus. Néanmoins, il était magnifique, taillé dans un unique diamant, avec des myriades de facettes qui renvoyaient la lumière de Jésus en une véritable douche de feu et de glace, et ce dans toutes les directions. Et c'était bien ce que je distinguais le plus facilement, car le visage de Jésus brillait avec une intensité telle que, sans lunettes de soleil, il était impossible de vraiment discerner Son visage.

Peu importait : nous savions Qui Il était. Nous n'avions rien à apprendre de plus. Nous étions encore à quarante kilomètres de distance au moins et je fus alors subjugué par un sentiment que je compris pour la première fois de mon existence (malgré tout ce que m'avaient enseigné mes professeurs de théologie), sentiment qui était fait à la fois d'amour et de crainte. J'aimais et redoutais cette entité qui était là-bas, sur Son trône, et je comprenais pourquoi Pierre et Jacques avaient laissé leurs filets de pêcheurs pour Le suivre.

Et, bien sûr, je ne Lui adressai pas ma requête à l'instant où nous passâmes à quelques centaines de mètres de Lui. Durant ma vie sur terre, je m'étais adressé à Jésus (je L'avais prié) par Son Nom des milliers de fois. Quand je Le vis dans Sa chair, je me souvins simplement que l'ange qui nous conduisait nous avait promis que nous aurions l'occasion de remplir des demandes personnelles dès que nous serions au Paradis. Très bientôt. Il me plaisait, en attendant, de songer que Margrethe se trouvait quelque part dans ce défilé et qu'elle aussi contemplait le Seigneur Jésus sur Son trône... et sans mon intervention, jamais elle n'en aurait eu la chance. Je me sentais heureux et bon, au comble de l'extase, tandis que mes yeux se portaient vers Son aveuglante clarté.

A quelques kilomètres au-delà du trône, la colonne bifurquait sur la droite et montait, quittant le voisinage de la terre et même le système solaire pour piquer droit sur le paradis en prenant de la vitesse.

Saviez-vous que la terre, lorsqu'on se retourne, ressemble à un croissant de lune? Je me demandai s'il s'était trouvé ou non des partisans de la théorie de la terre plate pour accéder à l'Extase? Cela me paraissait peu probable, mais de telles superstitions ne sont pas totalement incompatibles avec la croyance en le Christ. Il en est, bien sûr, qui sont absolument interdites : l'astrologie, par exemple, et le darwinisme. Mais, à ma connaissance, l'idée de la terre plate n'est nullement proscrite. S'il se trouvait parmi nous certains de ses partisans, je me demandais ce qu'ils éprouvaient en se retournant et en découvrant que la terre était aussi ronde qu'une balle de tennis?

(Ou bien le Seigneur, dans Son infinie bonté, faisait-Il en sorte qu'ils la voient plate? Le simple mortel peut-il percer à jour le point de vue de Dieu?)

Il me sembla que deux heures s'étaient écoulées quand nous atteignîmes les parages du Paradis. Je dis qu'il me sembla car je n'avais nul moyen de mesurer le temps, ne disposant plus d'aucune échelle humaine. Et, selon le même principe, l'Extase me parut durer environ deux jours... mais j'eus plus tard toute raison de croire qu'il s'était agi de sept ans. Lorsqu'on manque de jalons, de règles et d'horloges, le temps et l'espace deviennent bien incertains.

Tandis que nous nous approchions de la Cité sainte, nos guides nous avaient fait ralentir et nous en avions fait le tour avant de franchir l'une des portes.

Ça n'avait rien d'une petite balade. La nouvelle Jérusalem (le paradis, la Cité sainte, la capitale de Jéhovah) est édifiée sur quatre côtés, tout comme le district de Columbia, mais en plus vaste. Chaque côté mesure 2125 kilomètres et la périphérie est de 8500 kilomètres, ce qui donne une superficie de 69000 kilomètres carrés. A côté, des villes comme New York ou Los Angeles semblent plutôt étriquées.

En toute vérité, solennellement, la Cité sainte est six fois plus vaste que le Texas! Et elle est archipeuplée. Mais, apparemment, on n'y attend plus grand monde après nous.

Bien entendu, elle est enclose de murs, des murs hauts de soixante-cinq mètres et épais d'autant. Le chemin de ronde comporte douze couloirs de circulation, et il n'existe pas de garde-fous. Très effrayant. Les portes sont au nombre de douze, trois sur chaque côté. Ce sont les célèbres portes nacrées (elles le sont vraiment), qui restent constamment ouvertes et qui ne se fermeront, à ce que l'on nous dit, que pour la bataille finale.

Les murs sont faits de jaspe iridescent dans lequel on découvre une douzaine de couches différentes, plus superbes encore : du saphir, de la calcédoine, de l'émeraude, de l'onyx, de la chrysolithe, du béryl, de la topaze, de l'améthyste... je ne me souviens pas des autres. La nouvelle Jérusalem est tellement éblouissante que l'esprit humain a du mal à en prendre la mesure, du moins dans son ensemble.

Quand nous eûmes achevé notre boucle autour de la Cité sainte, notre chef de cohorte nous rassembla en formation, un peu comme des dirigeables à l'aéroport de O'Hare et nous fit attendre jusqu'à ce qu'un signal lui indique qu'une des portes était libre. J'avais espéré pouvoir au moins jeter un coup d'œil à saint Pierre, mais non : son bureau était de l'autre côté, sur la porte principale, la porte de Judas, et nous, nous entrions par la porte opposée, celle d'Asher, où nous étions enregistrés par les anges qui dépendaient des services de Pierre.

Même avec les douze portes que comptait la Cité, les dizaines et les dizaines d'employés de saint Pierre qui y étaient préposés (en tenant compte du fait qu'il n'y avait pas d'examen puisque nous avions tous été emportés par l'Extase, c'est-à-dire que nos âmes étaient garanties suaves), il nous fallut attendre très longtemps avant d'être enregistrés, de recevoir des numéros d'identité temporaire, des logements tout aussi temporaires, de même que des tickets de ravitaillement...

(Ravitaillement ?)

Mais oui, me dis-je, mais j'interrogeai quand même l'ange qui s'occupait de moi. Il/elle me regarda avant de répondre :

– C'est facultatif. Cela ne fera aucune différence si vous ne mangez ni ne buvez. Mais de nombreuses créatures et même certains anges se plaisent à se nourrir, tout spécialement en compagnie. C'est selon vos désirs.

– Je vous remercie. Maintenant, à propos du logement. Je vois que c'est un *single.* Je voudrais une chambre double. Pour moi et ma femme. Je veux...

– Vous voulez parler de votre ex-femme, je suppose. Au Paradis, il n'y a pas de mariage.

– Hein ? Est-ce que ça signifie que nous ne pouvons pas vivre ensemble ?

– Pas du tout. Mais il faut que vous vous adressiez tous deux au service d'hébergement. Voyez les « échanges et rectifications ». Assurez-vous, l'un et l'autre, d'avoir votre formulaire de logement.

– Mais c'est bien là le problème ! J'ai été séparé de mon épouse ! Comment puis-je la retrouver ?

– Ça, ça ne dépend pas de mon service. Demandez à l'information. Entre-temps, installez-vous dans les cottages de Gédéon. Ce sont des appartements pour une personne.

– Mais...

Il (ou elle ?) eut un soupir.

– Est-ce que vous réalisez depuis combien de milliers d'heures je suis ici ? Est-ce que vous avez la moindre idée de la difficulté qu'il y a à s'occuper de millions de créatures en même temps, certaines vivantes, d'autres récemment réincarnées ? C'est la cinquième fois que nous devons réinstaller toute la plomberie à l'usage de créatures de chair... et savez-vous ce que ça représente ? Je veux dire que, quand vous vous occupez de ce genre d'installation, que vous faites des salles de bains et tout ça, vous avez affaire aux voisins ! Et personne ne m'écoute ! Allez... Prenez ces papiers, passez cette porte, là, prenez une robe et une auréole. Les harpes sont en option... Et suivez la ligne verte jusqu'aux cottages de Gédéon.

– *Non !*

Je vis bouger ses lèvres. Il (ou elle) devait prier en silence.

– Ecoutez, dit-il (ou elle) enfin, est-ce que vous croyez que c'est vraiment correct de vous promener au Paradis dans cette tenue ? Vous faites plutôt négligé.

Nous n'avons pas vraiment l'habitude des créatures de chair, je le reconnais. Mais la dernière dont je me souvienne, c'est Elie, et je dois dire que vous avez l'air aussi douteux que lui. A votre place, non seulement je me hâterais de jeter ces loques pour revêtir une robe blanche décente, mais j'essaierais de faire quelque chose pour ces pellicules.

— Ecoutez, dis-je nerveusement, personne ne sait ce que j'ai vécu, personne sauf Jésus (1). Pendant que vous étiez là, dans votre belle robe blanche, avec votre auréole, dans cette ville impeccable dont les rues sont pavées d'or, moi je me battais avec Satan lui-même. Je sais que je n'ai pas l'air très net mais je n'ai pas choisi d'arriver comme ça. Euh... A propos, où est-ce que je peux trouver des lames de rasoir ?

— Des quoi ?

— Des lames de rasoir. Des Gillette bleues, ou des lames de ce genre... Pour ça... (J'ai brandi mon rasoir.) De préférence en acier inox.

— Ici, tout est en inox. Mais, au nom du Paradis, de quoi voulez-vous parler ?

— D'un rasoir de sécurité. Pour raser tous ces poils de mon visage.

— Vraiment ? Si le Seigneur dans Sa sagesse avait voulu que Ses créations mâles n'aient pas de poils sur le visage, Il les aurait faites imberbes. Je vais vous prendre ça.

Il/elle tendit la main vers mon rasoir et le prit.

Je le récupérai aussitôt.

— Ah non ! Pas question ! Où est ce service d'information ?

— Sur votre gauche. A mille kilomètres environ, dit il/elle avec dédain.

Je m'éloignai, furibond. Ces bureaucrates ! Même au Paradis. Je m'étais abstenu de poser d'autres questions parce que j'avais cru deviner un sens caché à cette réponse. D'après ce que j'avais pu estimer en faisant le grand tour de la Cité sainte, mille kilomètres c'était la

(1) Allusion à un gospel célèbre, *Nobody knows the trouble I feel. (N.d.T.)*

distance qui séparait une porte (comme celle d'Asher, par exemple) du centre exact du paradis, c'est-à-dire de l'endroit où se trouvait le grand trône blanc de Jéhovah, Dieu le Père. L'ange m'avait ainsi fait comprendre sans ménagement que si je n'aimais pas la façon dont j'étais reçu, je n'avais qu'à aller me plaindre au patron. Autrement dit, il/elle m'avait répondu d'aller me faire cuire un œuf.

Je me suis mis en quête d'une éventuelle autorité.

Celui qui avait organisé ce grand gymkhana, Gabriel, Michel, ou qui que ce soit, avait prévu que de nombreuses créatures allaient se retrouver avec des problèmes qui ne correspondaient pas vraiment au système mis en place. Donc, des chérubins avaient été prévus dans la foule, un peu partout. Ne pensez pas à Michel-Ange ou à Luca Della Robbia. Il ne s'agissait pas de *bambinos* aux genoux potelés. Ils avaient trente bons centimètres de plus que la plupart des nouveaux venus. Ils ressemblaient aux anges, si ce n'est que leurs ailes étaient plus petites et qu'ils portaient un badge : DIRECTION.

En fait, c'était peut-être vraiment des anges. Je n'ai jamais su très bien faire la distinction entre les anges, les chérubins, le séraphins, etc. La Bible semble considérer ces détails comme acquis et ne s'étend guère sur la question. Les papistes ont défini *neuf* classes différentes d'anges ! Et par rapport à quelle règle ? Rien ne figure dans la Bible à ce propos !

Pour moi, il n'y avait que deux classes distinctes au Paradis : les anges et les humains. Les anges se considèrent comme supérieurs et n'hésitent pas à vous le faire comprendre. Et il est bien certain qu'ils sont supérieurs, hiérarchiquement parlant, de même qu'en pouvoir et en privilèges. Les âmes sauvées ne constituent que des citoyens de seconde classe. Une notion est très répandue, aussi bien chez les chrétiens protestants que chez les papistes : ceux dont l'âme est sauvée seront pratiquement assis dans le giron de Dieu. Eh bien, il n'en est rien ! Votre âme est sauvée et vous vous retrouvez au paradis pour vous apercevoir très vite que vous n'êtes que le petit nouveau, le gamin perdu dans un quartier complètement étranger.

Une âme qui a connu le salut et qui est entrée au paradis est tout à fait dans la situation d'un nègre perdu dans l'Arkansas. Et vous pouvez compter sur les anges pour vous le faire savoir et plutôt deux fois qu'une !

Je n'ai jamais rencontré un ange sympathique.

Mais tout cela vient sans doute de la manière dont ils nous considèrent. Essayons de prendre le point de vue de l'ange. Selon Daniel, il y aurait une centaine de millions d'anges au paradis. Avant la Résurrection et l'Extase, le paradis devait être peu peuplé, plutôt agréable à vivre, avec des emplois disponibles : dans les messageries, les chorales, ou des jobs de remplacement dans les cérémonies, de temps en temps. Je suis persuadé que cela plaisait aux anges.

Et puis, la vague d'immigration était arrivée. Des millions d'humains (des milliards ?) dont certains n'avaient même pas encore quitté leur foyer. Tous avaient besoin d'assistance. C'est ainsi qu'après des éons et des éons d'une existence béate, les anges se retrouvèrent soudain débordés, envahis, responsables d'une sorte d'immense et monstrueux orphelinat. Par conséquent, il n'y avait rien de surprenant à ce qu'ils n'aiment guère les humains.

Et pour moi... la réciproque est vraie. Rien que des snobs !

Je finis par tomber sur un chérubin (ou bien était-ce un ange ?) qui portait un brassard DIRECTION et je lui demandai où se trouvait le plus proche bureau d'information. Il leva un pouce par-dessus son épaule.

— Vous descendez le boulevard. C'est à mille deux cents kilomètres de là, près du fleuve qui descend du trône.

Mon regard se porta sur le boulevard. A pareille distance, Dieu le Père sur Son trône était comme le soleil levant.

— Mille deux cents kilomètres ! Est-ce qu'il n'y a pas une agence de renseignements dans le coin ?

— Créature, tout cela a été conçu ainsi dans un but précis. Si nous avions installé des bureaux d'information à tous les coins de rue, ils seraient tous assiégés, parce que tout le monde a des questions stupides à poser. Mais comme ça, il ne se trouvera pas une créature pour faire l'effort de parcourir tout ce chemin, à moins qu'elle n'ait une question réellement importante à poser.

Logique. Rageant. Je pris conscience que les pensées qui m'envahissaient à nouveau n'avaient pas leur place au Paradis. J'avais toujours envisagé le royaume des cieux comme un lieu d'immense béatitude où l'on ignorerait les ridicules frustrations qui étaient notre lot terrestre. Je pris le temps de compter jusqu'à dix en anglais, puis en latin, avant de demander :

— Et il faut compter combien en temps de vol ? Il y a une limitation de vitesse ?

— Vous ne pensez pas vraiment qu'on va vous autoriser à voler jusque là-bas, non ?

— Pourquoi pas ? Pas plus tard qu'aujourd'hui, je suis arrivé ici en volant et j'ai même fait tout le tour de la Cité.

— C'est ce que vous pensez. En fait, c'est votre chef de cohorte qui a tout fait. Créature, laissez-moi vous donner un petit conseil qui pourra vous éviter pas mal d'ennuis. Quand vous toucherez vos ailes — je veux dire *si* on vous les donne — n'essayez surtout pas de survoler la Cité sainte. Vous risqueriez de vous aplatir si vite que vous y laisseriez vos dents. Et vos ailes seraient plutôt cabossées, si vous voyez ce que je veux dire.

— Mais pourquoi ?

— Parce que ce n'est pas votre truc, c'est tout. Vous déboulez tous comme ça et vous vous croyez chez vous. Si on vous laissait approcher du trône, je suis sûr que vous seriez capables d'y graver vos initiales. Alors, écoutez-moi bien et profitez de la leçon : au paradis, il n'y a qu'une seule règle, le G.A.P. Vous comprenez ?

— Non, répondis-je, bien que j'eusse ma petite idée, déjà.

— Alors écoutez bien. Vous pouvez oublier les Dix Commandements. Ici, il n'y en a guère que deux ou trois qui soient encore appliqués et vous ne pouvez les briser. Mais la règle d'or, ici, c'est le G.A.P. : le Grade A ses Privilèges. Dans cet éon, vous êtes un bleu, une jeune recrue des armées du Seigneur, au grade inférieur. Et avec le minimum de privilèges. En fait, le seul privilège dont vous bénéficiez en ce moment, c'est d'être là. Le Seigneur, dans Son infinie sagesse, a décidé que vous aviez toute qualité pour entrer ici. Mais c'est tout. Strictement tout. Surveillez votre conduite et vous serez autorisé à y demeurer. Quant au règlement de la circulation, il vous suffit de poser des questions pour tout savoir. Il n'y a que les anges qui aient le droit de survoler la Cité sainte. Personne d'autre. Lors des cérémonies ou quand ils sont de mission. Ce qui ne saurait être votre cas. Même quand vous aurez touché vos ailes. Si vous avez droit à cet honneur. Je mets volontairement l'accent sur ce point car vous seriez surpris par le nombre de créatures qui se présentent ici avec l'idée que le fait d'accéder au paradis change automatiquement une créature ordinaire en ange. C'est loin d'être le cas. C'est impossible d'ailleurs. Les créatures ne deviennent *jamais* des anges. Des saints, parfois... Rarement, pourtant. Mais des anges, jamais, au grand jamais...

Je comptai alors jusqu'à dix, à l'envers et en hébreu.

– Si vous n'y voyez pas d'inconvénient, je vais quand même essayer de trouver ce bureau d'information. Mais puisque je ne peux pas voler, comment vais-je faire pour y arriver ?

– Mais pourquoi vous ne me l'avez pas demandé tout de suite ? Prenez donc le bus !

Un peu plus tard, je me retrouvai assis dans un chariot-bus des transports de la Cité sainte, en route vers le lointain trône de Dieu. Le chariot avait la forme d'un bateau, il était à ciel ouvert et l'on y montait par l'arrière. Il n'y avait pas de conducteur ou de pilote et je ne devinai aucune source d'énergie motrice. Il s'arrêtait aux arrêts prévus et dûment indiqués et c'est d'ailleurs ainsi que j'avais pu le prendre. Mais je n'avais pas encore compris comment on pouvait l'obliger à s'arrêter.

Apparemment, tout le monde, dans la Cité sainte, empruntait ces chariots-bus (si l'on exceptait les hautes personnalités qui circulaient dans des chariots privés). Même les anges. La plupart des passagers étaient des humains qui portaient tous la même robe blanche conventionnelle et des auréoles ordinaires. Mais j'en avais repéré certains qui arboraient des costumes de différentes époques et dont les auréoles étaient plus grandes et plus voyantes. Je remarquai que les anges se montraient plus courtois avec ces créatures. Mais ils ne s'asseyaient jamais en leur compagnie. Généralement, les anges prenaient place à l'avant du chariot, les humains privilégiés dans la partie centrale, et le bas peuple (y compris votre serviteur) devait se contenter du fond.

Je demandai à l'un de mes semblables combien de temps il fallait compter pour atteindre le trône.

– Je ne sais pas, me répondit-il, je ne vais jamais aussi loin.

En fait, cette âme sœur semblait féminine, d'âge moyen, plutôt amicale, aussi nouai-je la conversation par un lieu commun :

– Vous avez l'accent du Kansas, non ?

Elle me sourit.

– Je ne crois pas. Je suis née en Pays Flamand.

– Vraiment ? Vous parlez très couramment l'anglais.

Elle secoua doucement la tête.

– Je n'ai jamais appris l'anglais.

– Mais...

– Oui, je sais. Vous êtes nouveau. Mais le Paradis n'a pas été frappé par la malédiction de Babel. Ici, la confusion des langages ne s'est jamais produite... ce qui est une bonne chose pour moi vu que je n'ai aucun don pour les langues. Croyez-moi, cela a toujours été un handicap pour moi jusqu'à l'heure de ma mort. Mais pas ici. (Elle me dévisagea avec intérêt.) Puis-je vous demander où vous êtes mort ? Et quand ?

– Je ne suis pas mort. J'ai été pris vivant par l'Extase.

Elle me regarda avec de grands yeux.

– Oh ! comme c'est excitant ! Mais alors, vous devez être très saint.

– Je ne le pense pas. Pourquoi dites-vous cela ?

– L'Extase viendra – ou bien est-elle déjà venue ? – sans que nul soit prévenu. C'est du moins ce que l'on m'a enseigné.

– C'est exact.

– Ainsi, sans avoir été averti, sans avoir eu le temps de vous confesser, sans prêtre pour vous assister... vous étiez prêt ! Aussi lavé de vos péchés que Marie. Et vous êtes monté tout droit au paradis. Oui, il faut vraiment que vous soyez saint. (Et elle ajouta :) C'est ce que je me suis dit en voyant votre costume, car les saints – les martyrs, plus particulièrement – sont souvent vêtus comme ils l'étaient sur terre. J'ai vu aussi que vous ne portiez pas votre auréole. Mais cela fait partie de votre privilège. (Elle prit soudain une attitude humble.) Voudriez-vous me bénir ? Ou bien est-ce trop demander ?

– Ma sœur, je ne suis pas un saint.

– Alors vous ne m'accorderez pas votre bénédiction ?

(Doux Jésus, comment cela pouvait-il m'arriver à moi ?)

– Vous m'avez entendu : pour autant que je croie et que je sache, je ne suis pas un saint. Vous souhaitez encore ma bénédiction ?

– S'il vous plaît... saint père.

– Très bien. Tournez-vous et baissez un peu la tête... (Elle s'est en fait agenouillée et j'ai mis la main sur sa tête.) Par l'autorité dont je suis investi en tant que ministre ordonné de la seule et véritable église catholique de Jésus-Christ, Fils de Dieu le Père et par le pouvoir du Saint-Esprit, je te bénis en tant que sœur dans le Christ. Ainsi soit-il !

J'entendis des *amen* en écho autour de nous et je m'aperçus alors que nous avions eu tout un public. J'étais très embarrassé. Je n'avais pas la certitude, et en fait je ne l'ai toujours pas, que je disposais de la moindre autorité pour accorder des bénédictions au sein même du paradis. Mais cette brave femme me l'avait demandé avec insistance et je n'avais pu refuser.

Lorsqu'elle me regarda, il y avait des larmes dans ses yeux.

— Je le savais ! Je le savais !

— Vous saviez quoi ?

— Que vous étiez un saint. Et maintenant, vous la portez !

J'étais sur le point de demander : « Je porte quoi ? » quand se produisit un miracle mineur. Soudain, je me voyais d'un point de vue extérieur : vêtu d'un pantalon kaki, sale et froissé, d'une chemise de l'armée avec de larges taches de sueur sous les aisselles, le rasoir dans ma poche de poitrine, une barbe de trois jours, des cheveux trop longs... et, là, juste au-dessus de ma tête, une auréole grande comme un parapluie, étincelante, éblouissante !

— Redressez-vous, dis-je aussitôt, et cessez de nous faire remarquer, ma sœur.

— Oui, père. (Et elle ajouta :) Vous ne devriez pas être assis ici.

— C'est à moi qu'il revient d'en juger, ma sœur. Maintenant, parlez-moi de vous.

Je regardai autour de nous tandis qu'elle se rasseyait et je surpris le regard d'un ange qui se tenait seul, un peu plus à l'avant du chariot-bus. Il/elle me fit signe de m'approcher.

J'en avais assez de l'arrogance des anges et, dans un premier temps, j'affectai d'ignorer son geste d'invite. Mais tous, autour de moi, l'avaient remarqué tout en affectant de ne rien avoir vu. Mais ma compagne, sous l'effet de l'émoi religieux, me murmurait d'un ton pressant :

— Très saint homme, la personne angélique veut vous voir.

Je cédai donc, d'abord parce que c'était plus facile, ensuite parce que j'avais une question à poser à l'ange. Aussi je me levai pour m'avancer vers la partie avant du bus.

— Vous voulez me voir ?

— Oui. Vous connaissez le règlement. Les anges devant, les créatures au fond et les saints au milieu. Si vous vous asseyez dans le fond avec les créatures, vous leur donnez de mauvaises habitudes. Comment pouvez-vous espérer maintenir vos privilèges de saint si vous ignorez le protocole ? Veillez à ce que ça ne se renouvelle pas.

Je songeai sur l'instant à plusieurs répliques, qui toutes n'avaient rien de très religieux mais je me contentai de demander :

– Puis-je vous poser une question ?

– Posez-la.

– Combien de temps ce bus va-t-il mettre pour atteindre le fleuve du trône ?

– Pourquoi me le demander ? Vous avez l'éternité devant vous.

– Dois-je comprendre par là que vous ne le savez pas ? Ou que vous ne voulez pas me le dire ?

– Allez donc vous asseoir dans la section qui vous est réservée. Immédiatement !

Je retournai donc à l'arrière pour essayer de me trouver une place. Mais mes compagnons s'étaient tous rapprochés et ne me laissaient aucun siège vacant. Personne ne disait un mot et tous les regards me fuyaient. Il était évident que nul ne souhaitait me voir plus longtemps défier l'autorité d'un ange. Je soupirai et m'assis enfin dans la section médiane du bus, seul dans ma splendeur, saint solitaire de ce véhicule. A supposer que je fusse réellement un saint.

J'ignore combien de temps il nous fallut pour atteindre le trône. Au paradis, la lumière ne varie jamais d'intensité et le temps ne change pas. De plus, je n'avais pas de montre. Il s'écoula simplement une longue période d'ennui. D'ennui ? Mais oui. Certes, un palais splendide construit entièrement avec des pierres précieuses est une vision sublime. Comptez-en dix et vous aurez dix spectacles absolument merveilleux, chacun différent de l'autre. Mais, au bout d'une centaine de kilomètres, la visite risque de vous amener au sommeil. Laissez-moi vous dire que mille kilomètres comme ça, c'est très, très ennuyeux. J'en vins à espérer l'apparition d'un vieux garage, d'une décharge, d'un parking de voitures d'occasion, ou (mieux encore) d'un terrain vague, d'une prairie, d'une pelouse avec des fleurs.

La nouvelle Jérusalem est une cité d'une absolue beauté. Je puis en témoigner. Mais, durant ce long trajet, j'appris que la laideur est parfois bien utile.

Je n'ai jamais su qui avait conçu la Cité sainte. Dire que Dieu a donné son autorisation, tant pour la conception que pour la construction, est un axiome. Mais la Bible ne cite pas les architectes, non plus que les constructeurs. On parle de « grand architecte » lorsqu'il est question de Jéhovah, mais c'est dans Freemason, et pas dans la Bible. Il m'advint pourtant une fois de poser la question à un ange.

– Qui a conçu la Cité ?

Il ne fronça pas les sourcils, il ne prit pas cet air dédaigneux que la plupart affectent : en fait, il ne semblait pas pouvoir considérer cela comme une question. Mais, pour moi, ça le restait : Dieu avait-il créé (conçu et construit) la Cité sainte lui-même, jusqu'à la plus petite pierre précieuse ? Ou bien avait-Il délégué Ses pouvoirs ?

Quelle que soit la réponse, la Cité sainte, sachez-le, a un inconvénient de taille, selon moi. Et surtout ne me dites pas qu'émettre un jugement de valeur sur l'œuvre de Dieu est un blasphème. Cet inconvénient est vraiment très sérieux.

Nulle part on n'y trouve la moindre bibliothèque.

Une bonne bibliothèque qui a passé son existence à répondre à toutes sortes de questions, cosmiques ou triviales, serait bien plus utile au paradis qu'une cohorte d'anges arrogants. Il doit y avoir des légions de vieilles dames capables au paradis, car il faut une patience de saint, et même celle de Job, pour être une bonne bibliothécaire pendant plus de quarante ans. Mais, pour mener leur fonction à bien, il faut aux bibliothécaires des livres, des registres, toutes ces sortes de choses qui sont les outils de leur profession. Si on leur donnait leur chance, je suis convaincu qu'elles pourraient très rapidement se charger des registres et des catalogues... mais où se procurer les livres ? Au paradis, je n'ai pas noté la présence d'un seul éditeur.

En fait, il n'existe pas d'industrie au paradis. Ni même d'économie. Lorsque Jéhovah décréta, après que nous eûmes été chassés du jardin d'Eden, que les descendants d'Adam devraient gagner leur pain à la sueur de leur front, il inventa l'économie moderne qui fonctionne en fait depuis 6000 ans à peu près.

Mais pas au paradis.

Au paradis, Il donne à chacun son pain sans qu'il soit nécessaire de recourir à la sueur. En vérité, le pain quotidien n'est pas un besoin au paradis. On ne peut pas y mourir de faim, on ne peut même pas ressentir une petite fringale. A peine, si l'on veut, pour profiter d'un des nombreux restaurants, réfectoires ou boîtes à lunch qui abondent au paradis. Le meilleur hamburger que j'aie jamais mangé, c'est dans un tout petit resto, sur le bord du fleuve, tout près de la place du Trône. Bon, mais encore une fois je vais plus vite que mon histoire.

Une autre lacune, certes moins grave, c'est l'absence de jardins. Je veux dire que l'on n'en trouve guère qu'à proximité de l'arbre de vie, tout près du trône et du fleuve, si l'on excepte quelques rarissimes jardins privés, disséminés dans la Cité. Je crois savoir quelle en est la raison et, si je ne me trompe pas, il est aisé d'y porter remède. Jusqu'à ce que nous arrivions au paradis (je parle des humains pris par l'Extase ainsi que des morts ressuscités dans le Christ), presque tous les citoyens de la Cité sainte étaient des anges. Les exceptions, qui représentaient à peu près un million, étaient des martyrs de la foi, des enfants d'Israël tellement saints qu'ils étaient montés au Ciel sans avoir personnellement rencontré Jésus (c'est-à-dire aux environs de l'an 30 avant Son règne), plus un autre groupe venu de contrées ignorantes, composé d'âmes vertueuses qui ne connaissaient même pas l'existence du Christ. Ainsi, les anges constituaient quatre-vingt-dix-neuf pour cent de la population de la Cité sainte.

Les anges ne semblent pas s'intéresser à l'horticulture. Je suppose que c'est logique : j'imagine difficilement un ange agenouillé sur le sol, occupé à tailler une plante. On ne les voit pas se salir les doigts pour faire pousser des roses.

A présent que les humains sont au moins dix fois plus nombreux au paradis que les anges, j'espère que nous allons voir des jardins au paradis, des clubs d'horticulture, des conférences sur le jardinage et toutes ces sortes de choses. Ce n'est pas le temps qui manquera aux jardiniers amateurs.

La plupart des humains du paradis font ce qu'ils veulent sans obéir à la nécessité. Cette charmante dame (Suzanne) qui avait voulu ma bénédiction, avait été brodeuse en Flandre et elle enseignait désormais la broderie à tous ceux que cela intéressait. J'ai eu nettement le sentiment que, pour la plupart des humains, le véritable problème de l'éternité dans la félicité est comment passer le temps. (Question : Y aurait-il quelque chose de vrai dans cette idée de réincarnation que l'on retrouve dans la plupart des autres religions et que la chrétienté rejette avec virulence ? Une âme sauvée peut-elle être récompensée en retournant au conflit de l'existence ? Sur la terre ou ailleurs ? Il faut que je relise la Bible pour essayer d'y trouver quelque chose à ce sujet. A ma grande surprise, j'avais découvert que les bibles étaient plutôt rares au paradis.)

Le service d'information était exactement là où il était censé être, tout près du fleuve de l'eau de vie qui prend sa source au trône de Dieu et décrit ses méandres dans le bois de l'arbre de vie. Le trône culmine au-dessus des arbres mais, à si courte distance, il est difficile de bien le voir. C'est un peu comme de contempler les gratte-ciel de New York en étant au pied. Plus difficile encore. Et, bien entendu, vous ne pouvez pas voir le visage de Dieu, à mille quatre cent quarante coudées de distance. On ne discerne en fait que le rayonnement... et l'on sent Sa présence.

Le bureau d'information était aussi bondé que le chérubin me l'avait laissé pressentir. Il n'y avait pas de queue. Ceux qui étaient venus pour un renseignement ou une réclamation étaient agglutinés sur trente mètres de profondeur. En découvrant cette foule, je me demandai combien de temps il me faudrait pour atteindre le comptoir. Est-ce qu'il allait falloir se frayer un chemin comme dans les grands magasins les jours de solde ? En marchant sur les pieds et en donnant des coups de coude ?

Je pris quelques pas de recul et me demandai comment j'allais procéder. Est-ce qu'il existait un autre moyen de localiser Margrethe ?

J'étais encore abîmé dans mes questions quand un chérubin portant le badge DIRECTION s'approcha de moi.

– Très saint, désirez-vous atteindre le bureau d'information ?

– Mais certainement !

– Venez avec moi. Ne vous éloignez pas. (Il brandit une espèce de grand bâton, comme les policiers dans les émeutes.) Ecartez-vous ! Faites place à un saint !

En un rien de temps, je me retrouvai devant le comptoir. Je ne pense pas que quiconque ait été blessé, si ce n'est dans son orgueil. Je n'approuve pas ce genre d'action et je considère que chacun devrait recevoir le même traitement et avoir droit aux mêmes égards. Mais, avec ces histoires de grade, voyez-vous, il vaut encore mieux être caporal que deuxième classe.

Je me retournai, en quête du chérubin, mais il avait déjà disparu. Une voix me dit :

– Très saint, que désirez-vous ?

De l'autre côté du comptoir, un ange me regardait.

Je lui expliquai aussitôt que je désirais retrouver mon épouse. Il tambourina des doigts sur le comptoir.

– D'ordinaire, ce n'est pas un service que nous pouvons assurer. Il existe une sorte de mouvement coopératif géré par les créatures, appelé « Comment Retrouver Vos Amis Et Ceux Qui Vous Sont Chers ».

– Et où puis-je le trouver ?

– Près de la porte d'Asher.

– *Quoi ?* Mais j'en viens. C'est là-bas que je me suis inscrit à mon arrivée.

– Vous auriez dû interroger l'ange qui vous a accueilli. Vous êtes arrivé récemment ?

– Très récemment. J'ai été pris par l'Extase. Mais j'ai posé la question à l'ange qui m'a accueilli et il m'a envoyé sur les roses. Il... euh, elle m'a dit de me présenter ici.

— Laissez-moi voir vos papiers.

Je les lui tendis. L'ange les examina attentivement, lentement, puis appela un de ses collègues.

— Tirl ! Jette un coup d'œil là-dessus.

Le second ange prit à son tour mes papiers, acquiesça, puis me regarda et hocha tristement la tête en les rendant.

— Il y a quelque chose qui ne va pas ? demandai-je.

— Non. Très saint, vous avez eu la malchance de tomber, si je puis dire, sur quelqu'un qui n'aiderait même pas son meilleur ami s'il en avait un, ce qui n'est pas le cas. Mais je suis quand même surpris qu'on se soit montré aussi discourtois avec un saint.

— Mais je ne portais pas encore mon auréole à ce moment-là.

— Ça expliquerait la situation. Vous l'avez eue plus tard ?

— En fait, je l'ai acquise comme ça, miraculeusement, entre la porte d'Asher et ici.

— Je vois... Très saint, votre privilège vous autorise à faire un rapport sur Khromitycinel. Mais, d'un autre côté, je pourrais utiliser le haut-parleur pour transmettre votre demande.

— Je pense que ce serait préférable.

— C'est ce que je pense moi aussi. A long terme. Dans votre intérêt. Si je me fais bien comprendre.

— Tout à fait.

— Mais, avant que je lance cet appel, voyons auprès du bureau de saint Pierre si votre femme est bien arrivée. Quand est-elle morte ?

— Elle n'est pas morte. Elle aussi a été prise par l'Extase.

— Vraiment ? Eh bien, ainsi cela rend les choses plus faciles et plus rapides. Nous n'aurons pas besoin de consulter les vieux grimoires. Donnez-moi son nom, son âge, son sexe, éventuellement, ainsi que le lieu et la date de... non, nous n'avons pas besoin de ça. D'abord son nom.

— Margrethe Svensdatter Gunderson.

— Il vaudrait mieux m'épeler ça.
Je m'exécutai.
— Bon, ça suffit pour l'instant. Si les employés de Pierre arrivent à bien déchiffrer. Vous ne pouvez pas attendre ici. Il y a un petit restaurant juste en face. Vous le voyez ?
Je me retournai.
— La Vache Sainte ?
— C'est ça. On y mange très bien. Si vous voulez manger. En tout cas, attendez là-bas. Nous vous préviendrons.
— Je vous remercie !
— Mais c'est normal... (il/elle regarda encore une fois mes papiers avant de me les tendre) saint Alexander Hergensheimer.

La Vache Sainte était l'endroit le plus sympathique que j'aie vu depuis l'Extase. C'était un petit restaurant très propre que l'on aurait aimé trouver à Saint Louis ou Denver. J'entrai. Un grand Noir qui avait planté une toque de chef sur son auréole s'activait devant le grill, me tournant le dos. Je m'assis au comptoir et me raclai la gorge.
— Un peu de patience. (Il finit ce qu'il était en train de faire et se retourna.) Qu'est-ce que je... Eh bien, eh bien, Très Saint homme ! Qu'est-ce qui vous ferait plaisir ? Ce que vous voulez, nous l'avons !
— Luke ! Quel plaisir de vous retrouver !
Il me dévisagea.
— Nous nous sommes déjà rencontrés ?
— Vous ne vous souvenez pas de moi ? J'ai travaillé pour vous. Le Ron's Grill, à Nogales. Alec. Votre plongeur.
Il me regarda un peu plus attentivement, et eut un profond soupir.
— Vous vous moquez de moi... saint Alec.
— C'est Alec tout court pour les amis. Luke, il y a eu une erreur administrative, en quelque sorte. Quand les choses seront remises au clair, j'échangerai ce truc de cérémonie pour une bonne petite auréole ordinaire.
— Permettez-moi d'en douter, saint Alec. Au paradis,

on ne se trompe pas. Eh! Albert! Occupe-toi du comptoir. Mon ami saint Alec et moi, nous allons dans la salle. Je vous présente Albert, mon aide.

Je serrai la main d'un petit homme grassouillet qui était presque la parodie de l'image idéale du maître queux français. Il portait lui aussi une toque de *cordon bleu* (1) en même temps que son auréole. Luke et moi, nous empruntâmes une petite porte qui donnait sur la salle. Nous nous assîmes à une des tables. Une serveuse arriva alors et j'éprouvai un nouveau choc.

– Hazel, dit Luke, je veux te présenter un vieil ami à moi, saint Alec. Nous avons été associés, lui et moi. Hazel est notre maîtresse d'hôtel, ici, à la Vache Sainte.

– Je faisais la vaisselle pour Luke, dis-je. Mais, Hazel, c'est merveilleux de vous retrouver ici!

Je me levai pour lui serrer la main puis, changeant soudain d'idée, je la serrai entre mes bras.

Elle me sourit, nullement surprise apparemment.

– Soyez le bienvenu, Alec! Saint Alec à présent, à ce que je vois. Ça ne me surprend guère.

– Moi si. C'est une erreur.

– Il n'y a jamais d'erreurs au paradis, Alec. Où est Margie? Est-elle encore sur terre?

– Non. (Je lui expliquai comment nous avions été séparés.) J'attends qu'on me donne de ses nouvelles.

– Vous la retrouverez. (Elle m'embrassa, chaleureusement, ce qui me fit reprendre conscience de ma barbe de quatre jours. Je l'invitai à s'asseoir avec nous.) Oui, vous la retrouverez certainement et vite, car c'est une promesse qui nous a été faite. Au paradis, nous reverrons nos amis et ceux qui nous étaient chers. Nous sommes censés nous rassembler auprès du fleuve, et il est bien là, n'est-ce pas, à quelques pas de la porte. Steve... Saint Alec, vous rappelez-vous de Steve? Quand nous nous sommes rencontrés, il était avec vous et Margrethe.

– Comment aurais-je pu l'oublier? Il nous a offert à manger et nous a même donné une pièce d'or quand

(1) En français dans le texte. *(N.d.T.)*

nous étions complètement fauchés. Mais oui, je ne l'ai pas oublié !

— Je suis heureuse de vous l'entendre dire... parce que Steve dit à tout le monde que c'est vous qui l'avez converti et que c'est pour ça qu'il s'est retrouvé au Paradis. Voyez-vous, Steve a été tué dans la plaine de Megiddo (1). Moi aussi, j'ai été tuée durant la guerre... je veux dire cinq ans environ après notre rencontre...

— *Cinq ans ?*

— Oui. J'ai été tuée tout au début de la guerre. Steve, lui, a survécu jusqu'à l'Armageddon.

— Hazel... Il y a à peine un mois que Steve nous a offert ce dîner à Rimrock.

— Oui, c'est logique. Vous avez été pris par l'Extase et c'est ce qui a déclenché la guerre. Vous avez ainsi passé les années de guerre dans les airs, ce qui explique que Steve et moi nous soyons arrivés les premiers alors que vous avez quitté la terre avant nous. Mais vous pourrez en parler avec Steve parce qu'il sera bientôt là. A propos, maintenant je vis avec lui, je suis sa concubine, ou sa femme, mais il n'existe pas de mariage ici. En tout cas, quand la guerre a éclaté, Steve a réintégré les Marines et il a été nommé capitaine avant d'être tué. Son unité avait été parachutée sur Haïfa et Steve est mort pour le Seigneur à Armageddon. Je suis très fière de lui.

— Vous le pouvez. Luke, est-ce que vous êtes mort à la guerre, vous aussi ?

Il me fit un large sourire.

— Oh, non, saint Alec. Non... Ils m'ont pendu.

— Vous plaisantez !

— Pas du tout. Ils m'ont pendu haut et court, tel que je vous le dis. Vous vous souvenez quand vous nous avez quittés ?

— Je ne vous ai pas quittés. Il s'est produit un miracle. C'est ainsi que j'ai rencontré Hazel. Et Steve.

— Ma foi... vous en connaissez plus sur les miracles que moi. En tout cas, on a vite retrouvé un autre plon-

(1) Cité du nord de la Palestine, datant de 3500 avant J.-C., considérée comme étant le lieu de l'Armageddon biblique. *(N.d.T.)*

geur. Un Chicano. Ah! mon vieux, quel con, celui-là! Il m'a menacé d'un couteau, un jour. Mal lui en a pris. Non mais! sortir un couteau dans ma cuisine? Il a réussi à me taillader un peu, moi je lui ai réglé son compte. Mais je crois que les jurés devaient être ses cousins. De toute façon, le procureur avait décidé que c'était le moment de faire un exemple. Mais tout s'est bien passé. J'avais été baptisé depuis pas mal de temps et l'aumônier de la prison m'a aidé pour la bénédiction. J'ai prononcé un sermon juste au-dessus de la trappe pendant qu'on me passait la corde au cou. Et je leur ai dit : *Allez-y, maintenant! Envoyez-moi vers Jésus! Alleluia!* Et c'est ce qu'ils ont fait. Je crois que ç'a été le plus beau jour de ma vie!

Albert se pencha vers nous.

– Saint Alec, je crois qu'il y a un ange qui vous cherche.

– J'arrive.

L'ange était demeuré sur le seuil car il était trop grand pour passer la porte et ne tenait pas à se baisser.

– Vous êtes saint Alexander Hergensheimer?

– Oui.

– C'est à propos de votre demande d'enquête concernant une créature appelée Margrethe Svensdatter Gunderson. Voici le rapport : le sujet n'a pas été pris par l'Extase et ne s'est présenté dans aucun des contingents suivants. Cette créature, Margrethe Svensdatter Gunderson, ne se trouve pas au Paradis et n'y est nullement attendue. C'est tout.

## 23

*Je crie vers Toi et Tu ne me réponds pas*
*Je me tiens debout et Tu me lances Ton regard.*

Job, 30:20

C'est ainsi, bien sûr, que j'ai fini par aboutir dans le bureau de saint Pierre, à la porte de Judas, après avoir parcouru tout le paradis de long en large. Suivant le conseil d'Hazel, je me suis rendu à la porte d'Asher en quête de l'association « Comment Retrouver Vos Amis Et Ceux Qui Vous Sont Chers ».

— Saint Alec, les anges ne donnent jamais de fausses informations et les registres qu'ils consultent sont absolument précis. Mais il est possible qu'ils n'aient pas consulté les bonnes archives. A mon avis, ils n'ont pas cherché assez loin, comme vous l'auriez fait vous-même. Les anges ne sont que des anges. Margie a dû être inscrite sous son nom de jeune fille.

— C'est celui que je leur ai donné !

— Oh... Je pensais que vous leur aviez demandé de chercher à « Margie Graham » ?

— Non. Est-ce qu'il faut que je retourne là-bas pour le leur donner ?

— Non. Pas encore. Mais si jamais vous le faites, n'allez pas au service d'information. Allez directement jusqu'au bureau de saint Pierre. Ce sont des humains qui s'occuperont de votre problème, et non des anges.

— C'est exactement ce qu'il me faut !

— Oui. Mais essayez d'abord l'association. Ce n'est pas une association de bureaucrates. Il n'y a que des volontaires, des gens qui sont directement concernés. C'est comme ça que Steve m'a retrouvé après qu'il a été tué. Il ignorait mon nom de famille et je ne l'avais plus utilisé depuis des années, de toute manière. Il ne connaissait pas non plus ma date et mon lieu de naissance. Mais il est tombé sur une petite vieille de l'association qui a cherché dans la liste de toutes les Hazel jusqu'à ce que Steve s'écrie « ça y est ! ». S'il était allé au bureau de saint Pierre, on lui aurait répondu que l'identification était insuffisante. (Hazel eut un bref sourire avant de poursuivre.) Mais l'association fait appel à l'imagination. Luke et moi, ils nous ont rassemblés, alors que nous ne nous étions même pas rencontrés avant notre mort. Quand j'en ai eu assez de tirer ma flemme ici, je me suis dit que j'aimerais bien avoir un petit restaurant. Il n'y a rien de mieux quand on aime rencontrer des gens et se faire des amis. J'ai donc posé mon problème aux gens de l'association et ils ont réglé leurs ordinateurs sur « cuisinier ». Après pas mal de faux départs et de mauvais numéros, ils ont tiré Luke et c'est comme ça que nous nous sommes associés pour La Vache Sainte. Et nous avons récupéré Albert de la même façon.

Hazel, tout comme Katie Farnsworth, est le genre de femme qui vous apaise par sa seule présence. Elle garde tout son sens pratique. Elle me proposa donc de laver mes vêtements sales et de me prêter une des robes de Steve jusqu'à ce que tout soit sec. Elle me trouva un miroir et un savon et je pus enfin m'attaquer à ma barbe de cinq — ou de sept — jours. Il ne me restait plus qu'une lame de rasoir et elle ressemblait plus à une scie qu'à un couteau. Il me fallut une bonne demi-heure d'affûtage à l'intérieur d'un verre (un truc que j'avais appris au séminaire) pour lui redonner un peu de fil.

Je m'étais rasé — ou plutôt j'avais essayé de me raser — deux heures à peine auparavant, et j'avais déjà besoin de recommencer, et proprement si possible. J'ignorais depuis combien de temps je m'étais lancé dans cette poursuite, mais je m'étais déjà rasé quatre fois : avec de l'eau froide, deux fois sans mousse, et une fois par la méthode Braille, sans miroir. Bien sûr, on avait installé des salles de bains pour les créatures de chair que nous étions... mais en aucun cas elles ne correspondaient aux normes de qualité *américaines.* Ce qui n'était guère surprenant, vu que les anges n'en avaient pas l'usage et que la grande majorité des créatures venues de la terre n'étaient guère familiarisées avec l'usage du bain, du lavabo et du robinet.

Les gens de l'association se montrèrent aussi coopératifs que me l'avait annoncé Hazel. Et je ne crois pas qu'en l'occurrence mon auréole de fantaisie m'ait ouvert plus rapidement les portes. Mais ils furent incapables de me fournir le moindre indice concernant Margrethe. Et pourtant ils avaient patiemment consulté les ordinateurs en se fiant à toutes les combinaisons possibles que j'avais pu leur fournir.

Je les remerciai, les bénis et me dirigeai vers la porte de Judas. Pour cela, il me fallait traverser tout le Paradis, ce qui représentait plus de deux mille cinq cents kilomètres. Je ne m'arrêtai qu'une fois, sur la place du Trône, pour déguster un des Paradis-burgers de Luke avec une tasse du meilleur café de la nouvelle Jérusalem – auxquels s'ajoutèrent quelques mots d'encouragement d'Hazel. En reprenant ma quête, j'étais nettement ragaillardi.

Le bureau du Personnel céleste occupait deux énormes palais qui se dressaient juste sur la droite quand on avait franchi la porte. Le moins important était réservé aux entrées datant d'avant l'ère du Christ. Le second était dévolu aux ères ultérieures et il comprenait aussi, au second étage, les bureaux de saint Pierre. C'est là que je me rendis directement.

Sur la double porte on lisait :

SAINT PIERRE

Entrez

C'est ce que je fis. Mais je n'entrai pas directement dans le bureau. Il y avait une salle d'attente presque aussi vaste que Grand Central. Il fallait d'abord franchir un tourniquet en tirant un ticket d'admission, et une voix mécanique vous déclarait : « Merci. Veuillez vous asseoir et attendre l'appel de votre nom. »

Sur mon ticket était inscrit le numéro 2013. Il y avait foule. Je cherchai des yeux un siège vacant et décidai que j'aurais besoin de me raser à nouveau bien avant qu'on m'appelle.

J'en étais encore là quand une nonne s'avança précipitamment vers moi et fit une rapide génuflexion.

— Très saint, puis-je vous être de quelque service ?

Je ne connaissais pas suffisamment bien les costumes des différents ordres catholiques romains pour savoir à quel couvent elle pouvait appartenir, mais je qualifierais sa tenue de « typique » : une longue robe noire qui descendait jusqu'à la cheville, des manches jusqu'au poignet, une chose blanche et amidonnée qui lui couvrait la poitrine, le cou et les oreilles, une coiffe noire par-dessus le tout. Ainsi, avec l'énorme rosaire qu'elle portait au cou, elle avait la silhouette d'un sphinx... Un pince-nez barrait son visage serein et sans âge. Bien entendu, il y avait aussi l'auréole que j'ai failli oublier.

J'étais avant tout impressionné par sa présence. C'était la première fois que j'avais la preuve visible que les papistes pouvaient accéder au salut. Au séminaire, nous avions bien souvent discuté de cela tard le soir. La position officielle de mon église était que les papistes pouvaient certainement sauver leur âme, puisque leur croyance était similaire à la nôtre et qu'ils avaient été bénis en Jésus. Néanmoins, je me réservai le droit de demander à cette sœur où et quand elle avait reçu la bénédiction. Selon moi, cela risquait d'être édifiant.

Je lui dis :

— Oh, je vous remercie, ma sœur ! C'est très aimable de votre part ! Oui, vous pouvez m'aider. Du moins, je l'espère. Je suis Alexander Hergensheimer et je cherche mon épouse. C'est bien ici que je dois m'adresser, n'est-ce pas ? Je suis nouveau.

— Oui, saint Alexander, c'est bien ici. Mais vous voulez voir saint Pierre, n'est-ce pas ?

— J'aimerais en effet lui présenter mes respects. Si toutefois il n'est pas trop occupé.

— Je suis certaine qu'il acceptera de vous voir, saint père. Je vais aller le dire à la mère supérieure. (Elle prit la croix de son rosaire et j'eus l'impression qu'elle murmurait tout en l'approchant de ses lèvres. Puis elle releva les yeux et me demanda :) C'est bien H.E.R.G.E.N.S.H.E.I.M.E.R.... saint Alexander ?

– Exact, ma sœur.

A nouveau, elle parla à son rosaire, puis elle ajouta à mon adresse :

– Sœur Marie Charles est la secrétaire de saint Pierre. Je suis son adjointe. (Elle me sourit.) Je suis sœur Mary Rose.

– Heureux de vous rencontrer, sœur Mary Rose. Parlez-moi un peu de vous. A quel ordre appartenez-vous ?

– Je suis dominicaine, saint père. Dans ma vie sur terre, j'étais administratrice d'un hôpital à Francfort, en Allemagne. Ici, nul n'a besoin de mes compétences, aussi j'occupe ce poste car j'adore rencontrer des gens. Voulez-vous bien me suivre ?

La foule s'écarta devant nous comme les eaux de la mer Rouge, à cause de la nonne ou de ma superbe auréole. Je ne saurais le dire. Peut-être à cause des deux. La nonne me conduisit jusqu'à une porte dérobée sur laquelle ne figurait aucune inscription, entra directement, et je me retrouvai dans le bureau de sa supérieure, sœur Marie Charles. C'était une nonne de très grande taille, aussi grande que moi en vérité, et assez belle, ou plutôt « jolie » pour être plus précis. Elle semblait également plus jeune que son adjointe. Mais comment savoir vraiment avec les nonnes ? Elle était assise devant un vaste bureau encombré, avec une vieille Underwood à portée de la main. Elle se leva aussitôt, me fit face et s'inclina elle aussi brièvement.

– Bienvenue, saint Alexander ! Nous sommes très honorées de votre venue. Saint Pierre sera bientôt là. Voulez-vous vous asseoir ? Puis-je vous proposer un rafraîchissement ? Un verre de vin ? Du Coca-cola ?

– Ma foi, je crois qu'un Coca me ferait plaisir ! Je n'en ai pas bu depuis la terre.

– Eh bien, ce sera un Coca, donc. (Elle sourit.) Je vais vous confier un secret. Le Coca est le seul vice de saint Pierre. Nous en avons donc toujours au frais ici.

C'est alors qu'une voix résonna juste au-dessus de nous – une voix puissante de baryton qui ne pouvait être que celle d'un bon prédicateur, comme le frère Barnaby, béni soit son nom.

— J'ai entendu, Charlie. Qu'on lui fasse apporter son Coke ici. Je suis libre.

— Vous écoutiez, patron ?

— Ça, ça ne vous regarde pas, ma fille. A propos, servez-m'en un aussi.

Lorsque je fus introduit dans son bureau, saint Pierre venait de se lever et se dirigeait vers la porte. J'avais appris en histoire religieuse qu'il était censé avoir eu quatre-vingt-dix ans au moment de sa mort. Ou bien lorsqu'il avait été exécuté (crucifié ?) par les Romains. (Le métier de prédicateur a toujours comporté des risques mais, du temps de saint Pierre, c'était aussi dangereux qu'être adjudant dans les commandos de Marines.)

Cet homme semblait avoir la soixantaine, ou peut-être même soixante-dix ans. Il était solide, en forme, le visage bronzé, avec des traces laissées par le grand soleil. Il avait la barbe et les cheveux longs et drus, comme s'ils n'avaient jamais été taillés, avec quelques mèches grises, mais pas un poil blanc. Je remarquai (à mon immense surprise) qu'il avait dû être roux à une période de son existence. Il avait des épaules larges, il était musclé, et ses mains étaient calleuses, ainsi que je le constatai quand j'acceptai celle qu'il me tendait. Il portait une robe de laine brune non écrue, des sandales, et une toute petite calotte sous son auréole.

Il me plut au premier regard.

Il me conduisit jusqu'à un confortable fauteuil et me fit asseoir avant de reprendre place derrière son bureau. Sœur Marie Charles était derrière nous, portant un plateau avec deux bouteilles de Coke du modèle classique, en verre, que je connaissais bien, et deux verres tulipe portant la marque Coca-cola que je n'avais pas vus depuis des années. Je me demandai qui avait la franchise de la marque au paradis et comment ça se passait au niveau des affaires.

— Merci, Charlie, dit saint Pierre. Qu'on ne me passe plus aucun appel.

— Aucun ? Même ?...

— Ne soyez pas stupide. Allez, fichez le camp. (Il se tourna vers moi.) Alexander, j'essaie d'accueillir personnellement tous les saints qui arrivent. Mais il se trouve que je vous ai manqué, je ne sais comment.

— Je suis arrivé mêlé à la foule, saint Pierre. Celle de l'Extase. Et à la porte d'Asher.

— Ah, je comprends. Dure journée. Et nous n'en sommes pas encore sortis. Mais un saint devrait toujours être escorté jusqu'à la porte principale... Par vingt-quatre anges sonnant de la trompette. Il faut que je voie ce qui a bien pu se passer.

— Pour être franc, saint Pierre, risquai-je, je ne crois pas que je sois un saint. Mais je n'arrive pas à enlever cette auréole fantaisie.

Il secoua la tête.

— Non, non, vous en êtes un, c'est certain. Et ne vous laissez pas gagner par le doute : il n'y a jamais eu aucun saint qui ait su qu'il en était un. Il a toujours fallu le leur dire. C'est un paradoxe sacré : celui qui croit être un saint ne l'est jamais. Tenez : quand je suis arrivé ici et qu'on m'a donné les clés en me disant que cette charge me revenait, je ne l'ai pas cru. J'ai pensé que le Maître me jouait un bon tour pour me rappeler les farces que je lui avais faites en Galilée. Eh bien, non ! C'était bel et bien vrai. C'en était fini de Rabbi Simon Jona le vieux pêcheur et, depuis, j'ai toujours été saint Pierre. Tout comme vous êtes saint Alexander, que cela vous plaise ou non. Et ça vous plaira, avec le temps. (Il tapota un dossier.) J'ai lu tout ce qui vous concerne. Aucun doute quant à votre sainteté. Quand j'ai revu tout ça, je me suis rappelé votre jugement. L'avocat du diable, dans votre affaire, était saint Thomas d'Aquin. Il est venu me trouver ensuite et m'a expliqué que son attaque était purement *pro forma* car il n'y avait jamais eu le moindre doute dans son esprit quant à votre qualification. Mais dites-moi, ce premier miracle — le jugement du feu... Est-ce que vous avez senti vaciller votre foi à un moment ou à un autre ?

— Oui, je pense. Je m'en suis sorti avec une belle cloque au pied.

Saint Pierre toussota :

— Une seule petite cloque et vous pensez que vous n'êtes pas digne d'être un saint ? Mon fils, si sainte Jeanne d'Arc avait eu une foi aussi inébranlable que la vôtre, elle aurait éteint le bûcher sur lequel on l'a martyrisée. Je connais même...

— L'épouse de saint Alexander est arrivée, annonça soudain sœur Marie Charles.

— Qu'on la fasse entrer ! (Saint Pierre ajouta rapidement :) Je vous raconterai ça plus tard.

Mais je l'entendis à peine : j'avais le cœur battant.

La porte s'ouvrit.

Et Abigail entra.

Je ne sais comment donner une juste description des minutes qui suivirent. J'étais effondré par cette cruelle déception en même temps que par l'embarras.

Abigail me toisa et déclara d'un ton sévère :

— Alexander, que fais-tu avec cette ridicule auréole, au nom du ciel ! Enlève-moi ça immédiatement !

Saint Pierre gronda aussitôt :

— Ma fille, il n'est pas question d'au nom du ciel, car ceci est mon bureau. Et je vous interdis de vous adresser de cette façon à saint Alexander.

Abigail tourna la tête, l'air pincé.

— Vous appelez ça un saint ? *Lui ?* Est-ce que votre mère ne vous a jamais appris à vous lever devant les dames, d'abord ? Ou bien les saints sont-ils dispensés de cette élémentaire marque de courtoisie ?

— Je me lève, mais pour les vraies dames, sachez-le. Ma fille, je vous prie de vous adresser à moi avec respect. Et de même, vous vous adresserez à votre époux avec le respect qui lui est dû.

— Mais il n'est pas mon époux !

— Hein ? (Le regard de saint Pierre alla alternativement d'Abigail à moi.) Veuillez vous expliquer.

— Jésus a dit : Car à la résurrection des morts, les hommes ne prendront point de femmes, ni les femmes de maris, mais ils seront comme les anges dans les cieux. Eh bien, c'est ça ! Et il l'a même répété dans l'Evangile de Marc, chapitre 12, verset 25.

— Oui, oui, acquiesça saint Pierre. Je L'ai entendu

dire ça. Aux Sadducéens. Par cette règle, vous n'êtes plus une épouse.

— *Oui !* Alléluia ! Il y a des années que j'attends qu'on me débarrasse de cette cloche. Sans avoir à commettre le péché !

— Sur ce dernier point, je ne suis pas sûr... Mais le fait de n'être plus une épouse ne vous donne nullement le droit de vous adresser de façon impolie à ce saint qui fut votre mari. (Pierre, à nouveau, se tourna vers moi.) Souhaitez-vous qu'elle reste ?

— Moi ? Oh non ! Ce doit être une erreur.

— Il me semble. Ma fille, vous pouvez disposer.

— Eh, attendez ! Je n'ai pas fait tout ce chemin pour ne pas profiter de l'occasion de vous dire certaines choses. J'ai vu des choses proprement scandaleuses depuis que je suis là. Et si je n'avais pas le sens de la décence...

— Ma fille, je vous prie d'aller. Voulez-vous sortir de vous-même ou bien dois-je appeler deux anges videurs ?

— Ça, c'est une idée ! Parce que je m'apprêtais à vous dire que...

— Vous n'allez rien nous dire !

— J'ai le droit d'exprimer ma pensée comme tout un chacun !

— Pas dans ce bureau. Sœur Marie Charles !

— Oui, monsieur !

— Vous rappelez-vous encore les cours de judo qu'on vous a donnés quand vous faisiez partie de la police de Detroit ?

— Parfaitement !

— Alors sortez-moi cette *yenta* (1) d'ici.

La grande nonne afficha un sourire ravi et se frotta les mains. Ce qui se passa ensuite fut si rapide que je ne saurais le décrire exactement. Mais Abigail disparut assez vite.

Saint Pierre se rassit, soupira, et prit son verre de Coca.

— Une femme pareille viendrait à bout de la

(1) Terme d'origine yiddish pour « mégère », « harpie », etc. *(N.d.T.)*

patience de Job. Vous avez été mariés combien de temps ?

– Euh... Environ mille ans.

– Oui, je vous comprends. Pourquoi l'avez-vous envoyé chercher ?

– Mais ce n'est pas ça. Je ne voulais pas. En fait...

J'étais sur le point de me lancer dans les explications nécessaires mais il m'interrompit.

– Mais bien sûr ! Pourquoi n'avoir pas précisé que c'était votre concubine que vous vouliez ? Vous avez induit sœur Mary Rose en erreur. Je sais très bien de qui vous voulez parler : de la *zaftig shiksa* qui apparaît sans cesse dans la seconde partie de votre dossier. Une très chic fille, à ce qu'il me semble. Alors, c'est elle que vous cherchez ?

– Mais oui, bien entendu. Au jour de la Trompette et du Cri, nous avons été emportés ensemble, mais très vite séparés par un tourbillon, une vraie trombe du Kansas.

– Vous vous êtes déjà enquis de sa situation. Au bureau d'information du Fleuve.

– C'est exact.

– Alexander, c'est cette dernière démarche qui clôt votre dossier. Je peux essayer de demander que l'on vérifie... Mais je peux vous dire tout de suite que ce ne sera que pour vous confirmer que le nécessaire a été fait. La réponse restera la même : elle n'est pas ici.

Il se leva et fit le tour de son bureau pour me poser la main sur l'épaule.

– Cette tragédie se répète sans fin. Un couple aimant, voué à vivre pour l'éternité uni. L'un s'en va, l'autre pas. Que puis-je y faire ? J'aimerais pouvoir intervenir, pourtant. Mais je ne le puis pas.

– Saint Pierre, il a dû y avoir une erreur quelque part !

Il ne répondit pas.

– Ecoutez-moi ! Je sais ! Nous étions l'un près de l'autre devant l'autel, nous priions... et juste avant la Trompette et le Cri, le Saint-Esprit est descendu en nous. Nous étions parfaitement en état de grâce l'un et l'autre. Demandez-le-*Lui* ! Demandez-le-*Lui* ! Il vous écoutera, *vous* !

Pierre eut un nouveau soupir.

– Il écoutera n'importe qui, dans n'importe lequel de Ses aspects. Mais je vais me renseigner.

Il prit un combiné de téléphone qui devait bien dater du temps d'Alexander Graham Bell.

– Charlie, passez-moi le Revenant... Oui, O.K., j'attends. Hello ! C'est Pierre, ici. Je suis à la porte principale. Du nouveau ? Non, pour moi non plus. Ecoute, j'ai un problème. Remonte au Jour de la Trompette et du Cri, quand Toi, dans Ton apparence de Junior, tu as emporté toutes ces âmes incarnées qui étaient en état de grâce à cet instant. Resitue le lieu : sur une route près de Lowell, dans le Kansas. C'est en Amérique du Nord... C'était sous une tente, pour une congrégation avec baptême. Tu y es ? Maintenant, quelques minisecondes avant que sonne la Trompette, un certain Alexander Hergensheimer, maintenant canonisé, prétend que Tu es descendu en lui en même temps que dans sa concubine bien-aimée Margrethe. Il la décrit comme mesurant environ trois coudées et demie, blonde, avec des taches de rousseur... Oh ! Tu y es ? Trop tard ? Oui, c'est ce que je craignais. Je vais lui dire.

J'interrompis nerveusement saint Pierre.

– Demandez-Lui où elle se trouve !

– Patron, saint Alexander est sur des charbons ardents, si je puis dire. Il désire savoir où elle se trouve. D'accord, je lui dis. (Il raccrocha.) Elle n'est ni sur Terre ni au Paradis. Alors, vous avez la réponse. Je suis navré.

Je dois attester ici que saint Pierre se montra d'une patience infinie avec moi. Il me donna l'assurance absolue que je pourrais m'entretenir avec n'importe quel membre de la Sainte Trinité... mais il me rappela cependant qu'en interrogeant le Saint-Esprit, nous les avions tous interrogés. Il disposait des toutes dernières listes de l'Extase, avec toutes les arrivées récentes, les morts sortis de leurs tombes. Mais il me dit qu'aucun ordinateur ne pouvait infirmer les infaillibles réponses de

Dieu Lui-même parlant en tant que Saint Esprit... Ce que je comprenais très bien, tout en acceptant avec joie que l'on fasse de nouvelles recherches par ordinateur.

– Mais elle pourrait être quelque part sur terre ? insistai-je. Vivante. Peut-être à Copenhague.

– Alexander, dit Pierre. Il est aussi omniscient sur terre qu'aux cieux. Ne pouvez-vous admettre cela ?

Je poussai un très gros soupir.

– Oui, je sais. J'ai rejeté l'évidence. Bon. Comment me rendre en enfer à partir d'ici ?

– Alec, ne dites pas des choses pareilles !

– Au diable ! Pierre, l'éternité ici sans elle ne saurait être une éternité de félicité. Ce serait une éternité d'ennui, de solitude et de chagrin. Vous croyez vraiment que j'ai quelque chose à faire de cette espèce d'auréole de mauvais goût alors que ma bien-aimée se consume dans le Puits ? Je n'ai pas demandé beaucoup. Rien que le droit de vivre avec elle. J'étais prêt à faire la vaisselle durant l'éternité rien que pour avoir son sourire, pour entendre le son de sa voix et toucher sa main ! Il y a eu erreur technique et vous devez l'admettre ! Et tous ces anges, là-dehors, tous ces snobs grossiers qui n'ont même pas mérité le droit d'être ici ! Et ma Marga, le seul ange véritable qui ait jamais vécu, renvoyée vers l'enfer pour y endurer la souffrance éternelle, uniquement à cause d'un détail futile du règlement. Saint Pierre, vous pouvez dire au Père et à Son espèce de mielleux de Fils et aussi à ce Saint-Esprit, qu'Ils peuvent se la garder, leur Cité sainte, et qu'Ils en fassent ce qu'Ils veulent ! Si Margrethe est en enfer, c'est là que je veux aller moi aussi !

Pierre parlait pendant que j'invectivais :

– Pardonne-lui, Père. Il est tourmenté par le chagrin, il est bouleversé. Il ne sait pas ce qu'il dit.

Je me dominai quelque peu.

– Saint Pierre, je sais très exactement ce que je dis. Je ne veux pas rester ici. Mon amour est en enfer, c'est donc là que je veux la rejoindre. C'est là, en fait, qu'est ma place.

– Alec, vous oublierez tout ça.

– Ce que vous ne semblez pas comprendre, c'est que

je ne *veux pas* oublier tout ça. Je veux me retrouver auprès de ma bien-aimée afin de partager son destin. Vous m'avez dit qu'elle était en enfer...

— Non, je vous ai seulement dit qu'il était certain qu'elle ne se trouvait ni au Paradis ni sur terre.

— Existerait-il un quatrième lieu ? Les limbes ou que sais-je encore ?

— Les limbes, ce n'est qu'un mythe. Il n'existe pas de quatrième lieu à ma connaissance.

— Alors je veux partir sur l'heure et explorer tout l'enfer pour tenter de la retrouver. Mais comment ?

Pierre eut un haussement d'épaules.

— Mais bon sang, ne faites plus le coup de la pirouette ! C'est comme ça qu'on m'a traité depuis que j'ai traversé le feu ! Je n'ai connu que ça : pirouette sur pirouette. Est-ce que je suis prisonnier ici, ou quoi ?

— Non.

— Alors dites-moi comment me rendre en enfer.

— Très bien. En enfer, il n'est pas question que vous portiez cette auréole. On ne vous laisserait jamais entrer.

— Mais je n'ai jamais demandé à la porter. Allons-y !

Peu après, je me suis retrouvé au seuil de la porte de Judas, escorté par deux anges. Pierre ne m'a pas dit au revoir. Je pense qu'il était totalement écœuré. Ce qui me navrait car je l'aimais beaucoup. Mais je n'étais pas parvenu à lui faire comprendre que le Paradis sans Margrethe ne saurait être le Paradis.

Je me suis arrêté juste avant de sortir.

— Je souhaiterais que vous transmettiez un message de ma part à saint Pierre...

Les anges m'ignorèrent. Ils m'empoignèrent l'un et l'autre de chaque côté et me jetèrent en avant.

Et je me mis à tomber.

A tomber.

Encore et encore.

## 24

*Oh ! si je savais où le trouver,*
*si je pouvais arriver jusqu'à son trône,*
*Je plaiderai ma cause devant lui,*
*je remplirai ma bouche d'arguments.*

Job, 23 : 3-4

Et je tombais toujours.

Pour l'homme moderne, l'un des aspects les plus troublants de l'éternité, c'est la qualité glissante du temps. En l'absence d'horloges et de calendriers, sans l'alternance du jour et de la nuit, les phases de la lune, ou même le passage des saisons, la durée devient subjective et « quelle heure est-il ? » est une pure question d'opinion, et non un fait.

Je pense que je suis tombé pendant une vingtaine de minutes, mais certainement pas durant plus de vingt ans.

Si j'étais vous, je ne parierais néanmoins ni sur l'un ni sur l'autre.

Je ne voyais rien d'autre que l'intérieur de mes globes oculaires. Je ne profitais même pas d'une éventuelle vision de la Cité sainte disparaissant peu à peu dans le lointain.

Assez vite, j'en vins à me distraire en revivant en mémoire les meilleurs moments de mon existence, pour m'apercevoir bientôt que ces bons souvenirs me rendaient triste. Je choisis donc les circonstances désagréables et ce fut pis encore. Finalement, j'optai pour le sommeil. Du moins c'est ce que je pensais. Comment savoir si vous dormez vraiment alors que vous êtes coupé de toute sensation ? Je me souvins d'un de ces « savants » plus ou moins inventeurs qui avait mis au point ce qu'il appelait une « chambre d'isolation sensorielle ». Eh bien, comparé à la chute du Paradis vers l'enfer, son truc était un cirque sensationnel où l'on risquait de mourir de rire.

Je soupçonnai que j'approchais de l'enfer à l'odeur. Ça puait l'œuf pourri. Le $H_2S$, l'hydrogène sulfuré. Le soufre en combustion.

Ce n'est pas mortel, ce qui ne veut rien dire d'ailleurs, puisque ceux qui perçoivent cette puanteur sont déjà morts. Je veux dire en règle générale. Moi, je ne suis pas mort. L'histoire et la littérature mentionnent les expériences vécues par d'autres vivants : Dante, Ulysse, Orphée, Enée. Tous ces cas relevaient-ils de la fiction ? Suis-je vraiment le premier humain vivant à avoir visité l'enfer ?

Si cela est, combien de temps vais-je encore rester en vie et en bonne santé ? Juste assez longtemps pour toucher la surface ardente du lac ? Et *pschitt* ! disparaître en laissant juste une petite tache de graisse ? Mon geste donquichottesque avait-il été irréfléchi ? Quelques yeux de graisse dans le bouillon de l'enfer, ce n'est pas ça qui aiderait beaucoup Margrethe. J'aurais peut-être mieux fait de rester au Paradis et de négocier. Un saint avec son auréole faisant le piquet de grève devant le trône du Seigneur, voilà qui l'aurait peut-être amené à revoir Sa décision... Car Il ne pouvait s'agir que de Sa décision, Jéhovah étant omnipotent.

Il est un peu tard pour penser à ça, mon garçon ! Tu vois cette lueur rouge, là en bas, dans les nuages ? Ça doit être de la lave en fusion. A quelle distance ? Pas très loin à mon avis ! Et à quelle vitesse tombes-tu ? Trop vite !

Ah, je vois maintenant ce fameux puits : le cratère d'un volcan absolument colossal. Les parois montent maintenant autour de moi. Elles mesurent des kilomètres, et pourtant les flammes et la lave sont encore loin, très très loin en dessous. Mais tu t'en approches très vite ! Comment se comportent tes dons miraculeux, saint Alexander ? Rappelle-toi : tu t'es tiré de cet autre feu, il y a pas mal de temps, avec juste une petite cloque. Et ici, ça va se passer comment ? Après tout, la différence n'est qu'une question de degrés.

« Avec de la patience et beaucoup de salive, l'éléphant arrive toujours à déflorer le moustique. » Alors, à propos de cette histoire de degrés, est-ce que tu peux faire aussi bien que l'éléphant ? Saint Alec, attention ! Voilà une pensée qui n'a rien de pieux. Que t'arrive-t-il ? Peut-être est-ce déjà l'influence néfaste de ce milieu. Oh, tu ferais mieux de ne pas trop te soucier de tes mauvaises pensées parce qu'il est un peu tard pour réfléchir au péché. Tu ne risques pas d'aller en enfer pour tes péchés. Tu y es déjà. Maintenant. Dans trois secondes à peu près, tu vas fondre comme un lardon. Adieu, ma Marga ! Je suis tellement navré de jamais n'avoir pu t'offrir ce fameux sorbet au chocolat chaud. Satan, reçois mon âme. Jésus est un faux frère.

Ils m'ont attrapé comme un papillon. Mais un papillon aurait dû avoir des ailes en amiante dans mon cas. J'avais le pantalon tout grillé. Quand ils ont réussi à me ramener sur le bord, ils m'ont versé un seau d'eau sur la tête.

— Signez ce papier.

— Quel papier ?

Je me suis assis sans quitter les flammes des yeux.

— Ça.

Quelqu'un agitait une feuille sous mon nez en me tendant un stylo.

— Pourquoi voulez-vous que je signe ?

— Il le faut. C'est une attestation comme quoi on vous a sauvé du puits ardent.

— Je veux voir un avocat. Je ne signerai rien en attendant.

La dernière fois que je m'étais trouvé dans un coup pareil, ça m'avait valu de faire la vaisselle pendant quatre mois. Cette fois-ci, je n'avais pas quatre mois à perdre. Il fallait immédiatement que je parte à la recherche de Margrethe.

— Ne soyez pas stupide. Est-ce que vous voulez vraiment qu'on vous rejette dans ce machin ?

Une deuxième voix intervint :

— Laisse tomber, Bert. Essaie de lui dire la vérité.

(Bert ? Je me disais bien que cette voix était familière !)

— Bert ! Qu'est-ce que tu fais là ?

Mon vieux copain Bert, celui qui lisait les mêmes trucs que moi : Verne, Wells, Tom Swift... Toutes ces « saletés », comme disait le frère Draper.

Le premier interlocuteur me regarda plus attentivement.

— Bon sang de bon sang ! Mais c'est ce salopard de Stinky Hergensheimer !

— Soi-même !

— Que je sois damné pour l'éternité ! Tu n'as pas beaucoup changé. Rod, prépare le filet. On a attrapé le mauvais poisson. Stinky, tu nous as coûté une jolie prime. On devait repêcher saint Alexander.

— Saint quoi ?

— Alexander. Un saint homme du grand Mick qui s'est mis à clochardiser. Pourquoi il est pas venu en 747, Dieu seul le sait. Ici, au puits, on n'assure pas le transport, d'habitude. Si ça se trouve, tu nous as fait louper un client important rien qu'en tombant au moment où on attendait un saint... Il va falloir que tu craches pour ça.

— Et cette amende que tu me dois ?

— Vieux, on peut dire que tu as de la mémoire ! Mais selon le statut des limitations, il y a prescription.

— Montre-moi où c'est écrit dans le règlement de l'enfer. De toute façon, pas question de limitations. C'est cinq dollars avec un intérêt de six pour cent sur... combien d'années au juste ?

— On verra ça plus tard, Stinky. Il faut que je guette ce saint.

— Bert.

— Plus tard, Stinky, je te dis.

— Bert, est-ce que tu te souviens de mon vrai nom ? Celui que m'ont donné mes parents ?

— Ma foi, oui, je crois bien... *Alexander!* Oh ! non, Stinky, c'est impossible ! Tu as failli être viré de cette boîte à Bible après avoir raté Rolla. (L'incrédulité et le chagrin se lisaient sur son visage.) La vie ne peut quand même pas être aussi injuste.

— Les voies du Seigneur sont impénétrables... Bert, tu as devant toi saint Alexander. Est-ce que ça te dirait que je te bénisse ? Ça tiendra lieu de paiement.

— On veut du liquide. Et puis, d'abord, je ne te crois pas.

— Moi, je le crois, dit l'autre homme, celui que Bert avait appelé Rod. Et j'aimerais que vous me bénissiez, mon père. Jamais encore je n'ai reçu la bénédiction d'un saint. Bert, on ne voit rien sur l'écran de détection et, tu le sais comme moi, il n'y avait qu'une arrivée de prévue, aussi c'est forcément lui, saint Alexander.

— Pas possible. Rod, je connais ce type. Si lui c'est un saint, moi je suis un singe rose et...

Dans le ciel sans nuages, il y eut un éclair. Quand Bert se releva, ses vêtements pendaient lamentablement. Mais ils ne lui étaient plus guère utiles puisqu'il était maintenant couvert d'une belle toison rose.

Il y avait de l'indignation sur la face de ce singe.

— Est-ce que c'est des façons de traiter un vieux pote ?

— Bert, je n'ai pas voulu ça. Ou du moins je n'en avais pas vraiment l'intention. Les miracles se produisent comme ça, autour de moi. Je ne le fais pas exprès.

— Des excuses... Si j'avais la rage, je te mordrais.

Vingt minutes après, on était dans un bar près du lac, installés devant des bières en attendant l'arrivée d'une thaumaturge spécialiste des formes et des apparences. J'avais expliqué à Bert et Rod pour quelle raison j'étais en enfer.

— Il faut que je la retrouve. D'abord, je vais chercher dans le puits. Parce que si elle est là, le temps presse.

— Elle n'y est pas, dit Rod.

— Hein ? J'espère que tu peux me le prouver. Comment le sais-tu ?

— Il n'y a jamais personne dans le puits. C'est des balivernes pour faire tenir tranquilles les ploucs. Bien sûr, il y a un tas de *hoi polloi* qui arrivent balistiquement, et il y en avait même un certain pourcentage qui tombaient dans le puits jusqu'à ce que le patron mette en place ce système de sécurité pour lequel on travaille, Bert et moi. Mais de toute façon, une âme qui tombe dans le puits s'en tire sans bobo... si ce n'est avec une trouille terrible. Bien sûr, ça brûle, et on en ressort aussi vite que possible. Mais on n'en souffre pas. Et même, un bon bain de feu, ça peut guérir les allergies, si on en a.

(Personne dans le puits! Pas de « châtiment éternel dans les flammes de l'enfer »? Frère Barnaby allait avoir un sacré choc... ainsi que tous ceux dont le commerce dépendait directement des feux de l'enfer. Mais je n'étais pas là pour discuter eschatologie avec ces deux âmes damnées. Il fallait que je retrouve Marga.)

— Ce « patron » dont tu parles. Est-ce que c'est un euphémisme pour désigner l'Ancien?

Le singe — je veux dire Bert — se mit à couiner.

— Si tu penses à Satan, dis-le!

— Oui, c'est à lui que je pense.

— Mais non. C'est M. Asmodée qui dirige la ville. Satan ne fait jamais rien. Et pourquoi le devrait-il? Toute la planète est à lui.

— C'est une planète?

— Pourquoi? Tu croyais que tu étais arrivé dans une comète? Regarde par la fenêtre. La plus mignonne planète de la galaxie. Et la mieux entretenue. Pas de serpents. Pas de cafards. Pas de puces. Pas d'orties. Pas de percepteurs. Pas de rats. Pas de cancer. Pas de prédicateurs. Deux avocats seulement.

— On dirait le Paradis à t'entendre.

— J'y ai jamais mis les pieds. Tu dis que t'en arrives. Alors, raconte-nous.

— Eh bien... Ça peut aller si tu es un ange. Ce n'est pas une planète. C'est un truc artificiel, construit quoi, comme Manhattan. Mais je ne suis pas ici pour vous raconter le Paradis. Je veux retrouver Marga. Est-ce qu'il faut que je voie ce M. Asmodée? Ou est-il préférable de rencontrer directement Satan?

Le singe essaya de siffler, mais ne réussit qu'à produire une espèce de cri de souris. Rod secoua la tête.

— Saint Alec, vous n'arrêtez pas de me surprendre. Je suis ici depuis 1588, quoi que ça veuille dire, et je n'ai jamais aperçu le Propriétaire. Je n'ai même jamais pensé que je pourrais le rencontrer un jour. Aussi je ne sais pas par qui commencer. Bert, qu'est-ce que t'en penses ?

— Je pense que je vais reprendre une bière.

— Et tu comptes la mettre où ? Depuis que cet éclair t'a frappé, tu n'es plus assez gros pour avaler un demi. Alors trois...

— Tais-toi et appelle le serveur.

La qualité de notre discussion ne s'améliorait pas. A chacune de mes questions répondaient d'autres questions qui n'avaient pas de réponses. La thaumaturge finit par arriver. Elle mit Bert sur son épaule. Il n'arrêtait pas de discuter car elle exigeait la moitié de ses biens plus un contrat signé de son sang avant de faire quoi que ce soit. Bert voulait aller jusqu'à dix pour cent, pas plus, et proposait que je paie la moitié.

Quand ils partirent, Rod me déclara qu'il était temps de me trouver un endroit pour passer la nuit. Il y avait un très bon hôtel à proximité.

Je lui fis alors remarquer que je n'avais absolument rien sur moi.

— Pas de problème, saint Alec. Tous nos immigrants arrivent fauchés comme les blés, mais l'American Express, la Chase Manhattan et le Diner's Club se battent pour leur ouvrir un crédit, parce qu'ils savent bien que celui qui a le premier le client a toutes les chances de le garder pour l'éternité.

— Est-ce qu'ils ne perdent pas un peu d'argent en étendant le crédit sans garanties de cette façon ?

— Non. Ici, en enfer, tout le monde finit par payer. N'oubliez pas qu'ici, le plus endetté de tous ne peut même pas se suicider pour échapper à ses créanciers. Vous allez simplement signer et vous ferez mettre toutes vos dépenses sur la chambre jusqu'à ce que vous ayez passé un contrat-crédit avec l'un des trois.

Le Sheraton « Sans Souci » est situé sur la Plaza, juste en face du Palais. Rod m'accompagna jusqu'à la réception. Je remplis le formulaire en demandant une chambre à un lit avec bain. L'employée de la réception, une petite démone avec de ravissantes cornes, regarda ma carte et ses yeux s'agrandirent.

– *Saint* Alexander ?

– Oui, je suis Alexander Hergensheimer. On m'appelle parfois « saint Alexander », mais je ne crois pas que mon titre soit valide ici.

Mais elle ne m'écoutait pas. Elle feuilletait rapidement le registre des réservations.

– Oui, c'est bien ça, Votre Sainteté. Une suite.

– Comment ? Mais je n'ai pas besoin d'une suite. Et je ne pourrai même pas la payer.

– Mais c'est avec les compliments de la direction, monsieur.

# 25

*Il eut sept cents princesses pour femmes et trois cents concubines; et ses femmes détournèrent son cœur.*

Premier Livre des Rois, 11:3-4

*L'homme serait-il juste devant Dieu?*
*Serait-il pur devant celui qui l'a fait?*

Job, 4:17

« Les compliments de la direction!!! » Qu'est-ce que ça voulait dire? Personne n'avait pu savoir que je devais venir ici jusqu'à l'instant où j'avais été éjecté par la porte de Judas. Est-ce que saint Pierre aurait un téléphone rouge relié à l'enfer? Se pouvait-il qu'il y eût une sorte de collaboration clandestine avec l'Adversaire? Imaginez la tête des archevêques qui auraient appris ça!

Mais surtout : *pourquoi?* Je n'avais pas le temps d'y réfléchir. La petite démone – une diablotine? – frappa sur la cloche du comptoir et cria : « Chasseur! »

Le chasseur qui se précipita sur moi était humain, jeune, plutôt séduisant. Je me demandai comment il avait pu mourir si jeune sans aller au Paradis. Mais cela ne me regardait pas et je ne lui posai aucune question. Je remarquai cependant quelque chose comme il me précédait. Il me rappelait certaines publicités pour des marques de cigarettes : « Rondes, fermes, bien emballées ». Oui, ce garçon avait ce genre de postérieur qui faisait écrire des poèmes aux libertins hindous. Etait-ce ce genre de péché qui lui avait valu d'atterrir ici?

Mais cette question cessa de me préoccuper quand j'entrai dans la suite.

Le living était un peu juste pour jouer au football mais convenait largement pour un tournoi de tennis. Quant au mobilier, un potentat oriental l'aurait décrit comme « convenable ». L'alcôve, appelée « l'office », abritait un buffet prévu pour quarante convives au moins avec diverses collations froides plus quelques plats chauds : un porcelet rôti avec une pomme dans la gueule, un faisan décoré de ses plumes et divers autres mets de ce genre. En face se dressait un bar abondamment garni qui aurait impressionné le commissaire de bord du *Konge Knut.*

Mon chasseur (« Appelez-moi Pat ») s'activait pendant ce temps, ouvrant les rideaux, réglant les stores et les thermostats, vérifiant les serviettes : tout ce que doit faire un chasseur pour inciter à un pourboire généreux, tandis que j'essayais d'imaginer comment j'allais pouvoir lui donner ce pourboire. Y avait-il un moyen de mettre ça sur la chambre ? Il faudrait que je demande à Pat. Je traversai la chambre (une journée de marche ou presque !) et suivis Pat jusque dans la salle de bains.

Il se déshabillait. Le pantalon était à demi baissé et je voyais ses fesses nues.

– Hé, mon garçon ! *Non, non !* Je vous remercie pour l'attention... mais les garçons, ce n'est pas mon truc.

– Mais c'est mon truc à moi, rétorqua Pat tout en se retournant. Et je ne suis pas un garçon.

Pat avait indubitablement raison. Elle n'avait absolument rien d'un garçon. A l'évidence.

Je restai un moment silencieux, bouche bée, tandis qu'elle ôtait le reste de ses vêtements et les disposait sur un valet.

– Et voilà ! fit-elle avec un sourire. Je suis bien aise d'être débarrassée de cet uniforme de clown ! Je le porte depuis qu'on vous a détecté au radar. Que s'est-il passé, saint Alec ? Vous vous êtes arrêté en route pour prendre une petite bière ?

– Euh... Oui. Deux ou trois.

– C'est bien ce que je pensais. C'était Bert Kinsey qui était de garde, n'est-ce pas ? Si jamais le lac débordait et que la lave envahisse la ville, je crois que Bert s'arrêterait quand même pour prendre une petite bière.

Mais pourquoi avez-vous l'air tellement troublé ? Est-ce que j'ai dit quelque chose de mal ?

– Euh... Mademoiselle... Vous êtes très jolie, mais je n'ai pas demandé de fille.

Elle s'approcha, me regarda longuement et me tapota gentiment la joue. Je sentais son souffle sur mon menton et son parfum suave.

– Saint Alec, fit-elle d'une voix musicale, je n'essaie pas de vous séduire. Oh, bien sûr, je suis disponible. Toutes les suites sont livrées avec une, deux ou trois filles. Ça fait partie du mobilier. Mais je peux faire bien plus que l'amour.

Elle s'empara d'une serviette de bain et la drapa autour de ses hanches.

– Je suis également une *ichiban.* Une fille pour le bain. Ye vous en plie. Voulez-vous que ye masse votle dos ? (Elle sourit et rejeta la serviette.) Je suis aussi une excellente barmaid. Puis-je vous proposer un zombie danois ?

– Qui vous a dit que j'aimais le zombie danois ?

Elle s'était retournée pour ouvrir une garde-robe.

– Tous les saints que j'ai rencontrés aimaient ça. Est-ce que ça vous plaît ?

Elle me présentait un peignoir qui semblait avoir été tissé avec du brouillard bleu clair.

– C'est ravissant. Et combien de saints avez-vous déjà rencontrés ?

– Un seul. Vous. Non, deux, mais l'autre ne buvait pas de zombies danois. Je vous taquinais. Excusez-moi.

– Mais je ne vous en veux pas. Je tiens peut-être une piste grâce à vous. Est-ce que c'est une fille danoise qui vous a dit ça ? Une blonde, à peu près de votre taille, et aussi de votre poids, je pense. Margrethe, ou Marga. On l'appelle quelquefois « Margie ».

– Non. J'ai lu ça sur la fiche d'ordinateur qu'on m'a remise quand cette mission m'a été confiée. Cette Margie... c'est une amie à vous ?

– Plus qu'une amie. C'est pour elle que je suis venu en enfer. Ou sur l'enfer. Comment doit-on dire ?

– Comme on veut. Je suis sûre de n'avoir jamais rencontré votre Margie, en tout cas.

– Comment fait-on pour retrouver une personne, ici ? On consulte les listes électorales ? Les annuaires ? Quoi ?

– Je n'ai jamais trouvé ni les uns ni les autres. L'enfer est un endroit qui manque d'organisation. C'est en quelque sorte une anarchie avec quelques points de monarchie çà et là.

– Est-ce que vous pensez que je peux m'adresser à Satan ?

Elle prit un air dubitatif.

– Je ne connais pas de règle qui interdise que l'on écrive une lettre à Sa Majesté infernale. Mais il n'en existe pas non plus qui l'oblige à la lire. Je crois qu'elle serait ouverte, lue par quelque secrétaire, puis jetée dans le lac. (Elle ajouta :) Est-ce que nous passons au salon ? Ou êtes-vous prêt à vous mettre au lit ?

– Euh... je crois que j'ai besoin d'un bon bain.

– Parfait ! Je n'ai jamais encore donné un bain à un saint. Chouette !

– Mais je n'ai pas besoin d'aide. Je peux me baigner tout seul.

Mais ce fut elle qui me donna un bain.

Ensuite, elle joua les manucures, puis les pédicures, après avoir émis diverses opinions sur l'état de mes ongles d'orteils dont « disgracieux » était la plus clémente. Elle me coiffa aussi. Quand je m'ouvris à elle de mon problème de lames de rasoir, elle me désigna un placard, dans la salle de bains, où je découvris huit ou dix instruments différents destinés à tailler les poils du visage.

– Je vous recommande ce rasoir électrique à trois têtes rotatives, mais, si vous me faites confiance, vous découvrirez que je sais très bien m'y prendre avec un bon vieux rasoir classique du type « coupe-choux ».

– Tout ce qu'il me faut, ce sont des lames Gillette.

– Je ne connais pas cette marque, mais il existe de nouveaux rasoirs qui acceptent tous les types de lames.

– Non, c'est le mien que je veux. À lame double. Acier inox.

– Ah, des Wilkinson. A double lame ?...

– Peut-être... Ah! Nous y voilà! Gillette : trois paquets pour le prix de deux!

– Très bien. Alors je vais vous raser.

– Non, je peux le faire tout seul.

Une demi-heure plus tard, j'étais adossé contre des oreillers, dans un lit digne d'une lune de miel pour un roi. Un verre de Dagwood irradiait une douce chaleur dans mon estomac, j'avais un zombie danois dans la main, et je portais un pyjama de soie brun et or. Pat ôta le peignoir translucide de fumée bleue qu'elle avait porté pour me donner mon bain et s'installa à côté de moi, avec un verre de Glenlivet *on the rocks* à portée de la main.

(Ecoute, Marga, dis-je en moi-même, je n'ai pas vraiment voulu ça. Il n'y a qu'un lit ici. Mais il est grand et elle ne va pas prendre toute la place. Tu voudrais que je la chasse à coups de pied? C'est ça que tu voudrais? C'est une gentille gosse après tout. Je ne tiens pas à la blesser. Et puis, je suis fatigué. Je vais boire un dernier verre et hop! au lit.)

Oui, ce fut hop! au lit. Mais pas pour dormir. Pat ne se montra pas le moins du monde entreprenante. Mais très coopérative. Une partie de mon esprit se consacrait intensément et activement à tout ce que Pat pouvait m'offrir tandis que l'autre expliquait à Marga que tout ça n'avait rien de bien sérieux. (Tu comprends, ce n'est pas elle que j'aime, c'est toi, et c'est toi que j'aimerai toujours... Mais je n'arrivais pas à trouver le sommeil et...)

Le sommeil, nous l'avons quand même trouvé. Ensuite, nous avons regardé un « haut logramme » que Pat m'avait annoncé comme étant « X ». J'appris à cette occasion des choses dont je n'avais jamais entendu parler, mais il s'avéra que Pat et moi pouvions très bien les faire ensemble, qu'elle pouvait même m'en apprendre d'autres, et cette fois je ne m'adressai que brièvement à Marga pour lui donner la bonne nouvelle : j'apprenais pour notre commun bénéfice.

Ensuite, nous avons dormi encore une fois.

Quelque temps après, Pat me toucha l'épaule.

– Tourne-toi vers moi, chéri. Montre-moi ton visage.

Oui, c'est ce que je pensais. Alec, je sais que ton cœur brûle pour ton amour. C'est bien pour ça que je suis ici : pour te faciliter la tâche. Mais je ne pourrai pas y arriver si tu n'essaies pas. Qu'a-t-elle donc fait pour toi que je n'ai pas fait moi ? Ou que je ne sais pas faire ? Dis-le-moi, décris-moi. Ou bien je saurai faire ce qu'elle fait, ou je ferai semblant, ou je me ferai aider. Je t'en prie. Tu commences à froisser mon orgueil professionnel.

— Mais non. Ça se passe très bien, dis-je en lui prenant la main.

— Je me le demande. Peut-être que tu aimerais changer de parfum ? Tu veux les goûter sur mes tétons ? Chocolat, vanille, fraise, tutti-frutti... Hum... Tutti-frutti... Tu aimerais peut-être un sandwich San Francisco ? Ou bien une petite variation sur Sodome et Gomorrhe ? J'ai un copain, un garçon de Berkeley, qui n'est pas complètement garçon d'ailleurs... Il a une imagination très chouette, complètement délirante. On a souvent été partenaires. Et il connaît des tas d'autres types comme lui. Il est membre de la Aleiseter Crowley et des Héros-Zéros de Néron. Si tu as besoin d'une scène de foule, Donny et moi, nous pouvons nous en charger à ton goût. Et le « Sans Souci » mettra tout ça au point pour que tu sois satisfait. Jardin persan, harem turc, tam-tams, rites obscènes, le couvent... A propos de couvent, est-ce que je t'ai dit ce que je faisais avant ma mort ?

— Je n'étais même pas certain que tu sois morte.

— Oh, mais si ! absolument. Je ne suis pas une démone déguisée en humaine. Je suis vraiment humaine. Tu ne penses tout de même pas qu'on peut trouver un poste comme ça sans une solide expérience humaine, n'est-ce pas ? Pour plaire à un compagnon humain, il faut être humain jusqu'au bout des ongles. Tout ce qu'ils racontent à propos des exploits érotiques des succubes, ce n'est que de la publicité. Oui, Alec, j'ai été nonne, de mon adolescence à ma mort. J'ai surtout passé mon temps à enseigner la grammaire et l'arithmétique à des enfants qui n'avaient pas envie d'apprendre. Et j'ai vite compris que ma vocation était fausse. Ce que j'ignorais, c'était comment en sortir. Alors, je suis restée. A trente ans environ, j'ai découvert quelle affreuse erreur j'avais commise. Ma sexualité était arrivée à maturité. J'avais envie de baiser, saint Alec, très fort. Et je suis restée comme ça, et ça n'a fait qu'augmenter d'année en année.

J'étais dans une situation pénible, mais le pire était que je ne pouvais même pas succomber à la tentation. Car je me serais jetée sur la première occasion. Quel manque de chance ! Mon confesseur aurait peut-être louché sur moi si j'avais été un enfant de chœur mais, étant donné ce que j'avais à lui raconter, il s'est mis à ronfler. Même pour moi, les péchés que j'étais censée avoir commis étaient bien minables.

– Quel genre de péchés, Pat ?

– Des pensées charnelles. Je n'en ai même pas confessé la moitié. Et comme je n'ai pas été pardonnée, tout s'est retrouvé dans les ordinateurs de saint Pierre. Fornication adultère et blasphème.

– Hein ? Pat, tu as de l'imagination.

– Pas vraiment, mais j'ai simplement toujours envie de m'envoyer en l'air. Tu ne sais probablement pas à quel point les nonnes sont tenues en bride. Une nonne est la compagne du Christ. C'est le contrat. Donc, le simple fait de *penser* aux joies du sexe fait d'elle une femme adultère.

– Que Dieu me damne ! Pat, j'ai récemment rencontré deux nonnes au Paradis. Elles m'ont paru bien gaillardes, l'une d'elles surtout. Pourtant, elles étaient au Paradis.

– Ce n'est pas inconciliable. La plupart des nonnes se confessent régulièrement et sont lavées de leurs péchés. Elles meurent généralement dans leur famille, avec leur confesseur ou leur aumônier. Et elles ont droit aux derniers rites avant d'être expédiées tout droit vers le Paradis, blanches comme neige. Mais ça n'a pas été mon cas ! (Elle sourit.) Je subis le châtiment de tous mes péchés et je jouis de chacune de ces satanées minutes. Je suis morte vierge en 1918, pendant la grande épidémie de grippe, si vite, comme beaucoup, qu'aucun prêtre n'a pu arriver à temps pour me donner mon passeport pour le Paradis. Et c'est comme ça que j'ai atterri ici. A la fin de ma millième année d'apprentissage...

– Un instant ! Tu dis que tu es morte en 1918 ?

– Oui. Lors de la grande épidémie de grippe espagnole. Je suis née en 1878 et je suis morte pour mon quarantième anniversaire. Tu préférerais que j'aie l'apparence de ma quarantaine ? Je peux le faire, si tu le désires.

– Non, non, tu es très bien comme ça. Très jolie.

– Je n'étais pas sûre. Certains hommes... Tu sais, il y en a pas mal qui auraient aimé faire ça avec leur mère du temps de leur vivant. C'est un de mes tours les plus faciles. Je provoque l'hypnose et tu fournis les renseignements. Et alors, je peux ressembler exactement à ta mère. Je peux avoir son parfum également. Tout... La différence, c'est que je peux faire des choses que ta mère aurait probablement refusé de faire. Je...

– Patty ! Je n'ai même pas aimé ma mère !

– Oh ! Est-ce que ça ne t'a pas valu des ennuis pendant le jugement dernier ?

– Non. Ça ne figure pas dans les règles. Il est simplement dit dans la Bible qu'on doit honorer son père et sa mère. Mais il n'est pas question d'amour. Je les ai honorés l'un et l'autre, selon le protocole. J'avais une photo de ma mère sur mon bureau. Et je lui écrivais toutes les semaines. Et je lui téléphonais pour son anniversaire. Je l'invitais aussi parfois quand c'était possible. Et j'écoutais ses éternels commérages, ses méchants ragots à propos de ses amies. Sans jamais la contredire. Je lui ai payé ses factures d'hôpital et je l'ai accompagnée jusqu'à sa tombe. Mais je n'ai pas pleuré. Elle ne m'aimait pas et je ne l'aimais pas non plus. Mais oublions ma mère ! Pat, je t'ai posé une question et tu as changé de sujet.

– Désolée, chéri. Hé ! regarde ce que j'ai trouvé !

– Ne change pas encore une fois de sujet. Garde-le bien au chaud dans ta main pendant que tu réponds à ma question. Tu as parlé de ta « millième année d'apprentissage » ?

– Oui.

– Mais tu as dit aussi que tu étais morte en 1918. La

dernière trompette a sonné en 1994. Je le sais : j'y étais. Donc, soixante-seize ans seulement se sont écoulés depuis ta mort. Pour moi, la dernière trompette ne date que d'il y a quelques jours, peut-être un mois, pas plus. Et puis, un détail m'a donné le chiffre de sept années. Mais ce n'est pas encore neuf cents ans ! Et je ne suis pas un esprit, Pat, je suis vivant. Et je ne suis pas Mathusalem non plus. (Seigneur ! Est-il possible que Margrethe soit séparée de moi par dix siècles ? C'est totalement injuste !)

— Oh, Alec... Dans l'éternité, mille ans, ce n'est pas une durée précise, c'est simplement un très long laps de temps. Assez long dans ce cas pour savoir si, oui ou non, je dispose des talents requis et d'une disposition naturelle pour exercer ma profession. Et cela m'a pris du temps parce que, si j'étais assez excitée à mon arrivée — et je le suis restée, parce que n'importe quel partenaire peut me faire grimper aux rideaux, comme tu l'auras remarqué — j'ignorais tout du sexe. Tout ! Mais j'ai appris, et Marie Madeleine m'a finalement très bien notée et m'a recommandée pour un poste permanent.

— Parce qu'elle est *ici* ?

— Oh, non. Elle est professeur consultant. En fait, elle a été détachée de la faculté du Paradis.

— Mais qu'enseigne-t-elle au Paradis ?

— Je n'en ai pas la moindre idée mais certainement pas ce qu'elle enseigne ici. Du moins, je ne le pense pas. Hum... Alec, elle crée ses propres règles. Elle est parmi les meilleures dans toute l'éternité. Mais, cette fois, c'est toi qui a changé de sujet. J'essayais de te dire que je ne savais pas vraiment combien de temps mon apprentissage durerait parce que le temps varie selon la volonté, ici. Depuis combien de temps sommes-nous au lit, selon toi ?

— Eh bien... depuis pas mal de temps. Mais pas assez longtemps. Je crois qu'il ne doit pas être loin de minuit.

— C'est minuit si tu veux qu'il soit minuit. Tu veux que je vienne sur toi ?

Le lendemain matin, à supposer que ce fût le lendemain matin, Pat et moi nous avons pris notre breakfast sur le balcon de la suite, juste au-dessus du lac. Elle portait la tenue favorite de Margrethe : un short très court et ajusté, et un simple caraco d'où ses seins débordaient. J'ignorais quand elle réussissait à se changer ainsi, mais en tout cas mon pantalon et ma chemise avaient été nettoyés, repassés et même recousus pendant la nuit, de même que mes sous-vêtements et mes chaussettes. En enfer, il semblait y avoir de petits lutins industrieux un peu partout. De toute manière, on aurait pu lâcher un troupeau d'oies dans notre chambre durant la nuit sans que j'ouvre un œil.

Je contemplais longuement Pat, appréciant sa beauté saine et épanouie, ses petites taches de rousseur sur son nez, en songeant qu'il était bien étrange que j'aie pu confondre le sexe avec le péché. Bien sûr, il peut y avoir du péché dans l'acte sexuel, de la cruauté, de l'injustice. Mais le sexe peut exister seul sans trace de péché. J'étais arrivé ici fatigué, troublé, malheureux, et Pat avait réussi à me rendre d'abord heureux, puis reposé, et j'étais de nouveau heureux par cette adorable matinée.

(Mais pas moins impatient de te retrouver, Marga ma chérie – simplement un peu plus en forme.)

Marga verrait-elle les choses sous ce jour ?

Après tout, elle ne m'avait jamais paru particulièrement jalouse.

Qu'éprouverais-je, moi, si elle prenait des vacances sexuelles, comme je venais d'en prendre ? Ça, c'était une bonne question. Il vaudrait mieux y réfléchir, mon garçon, parce que ce n'est pas le moment de prendre des vessies pour des lanternes.

Mon regard se posa sur le lac. Je regardai monter la fumée, les étincelles que crachaient les flammes... Tandis qu'à droite comme à gauche, une douce lumière verte d'été baignait la campagne. Des montagnes aux pics enneigés se dressaient au loin.

– Pat...

– Oui, chéri ?

– Le lac n'est pas à plus de deux cents mètres d'ici, mais je ne sens même pas l'odeur du soufre.

– As-tu remarqué ces bannières ? Le vent souffle

constamment en direction du puits, quel que soit l'endroit où l'on se trouve. Là, au-dessus du puits, il souffle vers le haut – ralentissant d'ailleurs toutes les âmes qui arrivent par des moyens balistiques – et retombe de l'autre côté du globe où se trouve un puits froid dans lequel le sulfure d'hydrogène réagit avec l'oxygène pour former du soufre et de l'eau. Le soufre se dépose, l'eau se change en vapeur et revient. Ces deux puits et cette circulation contrôlent le temps tout comme la lune exerce son influence sur les climats et le temps de la terre. Mais plus discrètement.

– Je n'ai jamais été très brillant en physique. Mais ça ne me rappelle en rien les lois naturelles que j'ai apprises à l'école.

– Bien sûr que non. Le patron n'est pas le même ici. Il dirige la planète comme il lui convient.

Ma réponse, quelle qu'elle ait été, fut couverte par un gong dont la note mélodieuse résonna dans tout l'appartement.

– Dois-je répondre, monsieur ? me demanda Pat.

– Bien sûr, mais comment oses-tu m'appeler « monsieur » ? C'est probablement le service d'étage, non ?

– Non, Alec chéri, le service d'étage ne viendra faire son travail que lorsque nous serons partis. (Elle se leva et revint bientôt avec une enveloppe.) Une lettre du courrier impérial. Pour toi, chéri.

– *Moi ?*

Je la pris en hésitant et l'ouvris. Il y avait un sceau en relief en en-tête représentant le diable conventionnel, rouge, avec des cornes, des sabots, une queue fourchue et une fourche, campé dans les flammes.

Et je lus en dessous :

**Saint Alexander Hergensheimer**
**Sheraton « Sans Souci »**
**La Capitale**

**Salutations,**

**En réponse à votre demande d'audience avec Sa Majesté Infernale, Satan Mekratrig, Souverain de l'Enfer et de Ses Colonies, Premier des Trônes Déchus,**

**Prince des Mensonges, j'ai l'honneur de vous faire connaître que Sa Majesté vous requiert de bien vouloir compléter votre demande en procurant à son bureau un mémoire complet et sincère sur votre vie. Quand cela sera fait, une décision sera prise quant à votre demande.**

**Puis-je ajouter au message de Sa Majesté le conseil suivant : toute tentative d'omission, toute imprécision volontaire, ou toute exagération faite dans le but de plaire à Sa Majesté ne saurait lui plaire.**

**J'ai bien l'honneur de rester**
**très sincèrement à Lui,**
**Belzébuth**
**Secrétaire de Sa Majesté.**

Je lus le message à Pat à haute voix. Elle battit des cils et siffla.

– Mon chéri, tu ferais bien de te dépêcher !

– Mais je...

La feuille s'enflamma spontanément et je laissai tomber les cendres dans les assiettes sales.

– Est-ce que ça se produit souvent ?

– Je ne sais pas. C'est bien la première fois que je vois un message du N° 1. Et c'est aussi la première fois que j'entends parler d'une audience accordée à qui que ce soit.

– Pat, je n'ai pas sollicité d'audience. J'avais l'intention d'essayer de savoir comment m'y prendre aujourd'hui, justement. Mais je n'ai pas envoyé de demande qui justifie cette réponse.

– Alors tu dois être convoqué d'urgence. Il ne faut pas laisser traîner ça. Je vais t'aider, chéri : je peux taper à la machine, si tu veux.

Les lutins ou les diablotins s'étaient de nouveau activés. Dans un coin de l'immense living, je découvris qu'on avait installé deux bureaux. L'un était réservé aux travaux d'écriture, avec des piles de papier et tout un choix de stylos et de crayons, tandis que sur l'autre un ensemble nettement plus complexe avait été disposé. Pat se dirigea droit sur lui.

— Chéri, on dirait bien que je suis toujours à ton service. Me voilà secrétaire à présent. Le tout dernier et le meilleur des ensembles Hewlett-Packard. On va s'amuser ! A moins que tu ne saches taper ?...

— Je crains que non.

— O.K. Alors, tu feras le brouillon, je mettrai ça en forme... je corrigerai éventuellement tes fautes de grammaire... et tu n'auras plus qu'à l'envoyer. Maintenant je sais pourquoi on m'a choisie. Ce n'est pas à cause de mon joli sourire, mais pour mes talents de secrétaire. La plupart des filles de ma guilde ne savent même pas taper. La plupart ont choisi la prostitution parce qu'elles ne savaient ni rédiger ni taper. Mais pas moi. Bien, mettons-nous au travail. Ça va nous prendre des jours, des semaines. Je ne sais pas. Est-ce que tu veux que je continue à dormir ici ?

— Tu veux partir ?

— Chéri, c'est à l'hôte de décider.

— Alors je ne veux pas que tu partes. (Marga ! Sois raisonnable ! Il faut me comprendre !)

— C'est une bonne chose que tu aies dit ça, parce que je crois que j'aurais éclaté en sanglots. Et puis, une bonne secrétaire doit toujours se trouver à portée de main si quoi que ce soit d'urgent se produit durant la nuit.

— Pat, ce genre de plaisanterie était éculé quand j'étais au séminaire.

— Eculé ? Oui, c'est vrai, ça l'était même à ma naissance. Allons-y, chéri.

Essayez de visualiser un calendrier (que je ne possède pas) et dont les pages s'envolent une à une au vent. Ce manuscrit devient de plus en plus volumineux mais Pat insiste pour que je suive au pied de la lettre le conseil du prince Belzébuth. Elle fait deux copies de tout ce que j'écris. Cela fait deux piles : l'une reste sur mon bureau, l'autre disparaît chaque nuit. Les diablotins, toujours. Pat me dit que je puis avoir l'assurance que la version qui disparaît aboutit au palais, au moins jusque sur le bureau du prince... donc, ce que j'ai fait jusque-là doit être satisfaisant.

En moins de deux heures, chaque jour, Pat tape et

sort de l'imprimante ce qu'il m'a fallu tout un jour pour rédiger. Mais je cessai de travailler aussi durement quand je reçus la note manuscrite qui suit :

> **Vous travaillez trop dur. Distrayez-vous un peu. Emmenez-la au théâtre. Ou en pique-nique. Ne vous laissez pas engloutir comme ça.**
>
> **B.**

La note, elle aussi, s'autodétruisit. C'était la preuve qu'elle était authentique. J'obéis donc à ce conseil. Avec plaisir ! Mais je n'ai pas l'intention de décrire ici tous les endroits chauds de la Capitale de Satan.

Ce matin même, j'ai enfin atteint ce point étrange où je décris ce qui advient maintenant... et je tends ma dernière page à Pat.

Moins d'une heure après que j'eus rédigé cette dernière ligne, le gong a résonné. Pat est revenue en courant et a mis ses bras autour de moi.

– Mon chéri, je dois te dire au revoir. Je ne te reverrai plus.

– *Quoi ?*

– C'est comme ça. On m'a dit ce matin que ma fonction prenait fin. Mais j'ai quelque chose à te dire. Tu découvriras fatalement, tôt ou tard, que j'ai fait un rapport quotidien sur toi. Je t'en prie : ne m'en veux pas. Je suis une professionnelle. En fait, j'appartiens au Service de Sécurité impérial.

– Du diable !... Alors tous tes baisers, tes soupirs... Tout ça, c'était simulé !

– Jamais, à aucun moment ! Et quand tu retrouveras ta Marga, dis-lui qu'elle a bien de la chance.

– Sœur Marie Patricia, est-ce encore un nouveau mensonge ?

– Saint Alexander, jamais je ne vous ai menti. J'ai dû taire certaines choses jusqu'à ce que j'aie le droit de parler, c'est tout.

Elle a écarté les bras.

– Hé ! Tu ne m'embrasses même pas ?

– Alec, si vraiment tu as envie de m'embrasser, tu n'as pas besoin de le demander.

Je ne lui ai pas demandé. Si Pat me jouait la comédie, alors elle était vraiment très bonne actrice.

Deux anges déchus de grande taille m'attendaient pour m'escorter jusqu'au palais. Ils étaient blindés et pourvus d'un armement impressionnant. Pat avait enveloppé soigneusement mon manuscrit et elle leur expliqua que j'étais censé l'avoir avec moi. J'étais sur le point de partir quand je m'arrêtai soudain.

– Mon rasoir !

– Regarde dans ta poche, mon chéri.

– Mais... comment est-il arrivé là ?

– Mon amour, je savais que tu ne reviendrais pas.

Une fois encore, je découvris que, en compagnie d'anges, même déchus, je pouvais voler. Nous avons décollé du balcon, fait le tour du Sheraton, avant de franchir la Plaza pour aller nous poser sur le balcon du troisième étage du palais de Satan. Ensuite, il y a eu toute une suite de couloirs, une grande volée d'escaliers dont les marches étaient bien trop hautes pour être confortables pour des humains. Lorsque j'ai trébuché, l'un de mes anges gardiens m'a rattrapé et m'a soutenu jusqu'en haut sans dire un mot.

Lui comme son copain ne disaient rien depuis le départ de l'hôtel.

D'immenses portes de cuivre, aussi complexes que les portes de Ghiberti, se sont ouvertes devant nous et on m'a poussé à l'intérieur.

Et je L'ai vu.

Le hall était plongé dans la pénombre, enfumé, et des gardes en armes étaient alignés de part et d'autre. Il y avait un grand trône, et une Créature dessus, au moins deux fois aussi grande qu'un homme... Une Créature qui était le diable tel que vous pouvez le voir sur des bouteilles de bière, des flacons de piment, des lotions, que sais-je ?... Avec la queue, les cornes, les yeux ardents, une fourche en guise de sceptre, la peau rutilante et rouge sombre dans le reflet des braseros, une Créature musculeuse et longiligne. Je dus faire un effort pour me rappeler que le prince des Mensonges pouvait prendre l'apparence qu'Il souhaitait, n'importe laquelle. Il comptait sans doute m'impressionner.

Mais Sa voix, lorsqu'Il parla, était comme une corne de brume :

— Saint Alexander, tu peux M'approcher.

## 26

*Je suis devenu le frère des chacals et le compagnon des autruches.*

Job, 30 : 29

Je commençai à monter les marches qui accédaient au trône. Là encore, elles étaient trop hautes et je n'avais plus personne pour me soutenir. J'en fus réduit à me hisser tant bien que mal en rampant plus ou moins tandis que Satan me contemplait avec son sourire sardonique. Une musique s'élevait autour de nous, d'une source invisible, une musique funèbre, vaguement wagnérienne mais que je ne reconnaissais pas. Je crois qu'elle était ponctuée d'infrasons, tels que ceux qui font hurler les chiens, fuir les chevaux et qui donnent aux hommes des idées d'envol ou de suicide.

Cet escalier était interminable.

Je n'ai pas compté le nombre de marches mais, en commençant mon escalade, il m'avait semblé qu'il y en avait trente, pas plus. Après avoir rampé pendant de longues minutes, j'eus la certitude qu'il m'en restait encore autant à escalader. Le prince des Mensonges ! C'était bien de lui.

Alors, je me suis arrêté et j'ai attendu.

Et la voix a grondé à nouveau :

— Quelque chose ne va pas, saint Alexander ?

— Non, rien, puisque Vous l'avez voulu ainsi, ai-je répondu. Si Vous désirez vraiment que je Vous approche, débranchez donc le circuit plaisanterie. C'est absurde de me faire grimper comme une souris dans un moulin.

— Vous croyez vraiment que c'est ce que je fais ?

— Je sais Qui Vous êtes. C'est le jeu du chat et de la souris.

— Vous essayez de me faire passer pour un idiot, Moi, devant Mes gentilshommes.

— Non, Votre Majesté, je ne saurais vous faire passer pour un idiot. Vous seul en êtes capable.

— Vraiment. Est-ce que vous réalisez que je peux vous foudroyer sur place ?

— Votre Majesté, depuis que je suis entré dans Votre royaume, je suis totalement en Votre pouvoir. Que souhaitez-Vous de moi ? Dois-je continuer à monter dans ce moulin ?

— Oui.

C'est donc ce que je fis, et l'escalier cessa de grandir au fur et à mesure que je progressais et les marches retrouvèrent des proportions normales. En quelques secondes je parvins au niveau de Satan : c'est-à-dire celui de Ses pieds fourchus. Ainsi, j'étais vraiment trop près de Lui. Non seulement Sa présence était terrifiante — je devais faire un terrible effort pour me dominer — mais il puait également très fort ! Il sentait la décharge publique, la viande avariée, le civet trop mariné, le putois, le soufre, le renfermé, le pet : tout cela et pis encore. Je me dis : Alex Hergensheimer, si tu Le laisses faire et qu'il t'oblige à vomir, tu vas ruiner toutes tes chances de retrouver Marga. Alors, contrôle-toi !

— Ce tabouret est pour vous, dit Satan. Asseyez-vous.

Auprès du trône, il y avait un tabouret, sans dossier, assez petit pour rabaisser la dignité de quiconque oserait y prendre place. Je m'assis.

Satan prit le manuscrit d'une main si énorme qu'on avait l'impression que ma volumineuse liasse de feuillets n'était qu'un jeu de cartes.

— J'ai lu ça. Ce n'est pas mauvais. Un peu trop long mais mes directeurs littéraires vont faire des coupures. De toute façon, cela vaut mieux que d'être trop concis. Nous allons avoir besoin d'une conclusion... de vous ou d'un nègre quelconque. Je dirais plutôt d'un nègre : il faut plus d'impact, plus de force. Dites-moi, est-ce que vous avez jamais envisagé de gagner votre vie en écrivant ? Plutôt qu'en prêchant ?

— Je ne pense pas avoir suffisamment de talent.

— Talent, mon cul ! Si vous voyiez le genre de merde qu'on publie. Mais il faudrait forcer un peu sur les scènes de sexe. Aujourd'hui, la clientèle veut du *hard.* Mais laissons ça de côté pour l'instant. Je ne vous ai pas convoqué pour discuter de votre style et de ses faiblesses. Je veux vous faire une offre.

J'attendis. Et Lui aussi. Après un temps, Il demanda :

— N'êtes-vous pas curieux à propos de cette offre ?

— Très certainement, Votre Majesté. Mais, si ma race a appris une leçon à Votre sujet, c'est que les humains doivent être particulièrement prudents lorsqu'ils négocient avec Vous.

Il se mit à rire et les fondations du palais tremblèrent.

— Pauvre petit humain, croyez-vous vraiment que je serais prêt à marchander pour votre âme rabougrie ?

— Je ne sais pas ce que Vous voulez. Mais je ne suis pas aussi malin que le Docteur Faust ni même que Daniel Webster (1). Cela m'incite à la méfiance.

— Oh ! allons donc ! Je ne veux pas de votre âme. Il n'y a plus de marché pour les âmes, aujourd'hui. Il y en a trop et la qualité a nettement chuté. Je les achète pour rien, à la botte, comme les radis. Mais je suis en excédent de stock. Non, saint Alexander, j'ai besoin de vos services. De vos services en tant que professionnel.

(J'étais inquiet, tout à coup. Dans quel genre de coup étais-je ? Alec, méfie-toi ! Regarde bien où tu mets les pieds ! Qu'est-ce qu'Il veut exactement ?)

— Vous avez besoin d'un bon plongeur ?

Il a éclaté de rire une fois encore. Environ 4,2 sur l'échelle de Richter.

— Non, non, saint Alexander ! Je parle de votre vocation et non des extrémités auxquelles vous avez été conduit temporairement. Je désire vous engager comme promoteur de Bible, prédicateur de gospels. Je veux que vous travailliez dans le système de Jésus,

(1) Homme d'Etat américain et orateur (1782-1852). *(N.d.T.)*

comme vous l'avez appris. Vous n'aurez pas à faire la quête, à passer la soucoupe. Votre salaire sera confortable et vous n'aurez pas grand-chose à faire. Qu'est-ce que vous en dites ?

– Je dis que Vous essayez de m'avoir.

– Ça, ça n'est pas très gentil. Croyez-moi, saint Alexander, il n'y a pas de coup fourré. Vous serez libre de prêcher comme vous le voudrez, sans restrictions. Vous serez mon aumônier personnel, Primat de l'Enfer. Et vous pourrez consacrer le temps qui vous restera – autant que vous le souhaiterez – au salut des âmes perdues... et il y en a beaucoup par ici. Pour ce qui est de votre salaire, il faut que nous en discutions... mais il ne sera pas inférieur à celui du titulaire, le pape Alexandre VI, une âme dont la cupidité est notoire. Vous ne serez pas volé, je vous le promets. Alors ? Qu'est-ce que vous en dites ?

(Qui est fou ? le diable ou moi ? Ou est-ce que c'est encore un de ces cauchemars qui me hantent depuis quelque temps ?)

– Votre Majesté, Vous n'avez pas mentionné quoi que ce soit que je puisse vouloir.

– Ah bon ? Mais tout le monde veut de l'argent. Vous êtes fauché. Vous ne pourrez pas passer un jour de plus dans cette suite de luxe sans avoir un job quelconque. (Il tapota le manuscrit.) Cela pourra vous rapporter quelque chose un jour. Pas dans l'immédiat. Et je ne vous verserai pas d'avance dessus, au cas où il se vendrait mal. Parce qu'il y a beaucoup trop de trucs délirants du style J'étais-prisonnier-du-prince-du-Mal sur le marché, tous ces temps-ci.

– Votre Majesté. Vous avez lu mon mémoire. Vous savez très bien ce que je veux.

– Eh bien, dites-le !

– Vous le savez. Ma bien-aimée. Margrethe Svensdatter Gunderson.

Il eut l'air surpris.

– Mais est-ce que je ne vous ai pas fait parvenir un mémo à son sujet ? Elle n'est pas en enfer.

J'eus le sentiment que doit avoir le patient qui a

attendu courageusement le résultat d'une biopsie... et qui craque en apprenant la mauvaise nouvelle.

— Vous êtes *certain* ?

— Bien entendu. Qui dirige ici, selon vous ?

(Prince des Menteurs ! Prince des Mensonges !)

— Mais comment pouvez-vous en avoir la certitude ? D'après ce que l'on m'a dit, on ne suit personne. Quelqu'un peut se trouver en enfer depuis des années sans que Vous en ayez entendu parler.

— Si c'est ce que vous avez entendu dire, vous avez mal compris. Ecoutez, si vous acceptez mon offre, vous pourrez louer les services des meilleurs détectives de l'histoire, de Sherlock Holmes à Edgar J. Hoover (1). Ils la chercheront dans tout l'enfer. Mais ce serait gaspiller votre argent car elle n'est pas dans ma juridiction. Je vous le dis très officiellement.

J'hésitai. L'enfer, c'est vaste. Je pouvais le fouiller de long en large l'éternité durant sans retrouver Marga. Mais une certaine somme d'argent (et je le savais bien !) rendait les choses difficiles moins difficiles et les choses impossibles simplement difficiles.

Néanmoins... Certaines choses que j'avais faites en tant que directeur adjoint de la L.M.E. avaient été douteuses mais, en ma qualité de ministre du culte, jamais je n'avais servi l'ennemi. Notre ancien adversaire. Comment un serviteur du Christ pouvait-il devenir l'aumônier de Satan ? Marga ma chérie, *je ne peux pas* !

— Non.

— Je ne peux pas vous croire. Augmentons un peu les conditions. Si vous acceptez, j'assignerai mon agent femelle, sœur Mary Patricia, à votre service personnel en permanence. Elle sera votre esclave. Avec une petite réserve : il ne vous sera pas permis de la vendre. De toute façon, vous aurez les moyens de la louer, si vous le désirez. Alors, maintenant, qu'est-ce que vous en pensez ?

— Non.

— Oh, allons ! Demandez n'importe quelle fille. Je vous en offrirai des meilleures. Mais ne me dites pas

(1) Ex-chef du F.B.I. *(N.d.T.)*

que vous n'êtes pas satisfait de Patricia. Vous roucoulez avec elle depuis des semaines. Est-ce que je dois vous repasser l'enregistrement de tous vos soupirs et de vos plaintes ?

– Vile canaille !

– Tss, tss, tss ! Ne vous montrez pas grossier avec Moi dans Ma demeure. Vous savez, nous savons, tout le monde sait qu'il n'y a pas grande différence entre une femelle et une autre, si ce n'est peut-être dans leurs talents culinaires. Je vous en propose une légèrement mieux que celle que vous avez perdue. D'ici un an, vous Me remercierez. Dans deux ans, vous vous demanderez comment vous avez pu hésiter. Non, il vaut mieux accepter, saint Alexander. C'est la meilleure offre que vous puissiez espérer parce que, Je vous le dis solennellement, ce zombie danois que vous réclamez, on ne le trouve pas en enfer. Alors ?

– *Non !*

Satan tambourina sur l'accoudoir de son trône, l'air vexé.

– C'est votre dernier mot ?

– Oui.

– Supposons que Je vous offre cet emploi d'aumônier *avec* votre reine des glaces ?

– Vous m'avez dit qu'elle n'était pas en enfer !

– Mais Je n'ai pas dit que J'ignorais où elle était.

– Vous pouvez me la ramener ?

– Répondez à Ma question. Accepterez-vous de Me servir comme aumônier si le contrat stipule qu'elle vous sera restituée ?

(Marga, Marga !)

– Non.

Satan déclara brusquement :

– Sergent Général, faites rompre les rangs à la garde. Vous, venez avec Moi.

– A droite, droite ! En avant... marche !

Satan descendit de Son trône et le contourna sans un mot. Je dus me hâter pour suivre Ses grandes enjambées. Un long tunnel sombre s'ouvrait derrière le trône. J'eus l'impression que je perdais Satan et je me mis à courir. Sa silhouette diminuait rapidement dans la faible clarté qui venait de l'autre extrémité du tunnel.

Et puis, je me retrouvai presque sur Ses talons. Il ne S'était pas autant éloigné que je l'avais cru. Il avait changé de taille. Ou bien était-ce moi ? En tout cas, nous étions maintenant presque aussi grands l'un que l'autre. Je m'arrêtai brusquement derrière Lui, à l'instant précis où Il atteignait une porte qui n'était éclairée que par une lueur rouge.

Il toucha quelque chose et un pinceau de lumière blanche se dessina au-dessus de la porte. Il ouvrit et Se tourna vers moi.

– Entrez, Alec.

Mon cœur fit un bond et je retins mon souffle.

– *Jerry !* Jerry Farnsworth !

# 27

*Car avec beaucoup de sagesse on a beaucoup de chagrin,*
*et celui qui augmente sa science augmente sa douleur.*

L'Ecclésiaste, 1:18

*Il prit la parole et dit : Périsse le jour où je suis né,*
*et la nuit qui dit : Un enfant mâle est conçu !*

Job, 3 : 2-3

Mon regard se brouilla, ma tête se mit à tourner et mes genoux devinrent flasques. Jerry lança d'un ton brusque :

– Hé, pas de ça !

Il m'empoigna par la taille, me tira à l'intérieur et claqua la porte.

Il me retint pour m'empêcher de tomber, puis me secoua et me donna une gifle. Je finis par secouer la tête et repris mon souffle. J'entendis la voix de Katie :

– Porte-le. Qu'il puisse s'allonger.

Ma vue redevint nette.

– Ça ira, dis-je. Je me suis senti tellement bizarre pendant une seconde.

Je regardai autour de moi. Nous étions dans le salon de la demeure des Farnsworth.

– Vous êtes tombé en syncope, voilà ce qui s'est passé. Pas surprenant après un tel choc. Venez, allons dans la grande pièce.

– D'accord. Salut, Katie. Ça me fait plaisir de vous voir.

– Moi aussi, mon cher.

Elle s'approcha, mit ses bras autour de moi et m'embrassa. Une fois encore, sachant bien que Marga était tout pour moi, je me dis que Katie était tout à fait mon genre. Et Pat aussi. Marga, j'aurais tant aimé que tu fasses la connaissance de Pat. (Marga !)

La grande pièce semblait toute nue. Les meubles n'étaient pas finis, il n'y avait ni cheminée, ni fenêtres. Jerry demanda à Katie :

— Mets-nous le Remington 2, veux-tu ? Je vais nous préparer quelque chose à boire.

— Oui, chéri.

Pendant qu'ils s'activaient, Sybil arriva en trombe, me prit entre ses bras (je faillis tomber car elle est du genre costaud) et m'embrassa, très fort, très vite, pas du tout comme sa mère.

— Monsieur Graham ! Vous avez été fantastique ! J'ai tout suivi. Avec sœur Pat. Elle aussi elle vous trouve fantastique !

Sur le mur de gauche, il y avait maintenant une fenêtre par laquelle on apercevait des montagnes. Et, dans la cheminée qui occupait le mur d'en face, un grand feu flambait, exactement comme la dernière fois. Le plafond était bas et les meubles et la décoration étaient bien ceux qui correspondaient au Remington numéro deux.

Katie s'écarta des contrôles et dit :

— Sybil, laisse-le tranquille, ma chérie. Alec, étendez-vous. Il faut vous reposer.

— Ça va. (Je m'assis.) Euh... nous sommes bien au Texas ? Ou bien en enfer ?

— Question d'opinion, dit Jerry.

— Il y a une différence ? demanda Sybil.

— Difficile à dire, fit Katie. Mais ne vous inquiétez pas pour ça maintenant, Alec. Moi aussi je vous ai regardé et je suis d'accord avec les filles. J'étais fière de vous.

— Ça, il a du nerf, intervint Jerry. Pas moyen de le faire changer d'idée. Alec, quel entêté vous faites. J'ai perdu trois paris sur vous. (Des verres apparurent. Jerry prit le sien et le leva.) A votre santé, Alec.

— A Alec !

— A moi, dis-je avant d'absorber une longue gorgée

de *Jack Daniels*. Mais Jerry... Vous n'êtes pas *vraiment*...

Il me sourit. La tenue texane s'estompa, les bottes western se changèrent en sabots fourchus et des cornes Lui poussèrent sur la tête. Sa peau devint d'un rouge sombre, huileuse, avec des muscles noueux. Entre ses cuisses, un phallus incroyablement énorme se dressait tout droit.

– Je pense que Tu l'as convaincu, chéri, dit Katie, et je ne trouve pas que ce soit une de Tes meilleures apparences.

Aussitôt, le diable conventionnel disparut, remplacé par le non moins conventionnel milliardaire texan.

– C'est mieux, commenta Sybil. Papa, pourquoi Te sers-Tu de ce vieux truc ringard ?

– C'est un symbole évident. Cette apparence-là est plus appropriée ici. J'en conviens. Et toi aussi, tu devrais être habillée comme une Texane.

– Vraiment ? fit Sybil. Je croyais qu'avec Patty, M. Graham s'était habitué à tout voir des femmes.

– Il s'est habitué à elle, pas à toi. Obéis avant que je te fasse griller pour le déjeuner.

– Papa, Tu es un sale traître. (Sybil s'inventa un blue-jean et un caraco sans quitter son fauteuil.) Et j'en ai marre d'être une teenager. Je ne vois pas pourquoi je continuerais cette comédie stupide. Saint Alec sait très bien qu'on l'a trompé.

– Sybil, tu parles trop.

– Chéri, dit doucement Katie, elle a peut-être raison.

Jerry secoua la tête. Je soupirai et dis ce que je devais dire :

– Oui, Jerry, je sais que j'ai été abusé. Par ceux que je considérais comme des amis. Et ceux de Marga aussi. C'est Vous qui étiez derrière tout ça ? Alors, qui suis-je ? Job ?

Oui ct non.

– Qu'est-ce que cela veut dire... Votre Majesté ?

– Alec, il est inutile de Me donner ce titre. Nous nous sommes rencontrés comme des amis. J'espère que nous le resterons.

— Mais comment le pouvons-nous ? Si je suis Job. Votre Majesté... *Où est ma femme ?*

— Alec, J'aimerais bien le savoir. Il y a quelques indices dans votre mémoire et J'ai cherché. Mais Je ne sais toujours pas. Il faut que vous soyez patient.

— Au diable ! Euh... Mais je suis patient ! *Quels* indices ? Mettez-moi sur la piste ! *Est-ce que Vous ne comprenez pas que je vais perdre l'esprit ?*

— Je ne peux pas, et vous ne perdez pas l'esprit. Je vous ai juste mis sur le grill. Je vous ai poussé pour essayer de vous faire craquer. Mais c'est impossible. On ne peut pas vous briser. De toute façon, vous ne pouvez pas M'aider à la trouver, pas en ce moment... Alec, il faut vous rappeler que vous êtes humain... et que Moi, Je ne le suis pas. J'ai des pouvoirs que vous ne pouvez même pas imaginer. Mais également des limites que vous ne pouvez imaginer non plus. Alors, gardez votre calme et écoutez-Moi. Je suis votre ami. Si vous ne le croyez pas, vous êtes libre de partir, de quitter Ma maison et de chercher par vous-même. Il y a du travail près du lac, si vous pouvez supporter la puanteur du soufre. Vous chercherez Marga à votre façon. Je ne vous dois rien ni à l'un ni à l'autre, *parce que Je ne suis pas responsable de vos ennuis !* Il faut Me croire.

— Euh... Mais *je veux* Vous croire.

— Peut-être croirez-vous mieux Katie.

— Alec, dit Katie, l'Ancien essaie de vous apaiser. Ce n'est pas Lui qui vous a créé tous ces ennuis. Chéri, est-ce qu'il vous est déjà arrivé d'essayer de panser un chien blessé ? La pauvre bête n'arrête pas d'essayer de vous mordre et de se faire plus mal encore...

— Oui... (J'avais eu un chien. Brownie. J'avais douze ans quand il était mort.)

— Alors, ne vous comportez pas comme ce pauvre chien. Faites confiance à Jerry. S'Il veut vous aider, Il est capable de choses qui dépassent votre entendement. Est-ce que vous prétendriez donner des conseils à un chirurgien du cerveau ? Est-ce que vous vous permettriez de lui dire d'aller plus vite ?

Je souris tristement et pris sa main.

— Je vais essayer, Katie. Je vais être docile.

— Oui, essayez, pour l'amour de Marga.

— Oui, c'est promis... Euh... Jerry, tout en admettant que je ne suis qu'un humain et que je ne peux tout comprendre, est-ce que Vous pouvez au moins essayer de m'expliquer ?

— Je vais faire mon possible. Par où dois-je commencer ?

— Je Vous ai demandé si j'étais Job et Vous avez dit : « Oui et non ». Qu'entendez-Vous par là ?

— Il est certain que vous êtes un nouveau Job. Avec le premier. J'ai été, Je l'avoue, l'un des méchants. Mais pas cette fois. Je ne suis pas très fier de la façon dont J'ai tourmenté Job. Et Je ne suis pas fier non plus de M'être trop souvent laissé manœuvrer par Mon Frère Yahvé, pour accomplir les sales besognes à sa place. Ça a commencé avec la Mère Eve, et même avant ça... Je ne peux pas tout expliquer. J'ai toujours trop aimé parier... C'est une faiblesse, et de ça non plus Je ne suis pas fier. (Il regarda le feu en fronçant les sourcils.) Eve était plutôt jolie. Dès que j'ai posé les yeux sur elle Je Me suis dit que Yahvé avait enfin créé quelque chose digne d'un artiste. Et puis, J'ai découvert qu'Il avait en fait copié en grande partie le design.

— *Hein ?* Mais...

— Homme, ne M'interrompez pas ! La plupart de vos erreurs — et en ceci Mon Frère vous encourage activement — viennent du fait que vous croyez que votre Dieu est unique et tout-puissant. En vérité, Mon Frère — et Moi aussi, bien sûr — Nous ne sommes guère que des caporaux aux ordres du Commandant en Chef. Et Je dois ajouter qu'il se pourrait même que le Plus Grand, Celui que Je considère comme le Commandant en Chef, le Directeur, le Pouvoir Suprême, ne soit qu'un simple soldat placé sous les ordres d'une Puissance encore supérieure et incompréhensible pour Moi. Derrière chaque mystère il y a un autre mystère. C'est une succession à l'infini. Mais vous n'avez nul besoin de connaître les réponses ultimes — si elles existent — pas plus que Moi. Vous voulez savoir ce qui vous est arrivé, à vous et à Margrethe. Yahvé est venu Me trouver et Il M'a proposé le même pari que nous avions fait sur Job, en M'assurant qu'il avait un serviteur encore plus entêté que Job. J'ai refusé. Ce pari avec Job n'avait pas été franchement drôle. Bien avant la fin, J'en avais assez de torturer ce pauvre type. Cette fois, donc, J'ai dit à Mon Frère qu'Il pouvait aller S'amuser ailleurs. Ce n'est que lorsque Je vous ai vus, Marga et vous, sur l'interfédérale 40, nus comme des chatons qui viennent de naître et aussi désemparés, que J'ai compris que Yahvé avait trouvé quelqu'un d'autre pour jouer à Ses vilains jeux. C'est pour ça que Je vous ai repêchés et ramenés ici pendant une semaine.

– *Comment?* Mais nous ne sommes restés qu'une nuit!

– Ne chicanez pas. On vous a gardés suffisamment longtemps pour que vous séchiez et on vous a laissés repartir avec quelques tuyaux mais, en fait, vous n'en faisiez qu'à votre tête. Alec, vous êtes un sacré fils de pute, vachement dur. En fait, Je Me suis enquis de cette pute dont vous êtes le fils. Une sacrée garce. Ce qu'elle vous a transmis, plus votre gentillesse, ça nous donne une créature tout à fait capable de s'en sortir, de survivre. Alors, Je vous ai laissé vous débrouiller. On M'a avisé que vous arriviez ici. J'ai des espions de tous les côtés. La moitié des collaborateurs de Mon Frère sont des agents doubles, en fait.

– Saint Pierre?

– Hein? Oh non, pas Pierre. C'est un brave type, le chrétien le plus parfait du paradis ou de la terre. Il a renié son patron trois fois et il s'est bien arrangé depuis. Il est ravi de tutoyer son maître dans chacun de Ses trois aspects. J'aime bien Pierre. Si jamais il avait des embrouilles avec Mon Frère, J'aurais un boulot pour lui. Oui, et vous êtes donc arrivé en enfer. Est-ce que vous vous souvenez de l'allusion que J'ai faite à l'enfer quand Je vous ai invité?

– Oui, je m'en souviens très bien.

– Et n'ai-Je pas tenu Ma promesse? Faites attention à ce que vous allez répondre : sœur Pat nous écoute.

– Non, elle n'écoute pas, fit Katie. Pat est bien élevée. Ce n'est pas comme certaines personnes. Chéri, je vais Vous faire gagner du temps. Ce qu'Alec veut savoir c'est pourquoi on l'a persécuté, comment, et ce qu'il peut faire maintenant. A propos de Marga, je veux dire. La réponse au « pourquoi » est simple, Alec. On vous a choisi comme le taureau qu'on lance dans l'arène pour lui poser des banderilles. Yahvé était convaincu que vous pouviez gagner. La réponse au « comment » est tout aussi simple. Vous aviez visé juste en pensant que vous étiez paranoïde. Paranoïde mais pas totalement fou. On conspirait vraiment contre vous. Chaque fois que vous approchiez de la réponse, l'embrouille recommençait. Ce million de dollars, par exemple. Une embrouille mineure, mais vous avez eu cet argent entre les mains suffisamment longtemps pour que cela vous perturbe. Je pense que vous savez tout, sauf ce que vous pouvez faire maintenant. Tout ce que vous pouvez et devez faire, c'est vous fier à Jerry. Il peut échouer – et c'est très dangereux – mais Il va faire Son possible.

Je regardai Katie avec un respect nouveau, et un certain émoi. Elle avait fait allusion à des détails que je n'avais jamais dévoilés à Jerry.

– Katie ? Etes-vous humaine ? Ou bien... êtes-vous un ange déchu ou quoi ?...

Elle rit.

– C'est bien la première fois qu'on me soupçonne de ça. Mais je suis humaine, Alec chéri, totalement humaine. Et je ne suis pas vraiment une étrangère pour vous : vous en connaissez long sur moi.

– Vraiment ?

– Souvenez-vous. En avril de l'an 1446 avant la naissance de Jésus de Nazareth.

– Je devrais trouver rien qu'avec cette date ? Désolé, j'en suis incapable.

– Alors, essayez comme ça : quarante ans très exactement après l'exode d'Egypte des enfants d'Israël.

– La conquête de Canaan.

– Mais non ! Alors, Josué, chapitre trois. Quel est mon nom, qu'est-ce que je fais ? Est-ce que j'étais une mère, une femme, une jeune fille ?

(L'une des histoires les plus connues de la Bible. *Elle ?* Etait-ce bien à *elle* que je parlais ?)

– Euh... *Rahab ?*

— La prostituée de Jéricho. C'est moi. J'ai caché les espions du général Josué dans ma maison... et ainsi j'ai sauvé mes parents, mes frères et mes sœurs du massacre. Maintenant, faites-moi plaisir : dites-moi que je suis bien conservée.

Sybil eut un hennissement moqueur.

— Dites, si vous l'osez.

— Mais bien sûr, Katie! Vous êtes plus que bien conservée. Ça fait presque 3400 ans... Et même pas une ride. Pas trop, en tout cas.

— Pas trop! Vous serez privé de breakfast, jeune homme!

— Mais Katie, vous êtes belle et vous le savez parfaitement. Je vous place au même rang que Margrethe!

— Et moi, vous m'avez regardée? demanda Sybil. Moi aussi j'ai mes fans... En tout cas, m'man a plus de quatre mille ans, c'est une vieille peau.

— Non, Sybil, le passage de la mer Rouge a eu lieu en 1490 avant Jésus-Christ. Si on ajoute la date de l'extase, 1994 après Jésus-Christ, plus sept ans...

— Alec.

— Oui, Jerry?

— Sybil a raison. Mais vous ne pouvez pas le savoir. Les mille années de paix qui séparent Armageddon et la guerre aux cieux sont à moitié écoulées. Mon Frère, dans Sa manifestation de Jésus, règne à présent sur la terre et Moi Je suis enchaîné dans le puits pour mille ans à venir.

— Vous n'avez pas l'air tellement enchaîné. Est-ce que je peux avoir un autre *Jack Daniels ?* Je suis un peu perdu...

— Je suis bien assez enchaîné comme ça. J'ai cessé de Me promener un peu partout sur terre. Yahvé l'a pour Lui tout seul, du moins pour le peu de temps qu'Il lui reste avant qu'Il la détruise. Je ne veux pas Me mêler de Ses petits jeux. (Jerry haussa les épaules.) Je refuse de prendre part à Armageddon. Je Lui ai fait remarquer à ce propos qu'Il dispose de suffisamment de méchants qu'Il a formés Lui-même. Alec, quand c'est Mon Frère qui écrit le scénario, Je suis toujours supposé Me battre jusqu'au bout, comme Harvard, avant de perdre. Ça devient monotone, à la longue. Il veut que Je chute à nouveau à la fin du millénium pour que Ses prophéties soient réalisées. Cette « guerre dans les cieux » : elle est prédite dans cette prétendue « Apocalypse ». Mais Je n'irai pas. J'ai dit à Mes anges qu'ils peuvent former une légion étrangère s'ils le souhaitent, mais Je Me tiendrai à l'écart. A quoi rime une bataille dont l'issue à été prévue des milliers d'années avant le coup de sifflet ?

Tout en parlant, Il m'observait. Il Se tut brusquement.

– Qu'est-ce qui vous chiffonne, à présent ?

– Jerry... S'il y a cinq cents ans que j'ai perdu Margrethe, c'est sans espoir. Non ?

– Ah, mais bon sang, mon vieux ! Est-ce que Je ne vous ai pas dit de ne pas essayer de comprendre des choses que vous ne pouvez pas comprendre ? Est-ce que Je M'occuperais de ça si c'était sans espoir ?

– Jerry, dit Katie, j'avais réussi à calmer Alec, et voilà que Tu le troubles à nouveau.

– Excuse-moi.

– Tu ne l'as pas fait exprès. Alec, Jerry parle sans ménagement, mais Il a raison. Pour vous, tout seul, cette quête a été sans espoir. Mais avec l'aide de Jerry, vous pourrez peut-être la retrouver. Ce n'est pas absolument certain, mais il y a une chance. Et le temps ne compte pas, que ce soit cinq secondes ou cinq cents ans. Vous n'avez pas à comprendre ça, mais il faut Le croire. Je vous en prie.

– D'accord. D'abord parce qu'autrement il n'y aurait vraiment plus d'espoir. Plus aucun...

– Mais il y en a. Il vous suffit d'être patient.

– J'essaierai. Mais je pense que Marga et moi nous n'aurons jamais notre petit relais au Kansas.

– Pourquoi pas ? fit Jerry.

– Après cinq siècles ? Même la langue aura changé. Et personne ne saura plus faire la différence entre un sorbet au chocolat chaud et une chèvre. Les coutumes changent vite.

– Eh bien, vous réinventerez le sorbet au chocolat et vous ferez un malheur. Fiston, ne soyez pas pessimiste comme ça.

— Ça vous dirait d'en avoir un maintenant ? proposa Sybil.

— Je crois qu'il serait préférable qu'il ne mélange pas le sorbet avec son *Jack Daniels*, remarqua Jerry.

— Merci, Sybil... mais je crois que je pleurerais dessus. Ça me ferait trop penser à Marga.

— Alors ne le faites pas. Pleurer dans son verre, c'est déjà triste, mais dans un sorbet au chocolat, c'est dégoûtant.

— Est-ce que je peux finir l'histoire de ma scandaleuse jeunesse ou bien est-ce que personne ne m'écoute ? demanda Katie.

— Moi, je vous écoute, dis-je. Vous avez fait un accord avec Josué.

— Avec ses espions. Alec mon amour, je dois quelque explication à quelqu'un que j'aime et respecte, c'est-à-dire vous. Certaines personnes qui savent qui je suis — et encore plus qui l'ignorent — considèrent Rahab la prostituée comme une traîtresse. Trahison en temps de guerre, délation de citoyens, etc.

— Je ne l'ai jamais pensé, Katie. Jéhovah avait décrété que Jéricho devait tomber. Etant donné que c'était prévu, vous ne pouviez rien y changer. Vous avez en fait sauvé la vie de votre père, de votre mère et des autres gosses.

— Oui, mais il y a autre chose encore, Alec. Le patriotisme est un concept largement démodé. En ce temps-là, à Canaan en dehors de la loyauté due à la famille, il ne pouvait exister qu'une loyauté personnelle vouée à un chef, quel qu'il soit — d'ordinaire un guerrier qui s'était proclamé « roi » après une victoire. Mais, Alec, une putain n'avait pas cette sorte de loyauté.

— Vraiment ? J'ai fait mes études au séminaire mais je ne connais pas très en détail ce qu'était la vie en ce temps-là. J'ai tendance à tout ramener au Kansas.

— Ce n'était pas vraiment différent. Une putain, alors, était soit une prostituée du temple, soit une esclave, soit encore une fille qui exerçait sa profession à titre libéral. Ce qui était mon cas. Ah ! oui, les putains ne pouvaient rien refuser aux gouvernants. Impossible. Un officier du roi se présentait : il venait pour l'amour gratis, pour la boisson gratis... La patrouille civile – les flics – c'était la même chose. Et les politiciens aussi. Alec, je dis la vérité : j'ai fait plus souvent mon travail à titre gratuit que pour de l'argent. Et j'ai souvent eu droit à un cocard en prime. Non, je n'éprouvais pas le moindre sentiment de loyauté envers Jéricho. Les Juifs n'étaient pas plus cruels et ils étaient tellement plus propres !

– Katie, je ne connais aucun chrétien protestant qui pense du mal de Rahab. Mais je me suis souvent interrogé à propos de divers détails de son, de votre histoire. Votre maison était située sur les murailles de la ville ?

– Oui. Ce n'était pas très pratique pour l'entretien, d'ailleurs, avec tous ces seaux d'eau à monter jusqu'en haut des marches. Mais le loyer était bas et, pour mon travail, c'était mieux. C'est parce que j'habitais sur le mur que j'ai pu sauver les agents du général Josué. Ils sont passés par la fenêtre en se servant de ma corde à linge. Ils ne me l'ont jamais rendue, remarquez.

– Quelle était la hauteur de ce mur ?

– Hein ? Grand dieu, je ne sais pas. En tout cas, il était très haut.

– Vingt coudées.

– C'est ça, Jerry ?

– J'étais sur place. Par intérêt professionnel. Première utilisation de la guerre psychologique combinée avec des armes soniques.

– Si je demande quelle était la hauteur du mur, Katie, c'est parce qu'il est écrit dans la Bible que vous avez rassemblé toute votre famille dans votre maison et que vous y êtes restés durant le siège.

– Ça c'est sûr. Sept jours atroces. Mais mon contrat avec les espions israélites l'exigeait. Je n'avais que deux petites pièces, pas assez grandes pour trois adultes et sept enfants. Nous n'avions plus de vivres, plus d'eau, les enfants pleuraient et mon père n'arrêtait pas de se plaindre. Il a été bien heureux de prendre l'argent que je rapportais. Avec sept gosses à nourrir. Mais ça lui déplaisait de demeurer dans cette maison où je me faisais sauter, et il avait horreur de dormir dans mon lit.

Mon lieu de travail. Mais il l'a fait pourtant, et moi j'ai dormi par terre.

— Donc toute votre famille était dans la maison quand les murs se sont écroulés.

— Oui, bien entendu. Nous n'avons pas osé sortir jusqu'à ce que les deux espions viennent nous chercher. On avait accroché un bout de fil rouge à la fenêtre pour qu'ils ne se trompent pas.

— Katie, votre maison était sur le mur, à près de dix mètres de haut. La Bible dit que le mur s'est effondré d'une seule pièce. Est-ce que quelqu'un a été blessé ?

Elle eut l'air surprise.

— Non, pourquoi ?

— La maison ne s'est pas écroulée ?

— Non. Alec, ça s'est passé il y a longtemps. Mais je me rappelle les trompettes, et le cri, et le tremblement de terre et la ville qui tombait en miettes. Mais ma maison n'a pas été touchée.

— Saint Alec !

— Oui, Jerry !

— Vous devriez savoir cela : vous êtes un saint. C'est un miracle. Si Yahvé n'avait pas provoqué des miracles à droite et à gauche, les Israélites ne seraient jamais venus à bout des Cananéens. Comment voulez-vous que cette bande de clodos tombe sur un pays prospère avec des tas de villes fortifiées sans perdre une seule bataille ? Les miracles. Demandez donc aux Cananéens. Si vous arrivez à en trouver. Mon Frère les a tous fait passer par l'épée, à quelques exceptions près : pour les plus jeunes et les plus jolies qui se sont retrouvées en esclavage.

— Mais Jerry, c'était la Terre promise, et ils étaient le peuple élu.

— Evidemment qu'ils sont le peuple élu. Etre élu par Yahvé, il n'y a vraiment pas de quoi pavoiser. Est-ce que vous connaissez suffisamment la Bible pour savoir combien de fois Il a fait ça avec eux ? Quand Il S'y met, Mon Frère est vraiment con.

J'avais certes ingurgité par mal de *Jack Daniels* et reçu quelques chocs. Mais le blasphème désinvolte de Jerry me fit bondir.

– Jéhovah Notre Seigneur est un Dieu juste !

– On voit que vous n'avez jamais fait une partie de dés avec Lui. Alec, la « justice » n'est pas un concept divin, mais une illusion humaine. A la base même du code judéo-chrétien, il y a l'injustice, le système du bouc émissaire. On trouve le sacrifice du bouc dans tout *l'Ancien Testament,* mais c'est dans *le Nouveau Testament* qu'il atteint des sommets avec la notion de rédemption par le martyre. Comment peut-on faire œuvre de justice en se déchargeant de ses péchés sur un autre ? Que ce soit un agneau dont on tranche la gorge ou un messie que l'on cloue sur une croix pour qu'il meure en lavant vos péchés ! Quelqu'un devrait dire un jour à tous les sectateurs de Yahvé, les Juifs comme les chrétiens, qu'un repas gratuit, ça n'existe pas. Ou peut-être que si. Quand on se trouve dans cet état catatonique que l'on appelle « la grâce » au moment de sa mort – ou quand sonne la trompette – on va droit au paradis. C'est bien ça ? C'est comme ça que ça s'est passé pour vous, non ?

– Exact. J'ai eu de la chance. Car j'avais péché un certain nombre de fois avant.

– Une vie longue dans le vice et la débauche, suivie par cinq minutes de grâce parfaite, et on vous expédie au paradis. Une vie tout aussi longue, exemplaire, dévote, et puis un juron ou un blasphème à l'instant où on a une attaque, et on est damné pour l'éternité. C'est bien votre système, non ?

Je répondis avec une certaine roideur :

– C'est le système si Vous prenez les mots de la Bible dans leur sens littéral. Mais les voies du Seigneur...

– Oui, eh bien, elles ne sont pas impénétrables pour Moi, Mon ami. Je Le connais depuis trop longtemps. C'est Son monde à Lui, ce sont Ses règles, Son œuvre. Les règles sont exactes et n'importe qui peut les suivre et récolter sa récompense. Mais elles ne sont pas « justes ». Que pensez-vous de ce qu'Il vous a fait, à vous et à Marga ? C'est ça la justice ?

Je pris mon souffle.

– Depuis le jugement dernier, j'ai tenté de comprendre... et le *Jack Daniels* ne m'aide même pas. Non, je ne pense pas que ce soit pour ça que j'aie signé.

— Ah, mais voilà : vous avez signé !

— Comment ?

— Mon Frère Yahvé, avec Son visage de Jésus, a dit : priez-Le. Allez... Priez...

— Notre Père, qui êtes aux cieux, que Votre Nom soit sanctifié, que Votre règne arrive. Que Votre volonté soit faite...

— Stop ! C'est ça ! « Que Votre volonté soit faite ». Même les musulmans qui se considèrent comme les « esclaves de Dieu » ne sont pas plus consentants. Par cette prière, vous L'invitez à commettre le pire. C'est du masochisme parfait. C'est ça, l'épreuve de Job, Mon garçon. Jour après jour, année après année, et de toutes les manières possibles, Job a été injustement traité. Je le sais : J'y étais. J'y ai participé. Et Mon cher Frère est resté là à Me laisser faire. Que dis-je ? Il M'a encouragé. Il était Mon complice. Et à présent c'est votre tour. C'est votre Dieu qui vous a fait tout ça. Est-ce que vous allez Le renier ? Ou bien ramper comme un chien auquel on vient de donner le fouet ?

# 28

*Demandez et l'on vous donnera;*
*cherchez et vous trouverez; frappez et l'on vous ouvrira.*

L'Evangile selon Saint Matthieu, 7 : 7

Une interruption m'évita d'avoir à répondre à cette question impossible – et j'en fus soulagé. Je suppose que tout homme doute de la justice de Dieu de temps à autre. Je reconnais que j'avais été particulièrement secoué récemment et que j'avais été obligé de me répéter plusieurs fois que les voies de Dieu ne sont pas celles des hommes et que je ne pouvais pas espérer comprendre toujours Ses desseins.

Mais je ne pouvais parler de mes doutes, en tout cas pas à l'ancien adversaire du Seigneur. Il était particulièrement pénible que Satan ait choisi d'avoir en ce moment l'apparence et la voix de mon seul ami en ce monde.

Discuter avec Satan, c'est un jeu de... jobard, tout au plus.

L'interruption était tout à fait banale : le téléphone sonnait. Une interruption accidentelle ? Je ne pense pas que Satan puisse tolérer les « accidents ». En tout cas, je n'avais pas à répondre à cette question à laquelle je n'aurais su répondre.

– Je réponds, chéri ? demanda Katie.

– S'il te plaît.

Un combiné apparut dans la main de Katie.

– Le bureau de Lucifer. Rahab à l'appareil. Répétez, je vous prie. Bon, je vais voir.

Elle se tourna vers Jerry.

– Je prends. (Jerry, apparemment, n'avait pas besoin d'un téléphone visible.) J'écoute. Non. J'ai dit non. Bon sang, passez ça à M. Asmodée. L'autre appel, à présent. (Il marmonna quelques paroles vagues sur l'impossibilité qu'il y avait à trouver des collaborateurs compétents, puis dit :) J'écoute. Oui, Monsieur ! (Il ne dit rien pendant un certain temps.) Tout de suite, Monsieur ! Merci. (Il se leva.) Alec, je vous prie de M'excuser. J'ai du travail. J'ignore quand Je serai de retour. Considérez cette attente comme des vacances, voulez-vous ? Et Ma demeure est à vous. Katie, Je te le confie. Sybil, essaie de le distraire.

Et Il disparut.

– Pour le distraire, ça, je vais le distraire ! s'exclama Sybil.

Elle se leva et se campa devant moi en se frottant les mains. Sa tenue externe disparut et elle resta à l'état de nature, avec un grand sourire.

– Sybil, dit Katie d'une voix très douce, arrête, veux-tu ? Crée-toi des vêtements ou je te renvoie à la maison.

– Ouh, le chien de garde ! (Sybil se para d'un bikini minimal.) J'ai l'intention de faire oublier sa petite garce danoise à saint Alec.

– On parie ? J'ai eu une conversation avec Pat.

– Vraiment ? Et qu'est-ce qu'elle t'a raconté ?

– Que Margrethe sait faire la cuisine.

Sybil afficha un air dégoûté.

– Une fille passe cinquante années dans toutes les positions, à étudier dur comme fer. Et voilà qu'arrive une petite salope qui sait cuire le poulet et faire des tartes. Ce n'est pas juste.

Je décidai de changer de sujet :

– Sybil, ces trucs que tu fais avec les vêtements sont fascinants. Est-ce que tu as ton diplôme de sorcière ?

Au lieu de me répondre aussitôt, Sybil jeta un coup d'œil à Katie qui lui dit :

– Explique-lui. Parle franchement.

– O.K., saint Alec, je ne suis pas une sorcière. La sorcellerie, c'est de la foutaise. Vous savez qu'on dit dans la Bible qu'il ne faut pas laisser vivre les sorcières ?

– Oui. C'est dans l'Exode, chapitre 22, verset 17. *Tu ne laisseras pas en vie la magicienne.*

– C'est ça. En fait, le mot d'ancien hébreu que l'on a

traduit par « magicienne » signifiait « empoisonneuse ». Ne pas laisser vivre une empoisonneuse, ça m'a paru plutôt une bonne idée. Mais je me demande combien de pauvres vieilles femmes sans amis ont été brûlées ou pendues à cause d'une petite erreur de traduction.

(Etait-il possible que ce fût vrai? Que penser du concept de la « parole vraie de Dieu » dans lequel j'avais été éduqué? Certes, le mot « sorcière », ou même « magicienne » est moderne, ce n'est pas le terme hébreu d'origine... Mais les traducteurs de la Bible de saint James étaient inspirés par Dieu et c'est pour cela que seule cette version de la Bible est acceptable. Mais... *Non*! Sybil doit se tromper. Le Seigneur ne laisserait pas torturer des centaines, des milliers d'innocents à cause d'une mauvaise traduction. Il aurait rectifié cela de Lui-même.)

– Alors tu n'as pas participé à un sabbat cette nuit? Qu'as-tu fait?

– Oh! pas ce que vous croyez. Israfel et moi, nous ne sommes pas aussi intimes. Des copains, oui, mais ça s'arrête là.

– Israfel? Je le croyais au paradis.

– C'est son parrain. Le trompettiste. Mon Israfel à moi est incapable de jouer une note. Mais il m'a demandé de vous dire, si jamais j'en avais l'occasion, qu'il n'est pas du tout le petit con qu'il affectait d'être sous l'identité de « Roderick Lyman Culverson III ».

– Heureux de l'entendre. Mais comme sale morveux, c'était très bien joué. Je ne comprenais pas comment il était possible que la fille de Katie et de Jerry – ou bien est-ce de Katie seule? – pouvait manquer de goût au point d'avoir un pareil rustre comme copain. Je ne parle pas d'Israfel, bien entendu, mais du personnage qu'il jouait.

– Oh, il vaut mieux éclaircir ça tout de suite. Katie, quels liens avons-nous au juste?

– Oh, je pense que le Dr Darwin lui-même ne trouverait aucun lien génétique entre nous deux, ma chérie. Mais je suis fière de toi, autant que si tu étais ma propre fille.

– Merci, m'man!

— Mais nous avons tous des liens, remarquai-je. Depuis notre mère Eve. Puisque Katie est née alors que les fils d'Israël erraient dans le désert, il n'y a que quatre-vingts enfantements qui la séparent d'Eve. Rien qu'avec ta date de naissance et par la simple arithmétique, nous pourrions déterminer avec assez de précision quels sont vos liens de sang.

— Oh, oh ! Nous y revoilà. Saint Alec, maman Kate descend d'Eve, pas moi. Je suis d'une espèce différente. Une démone. Une afrite, pour être techniquement précise (1).

Elle fit à nouveau disparaître ses vêtements et son corps subit quelques transformations.

— Vous voyez ?

— Hé ! Mais est-ce que ce n'est pas toi qui étais à la réception du Sheraton « Sans Souci », quand je suis arrivé en enfer ?

— Sûrement. Et je suis très flattée que vous vous souveniez de ma forme véritable. (Elle reprit son apparence humaine, plus le minibikini.) Je me trouvais là parce que je vous connaissais. Papa ne voulait pas que quoi que ce soit cloche.

Katie se leva.

— Et si nous poursuivions à l'extérieur ? J'aimerais bien un petit plongeon avant le dîner.

— Tu ne vois pas que je suis occupée à séduire saint Alec ?

— On peut toujours rêver. Rien ne t'empêche de continuer dehors.

Dehors, c'était un merveilleux après-midi texan. Les ombres s'allongeaient.

— Katie, je veux une réponse nette et franche. Est-ce que nous sommes en enfer ? Ou bien est-ce vraiment le Texas ?

— Les deux.

— Bon, je retire ma question.

Mon agacement avait dû percer dans ma voix car Katie se retourna et posa la main sur ma poitrine.

— Alec, je ne plaisantais pas. Depuis des siècles,

(1) Un démon femelle dans la mythologie arabe. *(N.d.T.)*

Lucifer a maintenu des *pied-à-terre* (1) ici et là sur terre. Dans chacun, Il a une personnalité différente, une devanture. Après Armageddon, quand Son Frère S'est institué roi de la terre pour le millénium, Il a cessé de visiter le monde. Mais, certains de ces endroits sont restés autant de demeures pour Lui, aussi Il les a emportées avec Lui. Vous comprenez ?

— Je crois que oui. Autant qu'une vache doit comprendre le calcul infinitésimal.

— Moi non plus je ne comprends pas le mécanisme. C'est au niveau de Dieu. Mais tous ces changements que vous avez subis, Margrethe et vous, pendant votre persécution : à quel point étaient-ils profonds ? Pensez-vous qu'à chaque fois ils affectaient toute la planète ?

La réalité revint peser sur mon esprit comme jamais elle ne l'avait fait depuis le dernier « changement ».

— Katie, je ne sais pas ! J'étais constamment trop occupé à essayer de survivre. Attendez un instant. Oui, chaque changement intéressait l'ensemble de la planète Terre et à peu près un siècle de son histoire. Parce que j'ai constamment cherché des références historiques et que j'en ai mémorisées autant que j'ai pu. Il y avait les changements culturels, également. Tout.

— Les changements avaient presque lieu sous votre nez, Alec, et ni l'un ni l'autre n'aviez pourtant conscience d'une quelconque modification. Ce n'est pas dans l'histoire que vous avez pris des références mais dans des *livres* d'histoire. C'est comme ça du moins que Lucifer aurait accompli tous ces changements s'Il avait été responsable de cette mystification.

— Euh Katie, est-ce que vous avez conscience du temps qu'il faudrait pour réviser, réécrire et réimprimer toutes les encyclopédies ? C'était généralement des encyclopédies que je consultais.

— Mais, Alec, on vous a déjà expliqué que le *temps* n'est jamais un problème pour Dieu. L'espace non plus. Tout ce qui était nécessaire pour vous abuser était utilisé. Mais pas plus. Au niveau de Dieu, c'est le principe conservateur dans l'art. Je ne peux réaliser ça, car

(1) En français dans le texte. *(N.d.T.)*

je ne suis pas à ce niveau, mais je l'ai souvent vu faire. Un artiste doué pour les formes et les apparences n'en fait pas plus qu'il n'est nécessaire pour assurer l'effet désiré.

Rahab s'était assise au bord de la piscine et battait l'eau de ses pieds.

– Venez vous asseoir près de moi, reprit Katie. Prenez le « big bang » de l'univers, à la limite. Qu'y a-t-il au-delà de cette limite où la fuite vers le rouge a une magnitude qui signifie que la vitesse d'expansion de l'univers équivaut à celle de la lumière ?

Je répondis d'un ton plutôt sec :

– Votre question hypothétique, Katie, manque de sens. Je me suis plus ou moins penché sur des notions aussi aberrantes que celle de « big bang » et d'« univers en expansion » car un prédicateur de l'Evangile doit être au fait de telles théories s'il veut être capable de les réfuter. Les deux que vous venez de mentionner impliquent une durée de temps impossible, impossible parce que le monde a été créé il y a six mille ans environ. Je dis « environ » car la date de la création est difficile à déterminer avec exactitude et aussi parce que j'ai quelques doutes à ce propos. Mais disons six mille ans... et non pas des milliards d'années comme osent le prétendre les partisans du « big bang ».

– Alec... votre univers est âgé d'environ vingt-trois milliards d'années.

Je fus sur le point de répliquer mais je me tus. Je ne pouvais contredire aussi grossièrement mon hôtesse.

Elle ajouta :

– Et votre univers a été créé en 4004 avant Jésus-Christ.

Je restai immobile à contempler l'eau assez longtemps pour que Sybil refasse surface en nous éclaboussant.

– Eh bien, Alec ?

– Je n'ai plus rien à dire.

– Rappelez-vous bien ce que j'ai dit. Je n'ai pas dit que le monde avait été créé il y a vingt-trois milliards d'années, mais seulement que c'était son âge. Il a été créé vieux. Avec des fossiles dans le sol et des cratères sur la lune, toutes traces évidentes d'un âge avancé. Il a été créé ainsi par Yahvé, parce que cela L'amusait, simplement. Il s'est trouvé un savant pour dire : « Dieu ne joue pas aux dés avec l'univers ». Ce n'est malheureusement pas vrai. Yahvé joue bel et bien avec des dés pipés... pour tromper Ses créatures.

– Pourquoi ferait-Il ça ?

– Lucifer prétend que c'est uniquement parce qu'Il est un artiste sans talent, du genre qui change constamment d'idée et qui gratte sa toile. Et un plaisantin incorrigible. Mais je n'ai pas à émettre d'opinion : ce n'est pas de mon niveau. Et Lucifer a des préjugés à l'encontre de Son Frère : je pense que c'est évident. Mais vous n'avez pas remarqué ce qu'il y a de plus surprenant.

– Ça m'a peut-être échappé.

– Non, je pense que c'est par galanterie. Comment une vieille putain pourrait-elle avoir des opinions sur la cosmologie, la théologie, l'eschatologie et tous ces grands mots grecs ? Voilà qui est surprenant, non ?

– Mais, Rahab, ma chère, j'étais tellement absorbé à faire le compte de vos rides que je n'ai vraiment pas...

Ce qui me valut d'être jeté à l'eau. Je refis surface en crachant et en toussant devant les deux femmes qui riaient aux éclats. Je revins vers le bord et pris Katie dans mes bras. Cela ne sembla pas la contrarier. Elle se frotta contre moi comme une chatte.

– Qu'alliez-vous dire ? demandai-je.

– Alec, savoir lire et écrire, c'est aussi merveilleux que le sexe. Ou presque. Vous n'appréciez sans doute pas ce don car vous avez probablement appris tout bébé et vous avez acquis l'habitude. Mais quand j'étais une catin, à Canaan, il y a quatre mille ans, je ne savais ni lire ni écrire. J'ai commencé en écoutant les michetons, les voisins, les ragots du marché. Mais ce n'est pas la meilleure façon d'apprendre, c'est certain, et les scribes et les juges eux-mêmes étaient totalement ignorants en ce temps-là. J'étais morte depuis près de trois siècles avant que j'apprenne à lire et à écrire. J'ai appris avec le fantôme d'une prostituée qui venait de ce qui fut plus tard la grande civilisation crétoise. Saint Alec, cela peut vous surprendre mais, en général, si l'on considère l'histoire, on constate que les putains apprennent à lire et à écrire avant les femmes respectables. Et quand je me suis mise à apprendre, je me suis vraiment lancée à fond ! J'en ai même oublié le sexe pendant un temps. (Elle me sourit.) Mais pas tout à fait. J'acquis finalement un équilibre, entre la lecture et le sexe, à parts égales.

– Un rapport qui est au-dessus de mes forces, ai-je remarqué.

– Pour les femmes, ce n'est pas la même chose. La meilleure part de mon éducation a commencé avec l'incendie de la bibliothèque d'Alexandrie. Yahvé n'a pas voulu des milliers de fantômes, aussi Lucifer s'en est-Il emparé. Il les a emmenés jusqu'en enfer, les a régénérés avec grand soin, et ç'a été la fête pour Rahab ! Et j'ajouterai ceci : Lucifer lorgne sur la bibliothèque du Vatican, puisqu'il va bientôt falloir la sauver. Dans ce cas, plutôt que de régénérer les fantômes, Lucifer envisage de tout rafler juste avant la fin des temps et d'emmener le tout, intact, en enfer. Est-ce que ça ne serait pas formidable ?

– Ça me semble parfait. C'est la seule chose que j'aie jamais enviée aux papistes : leur bibliothèque. Mais... comment peut-on « régénérer » des fantômes ?

– Tapez-moi dans le dos.

– Pardon ?

– Donnez-moi une tape. Là. Non, plus fort. Je ne suis pas un papillon. Plus fort encore. Vous y êtes presque. Eh bien, vous venez de donner une claque dans le dos d'un fantôme régénéré.

– Ça m'a paru plutôt solide.

– Je pense bien, j'ai mis le prix. Ça s'est passé avant que Lucifer me remarque et fasse de moi Son joli petit oiseau favori. J'ai compris que, si votre âme est sauvée et que vous montez au paradis, la régénération va de pair avec la sauvegarde... mais ici ça se fait à crédit et vous n'avez plus qu'à vous crever au travail pour payer. C'est comme ça que ça s'est passé pour moi. Saint Alec, vous n'êtes pas mort, je le sais. Un corps régénéré est exactement comme celui que la personne avait avant sa mort, mais en mieux. Plus de maladies contagieuses, plus d'allergies, plus de rides de vieillesse.... Des rides, tu parles ! Je n'en avais pas une le jour de ma mort... en tout cas pas beaucoup. Mais pourquoi vous me faites parler de rides ? Nous discutions de la relativité, de l'univers en expansion : une conversation hautement intellectuelle.

Cette nuit-là, Sybil fit tous les efforts possibles pour se glisser dans mon lit, et Katie repoussa fermement chaque tentative... avant de me rejoindre.

– Pat m'a dit qu'il ne fallait surtout pas vous laisser dormir tout seul.

– Pat croit que je suis malade. Ce n'est pas vrai.

– Je ne discuterai pas là-dessus. Et ne tremblez pas comme ça, mon chéri. Maman Rahab va vous laisser dormir gentiment.

A un moment de la nuit, je me suis réveillé en sanglots, et Katie était là, elle m'a consolé. Je suis certain que Pat lui avait parlé de mes cauchemars. Avec elle tout contre moi, je me suis rendormi très vite.

C'était un interlude arcadien... si ce n'est que Margrethe n'était pas là. Mais Katie m'avait persuadé que, ne serait-ce que pour elle et Jerry, je devais me montrer patient et cesser de ruminer sur mon malheur. Dans la journée, ça se passait plutôt bien. La nuit, avec maman Rahab auprès de moi, je n'étais plus aussi seul, abandonné sans défense à mes émotions. Elle était là chaque nuit... sauf une, où elle dut s'absenter. Sybil la remplaça de la même façon : Rahab lui avait donné des instructions fermes et précises

Je découvris une chose amusante à propos de Sybil : lorsqu'elle dort, elle reprend sa forme naturelle, démone ou afrite, sans en avoir conscience. Elle devient ainsi plus petite de quinze centimètres et retrouve ces mignonnes petites cornes qui sont la première chose que j'avais remarquée, en arrivant au Sheraton « Sans Souci ».

Tous les jours, nous nous baignions, nous faisions du cheval et nous allions parfois pique-niquer dans les collines. En aménageant cette enclave, apparemment,

Jerry avait pris plusieurs kilomètres carrés et nous pouvions galoper sans contrainte dans toutes les directions.

Ou alors je ne comprenais rien à la façon dont fonctionnaient les choses ici.

Bon, je n'ai pas dit « peut-être ». Au niveau de Dieu, j'en sais autant qu'une grenouille à propos du calendrier.

Jerry était absent depuis une semaine quand Rahab arriva pour le breakfast avec le manuscrit de mon mémoire.

– Saint Alec, Lucifer veut que vous remettiez ça à jour et que vous le teniez régulièrement.

– D'accord. Est-ce que je peux écrire à la main ? Ou bien y a-t-il une machine dans le coin ?

– Vous travaillerez à la main. Je vous aiderai. J'ai fait pas mal de travail de secrétariat pour le prince Lucifer.

– Katie, quelquefois vous L'appelez Jerry, parfois Lucifer, mais jamais Satan.

– Alec, Il préfère « Lucifer », mais Il répond à plusieurs noms. « Jerry » et « Katie », ce sont des noms que nous avons inventés à votre intention, à vous et Marga.

– Sybil aussi, ajouta Sybil.

– Et « Sybil ». Oui, Egret. Tu veux reprendre ton vrai nom maintenant ?

– Non, je crois que c'est bien qu'Alec – et Marga – aient des noms pour nous que tous les autres ignorent.

– Une minute, dis-je. Le jour où je vous ai rencontrés, vous répondiez à ces noms comme si vous les aviez portés toute votre vie.

– M'man et moi, nous sommes plutôt bonnes pour la comédie improvisée, dit Sybil-Egret. Par exemple, ils ignoraient qu'ils étaient censés être des adorateurs du feu jusqu'à la seconde où j'ai glissé ça dans la conversation. Et moi, je ne savais pas que j'étais une sorcière avant que m'man lance ça. Israfel est plutôt doué, lui aussi. Mais il avait eu plus de temps pour apprendre son rôle.

– Nous nous sommes fait avoir comme des cousins de la campagne.

— Alec, me dit Katie d'un ton sincère, Lucifer a toujours Ses raisons. Il s'en explique rarement. Ses intentions ne sont malveillantes qu'à l'égard des gens mauvais... et vous ne l'êtes pas.

Nous prenions un bain de soleil auprès de la piscine lorsque Jerry est revenu sans prévenir. Il s'est adressé directement à moi, sans même un mot préalable à Katie :

— Mettez vos vêtements. Nous partons tout de suite.

Katie s'est dressée immédiatement et est revenue en courant avec mes vêtements. Elle m'a aidé à m'habiller plus rapidement qu'un pompier à la sonnerie d'alerte. Elle n'a pas oublié mon rasoir et boutonné soigneusement la poche.

— Prêt ! ai-je lancé.

— Où est le manuscrit ?

Katie s'est précipitée une fois encore.

— Le voilà !

Durant ce bref laps de temps, Jerry avait modifié Son apparence tout en grandissant jusqu'à trois mètres cinquante de hauteur. C'était encore Jerry, mais je savais à présent pourquoi l'on dit que Lucifer est le plus beau parmi les anges.

— Au revoir ! a-t-il lancé. Rahab, je t'appellerai si je peux.

Il m'a pris par le bras.

— Attends ! Egret et moi, nous voulons l'embrasser !

— Alors faites vite !

Elles m'ont embrassé toutes les deux en même temps, gentiment, une sur chaque joue. Puis Jerry m'a empoigné à nouveau, comme un gamin, et nous sommes partis tout droit. J'ai rapidement entrevu le Sheraton, le palais, la Plaza, puis tout a été englouti dans les flammes et la fumée du puits. Et nous avons quitté ce monde.

Comment nous avons voyagé, combien de temps, et jusqu'où, je ne peux le dire. C'était comme une chute sans fin à travers l'enfer mais, avec les bras de Jerry pour me soutenir, c'était plus agréable. Cela me rappelait des moments de ma jeunesse, quand j'avais deux ou trois ans. Souvent, mon père me prenait dans ses bras après le souper jusqu'à ce que je m'endorme.

Je suppose d'ailleurs qu'à un moment j'ai dû m'endormir. Je me suis réveillé au moment où Jerry s'apprêtait à se poser. L'instant d'après, il m'a remis sur pied.

Dans ce lieu où nous étions, la pesanteur existait. Je sentais le poids de mon corps et le « haut » et le « bas » avaient un sens. Mais je ne crois pas que nous étions sur une planète. Nous nous trouvions sur une plate-forme, ou sur le porche d'un immeuble formidable. Je ne pouvais pas l'apercevoir car nous en étions trop près. Ailleurs, je ne distinguais rien qu'une sorte de crépuscule vague.

— Ça va ? m'a demandé Jerry.

— Oui. Oui, je crois.

— Bien. Ecoutez-moi attentivement. Je vais vous faire rencontrer — non, c'est plutôt Lui qui va vous rencontrer — une Entité Qui est pour Moi et Mon Frère Yahvé, ce que Yahvé, votre Dieu, est pour vous. Compris ?

— Euh... Je n'en suis pas sûr.

— A est à B, ce que B est à C. Pour cette Entité, votre seigneur Jéhovah est comme un enfant qui s'amuse à faire des châteaux de sable sur la plage avant de les détruire par caprice. Pour Lui, je suis aussi un enfant. Je Le considère comme vous considérez votre trinité : le Père, le Fils et le Saint-Esprit. Mais je n'adore pas cette Entité comme on adore un dieu. Il ne demande rien, n'attend rien, et surtout pas qu'on Lui lèche les bottes. Yahvé est, en fait, peut-être le seul dieu qui ait acquis ce vice bizarre. En tout cas, je ne connais aucune autre planète, aucun autre lieu dans l'univers où l'on adore un dieu. Mais je suis jeune et je n'ai pas encore assez voyagé. (Il me regardait avec curiosité et semblait troublé.) Alec, cette comparaison va peut-être vous aider à comprendre. Quand vous étiez jeune, est-ce qu'il vous est arrivé de conduire votre animal préféré chez le vétérinaire ?

— Oui. Et je n'aimais pas ça, parce que ça ne lui plaisait pas.

– Eh bien, moi non plus je n'aime pas ça. Bon, très bien, vous savez ce que c'est. Ensuite, il faut attendre pendant que le vétérinaire décide si oui ou non il peut guérir votre compagnon. Ou s'il est préférable d'abréger les souffrances de la pauvre petite bête. Est-ce que ce n'est pas vrai ?

– Oui. Jerry, vous essayez de me faire comprendre que la partie est risquée. Incertaine.

– Totalement incertaine. Sans précédent. Jamais encore un être humain n'a été conduit à ce niveau. J'ignore ce qu'Il va faire.

– O.K. Vous m'aviez prévenu qu'il y aurait des risques.

– Oui. Vous courez un très grand danger. Et Moi aussi, quoique moindre. Mais, Alec, Je peux vous assurer une chose : s'Il décide de vous effacer, vous ne vous en rendrez pas compte. Car ce n'est pas un dieu sadique.

– Est-ce que c'est... « Il » ?...

– Euh... Oui. Considérez-Le comme ça. Il assumera probablement une apparence humaine. Si tel est le cas, dites-Lui « Monsieur le Président », ou encore « Monsieur Koshchei » (1). Considérez-Le comme un homme plus âgé que vous et que vous respectez hautement. Mais ne vous inclinez pas. Restez vous-même et dites la vérité. Et si vous mourez, mourez avec dignité.

Le garde qui nous barra le chemin n'était pas humain... jusqu'à ce que je l'aie regardé en face. Alors, il est devenu humain. Ce qui était caractéristique de tout ce que je devais voir en cet endroit que Jerry appelait « la Succursale ».

– Déshabillez-vous, s'il vous plaît, m'a dit le garde. Laissez vos vêtements ici, vous pourrez les récupérer plus tard. Qu'est-ce donc que cet objet de métal ?

Je lui ai expliqué qu'il s'agissait d'un rasoir de sureté.

– Et c'est destiné à quoi ?

– C'est... un couteau... pour tailler les poils du visage.

(1) Terme yiddish équivalant à « Boss ». *(N.d.T.)*

— Vous faites pousser des poils sur votre visage ?
J'ai tenté de lui expliquer pourquoi on se rasait.
— Si vous ne voulez pas avoir des poils sur votre visage, pourquoi en faire pousser ?
— Jerry, je pense que je suis dépassé.
— Je m'en occupe. (Je suppose que Jerry s'est alors adressé au garde, quoique je n'aie rien entendu. Puis il m'a dit :) Laissez votre rasoir ici, avec vos vêtements. Il pense que vous êtes fou, mais que je le suis, Moi aussi. Cela importe peu.

M. Koshchei était peut-être une Entité mais Il semblait le frère jumeau du Dr Simmons, notre vétérinaire du Kansas qui soignait nos chiens et nos chats, et même, une fois, une tortue : tous ces petits animaux qui traversent notre enfance. Et le bureau était exactement comme celui du Dr Simmons, jusqu'au secrétaire que le docteur avait dû hériter de son grand-père. Et il y avait une authentique pendule Seth Thomas sur une petite étagère.

Mais j'avais parfaitement conscience (étant à jeun et bien reposé) que ce n'était pas le bureau du Dr Simmons, que l'apparence était intentionnelle mais nullement destinée à m'abuser. Le président, quel qu'Il fût en réalité, avait pratiqué une forme d'hypnose sur mon esprit afin de créer une ambiance relaxante. Le Dr Simmons était toujours très doux avec les animaux. Il leur parlait longtemps avant de leur faire des choses pénibles.

Ça avait marché sur moi. Je savais que M. Koshchei n'était pas le vieux vétérinaire de mon enfance... mais j'éprouvais la même confiance devant ce simulacre.

M. Koshchei a levé la tête à notre entrée. Il a fait un simple signe à Jerry, puis m'a regardé :
— Asseyez-vous.
Nous nous sommes assis. M. Koshchei s'est retourné vers son bureau. Mon manuscrit y était posé. Il l'a pris, l'a feuilleté, a remis les feuillets en ordre avant de le reposer.
— Comment se passent les choses dans votre secteur, Lucifer ? Des problèmes ?

– Non, monsieur. A part les petits ennuis d'air conditionné. Rien de grave.

– Est-ce que vous désirez régner sur terre pour ce millénium ?

– Est-ce que mon frère ne l'a pas déjà prise ?

– Oui, Yahvé l'a prise, oui... Il a décidé la fin des temps et tout cassé. Mais je n'ai pas l'intention de le laisser reconstruire. Vous la voulez ? Répondez-Moi.

– Monsieur, je préférerais recommencer avec des matériaux nouveaux.

– Tous ceux de votre guilde préfèrent toujours tout recommencer. Sans penser à ce que ça coûte, bien sûr. Je pourrais vous désigner pour le Glaroon pendant quelques cycles. Qu'en dites-vous ?

Jerry mit un certain temps à répondre.

– Je m'en remets au jugement du Président.

– Vous avez raison. Nous en discuterons donc plus tard. Pourquoi vous êtes-vous donc intéressé à cette créature de votre frère ?

Je devais m'être endormi, parce que je voyais distinctement des chiots et des chatons qui jouaient dans une cour, et pourtant, il n'y avait rien de la sorte en ce lieu. J'ai entendu Jerry répondre :

– Monsieur le Président, dans une créature humaine, tout ou presque est ridicule. Sauf sa capacité à endurer courageusement et à mourir bravement pour ce qu'elle aime et ce qu'elle croit. Peu importe que cet amour ne soit pas fondé, ni cette croyance justifiée. C'est le courage, c'est la bravoure qui comptent. Ce sont là des qualités uniquement humaines, tout à fait indépendantes du créateur de l'humanité, auquel elles sont étrangères d'ailleurs : je le sais, puisqu'il s'agit de mon frère... et moi non plus, je ne les ai pas. Vous me demandez, pourquoi cet animal et pourquoi moi ? Celui-là, je l'ai ramassé au bord d'une route, il était égaré, et pourtant – oubliant ses propres ennuis, bien trop gros pour lui ! – il a tenté vaillamment (et en vain) de sauver mon « âme » selon l'enseignement qu'il avait reçu. Là encore, peu importe que sa tentative ait été absurde et inutile : il a essayé parce qu'il me croyait en danger. A présent qu'il est dans l'ennui, je lui dois de faire un effort égal.

M. Koshchei a baissé Ses lunettes sur Son nez et regardé Jerry par-dessus.

– Vous ne me donnez aucune raison valable d'intervenir auprès de l'autorité locale.

– Monsieur, n'existe-t-il pas une règle de la guilde qui exige des artistes qu'ils se montrent bons dans la manière dont ils traitent leurs volitifs ?

– Non.

Jerry a eu l'air démonté.

– Monsieur, il y a quelque chose que j'ai dû mal comprendre dans ce qu'on m'a appris.

– Oui, je le pense. Il existe un principe artistique – et non une règle – selon lequel les volitifs doivent être traités en conformité avec les principes. Mais insister sur la bonté ce serait éliminer cette marge de liberté pour laquelle nous avons inventé la volonté pour ces créatures. Sans possibilité de tragédie, les volitifs ne seraient que des golems.

– Monsieur, je pense comprendre cela. Mais le Président voudrait-Il m'expliquer le principe artistique de conformité aux principes ?

– Ce n'est pas compliqué, Lucifer. Pour une créature qui exerce son art propre et mineur, les règles selon lesquelles elle l'exerce doivent soit lui être connues, soit être apprises par l'erreur ou par l'épreuve; l'erreur n'étant pas toujours fatale. En bref, la créature doit être capable d'apprendre et de tirer bénéfice de son expérience.

– Monsieur, c'est exactement le motif de ma plainte à l'encontre de mon frère. Prenons ce rapport que Vous avez devant Vous. Yahvé a tendu un piège à cette créature afin de la soumettre à une épreuve où elle ne pouvait gagner, puis il a décidé que le jeu était fini et il lui a enlevé la récompense. Et bien que ce soit là un cas extrême, un test destructeur, il n'en est pas moins typique de la manière dont il traite ses volitifs. Les jeux sont arrangés afin que ses créatures ne puissent jamais gagner. Depuis six millénaires, j'ai récupéré les perdants... et la plupart arrivent en enfer dans un état catatonique, paralysés par la peur : la peur de moi, la peur d'une éternité de tourments. Ils ne peuvent pas croire qu'on a pu leur mentir à ce point. Mes thérapeutes ont dû travailler dur pour récupérer ces malheureuses épaves. Ça n'a rien de drôle.

M. Koshchei ne semblait pas écouter. Il s'était renfoncé dans Son vieux fauteuil à bascule qui craquait régulièrement – oui, je savais que ce craquement venait de mes propres souvenirs – et il feuilletait à nouveau mon manuscrit. Il a gratté les mèches de Ses cheveux gris autour de Sa tonsure et émis un bruit irritant, à la fois bourdonnement et sifflement. Cela aussi venait du souvenir que j'avais du Dr Simmons, mais c'était bel et bien réel.

– Cette créature femelle. L'appât. Un volitif ?

– Oui. C'est en tout cas mon opinion, monsieur le Président.

(Seigneur ! Jerry, vous ne le saviez même pas avec certitude !)

– Dans ce cas, Je ne pense pas que cette créature-là se satisferait d'un simulacre. (Il continuait à bourdonner et à siffler entre Ses dents.) Alors, voyons un peu plus loin...

Le bureau de M. Koshchei avait paru plutôt petit quand nous y étions entrés; à présent, d'autres personnes nous y avaient rejoints : un autre ange, qui ressemblait beaucoup à Jerry mais en plus vieux et avec un air pincé qui ne rappelait en rien la jovialité de Jerry. Un personnage encore plus vieux, vêtu d'un long manteau, avec un chapeau à large bord, un bandeau sur un œil et un corbeau perché sur l'épaule, et – maudit soit cet arrogant ! – Sam Crumpacker, cette fripouille d'avocassier de Dallas !

Derrière Crumpacker, trois hommes étaient alignés. Ils avaient l'air bien nourris et tous trois m'étaient vaguement familiers. En tout cas, je savais que je les avais déjà rencontrés auparavant.

Et j'ai compris. C'était en pariant avec eux que j'avais gagné une centaine (ou bien était-ce un millier ?) de dollars. Un pari stupide.

Mon regard est revenu sur Crumpacker, et ma colère

a décuplé : ce voyou avait maintenant mon propre visage !

Je me suis tourné vers Jerry et je lui ai dit rapidement, dans un murmure :

– Vous voyez cet homme là-bas ? Celui qui...

– Silence !

– Mais...

– Taisez-vous et écoutez.

Le frère de Jerry avait pris la parole.

– Alors qui se plaint ? Vous voulez que je mette ma casquette de Jésus pour le prouver ? Le fait que quelques-uns s'en sortent prouve que ce n'est pas aussi dur que ça. Sept et demi pour cent dans cette dernière fournée, sans compter les golems. Est-ce que ce n'est pas bon, ça ? Qui dit le contraire ?

Le vieux au chapeau noir a dit :

– En dessous de cinquante pour cent, je considère que c'est un échec.

– Qui dit ça ? Qui est-ce qui perd tous les mille ans ? La façon dont tu t'occupes de tes créatures, ça te regarde ! Et moi je m'occupe de mon boulot.

– C'est bien pour ça que je suis là ! a fait le vieux. Tu t'es mêlé de ce qui ne te regardait pas.

– Pas moi ! (Yahvé a montré du pouce le personnage qui ressemblait à moi et à Sam Crumpacker.) Lui ! Le goy. Un petit peu trop dur ? Et alors, il est à qui ? Réponds à ça !

M. Koshchei, en tapotant mon manuscrit, s'est adressé à l'homme qui avait mon visage.

– Loki, dans cette histoire, vous apparaissez combien de fois ?

– Tout dépend comment Vous comptez, chef. Huit ou neuf, si Vous comptez les figurations. L'un dans l'autre, si Vous tenez compte du fait que j'ai passé quatre semaines pleines à travailler cette petite coquine d'institutrice pour qu'elle tombe dans les bras de duchenoque quand il se pointerait.

La main énorme de Jerry s'est refermée sur mon avant-bras gauche.

– Du calme !

Loki a poursuivi :

— Et Yahvé ne m'a pas payé.

— Pourquoi est-ce que je devrais payer, hein ? Pourquoi ? Qui a gagné ?

— Tu as triché. Ton champion, ton bigot de concours était sur le point de craquer quand tu as déclenché le jugement dernier avant le moment prévu. Regarde-le. Demande-lui. Est-ce qu'il t'adore ou est-ce qu'il t'abjure ? Demande-lui. Et paie. J'ai des factures d'armement à régler.

— Cette discussion, a déclaré M. Koshchei, est tout à fait déplacée. Ce bureau n'est pas une officine de contentieux. Yahvé, la principale plainte qui te soit adressée est que tu ne te conformes pas à tes propres règles vis-à-vis de tes créatures.

— Et pourquoi ? Il faudrait que je les embrasse ? Hein, c'est ça ? On ne fait pas d'omelette sans casser des œufs, non ?

— Ne nous écartons pas du sujet. Tu as monté une épreuve qui était un test de destruction. Peu m'importe sa nécessité artistique. Mais, au terme de ton test, tu as expédié une créature au paradis et tu as laissé l'autre en arrière, les punissant ainsi l'une et l'autre. Pour quelle raison ?

— La règle est la même pour tous. Elle a échoué, elle.

— N'est-ce pas toi le dieu qui a proclamé qu'il fallait museler la vache qui foulait le grain ?

L'instant d'après, je me suis retrouvé sur le bureau de M. Koshchei. J'avais Son énorme visage devant moi. Je suppose que c'était Jerry qui m'avait posé là. M. Koshchei a demandé :

— C'est à vous ?

J'ai tourné la tête. Et j'ai bien failli m'évanouir.

Marga !

Ma Margrethe à moi. Morte, froide, dans un cercueil en forme de pain de glace posé sur le bureau, et qui commençait à fondre.

J'ai voulu bondir, et je me suis aperçu que je ne pouvais pas esquisser le moindre mouvement.

— Je pense que cela Me donne la réponse, a dit M. Koshchei. Odin, quelle est sa destinée ?

– Elle est morte en combattant, au Ragnarok. Elle mérite un cycle au Walhalla.

– Non mais écoutez-le ! a grondé Loki. Le Ragnarok n'est pas terminé. Et je vais gagner cette fois. Cette *pige* est à moi ! Toutes ces garces de Danoises aiment ça... mais celle-là, c'est une bombe ! (Il m'a fait un clin d'œil avec un sourire complice.) Ce n'est pas vrai ?

– Loki, a dit le président d'un ton très calme, vous commencez à me lasser...

Et, tout à coup, Loki n'était plus là. Son fauteuil non plus.

– Odin, est-ce que vous pouvez vous en passer durant une partie de ce cycle ?

– Combien ? Elle a mérité le Walhalla.

– Disons une période indéterminée. Cette créature que voilà a exprimé sa détermination à faire la vaisselle « pour l'éternité » afin de pourvoir à ses besoins. On peut douter, bien sûr, qu'il ait la moindre idée de l'éternité... mais son histoire prouve qu'il est sincère.

– Monsieur le Président, mes guerriers, mâles et femelles, qui sont morts au combat, étaient mes égaux, et non mes esclaves. Je suis fier d'être leur chef et je ne vois aucune objection à Votre demande... pour autant qu'elle soit consentante.

Mon cœur était sur le point d'éclater, mais Jerry, qui se trouvait pourtant à l'autre bout de la pièce, murmura à mon oreille :

– Ne vous accrochez pas trop à cet espoir. Pour elle, ça pourrait être aussi bien mille ans. Les femmes oublient facilement.

– Les patrons sont encore intacts, non ? a demandé le président.

– Et qui détruit les copies d'archives ? a rétorqué Yahvé.

– Il n'y a qu'à les régénérer si besoin est.

– Et qui paie pour tout ça, hein ? Qui paie ?

– Mais vous. C'est une amende pour vous apprendre à agir selon les principes.

– Oy ! Toutes les prophéties, je les ai réalisées ? Et Il me dit maintenant que je ne suis pas les principes ! C'est ça la justice ?

– Ce n'est pas de la justice mais de l'art. Alexander, regardez-moi.

J'ai levé les yeux sur ce visage immense. Et Ses yeux à Lui m'ont capté. Ils sont devenus de plus en plus grands, de plus en plus grands. J'ai basculé en avant et je suis tombé dans Son regard.

# 29

*On ne se souvient pas de ce qui est ancien; et ce qui arrivera dans la suite ne laissera pas de souvenir chez ceux qui vivront plus tard.*

L'Ecclésiaste, 1:11

Cette semaine, Margrethe et moi, avec l'aide de notre fille Gerda, nous nous sommes lancés dans le nettoyage scandinave parfait de la maison et du magasin, parce que les Farnsworth, nos amis du Texas – nos meilleurs amis jusque-là – viennent nous rendre visite. Pour Marga et moi, c'est à la fois Noël et le Quatre Juillet. Pour nos enfants aussi : Sybil Farnsworth a l'âge d'Inga et ils s'entendent à merveille.

Cette fois, en plus, ils amènent Patricia Marymount avec eux. Pat, pour nous, est une amie presque aussi chère que les Farnsworth et la personne la plus exquise qui soit au monde : c'est une vieille institutrice mais, malgré son âge, on ne s'embête pas avec elle.

Les Farnsworth ont eu une bonne influence sur le cours de notre vie. Marga et moi étions au Mexique pour notre lune de miel quand le tremblement de terre a détruit Mazatlan. Nous nous en sommes sortis indemnes mais les ennuis ont commencé après : plus de passeports, plus d'argent, plus de chèques de voyage. En rentrant, nous avons fait la connaissance des Farnsworth et, pour nous, tout a changé. Finis les ennuis. Oh, bien sûr, je suis revenu au Kansas avec mon rasoir pour seul bien, mais il a une valeur sentimentale immense : Marga me l'a offert pour notre lune de miel et je ne m'en sépare jamais.

En revenant au pays, nous sommes tombés exactement sur le petit commerce que nous voulions : un petit restaurant dans une ville universitaire. A Eden, au sud-est de Wichita. Les propriétaires étaient M. et Mme A.S. Modée et ils rêvaient de prendre leur retraite. Nous avons commencé en tant qu'employés, Marga et moi. Mais, moins d'un mois après, nous étions gérants. Alors, je suis allé à la banque et je me suis endetté jusqu'au cou, et c'est comme ça que nous sommes devenus propriétaires de CHEZ MARGA – AU SORBET AU CHOCOLAT. Nous faisons tout : rafraîchissements, hot-dogs, hamburgers... et les sublimes canapés danois, qui sont la spécialité de Marga.

Marga voulait appeler ça CHEZ ALEX ET MARGA, mais je m'y suis opposé : ça ne sonne pas bien. Et puis, c'est elle qui tient le comptoir. C'est notre meilleure publicité. Je travaille là où on ne me voit pas : je fais le portier, le plongeur, tout ce que vous voulez. Astrid aide Margrethe à la cuisine. Moi aussi, d'ailleurs. Nous sommes tous les trois capables de confectionner tout ce qu'annonce la carte, même les canapés. Remarquez bien que, pour les canapés, nous nous fions à la liste des ingrédients de Marga.

Notre flambeau, notre raison d'être, le sorbet au chocolat chaud, est disponible à toute heure, et j'ai réussi à en maintenir le prix à dix cents, ce qui ne nous laisse qu'un cent et demi de bénéfice net. Chaque client dont c'est l'anniversaire a droit à un sorbet gratuit et à un *Joyeux anniversaire* avec musique et tambours, plus un baiser en prime. Les garçons du collège préfèrent encore les baisers de Margrethe à ses sorbets, même gratuits, et je les comprends. Mais papa Graham (c'est moi !) ne déteste pas les anniversaires des collégiennes.

Nous avons fait le plein dès le premier jour. Nous sommes bien situés, juste en face d'Elm Street Gate et d'Old Main. Nos prix sont calculés juste et Margrethe a un don magique pour la cuisine... plus sa beauté et sa gentillesse. Ce ne sont pas des calories que nous vendons, mais du bonheur. C'est un peu comme si elle saupoudrait chaque canapé, chaque hot-dog d'un peu de bonheur, parce que nous en avons à revendre.

C'est moi qui tiens la caisse et je ne pense pas que l'équipe que nous formons puisse perdre de l'argent.

Pour les comptes, je suis particulièrement vigilant : si jamais le prix des denrées grimpe, je répercute sur la marge du bénéfice. M. Belial, le président de notre banque, nous dit que le pays est entré dans une période longue et stable de prospérité. J'espère qu'il ne se trompe pas. Mais, en attendant, je ne quitte pas de l'œil la colonne des chiffres.

Notre ville connaît un boum immobilier. A cause des Farnsworth et du changement de climat. Autrefois, les Texans allaient tous prendre leurs vacances d'été à Colorado Springs mais, à présent qu'on ne peut plus faire cuire un œuf sur le trottoir chez nous, les charmes du Kansas commencent à leur apparaître. On dit que c'est à cause d'un changement du courant atlantique ou je ne sais quoi... Je n'ai jamais été très fort en sciences. Quoi qu'il en soit, nos étés sont devenus très doux, et nos hivers cléments. La plupart des amis ou des associés de Jerry se sont mis à investir dans Eden et à construire des résidences estivales. M. Ashmedai, qui gère certains des intérêts de Jerry, vit ici durant la plus grande partie de l'année, et le Dr Adramelech, doyen du Collège d'Eden, l'a fait élire auprès du comité de gestion avec le titre de *doctor honoris causa.* Mon ancienne expérience m'a fait comprendre pourquoi...

Nous accueillons tout le monde et ce n'est pas uniquement l'argent qui nous intéresse... Mais je ne voudrais quand même pas qu'Eden ressemble à Dallas. Bien que ce ne soit guère possible. L'endroit est bucolique et le collège est notre seule et unique « industrie ». Notre communauté religieuse comprend toutes les sectes, c'est l'Eglise de l'Orgasme Divin. L'école de sabbat ouvre à 9 h 30 chaque matin, les services ont lieu à 11 heures, avec pique-nique et orgie.

Nous ne croyons pas qu'il soit bon de faire ingurgiter de force la religion aux gosses, mais je dois dire qu'en vérité, les jeunes apprécient l'église, sans doute grâce à notre pasteur, le révérend docteur M.O. Loch. C'est un presbytérien, je crois. Il a encore une trace d'accent écossais quand il prononce ses sermons. Mais les gosses l'adorent. C'est lui qui organise les orgies et les rites. Notre fille Elise est novice ecdysiaste sous ses ordres, et elle nous dit qu'elle a la vocation. (Balivernes, selon moi. Elle se mariera en sortant du collège. Je peux même dire avec qui. Quoique je ne voie pas ce qu'elle peut lui trouver.)

Margrethe sert dans la Guilde de l'Autel. Au jour du sabbat, je passe la soucoupe et j'administre les finances. Je n'ai jamais donné ma démission de la Confrérie de l'Apocalypse, mais je dois reconnaître que nous avons mal interprété nos lectures. La fin du millénaire est survenu et le cri n'a pas été entendu.

Un homme qui est heureux chez lui ne se réveille pas la nuit pour penser à l'avenir.

Qu'est-ce que le succès ? Mes camarades, à l'école Rolla, pourraient penser que je n'ai pas visé très haut en étant propriétaire d'un modeste restaurant dans une ville perdue, et avec un prêt bancaire. Mais j'ai ce que je voulais. Je n'aimerais pas être un saint au paradis si Margrethe n'y était pas. Et je ne redouterais pas d'aller en enfer si c'était pour la retrouver. Non pas que je croie à l'enfer ou que j'estime avoir une chance de devenir un saint.

Samuel Clemens l'a dit : « Là où elle était, était le paradis. » Omar l'a exprimé ainsi : « Que tu sois avec moi au désert et le désert se change en paradis. » Quant à Browning, il a résumé cela par : « Summum Bonum. » Et tous trois ont dit la même vérité, qui est la mienne :

Le paradis, c'est là que se trouve Margrethe.

# Science-fiction

*Depuis 1970, cette collection est leader du genre en France. Elle a publié la plupart des grands classiques (Asimov, Van Vogt, Clarke, Dick, Vance, Simak) mais elle a aussi révélé de nombreux jeunes auteurs qui seront les écrivains de premier plan de demain (Tim Powers, Joan D. Vinge, Tanith Lee, Scott Baker, etc.). La S-F est reconnue aujourd'hui comme littérature à part entière, étudiée dans les écoles et les universités. Elle est véritablement la littérature de notre temps.*

| | |
|---|---|
| ALDISS Brian W. | Le monde vert 520*** |
| ASIMOV Isaac | Les cavernes d'acier 404*** |
| | Les robots 453*** |
| | Tyrann 484*** |
| | Un défilé de robots 542*** |
| | Les robots de l'aube 1602*** & 1603*** |
| | Les robots et l'empire 1996**** & 1997**** |
| | La faune de l'espace 392*** |
| | Espace vital 2179*** (mai 87) |
| BAKER Scott | Kyborash 1532**** |
| BLISH James | Semailles humaines 752** |
| BOGDANOFF Igor & Grishka | La machine fantôme 1921*** |
| BRIN David | Marée stellaire 1981***** |
| BRUNNER John | Tous à Zanzibar 1104**** & 1105**** |
| | Le troupeau aveugle 1233*** & 1234*** |
| | Sur l'onde de choc 1368**** |
| CHERRYH C.J. | Les adieux du soleil 1354*** |
| | Les seigneurs de l'Hydre 1420*** |
| | L'épopée de Chanur 2104*** |
| CLARKE Arthur C. | 2001 - l'odyssée de l'espace 349** |
| | 2010 - Odyssée deux 1721*** |
| | Avant l'Eden 830*** |
| | Terre, planète impériale 904**** |
| | Les fontaines du paradis 1304*** |
| CURVAL Philippe | Le ressac de l'espace 595*** |
| | Cette chère humanité 1258**** |
| DEMUTH Michel | Les années métalliques 1317**** |

| | |
|---|---|
| DICK Philip K. | Ubik 633*** |
| | L'homme doré 1291*** |
| | Le dieu venu du Centaure 1379*** |
| | Blade Runner 1768*** |
| DUVIC Patrice | Terminus 2122** |
| FARMER Philip José | Le Fleuve de l'éternité : |
| | - Le monde du Fleuve 1575*** |
| | - Le bateau fabuleux 1589**** |
| | - Le noir dessein 2074****** |
| | - Le labyrinthe magique 2088****** |
| FORD John M. | Les fileurs d'anges 1393*** |
| FOSTER Alan Dean | Alien 1115*** |
| | Aliens 2105**** |
| FRÉMION Yves | Rêves de sable, châteaux de sang 2054*** |
| GALOUYE Daniel F. | Simulacron 3 778** |
| HAMILTON Edmond | Le retour aux étoiles 490*** |
| HEINLEIN Robert A. | Double étoile 589** |
| | Vendredi 1782**** |
| | Job : une comédie de justice 2135***** |
| HOWARD Robert E. | Conan l'aventurier 2036*** |
| | Conan le vagabond 1935*** |
| | Conan le guerrier 2120*** |
| JEURY Michel | La croix et la lionne 2035*** |
| JONES Raymond F. | Renaissance 957**** |
| KEYES Daniel | Des fleurs pour Algernon 427*** |
| KLEIN Gérard | Les seigneurs de la guerre 628** |
| | Chirurgiens d'une planète 2164*** (avril 87) |
| LEE Tanith | La déesse voilée 1690**** |
| | La quête de la Sorcière Blanche 2042**** |
| | Tuer les morts 2194*** (juin 87) |
| LEINSTER Murray | La planète oubliée 1184** |
| LÉOURIER Christian | L'homme qui tua l'hiver 1946** |
| LEVIN Ira | Un bébé pour Rosemary 342*** |
| LONGYEAR B.B. & GERROLD D. | Enemy 1968*** |
| LOVECRAFT Howard P. | L'affaire Charles Dexter Ward 410** |
| MERRITT Abraham | Le gouffre de la lune 618**** |
| MONDOLONI Jacques | Je suis une herbe 1341*** |

| | |
|---|---|
| *MORRIS Janet E.* | *Le vent du chaos* 1448**** |
| | *Le trône de chair* 1531*** |
| *PELOT Pierre* | *Les barreaux de l'Eden* 728** |
| *POHL Frederik* | *La Grande Porte* 1691**** |
| | *Les pilotes de la Grande Porte* 1814**** |
| | *Rendez-vous à la Grande Porte* 2087**** |
| | *Casse-tête chinois* 2151**** (mars 87) |
| *POWERS Tim* | *Les voies d'Anubis* 2011***** |
| *PRIEST Christopher* | *Le monde inverti* 725**** |
| *RAY Jean* | *Malpertuis* 1677** |
| *RAYER Francis G.* | *Le lendemain de la machine* 424*** |
| *ROBINSON Kim Stanley* | *Le rivage oublié* 2075***** |
| | *La mémoire de la lumière* 2134**** |
| *SADOUL Jacques* | *« Astounding Stories »* 532** |
| *(Les meilleurs récits)* | *« Unknown »* 713** |
| | *« Famous Fantastic Mysteries »* 731** |
| | *« Startling Stories »* 784** |
| | *« Thrilling Wonder Stories »* 822** |
| *SHECKLEY Robert* | *Le robot qui me ressemblait* 2193** (juin 87) |
| *SILVERBERG Robert* | *Les monades urbaines* 997*** |
| | *L'homme stochastique* 1329*** |
| | *Les chants de l'été* 1392*** |
| | *Les chemins de l'espace* 1434*** |
| | *Le château de Lord Valentin* 1905**** & 1906**** |
| | *Shadrak dans la fournaise* 2119**** |
| *SIMAK Clifford D.* | *Demain les chiens* 373*** |
| | *Une chasse dangereuse* 903**** |
| | *Au pays du Mal* 1781*** |
| *SPIELBERG Steven* | *Rencontres du troisième type* 947** |
| *présente* | *E.T. l'extraterrestre* 1378*** |
| | *E.T. La planète verte* 1980*** |
| | *Les Goonies* 1911*** |
| *STEINER Kurt* | *Le disque rayé* 657** |
| | *Ortog et les ténèbres* 1222** |
| *STURGEON Theodore* | *Les plus qu'humains* 355*** |
| | *Cristal qui songe* 369*** |
| *THOMPSON Joyce* | *Les enfants de l'atome* 2180*** (mai 87) |

| | |
|---|---|
| *VANCE Jack* | *Cugel l'astucieux 707*** |
| | *Cycle de Tschaï :* |
| | *1 - Le Chasch 721**** |
| | *2 - Le Wankh 722**** |
| | *3 - Le Dirdir 723**** |
| | *4 - Le Pnume 724**** |
| | *Cugel saga 1665***** |
| | *Rhialto le Merveilleux 1890**** |
| *VAN VOGT A.E.* | *Le monde des Ā 362**** |
| | *Les joueurs du Ā 397**** |
| | *La fin du Ā 1601**** |
| | *A la poursuite des Slans 381*** |
| | *La faune de l'espace 392**** |
| | *L'empire de l'atome 418**** |
| | *Le sorcier de Linn 419**** |
| | *Les armureries d'Isher 439**** |
| | *Les fabricants d'armes 440**** |
| | *La guerre contre le Rull 475**** |
| | *Destination univers 496**** |
| | *Créateurs d'univers 529**** |
| | *Des lendemains qui scintillent 588*** |
| | *L'homme multiplié 659*** |
| | *Le colosse anarchique 1172**** |
| | *A la conquête de Kiber 1813*** |
| | *Au-delà du Village enchanté 2150***** (mars 87)* |
| *VINGE Joan D.* | *La Reine des Neiges 1707****** |
| | *Ladyhawke 1832*** |
| | *Finismonde 1863**** |
| | *Mad Max au-delà du dôme du tonnerre 1864**** |
| *WILLIAMS Paul O.* | *Jestak 1878**** |
| | *Le cercle inachevé 1920**** |
| *WINTREBERT Joëlle* | *Les maîtres-feu 1408**** |
| | *Chromoville 1576**** |

*Univers présente chaque année les aspects les plus fascinants de la SF contemporaine :*

*Univers 1983 1491***** inédit*
*Univers 1987 2165***** inédit (avril 87)*

# Épouvante

*Depuis Edgar Poe, il a toujours existé un genre littéraire qui cherche à susciter la peur, sinon la terreur, chez le lecteur. Il a été illustré au cinéma par des films tels que* Shining, L'exorciste, Carrie, La malédiction. *Ce sont les livres qui ont inspiré ces films, et d'autres ouvrages du même genre, que vous présente cette collection.*

| | |
|---|---|
| *ANDREWS Virginia C.* | *Ma douce Audrina 1578***** |
| *BLATTY William Peter* | *L'exorciste 630***** |
| *CAMPBELL Ramsey* | *La poupée qui dévora sa mère 1998**** |
| | *Le Parasite 2058***** |
| *COYNE John* | *L'enfant qui grognait 2121**** |
| *HOWARD Joseph* | *Damien, la malédiction-2 992**** |
| *FARADAY M.M.* | *La possédée 2059***** |
| *HERBERT James* | *Le Sombre 2056***** |
| *JETER K.W.* | *Les âmes dévorées 2136***** |
| *KAHN James* | *Poltergeist I 1394**** |
| | *Poltergeist II 2091*** |
| *KAYE & GODWIN* | *Lumière froide 1964**** |
| *KING Stephen* | *Carrie 835**** |
| | *Shining 1197***** |
| | *Danse macabre 1355***** |
| | *Cujo 1590***** |
| | *Christine 1866***** |
| | *Peur bleue 1999**** |
| | *Charlie 2089****** |
| *KOENIG Laird* | *Le disciple 1965**** |
| *KOONTZ Dean R.* | *Spectres 1963***** |
| | *Le rideau de ténèbres 2057**** |
| | *Le visage de la peur 2166*** (avril 87)* |
| *MONTELEONE Thomas* | *L'horreur du métro 2152**** (mars 87)* |
| *NICHOLS Leigh* | *L'antre du tonnerre 1966**** |
| *TONKIN Peter* | *Le Journal d'Edwin Underhill 2195*** (juin 87)* |
| *TUTTLE Lisa* | *Le couteau sacrificiel 2181*** (mai 87)* |

2135
★★★★★

Impression Brodard et Taupin à La Flèche (Sarthe)
le 26 janvier 1987
6910-5 Dépôt légal janvier 1987. ISBN 2-277-22135-X
Imprimé en France
Editions J'ai lu
27, rue Cassette, 75006 Paris
*diffusion France et étranger : Flammarion*